KB144434

Foreign Copyright:
Joonwon Lee
Address: 3F, 127, Yanghwa-ro, Mapo-gu, Seoul, Republic of Korea
         3rd Floor
Telephone: 82-2-3142-4151, 82-10-4624-6629
E-mail: jwlee@cyber.co.kr

선물로 보는 조선왕조실록

국왕의 선물 ②

2012. 6. 20. 1판 1쇄 발행
2022. 7. 8. 장정개정 1판 1쇄 발행

지은이 │ 심경호
펴낸이 │ 이종춘
펴낸곳 │ [BM] ㈜도서출판 **성안당**

주소   │ 04032 서울시 마포구 양화로 127 첨단빌딩 3층(출판기획 R&D 센터)
       │ 10881 경기도 파주시 문발로 112 파주 출판 문화도시(제작 및 물류)
전화   │ 02) 3142-0036
       │ 031) 950-6300
팩스   │ 031) 955-0510
등록   │ 1973. 2. 1. 제406-2005-000046호
출판사 홈페이지 │ **www.cyber.co.kr**
ISBN   │ 978-89-315-7586-6 (03810)
       │ 978-89-315-7584-2 (세트)
정가 │ **28,000원**

이 책을 만든 사람들
책임   │ 최옥현
진행   │ 정지현
본문 디자인 │ 아홉번째서재
표지 디자인 │ 박원석
홍보   │ 김계향, 이보람, 유미나, 서세원, 이준영
국제부 │ 이선민, 조혜란, 권수경
마케팅 │ 구본철, 차정욱, 오영일, 나진호, 강호묵
마케팅 지원 │ 장상범, 박지연
제작   │ 김유석

■ **도서 A/S 안내**

> 성안당에서 발행하는 모든 도서는 저자와 출판사, 그리고 독자가 함께 만들어 나갑니다.
> 좋은 책을 펴내기 위해 많은 노력을 기울이고 있습니다. 혹시라도 내용상의 오류나 오탈자 등이
> 발견되면 **"좋은 책은 나라의 보배"**로서 우리 모두가 함께 만들어 간다는 마음으로 연락주시기
> 바랍니다. 수정 보완하여 더 나은 책이 되도록 최선을 다하겠습니다.
> 성안당은 늘 독자 여러분들의 소중한 의견을 기다리고 있습니다. 좋은 의견을 보내주시는 분께는
> 성안당 쇼핑몰의 포인트(3,000포인트)를 적립해 드립니다.
> 잘못 만들어진 책이나 부록 등이 파손된 경우에는 교환해 드립니다.

국왕의 선물 2

심경호 지음

선물로
조선의
문화사를
읽다

BM 책문

目次

2012년 4월 6일은 맑았지만 바람이 셌다. 국왕의 선물을 통해 조선 시대의 통치방식과 문화사의 흐름을 탐색하려고 집필하기 시작해서 원고를 탈고한 지 벌써 7개월이 지났다. 원고를 수정하는 것은 물론, 세세한 부분까지 거듭 사실을 확인해야 했고 관련 자료를 더 조사해야 했으므로, 아직 인쇄에 넘기지 못한 상태였다. 그러던 중 무리하게 시간을 내어 신길만의 묘를 찾아 나서기로 했다. 《자치안성신문》 봉원학 기자님이 2008년 11월 11일에 작성한 기사만을 근거로, 책문의 이호준 주간에게 청하여 안성옛날 죽산의 칠장사로 향했다. 칠장사 부근 명적암의 비구니께서 가르쳐주는 대로 명적암 오르는 길에서 비석을 하나 발견하고 환호했다. 찬바람 때문에 몸을 가누기 어려울 정도였으나 비문을 판독하고 사진을 찍었다. 하지만 그 비석은 시주비이거나 공덕비의 일종이었고, 신길만과 관련된 글귀는 찾아볼 수 없었다.

신길만은 안성의 농민이었다. 그는 무신난 때 관군을 피해 산사에 숨은 이인좌를 마을 사람 24명과 함께 붙잡아 토벌대장인 사로도순무사 오명항에게 넘겨준 인물이다. 그 공을 높이 사서 영조는 친히 그를 만나보고 상현궁과 은냥을 하사했다. 그리고 가선대부의 품계와 행동지중추부사의 직함을 주었다. 그의 묘비에는 그 품계와 직함이 적혀 있지만, 그의 무덤은 초라하다고 했다.

이날 신길만의 묘는 끝내 찾지 못했다. 당시 신길만과 함께 이인좌를 붙잡은 사람들은 농민들이 아니라 승려들이라는 말도 전한다. 그리고 이인좌가 마지막에 숨어들었던 산사는 곧 신라 때부터의 명찰인 칠장사라는 것이다. 부득이 칠장사의 대웅전과 요사채, 석탑, 일주문 등을 사진에 담고는 서둘러 서울로 돌아왔다.

무신난 때 공을 세우거나 순절한 사람을 기념한 비가 모두 셋인데, 그 어디에도 신길만의 일을 언급하지 않는다. 그의 무덤 앞에 작은 비석이 존재한다는 사실만이 그가 이인좌의 난 때 공을 세웠으리라는 사실을 짐작케 할 뿐이다. 나도 이 책을 집필하면서 그의 무덤을 찾지 못한 것이 못내 아쉬웠다. 농민 신분의 그가 사대부층의 권력 쟁탈전에 우연히 간여하여 떠들썩하게 추켜졌지만 곧바로 잊혀진 사실이 못내 애처로웠기 때문이다.

그날 밤, 봉원학 기자님의 메일 주소를 알아내어 사정을 밝히고 사진 자료를 요청하자 봉 기자님은 흔쾌히 자료를 제공해 주셨다. 더구나 칠장사를 소개하는 플레이트에는 나와 있지 않지만 이인좌가 마지막에 숨어들었던 산사가 바로 그곳이라는 점도 다시 확인해 주셨다.

신길만의 묘비나 명적암 부근의 시주공덕비는 모두 안성군의 문화재 소개에는 나오지 않는다. 하지만 봉 기자님은 《자치안성신문》에 "다시 찾은 우리 동네 우리 마을"을 연재하면서 그 25회분 "천년 고찰 칠장사를 품고 밥조리를 만들던 마을"에서 칠장사 부근의 전설과 유적을 상세히 언급해 두셨다.

한 시대의 역사나 문화, 문학을 연구하기 위해서는 향토사의 토대가

축적되어야 한다. 무신난의 조짐을 용인에 살던 최규서가 알아차리고 고변을 한 것이나, 이인좌가 안성에서 관군에게 패하여 칠장사로 숨어든 것은 지리적 사실과 향토의 특성을 이해하지 않으면 온전히 이해하기 어렵다.

이런 것은 이인좌를 사로잡은 신길만의 사례에 그치지 않는다. 이 책에서 내가 다룬 조선시대사 가운데는, 향토사 연구의 토대가 없으면 그 온전한 의미를 찾기 어려운 것들이 많다. 가능한 한 많은 자료들을 망라해 국왕과 사대부의 공치 관계와 국왕의 대외적 주권 행사, 그리고 국왕의 민중 교화 방식을 선물 증여의 행위를 통해 살펴보려고 했으나, 원 자료의 치밀한 검증이 부족하거나 자료의 집적 자체에 문제가 있는 것도 적지 않았으리라고 본다. 이 점에 대해서는 대방가에게 청익하는 바이다.

처음 집필한 원고가 이미 두 책의 분량이었는데, 각종 도판을 사용하고 나름대로 해설을 붙이다 보니 당초의 계획보다 더욱 방대한 양이 되었다. 부득이 조선 제1대 국왕인 태조 때부터 임진왜란을 겪은 제14대 국왕 선조 때까지의 사실을 제1권으로 묶고, 실질적으로 조선 후기의 새로운 문화를 배태한 광해군 때부터 강압적으로 국권을 빼앗긴 순종 때까지의 사실을 제2권으로 묶었다.

제1권과 마찬가지로 제2권도 여러 학자들의 연구저서나 이미 역주본을 참조한 것이 많다. 집필하면서 직접 참조한 연구저서는 참고문헌의 난에 밝혀 두었다. 문집의 자료 가운데 일부 자료는 나 자신이 새로 번역하고 풀이했으나, 문집의 일부 자료와《조선왕조실록》의 자료는 기왕의 번역물을 참조했다. 그 경우 고전번역원의 번역을 주로 참조했는데, 참조 사실을 밝히지 않은 예도 없지 않다. 이 자리를 빌려 감사의 뜻을 밝힌다.

　또한 도판의 경우, 실물이나 사진의 소장처가 달리 있는 것들은 사용 허락을 일일이 받았다. 도판 사용을 허락해 주시고 사진을 제공해 주신 각 기관이나 문중에 깊이 사례하는 바이다. 일부 자료는 내가 소장한 것을 사용하거나 현장에서 이호준 주간이 사진으로 촬영했다. 이호준 주간의 노고에 고개 숙이지 않을 수 없다.

2012년 6월
안암골에서
심경호

선물로 보는 조선왕조실록

국왕의 선물

제 2 권

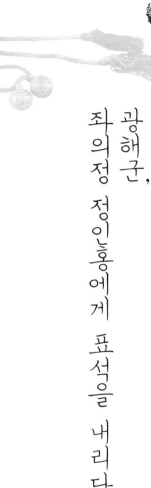

광해군,
좌의정 정인홍에게 표석을 내리다

광해군 7년1615년 10월 1일갑진, 좌의정 정인홍鄭仁弘이 사직의 상소문을 올렸다. 광해군은 이렇게 답했다.

내가 경을 기다린 지 오래되었다. 그런데 경이 들어온 뒤로 연달아 국기國료·왕이나 왕비의 제삿날 거둥왕의 행차이 있었고, 이어서 여러 날 동안 비가 내린 탓에 아직껏 경을 한 번도 만나지 못했으므로 항상 마음이 편안하지 못했다. 이번에 경이 올린 상소문을 보고 나서 서운한 마음을 금치 못하겠으니, 더는 사직하지 말고 안심하고 조리하여 시대의 어려움을 구제하라. 오늘 경을 만나보겠노라.

정인홍은 광해군 정권을 성립시킨 장본인이다. 광해군의 각별한 신임을 받았음은 새삼 말할 것이 없다. 이날 광해군은 정인홍을 불러 표석豹席·초모貂帽·이엄耳掩을 각 한 벌씩 하사하고, 술을 내렸다.

정인홍은 사은의 글을 올렸을 것이지만, 그 글은 지금 남아 있지 않다.

정인홍이 광해군의 선물에 사은하여 올린 글로는 문묘 종사에서 스승 조식曺植이 제외되는 것에 항의하여 광해군 2년1610년, 좌찬성의 직을 사직하고 고향 합천으로 내려가 있을 때 작성한 것들이 남아 있다. 그때도 광해군은 음식을 자주 내리면서 상경을 간절하게 요청했다. 광해군 4년1612년 정월에 경상도 순찰사 송영구宋英耉가 합천군수 윤공尹羾을 시켜 국왕이 내려준 음식을 보내오자, 정인홍은 정월 10일에 〈사식물차辭食物箚〉를 올렸다. 또한 2월 23일과 4월 10일에도 하사된 음식의 수령을 사양하는 〈사식물차〉를 올렸다.

　광해군 4년 2월 23일^{무자}에 〈사식물차〉를 올릴 때 정인홍은 시무에 관한 의견을 길게 서술했다. 그는 광해군의 유시 가운데 "어진 이를 생각함이 마음속에 해이해지지 않았다."라고 한 말과 "원훈을 대접하여 올라오게 하라."라고 한 말을 빌미로, 어진 이와 원훈이란 무엇인가에 대해 논술하고, 자신은 세상과 군주를 속이는 자일 따름이라고 자책했다.

　우선 '어진 이'에 대해서는 군주의 언급을 기회로 하고 싶은 말을 다 하겠노라고 하면서, 다음과 같이 이어 나갔다. 그의 말에는 당시 세간이나 군주가 어진 이로 추앙하는 사람들을 비판하는 뜻이 숨어 있다.

지금 사람들이 말하는 어진 이에는 두 가지가 있어서, 도덕을 가지고 말하거나 사공^{事功}을 가지고 말합니다. 성인의 문하에서 인^仁을 말할 때 은나라 말 미자·기자·비간의 인, 종일 이의를 제기하지 않았던 안연의 인, "누가 그 인과 같으랴."라고 공자가 칭송한 관중의 인 등 그 모두를 인이라 하지만 뜻이 서로 다른 것과 같습니다. 자기 뜻을 고상하게 가져서 도를 지켜 흔들리지 않아 확고하여 뽑히지 않았던 것은 안연^{안회}·민자건·증자·자사의 어짊입니다. 불이 다 타고 난 뒤에도 불의 기운을 보존하여 천명을 사십 년이나 기도^祈했으며 조정에 들어오자 조정이 바야흐로 이루어져 군국의 사무를 지휘한 대로 집중시켰던 것은 제갈량·이강^{李綱}의 어짊입니다. 이 둘이 아니면서도 어진 이라고 지목한다면, 세상을 속이고 이름을 훔친 죄로 천지귀신이 가만히 내버려두지 않을 것입니다. 크시도다, 왕의 말씀이여! 국사가 특별히 이 일을 적어두었으니, 부디 이 말을 들으시고 보시기 바랍니다.

게다가 더욱 신중히 하지 않을 수 없는 것은, 일시의 거짓된 풍습 또한 높여 키워 주어서는 안 된다는 사실입니다. 신이 가만히 보건대, 말세의 인물들 가운데 자잘한 명리에 구애받고 출세에만 급급한 자들이 정말 많습니다. 들뜨고 출랑대는 무리도 헤아릴 수 없이 많습니다. 이들은 내면을 다지는 데는 힘쓰지 않고 그저 겉모양만 신경 써서 분칠하고 꾸미고 바르고 번지르르하게 하여 도의와 학문의 명성에 집착한 채, 사사로운 뜻과 인간적 욕망이 이끄는 대로 살아가고 있습니다. 그 몸을 보면 성인의 문에 의탁하였고 그 학문을 물으면 성현의 책을 읽고 있지만, 그 자취를 따져 보면 이익과 녹봉을 좇아가고 그 실정을 살피면 부와 귀에 얽혀 있습니다. 세간 습속이 더러워지고 허물어지는 것이 너무나 심해서 이 지경에 이를 줄 전하께서 어찌 아셨겠습니까?

지금 신은 가장 심하게 세상을 속이는 자입니다. 단지 세상을 속일 뿐 아니라 군부君父를 속이고, 단지 군부를 속일 뿐 아니라 하늘의 해를 속이고 있습니다. 그렇거늘 차지해서는 안 될 자리를 훔쳐 얻고 각별히 대우해 주시는 은총을 번번이 입었습니다. 성군께서 도량으로 포용해 주시고 있습니다. 이것을 제가 비록 이를 죄로 여기지 않는다고 해도, 천지귀신이 결단코 이를 용납하여 보호해 주지 않아서, 심한 병이 연거푸 발작하여 온갖 약이 듣지 않습니다. 이래서 아마도 죄를 입어 장차 스스로 폐사하게 될 것입니다.

정인홍은 그 자신이 결코 어진 이가 아니라고 말했다. 그러면서 그 비판의 화살은 실은 '자잘한 명리에 구애받고 출세에만 급급한 자들', '들뜨고 촐랑대는 무리들'을 향하고 있다.

다음으로 정인홍은 자신이 결코 '원훈나라에 기여한 으뜸이 되는 공'이 못된다는 점을 누누이 진술하여, 자신의 공적이 결코 이이첨·이성李惺·박건朴楗·이담李憺 등에게는 미치지 못한다고 겸손해 했다.

전하께서 객지에 머물면서 근심하실 만한 환난이 없었고, 신하들이 전하의 말고삐를 잡고 천하를 떠돌 만한 수고로움도 따로 없었거늘, 신의 이름이 훈공의 첫머리에 외람되이 놓이게 되었습니다. 신이 비록 무뢰하다고는 하여도 일찍이 사우들 사이에 군자는 겸손히 사양하여 물러난다는 풍모를 들어 알았기에, 비록 도망하여 떠날 수는 없다고 해도 어찌 감히 태연하게 그 자리에 머물면서 부끄러워하지 않을 수 있겠습니까? 지금 녹훈을 하시면서 경중을 잘못 재신 것이 이와 같으니, 오늘뿐만 아니

| 견한록

미국 버클리대학 동아시아도서관 아사미컬렉션 소장 국문 필사본. 상중하 3책 가운데 2책의 일부. 정재륜(鄭載崙·1648~1723년)의 《공사문
견록》의 이본을 한글로 번역한 책이다. 정재윤은 본관이 동래(東萊)로, 정태화(鄭太和)의 아들로 태어나 정치화(鄭致和)에게 입양되었다. 9
살이 되던 효종 7년(1656년)에 효종의 다섯째 딸 숙정공주(淑靜公主)와 혼인하여 동평위(東平尉)가 되었다. 네 임금[효종, 현종, 숙종, 경종]을
모셨고, 세 차례에 걸쳐 정사(正使)로 청나라에 다녀왔다. 책 말미에는 '정헌세자(莊獻世子) 제1녀(第一女) 청연공주(靑衍公主·1754~1814년)
친필(親筆)'이라고 되어 있다. 필사한 이가 장조(사도세자)와 혜경궁 홍씨 사이에 태어난 청연공주임을 알 수 있다. 사진은 정인홍의 일화를
기록한 부분이다.

라 후대에도 신뢰를 받지 못할까 우려되어, 올라와서 녹훈에 동참하라 하시지만 결단코 감히 왕명을 받들 수 없습니다.

이어서, 정인홍은 자신의 질병이 쉽게 낫지 않을 것이므로, 내려보내 주신 내의內醫를 다시 불러올리시라고 청했다.

신은 미천한 몸의 나이가 이미 팔십에 가까워, 먹고 마시는 것이 나날이 적어져, 아주 적은 양의 죽에 의지할 뿐이므로, 원기가 부족하고 다하여서 질병이 침투했습니다. 바로 텅텅 빈 나라에 적병이 기회를 타는 것은 이세理勢가 저절로 그러하여 사람의 힘이 미칠 바가 아닙니다. 편작과 화타라도 멀리 바라보고는 달아날 것이거늘, 하물며 그 아래 수준의 의원이야 더 말해 무엇하겠습니까? 제 몸의 병은 의원이나 약으로 고칠 수 있는 것이 아님을 신은 잘 알고 있어서, 탕제湯劑를 투약하면 죽 먹는 것을 방해하기만 하고 원기를 보충하지는 못합니다. 그러므로 약물을 완전히 끊어서 다시는 목구멍 안으로 넘기지 않고 있습니다. 따라서 내의內醫를 머무르게 하더라도 기예를 베풀 곳이 다시 없습니다.

마지막으로 정인홍은 초야에 있는 신하로서 이세理勢가 옛사람과 다르므로 속내를 모두 진술하지 않을 수 없다고 하면서, 자신이 도성에 들어가지 않는 이유를 분명히 말했다.

무엇보다 그는 유영경柳永慶과 함께 선조 때 호성공신扈聖功臣이 된 사실을 부끄럽게 여긴다고 하면서 유영경의 공신 호를 거두어 달라고 압박했다. 선조 41년1608년, 유영경이 선조가 광해군에게 양위하려는 것을 반대하자, 정인홍은 그를 탄핵하는 상소를 올려 유영경의 참수를 청했다가 도리어 영변으로 귀양 갔던 일이 있었다. 그런데 그 유영경의 무리가 아직도 세력을 유지하고 있으므로 그 세력을 억제해야 한다고 보았기 때문이다.

무신년1608년·선조 41년의 변고 때, 평소 알지도 못하고 문안을 한 적도 없는 이경전李慶全, 얼굴도 몰랐던 이이첨李爾瞻, 이름도 몰랐던 정조鄭造, 이정원李挺元 및 상소문에 연명한 허다한 유학자들이 재앙을 면하지 못할 뻔했으니, 이것은 전하께서도 상세하게 아실 것입니다. 어찌 오늘 지나치게 염려하여 어탑 앞에 말씀을 올린다고 해서 지난날의 불길한 효상爻象이 다시 있겠습니까? 신은 눈을 감고 귀를 막고서 산에 들어가되 깊이 들어가지 못할까 염려하거늘, 무슨 면목으로 어명을 받들어 행하여 다시 도성 문으로 들어가겠습니까? 이것이 신이 오늘 다시 나아갈 수 없는 한 가지 이유입니다.

신이 도성에 있던 날에 적을 토벌한 공훈을 공신첩에 기록하라고 명하셨지만, 무신 변고의 남은 무리는 기세가 더욱 거세게 타올라서, 조정의 인사 문제에 굽은 자나 곧은 사람이나 한데 뒤섞이므로, 훈신의 회맹 때 나눈 신표가 그저 허랑한 물건인 듯합니다. 성명聖明께서 선을 좋아하시고 악을 미워하심은 신도 의심하지 않습니다만, 남이 신과 함께 조정에 서기를 바라지 않는다면, 신이 어찌 스스로 편안히 여겨 길을 떠나 도성 문으로 들어가겠습니까? 이것이 신이 지난날 머무르려고 하지 않고 오늘날 다시 나아가기를 바라지 않는 한 가지 이유입니다.

신이 도성에 있을 때 유영경이라 하는 자가 정승에 올라 멋대로 권력을 휘두른다는 것을 들었으니, 그 신하답지 못한 죄는 일찍이 생각지도 못했던 것입니다. 아아! 나라를 그르치는 상신과 권세를 마음대로 하는 간신이 자고로 한 사람이 아니었지만, 주살해야 마땅한 신하에게 어찌 훈공을 세운 것으로 기록하라고 명하셨습니까? 이것으로 보면 유영경을 구하려는 죄는 전하께서 홀로 주살하더라도 대신들은 모를 일입니다. 신은 훈공을 기록하는 일에서 겉으로는 따르면서도 마음으로는 그렇게 여기지 않았고, 마음으로 그렇게 여기지 않으면서도 입으로는 말하지 않았으며, 입으로는 말하지 않으면서 그 득실을 가만히 엿보았습니다. 이런 것이 과연 군주를 지성으로 섬기는 도리이며 군주와 신하의 정의情義가 신뢰할 만하다고 할 수 있겠습니까? 신이 이미 이렇게 모순을 드러냈으므로, 관직을 삭제해 달라고 청했습니다. 하지만 뜻을 이루지 못하고 도망하려 했으나 여의찮으니, 길을 가서 도성 문으로 들어갈 면목이 없습니다. 이것이 바로 신이 지난날 도성에 머무르지 못하고 지금 다시 나아갈

　유영경은 선조 때 당론이 일어나자 유성룡과 함께 동인에 속했다가, 동인이 다시 남인과 북인으로 갈라질 때 이발李潑과 함께 북인에 가담했다. 선조 32년1599년 대사헌으로 있을 때 남이공과 김신국이 같은 북인의 홍여순洪汝諄을 탄핵하면서 대북과 소북이 갈릴 때는 유희분과 함께 남이공의 당이 되어 그 영수가 되었다. 한때 대북파에 밀려 파직되었다가 선조 35년1602년 이조판서에 이어 우의정에 올랐다.

　유영경은 선조 37년1604년에 호성공신 2등에 책록되고 전양부원군에 봉해졌으며, 윤승훈의 뒤를 이어 영의정에 올랐다. 선조 39년1606년에 남이공과 불화하여 탁소북으로 분파하였으며, 왕의 뜻에 따라 영창대군을 광해군 대신 옹립하려 했다. 1608년에 선조는 죽기 전에 영창대군을 부탁했는데, 유영경은 이른바 유교칠신遺敎七臣의 한 사람이었다. 광해군이 즉위한 후 정인홍과 이이첨의 탄핵을 받고 경흥에 유배되었다가 사사되었다. 그 뒤 1623년 인조반정이 있은 후 관작이 복구된다.

　정인홍鄭仁弘·1535~1623년은 경상도 합천에서 태어났다. 김우옹金宇顒과 함께 남명 조식의 고제高弟였다. 조식은 말년에 김우옹에게 방울인 성성자惺惺子를, 정인홍에게 칼인 경의도敬義刀를 주며 그 뜻을 받들라 했다고 한다. 방울을 준 것은 경敬의 태도를 견지하라고 한 것이고, 칼을 준 것은 의義를 추구하라고 한 것이다.

　《선조수정실록》의 사평은 조식이 정인홍에게 지경持敬하는 공부를 가르쳐, 정인홍이 조식처럼 평생토록 칼을 턱 밑에 괴고 반듯하게 꿇어앉은 자세를 바꾸지 않았다고 적었다. 또 그의 독서는 고사에 정밀하고 해박함이 조식보다 뛰어났으며, 시비를 변론하고 공격하는 작문에 소질이 있었으므로, 사람들이 잘못을 알아도 그의 억셈이 무서워 대항하지 못했다고도 했다. 그러나 한편으로는 정인홍이 너무 거세어 그저 자신이 옳다고만 여긴 나머지 남들과 이야기할 때 조금이라도 자기의 뜻에 거슬리면 곧장 화를 내고 이기려 들었다고 덧붙였다. 심지어 정인홍은 아주 음험하고 교활해서 없는 말을 만들어 남을 모해했으므로 아주 가까운 친지나 친구 간이라 해도 금방 원수처럼 변했다고 했다. "마음의 수양이 두터울수록 밖으로 드러나는 것은 더욱 포악했던" 것이다.

정인홍은 조식을 계승하여 정책 실행에서 손상익하損上益下·위에서 덜어 아래에 보태줌의 정신으로 나아갔다. 하지만 주장과 행동이 지나치게 강경하여 물의를 일으켰다. 《실록》의 사평은 그 점을 지적한 것이다.

정인홍은 선조 6년1573년에 학행학문과 행실으로 천거되어 6품직을 받았다. 동인에 속하여, 서인의 심의겸·정철·윤두수를 탄핵하다가 해직되었다. 임진왜란 때 제용감정濟用監正으로 합천에서 의병을 모으고 이듬해 의병 3,000명으로 성주·합천·함안 등을 방어했으며, 성주에서 왜병을 격퇴했다. 이 공적으로 영남 의병장의 호를 받았다. 선조 35년1602년 대사헌으로 승진했으며, 중추부동지사·공조참판을 역임했다. 이때 유성룡을 탄핵하여 사직하게 하고, 홍여순 등 북인과 함께 정권을 잡았다. 선조 38년1605년에 효충장의 선무공신效忠仗義宣武功臣 1등에 녹훈되었다. 그런데 조식의 문집을 간행하면서 서문에 이황을 논란한 것 때문에 사림의 대대적인 지탄을 받았다. 73세 되던 이듬해1608년·선조 41년, 선조가 광해군에게 양위하려 했을 때 유영경이 반대하자 유영경의 참수를 청했다. 그러나 이 때문에 도리어 영변으로 귀양을 갔다. 귀양 가는 도중에 선조가 승하하자 풀려났는데, 도성에 이르기 전에 자헌대부에 오르고 한성부 판윤에 제수되었다. 하지만 낙향했다.

광해군 2년1610년 좌찬성에 제수되었는데, 문묘 종사에서 조식이 제외되고 이언적·이황이 종사되는 것에 반대하여 사직 차자를 올리면서 이언적과 이황을 비난했다. 이 때문에 유생들에게 지탄을 받아 유생의 명부인 청금록에서 이름이 삭제되었다. 이로 인해 남과 북의 당이 분리되었다.

정인홍은 이황을 비판하는 이유를 《정맥고풍변正脈高風辨》(1606년 저술)이란 저술에서 상세히 밝혔다고 한다. 이상필 교수가 발굴한 이 자료에 따르면 정인홍은 을사사화1545년로 중종의 8남인 봉성군이 죽는 등 많은 사람이 죽어나갈 즈음, 이황은 봉선군을 죽이라는 여론에 반대하지 않았다고 한다. 정인홍은 그 일을 거론하여 이황은 결코 조선 유학의 정맥일 수 없다고 주장했다는 것이다.

정인홍은 77세 되던 광해군 4년1612년에 우의정이 되었다가, 11월에 좌의정이 되었다.

광해군 7년1615년 11월 12일갑신, 광해군이 선정전에 나아가니 왕세자도 입시했다. 병으로 조정에 들지 않던 정인홍도 모처럼 입시했다. 광해군은 그를 인견하고, "경은 나이가 많지만 정신과 기력은 아직 쇠퇴하지 않았으니, 황각黃閣·정승의 집무처에 누워 정치의 도리를 논하여, 목마르듯이 바라고 있는 내 뜻에 부응하라."라고 했다. 이어 광해군이 대신과 전장銓長·이조판서에 합당한 사람과 경전에 밝고 행실을 닦은 선비를 모두 말하라고 하자, 정인홍은 "전장에 합당한 사람을 굳이 들자면, 충심으로 나라를 위하기로는 이이첨 만한 자가 없습니다."라고 했다. 그리고 대신에 합당한 인물로는 송순宋諄을 천거했다. 또한 시정과 군사와 관련해서 다음과 같이 건의했다.

신이 근래 연명連名으로 와서 호소하는 시민市民을 보고 물었더니, 시역市役이 번거롭고 무거워서 백성들이 살아갈 수 없기 때문에 모두 외방으로 흩어져, 시역을 하는 시민이 거의 없다고 했습니다. 신이 이미 그들의 연명 문서를 해당 관청에 보냈으니, 해당 관청으로 하여금 경장更張하고 변통하여 편안히 모여 살 수 있도록 방안을 세우게 해야 합니다.

또 북쪽의 상황은 멀리 헤아릴 수가 없지만, 남쪽의 일로 말하자면 왜적을 막는 방비책으로는 배를 수리하여 왜적으로 하여금 상륙하지 못하게 하는 것보다 더 급한 일이 없습니다. 지금 여러 진鎭의 장수들이 오직 자기를 위하는 계책에만 힘써서 전함과 병기가 날로 피폐해 가고 있으니, 혹 급한 일이라도 있을 경우 무엇을 믿을 수 있겠습니까? 마땅히 어사를 보내 불시에 순시해야 합니다.

정인홍은 광해군 5년1613년 4월에 수성결의 분충효절 정운공신輸誠結義奮忠效節定運功

┃ 성성자(惺惺子)

복원품. 한국국학진흥원 유교문화박물관 소장.

조식(曺植)이 깨어 있는 마음을 유지하기 위해 항상 옷깃에 달고 다녔다고 하는 방울. 《남명집》에 근거해 복원한 것이라고 한다. 서암(瑞巖)이란 승려가 매일같이 자신에게 묻기를, "주인옹(主人翁)은 깨어 있는가?"라고 하고서, 자신이 답하기를, "깨어 있노라.(惺惺)"고 하여 마음을 다스렸다고 한다. 이렇게 성성은 불교에서도 중시하는 것이지만, 유학에서는 경(敬) 공부와 관련이 있다. 경(敬)에 대해 정자(程子)는 "한 곳에 마음과 힘을 집중한 채 다른 곳에는 가지 않는 것(主一無適)"이라 했고, 사양좌(謝良佐)는 "항상 마음을 깨어 있게 하는 것(常惺惺然)"이라 했다.

┃ 경의검(敬義劍)

복원품. 한국국학진흥원 유교문화박물관 소장.

조식(曺植)이 스스로를 다잡기 위해 품고 다녔다고 하는 칼. 《남명집》에 근거해 복원한 것이라고 한다. 경의란 말은 《주역》〈곤괘(坤卦)〉문언전(文言傳)에서 "경으로써 안을 곧게 하고 의로써 밖을 방정하게 하여, 경과 의가 확립되면 덕이 외롭지 않다(敬以直內, 義以方外. 敬義立而德不孤.)"라고 한 말에서 따왔다.

臣에 책록되고 서녕부원군瑞寧府院君에 봉해졌다. 계축옥사가 일어나자 영창대군의 처벌을 반대하면서도 영창대군을 지원하는 세력을 제거하고자 했다. 광해군 6년1614년 정월에 좌의정이 되고, 80세 되던 이듬해에 궤장을 하사받았다. 광해군 10년1618년 봄, 영의정에 제수되었으나 사양하고 나아가지 않았다. 1623년 인조반정 뒤 참형되고 가산은 적몰되었다. 88세였다.

정인홍의 어렸을 적 일화와 만년의 불행에 관해서는 경남 의령에 전설이 전한다. 이 전설은《한국구비문학대계》(8-10)에 들어 있는데, 이강옥 씨가 처음으로 그 의미를 밝힌 바 있다.

합천에 한 아이가 있었는데 해인사 승려들이 아이의 눈빛이 너무나 강렬한 걸 보고 놀랐다. 그 아이가 정인홍이었다. 정인홍은 정구鄭逑와 함께 퇴계를 찾아가 배우기를 청했다. 점심 때가 되자 퇴계는 정구에게는 제대로 밥상을 차려 주고 정인홍에게는 하대하는 밥상을 차려 주었다. 정인홍은 밥을 먹지 않고 나와 버렸다. 퇴계는 한눈에 정인홍이 역적이 되리라는 것을 알아차리고 쫓아버리려 한 것이었다. 정인홍은 그 길로 남명에게 갔다. 남명도 정인홍의 눈을 보고 앞으로 어떻게 될 사람인 줄 알아차렸다. 하지만 남명은 알고서도 그를 받아 주었다.

정인홍은 남명이 뭔가를 벽장에 소중하게 넣어두고 외출할 때마다 꼭 잠그고 가서 호기심이 생겼다. 남명이 출타했을 때 열어보니 뱀이 한 마리 있었다. 정인홍이 눈을 부릅뜨자 뱀이 죽어버렸다. 남명이 돌아와 그 사실을 알고 야단을 쳤다.

뱀은 정인홍의 사촌형의 자식으로 태어났다. 몇 번 죽였지만 계속 태어나니 어쩔 수 없었다. 정인홍이 10년 동안 영의정을 하다가 늙어서 합천으로 내려왔다. 광해군이 왕비를 폐하려 한다는 소문을 듣고 폐비를 반대하는 글을 써서 심부름꾼에게 주었다. 심부름꾼이 성주를 지나는데 갑자기 천둥번개가 쳤다. 그가 동헌 앞에서 비를 피하고 있는데 때마침 성주목사가 정인홍의 당질이었다. 당질은 편지의 내용을 알고는 폐비를 시켜야 한다는 쪽으로 내용을 반대로 만들어 주었다. 이 때문에 정인홍은 역적으로 몰려 죽었다. 뱀의 혼이 정인홍을 역적으로 몰아간 것이다.

이 전설은 정인홍이 어렸을 적부터 역적의 기세를 지니기는 했으나, 그가 역적이 된 것은 요망한 뱀을 죽인 때문이라고 둘러대었다. 정인홍이 역적으로 몰려 죽은 것이 억울하다고 말하고 있는 것이다.

광해군1575~1641년은 조선 제15대 왕이다. 이름은 혼琿으로, 선조의 둘째 아들이다. 어머니는 공빈 김씨, 비는 판윤 유자신柳自新의 따님이다. 1592년 임진왜란이 일어나자 피난지 평양에서 세자에 책봉되고, 권섭국사權攝國事로서 분조分朝를 맡았다. 1597년에 정유재란이 끝난 뒤 선조는 영창대군을 세자로 책봉하고자 했으나 뜻을 이루지 못했다. 1608년에 정인홍 등 대북파의 지지로 왕위에 오른 광해군은 즉위 5년째인 1613년에 영창대군을 서인으로 강등하고 강화에 안치시켰다가 이듬해 살해했다. 1618년에는 이이첨 등의 폐모론에 따라 인목대비를 서궁에 유폐시켰다. 하지만 1623년에 일어난 인조반정으로 폐위되어 강화도에 유배되었다가 제주도로 옮겨졌다. 묘호는 광해군지묘光海君之墓로, 경기도 남양주시에 있다.

광해군은 후금과 명나라가 싸울 때 명나라를 위한 지원군을 파견하면서 강홍립姜弘立에게 형세를 관망하라는 지시를 내렸다고 한다. 이 때문에 인조반정의 주동자들은 광해군이 명나라에 대한 사대의 의리를 어겼다고 지탄했다. 또한 광해군은 모후 인목대비를 폐위시켰으므로, 인조반정 이후의 유학자들로부터 패륜을 범했다고 비난받았다.

하지만 광해군은 정치와 문화의 면에서 볼 만한 업적을 많이 남겼다. 즉위한 1608년에는 곧바로 선혜청을 두어 경기도에서 대동법을 시험했고, 재위 3년1613년에는 양전量田을 실시했다. 임진왜란으로 폐허가 된 창덕궁을 중건하고 경덕궁지금의 경희궁과 인경궁을 준공했다. 만주에서 여진족이 후금을 건국하자, 이에 대비하여 성과 병기를 수리하고 군사를 양성했다. 일본과 외교를 재개하고, 오윤겸吳允謙을 일본에 파견하여 포로로 끌려갔던 조선인들을 쇄환했다. 출판 사업으로는, 《신증동국여지승람》·《용비어천가》·《동국신속삼강행실》을 다시 간행하고 《국조보감》·《선조실록》을 편찬했으며, 적상산성에 사고史庫를 설치했다.

이렇게 많은 업적을 이루고도 광해군은 서인 정파의 선비들을 억압했기 때문에 정치를 제대로 못했다고 비난을 받아야 했다. 그런데 많은 역사가들은 광해군이 정치를 잘못한 이유가 이이첨을 잘못 기용한 때문이라고 말한다. 광해군이 이이첨을 기용한 것은 정인홍이 적극 추천했기 때문이니, 결국 광해군의 실정失政은 정인홍의 잘못이라고 해도 과언이 아니다.

광해군 5년1613년·만력 41년 8월 11일병신, 광해군은 이이첨을 예조판서로 삼았다. 《광해군일기》의 사관은 이 기사 뒤에, 이이첨이 이른바 '초야의 공론'을 지배하고 있다고 비난했다.

이이첨은 공신록에 녹훈되어 이미 높은 품계에 올라 있었기 때문에 삼사의 장관이 될 수 없었다. 그러나 이이첨은 훈봉勳封만으로 관각의 직을 겸대하여, 비록 권력 있는 직위에 있지는 않았지만 항상 조정의 논의를 주도하여 청현직의 관료들을 논핵했다. 사대부들의 거마가 골목에 가득하여 밤낮으로 문전성시를 이루었고, 두려워하여 빌붙는 사류들도 많았다. 그런데 광해군 5년 8월에 이르러 이정귀를 대신하여 예조판서가 되고, 또 얼마 지나지 않아 대제학까지 겸했다. 그는 이익을 탐하는 무리들을 '사림'이라 우대했다. 그리고 대각이 먼저 발론하기 불편한 큰 의논이 있을 때마다 모두 스스로 소장의 초안을 잡아 추종자들에게 나누어 주어 올리게 하고는 '초야의 공론'이라고 사칭했다. 심각하고 음험한 함정을 설치하는 의론은 모두 밀계密啓를 사용했다. 은밀한 것은 언문으로 말을 만들어 김상궁으로 하여금 완곡히 개진하게 하여 반드시 재가를 얻어냈다.

김상궁은 이름이 개시介屎이다. 춘궁동궁의 옛 시녀로 왕비와 가깝게 지내 광해군을 잠자리에 모실 수 있었다. 그런데 비방秘方으로 갑자기 사랑을 얻었으므로, 왕비와 틈이 생겼다. 이 무렵 이이첨은 조국필과 함께 은밀히 왕에게 아뢰어 박씨를 세자빈으로 간택되게 했다. 세자빈 박씨의 친정아비는 박자흥, 친정할아비가 박승종으로, 모두 왕의 총애를 받고 있었다. 하지만 박승종과 박자흥은 유희분과 합세해서 이이첨을 견제했다. 이이첨은 김상궁의 아비와 교분을 맺었다. 김상궁은 항상 역적 토벌을 자임하고는 했으며, 뜻을 굽혀 중전을 섬기는 체했다.

▌ 광해군 묘

남양주시 진건읍 송능리 소재. 한국학중앙연구원 사진 제공.

광해군은 조선 15대 임금이었으나 폐위되었기에, 그 묘는 왕릉이 아니라 군묘(君墓)의 형식이다. 그의 묘는 문성군 부인(文城郡夫人) 유씨와 쌍묘를 이루고 있다. 두 봉분에 각각 비석과 상석이 있고, 장명등, 망주석과 문인석 1쌍이 설치되어 있으며 곡장이 둘러져 있다. 정자각이 없어 상석에서 제를 올린다.

그러면서 이이첨과 결탁해서 궁중의 갖가지 암투를 빚어냈다.

이이첨은 서인, 남인, 소북을 견제하여 이렇게 말했다고 한다. "사대부로서 서인이니 남인이니 소북이니 이름 하는 자들은 모두 역적 이의영창대군에게 마음을 두어 나라를 위태롭게 하려는 자들이므로 장차 화를 예측할 수 없습니다. 다만 신들처럼 대북이라고 이름 하는 자들만이 오로지 주상을 위해 충성을 바치길 원하므로 주상께서 오직 의지하고 기대야 할 대상입니다."

《광해군일기》의 사관은 폐모론의 주모자로 이이첨을 지목했다.

한때 폐모론이 발론되었다가 중지되자 광해군은 이이첨에게 은밀히 그 이유를 물었다. 이이첨은 폐모론이 이루어지지 않는 이유를 박승종과 유영경의 탓으로 돌렸다. "박승종이 유영경의 족당으로서 거의 무신년에 죄를 얻을 뻔했는데 신과 사돈 사이라서 풀려나 온전할 수 있었습니다. 지금 다시 총애를 입게 되면서 은혜를 배반하고 혐의를 낚아 오로지 신이 하는 것들을 파괴하는 것을 임무로 삼고 있습니다. 광해군이 은밀히 그 글을 박승종에게 보이자, 박승종은 두려워하여 스스로를 변명했다. 사실 박승종도 폐모론을 그르다고 하지는 않았다고 한다. 광해군은 여전히 이이첨 다음으로 박승종을 총애하고 대우하되, 그의 당파들은 소외시켰다. 광해군은 실상을 잘 모른 채 이이첨의 건의를 들어주고 이이첨이 천거한 자들을 믿고 사랑했다. 이렇게 해서 요직의 인물들은 모두 이이첨의 당파였다. 박자홍과 유충립 등 몇 사람만이 겨우 그 사이에서 용납되었지만 권력은 미약했다.

1623년에 인조반정이 일어나고 정인홍이 역적으로 처형되자, 조식의 문하에서는 선조 때 정인홍이 주도하여 편찬한 《남명집》을 개편하려고 했다. 효종 2년 1651년에는 하홍도河弘度의 문인 이집李集과 하자운河自渾이 덕천서원에 들어가 《남명집》 본집의 판목 중에서 정인홍과 관련된 부분을 훼손했다. 현종 11년1670년 10월 7일에 집의 신명규 등은, 조식의 문집 부록 가운데 '정인홍 등 여러 역적의 더러운 글'들을 깎아버리도록 경상도 관찰사에게 분부하시라고 청하여, 윤허를 얻었다. 이에 송시열의 수정 지침에 따라 《남명집》에서 정인홍의 흔적이 말살되었다.

정인홍에 대해서는 역적이라는 비판과 달리, 국정에 충실한 인물이었다는 평가가 있다. 다만 정인홍이 이이첨을 신뢰하여 '충심으로 나라를 위하는 자'로서 '전장에 합당한 사람'으로 천거한 것은 실책이었다고 하지 않을 수 없다. 광해군이 이이첨을 신뢰하여 실각하고 말았던 것은, 정인홍의 천거를 받아들인 죄라고 해야 하지 않을까.

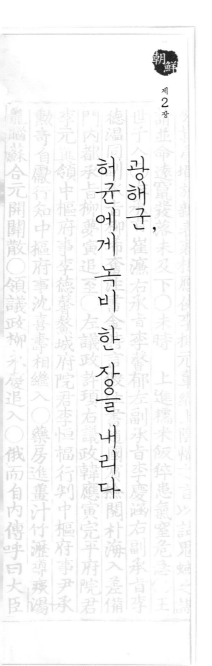

광해군,
허균에게 녹비 한 장을 내리다

광해군 8년1616년 5월 29일무술, 광해군은 비망기로 이르기를, 민형남閔馨男과 허균許筠을 명초命招·왕명으로 부름하라고 했다. 광해군은 그들을 인견하고 녹비鹿皮 한 장씩을 주었다.

광해군은 이날 허균에게 왜 녹비 한 장을 하사했는가? 그것은 허균이 이른바 종계변무의 일과 관련하여 공을 세웠다고 여겼기 때문이다.

종계변무란 조선 조정이 명나라의 주요 관찬 서적에 조선 왕가의 종계가 고려 공민왕의 시해자인 이인임李仁任의 후손이라고 기록된 것을 정정하려고 했던 외교 현안이다. 곧 이성계의 부친이 이인임으로 되어 있는 기록을 고치려 한 것이다.

태조가 개국하던 때에 윤이와 이초가 반란을 일으켜 중국에 들어가 이왕가의 종계를 무함하여 고려 역적 이인임의 후손이라고 했다. 그 뒤 명나라 사신이 해악海岳을 제사지내는 축문을 가지고 온 것을 보니 그 속에 '이인임의 후사 아무개' 따위의 말이 있고, 그것이 명나라 태조洪武帝의 유언집인 《조훈장祖訓章》《황명조훈》에도 실려 있었다. 이 기록은 명나라 태종영락제 때인 1405년에 칙명으로 이루어진 《영락대전永樂大典》, 명나라 효종 때인 1502년에 칙명으로 이루어진 《대명회전大明會典》에도 전재되었다.

조선 조정의 종계변무 요청을 중국이 받아들여 관찬 서적에 그 내용을 주석으로나마 넣어 주기까지는 무려 200년이 걸렸다. 중국의 외교전술이 얼마나 교활한지 잘 알 수 있다. 또 조선의 외교정책이 얼마나 명분에 집착해 있었는지도 똑똑히 알 수 있다.

조선은 태조 3년1394년에 변무주청사辨誣奏請使를 파견하고, 다시 태종 4년에 이지 강李之剛을 파견하여 변무하게 했다. 이때 명나라 태종 영락제는 "국왕은 '이인인李仁人'의 후손에 관계되지 않았으니, 이는 앞서 전해온 말이 잘못된 것이다. 그에 따라 개정하라."라는 칙지를 내렸다. 중국 측에서는 '이인임'을 발음이 같은 '이인인'으로 표기했다. 세조 7년1461년에 이르러 명나라는 《명일통지明一統志》라는 전국 지리지를 간행할 때 조선을 번병藩屛으로 다루면서, 조선의 종계와 관련한 내용을 주석에 기록해 두었다. 이에 조선 조정은 《명일통지》의 기록을 근거로 《영락대전》의 기사를 정정하려고, 중종 13년1518년에 주청사를 파견했다. 명나라 무종의 칙서에 "그대 조상 이성계는 원래 이인인의 후손과는 관계가 없으니 특별히 윤허하고 짐의 뜻을 유시한다. 삼가 받들라."라고 했다. 하지만 이때 가져온 《대명회전》에는 종계의 사실이 고쳐져 있지 않았고, 또 조선 태조에 관해서는 "왕씨를 시해했다."라고 되어 있었다. 중종은 즉시 남곤南袞과 이자李耔를 파견해서 변무하게 했다. 중종 34년1539년에는 주청사 권벌權橃이, "그쪽 나라가 주청한 내용과 열성列聖의 분명한 성지를 아울러 받들어, 이후 《회전》을 찬수할 때 첨부하여 기록하도록 하라."라는 명나라 세종가정제의 칙지를 받아 왔다. 명종 12년1557년에는 조사수趙士秀가, "《회전》이 반포되면 분명하게 보여 주라."라는 명나라 세종의 칙지를 받아 왔다.

명종 18년1563년에는 김주金澍가 종계변무 겸 진하사가 되어 성절사 이우민李友閔과 함께 명나라로 가서, 명나라 예부상서 이춘방李春芳으로부터 《대명회전》 서너 장을 고칠 때 변무의 내용을 첨부해 주겠다고 약조를 받았다. 그러나 9월 17일에 김주는 옥하관玉河舘에서 급서했다. 그 대신 서장관 이양원李陽元이, "그대 조선 국왕은 짐의 동번東藩으로 누차 조상의 세계를 바로잡아 줄 것을 요청해 온 바, 짐은 특별히 아뢴 바를 윤허하고, 사관史館에 송부해서 《회전》의 구문에 실려 있는 그대 조상의 잘못 전해온 직계를 바로잡아 해처럼 환하게 했다."라는 내용이 담긴 명나라 세종의 칙지를 받아 왔다. 그러자 영의정 윤원형과 우의정 심통원은 "지난 임자년명종 7년·1552년에 한두韓峀가 가지고 온 《회전》의 책장에는 다만 이인임의 후손이 아니라는 사실만 말했을 뿐, 환조桓祖·이성계의 부친의 성휘姓諱·이자춘는 기록되지 않았습니다. 그런데 금년에 개정한 책장에는 환조의 성휘가 국조國祖의 이름자 위에 분명하게 기록되어 더 이상 부족한 느낌이 없게 했으므로 종묘에 고하는 예를 폐할 수 없습니다."라고 했다. 그해 12월 9일, 칙서가 이르자 명종은 명정전明政殿에서 특사特赦를 반포하고 하례를 거행했다.

하지만 명나라 목종의 융경 연간1567~1572년에 교정이 끝난《영락대전》전서에는 변무 내용이 기재되지 않았다. 조선 조정이 만족할 만한 변무는 선조 연간에 이르러서야 이루어졌다.

선조 6년1573년에는 명나라 신종만력제이 칙지를 주어, "특별히 청한 바를 들어주고 초록하여 사관으로 송부해서 숙조肅祖의《실록》에 갖추어 기록하고《대명회전》을 새로 찬수하기를 기다렸다가 그대가 하소연해 온 대로 선대의 잘못된 부분을 개정해 주도록 하겠다."라고 했다. 또 선조 17년1584년에도 명나라 신종이 칙지를 주어, "특별히 사관에 명하여 이번에 새로 찬수하는《대명회전》의 원고 안에 기재된 내용에 의거해서 기록해 보인다."라고 하고, "책이 완성되어 열람한 뒤 반포할 때가 되거든 관원을 차출하여 그대 나라에 먼저 보내어 유시할 것이다."라고 했다.

선조 20년1587년에 유홍兪泓은 사은사로 연경에 가서 예부에 호소하여, 아직 황제의 어람御覽을 거치지 않은《대명회전》을 칙명에 따라 해당 부분만 인쇄해 받아 왔다. 여기에는 종계변무의 사실이 기재되어 있었다. 조선 조정은《대명회전》의 기록을 정정받아 전체 책이 간행되기를 고대했다.

선조 22년1589년에 이르러 윤근수尹根壽가 북경에서 돌아와 명나라 신종이 증여한《대명회전》의 완본完本을 바쳤다. 명나라 신종은 다음과 같은 칙지를 보내 왔다.

《회전》은 조종의 오랜 법이고 국가의 성헌成憲이므로, 내부內府에 보관하고 유사가 관리하게 했지, 외번外藩에게는 경솔히 보인 적이 없었다. 그러나 그대는 대대로 신하로서의 직임을 다하고 일찍이 충성을 바쳐 동번東藩의 역할을 다하여 상국의 위의를 본

漢鄭衆謝拜軍司馬　戊子謁聖表製魁試券

戎庭持使節申道屢命之誅
蕃府忝軍僚溫荷蹈分之寵
臣心猶愧　　誦三百能專對素之使乎之才
物議謂何　念　纔張衆人
材官賤士　得十萬願橫行竊效丈夫之志
生還雖荷於皇靈　志有愧於亨卿偶
念王軍靡敢忘徇國之心　暴値之人於朝著
　論音既勤於汰往　忠臣不擇事安宣懷巧避
拒衛律之擬劍　猥被衝命於匈奴
免郭吉之習胡　驕己溪於老上幸
謂夷情無斁飄陳遺价之失　對剥木以
福性尚昧於時宜　歆覬石之
使事未竣於郊疇　愚見非為斗計要煩恳辭
　鷄詔一霑於恩典　身入帝城何借子公之力
自傷　遽蒙天寵於京華　曾是安校尉之列
莫轉　篤賢拜生於明時　職分當
　埃跌武之臨身目知不免　穫忝軍司馬之班　虞譽過
為安有可觀之微績　魂招楚澤不煩丞陽之辯
寶謝荷延獎之前夢　昭帝漢蘇武忠深縹高與圖
　恩九死而難酬　厚德豈恩臣所堪
　撫七尺而圓揩　咸皇賞陳湯功大僅封闊內侯
自惟何似　不賞善何以勸善縱欲義士之事先
故此二子　遇　皆曰賢然後用賢恐在國人之禅可
　報功澤厚　湯光非賤士可報
　謂朝廷嘗有人乎寮臣雖非安社稷之器　厚德豈恩臣所堪
寶謝荷延獎之前夢　遂令被譴之身
實謝荷延獎之前夢　特蒙起嚴之澤　不
使四方可謂士也知臣粗有效忠節之誠
如蒙拂拭固且受命之秋　銘心無貳
　偹效涓埃都是報國之日　粉骨難忘

받아 왔다. 그리고 여러 대의 밝히지 못한 종계의 무함을 씻어주기를 간절히 바라온 지 오래이므로, 선왕 때 간행하지 못했던 책을 편찬해서 흔쾌히 보여 주리라 생각했다. 짐은 그대의 나라를 내복內服 국경내 지역과 같이 대하고 문자한자를 같이 쓰는 것을 가상히 여겨 특별히 전편을 하사하여 영구히 전하도록 하는 바이다. 그대는 이 도적圖籍을 받들어 이 법을 본받으라. 이미 현저한 광영을 받았으므로, 깊이 간직하여 준수하고 총애의 덕을 생각해서 더욱 섬기는 정성을 굳건히 하라.

선조는 재위 23년1590년에 종계변무가 일단락되었다고 보고, 변무에 공적이 있는 사람들을 광국원종공신光國原從功臣에 녹훈했다. 그리고 그때 다시 《속광국지경록》을 간행했다. 숙종 29년1703년에는 선조 29년에 종계변무를 완수한 것을 다시 기념하여 종묘에 고유告由하고 어제시와 갱화시를 모아 《광국지경록光國志慶錄》을 간행했다. 종계변무에 관해서는 일제 강점기의 일본인 학자가 상세하게 서술한 바 있다.

광해군 때 허균이 종계변무의 일을 크게 공론화하게 되는 경위는 《광해군일기》에 자세하다. 최근에 강명관 씨도 그 사실에 주목한 바 있다.

광해군 6년1614년에 허균은 명나라의 개인 문집이나 사찬私撰 역사서, 야사 등에 조선 왕실의 종계가 무함 받은 사실을 문제삼아, 그 개정이나 훼판을 명나라에 주청해야 한다고 주장했다.

사건의 발단은 그해 주청사 박홍구朴弘耉 등이 북경의 객관에 머물다가 자신들이 구입한 《오학편吾學編》·《엄산별집弇山別集》·《경세실용편經世實用編》·《속문헌통고續文獻通考》 등 4종의 책에서 조선의 사적을 기재한 내용이 《대명회전》에 적힌 기록과 매우 다르고, 또 선왕을 함부로 모함한 내용이 있다는 사실을 발견한 데서 시작되었다. 박홍구는 10월 10일에 명나라 예부에 각 책의 해당 부분을 삭제하고 다시 간행해 달라고 청했다. 그러자 명나라 예부는, "귀국하여 왕에게 보고해서 주문奏文을 가지고 와서 올리도록 하라."라고 했다.

그해에 진하陳賀·천추사千秋使로 중국에 갔던 허균은 명나라에서 종계와 관련

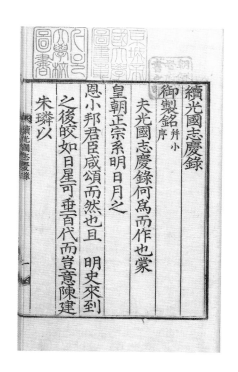

속광국지경록(續光國志慶錄)

영조 47년(1771년) 간행. 목판본 1책. 편집자 불명. 서울대학교 규장각 한국학연구원 소장.

명나라의 《태조실록(太祖實錄)》과 《대명회전(大明會典)》에 조선의 태조가 고려의 권신 이인임(李仁任)의 아들이라고 잘못 기록된 것을 수정한 일을 종계변무(宗系辨誣)라고 한다. 선조 17년(1584년)에 변무(辨誣)의 사실을 기념하여 《광국지경록(光國志慶錄)》을 엮은 바 있다. 영조 20년(1744)에는 이조판서 이여(李畬)가 영조의 서, 마유명(馬維銘)의 시, 유홍(俞泓)의 화답시. 사신들의 시, 특사교문(特使敎文). 이산해(李山海)의 사은표(謝恩表). 태학유생들의 헌축(獻軸) 등을 수록하여 재차 간행했다. 그 후 영조 47년에 조선 조정에서 주린(朱璘)의 《통기집략(通紀輯略)》의 내용을 바로잡아 주기를 청나라에 요청하여 청나라의 허락을 받고 그 기념으로 이 책을 엮었다. 당시의 전말과 그것에 대한 영조의 어제시(御製詩)를 비롯하여, 〈어제명병서(御製銘並序)〉·〈어제묘사고유문(御製廟祠告由文)〉·〈어제고묘후반사문(御製告廟後頒赦文)〉·〈어제어필(御製御筆)〉·〈왕세손화진친서(王世孫和進親書)〉·〈제신갱진(諸臣賡進)〉으로 구성되어 있다.

된 사항과 임진왜란 때 왜와 관련된 사항이 들어 있는 서책 11종을 구입했다. 10월 10일기축에 허균은 서장書狀으로 그 사실을 알렸다.

허균이 거론한 서적에서 종계와 관련된 사항은 다음과 같았다.

- 정효鄭曉 《오학편吾學編》 〈사이고四夷考〉: "동북의 조선은 바로 고려다. 이인인과 아들 이성계[이단]가 홍무洪武 6년부터 28년까지 연달아 네 왕을 시해하고 짐짓 기다렸다." "국왕 이인인이 신우辛禑를 겁박하여 가두고 그의 아들 신창辛昌을 왕으로 세웠는데, 그해에 인인의 아들 이성계가 창을 폐위시키고 정창국원군定昌國院君 왕요王瑤를 왕으로 세웠다가 25년에 요瑤와 왕석王奭을 그의 집에다 가두고 자신이 국사를 주관했다."

- 뇌례雷禮 《황명대정기皇明大政記》: "고려 사람이 그들의 군주 우禑를 유폐하고, 또 그들

의 군주 창昌을 폐위시켰다.", "고려의 이성계가 그의 군주 요瑤를 유폐시키고 자신이 왕위에 올랐다."

- 왕기王圻《속문헌통고續文獻通考》〈사예고四裔考〉: "이인인이 우를 겁박하여 가두고 그의 아들 창을 세웠는데, 그해에 이인인의 아들 이성계가 창을 폐위시키고 요를 세우고는 국사를 주관했다.", "이성계는 이인인의 아들이 아니고 바로 이인인의 무리인데, 전후로 왕씨의 네 왕을 시해했다."
- 풍응경馮應京《경세실용편經世實用編》〈조선조朝鮮條〉: "이인인과 아들 이성계[지금 이름 이단]가 전후로 모두 왕씨의 네 왕을 시해하고 짐짓 기다렸다."
- 요신饒伸《학해위언學海危言》: "조선은 기자의 옛터다. 신하로서 임금을 시해한 것이 대개 이李에서 나타났으니, 이것이 태조 고황제가 미워했던 이유이다.", "조돈趙盾과 허지許止의 시해를《춘추》에 한 번 기록하자 후세에 수많은 말로도 속죄할 수 없었으니, 어찌 효자·자손慈孫이라도 고칠 수 없는 정도일 뿐이겠는가. 이씨의 후손이 선대를 위해 원통함을 씻고자 하나 어려운 것이다.", "처음 이성계가 왕이 되자 고황제가 불문에 부치기는 했지만 마음속으로는 그의 찬탈을 미워했다. 그런데 말을 전하는 자가 다시 이성계를 이인인의 아들이라고 했다."
- 왕세정王世貞《엄산당별집弇山堂別集》〈사승공오史乘攻誤〉: "왕전王顓의 시해는 본디 이인인에게서 비롯되었는데 왕우王禑 및 창·요의 폐위와 나라를 찬탈한 사람은 실로 이성계이다. 후인이 이성계를 이인인의 아들이 아니라고 하지마는, 전사前史를 상고해 보면 실로 그의 당이다."
- 황광승黃光昇《소대전칙昭代典則》: "고려가 그들의 군주 우를 유폐시키고 우의 아들 창을 세웠다가 다시 군주 창을 폐위시키고 왕요를 세웠는데, 이성계가 그의 군주 요를 유폐시키고 자신이 왕이 되었다."
- 만표萬表《애집艾集》: "이인인과 아들 이성계가 왕우王禑·왕창王昌·왕요王瑤·왕석王奭 네 왕을 시해하고 자신이 왕이 되었다."
- 이묵李默《고수부담孤樹裒談》: "이인인과 아들 이성계가 왕우·왕창·왕요·왕석 네 임금을 시해하고 자신이 왕이 되었다."

한편, 명나라 서적에는 부산을 일본의 땅으로 오기한 것과 왜란 때 조선이 일본과 우호를 맺으려 한 것은 다른 속셈이 있었기 때문이라는 기록이 있었다.

- 《속문헌통고續文獻通考》〈논왜사論倭事〉: "부산은 일본 대마도와의 거리가 겨우 하루 길인데 전해오는 말이 '전에는 일본에 소속되었는데 바다가 가로막고 있어서 조선에다 버렸다.'라고 한다. 이보다 앞서 일본에 흉년이 들자 조선에서 1만 곡斛의 곡식을 빌려갔는데, 조선이 사람을 보내 반환을 요구하자 일본에서는 부산 지방을 가지고 흥정을 했다. 조선의 사자가 '우리 압록강 북쪽에 조선 땅이 있는데 세 갈래의 강에 막혀서 오랫동안 당나라가 소유하게 되었다. 만일 우리를 도와 그 땅을 되찾게 한다면 부산도 돌려줄 수 있다.'라고 하니, 일본인이 '그렇게 하겠다.'라고 하자, 조선왕과 그의 신하는 시와 술을 즐기면서 전혀 개의치 않았다."
- 《경세실용편經世實用編》〈해방제설海防諸說〉: "대마도를 외람되게도 천순天順 연간에 경솔하게 할애해서 산성군山城君에게 망명하여 사는 곳으로 제공하고 곡식과 비단을 대주어 매년 관례가 되도록 했다."라고 하고, 또 "이某[국왕의 휘]가 우호를 맺자고 청하는 것은 그 속셈을 물고 늘어지려는 것이다.", "조선의 임금은 이미 법도를 무너뜨려서 업신여김을 자초했다."

그런데 허균이 이 서장을 비밀리에 부치지 않고 명나라 예부에 정문呈文함으로써, 조선 조정에서도 그 처리 방안을 공론에 부치지 않을 수 없게 되었다. 10월 10일에 승정원은, 종계의 개정 사본이 《대명회전》에 분명하게 기록되어 있고, 임진왜란에 관한 무고의 변명도 중국에서 오해를 푼 상태라서 여러 문집이나 소설에 실린 것은 천천히 변명하여도 무방할 것이라고 의견을 말했다. 그리고 허균이 국왕에게 아뢰기도 전에 명나라 예부에 공문을 올려 처사가 뒤죽박죽이 되게 만든 것은 잘못이라고 지적했다. 그리고 명나라 각부閣部·중국 조정에서 책임을 미루면서 진정陳情하라고 하므로 우리로서는 잠시라도 늦출 수 없지만, 사신이 나오기를 기다렸다가 방법을 의논하여 조용히 진술하자는 의견을 제시했다.

허균은 역관을 시켜 각종 서책을 승정원으로 보냈다. 이미 장계를 부쳐 알린 책도 있었고 그외에 취득한 책도 있었다. 이듬해인 광해군 7년1615년 1월 21일무진, 승정원은 허균이 보내온 서책 가운데 전일 장계에 기록된 것은 본원이 전부 봉입하였는데, 나머지 서책도 해조로 하여금 속히 봉입하게 해달라고 청했다. 2월 4일신사, 광해군은 허균이 찾아온 《학해學海》와 《임거만록林居漫錄》을 들이도록 전교했다. 2월 6일계미에도 광해군은 허균이 구입해 온 책 4건을 들이도록 전교했다.

허균은 그해 2월에 중국에서 돌아와 승문원 부제조가 되고, 5월에는 문신 정시庭試에서 수석을 했다. 그리고 동부승지가 되었다.

6월 5일경진, 광해군은 천추사로 중국에 다녀온 허균의 품계를 올려 주라고 전교했다. 허균이 서책을 많이 무역하여 왔을 뿐만 아니라, 변무의 일에 대해 다방면으로 듣고 보아 치계했다는 점을 높이 평가했기 때문이다. 서장관 김중청金中淸도 벼슬을 올리고, 당상 역관堂上譯官 송업남宋業男도 품계를 높여 주라고 했다.

광해군은 종계변무를 위해 진주사로 이정귀를 선발했다. 하지만 7월 28일계유에 이정귀가 사퇴하는 뜻으로 잇따라 세 번이나 상소하자 진주사를 바꾸기로 했다. 그 뒤 윤8월 5일기유에는 문신 정시에서 1등을 한 허균의 품계를 높여 주었고, 윤8월에는 민형남閔馨男을 동지 겸 진주사冬至兼陳奏副使로 삼고, 허균을 그 부사로 삼았다.

윤8월 8일임자에 중국 황제에게 보내는 주본奏本·해명하기 위해 중국 천자에게 올린 글을 만들었다. 그 첫머리에는 지난 광해군 6년1614년 10월 주청사 박홍구가 구입한 4종의 책에 실린 우리나라 사적이 《대명회전》의 기록과 달라 예부에 삭제해 달라고 청했던 일과, 이후 진하·천추사로 갔던 허균이 바친 서책 11종에 역시 문제되는 곳이 있었음을 상세히 밝혔다. 그리고 조선의 태조 강헌왕은 본관이 전주이고 이인임은 경산부 아전 장경長卿의 손자이므로 서로 관계가 없다는 점, 조선의 태조를 모함한 것은 윤이와 이초에게서 비롯되었다는 점, 명나라 역대 천자들이 이 사실을 밝게 살펴 주었다는 점을 강조했다.

또한 우리나라에서는 제포薺浦·부산포·남포 등지에 왜인을 일시 거처하게 허락했으나 왜인이 제포 첨사 이우증을 살해한 뒤로는 왜인을 섬멸하고 더 이상 제포 등에 거주할 수 없도록 했다고 밝혔다. 그리고 "부산은 예전부터 일본에 소속되었다고 전해 온다."라고 한 말이나, "대마도를 가벼이 할애하여 산성군이 도망하여 거처할 곳으로 제공했다."라고 한 말은 이치에 닿지 않는다고 덧붙였다.

이어서 명나라 천자가 조선 왕실의 종계를 바로잡도록 허락해 준 사실을 차례로 열거하여 다시 종계를 바로잡아 줄 것을 요청했다. 그리고 왕기王圻와 풍응경馮應京이 논한 도왜島倭와 조선에 대한 일은 "반복해서 생각해 보아도 그 연유를 모르겠다."라고 했다. 그리고 도왜에 관한 모함은 대개 명나라 정응태丁應泰에게서 비롯되었을 것이라고 내비쳤다.

주본의 일부만 보면 다음과 같다.

지난 무술년1598년·선조 31년에 찬획주사贊劃主事 정응태가 경리經理 양호楊鎬를 무함하여 탄핵하자 선부왕께서 그의 억울함을 힘써 변명했는데, 정응태가 화풀이로 우리나라를 매우 참혹하고 사납게 무함했습니다. 선부왕께서 상소를 올려 해명하자 다행히 성상께서 실정을 통찰하시어 응태를 파직시키고 이에 칙유敕諭하시기를 "호소해 온 내용은 짐이 마음으로 밝게 알고 있다. 본래 왕에 대해서는 의심이 없었는데 아래 정신廷臣이 함부로 의논한 것이다."라고 한 뒤에, 또 말씀하시기를 "왕은 기필코 다른 뜻이 없었으니 밝게 씻어 주는 별지別旨를 이미 내렸다."라고 했습니다. 이는 바로 참소를 미워하고 원통함을 풀어주신 성조聖祖의 훌륭한 덕입니다.

그런데 허균이 구입해 온 서적에는 간혹 허균 자신이 지은 글이 있었고, 또《임거만록》초본草本 1권에 '왕이 형의 위차를 침범하여 사위嗣位가 부정하다.'라고 되어 있었다. 광해군 스스로 상주하는 형식을 취하면 무리하게 변명을 한다는 혐의를 피할 수 없을 듯했다. 이에 조선 조정은 국왕이 직접 상주하는 형식을 피하고 국왕의 신하가 글을 올리는 형식을 취하기로 했다.

광해군은 윤8월 8일임자에 선정전에서 동지 겸 진주사 민형남과 부사 허균을

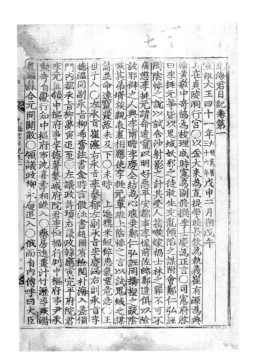

광해군일기(光海君日記)

187권. 서울대학교 규장각한국학연구원 소장.

1608년 2월부터 1623년 3월까지 광해군 재위 15년 2개월간의 국정에 관한 사실을 다루었다. 《조선왕조실록》 가운데 유일하게 중초본(中草本, 太白山本) 64책과 정초본(正草本, 鼎足山本) 39책의 두 종류가 남아 있다. 인조 2년(1624년) 6월, 찬수청(纂修廳)을 남별궁(南別宮)에 설치하고 총재관(撼裁官) 윤방(尹昉)을 중심으로 편찬을 시작했다. 인조 5년(1627년) 정묘호란으로 중단되었다가, 인조 10년(1632년)에 편찬을 계속하여 이듬해 12월에 완성했다. 광해군 즉위년 2월에서 6월까지의 5권과 그해 7월과 8월의 일부만 인쇄했다. 이에 정초본을 여러 벌 등사해서 각 사고(史庫)에 분장(分藏)하게 되었다. 정초본 2부는 강화도의 정족산사고와 전라도 무주의 적상산사고(赤裳山史庫)에 나누어 분장했다.

인견하고, 진주하는 일에 마음을 다하라고 독려했다. 그러면서 왕세정王世貞의 《엄산집弁山集》을 개간改刊하도록 청한다 해도 명나라 예부에서 청을 들어줄지의 여부는 확신할 수 없다고 했다. 그리고 4종의 책을 찾아오라고 했다. 허균은 《임거만록》은 간본刊本·간행한 책이 아니었다고 했다. 광해군은 유씨劉氏의 《홍서鴻書》를 기어이 얻어오도록 하고, 만일 얻지 못하면 《임거만록》을 구입해 오라고 했다.

민형남 등이 국왕의 관복冠服을 명나라에 청하려면 인정人情·비공식적인 증여물이 필요하다고 하자, 광해군은 은자銀子를 가지고 가게 했다. 노정은 10일에 떠나, 9월 5, 6일쯤 압록강을 건너게 될 것이라고 했다.

《광해군일기》의 사평에 따르면, 허균이 휘하의 현응민玄應旻에게 가짜 책을 만들게 해서 시장에 내다 팔고 다시 현응민을 시켜 가짜 책을 다시 사오게 했다고 한다.

광해군은 1만 수천 냥의 은을 주었다. 민형남은 역관에게 거금을 맡겨서는 안 된다고 하면서 정사·부사와 서장관이 각각 머무는 세 방에 나누어 두기로 했다. 그런데 어느 날 밤 허균이 "은을 도둑맞아 버렸다."라고 하면서 빈 궤를 사람들에게 보여 주었다고 한다. 《광해군일기》만으로는 사실인지 여부를 정확히 알수 없다. 혹은, 허균이 중국서적 수천 권을 구입해 올 때 당시 숨겨둔 은을 비자금으로 사용했으리라 추정하기도 한다. 이 역시 사실인지 확인할 수 없다.

이듬해 광해군 8년1616년 1월 6일정축, 민형남과 허균이 북경에서 비밀로 치계하기를, "국사國史와 야사野史에 있는 본국을 무고하는 내용에 대하여 신들이 예부에 글을 올려 변무했습니다."라고 했다. 그리고 1월에 민형남과 허균은 명나라 신종의 칙서를 지니고 돌아왔다. 2월 29일경오에 예조는 명나라 신종의 칙서를 맞이한 다음 종묘에 고하고 또 하례의 의식을 거행해야 한다고 건의해서 광해군의 허락을 받았다.

그 후 5월 11일경진의 도목정사에서 민형남을 판돈녕부사 여천군으로, 허균을 형조판서로 삼았다. 5월 20일에 광해군은 허균 등의 변무 공로를 녹훈하기에 앞서 광국원훈 윤근수尹根壽를 우대하라는 비망기를 내었다. 윤근수는 선조의 1품 재신으로 나이가 여든이 되었는데, 광해군은 그에게 노인을 우대하는 은전을 베풀게 한 것이다. 하지만 이조는 "윤근수는 작질爵秩·작위와 녹봉이 이미 극에 달했으므로 노인 우대의 은전을 더 시행할 만한 것이 없습니다. 자손에게 직책을 제수하는 일은 일시의 특별한 은총에 관계되는 것으로서 또한 해조該曹·곧 이조에서 감히 마음대로 의논할 수가 없는 일입니다."라고 했다. 광해군은 "그 자손 중에서 가려 알맞은 관직을 제수하라."라고 했다.

《광해군일기》의 허균 관련 기록에는 사관이 허균의 인간됨을 비판하는 평어가 반드시 붙어 있다. 광해군 5년1613년 12월 1일갑신, 허균이 예조참의에 임명되었음을 알리는 기사에 대해, 《광해군일기》의 사관은 다음과 같이 논평했다.

허균의 사람됨이 요망하고 간사하고 조행이 없어서 이미 청의淸議에 버림받아 뜻을 상실하고 우울하게 지냈는데 서양갑의 옥사가 일어나서 제자 심우영沈友英 등이 모두 역적죄로 벌을 받아 죽자, 화를 피하려고 이이첨에게 몸을 맡기니 이이첨이 매우 후하게 대우했다. 그때 과거 시험의 글이나 상소를 그가 대신 지어준 것이 많았다. 허균이 족인族人에게 준 서찰에, "세상을 피한 완적阮籍이 부득불 사마의司馬懿의 가문에 의탁했었다."라고 했다. 그 말을 들은 자들은 그가 반역의 뜻을 품고 있음을 알았다. 그런데 본직에 제수되자 사람들이 해괴하게 여겼다.

허균은 이이첨에게 붙어 지내야 하는 자신의 신세를, 세상을 피한 완적이 부득불 사마의에게 의탁한 사실에 견주었다. 완적은 중국의 삼국시대 위나라 사람인데, 위나라가 기울자 사마의에게 붙어 진晉나라에서 벼슬하여 종사從事와 낭중郎中을 거쳐 관내후關內候에 봉해졌다. 완적은 곧 죽림칠현의 한 사람이다.

허균이 종계변무의 일을 일으켰던 광해군 6년1614년 10월 10일기축의 기사 다음에는 이런 평어가 붙어 있다.

허균은 행실이 좋지 않아 폐기를 당했다. 그가 비록 이이첨에게 빌붙어 청현淸顯의 길을 트기는 했으나, 그 당류들이 많이 저지하는 바람에 크게 등용되지 못하자, 항상 울적해 하여 뜻을 얻지 못했다. 마침내 절사節使가 되고 또 서리書吏 현응민과 함께 가게 되었는데 현응민은 간교하고 재주가 많았으므로 허균이 목숨을 바치는 문객으로 길렀다. 드디어 몰래 공모하여 거짓으로 명나라 사람 오원췌伍元萃가 지은《임거만록》이란 책을 만들었는데, 그 가운데 선조의 실덕失德과 왜노들과 내통한 일 등은 정응태가 무고한 내용과 대략 같았다. 또 광해가 임금 자리를 물려받은 것이 분명하지 못하다고 말했는데 그 말이 지극히 교묘했다. 그러나 판각하지는 못했다. 허균은 초본草本을 연경의 저자에 내다 팔게 했다가 즉시 사들였는데, 사람들은 그것이 가짜라는 것을 모두 알았다. 또 명나라의 잡사와《소대전칙昭代典則》·《오학편吾學編》 등은 간혹 우리나라 국계國系를 거짓 무고한 데 대해 시비를 따졌다. 이전에 우리나라 사대부 가운데 그것을 본 사람이 많았으나 모두들 이는 여염의 소설일 뿐,《대명회전》·《통기通紀》에 비할 바가 아니므로 낱낱이 변명하기 어렵다고 했다. 그런데 이때에 이르러 그 책들을 모두 처음 본 것으로 여겨 사들여 놓고 먼저 예부에 스스로 정문하여 그것이 무고임을 변명하고 나서 치계했다. 이것이 변무한 대강의 일이다. 허균은 문재文才가 매우 뛰어나 수천 마디의 말을 붓만 들면 써내려 갔다. 그러나 가짜 책을 만들기 좋아하여 산수참설山水讖說과 선불이적仙佛異跡을 시작으로 모든 것을 지어냈는데, 그 글이 평상시에 지은 글보다 나았기 때문에 사람들은 그것을 분별하지 못했다. 심지어 나라를 비방하는 문서를 지어 놓고 제 자신의 변설을 만들어 공을 바라는 자료로 삼았으니 그 계책이 극도에 이르렀다.

허균許筠, 1569~1618년은 선조 때 생원시를 거쳐 정시 문과에 급제하고 검열과 세자시강원 설서를 지냈다. 선조 30년1597년 문과 중시에 장원 급제했다. 선조 39년1606년에는 명나라 사신 주지번朱之蕃이 오자 원접사의 종사관이 되어 문장으로 이름을 날렸다. 광해군 2년1610년 진주사의 부사로 명나라에 갔다 왔으나, 그해 겨울에 시관으로서 친척을 부당하게 합격시켰다는 탄핵을 받고 함열로 귀양을 갔다가 태인에 칩거했다. 광해군 5년1613년에는 '일곱 서자 사건'에 연루되었다는 혐의를 받았다.

일곱 서자란 영의정을 지낸 박순의 서자 박응서, 심전의 서자 심우영, 목사를 지낸 서익의 서자 서양갑, 평난공신 박충간의 서자 박치의, 박유량의 서자 박치인, 북병사를 지낸 이제신의 서자 이경준, 서얼 허홍인 등을 말한다. 이들은 스스로를 죽림칠현 또는 강변칠우라고 칭하면서, 경기도 여주에 무륜당倫理를 지니지 못한 자들의 집이란 뜻을 짓고 화적질을 일삼았다. 그러다가 문경새재에서 상인을 죽이고 수백 냥을 약탈했다가 체포되었다. 대북파의 이이첨과 심복 김개, 김창우 등은 포도대장 한희길, 정항 등과 모의하여, 일곱 서자 가운데 한 사람인 박응서로 하여금, 자신들이 영창대군을 옹립하려 했다는 내용을 적은 상소문을 올리게 했다. 서양갑은 인목대비의 아버지 김제남이 우두머리이며 인목대비도 모의에 가담하기로 했다고 자백했다.

이들의 상서와 자백으로 옥사가 크게 일어났다. 이 옥사를 계축옥사라고 한다. 김제남과 인목대비는 광해군을 양자로 삼았던 의인왕후의 능에 무당을 보내어 저주했다고 모함을 받았다. 이로써 김제남은 사사되고 그의 세 아들도 화를 당했다. 영창대군은 강화도에 위리 안치되었다가 이듬해 살해되었다.

계축옥사로 신변의 위협을 느낀 허균은 이이첨에게 아부했다. 광해군 8년1616년에는 종계변무의 일로 공로가 인정되어 형조판서에 올랐다. 하지만 5월에 유찬柳燦이 공초를 바칠 때 자신의 소찰小札을 가져다 올렸다고 하는 말을 듣고 원정元情의 초기草記·초고로 쓴 기록를 가져다 보려고 했다. 이 일 때문에 변명하는 상소문을 올렸으나, 10월 8일을사에 파직당하고 말았다. 광해군은 차츰 허균을 의심하기 시작했고, 종계변무의 일도 허위가 아닐까 생각하게 되었다. 10월 26일계해에는, "지난해에 허균이 가지고 갔던 책자를 찾아서 들여오라."라고 전교했다.

허균은 광해군 9년1617년에 폐모론을 주장하는 등 대북파의 일원으로 다시 왕의 신임을 얻었다. 그래서 좌참찬으로 승진했다. 그러나 이듬해 하인준·김개·김우성 등과 반란을 계획했다는 죄목으로 국문을 받았다. 8월 24일, 허균과 하인준·김윤황·우경방·현응민은 동시東市에서 능지처참되고, 26일에는 허균의 도당 황정필 등도 능지처참되었다.

9월 6일, 광해군은 반교문에서 허균을 패륜의 인물로 규정했다.

역적 괴수 허균은 성질이 올빼미와 승냥이 같고 행동이 개와 돼지 같아 인륜을 더럽히고 음행이 방종하여 전연 사람의 도리가 없었으며, 기강을 멸시하고 상례를 폐지하여 자식된 도리를 스스로 끊었다. 투초鴟같이 잔인하므로 약오若敖의 귀신조상의 혼령이 제삿밥을 못 얻어먹어 굶주릴 줄 알았고, 숙어叔魚 같이 욕심이 한 없으므로 양설씨羊舌氏 같이 가족이 멸망할 줄 알았다. 붓을 놀리는 잔재주로 출세해서 등급을 건너뛰어 외람되이 벼슬을 도둑질하여, 간계를 저장하고 사특을 쌓아 악행을 고치지 않았고, 난리를 좋아하고 화란을 즐겨 원한을 한없이 자행했다.

광해군은 허균을 투초鬬椒(즉 월초越椒)와 숙어叔魚에게 견주었다. 투초와 숙어는 자기 집안을 망친 자이다. 허균의 부친 허엽許曄은 서경덕의 제자로, 학문에 뛰어났고 청백리였다. 세간에서 초당선생이라 일컬었다. 허균은 그런 부친의 슬하에 태어났지만 양천허씨 초당선생의 가문을 멸망시키고 말았으므로 광해군이 그를 투초나 숙어에 비긴 것이다.

춘추시대 초나라 약오씨 집안의 자량子良에게 아들 투초가 태어났을 때 외모가 곰 같고 소리는 승냥이 같았다. 그의 숙부가 그를 죽이지 않으면 그가 약오의 씨족을 멸망시킬 것이라 하였으나, 자량은 듣지 않았다. 뒤에 투초는 초나라 왕을 배반했다가 약오씨를 멸망하게 만들었다.

춘추시대 진晉나라 대부 양설부羊舌鮒는 자字가 숙어叔魚인데, 사마司馬로 있을 때 위衛나라에 가서 보물을 요구했다. 숙어가 태어났을 때 '호랑이 눈에 돼지 입, 솔개 어깨에 황소 배'를 지니고 있어 그 할머니는 그가 탐욕으로 집안을 망칠까 봐 두려워했다. 뒤에 형邢나라 제후와 옹雍나라 제후가 영토 분쟁을 일으키자 그 일을 처단하면서 옹나라로부터 여인을 받고는 형나라 제후를 벌주었다. 이에 형나라 제후가 화가 나서 양설부와 옹나라 제후를 살해했다.

광해군의 반교문에 드러난 허균의 죄상은 이렇다.

이홍로李弘老와 결탁하여 동궁을 모해하려 했고, 김제남을 지휘하여 서궁인목대비을 등에 업고 권세를 잡으려 했으며, 이의李㻑를 끼고 수렴청정하려는 계획을 성취하지 못하자, 이광李珖을 세우려는 계책을 잇달아 내었다. 선왕이 승하하신 틈을 타 감히 어린 왕자를 모함하려 했고, 중국에 들어가 고변하여 만금의 뇌물을 쓰려고 했다. 비기秘記에 의탁하여 참언을 지어내 암암리에 도성을 옮긴다고 선동했고, 경운궁을 그리는 시를 지어 내부의 화란을 일으키려 했다. 군기시 다리에서 화살로 격문을 윤황尹喤에게 전해 주고 숭례문 밖에서 방서謗書를 하인준에게 부쳤다. 하늘을 욕하고 해를 꾸짖으니 이런 짓을 차마 할 수 있는가. 나라를 저버리고 임금을 배반했으니 슬프고도 비

則一言不及只舉衆猜前之事以明不相通情之宗此分是
白遣且以順昌且卜松普前此身死更無株累之虞故乃敢引
以為證者區區一念可質神明而此心未白又豪十萬不近之
罪自古及今未聞情罪相背至於此極也臣以彼罪十年奇釁
萬狀在上無幽不燭惟當靜而俟之恕抑宵遄恫竟挖終天
聖世之今臣等蝼蟻之命朝夕雖保若遵先朝露填薄竅則日
之痛自今至迅年也此等私昉孑殘孫無一訴此宽而丹書青史將少
月漸久事迩昧此等私昉孑残死寡亦可以籍手見臣父
不列於事代乞一旦為照俯察臣父之寃雖夫舍宽寃亦非　聖世之
臣父奉情少有一言涉蠹廿伏哀籲宽命雪此罪名使
地下矣伸有一言涉蠹廿伏哀籲国之諫　天日臨照棄隤具在
啟下義禁府迫切江血哀籲為白良結詮次善 啟云云

義禁府回
　啟　啓辭新啓嗚呼諸知等
回　啟曰朴　之事士夫聞論議多端臣等承詳曲折
常存忠信為白如乎今目朴瀾等上言仍取本府所藏癸丑
推案與上言所陳互相参驗為白乎矣本年五月十六日朴
　招辭中言及　裕陵之事與上言所陳大槩相同鞫廳
以此為問目累次詰問諸因為白乎矣更無現出之端其後
六月初八日召女高成始發宮中咀呪之言而亮成之名出於
其兒男子其謀之招而亮之名出於徐半甲之言高成同月十
八日金應璧問目內有云身以大名保毋德福姪子關內
咀呪行凶之事必有所聞云而應璧對以裕陵療猫之說

｜ 백세록(百世錄)

인조 21년(1643년) 박미(朴瀰) 원편으로, 1권 1책(81장)으로 된 필사본. 한국학중앙연구원 장서각 소장.

박미가 부친 박동량(朴東亮)이 유릉(裕陵), 즉 의인왕후(懿仁王后) 박씨(朴氏)의 무덤에 저주한 사건과 관계가 없음을 밝히기 위해 엮은 것이다. 박동량은 선조 때 호성공신(扈聖功臣) 2등으로 금계군(錦溪君)에 봉해졌다. 그런데 계축옥사 때 선조가 죽을 당시 인목대비의 사주로 궁녀들이 유릉에 저주한 것을 알고도 묵인했다는 죄목과 김제남(金悌男)과 함께 모역했다는 죄목으로 투옥되었다. 얼마 후 풀려났으나, 인조반정이 일어나자 다시 유릉 저주의 일로 유배당했다가, 아들 박미의 청원으로 복관되었다. 박미는 박동량의 행장·비지(碑志)·상언(上言) 등을 모아 1권을 편성했다. 뒤에 묘표·계해피죄시말(癸亥被罪始末) 등 4편을 추가한 속록이 누군가에 의해 첨부되었다. 장서각 이외에 규장각한국학연구원에도 이본이 있다.

44

참하도다.

대론을 빙자하여 조정의 역적을 치는 일을 도우는 척하고, 잡류들을 유인하고 위협하여 늪지에 숨어 군사를 모으는 계책을 이루려고 했다. 2품 재신들이 문초하자고 한 것은 대개 원수진 사람의 고발에 의거한 것이고, 삼사와 대시(臺侍)들이 다투어 규탄한 것도 또한 국법의 존엄을 위한 것인데, 더욱이 역적모의를 감행하고, 거듭 무뢰한 소장을 올렸다. 대신들을 베자 하고 귀양 보내자 하여, 대신 이하의 조정 관원들이 거의 면하지 못하게 되었고, 자신을 칭찬하고 높여 참찬의 벼슬을 오히려 부족하게 여겼다. 흉당들이 번성하여 밤낮으로 망을 보고 사신 파견이 더욱 빈번하여 화란이 이제라도 들이닥칠 지경이었다.

요동에서 오랑캐 정벌하는 일을 회군하는 것이라 하고, 유구의 군사가 복수하려 해도에 숨어 있다고 속여 전했다. 남산에 올라가 외쳐 온 도성을 놀래어 당황하게 하고, 봉화를 올려 서로 호응하여 사녀들을 몰아내니, 뱃사공과 승려들이 쓰이기를 원하기까지 했고 평안도와 전라도는 각기 지키는 사람이 있었다. 임금의 속마음이라고 속여 극성스런 도적을 포도청에서 빼냈고, 암암리에 사적인 글을 전달하여 그 도당들과 함께 죽기로 결속했다. 나무에 갑자를 새겨 거사할 군사의 부호를 약정하고, 책에 군목(軍目)을 기록하여 나누어 예속시킬 명부를 작성했다. 추대할 자리가 있다고 한 말은 길 가는 사람이 다 아는 사실이요, 좌우에 꺼릴 것이 없으니 의당 친신(親臣)들을 제거하려고 했다.

허균은 대북파에 속하여 반대 당파를 탄압하는 데 앞장섰다. 하지만 사상적 경향은 대북파와 달랐다. 그는 세상과 불협화음을 빚다가 신변의 위협을 느끼고 살벌한 정치판에서 살아남기 위해 고투해야 했다. 허균은 이미 열기가 사라진 종계변무의 일을 거론해서 잠시 숨을 쉴 수 있었다. 그러나 정치의 논리를 읽지 못하여 반역의 죄명으로 능지처참되었다.

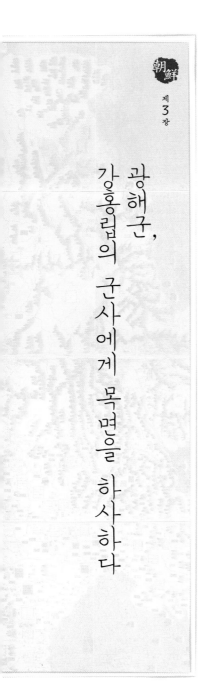

광해군, 강홍립의 군사에게 목면을 하사하다

광해군 10년1618년 10월 22일정축, 비변사가 원정 군사에게 지급할 목면과 요역의 면제 등을 청했다. 원정 군사란, 그해에 명나라가 후금을 치기 위해 조선에 원병을 요청하자, 5도 도원수五道都元帥 강홍립姜弘立이 거느리고 출정한 1만 3,000명의 군사를 말한다. 광해군은 비변사의 청을 허락하는데,《광해군일기》에 따르면 비변사가 아뢴 말은 다음과 같다.

요즈음의 사세로 보건대, 우리 병력이 반드시 압록강을 건너야 할 것이므로 다른 의논은 용납할 수 없고, 단지 싸우는 데 뜻을 한결같이 가져야 할 뿐입니다. 병사를 쓰는 방법은 군졸을 어루만져 돌봐 주는 것을 우선으로 삼습니다. 지금 강홍립의 장계를 보건대, 양서兩西 평안도와 함경도의 군사들은 얇은 홑옷을 입고 있고 남방의 군졸들은 추위를 견디지 못해 지금 초겨울인데도 이미 동상에 걸린다고 합니다. 이번 서쪽으로 정벌을 나가는 장수와 군사들에게 관에서 지급한 군장이 매우 충분치 못합니다. 또 서울을 지나갈 때 군사들에게 음식을 베풀어 위로하던 날에도 1필의 면포도 지급하지 않은 채 단지 한 사발의 막걸리만 먹였습니다. 그러니 어떻게 군사들의 마음을 위로하여 그들이 죽을 힘을 다하여 싸울 수 있게 하겠습니까?
지금 선유관宣諭官이 내려가려고 하는데 실질적인 혜택이 없다면 빈말이 되고 말 것입니다. 2만 필의 목면을 덜어내어 나누어 주게 한다면 서북의 여러 군병들이 환호하고 덕에 감격하는 뜻이 단지 은혜에 감복하여 솜옷을 입은 듯이 느낄 뿐만이 아닐 것입니다. 나라의 저축이 비록 완전히 떨어졌다 하더라도 만약 다른 일을 제쳐 두고 다방면으로 모은다면 수백 동의 목면을 어찌 마련하지 못하겠습니까? 그리고 모든 관원과 도성 백성으로 하여금 힘에 따라 베를 내게 하면 그 숫자가 반드시 많을 것입니다. 나라의 존망과 백성의 사생이 모두 오랑캐를 정벌하는 이 한 번의 싸움에 달려 있습니다. 만약 군대가 무너져 오랑캐들이 깊숙이 쳐들어온다면 비록 좋은 옷과 풍성한 음식이 있다 하더라도 어떻게 그 안락을 누릴 수 있겠습니까? 이런 뜻으로 알아듣게 잘 타이른다면 누가 감히 바치길 원하지 않겠습니까?

구원하러 나가 변방을 지키고 있는 군졸에 대해서는 그들의 요역을 면제해 주게 했지만 지방의 관리들이 간혹 시행하지 않고 있습니다. 자신은 화살과 돌멩이가 날아드는 전쟁터에 있으면서 집에 있는 처자식들이 옥에 갇혀 있다는 소식을 전해 듣고는 발을 구르면서 애통하게 부르짖고 있으니 그 실정이 참으로 애처롭습니다. 변방을 지키고 있는 모든 군졸에 대해서 일체 가호家戶와 전부田賦의 역役을 대소경중을 막론하고 모두 면제해 주도록 하며, 그들의 부모와 처자 가운데 매우 심하게 빈궁하여 스스로 살아나갈 수 없는 자들에 대해서는 관에서 봉급을 지급할 일로 특별히 제도의 감사에게 하유하여 착실히 거행하도록 하소서.

이런 뜻을 교서에 넣어 군사들로 하여금 조정의 덕의德誼를 알아 적을 쳐부수는 데 전심하고 집안 걱정을 잊을 수 있도록 하소서.

강홍립1560~1627년은 선조 38년1605년 도원수 한준겸韓浚謙의 종사관이 되었고, 진주사의 서장관으로 명나라에 다녀왔다. 광해군 10년1618년에 명나라가 후금을 치기 위해 출병하면서 원군을 청해 오자 5도 도원수가 되어 부원수 김경서金景瑞 (즉 김응서金應瑞)와 함께 1만 3,000여 군사를 이끌고 출병했으며, 진녕군晉寧君에 봉해졌다. 다음해 부차富車에서 패전하자, 후금의 진영에 "조선군의 출병은 부득이했다."라고 통고하고, 남은 군사를 이끌고 후금에 투항했다. 1627년인조 5년 정묘호란 때 후금군의 선도로 입국하여 강화도에 화의를 주선한 뒤 국내에 머물게 되었다. 그러나 역신으로 몰려 관직을 삭탈당했다가 죽은 뒤 복관되었다.

이보다 앞서 광해군 10년1618년에 건주建州의 누르하치奴兒哈赤가 요계遼界의 무순撫順과 청하淸河 등 요새를 함락시키자 명나라 장수 양호楊鎬가 요동을 경략經略했다.

누르하치는 1589년 9월에 명나라 신종만력제으로부터 용호장군이란 칭호를 받았으나, 1612년 겨울에 아우 속아하치速兒哈赤를 죽이고 그 군사를 병합하여 올라兀喇의 여러 추장을 쳤다. 1618년 4월에는 무순을 습격하여 유격 이영방李永芳을 잡았다. 성이 함락되고 총병 장승윤張承胤, 부총병 파정상頗庭相, 유격 양여귀梁汝貴가 죽고 명나라 군사가 무너졌다. 7월에 명나라 조정에서 우리나라에 원군을 파견해 달라고 청했다. 왕가수汪可受 총독은 약 4만 명을 청했으나, 양호는 총수銃手 1만 명만 보내라고 했다. 조선에서는 하절사를 명나라에 보내어, "우리나라 남쪽 변경에 난리가 있어서 군사가 부족하다."라고 했으나, 명나라 신종은 속히 군사를 징발해서 정벌에 참여하라고 재촉했다.

광해군은 참판 강홍립을, 평안·황해·경기·충청·전라 5도의 군사를 총괄하는 5도 도원수로 삼고, 평안도 병마절도사 김경서즉 김응서를 부원수로 삼았다. 강홍립은 두 번이나 사양했으나 윤허를 받지 못했다. 그러자 정준鄭遵과 남이웅南以雄을 종사從事로 삼게 해달라고 했으나, 역시 허락을 받지 못했다. 임박해서 부득이 밖에 있는 사람들로 수를 채워야 했다.

7월 4일경인, 광해군은 앞서 6월 19일에 흠차 경략 요동 등처 군무 병부좌시랑 겸 도찰원우첨도어사欽差經略遼東等處軍務兵部左侍郎兼都察院右僉都御史 양호가 보내왔던 자문의 뜻을 살펴서 자문으로 회답하면서, 모든 병정兵丁의 이름과 수, 장령將領과 편비編裨의 성명, 수륙 요충, 누르하치 근처의 지리 형세를 그린 그림 등을 뒤에 하나하나 적어 명나라에 보냈다.

7월 7일계사에는 일관日官으로 하여금 택일하게 하니, 순변사 우치적은 7월 17일, 도원수 강홍립은 7월 27일에 떠나는 것이 길하다고 했다.

8월 29일, 참판 강홍립을 5도 도원수로, 평안 병사 김응서를 겸 부원수로, 이민환·이정남·정응정을 문무종사관으로 삼아, 5도에서 군사 2만여 명을 징발하여 평안도에 보냈다. 경상·강원 두 도의 군사는 함경도로 보냈다. 도의 경계에서

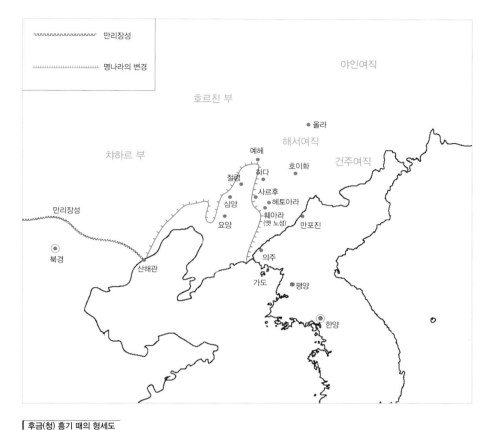

후금(청) 흥기 때의 형세도

미가미 쓰구오[三上次男] 간다 노부오[神田信夫] 편, 《민족의 세계사3 : 동북아시아의 민족과 역사》, 야마가와출판새[山川出版社], 1989, 254쪽.

군사들에게 음식을 주어 위로하고 각자에게 포목 열다섯 필을 지급했다. 포는 징집되지 않은 군사에게서 거두었다. 또 이후에 무과를 시행하여 3,000명을 뽑아 서쪽으로 더 보내기로 했다.

강홍립 등은 9월에 행군하여 평양에 이르렀다. 평안감사 박엽朴燁과 분호조 참판分戶曹參判 윤수겸尹守謙이 군량 운반을 맡았다. 10월에 명나라 수비守備 우승은于承恩이 와서 독촉하므로, 도원수 강홍립은 창성昌城으로 달려갔다. 이때 명나라 제독 유정劉綎이 창성에서 80리에 있는 관전寬奠에 진을 치고 있었다.

12월 22일정축, 참판 강홍립을 다른 사람으로 교체하라는 명을 내렸으나, 승정원은 강홍립을 교체한다면 당초에 준 교서를 반드시 고쳐 써야 할 것이므로 불가하다고 했다. 광해군은 강홍립의 벼슬을 높여 지중추부사에 제수하라고 했다.

앞서 강홍립이 출정할 때, 이응희李應禧란 사람이 남을 대신하여 강 원수를 전송하는 시(《代人送姜元師》)를 지었다. 개선을 축원한 내용이다.

도성 문에서 퇴곡을 파하니
윤길보가 큰 병력으로 출정하도다
백옥으로 장식한 칼에 천산의 달빛이 비치고
금으로 장식한 창에 한해의 바람이 불어오리라
구름 같은 주둔군에 천 우물이 숙연하고
번개 같은 공격에 한 방면이 텅 비겠지
남궁의 화상畵像으로 하여금
이십팔 공신만 남게 하지 마시라

都門推轂罷(도문퇴곡파) 吉甫啓元戎(길보계원융)
玉劍天山月(옥검천산월) 金戈瀚海風(금과한해풍)
雲屯千井肅(운둔천정숙) 電擊一隅空(전격일우공)
莫使南宮畫(막사남궁화) 唯留卄八功(유류입팔공)

퇴곡은 장수의 출정을 뜻한다. 한나라 때 군주가 출정하는 장수를 보내면서 꿇어앉아 수레바퀴를 밀며 "궐문 안은 과인이 다스리고 궐문 밖은 장군이 다스린다."라고 한 데서 나온 말이다. 한편 주나라 선왕宣王 때 윤길보는 경읍京邑에 침략한 험윤玁狁을 토벌했다. 《시경》 소아小雅 〈유월六月〉을 보면, 주나라 사람이 포학한 여왕厲王을 축출하여 체彘에 거주하게 하자 험윤이 경읍을 침략했는데, 여왕이 죽은 뒤 아들 선왕이 즉위하고 윤길보에게 군대를 거느리고 가서 토벌하게 했다

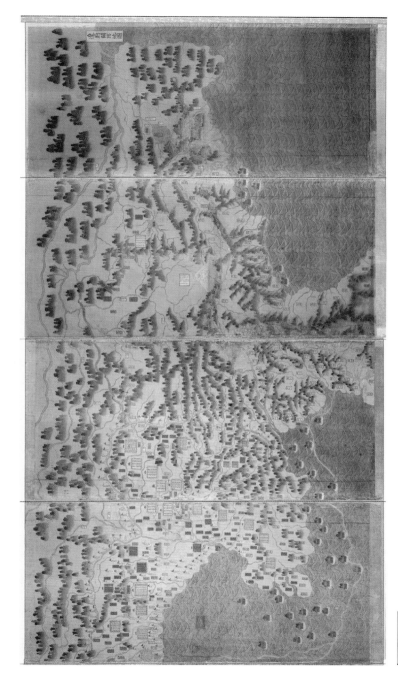

요계관방지도

서울대학교 규장각한국학연구원에 소장된 《요계관방지도》는 숙종 32년(1706년)에 노론대신 이이명(李頤命)이 제작해 임금에게 올린 10폭 병풍 그림이다. 요계(遼薊)는 요동과 북경지방을 가리킨다. 이이명은 1705년에 청나라 사신으로 가서 구입한 《주승필람(籌勝必覽)》 속의 〈요계관방도와 모사한 〈산동해방지도(山東海防地圖)〉를 기초로 하고, 우리나라 관방의 중요한 부분을 덧붙여 이 지도를 제작했다. 당시 청나라가 쇠퇴하여 자신들의 발상지인 영고탑(寧古塔)으로 패퇴할 때 우리나라를 침략할지 모른다고 우려해, 요동 지방의 상세한 지리 사항을 알아둘 필요로 했다고 한다.

고 했다. 천산天山과 한해瀚海는 모두 중국의 변경이다. 남궁은 한나라 궁궐인데, 후한의 명제明帝가 남궁의 운대雲臺에 등우鄧禹 등 공신 28명의 화상을 안치하게 했다.

광해군 11년1619년 1월, 오랑캐가 북관을 침범했다. 양호는 제독 유정劉綎을 시켜 양마전亮馬佃에 진을 치게 하고, 아군의 총수 5,000명을 오라고 불렀다. 강홍립은 묘동廟洞으로 달려가서, 김경서에게 삼영三營의 장수를 거느리고 앞으로 나아가게 했다. 양호는 여러 장수들과 북벌의 계책을 정하여 각 진에 분부했다. 강홍립은 창성에 있다가, 그달 12일에 모든 장수와 군사를 거느리고 요동으로 건너가 이틀 만에 탄현炭峴에 이르러 명나라 군사와 회동했다.

16일에 오랑캐가 물러갔다. 때마침 눈이 지독하게 얼어붙어 산길이 막혔으므로, 여러 장수들이 상의하여 눈 녹는 시기를 기다리기로 하고 대군을 후퇴시켰다. 제독 유정이 탄현으로부터 창성에 와서, 대포 쏘는 기술을 시험하여 각각 은으로 상을 주고, 하루를 머물렀다가 요양으로 돌아갔다.

2월 2일병진, 광해군은 서북방의 방비에 관한 일을 도원수 강홍립에게 하유했다. 명나라 군사가 우리를 도와주기는 어려운 형국이므로 서북방을 철저히 방비하라는 내용이다. 후금과 명나라의 군세를 관망하라는 내용은 아니다.

우리나라 군대가 한 명의 오랑캐도 보지 못하고 돌아오기는 했지만, 저 적은 우리 군대가 이미 저들의 국경 내에 들어간 사실을 알 것이 분명하므로, 이후로 견제할 길은 영원히 끊어지고 원한을 돋우는 화는 필시 깊어질 것이다. 김태석金台石과 백양고白羊古가 포위되었던 것과 같은 곤경이 우리에게도 닥쳐올 텐데, 두송杜松이 달려 들어가 구원해 주었던 일은 우리로서는 바라기 어렵다. 삼수三水·갑산甲山·육진六鎭의 위태로움은 양도兩道와 견줄 수 없을 정도여서, 방비의 근심이 전보다 배나 급한데, 서쪽으로 갔던 군대가 진을 돌린 이후로 사람과 말이 지쳤으므로 해이해지는 폐단이 있을까 염려된다. 강 상류 지방의 여러 진들은 특히 더욱 위태로우니, 군대를 보충하고 군량을 운반하는 등의 일을 강 하류 지방에만 전적으로 하지 말고 상류도 마찬

가지로 조치하라. 경은 각별히 단단히 타일러 경계하여 변고에 대비함으로써 오랑캐의 기병이 틈을 타서 되돌아와 공격하는 근심이 없게 하라.

양호는 여러 장수들을 요동에 불러, 삼로三路[혹은 사로]로 나누어 진병할 것을 상의했다. 서로 총병에 마소馬欁·두송杜松, 중로 총병에 이여백李汝栢, 동로 총병에 유정을 임명했다. 양호는 3월 초하루에 삼로의 군사와 오랑캐 성 밑에서 모이기로 언약했다. 유정은 양마전으로부터 관전으로 나아가고, 도사 교일기喬一琦는 우리나라 군사 1만여 명을 독촉하여, 도원수 강홍립, 부원수 김경서, 종사관 이민환, 무장 문희성·이일원·김응하 등을 거느리고 동쪽을 쳤다.

3월 1일에 제독 유정이 먼저 떠나고 김경서가 거느리는 3영의 군사는 그 뒤를 이어 출발했다. 마가채馬家寨에 이르렀을 때, 유격 교일기와 강 부총江副摠이 먼저 행진하면서 도중의 부락에서 목을 베는 등 공로를 탐내 빨리 달려갔다.

3월 2일 낮, 심하深河에 도착했다. 심하는 삼하三河라고도 한다. 유정은 적의 기병 오륙백 명을 만나 싸워 적을 패주시켰다. 적이 산으로 도망쳐 올라가자, 유정이 아군의 포사수砲射手를 독촉하였으므로 아군이 달려들어 싸웠다. 이때 중영장 문희성文希聖은 왼쪽 손에 화살을 맞아 부상을 당했고, 수비 유길룡柳吉龍은 화살에 맞아 죽었다. 적의 괴수가 활을 당기며 돌진하자 아군이 모두 놀라 도망쳤으나, 서울 포수 이성룡李成龍이 적의 괴수를 쏘아서 맞히고, 한명생韓明生이 목을 베자, 적병이 달아났다.

3월 3일에 아군의 양식이 떨어져서 유정에게 양식이 운송될 때까지 기다리기를 청했으나, 유정이 듣지 않았으므로 아군은 하는 수 없이 하루만 머물렀다.

한편 강홍립은 유정과 비밀히 의논하기를, "육진 주변 오랑캐들 중에서 우리나라를 사모하는 자들이 노추奴酋의 휘하에 많이 있으니, 서로의 대군이 들어간다면 육진 주변 오랑캐들을 꾀어서 내응하게 할 수 있다."라고 했다. 유정은 부하 한 사람을 보내어 통사 하서국河瑞國·김언춘金彦春 등과 함께 육진 주변 오랑캐들을 달래는 격문을 가지고 가게 했다. 그러나 10리를 못 가서 적군을 만나자, 명

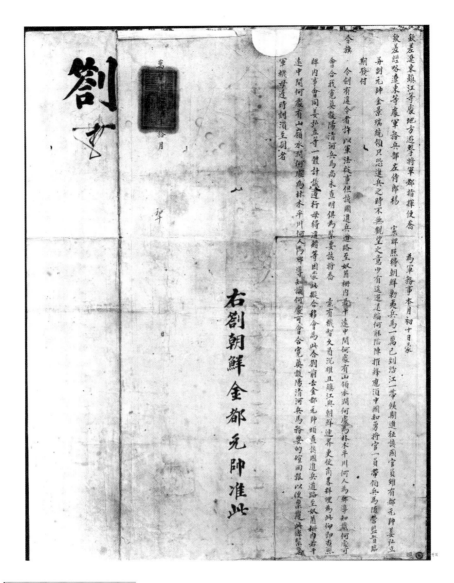

요동도지휘사차(遼東都指揮使箚) (1)

국사편찬위원회 소장. 유리필름 자료. 국사편찬위원회 한국사데이터베이스(http://db.history.go.kr).

광해군 때 후금을 견제하기 위해 명나라가 원병을 요청했을 때 파견된 조선의 도원수 강홍립(姜弘立)과 부원수 김경서(金景瑞)에게 명나라 요동지휘사가 발급한 차자(箚子). 명나라 만력 46년(1618년) 10월 10일에 작성된 것으로, 강홍립 등이 진군하지 않은 채 관망만 하고 있다고 책하면서 합력 진군할 것을 종용하는 내용이다. 본래 소장처는 평안남도 용강군(龍岡郡)인데, 1926년 10월에 유리 필름으로 제작된 것이다.

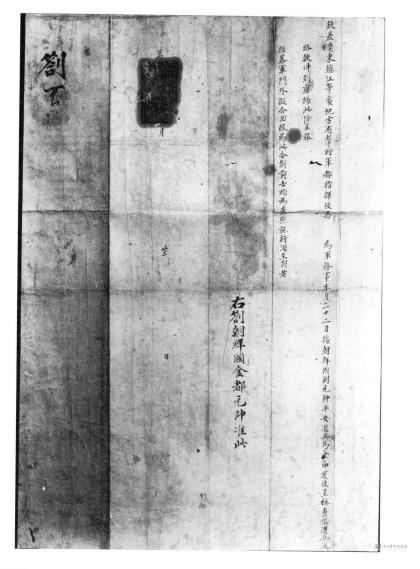

│ 요동도지휘사차(遼東都指揮使箚) (2)

국사편찬위원회 소장. 유리필름 자료. 국사편찬위원회 한국사데이터베이스(http://db.history.go.kr).

광해군 때 후금을 견제하기 위해 명나라가 원병을 요청했을 때 파견된 조선의 도원수 강홍립(姜弘立)에게 명나라 요동지휘사가 발급한 차자(箚子). 명나라 만력 46년(1618년) 10월 22일에 작성된 것이다. 본래 소장처는 평안남도 용강군(龍岡郡)인데, 1926년 10월에 유리 필름으로 제작된 것이다.

조선의 조정은 청나라가 곧 망하여 자신들의 발원지인 영고탑으로 회귀하리라 믿었다. 이때 몽골의 저지를 받을 경우, 여진족이 조선의 국경 안으로 들어와 노략질을 할지 모른다고 우려했다. 그래서 요동 지역의 상세한 지도를 작성하고 국경 지역에 산성을 수축했다. 하지만 청나라는 강희제와 옹정제, 건륭제가 다스리는 동안 독특한 문화를 개화시켰다.

나라 차관差官은 달아나고, 하서국 등은 격문을 가지고 앞으로 갔다.

　야사에 의하면, 이때 강홍립은 은밀히 통사 김언춘 등을 오랑캐들에게 보내어, "우리나라는 마지못해서 군사를 보냈다."라는 뜻을 전했다고 한다. 하지만 이것은 사실이 아닌 듯하다. 뒤에 좌영과 우영이 무너진 뒤, 중영만 남아서 적과 강화 교섭이 시작되었을 때 강홍립이 이러한 말을 했다.

　3월 4일에 명나라 대군과 우리 삼영의 군대가 심하에서 크게 패했다.

명나라 장수들이 먼저 행군하고 아군의 삼영이 뒤따라 나아갔는데, 도로는 평탄했지만 산골이 이어졌다. 아군은 적의 복병이 있을까 염려하여 영졸營卒들이 기병을 막기 위한 대울타리인 거마작拒馬柞을 메고 겨우 수십 리를 가서, 누르하치의 성에서 60여 리 떨어진 부거지富車地에 도착했다. 이때 대포 소리가 세 번 들리더니, 회오리바람이 갑자기 일어나고 연기와 먼지가 하늘을 덮었다. 강홍립은, 좌영으로 하여금 맞은 편 높은 산봉우리에 진을 치게 하고, 중영으로 하여금 원수가 올라간 언덕에 진을 치게 했으며, 우영으로 하여금 남쪽 변두리 한 언덕에 진을 치도록 했다. 그 무렵 좌영은 벌판에 진을 치고 있었는데, 적의 기병이 벌써 박두했다. 이때 근처 부락 100여 집에 명나라 군사들이 불을 질러 연기가 바람을 따라와 진영을 덮었다. 잠시 후 진 상공陳相公, 우 수비于守備, 유격 교일기가 단기로 와서, 명나라 군사가 모두 함몰되었고 제독도 전사했다고 알렸다. 우 수비와 진 상공은 곧바로 도망하고, 교일기 유격은 "나는 귀국 군사를 감독하므로 갈 수가 없다."라고 했다.

이보다 앞서 유정은 "가합령家哈嶺 밖은 적의 경비가 전혀 없다."라는 정탐군의 보고를 듣고 새벽에 빨리 달려 먼저 가서 군사를 나누어 수십 리에 걸쳐 부락을 약탈하게 하여 군대의 대오를 이루지 못했다. 이때 오랑캐 장수 귀영가貴盈哥가 3만여 기를 거느리고 밤새 달려와, 새벽에 가합령을 지나 산골짜기에 매복했다가 불시에 뛰쳐나와 앞뒤를 가로막았다. 이렇게 하여 명나라의 여러 진영이 모두 함몰되었다.

연기와 먼지 속에 적의 기병이 닥쳐와 양쪽 날개처럼 에워싸고 먼저 아군의 좌영을 쳤다. 강홍립은 전령을 내려 우영으로 하여금 달려와 구원하게 하여 좌영과 진을 합하게 해서 겨우 대열을 이루었다. 적의 기병이 달려오는 것을 보고 아군이 포와 총을 한 번 쏘았으나, 두 번째 화약을 장전하기도 전에 적의 기병이 진중에 들어와 순식간에 좌영과 우영이 모두 함몰되었다. 이에 선천 군수 김응하, 운산 군수 이계종, 영유 현령 이유길, 우영 천총 김요경·오직, 좌영 천총 김좌룡이 모두 전사했다. 좌영 천총 신충업은 도망가고, 우영장 순천군수 이일원은 중영으로 달려 들어갔다. 명나라의 유정과 유초손劉招孫·교일기도 모두 죽었다.

혹은 적이 명나라 군졸의 복장을 하고 유인하는 바람에 속아서 우리 군사들이 겹겹이 포위되어 무너지고 말았다고도 한다. 또 개철 총병開鐵摠兵 두송이 공을 탐내어 경솔히 전진하다가 전군이 패몰하였으므로, 적병이 동쪽 방면에 전념하게 되어 명나라와 우리 군사가 모두 패했다고도 한다.

오직 이여백李汝栢만은 참장 하세현·이회충 등을 거느리고 아골관鴉鶻關을 거쳐 청하 남쪽을 공격하다가, 경략 양호가 화살에 매달아 보낸 지령을 보고 철수했다. 뒷날 명나라는 웅정필熊廷弼을 발탁해서 양호를 대신하게 하고, 나졸을 보내어 양호를 잡아 치죄하게 하니, 마침내 양호는 옥중에서 죽게 된다.

이때 육진 주변 오랑캐 하나가 아군의 중영 앞에 와서 자신을 방문했던 통사 하서국 등을 불렀다. 강홍립이 통사 황연해黃連海를 시켜 응접하게 하고, "우리나라가 너희와 본래 원수진 일이 없는데, 무엇 때문에 서로 싸우겠느냐. 지금 여기 들어온 것은 부득이한 것임을 너희 나라에서는 모르느냐."라고 했다. 마침내 적과 왕래하면서 강화를 의논했다. 적이 또 장수를 만나 일을 의논하자고 청하므로, 강홍립이 출신군관 박종명朴從命(혹은 박동명朴東溟)을 시켜 가 보게 했다. 적이 대장을 직접 만나 의논하겠다고 했으므로, 김경서가 갑옷을 벗어 표범 가죽옷으로 바꾸어 입고 적의 추장에게 가자, 추장이 술과 안주로 대접했다. 추장은 김경서에게 거기서 묵으라고 요구했으나 김경서는 초경저녁7~9시에 군영으로 돌아왔다. 칼에 부상당한 명나라 군사 수십 명이 중영에 들어왔는데, 적이 독촉하므로 밖으로 내보냈다. 적은 명나라 군사들을 모두 죽였다.

3월 5일 새벽에 적이 또 도원수를 만나보기를 청하므로 강홍립이 푸른 도포를 입고 털로 만든 갓을 쓰고 갔다. 강홍립이 군영에 돌아오기 전에 적이 먼저 기수旗手를 보내어 우리 군사의 무장을 해제시키는 한편, 원수 이하는 모두 말을 타도 좋다고 허락했다. 아군이 화친을 약속한 뒤에야 우리 군사들은 비로소 산에서 내려와 물을 마실 수 있었다. 오랑캐 장수들은 "이 군사들은 성에 이르러 만주滿住·누르하치를 보게 한 뒤 환국을 허락하겠다."라고 하고는, 우리 군사를 가운데 두고 철기병으로 에워싸서 몰고 갔다.

교일기는 우리 군사가 항복하려는 것을 보고, 글을 적어 아들에게 전하게 하고 산비탈에서 떨어져 죽었다.

적이 우리 군사를 몰고 가는 곳에는 30여 리에 걸쳐 시체가 삼대麻같이 쓰러져 있었다. 절강의 패잔병 수천 명이 산 위 험준한 곳에 웅거해 있었는데, 적의 기병들이 달려 올라가서 순식간에 무찔러 죽였다. 그리고 나서 20여 리를 가서 왈가시曰可時에 이르러 유숙했다.

3월 6일, 가합령家哈嶺을 넘어서 오랑캐 성밖 10리에 이르러 여러 장수와 군관·종사관 등 수십 명이 머물렀다. 그때 적의 기병이 사면으로 에워싸고 지키며 두 원수를 불러들였다. 강홍립 등이 적의 소굴에 도착하자, 누르하치가 삼칸 대청 위에 앉았는데, 황포와 비단옷을 입었으며, 좌우에는 첩이 30여 명이고, 귀걸이·목걸이를 하고 둘러 선 자가 2,000여 명이었다. 적은 성대하게 잔치를 베풀어 두 원수를 불러 5층 뜰 밑에 세우고 예를 행하게 했다. 강홍립이, "우리들은 벼슬이 높은 사람이니 뜰 밑에서 예를 행할 수는 없다."라고 버텼다. 한참 실랑이를 하다가 적은 비로소 뜰에 올라서 예를 행해도 좋다고 허락했다. 강홍립 등이 읍례를 하자 누르하치가 노하여, "너는 항복한 자이거늘 이같이 행동하니 이것은 나를 모욕하는 것이다."라고 했다. 요동 사람으로서 적과의 문서수발을 전담했던 동대해董大海가 말하기를, "너희 나라 관원이 양도야楊都爺·양호에게도 두 번 절하는 예를 행하는데, 어찌하여 읍을 행하는 것이 너희 나라 예법이라고 말하는가?"라고 했다. 강홍립 등이 마침내 두 번 절하는 예를 행했다. 적은 두 원수를 뜰 동쪽에 앉히고, 두어 번 술잔을 돌린 뒤 자리를 파하고 나와서 어느 집에 머물게 했다.

3월 7일에 아군이 오랑캐 성밖에 주둔했다. 이튿날 적의 철기병들이 성에서 칼과 창을 가지고 나와 사면을 에워싸고, 성안의 남녀들은 성에 올라 바라보았다. 갑자기 한 기병이 나가서 포위한 기병을 해산시켰다. 뒤에 유해劉海를 통하여 들으니, "만주누르하치가 강 원수가 읍하는 데 노해서 모두 죽이려고 했는데, 귀영개貴永介가 '군진에서 화친할 때 하늘을 두고 맹세했는데, 만약 살해한다면 하늘을 속이는 것이다.'라고 하면서, 힘써 구했다."라고 했다.

이때 오랑캐 차사가 함경도에 갔다 와서, "북도의 여러 부락이 조선의 침범을 조금도 받은 일이 없다."라고 했다. 만주는 "지금 조선이 출병한 것은 실로 본의가 아니다."라고 했다. 누르하치의 처첩과 아들과 여러 장수들도 모두 조선과 화친하기를 권했다.

3월 8일, 누르하치가 교련장에 나와서 강홍립·김경서를 불러, 이영방李永芳·동대해 등과 서로 만나게 했다. 강홍립은 동대해에게, "당초에 너의 말을 가볍게 믿고서 지금까지 죽지 않고 참아 왔지만 오늘날 기색을 살펴보니 너의 말과는 아주 다르다. 내가 살아있으면 구족이 본국에서 형벌을 받을 것이요, 죽으면 구족이 온전할 것이니, 네 칼을 빌려서 자결하고자 한다."라고 했다. 귀영가貴盈哥·귀영개가 와서 "우리들은 조금도 살해할 뜻이 없으니 의심하지 말기 바란다."라고 했다. 이어서 술자리를 베풀고 나서 헤어졌다. 누르하치는 조선의 군사들을 사장射場에 모아 놓고 손바닥이 거칠고 고운 것으로 양반과 상인을 구별하여 성 안팎에 나누어 두었다. 그리고 양반의 무리 사오백 명을 모두 죽이게 했다.

패전 사실을 모르고 있던 광해군은 재위 11년1619년 3월 11일갑오에 강홍립을 특별히 판윤에 제수했다. 하지만 이튿날 3월 12일을미, 평안감사가 명나라 군사와 우리 군대가 그달 4일 삼하深河에서 크게 패했다고 알려 왔다. 이 치계는 강홍립의 패전 경위를 상세하고도 객관적으로 진술하면서, '의류장군依柳將軍 김응하'의 순절 사실과 이민환의 치욕적인 항복 사실을 분명하게 부각시켰다. 다음의 (ㄴ)부분은 김응하의 순절 사실을 (ㄹ)부분은 이민환의 굴종 사실을 기술한 대목이다.

(ㄱ)중국 대군大軍과 우리 삼영三營의 군대가 4일 삼하三河에서 크게 패했습니다. 이때 유격 교일기가 군사들을 거느리고 선두에서 행군했고, 도독이 중간에 있었으며 뒤이어 우리나라 좌·우영이 전진했고, 원수는 중영中營을 거느리고 뒤에 있었습니다. 적은 패한 개철開鐵·무순撫順 두 방면의 군대를 회군廻軍하여 동쪽으로 나와 산골짜기

에 군사를 잠복시켜 두고 있었는데, 교 유격이 앞장서 가다가 갑자기 [부거지富車地에서 노추奴酋의 복병을] 만나 전군이 패하고 혼자만 겨우 살았습니다. 도독이 선봉 군대가 불리한 것을 보고 군사들을 독촉하고 전진해 다가갔으나, 적의 대군이 갑자기 이르러 산과 들판을 가득 메우고 적의 대군이 마구 돌격해 와서 그 기세를 당해낼 수가 없었습니다. 적의 대군이 마구 뭉개고 죽이는 바람에 전군이 다 죽었고, 도독 이하 장관들은 화약포 위에 앉아서 불을 질러 자살했습니다. 우리나라 좌영의 장수 김응하가 뒤를 이어 전진하여 들판에 포진하고 말을 막는 나무를 설치했으나 군사는 겨우 수천에 불과했습니다.

(ㄴ)적이 승세를 타고 육박해 오자 김응하는 화포를 일제히 쏘도록 명했는데, 적의 기병 중에 탄환에 맞아 죽은 자가 매우 많았습니다. 재차 진격했다가 후퇴하는 순간 갑자기 서북풍이 거세게 불어닥쳐 먼지와 모래로 천지가 캄캄해졌고, 화약이 날아가고 불이 꺼져 화포를 쓸 수 없었습니다. 그 틈을 타서 적이 철기로 짓밟아대는 바람에 좌영의 군대가 마침내 패하여 거의 다 죽고 말았습니다. 김응하는 혼자서 큰 나무에 의지하여 큰 활 세 개를 번갈아 쏘았는데, 시위를 당기는 족족 명중시켜 죽은 자가 매우 많았습니다. 적은 감히 다가갈 수가 없자 뒤쪽에서 찔렀는데, 철창이 가슴을 관통했는데도 그는 잡은 활을 놓지 않아 오랑캐조차도 감탄하고 애석해 하면서 '만약 이 같은 자가 두어 명만 있었다면 실로 감당하기 어려웠을 것이다.'라고 한 뒤에, 의류장군依柳將軍이라고 불렀습니다.

(ㄷ)우영의 군대는 미처 진을 치기도 전에 모두 섬멸되었습니다. 원수는 중영을 거느리고 산으로 올라가 험준한 곳에 거했으나, 형세가 고립되고 약한 데다 병졸들은 이틀 동안이나 먹지 못한 상태였습니다. 적이 무리를 다 동원하여 일제히 포위해 오자 병졸들은 필시 죽게 되리라는 것을 알고 분개하여 싸우려 했는데, 적이 우리나라의 오랑캐 말 역관인 하서국을 불러 강화를 하고 무장을 풀자는 뜻으로 말했습니다. 그리하여 김경서가 먼저 오랑캐 진영으로 가서 약속을 하고 돌아왔는데, 또 강홍립과 함께 와서 맹세하라고 요구했습니다. 중국明나라의 패잔병 수백 명이 언덕에 진을 치고 있었는데, 적이 우리 군대에다 대고 "너희 진영에 있는 중국인을 모두 내보내라."

라고 소리치고, 또 "중국 진영에 있는 조선인을 모두 돌려보내라."라고 소리쳤습니다. 이때 교 유격이 아군에게 와서 몸을 숨기려고 하다가 우리나라가 오랑캐와 강화를 맺으려는 것을 보고는 즉시 태도가 달라져 작은 쪽지에다 글을 써서 자신의 가정※ 「에게 주면서 요동에 있는 그의 아들에게 전하라고 한 뒤에 즉시 활시위로 목을 매었는데, 우리나라 장수가 구해내자 낭떠러지에 몸을 던져 죽고 말았습니다. 강홍립 등이 중국名나라 군사를 다 찾아내어 오랑캐 진영으로 보내자 적은 그들을 마구 때려서 죽였습니다. 다음날 아침 강홍립은 편복 차림으로, 김경서는 투구와 갑옷을 벗어 오랑캐 깃발 아래에 세워 두고, 오랑캐 진영으로 갔습니다. 적은 강홍립과 김경서로 하여금 삼군을 타일러 갑옷을 벗고 와서 항복하게 했습니다.

(ㄹ)백日씨 성을 가진 호남의 무사가 이민환에게, "원수가 항복할 뜻을 이미 정했다면 공은 막부의 계책에 참여했으면서 어찌하여 군막으로 나아가 대의로써 꾸짖지 않았는가? 그렇게 해서 두 원수를 목 베어 삼군을 격려하여 한 번 싸우다가 죽는 것이 노추에게 무릎을 꿇어 천하 만세의 욕이 되는 것보다 낫지 않겠는가?"라고 했지만, 이민환은 따르지 않았습니다. 그러고 나서 마침내 부하장수 이일원·안여눌·문희성·박난영·정응정·김원복·오신남 등과 함께 제각기 거느린 군졸과 말을 인솔하여 무기를 버리고 갑옷을 벗은 채로 오랑캐 진영으로 가서 항복했습니다.

(ㅁ)적은 강홍립과 김경서와 장수들로 하여금 군졸들을 거느리고 앞장서게 하고 적병으로 둘러싼 채로 노추奴酋의 목책으로 데리고 들어갔습니다. 노추는 강홍립과 김경서만 목책 안으로 들어오게 하고 그 밖의 장수와 군사들은 모두 성밖에 두고 감시하게 했습니다.

　평안감사 박엽朴燁은 장계를 올려, "도원수 등이 모두 적에게 항복하여 신하의 절개를 잃었으므로 그 가속들을 모아다가 도내에 나누어 가두고 조정의 처리를 기다리고 있으며, 또 강홍립의 첩의 아들 강숙姜璹은 삭주로 옮겨 가두었습니다."라고 했다. 광해군은 전교하기를, "이들은 항복한 것과는 다르다. 그 가족을 속히 석방하여 서울로 보내어 편히 거처하게 하라."라고 했다. 그리고 장만張晩을 도원수로, 우치적禹致績을 평안병사로 삼았다.

4월에 강홍립이 오랑캐에게 있으면서 다음 장계를 올려, 패전의 경위와 후금 군사와의 화친 사실을 상세하게 밝혔다. 강홍립은 화해의 시말에 대해 말하고, 시급히 후금과 강화를 맺으라고 건의했다.

신 등이 사졸들을 격려하여 사방으로 방비했으나, 사졸들이 좌영과 우영이 무너진 것을 눈으로 보고 당황하여 겁내지 않는 자가 없어, 진정시킬 수 없었습니다. 물도 없고 식량도 없고 구원병도 없어서, 신이 부득이 화해를 청하여 오랑캐 장수에게 말하기를, "우리나라와 귀국이 조금도 혐의나 원한이 없고, 이번 군사 출동도 원래 우리나라의 의사가 아니니, 반드시 서로 싸우기로 한다면 우리 군사는 이미 죽음을 각오했으므로 귀국에 무슨 이득이 있겠는가? 강화하는 것만 못하다."라고 했습니다. 오랑캐 장수가 승낙하고 말하기를, "성에 가서 만주누르하치를 본 뒤에 집에 돌아가게 하겠다."라고 하여, 이어 철기로 사방을 포위하고 가니 부득이 오랑캐의 성으로 갔습니다. 지나가는 지역의 도독과 모든 장수들이 전패한 곳 30여 리에, 쓰러진 시체가 삼대와 같이 흩어져 있었는데, 참혹하여 차마 말할 수 없었습니다.

신 등이 성에 도착하자 곧 뜰 안으로 들어가게 했는데, 좌우에 수은 빛 갑옷을 입은 호위병이 세 줄로 서 있었습니다. 신 등이 계단에 올라가 두 번 읍했더니, 만주가 분노하여 무례하다고 책망하기에, 신 등이 부득이 두 번 절을 했더니, 신 등을 인도하여 한 집에 머물게 하고 군사를 시켜 둘러싸 지키게 했습니다. 이른바 유대해劉大海란 자가 국서를 가지고 와서 신 등에게 보였는데, 그 뜻이 전적으로 상통하여 화친하는 데에 있었고, 허다한 말은 별로 따르기 어려운 청이 없었습니다. 삼가 안여눌·이장배, 창성부사 박난영, 오차 만호管叉萬戶 김득진을 차출하여 호차胡差와 함께 보내니, 부디 묘당에서 안여눌 등에게 자세하게 물어보시고, 시급하게 차관을 정하여 호서胡書와 함께 보내 주시면 강화가 이루어질 것입니다.

강홍립은 후금과의 화친이 패전 이후 부득이한 일이었음을 밝혔다. 이것만 보면 강홍립이 출정 때 이미 광해군으로부터 후금과의 화친을 도모하라는 밀지를 받았는지는 알 수가 없다.

강홍립의 무종사武從事 정응정鄭應井과 김경서의 아들 김득진金得振 등이 후금의 공문을 가지고 왔는데, 그 글이 이러했다.

금나라의 한汗은 조선 국왕에게 글을 올립니다. (중략) 지금 내가 생각해 보니, 조선이 남조南朝·남명에 병력을 도와주는 것이 본의에서 나온 것이 아니라, 남조에서 왜란을 구원해 준 공으로 독촉을 심하게 하는 까닭에 부득이 도운 것이라 여깁니다. 지금 내가 또한 우리 양국이 전부터 화합하게 지내던 정을 생각하기 때문에, 조선 장수 10여 명을 생포하여 여기에 와 있고, 국왕의 정의를 살펴보아 아직 억류하고 있으니, 지금 이후의 일은 전적으로 국왕의 결정에 달렸습니다.

광해군은 무종사 정응정, 군관 허의許依, 이장배李長培, 김득진, 통사 하서국 등을 보내고, 오랑캐 차관 소농이小農耳 등 두 사람은 만포滿浦 건너편에 머물러 있으면서 회답을 기다리게 했다.

차관差官 양간梁諫이 하서국과 함께 오랑캐에게 가니, 추장이 언가리彦加里·대해大海·유해劉海 등을 시켜, "조선 차관을 도중에서 맞이하여 문서를 꺼내어 보고 그 내용이 좋거든 소를 잡아 잔치를 베풀고, 만약 좋지 못하거든 다만 닭과 오리로 대접하라."라고 말했다. 그리고 우리나라 군졸들을 성중에 모아 놓고, 차관이 돌아갈 때 딸려 보내려 했다가, 답서를 보고는 좋지 못하다고 여겨 군졸을 다시 바깥 마을로 내어보내고 차관도 성밖에 있게 했다. 강홍립은 소농이에게 "우리나라 문서의 말투가 명나라 사람과 다르므로 이해하지 못하는 점이 있을 것이다."라고 했다. 누르하치는 듣고 아우阿牛·언가리·대해·유해 등을 시켜, 강홍립이 머물러 있는 곳에 모이게 하여 일일이 번역하게 한 다음, 비로소 차관을 강홍립이 있는 집 근처로 옮겼다.

한편 광해군은 후금 측에 보내는 답서를 지으라고 명했으나, 대제학 이이첨이 강화를 반대하며 답서 짓기를 극력 사양하여 이렇게 말했다. "본성을 버리고 양심을 어기며 명나라를 저버리고 종묘사직을 망각하며, 우리 임금을 불의에 빠뜨리고 우리 신민臣民을 욕되게 하면서 몇 줄의 글을 짓는다면, 그 한 마디 말이 나라를 망칠 수도 있으므로, 신은 차라리 손가락을 자르고 팔을 끊으며, 벼루를 부수고 붓을 태울지라도 감히 명령에 복종하지 못하겠습니다." 마침내 다음 답서를 지어 군관 양간을 보냈는데, 국왕의 명의가 아니라 평안도 관찰사 박엽의 명의로 보냈다. 학관學官 박희현朴希賢이 지은 것이라고 한다.

우리 두 나라가 국경이 접했고, 다 같이 황제의 신하로서, 같이 천조中國·명나라를 섬긴 지가 200년이 되었으되, 오늘날까지 조금이라도 혐오하거나 원망하는 일이 없었습니다. 뜻밖에도 근자에 건주建州·후금지역가 천조大朝·명나라와 더불어 틈이 생겨 군사가 연달아 화란이 이어, 민생은 도탄에 빠지고 사방 들판에는 진지가 많으니, 어찌 다만 이웃나라의 불행뿐이겠습니까? 귀국에도 좋은 일이 아닐 것입니다. (중략)
보내신 글에 "내가 처음 온 사람으로 만일 대국명나라 황상천자을 침범할 마음이 있다면 하늘이 어찌 내려다보지 않으리오."라고 했는데, 이 마음이야말로 대대로 이어져 내려온 가업을 보전하여 길이 하늘의 보살핌을 받게 되는 마음입니다. 앞으로 좋은 뜻을 품고 함께 대도를 간다면, 천조에서 사랑하여 편하게 하여 주는 은전이 가까운 시일에 내려올 것이니, 우리 양국이 각기 강토를 지키며, 옛날같이 좋게 지내면 어찌 아름답지 않겠습니까? 이 뜻을 전달해 주시면 다행이겠습니다.

이 답서에서 조선은 여전히, 명나라를 천자의 나라로 받들고 주변국이 서로 교린交隣의 관계를 맺는 조공朝貢체제를 견지해야 한다고 주장했다.

5월에 양간이 만포滿浦에서 강을 건너 만차령萬遮嶺을 넘어 건주에 도달하니, 누르하치가 답서를 보고 여러 장수와 회의했다. 셋째아들은 "조선과 중국은 부자와 같은 데다가 우리에게 보내온 물품도 없으므로 그 장졸을 죽이고 군사를 일으켜 치는 것이 옳다."라고 했다. 하지만 맏아들 귀영개는 노하여, "중국과 전쟁을 하자면 조선과 서로 화친하지 않을 수 없고, 또 진중陣中에서 한 언약을 저버리 수 없습니다."라고 했다. 누르하치는 귀영개의 말을 따랐다. "네 말을 따르겠다."라고 했다. 우리 군졸들은 일시에 도망쳐 달아났는데, 중도에서 잡혀 죽은 이가 매우 많았다.

　7월에 양간이 돌아오고 후금의 차관이 또 글을 가지고 왔다.

오늘날의 일은 다른 수가 없습니다. 남조를 섬기지 않기로 자자손손이 길이 맹세하는 국서에 도장을 누르고, 고관을 보내 주시면 그 사람은 여기에 머물러 있게 하고, 우리도 사람을 바로 귀국 서울의 대궐 문 아래 보내어, 귀국 정승과 담판하고 와서 흰 말을 잡아 하늘에 사례하고 검은 소를 잡아 땅에 제사하며, 피를 마시고 맹세한 뒤에는, 원수 이하 군사들을 모두 돌려보낼 것입니다.

　11월에 강홍립은 장계를 보내왔다. 지난 8월 11일 밤중에 후금의 군사는 남아 있는 원역員役 19명을 윽박질러, 노성老城을 떠나 편성片城에 이르렀다. 그곳은 목책으로 에워싸고 감시가 엄밀한데, 하루에 좁쌀 두어 되를 얻을 뿐, 나무와 물도 얻기 어려워, 얼고 굶주려 고생하는 상황을 이루 다 말로 표현할 수 없을 정도였다고 한다.

신 등은 모두 변변치 못한 사람으로 국가의 후한 은혜를 받았기에, 그르치고 실패한 뒤에도 혀를 놀려 병화를 완화시켜 결초보은하려 하고, 또한 기미羈縻의 계획이 혹 성공하면 다시 하늘의 해를 보게 될까 하여 고통을 참고 구차하게 살아온 지가 아홉 달이 되었습니다. (중략) 당초에 신 등이 진중에서 강화하기로 약속한 것은 변방 걱정을 완화시키려던 것인데, 오늘날 사세가 이렇게 급박하고 보니, 오직 원통하고 분할 뿐입니다. 따라서 생각건대, 견제할 대책을 묘당에서 반드시 난숙하게 토의했을 터인데, 지금까지 결정하지 못한 것은 요동에서 힐난하는 일이 있어서 그런 것이 아닙니까. 이 오랑캐가 우리나라와 강화하려는 것은 다시 병력을 도와주지 말고 각기 국토만 지켜 영원히 침범할 뜻이 없기를 바라는 데 불과합니다.

우리나라에서 기왕 군사를 출동하여 요遼를 구원하기가 다시는 어렵다고 여긴다면, 그 실정에 따라 견제하려고 하지 않을 수 없을 것 같습니다. 하물며 병교사兵交使가 그 중간에 있으니, 일시적인 강화를 언약하면 초미의 급박한 화를 구제할 수 있을 것이요. 대국을 섬기는 성의에도 조금도 결함이 없을 것이니, 요동에서도 또한 힐책할 길이 없을 것입니다. 망령되게 소회를 진술하여 말을 억제하지 못하고 보니, 더욱 죽을 죄가 더했습니다.

강홍립은 이 장계에서, 자신이 후금과 '화해'한 것은 조선 조정이 추진하는 기미羈縻의 계책을 따른 것이라고 주장했다. 기미란 말은 한나라 사마상여司馬相如의 〈난촉부로難蜀父老〉에서 "천자가 이민족을 다루는 것은 그 이치가 기미의 방책을 써서 관계를 끊지 않을 따름이다."라고 한 것에서 따왔다. 기미의 계책이란 곧 적국과 적당히 친선 관계를 유지하여 외환外患을 막는 방책이다.

이 11월에 강홍립은 다시 밀계를 보내어 후금의 군사가 조선의 변경을 침입할 우려가 있다고 알렸다.

8월에 오랑캐 추장이 북관의 두 성을 격파하니, 김태석金兌石은 스스로 불에 타 죽었고 백양고白羊咕는 나와서 항복했습니다. 오랑캐는 방금 몽골과 약속하고 함께 요遼·광廣을 침범한다고 공언했는데, 추장의 아들 망고태亡古太와 홍태시弘太時가 조선을 그대로 두고 먼저 요동을 칠 수 없다고 말하므로, 추장이 여러 아들과 장수들을 모아 놓고 날마다 비밀스럽게 모의하고 있습니다. 다만 들으니 우모채牛毛寨·만차령萬遮嶺 두 길의 근처 부락에서 긴 사다리를 만든다고 합니다. 오랑캐 장수 일가대日加大는 바로 북도의 주변 오랑캐로서 추장이 신임하는 자인데 그가 말하기를, '조선의 일은 내가 벌써 알고 있다. 전일에 홀온忽溫이 동관潼關을 공격한 뒤에 비로소 화친하여 녹봉을 넉넉하게 지급했으니, 지금 화친하는 일도 우리 군사가 나가지 않으면 반드시 성립되지 못할 것이다.'라고 하니, 혹시 변경에 쳐들어올 우려가 없지 아니합니다.

광해군은 비국備局에 명하여, 급히 대병을 보내어 관전寬奠·동강東江을 굳게 지키도록 속히 명나라 경략經略에게 자문咨文을 보내게 하고, 역관을 들여보내면서 별도로 뇌물을 넉넉히 주었다. 또 강홍립 등의 어미와 처 및 숙부·조카들에게 명하여 은밀히 사사로운 편지를 통하게 했다. 그리고 강홍립의 집을 시켜 뇌물을 준비해 보내게 하여 병화를 늦추려고 했다.

이보다 앞서 3월에 광해군은 병조판서 장만을 도원수로 삼고, 우치적을 평안병사 겸 부원수로 삼은 바 있다. 이때에 이르러 다시 이시발李時發을 찬획사贊畫使로 삼아 장만의 절제節制를 받게 했다.

광해군은 무과를 크게 실시했다. 국경 사정이 날로 급하였으므로 승지를 8도에 나누어 보내 과거 장소를 설치하고, 1만여 명을 뽑아 급제시켰다. 이 방榜의 이름을 만과萬科라 했다.

강홍립이 적에게 항복한 것을 두고, 광해군의 밀지 때문이라는 설이 인조 연간에 유포되었다. 《동리소설東里小說》에 다음과 같은 논평이 있다.

기미년 전쟁에 광해군이 이이첨과 더불어 원수 강홍립에게 형세를 보고 향배向背·항복과 공격를 정하라고 은밀히 명했으니, 이는 오랑캐로 하여금 군사를 우리나라에 먼저 옮겨서 공격하지 못하게 하려는 것이었다. 강홍립 등이 전교를 받았기 때문에, 적을 만나도 애당초 힘써 싸우지 않고 전군이 오랑캐에 항복했는데, 김응하만 홀로 분연히 따르지 않고 별도로 그가 거느린 군사를 내어 힘써 싸우다가 죽었다. 김응하의 그 의열義烈은 진실로 옛사람에게 부끄러움이 없고, 또한 명나라 여러 장수들도 감히 따를 수 없는 바이니, 그 절의를 표창하여 후세를 가르침은 진실로 옳은 일이다. 그런데 조정이 그의 시편詩篇을 널리 구하여 한 책을 만들어 훈국訓局에 명하여 나라 안팎에 간행 배포하고 이어서 중국에까지 들어가게 한 것은, 그 뜻이 전적으로 김응하의 절의를 표창하는 데만 있는 것이 아니라 실은 은밀히 강홍립에게 명했던 흔적을 숨기고자 함이었다. 그러므로 이이첨이 감히 상소한 것도 여기에 원인이 있으니, 통분을 금치 못하겠다.

　윤휴도 〈갑인봉사소^{甲寅封事疏}〉(갑인년 7월 1일)에서, 광해군 말기의 심하 전투에서 명나라는 우리의 협조를 바랐으나, 우리 쪽에서 서열 문제로 유감을 품고 결국 명나라를 배신할 생각에서 강홍립에게 밀지를 주어 전쟁에 힘쓰지 말게 하여 오랑캐들이 날뛰게 만들고 그리하여 천하가 그 화를 입게 했다고 말했다. 그리고 이는 '광해군이 어버이를 잊고 임금을 저버린 일'로서, 광해군은 그 때문에 하늘에 죄를 얻고 하늘은 그의 복록을 거두어 인조대왕에게 주었다고 했다.

　이익^{李瀷}은 《성호사설》의 '강홍립' 조항에서, "강홍립은 재신으로 심하의 전역에서 폐조 광해군의 밀지를 받아 힘껏 싸우지 않고 북정^{北庭·청나라 조정}에 구속되었는데, 정묘년^{1627년·인조 5년}에 군사를 이끌고 우리나라에 들어왔다가 곧 다시 귀순했다."라고 말했다. 단, 강홍립이 적을 이끌어 입구^{入寇}시켰다고 한다면 옳지만 청나라에 투항했다고 보는 것은 사실과 다르다고 했다. 그것은 강홍립이 서자 숙^璛에게 준 편지에, "해가 위에서 비치고 귀신이 곁에 있는데 내가 항복했다는 말이 어찌하여 나왔느냐?"라고 했다는 사실, 정묘호란 직후 귀순했을 때 인조가 어전으로 오르라고 명하자 인부^{印符}와 절월^{節鉞}을 바쳤고, 인조는 "소무^{蘇武}의 절개도 이보다 더하지는 못했으리라."라고 했다는 사실을 근거로 들었다. 소무는 한나라 무제 재위 초기에 중랑장으로서 흉노에게 사신으로 갔다가 억류되어 19년 만에 깃발과 병부^{兵符}를 가지고 돌아왔던 인물이다.

　또한 이익은 인조반정 이전에는 강홍립이 납환에 서장을 넣어 비밀스레 통지를 했다고 추측했다. 다른 기록에 의하면 강홍립은 밀계를 부칠 때, 종이를 오려서 노끈으로 꼬아 말의 안장에 얽어 보냈다고 한다.

　1623년 인조반정 이후 구성 순변사 한명련^{韓明璉}이 이괄의 난에 동조했다가 죽임을 당하고 그 아들 한윤^{韓潤}이 후금으로 도망쳐 가서 "강씨 일족이 다 죽었다."라고 했다. 인조 5년^{1627년} 정묘호란 때 강홍립은 후금의 군사를 이끌고 왔다가 일족이 무사한 것을 알고 또 장현광^{張顯光}과 정경세^{鄭經世} 등이 평일처럼 조정에 벼슬하

요동백 김응하 장군 묘비

한국학중앙연구원 사진 제공. 강원도 철원군 철원읍에 있는 김응하(金應河)의 묘비. 현종 10년(1669년) 6월, 송시열의 글을 박태응이 쓰고 김수항의 전액(篆額)을 곁들여 제작했다. 숙종 9년(1683년)에 철원군 철원읍 화지리 향교골에 표충사와 함께 건립했으나, 사당은 6·25전쟁 때 사라지고 묘비만 남았다. 이후 현재의 위치에 옮겨 세웠다.

는 것을 알고는 근신하여 조정에 돌아왔다고 한다. 다른 설에 의하면, 한윤이 후금으로 도망가서 "강씨 일족이 다 죽었다."라고 거짓말을 했을 때, 조정은 강홍립의 첩자妾子 숙璹에게 당상관의 의식을 갖춰 강홍립에게 보내어 강홍립을 후대한다는 뜻을 보였다. 그리고 진창군晉昌君 강인姜絪까지 회답사回答使로 보내어 위로했다. 그래서 강홍립은 귀순하게 되고 후금의 유해劉海 등도 돌아가게 되었다고도 한다.

박지원은 《열하일기》의 '고아마홍古兒馬紅'에서, 정묘호란 때 돌아온 강홍립에 대해 이렇게 논평했다.

고아마홍이라는 자는 곧 의주의 관노 정명수鄭命壽이고 강공렬姜功烈이라는 자는 원수 강홍립의 이름이다. 그들은 모두 이름을 고치고 뒤에 귀화했다. (중략) 강홍립은 광해 군 때 도원수가 되어서 심하 싸움 뒤에 항복했더니, 인조가 반정하자 그의 온 가족 이 도륙되었다는 헛된 소문을 듣고는 크게 노하여 군사를 이끌고 평산까지 이르렀 으므로, 조정에서는 할 수 없이 강홍립의 가족을 군문 앞에 내세웠다. 그의 숙부 강 진姜縉이 잘못을 꾸짖자 강홍립이 크게 부끄러워했다. 얼마 안 되어 청나라 사람도 역 시 강홍립의 거짓을 깨닫고, 강화한 뒤에 떠나면서 강홍립을 머무르게 하여 우리나 라에 처리를 맡겼으나, 조정에서는 청나라 사람의 위세가 두려워 죽이지는 못했다. 강홍립이 양화도楊花波에 있는 강정江亭에 우거했으나, 나라 사람들을 볼 낯이 없어서 방 안을 나가지 않고, 다만 길게 한숨을 쉬는 소리만 밖으로 들렸다. 그 후 오륙 년 뒤에 그 집 사람이 목매어 죽였다고 한다.

병자호란을 겪은 이후 사람들은 더욱 강홍립을 비난했다. 이에 비해 좌영장으 로 전사한 선천군수 김응하는 영웅시했다. 세상에서는 김응하가 죽은 뒤 명나라 가 그에게 요동백을 추봉했다는 말까지 돌았다. 그러나 남극관은 《몽예집夢囈集》 에서, 중국의 《충렬록》에 기록된 여러 사람의 만사와 전기에 모두 이런 내용이 없고, 명나라 사람이 지은 〈충의록忠義錄〉에도 "조선 장관 김응하 등에게도 휼전恤 典을 주었다."라고만 되어 있으므로 그 말은 잘못이라고 했다.

조경남의 《속잡록續雜錄》에는 강홍립을 요동백에 추봉한다는 명나라 황제의 조 서라는 것이 실려 있다. 그러나 남극관은 시골 선비가 조서를 모방해서 지은 것 이라 보고, 조경남이 옮겨 적어둔 탓에 잘못 전하게 되었다고 단정했다. 그리고 송시열이 김응하의 신도비문을 지으면서 그를 '요동백'이라 일컬은 것도 잘못이 라고 덧붙였다.

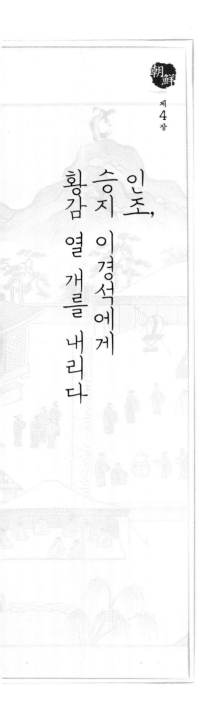

조선의 국왕은 반궁, 즉 성균관에 황감黃柑·귤을 하사하고 그것을 기념해서 선비를 시험하여 수석한 사람에게는 급제를 내리고 나머지 사람에게는 다음 시험에 유리하도록 분수分數를 주게 했다. 이 시험을 황감제黃柑製라고 한다.

황감은 귀한 것이었다. 반궁에만 하사한 것이 아니라, 원로대신이나 승정원에도 하사해서 귀한 것을 맛보게 했다. 《조선왕조실록》이나 문집에는 황감을 대신이나 승정원 관리가 하사받은 기록이 적지 않게 나온다. 이른 예로는 세종이 강희안의 부모를 위해 금귤을 하사한 예가 있다.

조선 후기에는 귤을 반사한 기록이 더욱 많다. 영조는 원년1725년 12월 13일병자에 대신들에게 홍귤紅橘을 내려 주었으며, 정조는 검서관 이덕무에게 궐내에서 책을 편집할 때 귤을 하나 내려 주었다. 정조가 이덕무에게 내린 귤은 대귤大橘로, 숙종 때 해외로부터 들여와 탐라에 심게 했던 것이다. 이덕무는 이것을 품고 나와 부친께 드렸다.

하지만 일반 관리들은 귤을 맛볼 기회가 좀처럼 없었다. 성종 때 성현의 《용재총화》에 이런 이야기가 전한다.

참판 안초安超가 일찍이 전라도 관찰사가 되어 나주에 이르러 순찰사 김상국金相國과 서로 만났는데, 그때 제주 목사가 푸른 귤 한 상자를 보내왔다. 안공은 그 빛이 푸르고 껍질이 쭈글쭈글한 것을 보고 못쓰겠다 싶어, 그 자리에서, "목사는 어찌하여 먼 길에 수고롭게 익지도 않은 작은 감을 보냈는고."라고 하면서, 기생들에게 나누어주었는데, 한 기생이 순찰사 방에 가지고 갔다. 순찰사가, "어디서 났느냐."라고 하자, 기생이 사실대로 고하니, 순찰사는 나누어 주지 않은 나머지를 찾아가지고 안공 앞에서 먹으며 말하기를 "감사께서는 싫어서 버렸지만 나는 이것을 아주 좋아합니다."라고 했다. 그러자 안 공도 한 개를 달라 하여 맛 보고는 그제야 그 맛을 알았다.

그런데 인조는 재위 10년째인 1632년 1월 24일에 황감을 승정원에 내리면서 사알司謁 장복남張福男을 시켜 황감 10개를 승지 이경석李景奭·1595~1671년에게 더 내려서 노친에게 드리도록 했다. 이경석의 부친 이유간李惟侃·1550~1634년은 83세로 행사직行司直의 명예직에 있었다. 이유간은 1월 26일갑자에 감사의 뜻을 표시하는 사장謝狀을 올렸다.

신의 아들 이경석이 대궐 안에서 황감 열 개를 보내면서 "노친이 있기 때문에 특별히 하사한다."라는 성지를 전해 왔습니다. 신은 자리를 바로 하기도 전에 감격의 눈물을 흘렸습니다. 신이 어떤 사람이기에 감히 이와 같은 성상의 사랑을 받으며 자식 역시 어떤 사람이기에 홍은洪恩을 입는단 말입니까. 신은 내려 주신 황감을 즉시 신위神位에 올리고 처자와 손자들과 서로 나누어 맛보고 또 절하며 눈물을 흘렸습니다. 신의 나이 여든셋으로 조정에서 40년 동안 털끝만큼도 보탬이 없었는데 노인을 우대한 특별한 은혜를 입어 재상의 반열에 뛰어올랐습니다. 두 아들 역시 모두 재식才識이 없는데도 갑자기 금옥金玉 관자를 사용하는 고관의 반열에 올랐고, 지금 또 보배로운 과일을 하사받았습니다. 이는 실로 일찍이 듣지 못하던 특이한 은수恩數여서 신의 부자는 죽을 곳을 알지 못하겠습니다.

인조는 "경은 이제 연로하고, 두 아들도 다 쓸 만하기 때문에 그렇게 한 것이니, 사례하지 말라."라고 했다.

또한 이유간의 아들로서 황감을 수령했던 이경석도 〈사전謝箋〉을 올려, 성은에 감읍하는 뜻을 아뢰었다.

엎드려 생각하건대 신이 가정의 교훈이 없음을 부끄러워하되, 성상께서 왕위에 오르심에 즈음하여 외람되게도 여러 직책에 임한 것이 이미 여러 번이어서, 비와 이슬 같은 임금의 은택에 목욕함이 거듭되었기에, 기쁨과 두려움이 바야흐로 지극하나, 항상 음식을 부드럽게 조리하듯 정사를 제대로 보지 못함을 탄식했습니다. 어찌 궁궐을 연모하는 마음이 없겠습니까? 감히 속마음에 품은 간곡한 충정을 거듭 진달했으나, 정사를 행하기에는 오직 착함의 효험이 부족했기에, 벼슬을 하더라도 직무를 맡아서는 안 된다는 사실을 알았습니다. 하지만 몸이 조정 반열의 끝에 위치하여, 성군의 향기가 소매에 막 가득하고, 눈은 새로운 계절이 돌아옴에 놀라, 진기한 과일이 홀연 품에 들어왔습니다. 더구나 신에게 학발^{흰머리}의 양친이 있음을 알아 주셔서 성군께서 마음으로 주시는 주옥같은 과실 열 개를 받자오니, 영광은 자녀를 기다리며 문에 의지한 저녁에 생겨나고, 영화는 감귤을 쪼갤 때 손톱에 떨어진 서리에 움직입니다. 호당^{해당}에서 군은을 듬뿍 내려주셔서 보자기에 비단 황감을 싸서 하사했던 옛 군주의 고사처럼 궁중 뜰에 높이 들어 나오게 하시며, 별도로 성군께서 친절하신 말씀까지 해 주셨습니다. 영릉^{세종}께서 강희안의 부모를 돌보시어 특별히 금귤을 내려 주셨고, 선조께서 유성룡의 어미를 생각하시어 마침내 초피를 내려 주셨습니다. 신은 어떤 사람이기에 총애하심을 입어 두 가지 경사를 모두 갖추게 되었습니까? 이는 대개 주상전하께서 문과 무를 갖추시며 효성스러우시고 자애로우시어, 황극^{皇極·왕위}과 기주^{箕疇·천하를 다스리는 대법}에 따라 모두 복록^{福祿}을 거두어 널리 펴서 주시고, 고년^{高年·고령자}에 내리는 한백^{漢帛}을 작위와 품질에 따라 두루 내리시는 덕분입니다. 오늘 중요한 벼슬에 오른 신이 세상에 드문 특별한 예우를 입었으니, 어찌 감히 간에 새기고 폐에 아로새겨서 뼈가 가루가 되고 몸이 부서질 때까지 충성을 다하지 않겠습니까?

이경석은 군주의 은혜가 부친에게 미치어 특별히 황귤을 하사받은 데 감동하

여 두 수의 시를 지었는데, 한 수는 승정원이 정한 융融자 운을 썼다. 그 시의 제목
은 〈상감께서 노친을 생각하셔서 특별히 황감을 내려 주시기에 회포 두 수를 지
었으니, 한 수는 은대승정원의 융融자 운이다. 自上念及老親特賜黃柑述懷二首一首則銀臺融字韻〉이다.
이경석은 임금이 성균관에 감귤을 하사한 것을 기념하는 과거인 황감제에서 형
이경직李景稷이 급제한 까닭에 첫 수의 여섯 째 구에서 그 사실을 언급했다.

노란 감귤 열 덩이를 성상께서 내리시고
은혜로운 왕지가 은근하시니 감격하여 눈물을 흘렸네
가져다 고당의 두 백발 노친에게 바치니
모두 태평성대의 가장 큰 사은이라고 말하네
마음 기울여 사모하는 이날은 정성이 더욱 간절하고
과거 급제한 당년의 일도 또한 기이하니
뼈에 새기어 끝내 반드시 조금이나마 보답하기를 기약하고자
형과 아우가 서로 권면함을 귀신은 알리라

黃柑十顆下天墀(황감십과하천지) 恩旨丁寧感淚垂(은지정녕감루수)
持獻高堂雙鶴髮(지헌고당쌍학발) 皆言聖世最鴻私(개언성세최홍사)
傾葵此日誠逾切(경규차일성유절) 折桂當年事亦奇(절계당년사역기)
銘骨終須期少答(명골종수기소답) 弟兄相勖鬼神知(제형상욱귀신지)

홀연 비단 수건에 싼 것이 깊은 궁중에서 나오매
옥 즙액이 진진하여 성균의 은혜가 융융하도다
온화한 말씀은 북당의 노인을 치우치게 사랑하시고
차가운 자태는 아득히 동정호의 바람을 띠었도다
어찌 금귤을 당나라 조정에서 주었는지 아닌지 따지랴
아름다운 쟁반에 비추는 한나라 달을 헤아리지 못할 정도라네

궁궐을 향하여 길이 축원을 드리나니
만 년을 하루같이 우리나라를 비추소서

忽看羅帕出深宮(홀간나파출심궁) 玉液津津聖渥融(옥액진진성악융)
溫語偏憐北堂老(온어편련북당로) 寒姿遙帶洞庭風(한자요대동정풍)
寧論金橘唐朝賜(녕론금귤당조사) 不數瑛盤漢月空(불수영반한월공)
爲向紫宸長獻祝(위향자신장헌축) 萬年如日照吾東(만년여일조오동)

융融자 운의 2수에 대해 이민구·장유·이명한이 역시 이 시에 차운했다.

이경석은 또 지墀자 운을 써서 승정원 관원들에게 바쳤다. 다시 지墀운을 써서 은대의 첨지에게 올린다는 뜻의 〈첩용지운정은대첨좌疊用墀韻呈銀臺僉座〉라는 제목이다. 그러자 조정의 여러 사대부들이 융融자 운과 지墀자 운에 각각 1수씩 차운을 하기도 했다. 목서흠·김상헌·정홍명·이소한·목대흠·구봉서 등의 차운시가 남아 있다.

이경석은 〈사감지희록賜柑志喜錄〉을 정리했다. 사전謝箋과 사소謝疏 및 융融자 운과 지墀자 운의 시를 실었으며, 이민구·이명한·장유·목서흠·김상헌 등의 차운시도 함께 실었다.

〈사감지희록〉의 첩본은 병자년1636년·인조 14년과 정축년1637년·인조 15년의 전쟁과 화재로 흩어졌으나, 인조 16년1638년 10월 15일에 구봉서具鳳瑞는 금성나주에서 우연히 〈사감지희록〉의 첩본을 얻어 보고 이경석에게 돌려주었다. 구봉서는 그 전말을 지어識語로 남겼다.

이유간은 전주이씨 덕천군 이후생李厚生의 5대손이다. 가선대부 행 동지중추부사를 지냈고, 죽은 뒤 영의정으로 증직되었다. 이경직과 이경석의 부친이다. 인조가 그의 아들 이경석에게 감귤을 내려 부친에게 드리라고 한 것은, 인조가 이경석을 국정 운영의 동반자로 생각했기 때문이다.

이경석은 인조, 효종, 현종의 삼대에 중신으로서 국가정책에 깊이 간여했고, 인조와 효종의 행장을 찬술하기까지 했다. 또한 높은 학문과 청렴한 생활태도로 인해 정파를 초월해 존경을 받았다.

이경석은 30세 되던 1643년 이괄의 난 때 형과 함께 인조를 모시고 공주까지 갔다. 이로써 그는 정8품의 대교에서 정6품 정언, 정5품 헌납, 교리가 되었다. 32세 되던 인조 4년1626의 중시에서 장원급제하고 다음 해 선온응제宣醞應製에서 가장 좋은 성적으로 뽑혔다. 인조 5년에 정묘호란이 일어나자 체찰사 장면張晩의 종사관이 되어 강원도의 군사모집과 군량미 조달에 힘썼다. 후금이 청나라를 개국하고 조선에게 칭신사대稱臣事大를 요구하자 청나라의 형식적 요구를 수용하자고 주장했다. 1636년 병자호란 때는 남한산성으로 들어갔다. 이때 최명길崔鳴吉의 주화론에 찬동했다. 인조 16년1638년, 홍문관·예문관 양관의 대제학이 되었고, 그 뒤 이조판서에 발탁되어 조정 인사를 주관했다.

인조 19년1641년 6월에는 심양에 있는 소현세자의 이사貳師·세자시강원의 종1품 벼슬로 선발되어 8월에 심양에 도착했다. 12월에 의주로 왔다가 다음 해 3월에 다시 심양으로 갔고, 여름에 잠시 서울에 돌아와 있었으나 7월에 또다시 심양으로 갔다. 8월에 명나라 선박이 선천宣川에 온 것을 조선의 지방관리가 돌려보낸 것에 대하여 청나라의 견책이 있었는데, 이경석은 자신이 책임을 지고 구금되는 길을 택했다. 인조 23년1645년에 소현세자와 봉림대군이 돌아온 후, 이조판서를 거쳐 우의정이 되었다. 이듬해 2월에 소현세자비 강빈姜嬪의 옥사가 일어나 다음 해 3월에 강빈이 죽임을 당하게 되었을 때, 이경여李敬輿와 함께 강빈의 억울함을 호소했다. 이 일로, 이경여만 귀양을 가게 되자, 이경석도 소를 올려 자신도 벌할 것을 청했다. 그 뒤 북경에 사신으로 갔다 와서 인조 25년1647년 2월에 좌의정으로 승진했다. 1649년에 인조가 승하하자 효종의 명을 받아 인조행장을 작성했다. 효종이 즉위한 그해 7월에 이경엄李景嚴이 경상·전라·충청의 삼도에 대동법을 시험할 것을 상소하자, 정태화鄭太和와 함께 전라도에만 시행하라고 주장했다. 그 한 달 뒤에 영의정에 올랐다.

숙종(肅宗) 필, 관백헌집유감부시(觀白軒集有感賦詩)

전주이씨 덕천군파 백헌 상공 종중 기증. 경기도박물관 사진 제공.

조선조 숙종이 이경석(李景奭)의 문집을 읽은 느낌을 칠언율시로 적어 이경석의 후손에게 하사한 것이다. 후손들은 참죽나무 필갑에 넣어 뚜껑에 '숙종어제보묵(肅宗聖製寶墨)'이라 전각(篆刻)하여 보관했다. 내용은 "多年求覓得何遲(다년구멱득하지) 終日披看不自疲(종일피간불자피) 忠歎愛君章奏見(충관애군장주견) 誠純體國鬼神知(성순체국귀신지) 先祖賜杖隆恩禮(선조사장륭은예) 聖祖頒柑荷寵私(성조반감하총사) 德叶台司賢宰相(덕협태사현재상) 宋時文靖可方之(송시문정가방지)"이다. 뜻은 "서내 해나 찾다가 이제야 구하다니 어찌 이리 늦었는가, 온종일 펼쳐 읽으며 피곤한 줄 모르네. 임금 사랑하는 깊은 충정은 군주에게 올린 글에 드러나고, 나라를 내 몸처럼 여기는 정성은 귀신들이 안다네. 선왕(현종)께서 궤장을 내리시어 큰 은덕을 베푸셨고, 성조(효종)께서 감귤을 내리시니 남다른 총애를 입었구나. 덕은 삼공(三公)을 화합시킨 어진 재상이었으니, 송나라 문정공(文靖公)[이동(李侗)]에게 견줄 만하네." 숙종은 이경석을 이동(李侗)에게 견주었다. 이동은 주자(주희)의 스승 연평선생(延平先生)으로, 주자는 이동의 인품을 "얼음으로 만든 호리병에 맑은 가을달이 비친 것과 같이 티 없이 고결한 정신"을 뜻하는 빙호추월(氷壺秋月)로 묘사했다.

효종 원년1650년에 김자점金自點은 청나라에 조선이 북벌을 계획하고 있으며, 송시열이 인조비의 능을 위해 쓴 지문誌文에 청나라 연호를 쓰지 않았다고 알렸다. 이 때문에 청나라는 조선 조정을 힐문했다. 3월에 이경석은 자신이 모든 책임을 지겠다고 자청하여, 의주의 백마산성에 갇혔다. 이듬해 2월에 풀려나 서울로 돌아왔다. 12월에 김자점은 아들 김익金釴과 함께 처형되었다. 효종 3년1652년 6월에 이경석은 영돈녕부사가 되었으나 경기도 판교에서 은거했다. 이듬해 다시 지중추부사가 되었다. 현종 5년1664년 70세의 나이에 기로소에 들어갔으며, 현종 9년 1668년 11월에 궤장을 하사받았다. 현종 12년1671년 9월 14일에 이질을 앓아, 24일에 77세로 서거했다.

지영궤장도(祗迎几杖圖)

전주이씨 덕천군파 백헌 상공 종중 기증. 《사궤장연회도첩(謝几杖宴會圖帖)》에 수록. 경기도박물관 사진 제공.

《사궤장연회도첩》은 이경석의 궤장연을 기록한 화첩으로, 궤장과 함께 보물 제930호로 일괄 지정되어 있다. 이경석이 궤장을 하사받는 절차를 세 폭의 그림으로 나누어 담고, 남이성이 지은 사궤장교서와 좌목, 당대 석학들이 지은 축하의 글과 이경석 본인의 시 등을 함께 묶었다. 그림은 사궤장을 맞이하는 중신들의 모습을 그린 〈지영궤장도(祗迎几杖圖)〉, 임금이 내린 교서를 낭독하는 모습인 〈선독교서도(宣讀敎書圖)〉, 국왕이 내린 술을 도승지가 한 잔 올리고 무희가 춤추고 악공이 연주하는 모습을 묘사한 〈내외선온도(內外宣醞圖)〉로 이루어져 있다.

이경석의 《백헌집白軒集》에는 인조 10년1632년에 엮은 〈사감지희록〉과 함께, 현종 9년1668년에 엮은 〈사궤장지감록賜几杖識感錄〉이 있다. 이 두 편은 가문과 자신의 영광을 기념하는 뜻이 강하지만, 국왕이 자신의 가문에 선물을 내린 사실을 상세히 기록함으로써 왕권을 존중하는 뜻을 담은 것이기도 하다.

〈사궤장지감록〉은 현종 9년1668년 11월 27일에 이경석이 궤장을 하사받고는 그것을 그림으로 그리고, 교서와 여러 사람들의 축시 및 화운시차운시를 모은 것이다. 교서는 지제교 남이성南二星이 작성했다.

그해 7월 13일의 경연에서 시독관 이규령李奎齡이 아뢰기를, "영부사영중추부사 이

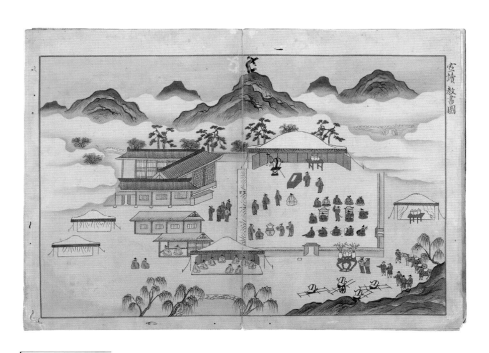

선독교서도(宣讀敎書圖)

전주이씨 덕천군파 백헌 상공 종중 기증. 《사궤장연회도첩(謝几杖宴會圖帖)》에 수록. 경기도박물관 사진 제공.
《사궤장연회도첩》은 이경석의 궤장연을 기록한 화첩으로, 궤장과 함께 보물 제930호로 일괄 지정되어 있다. 이경석이 궤장을 하사받는 절차를 그린 세 폭의 그림 가운데 하나이다. 임금이 내린 교서를 낭독하는 모습을 그렸다.

경석은 삼조^{인조·효종·현종}를 섬긴 구신舊臣으로 이미 칠십의 늙은이가 되었습니다. 성상께서 늙은이를 우대하는 방도에 따라 후한 은사가 있어야 할 것입니다."라고 했다. 그리고 인조가 이원익에게 궤장을 하사하고 효종이 김상헌에게 견여를 하사한 예를 들었다. 현종은 판부사 송시열에게 하문하고 인조 때의 옛 사례에 의거해 시행하라고 했다. 마침내 11월 27일에 궤장을 주는 교서를 반포하고, 사온서에서 빚은 술과 일등 풍악을 내려 주었다. 그러자 공경의 지위에 있는 사람들이 관례대로 모두 모였다. 이경석은 장편의 시를 지어 성은을 노래하고, 좌중의 사람들에게 화답을 청했다. 다음날에는 상소를 올려 사은하는 뜻을 아뢰었다.

궤장(几杖)

전주이씨 덕천군파 백헌 상공 종중 기증. 경기도박물관 사진 제공.

이경석(李景奭)이 나이 70에 벼슬을 사양하며 물러나려 하자, 계속 정사를 보게 하고 공경하는 뜻에서 현종이 내린 궤장이다.

궤장이란 70세 이상의 연로한 대신들에게 하사한 안석(案席 : 앉을 때 몸을 기대는 방석)과 지팡이를 말한다. 조선시대의 안석은 양쪽 끝이 조금 높고 가운데는 둥글고 오목했다. 지팡이의 머리는 비둘기 모양으로 장식했다. 신라 때도 70세가 되어 나이가 많다는 이유로 벼슬에서 물러나려는 대신들에게 궤장을 내리는 제도가 있었다. 김유신(金庾信)이 문무왕 4년(664년)에 처음으로 이를 받았다. 고려시대에는 강감찬(姜邯贊)·최충(崔冲)·최충헌(崔忠獻) 등이 궤장을 받았다. 조선시대에는 궤장을 하사하는 제도를 《경국대전》에 법제화하여, 벼슬이 1품(찬성 이상)에 이르고 나이가 70세 이상으로서 국가의 크고 작은 일 때문에 퇴직시킬 수 없는 자를 예조에서 왕에게 보고해서 궤장을 내리게 했다. 홍섬(洪暹)·이원익(李元翼)·임당(林塘)·이경석(李景奭)·권대운(權大運)·허목(許穆)·남공철(南公轍)·김사목(金思穆)·민치구(閔致久) 등 소수의 사람들이 궤장을 받았다.

그리고 당시의 시들을 수집하여 시첩詩帖을 만들고, 궤장 하사의 의식을 화공에게 그리게 하여 시첩의 머리에 두었다. 또한 연회에 참여한 사람들에게 이 시첩을 나누어 보내고 하나는 집에 간직했다.

이경석이 이때 지은 시는 〈궤장을 하사하기에 감격하고 축수하는 뜻을 삼가 노래하여 칠언의 십운 배율을 짓는다賜几杖謹識感祝之意 賦七言律十韻〉이다. 이경석은 이 시의 소서小序에서 사궤장연의 광경을 이렇게 묘사했다.

액정서掖庭署의 사약司鑰이 하루 전날에 휘장을 설치하고 긴 자리를 폈다. 영의정 정공과 판부사判府事·경재卿宰·예관禮官 등이 모두 모이고 도승지와 주서注書가 먼저 들어갔다. 주서가 교서를 읽은 다음에 도승지가 일어나 외선온外宣醞을 따라주고, 중사中使는 바로 들어와서 내선온內宣醞을 따라주고, 명하여 일등악一等樂을 하사했다. 음악이 시작되자 춤이 뜰에 차며, 구경하는 자들은 구름같이 모여 앞뒤를 가득 메우고 자리의 모든 재상들은 화목하게 기쁨을 다했다.

조선 519년간 영의정을 지낸 사람은 165명인데, 그중 문형文衡까지 거친 사람은 27인뿐이다. 이경석은 영의정에 양관홍문관과 예문관 대제학을 거쳤으니, 명관 중의 명관이었다. 게다가 그 가운데 궤장을 받은 사람은 10여 명 이내지만, 흠이 없는 사람은 이원익李元翼과 이경석뿐이라고 한다.

그런데 이경석은 인조 15년1637년에 삼전도비 곧 〈대청황제공덕비大淸皇帝功德碑〉의 비문을 왕명에 따라 찬술했으므로, 그 때문에 오점을 남기게 되었다. 곧, 1637년에 청나라의 요구가 있자, 인조는 당시 예문관 제학이었던 이경석과 장유·이경전·조희일趙希逸 등에게 함께 삼전도 비문을 지으라고 했다.

장유의 글에는 정백견양鄭伯牽羊이라는 말이 있었다. 춘추시대 초나라 왕이 정나라를 침략하여 항복시키자, 정백鄭伯·정나라 군주이 죄인 차림으로 양을 몰고 가서 초나라 왕을 맞은 고사를 끌어온 것이다. 이 말은 대등한 제후국 사이의 일에 해당한다고 하여 청나라 측은 화를 냈다. 이경석이 처음에 지은 글 또한 몹시 소략

인조의 어필

《열성어필석각(列聖御筆石刻)》. 국립중앙박물관 소장. 허가번호[중박 201110-5651].

인조가 당나라 전기(錢起)의 작품이라고 전하는 〈강행무제(江行無題)〉(양자강을 내려가면서 지은 무제) 100수 가운데 한 수를 적은 것인데, 마지막 구가 없다. 원래의 시는 "斗轉月未落(두전월미락) 舟行夜已深(주행야이심) 有村知不遠(유촌지불원) 風便數聲砧(풍편수성침)"이다. 뜻은 "북두성 기울고 달은 지지 않았는데, 뱃길에 밤은 이미 깊었구나. 멀지 않은 곳에 마을 있음을 알겠나니, 바람결에 다듬이 소리 들리기에."이다.

하여 누르하치의 공적을 상세히 서술하지 않았으므로 청나라 측이 불만스럽게 여겼다. 인조는 이경석을 불러, "저들이 이 글로 우리의 향배를 시험하고자 하니, 여기서 국가의 존망이 판가름 날 것이다. 월나라 구천은 회계에서 오나라의 신첩이 되었으나 끝내 오나라를 멸망시켜 그 국도를 연못으로 만드는 큰 승리를 이루지 않았더냐. 그렇다면 훗날 스스로 강해짐은 오직 나에게 달려있을 뿐이다. 하지만 오늘의 계책은 다만 문장에서 그들의 마음에 맞게 함에 힘써야 할 것이다. 일의 중요한 기틀이 무너지지 않도록 하라."라고 했다. 이경석은 은인자중하여 명을 받들었다.

현재 삼전도비는 표면이 마모되어 비문을 읽을 수 없다. 미국 버클리 대학 동아시아도서관 아사미문고에 소장된 삼전도비문의 탁본을 보면, 그 내용을 잘 알 수 있다. 이경석은 이 비문을 지으면서 서문인 누르하치의 공적을 자세히 서술하지 않았고, 운문의 명銘에서 많은 수식어를 이용해서 그 공적을 허황하게 찬양했을 따름이다. 사실을 객관적으로 서술하지 않은 비는 역사를 전달하거나 인물을 평가하는 공적인 그릇이 될 수 없다. 이경석은 허황된 수사를 사용해서, 자신이 작성한 비문이 진실을 담고 있지 않다는 사실을 알린 것이다. 그럼에도 불구하고 삼전도비문을 작성했다는 그 자체는 의리를 중시하는 관점에서 볼 때 용서받기 어려웠다. 이경석은 비문을 쓴 뒤 형 이경직에게 글공부한 것을 한스럽게 생각한다고 말했다고 한다.

현종 9년1668년에 송시열은 이경석을 공격하기 시작했다. 송시열은 본래 효종 초 영의정으로 있던 이경석이 암혈유일지사巖穴遺逸之士로 천거했던 인물이었다. 송시열은 이경석을 위한 〈궤장연서几杖宴序〉에서 수이강壽而康이라는 말을 썼다. 본래는 비방의 뜻이 아니었을 테지만, 송시열은 나중에 비방의 뜻에서 그 말을 썼다고 주장했다. 그 말은 한유韓愈의 〈반곡으로 돌아가는 이원을 전송하는 글送李愿歸盤谷序〉에서 "먹고 마시고 하여서 장수를 누리고 또 건강하여 부족함이 없나니 무엇을 달리 바라랴(且食兮壽而康, 無不足兮奚所望)"라고 한 말에서 나온 것으로, 축원의 말이다. 하지만 송시열은 북송 말 손적孫覿이 흠종을 따라 금나라에

삼전도비

잡혀가 그들에게 아첨해 부귀를 누렸다는 고사에서 따온 것이라고 했다.

이경석은 현종 10년1669년 3월, 온양으로 행차하는 어가를 호종하고는, 4월에 글을 올려 "임금이 병들어 멀리 왔는데 아무 일도 없고 늙어 병들지도 않았으면서 임금의 행차에 달려와 배알하지 않는다면 그것은 분의分義에 부당하며 나라의 기강과 의리에 관계되는 일입니다."라고 했다. 송시열은 그 말이 자신을 지칭한 것이라고 여겨, 이경석을 더욱 가혹하게 비난했다.

이경석이 죽은 뒤 기해예송과 갑인예송을 거쳐 숙종 6년1680년의 경신대출척庚申大黜陟으로 서인이 집권하면서 송시열의 지위는 확고하게 되었다. 그런데 숙종 28년1702년, 박세당은 이경석을 위한 신도비를 지으면서 이경석을 노성인老成人으로 칭송하고 봉황에 비유하는 반면, 송시열을 불상인不祥人이라 비판하고 올빼미에 비유했다. 노론은 그 비문을 말살하라고 요구했다. 그리고 박세당의《사변록》을 문제 삼아 그를 사문난적斯文亂賊으로 파문했다. 김창흡이 앞장서고 관학유생 180인이 연명 상소하여 박세당의 죄를 물어야 한다고 주장했고, 이경석이 〈삼전도비문〉을 지은 것은 불의였다고 규탄했다. 숙종은《사변록》과 이경석의 신도비문을 수거하여 말살하도록 하는 한편, 박세당의 관직을 삭탈하고 그를 전라도 옥과에 유배시켰다.

이경석의 손자 이하성은 조부를 위해 〈변무소辨誣疏〉를 올리고, 소론의 영수 남구만南九萬은 임종 때 아들에게 〈논백헌회곡서계論白軒晦谷西溪〉를 받아 적게 했다. 그렇지만 이경석에 대한 시비는 최근까지 그치지 않았다.

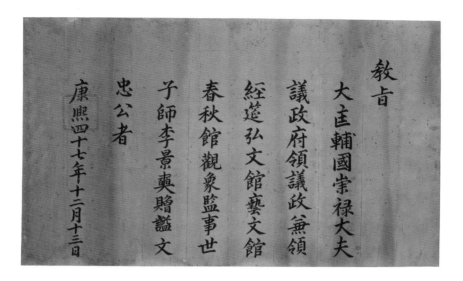

┃시호교지

전주이씨 덕천군파 백헌 상공 종중 기증. 경기도박물관 사진 제공.

숙종 34년(1708년) 12월 13일, 이경석에게 문충공(文忠公)의 시호를 내린 교지. 당시 최석정(崔錫鼎)이 시장(諡狀)을 지었다. 국왕, 제후, 공신, 무신, 학자 등 빼어난 행적을 남긴 사람들은 그가 죽은 뒤에 국가에서 생시의 행적을 평가하여 망자에게 시호(諡號)를 내렸다. 시호 관련 일을 맡은 관청에서는 왕명을 받들어 교지(敎旨)를 발행했는데, 망자가 국왕으로부터 시호를 받는 것을 역명지전(易名之典)이라 했다. 시호로 쓸 수 있는 글자와 각 글자가 담고 있는 의미를 규정해 놓은 것을 시법(諡法) 또는 시호법이라 한다. 조선 초기에는 194자였으나 글자 수의 부족으로 시호 정하기가 어려워지자 세종(世宗)이 명해 301자까지 늘어났다. 단, 활용 빈도가 높았던 글자는 약 120자 정도다. 시호에는 문(文), 충(忠), 공(恭), 무(武), 숙(肅), 의(義), 정(貞), 장(莊), 효(孝) 등의 글자를 많이 썼다. 시호에 담긴 뜻을 시주(諡註)라고 하는데, 어떤 뜻의 글자를 받았느냐에 따라 평가가 달라진다. 문(文)에는 천하를 경륜하여 다스린다(經天緯地), 도와 덕이 있고 널리 들어 아는 바가 많다(道德博聞), 배우기를 부지런히 하고 묻기를 좋아한다(勤學好問), 충성스럽고 믿을 수 있으며 남을 사랑한다(忠信愛人), 널리 듣고 많이 본다(博聞多見), 공경하고 곧으며 자비롭고 은혜롭다(敬直慈惠), 민첩하고 배우기를 좋아한다(敏而好學), 백성을 슬퍼하고 은혜롭게 하며 예로 대접한다(愍民惠禮) 등 많은 시주가 있다.

제5장

초구를 내리다

인조, 청나라 심양으로 들어가는 최명길에게

인조 16년1638년 가을에 청나라가 명나라의 금주錦州·요녕성 서부의 도시를 쳐들어가려고 조선에 다시 징병을 요구하니, 조선 조정은 회피할 방도를 모색했다. 비록 삼전도에서 청나라에 항복하기는 했지만 명나라에 대한 사대의 의리를 어길 수는 없다고 결심하고 있었기 때문이다. 이때 최명길崔鳴吉은 심양瀋陽으로 가서, "남한산성 아래에서 강화한 것은 형세가 궁하고 힘이 다하여 부득이해서 그러한 것이지만, 이번 징병은 우리나라의 의리를 망치는 일이니 허락할 수가 없다. 작년 가을에 이미 거절한 적이 있는데, 이번에 어찌 따를 것인가?"라고 하여 또 거절했다. 하지만 용납이 안 되자, 출병 시기를 맞추지 않았다. 청나라에서는 추궁하는 말이 날마다 이르렀다. 최명길은 징병을 거절한 책임을 지고 서쪽으로 향했다.

인조 20년1642년 10월에 최명길은 징병을 두 번 거절하고 명나라와 세 번 통했다는 죄명으로 청나라 심양으로 소환되었다. 이후 심양의 북비北扉와 남비南扉에 3년이나 갇혀 있어야 했다. 임경업을 통해 승려 독보獨步를 명나라로 보내 외교 관계를 유지하려 했다는 것이 가장 큰 문책 사유였다.

최명길이 심양으로 끌려갈 때 인조는 중신을 죽을 곳으로 보내며 구하지 못하는 자신의 무능을 슬퍼하며, 청나라의 심문에 잘 대응해 살아 돌아오라고 눈물지으며 초구貂裘를 내려 주었다고 한다.

17세기 초 인조반정으로 서인 정권이 들어선 이후, 인조의 생부 정원군의 추존 문제, 이괄李适의 난 진압, 노서·소서의 갈등,《광해군일기》의 편찬과《선조실록》의 수정, 후금과 명에 대한 외교적 대응, 병자호란 대처, 척화파淸論와 강화파의 대립 등 갖가지 정치적 문제가 돌출했다. 그리고 갖가지 정치제도가 문란하여 민란이 일어날 조짐까지 일었다.

이 시기의 정치사상적 문제를 논할 때 반드시 언급해야 할 인물은 최명길 1586~1647년이다. 그는 반정의 수훈자이며, 정원군의 추존을 통해 인조 왕권의 확립을 꾀했고, 후금에 대한 외교적 대응에서 주체적 관점과 실리적 태도를 취했다. 또 병자호란 때 강화를 주장하여 망국의 위기를 극복케 했다. 사상적으로는 주자학보다 양명학에 더 깊은 관심을 두었다.

최명길의 본관은 전주, 호는 지천遲川이다. 선조 때 생원시와 진사시, 문과에 모두 통과하고 승문원을 거쳐 예문관에 들어갔다. 광해군 때 북인이 권력을 독점하면서 병조좌랑의 벼슬이 깎였는데, 인목대비 유폐 사건이 일어나자 사실상 반정 계획을 주도했다. 이귀 계열과 김류 계열의 연합으로 반정이 성공한 뒤, 이조좌랑이 되고 그해에 이조참판과 비변사 제조까지 승진했다. 정사공신靖社功臣 1등에 녹훈되고 완성부원군에 봉해졌다. 정묘호란 때는 강화를 주장하여 후금과 맹약을 맺도록 했다. 인조 14년1636년에는 다시 이조판서에 올랐고, 병자호란을 맞아 강화를 주장했다. 인조 15년1637년 우의정과 좌의정을 거쳐 이듬해 영의정에 올라 외교의 일을 맡아보고 개혁을 추진했다.

인조 15년 초, 삼전도에서의 삼배구고두례로 호란의 전쟁이 종식된 뒤, 4월에 최명길은 첫 번째 정축봉사丁丑封事를 올렸다. 그 요점은 강화도가 함락되었을 때 오손된 종묘신주를 개조하는 것, 척화를 주장한 신하를 관용하는 일, 피폐한 농민을 구호할 대책, 전몰 장사將士를 포상하는 일, 달아난 병사를 관대하게 처분하는 일, 삼남의 병사와 수사를 유능한 인물로 교체하는 일 등 열 가지 문제였다. 또한 5월 15일에 최명길은 국정에 대해 건의하는 제2차 정축봉사를 올렸다. 인조가 굴욕적 항복을 한 것을 분하게 여기고 정사에 의욕을 잃고 있는 것을 위로하는 내용이었다. 6월 4일에는 제3차 정축봉사를 올려, 백성들의 세금을 감면하고 도망친 군사를 사면하라 건의하고, 지방장관의 임명, 상벌 등에 대해 구체적

진언을 했다.

최명길은 후금에 포로로 끌려갔던 사람들을 속환하고 환향한 여성들의 삶을 안정시키는 문제에도 각별한 주의를 쏟았다.

그해 4월 21일, 최명길은 포로로 잡혀간 사람들을 속환하는 문제로 차자를 올렸다. 정묘년 화친 때는 한 사람당 속환값이 10여 필이었으나 지금 명나라 장수들은 10냥으로 약정했다고 보고하고, 우리는 100냥을 상한가로 정하고 이를 어기는 자는 중죄로 논하자고 청했다. 이듬해 3월 11일에는, 심양으로 잡혀갔다가 돌아온 여자들을 시댁에서 받아들이도록 권유하라고 왕에게 건의했다. 당시 사대부 집 자제는 모두 다시 장가를 들고, 잡혀갔다가 돌아온 부인과 다시 결합하는 자가 없었다. 6월 13일, 예조에서는 환향한 부인들을 포용할 경우 절의의 큰 한계가 무너질 우려가 있으므로 모두 똑같이 하게 하는 법을 만들지 말자고 청했다. 그러나 최명길은 "한 나라의 법을 나누어 둘로 만들면 반만 이루어지고 반은 유실될 것인데, 왕자王者의 정사가 이처럼 구차해서는 안 될 것입니다."라고 반대했다.

또한 최명길은 모친상을 당해 상을 치르고 있는 장유에게 국사를 함께 논하자고 권하면서, "다만 우리는 이 조선의 신하이므로, 나의 군부君父는 생각하지 않고 오로지 중국 조정만 위하는 것은 월진越津의 혐의가 없지 아니합니다."라고 했다. 월진이란, 지켜야 할 분의分義를 넘어선다는 말이다. 이조판서로서 정국을 운영해야 했던 최명길은, 청론을 주장하면서도 강화에 반대하지 않았던 장유에게 위로의 서한을 내어, 청론의 극단적인 향배를 진정시킬 수 있도록 도와달라고 부탁했다. 그 주된 내용은 다음과 같다.

금번에 남한산성의 포위에서 빠져나올 때 거의 죽을 뻔했다가 가까스로 살아나 임금과 나라를 보전하고 함께 옛 수도한양로 돌아온 것은 실로 불행 중 다행이라 할 것입니다. 하지만 우리나라가 예의의 나라로서 정백鄭伯이 양을 끌고 간 탄식(중국 춘추시대 정鄭나라 임금이 양떼를 끌고 적국에 가서 항복한 망국의 탄식)을 면치 못했으니, 이것은 모두 우리들이 임금을 보좌하지 못한 불충의 탓입니다.

│ 사직노송도(社稷老松圖) 부분도

정선(鄭敾, 1676~1759년) 그림. 고려대학교박물관 소장.

정선이 1730년에 사직단의 소나무를 그린 그림이다. 좌상부에는 사직송(社稷松)이라는 화제(畵題)가 적혀 있고, 그 왼쪽에 원백(元伯)이라 썼으며, 그 아래에 백문(白文) 방인(方印)을 눌러두었다. 원백은 정선의 자(字)이다.

이 아우가 청나라 진영에서 늦게 돌아와 보니, 형의 사돈어른이신 청음김상헌 공과 동계정온 공이 척화의 영수로서, 상감이 적진의 포위에서 벗어나 종사를 보존하여 평안히 환도하셨음을 문안드리지 아니하고, 함께 벼슬을 버리고 곧장 고향으로 돌아가셨다고 합니다. 척화의 청론은 위로는 명나라 조정을 위하는 것이요, 아래로는 선비들의 여론을 부지하여, 바로 천하의 상경常經이요 고금의 통의通義입니다. 그 정론으로 삼는 바는 비록 삼척동자라 하여도 다 아는 바이니, 우리들이 어찌 모르겠습니까? 다만 우리는 이 조선의 신하이므로, 나의 군부君父는 생각하지 않고 오로지 중국 조정만 위하는 것은 월진의 혐의가 없지 아니합니다. 명나라 황제가 재조再造·중흥시켜 준 은덕은 우리나라 군신 가운데 누가 감격하여 추대하지 않겠습니까? 다만 우리나라가 생사의 위기에 즈음하여 어찌 옛날에 중흥시켜 준 것만 생각하고 스스로 망하는 길로 나아가야 합니까?

조선을 위하는 신하라면 명나라를 위해 내 나라를 망하게 해서는 안 된다는 것이 실로 성현의 교훈에도 부합하는 것입니다. 그런데 김상헌金尙憲과 정온鄭蘊 두 선생은 도리어 이 의리에 어두워, 나라를 보전한 뒤에 다만 청론만 숭상하고 있으니, 의리의 면에서 중도를 지키기란 과연 어렵습니다. "칼날은 밟을 수 있을 지라도 중용은 능히 실행하기 어렵다."라는 말이 진실로 헛된 말이 아닙니다. 그렇기는 하지만 기왕의 잘못은 놓아둔다고 하더라도 박두한 일 또한 난처한 점이 많으니 장차 이를 어찌해야 합니까?

최명길은 청론의 날카로운 기세를 조금 억제하고 동정을 보아 서서히 그 죄를 풀고 다시 등용해야겠다는 의견을 말했다. 척화를 주장했던 이들은 자신들의 의리가 가장 올바르다고 주장했다. 그들의 주장을 청론이라고 한다. 국가 존망의 위기를 당하여 현실적인 대처방법을 모색하지 않은 채, 명나라가 우리나라를 구원해 주었다는 것만을 생각하여 사대의 의리만 고집하는 것은 우리가 이 조선의 사람이라는 사실을 잊은 일이라고 할 것이다. 그렇기에 최명길은 그들에게 '월진의 혐의'가 없지 않다고 지적했다. 하지만 청론의 기세가 지나치게 강해서, 병자호란 뒤의 정국은 매우 불안했다. 인사권을 쥐고 있으나 청론의 지탄을 받고 있던 최명

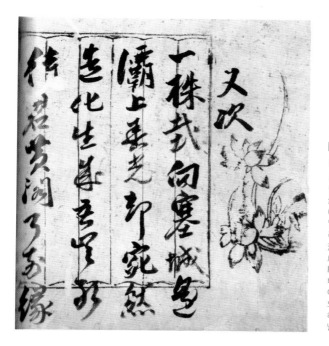

최명길(崔鳴吉)의 시고(詩藁)

경남대학교박물관 데라우치 문고 소장

최명길이 심양(瀋陽)의 감옥에 갇혀 있으면서 지은 시를 모은 북비수창록(北扉酬唱錄) 속고(續稿)의 시고이다. 그 가운데 봉암(鳳巖) 이경여(李敬輿)의 시에 차운한 〈차답봉암(次答鳳岩)〉이 있는데 그 제2수는 이러하다. "一株栽向塞城邊(일주재향새성변) 灞岸春光却宛然(파안춘광각완연) 造化生成吾豈敢(조화생성오기감) 待君黃閣了前緣(대군황각료전연)" 뜻은 이렇다. "한 그루 버들을 변방 성가에 심었더니, 파강(灞江 : 여기서는 한강)의 봄빛이 도리어 완연하다오. 조화옹이 생성한 것을 내가 감히 어찌하리오. 그대가 황각(정승 집무처)에 드는 날에 전날의 인연을 다하리라."

길은, 자신의 처지가 마치 중국 산서성의 백등산白登山에서 한나라 고조가 흉노의 정병 40만에게 7일 동안 포위당하여 매우 위급했던 형세와 같다고 했다.

최명길은 "조선의 신하는 사직과 백성을 우선 위해야 한다."라는 주체적 사상을 난국 타개의 제1원리로 삼았다. 그의 사업에 관해서, 김만중은 《서포만필》에서 절의를 지킨 김상헌도 훌륭하지만 직분에 충실했던 최명길도 훌륭하다고 논평했다.

그 후 인조 15년1637년에 청나라가 징병을 요구해 왔을 때, 이시백은 이 어려운 일을 거절할 수 있는 사람은 최명길밖에 없다고 했다. 결국 최명길이 심양에 가서 "우리가 나라를 300년간 섬겼는데 이제 그를 치는 군병을 낼 수는 없다."라고 거듭 논쟁하자, 청나라에서 양보했다. 11월 29일, 청나라에 사은사로 갔던 최명길은 병이 위중하여 심양에 남고, 부사와 서장관 등이 돈이나 물건을 주고 780

인을 구해 돌아왔다.

인조 16년1638년 1월 18일, 청나라에서 징병을 그만두겠다고 허락한 데 대하여 사은하는 사절로 신경진申景禛과 이행원李行遠을 심양으로 보냈다. 2월 10일에 최명길은 심양에서 돌아왔다. 그런데 7월 24일, 청나라 심양에 진주사陳奏使로 갔던 홍보洪霣가 돌아오는 길에 의주에 도착하여 청나라 황제의 서신을 베껴 보내왔다. 그 내용에 따르면, 누르하치는 징병을 중지한 것이 아니라 시세를 살펴 징병하겠다는 것이었으며, 용골대와 마부달에게 명하여 사은사 신경진으로 하여금 5,000명만 징발하라고 일렀다고 했다. 9월 18일, 영의정 최명길은 2차로 징집 거부를 하러 심양에 사신으로 갔다. 최명길은, "이 일은 두어 대신이 죽기로 결심하고 막아야 명분과 절의를 후세에까지 전할 것입니다."라고 한 뒤에, 종자에게 수의를 가지고 따라오게 했다. 심양에 가서 최명길은, "징병을 거절한 것은 나의 소신이다. 내가 살아있는 한 이 일만은 응할 수 없다."라고 강변했다. 11월 22일, 그는 심양에서 돌아와 보고했다.

인조 17년1639년 6월 25일, 국왕이 청나라 사신을 모화관慕華館에서 영접했다. 청나라 사신은 조선 국왕을 병문안하러 온다고 하면서 실은 이쪽의 향배를 살폈다. 10월 21일, 조선은 청나라가 사신을 보내 국왕의 병문안을 한 것에 답례하는 사은사를 보내게 되었는데, 최명길을 정사로 정했다. 11월 25일, 최명길이 사은사 정사로서 하정조賀正朝의 임무도 겸하여, 부사 이경헌李景憲과 서장관 신익전申翊全을 대동하고 심양으로 향했다. 그러나 12월 23일, 최명길은 병이 위중하여 의주에 머무르고 부사와 서장관만 심양으로 들어갔다.

인조 18년1640년 윤정월 27일, 최명길이 의주에서 돌아와 병 때문에 임무를 수행하지 못한 것을 상소하여 대죄待罪했다. 3월 9일, 비변사에서 재신宰臣들 가운데 청나라에 허위로 인질을 보낸 자들을 조사하여 보고했는데, 최명길도 그 안에 들어 있었으므로 파직되었다. 6월 3일에는 완성부원군에 봉해졌다.

그해 최명길은 영의정에게 물러났다가 2년 뒤인 인조 20년1642년 8월 3일, 다시 영의정에 임명되었다. 그런데 10월 12일, 세자와 함께 심양에 머물고 있던 한형

길韓亨吉이 보고하기를, 이달 6일에 용골대가 최명길·이현영·이식과 비국의 유사 당상, 양사의 장관, 전 평안감사 심연, 전 병사 김응해, 전 선천부사 홍이성을 모두 봉황성으로 잡아오라 했다고 전했다. 이는 지난해 명나라 배가 선천에 왔을 때 최명길이 의주부윤 임경업과 상의하여 묘향산 승려 독보와 수수水手·뱃사람 네 사람에게 문첩文帖을 주어 보냈다는 사실이 발각되었기 때문이다. 전 선천부사 이계李烓가 기밀사항을 청나라에 고해바쳤다고 한다.

이렇게 해서 인조 20년 10월 13일, 최명길은 이조판서 이현영, 예조참판 이식, 행 호군 이경증, 대사헌 서경우, 대사간 이후원과 함께 청나라 황제의 심문을 받기 위해 함께 심양으로 향했다. 압록강을 건너기 전 의주관사에 머물렀을 때, 참판 박황朴潢이 "이 일은 영상께서 임경업과 함께 하신 일이지만 한 사람이 책임질 수 있는 일이고, 최 상께선 나라에 잠시도 없어서는 안 될 처지이니, 중을 명나라에 보낸 일은 임경업에게 책임을 넘기십시오."라고 권했다. 그러나 최명길은, "남에게 죄를 넘기는 비겁한 행동을 어찌 할 수 있겠소?"라고 하며 거절했다.

10월 29일, 평안감사 구봉서는 최명길이 압록강을 건너기는 했으나 청북淸北에 들어온 뒤로 병세가 심해져 청나라의 심문에 대해 변론하기 어려울 것이라고 조정에 보고했다.

11월 13일, 인조는 신경진 등과 이계 및 임경업의 일에 대해 의논했다. "황해도와 평안도의 식량을 잃어버린 일에 대해 영상이 자기는 모른다고 대답하려 했다는데 이는 작은 일이 아니다. 모든 일을 이미 감당하려고 했으면 시종 스스로 감당하는 것이 참 좋을 것인데, 영상이 자기는 모른다고 대답함으로써 한 가지 일이 둘로 나뉘게 되었으니, 매우 염려스럽다."라고 했다. 신경진은, "중을 보낸 것은 사실 임경업이 한 일이지만 사건이 매우 중대하기 때문에 영상이 스스로 감당하려고 한 것입니다."라고 했다. 인조는, "말이 실제보다 지나친 자는 반드시 일을 망치고 만다는 것은 임경업을 두고 한 말이다. 처음에는 큰소리를 쳐놓고 끝내 도주했으니, 이 어찌 사람의 도리이겠는가?"라고 한 뒤에, 좌상과 우상에게 "영상이 떠날 때 저쪽과 만나 대답할 말을 서로 의논하지 않았는가? 그리고 강을 건넌 뒤에도 대신에게 글을 보내오지 않았는가?"라고 물었다. 신경진이, "영상이 중도에서 신들에게 글을 부쳐왔는데 처음의 뜻을 변치 않은 듯했습니다."라고 하자, 인조는, "그렇다면, 모르는 일이라고 대답하려 한다는 말은 과연 무슨 생각인지 매우 걱정스럽다."라고 했다.

11월 17일, 인조는 사태가 달라졌다고 하여 최명길의 관작을 삭탈하라고 명했다. 대신이 건의하기를, "저쪽에서 최 상이 바른 대로 대답한 것을 높이 사고 있는데, 이제 만약 범죄 사실이 매우 중대하다고 말한다면 저들이 혹시 조정의 본의를 살피지 않고 도리어 바른 대로 대답한 일로 죄를 입었다고 의심할지도 모릅니다. 그러니 어차피 한 번 변명을 해야 할 듯합니다. 임금께 고하지도 않고 제 마음대로 중을 보냈다는 것으로 죄목을 삼아 미리 감사와 재신宰臣·정삼품 당상관 이상의 신하들에게 공문을 내리는 게 좋겠습니다."라고 했다. 인조는 건의한 대로 시행하라고 했다. 며칠 후 신경진을 새로 영의정에 임명했다.

11월 20일, 최명길은 봉황성에서 그간의 사정과 청국의 상황 등에 대하여 손수 쪽지를 써서 평안감사 구봉서具鳳瑞에게 보냈다. 구봉서가 영상 신경진에게 보내니 그가 봉하여 인조에게 들여보냈다. 11월 21일, 신경진이 "최명길이 보내온 글을 보니, 끝내 가지 않을 수 없겠습니다."라고 하며 사은사로 갈 것을 청했다. 인조는 결말이 날 때까지 기다리라고 했다. 윤11월 1일, 구봉서는 최명길의 서신을 근거로, 최명길이 처음부터 끝까지 책임을 지려 했다고 변론했다. 하지만 영중추부사 이성구李聖求는 구봉서의 칭찬을 반박했다.

인조 21년1643년 1월 23일, 지난해 겨울에 최명길이 심양에 구금되어 있으면서 보낸 밀서가 이때 조정에 도착했다. 밀서에서 최명길은 지난해 10월 23일에 용골대에게 박씨와 함께 나란히 앉아 심문을 받은 내용을 밝혔다. 통역은 정鄭 역관이 맡았다.

용골대 : 중을 보낸 일에 대해 사실대로 말하라.

최명길 : 귀국에 군사를 원조한 뒤로는 남조南朝·남명가 우리의 적국이 되어 버렸는데

서해西海 일면은 조금도 방비가 없었소. 그래서 간첩을 보내 그 화를 늦추어 볼까 했으나, 국왕이 권모술수를 좋아하지 않으시기 때문에 나 혼자서 임경업과 의논하여 중 한 사람을 보냈던 것이니, 이는 곧 나라의 안전을 도모한 계책이오. 황제가 금지한 것은 교통하여 왕래하는 일이오. 적국과 서로 대치하면서 어찌 간첩을 보내는 것까지 폐할 수 있겠소. 중은 두 번째에야 저쪽에 도착했소.

용골대 : 중을 보내는 일은 누가 주장했고 언제 보냈느냐?
최명길 : 두 사람이 함께 했으며 보낸 해는 기묘년 8월이오.

용골대 : 지난해의 일은 어떻게 된 것인가?
최명길 : 지난해에 황제가 "남조가 장차 풍랑에 밀려온 사람들을 배에 실어 보낼 것이니 너희 나라는 그들을 받아들이되 양식은 삼가서 주지 말라."라고 했는데, 얼마 후에 그 중이 작은 배를 타고 나와서 하는 말이 "남조가 풍랑에 표류한 사람들을 보내고 칙서도 내렸는데 본국의 생각을 몰라 바다 위에 그대로 머물러 있습니다."라고 했소. 임경업이 비국備局과 논의한 뒤, 상국上國의 의심을 받을까 두렵다는 구실로 물리치고 다만 인삼을 주어 예단을 대신했소. 또 상선 두 척이 나와서 군수였던 역적 이계와 비밀리에 상거래를 자행하고 식량을 달라고 하면서 오래도록 머물렀으므로 어쩔 수 없이 쌀 200석을 주어 보냈소.

최명길은 밀서에서 당시의 사태를 다음과 같이 정리했다.

신의 생각으로는 황제가 남조에서 표류한 사람을 배에 실어 보냈다는 일을 듣고 우리나라에서 어떻게 처치했는지 몰라 갖가지로 의심하고 화를 냈으므로, 만약 분명히 말하지 않으면 그 화禍가 끝내 풀리지 않을 상황이었습니다. 일찍이 이런 뜻으로 비국에 반론했으나 의견이 일치되지 않았기 때문에 인견했을 때 굳이 말을 꺼내지 말자는 것으로 우선 결정하고 왔습니다. 오는 길에 사태가 조금씩 변해 간다는 소문은 들었으나 장계를 보지 못하여 의심과 믿음이 반반이었다가 용만龍灣의 제신諸臣들을 만나 보고서야 비로소 숨길 수 없음을 알았습니다. 처음에는 혼자서 두 가지 일을 책임져서 이 난국을 타개하려고 했으나 지난해의 일은 비록 스스로 책임지고 싶더라도 도대체 말이 되지를 않고, 또 생각하면 좌상이 그전부터 청국에 존중을 받아온 데다 표류한 사람을 물리쳐 돌려보낸 공도 있으므로 비록 이로써 그에게 책임을 돌리더라도 그 화는 필시 무겁지 않을 것으로 여겼습니다. 지난해의 일을 이미 숨길 수 없는 데다 그 일 맡은 사람을 말하지 않으면 일이 결말이 나지 않을 것이기 때문에, 공은 크고 죄는 작다는 말을 감히 공사供辭에 꺼냈습니다. 그러나 끝내 그 이름을 말하지 않았던 것은 공청公廳에서 말하면 용골대와 정명수鄭命壽가 어떻게 그 힘을 써볼 도리가 없을 것이기 때문이었으며, 사사로이 정鄭 역관鄭命壽에게 말했던 것은 황제의 귀에 반드시 들어가지는 않을 것이기 때문이었습니다. 좌상이 만약 스스로 와서 사죄하면 일이 혹시 풀릴 수도 있을 것 같아서 일찍이 소지小紙를 방백方伯의 편에 부쳤는데 전달되었는지 모르겠습니다. 이제는 날짜가 차츰 지나가 용골대와 정명수가 세운 계획이 있을 것이고 황제도 어쩌면 다시 묻지 않을 듯하며, 물어본다 하더라도 신의 대답은 처음에 말했던 것과 다르지 않을 것입니다. 만약 부득이하다면 전일에 정 역관에게 말했던 것으로 변명할 자료를 많이 만들어 황제의 선처를 바랄 생각입니다.

2월 11일, 최명길은 사형수 감옥인 심양의 북관北館에 구금되었다. 그 무렵 이경여·이명한·허계·김상헌은 동관東館에 구금되었다. 3월 23일, 좌의정 심열沈悅은, "최명길이 말을 만들어 대답한 일은 감히 자세히 알 수는 없으나, 남조에 중을 보낸 일은 자신이 스스로 담당하고 쌀과 배를 보낸 책임을 다른 사람에게 돌린 것은 오직 그 죄를 나누기 위함일 뿐입니다. 요즘 혹 최명길을 역적 이계에게 견주는 자가 있는데, 이는 너무 심한 말입니다."라고 했다. 인조는 "처음에 스스로 담당하려고 한 것은 중을 보낸 일일 뿐이고 끝내는 그것마저도 이미 도망간 임경업에게 돌렸으니, 이는 무슨 마음인가?"라고 힐문했다. 병조판서 이시백은 "최명길은 충심으로 나라를 위해 헌신하여 여러 차례 상란喪亂을 겪으면서도 일찍이 임금을 잊고 나라를 저버린 일이 없었는데, 유독 오늘에 와서 국가에다 그 책임을 떠넘길 리가 있겠습니까?"라고 했다. 하지만 인조는 최명길이 다른 사람을 끌어들여 책임을 면하려고 했다고 여겨 노여워했다.

3월 25일, 청나라 황제가 칙서를 보내 왔는데, 그 글에 "이제 간첩짓을 한 죄신 최명길을 하옥한다."라고 했다. 8월 10일, 인조가 이경석·이명한·이경여·민성휘·허계·심연·김응해 등에게 쌀을 차등을 두어 내려 주라고 명했다. 심양에 구금되어 있는 최명길을 위해서도 지급하라고 했다. 10월 8일, 청나라에서 새 황제의 즉위를 알리는 사신으로 천타마賤他馬 ·갈림박씨喝林博氏 ·정명수 등을 보내 왔다. 청나라 태종이 죽자 태종의 제9자로서 나이가 6세인 어린 아들이 새 황제로 즉위하고 연호를 순치順治로 고쳤다. 즉위 조칙과 더불어 사면령이 내렸다. 최명길과 김상헌 등도 사면되고, 의주에 감금되었던 신득연申得淵 ·조한영曹漢英 ·채이항蔡以恒 ·박황朴潢 등도 사면하여 내보냈고, 도망갔던 임경업의 족속도 다 석방하여 고향으로 돌아가게 했다.

인조 22년1644년 1월 28일, 비변사에서 최명길이 아직 돌아올 기약이 없으므로, 심양에 들어간 다른 사람의 예에 따라 본가에 의류와 식물을 갖추어 보내도록 청했다. 인조가 허락했다. 11월 11일, 청나라 섭정 구왕九王이 세자와 대군을 불러 장군 용골대 및 손이박씨孫伊博氏 등을 시켜 말을 전하기를, "세자는 동국의 왕세자로서 여기에 오래도록 있을 수 없기에 본국으로 영원히 보낼 것이나 봉림대군은 우선 머물러 있다가 인평대군과 서로 교대해서 왕래하도록 하라. 삼공·육경의 질자質子 및 최명길·이경여·김상헌 등은 세자가 나갈 적에 모두 데리고 가게 할 것이다."라고 했다.

인조 23년1645년 2월 23일, 최명길이 이경여, 김상헌과 함께 심양에서 돌아왔다. 2월 27일, 인조는 최명길의 직첩을 돌려주라 명했다. 이해 10월 13일에 최명길은 완성부원군의 군호를 회복했고 어영청 도제조에 임명되었다.

이상에서 보았듯이, 최명길은 청나라의 징병을 거절하고 세 차례나 승려 독보로 하여금 명나라에 비밀로 통보하여 우리나라가 전쟁으로 입은 화를 못 이겨서 부득이 강화한 처음과 끝을 밝혔다. 이로 인해 그는 영상領相의 몸으로 인조 20년1642년 겨울에 심양 감옥에 구치되었다. 그 뒤 인조 21년1643년 봄에 김상헌이 또 명나라를 위해 절개를 지킨 죄로 다시 구치되어 북관에 함께 갇혔다. 여름에 최명길은 김상헌과 함께 모두 남관으로 이송되었는데, 이때 서로 시편을 주고받으며 창화唱和했다. 김상헌은 "한 감옥의 같은 죄수 되어 100년의 의혹을 풀겠다."라고 허락했다. 하지만 최명길과 김상헌의 갈등은 해소되지 않았다.

최명길은 인조의 왕권을 확립하고 병자호란 이후의 난국을 수습하기 위해 진력했다. 하지만 인조는 차츰 최명길을 멀리했다.

인조의 국왕으로서의 결함은 이경여李敬輿·1585~1657년와의 관계에서도 잘 드러난다. 이경여는 세종대왕의 별자인 밀성군 이침李琛의 후손인데, 인조 때는 물론 효종 때에도 대신으로서 국가 정치를 맡았다. 하지만 그도 인조가 소현세자빈강빈을 사사하려는 것에 반대하다가 삭탈관직당하고 귀양을 갔다. 이경여는 조정의 의론이 화합하지 못하는 것을 우려해서 협동을 급선무로 삼았다. 그의 뜻은 번번이 어그러지고 말았지만, 이경여는 군주를 계도하는 일에 진력했다. 그는 언젠가 인조에게 이렇게 아뢰었다.

나라를 다스리는 데 있어서는 반드시 규모를 정하고 기강을 세워야 합니다. 그러나 반드시 임금의 한 마음으로 주장을 삼아, 안으로 남이 알지 못하는 지극히 은미한 곳으로부터 계구戒懼·경계하고 두려워함하고 근독謹獨·혼자 있을 때를 삼가는 일하기를 더욱 엄격히 하고 긴밀히 하여 인욕은 물러가고 천리가 밝게 드러나도록 한 뒤에야 이 두 가지 일이 뿌리 둔 바가 있어서 제대로 설 것입니다. 도를 행하는 데는 한 집안사람에게서 가장 먼저 행해야 하는 것이니, 스스로 반성하여 위의를 가진다면 집안을 다스리고 나라를 다스리는 효험이 드러날 것입니다.

그러나 인조는 게을렀다. 이경여는 묵묵히 물러나지 않을 수 없었다. 병자호

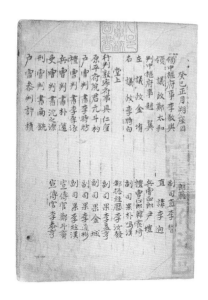

비변사(備邊司) 계사 정월삭 좌목(癸巳正月朔座目)

서울대학교 규장각한국학연구원 소장

좌목은 관리들이 회좌(會坐)했을 때 앉는 차례 또는 그것을 적은 목록을 가리킨다.

이 좌목은 효종 4년(1653년) 정월 초하루(무진)의 비변사 좌목이다. 정승과 당상과 낭청의 인물들이 나열되어 있다. 《효종실록》에 따르면, 이날 청사(淸使)가 삼공 · 육경 · 대사헌 · 지의금(知義禁) 등을 불러, "본국인으로서 압록강을 건너 삼(夢)을 캔 자와 이를 잘 금단하지 못한 수령과 변장을 모두 안주(安州)로 잡아다가 대기시키시오. 감사(監司) · 병사(兵使)도 죄를 면하기 어려울 것이오."라고 하였다. 드디어 호조참판 허적(許積)을 사문사(査問使)로 삼아 먼저 안주로 가게 하고, 삼을 캔 사람을 체포해 대기하게 했다. 또 추가로 주본(奏本)을 만들어 청사(淸使)의 사행(使行)에 부쳐 보냈다. 그 뒤 죄수들을 논죄했는데 각기 차등을 두었다.

란이 끝난 뒤에 인조는 항복의 사실을 수치로 여겨, 정사를 적극적으로 살피지 않았다. 정월 초하루를 축하하는 의식 때 이경여는 "존주尊周의 의義를 더욱 돈독히 하소서."라고 건의한 뒤에, 이렇게 아뢰었다.

전하께서 처음부터 마음을 바르게 하고 덕을 닦으며, 하늘을 공경하고 백성을 구제했다면 어찌 오늘날 같은 변고가 있겠습니까. 지금에는 천경天經과 지의地義를 아주 사소하게 여기고, 사람의 도리와 사물의 법칙을 괴멸되도록 내버려 두어서 온 천하의 법칙을 보존할 수 없게 되었으니, 어찌 한심하지 않겠습니까?

정치는 군주의 몸과 마음에 뿌리를 둔다는 사실을 믿었기 때문에, 이경여는 이렇게 건의한 것이다. 그는 인조의 무기력함에 실망했으나, 효종과는 물과 물고기가 만난 듯한 어수계魚水契가 있었다. 하지만 최명길은 인조의 말년에 고독을 곱씹으며 재야에 머물러야 했다.

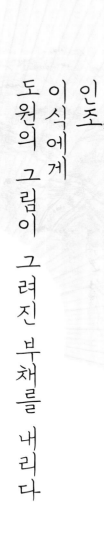

인조,
이식에게
도원의 그림이 그려진 부채를 내리다

조선 인조와 헌종 때의 탁월한 문장가인 이식李植의 문집 《택당집》을 보면, 아들 면冕에게 부친 다음과 같은 서한들이 있다. 아래 세 번째 서한은 '안에서 하사하신' 도원의 그림이 그려진 부채를 보낸다는 내용이다. 안에서 하사하신 것이란 인조가 하사한 것을 가리키는 듯하다.

나는 이곳에서 우수憂愁와 번뇌煩惱에 시달리면서도 날마다 책을 잡고 시간을 보내면서 한 번도 휴식을 취한 일이 없는데, 다만 쓸데없는 손들이 찾아오는 것이 귀찮을 따름이다. 너희들도 독서하는 일을 그만두지 말라. 이것은 인간 세상에서 맛볼 수 있는 지극한 즐거움이다. 만약 여기에 캄캄하다면 장차 세상을 피해 산속에 들어간다 하더라도 시름과 고통을 필시 감당해 내지 못할 것이니, 아무쪼록 문리가 크게 통하도록 힘을 쏟으라.

붓 두 자루를 보낸다. 너희들이 종이와 붓을 사치스럽게 쓰는 것이 안타까우니, 앞으로는 경계하도록 하라. 그곳에 패랭이와 부채 같은 물건을 미리 내놓아 황모필黃毛筆과 바꿔서 쓰는 것이 좋겠다. 왜인의 연갑硯匣은 너무 사치스러워서 항상 놔두고 쓸 수 있는 물건도 못 될 뿐더러 우리 집에는 도무지 맞지 않으니, 내가 그 아들에게 돌려주려고 한다.

부채 네 자루를 보낸다. 두 자루는 안에서 하사下賜하신 것인데, 모두 도원桃源의 그림이 그려져 있으니, 때때로 펴 보면 산골 생활의 고달픔을 잊을 수도 있을 것이다.

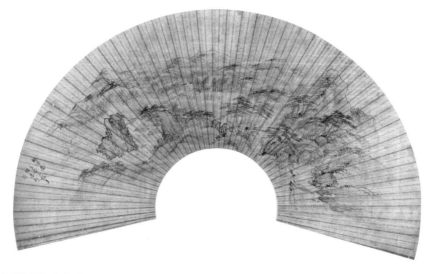

▌ 선면(扇面) 도원도(桃源圖)

18세기 장시흥(張始興) 그림. 고려대학교박물관 소장.

부채의 왼쪽에 '도원도(桃源圖) 방호자제우취금헌(方壺子題于醉琴軒)'이라 적혀 있다. 장시흥은 조선 후기의 화가로, 호는 방호자(方壺子)이다. 정선(鄭敾)으로부터 화법을 배워 산수에 능했다고 전한다.

조선의 국왕들은 신하들에게 부채를 자주 하사했다. 독서당에 화선書扇을 하사한 예도 있다. 이정립李廷立의 〈독서당사사선전讀書堂謝賜扇箋〉은 그가 27세가 되던 선조 15년1582년에 사가독서할 때 선조가 부채를 독서당에 하사하자 사례의 뜻을 아뢰기 위해 작성한 사전문謝箋文이다.

한편 부채의 면인 선면扇面에 글씨를 쓰는 것을 서선書扇이라 한다. 서선의 예는 상당히 많다. 이에 비해 선면에 그림을 그리는 화선畵扇의 예는 서선의 예보다 적다. 그렇다고 드문 것은 아니다. 부채에 그림을 그릴 때는 대개 매화를 그렸고, 난초와 대나무를 그리기도 했다.

인물화도 매우 드물었다. 유성룡이 중국에 사신으로 갔을 때 중국인 오경이 작별할 때 부채에다 두 사람이 서로 이별하는 형상을 그리고 팔분八分으로 관산

별의關山別意 네 글자를 적어준 예가 있다.《조천록》의 서문에 그 사실이 나타나 있다. 팔분이란 예서체의 일종이다.

또한 부채에는 산수를 그리기도 했다.

신숙주가 안평대군 소장의 그림들에 대해 기록한 〈화기畵記〉를 보면 부채 그림으로 〈임정도林亭圖〉와 〈급우도急雨圖〉가 있다. 그 후 서거정의 시 〈부채의 작은 경치에 대하여 쓰다扇面小景〉나 〈부채의 작은 그림에 제하다題扇面小畫〉를 보면, 부채에 가을 풍광을 그린 예가 있었다. 선조 때 이르러 이정귀李廷龜 는 중국인의 화선畵扇 세 자루를 보고, 그 그림에 맞춰 각각 시를 한 수씩 써 주었다. 그 화선들은 각각, 가을 강에 낚싯배가 떠 있는 풍경, 여름날 숲이 무성한 저물녘에 외로운 배가 여울을 지나는 광경, 봄날 한 사람이 버드나무 아래서 술에 취해 있고 동자에게 개울물을 살피게 하는 정경을 그린 것이다. 비슷한 시기의 조찬한趙纘韓은 홍주일洪柱一의 부채에 그려진 '이허주산수화李虛舟山水畫'를 두고 시를 지어 부채에 적어 주었다. 이허주는 곧 이징李澄이다. 남한기南漢紀는 박용운朴龍雲의 '탄금유황리彈琴幽篁裏'라는 부채 그림에 시(題朴生龍雲彈琴幽篁裏扇畫)를 두 수 적어 주었다. '탄금유황리'는 당나라 왕유王維의 〈죽리관竹里館〉이라는 시에 나오는 구절이다.

조선 후기에 신위의 아들 신명준申命準은 황자구黃子久[황공망黃公望, 대치大痴]와 예운림倪雲林[예찬倪瓚]의 화법을 참조해서 '비취빛 산이 따스하고 남기가 공중에 어른거리며 붉은 단풍의 잎이 그림자를 드리운暎翠浮嵐絳葉陰' 광경을 박종훈朴宗薰의 부채에 그렸다. 또 신위는 중국인 오속철吳屬哲의 부인 금향각琴香閣이 부채에 산수를 그려 주자, 답례로 시를 써 주었다.

조선의 산수를 부채에 그린 것으로는 허필1709~1768년의 〈선면금강산도扇面金剛山圖〉가 유명하다. 정선이 부채에 청풍계靑楓溪를 그린 것도 있다.

조선 중기에는 화사畵師 이신흠李信欽이 선면에 그림을 잘 그렸다. 박미朴瀰는 이신흠이 취해서 부채에 그림 그리는 모습을 보고 장난스레 시(戲作李畫師信欽醉寫扇面歌)를 짓기도 했다. 그 시를 소개하기로 한다.

어떤 객이 문을 두드려 주공(周公)이 깜짝 놀랐으니

발을 절뚝여서 비슬비슬 걷고 왼손은 꺾여 있다

스스로는 마음이 툭 트여 그림 그리는 것을 업으로 한다는데

그림을 다 그리면 문득 취하고 취하면 자빠진다

다행히 오른손은 온전하여서,

나에게 부채를 달라면서 일필로 그려준단다

흰자위 드러내며 하늘을 바라보면서 골똘하게 구상하더니

홀연 한바탕 외치면서 좋아 좋아 일컫는다

손으로 서너 번 붓질을 하는데 나는 듯이 신속하고

쓱쓱 획획 조화를 부려 잠깐 사이 완성하니

뚝뚝 원기가 물씬한 것은 기슭의 나무요

가지런한 구름머리는 하늘에 솟은 산이로다

휘호가 마치기도 전에 미친 흥취가 발동하여

부채를 움켜잡고 아이 불러 술을 따르라 한다

술을 따르는데 사발이 한 곡(斛) 들이

들이마시자 옥산(풍채 좋은 사람) 장차 기울어 자빠질 듯

입으로는 취해서 그릴 수 없다고 말하면서

대략 오솔길에 산 사람을 하나 그려 넣는다

취한 붓질은 힘이 없어 그림이 기우뚱하고

작은 동자를 그렸는데 몸을 굽히고 있는 것 같다

보는 이가 모두 작은 동자가 묘하다고 하고

구부정한 모습을 두고 재잘재잘 칭찬한다

아아, 아름답고 추하고는 정해진 형체가 없으니

세상에서 명성을 얻음도 대개 이와 같구나

有客叩門驚周公(유객고문경주공) 蹩足蹣跚左手折(벽족반산좌수절)

自言心開業善畫(자언심개업선화) 畫罷輒醉睡輒蹶(화파첩취취첩궐)
幸賴右手尙完全(행뢰우수상완전) 要我索扇試一掃(요아색선시일소)
白眼望天意匠深(백안망천의장심) 忽然一叫稱好好(홀연일규칭호호)
手弄數筆捷如飛(수롱수필첩여비) 颯颯造化俄頃間(삽삽조화아경간)
淋灘元氣岸上樹(임리원기안상수) 掠削雲鬟天外山(약삭운환천외산)
揮灑未了狂興發(휘쇄미료광흥발) 據扇呼兒斟酒來(거선호아짐주래)
斟酒以來椀如斛(짐주이래완여곡) 飮之玉山將傾頹(음지옥산장경퇴)
口道醉矣不可畫(구도취의불가화) 略向小路添山人(약향소로첨산인)
醉筆無力畫傾斜(취필무력화경사) 畫作小童如屈身(화작소동여굴신)
見者皆言小童妙(견자개언소동묘) 嘖嘖稱賞傴僂處(책책칭상구루처)
嗚呼姸媸無定形(오호연치무정형) 世上得名皆如許(세상득명개여허)

　　이신흠은 인조·효종 연간의 유명한 화사였다. 이식도 소반 위에다 쌀을 쌓아 동계東溪의 팔경八景을 비슷하게 만들어 보여 주고는 이신흠에게 여덟 폭 병풍의 그림을 그려 달라고 청한 일이 있다.

　　선면에 그림을 그리는 일은 조선 후기에 더욱 유행했다. 윤봉조尹鳳朝·1680~1761년는 〈화선재기畫扇齋記〉라는 산문을 남겼다.

이미중李美仲(이언세李彦世)이 도성에 집을 두고서도 산림에 뜻을 지녀, 부채에다가 산림 한 구역을 그림으로 그려 두고 번번이 애완愛玩하더니, 그 김에 화선畫扇으로 그 서재의 이름을 붙였다. 대개 미중은 산림에 대해, 다만 몸이 도성 안에 우거하고 있어서 미처 가지 못할 뿐이지, 그 뜻은 이미 산수와 혼연하게 하나로 되어 있었다. 자리를 쓸고 고요히 앉아 손에 부채 하나를 들고서 흥취가 이르면, 맑고 깨끗한 기운이 방에 가득하고 벽과 문의 안이 초연하여, 폐부가 유통流通하고 의상意想이 날아올라, 멋진 산수를 황홀하게 본 듯하여, 무성한 숲과 궁륭 형태의 벽이 선면扇面에 용솟음치듯 나타나고 집 가에 모여든다. 멀리 하면 접할 수가 없으나 가까이 하면 방촌마음에 있으니, 그 뜻이 혼연한 것은 말할 것도 없고 도성에 임시로 거처하는 그 몸까지도 아울러 혼화渾化하려고 하여, 미처 산림에 가지 못한 사실 자체를 거의 잊을 정도이다. 이미중이 부채 그림에 기탁해서 산림으로 가고 싶어 하는 마음을 잊지 않은 것이 이와 같도다! 그러나 이미중은 꼿꼿이 기개가 있어 일찍이 임금과 무릎을 맞대고 정사를 의논하여 한 세상을 놀라게 했다. 그 뜻은 진실로 산림을 잊지 않았고 세상을 잊으려고도 하지 않았다. 그러다면 이미중의 몸은 끝내 산림으로 가지 않고 다만 하나의 화선재畫扇齋만이 산림의 뜻을 다하는 것이 아니겠는가! 혹자는 말한다. "이미중이 이 서재를 가지고 있으니 이미 스스로 산림을 가지고 있는 것이고, 또 이미중은 도성에서 아무 녹봉도 지위도 없으니, 그가 산림으로 떠나가지 않은 것은 곧 떠나간 것과 같은 것이다. 어찌 반드시 떠나야만 하겠는가?" 이 말은 여전히 이미중을 안다고는 할 수 없다. 이미중은 근골과 체형이 아름답지 않아서, 반평생을 기구하게 살아서 세간 길에서 용납되지 못하여, 산림이야말로 그가 있을 곳이다. 한 구릉 한 골짜기에 초가 하나를 얽어 두고 그 속에서 휘파람 불면서 오만하게 살면, 좌우의 시내와 산이 화선 속의 것이 아닌 것이 없을 것이며, 이미중이 누웠다가 일어났다가 일어섰다가 앉았다가 하는 것이 저절로 마땅히 화선 속의 사람이 될 것이니, 그런 뒤에야 화선의 뜻을 다할 수가 있으며, 방을 화선이라고 이름한 것을 비로소 바꿀 수가 없게 될 것이다. 산림으로 떠나지 않는 것이 떠나는 것과 같다고 하지 말고, 그 떠나고자 하는 뜻을 완수하도록 힘써야 한다는 것은 오로지 이미중 자신이 알 것이다. 나의 글은 이미중의 훗날을 기다리고자 하는 바이다. 포암병부匍菴病夫가 장난스럽게 적는다.

이렇게 조선시대에는 부채에 그림을 그리는 것이 상당히 유행했고, 또 산수를 부채에 그리는 것도 그리 드문 일이 아니었다.

하지만 이식이 궁궐로부터 하사받은 부채처럼 선면에 도원을 그린 예는 달리 없었던 것 같다. 도원은 곧 도연명의 〈도화원기〉의 뜻을 그림으로 나타낸 것으로 추정된다. 선면에 도원을 그린 것은 현세간의 고통을 벗어나 마음의 평온을

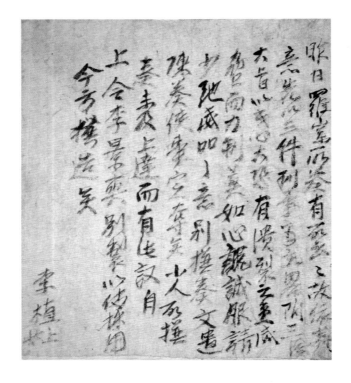

《조선명가진필(朝鮮名家眞筆)》.
경남대학교박물관 데라우치 문고
소장.

上令李景奭別製

얻을 수 있는 이상향을 그리워한 지식인들의 마음을 반영했으리라 생각된다. 다만
그 실물은 현재 어느 곳에서도 찾아볼 수가 없다.

　이식1584~1647년은 인조 때의 문신으로, 장유와 더불어 학자로서 이름이 높았고 한
문 4대가의 한 사람으로 꼽힌다. 광해군 2년1610년에 문과에 급제하여, 7년 뒤 선전
관이 되었으나 인목대비를 폐위하자는 논의가 일어나자 벼슬을 버리고 낙향하여
여강에 택풍당澤風堂을 짓고 10년 동안 은둔했다. 그 뒤 인조반정이 일어나자 마흔
이 넘은 나이에 비로소 벼슬살이를 시작했다. 인조 10년1632년에 대사간으로 있으면
서 인조의 생부 정원군을 추숭하는 안에 반대하여, 간성군수로 좌천되었다. 이듬
해 부제학으로 환조했다.

108

이식은 병자호란의 출성 뒤, 관동의 영춘으로 피난한 노모의 안위가 염려되어 강원도 관찰사에게 서장을 올린 뒤 문안하러 갔으나, 임금을 모시지 않고 도망쳤다는 탄핵이 일어났다. 그 뒤 동지춘추경연사가 되고, 남한산성까지 인조를 보호하며 따라간 상으로 가의대부에 올랐다. 7월에 내간상母親喪을 당했다. 그해 겨울 그는 '이제 반드시 죽을 수밖에 없다.'라는 생각에서 일생 행적의 대략을 정리해서 〈택구거사자서澤癯居士自敍〉를 지었다.

인조 20년1642년에는 척화를 주장했다는 이유로 김상헌 등과 함께 청나라 심양으로 잡혀갔다. 돌아올 때 다시 의주에 구치되었으나 탈주했다. 그 뒤 대제학·예조판서 등을 역임했다. .

이식은 당시의 재상으로 최명길과 장유를 존경하면서도 그들의 사상이 바른 길을 벗어났다고 의심했다. 그가 후손에게 교훈으로 남기려고 자식에게 대필시킨 글을 보면, 최명길의 학문과 행사에 대하여 특히 비판적이었다.

이식은 최명길이 사서四書의 의리를 논설한 것은 매우 정밀한 듯하지만, 수신修身과 성심誠心의 실제에서 발휘한 것을 본 적이 없다고 했다. 또 최명길이 경세經世의 면에서 행한 일은 모두 도행역시倒行逆施이다. 또한 사상적으로는 신괴神怪에 상당히 현혹되었으니, 그 기질이 매우 낮았다고 혹평했다.

도행역시란 정도와는 반대로 행동하는 것을 말한다. 이것은 최명길이 인조의 생부 정원군을 추존하는 문제에 앞장선 것과 후금과의 관계에서 주화主和를 한 것을 가리키는 듯하다. 한편 사상적으로 신괴에 현혹되었다는 것은 최명길이 양명학을 공부한 점을 가리키는 듯하다.

이식은 또 장유에 대해, 대유大儒의 외관을 하고 있지만 양명학에 물들고 노장과 불학을 인정했다고 비난했다. 그에 따르면 장유는 오로지 육상산과 왕양명을 주장하여, 선유의 훈설訓說에 대하여 정론定論마다 마디마디 이설을 세웠다. 장유는 "불학佛學은 비록 이단이라고는 하지만 그 학문은 마음을 바르게 하고 몸을 닦는 데 보탬이 되므로 공척攻斥하여서는 안 된다."라고 했다고 한다. 대개 장유는 젊어서 문장을 배우려고 노자와 장자를 숙독하다가 홀연히 계오契悟한 바가 있어서 잘못 들어간 것이라고 지적했다.

이식은 스스로 이단을 공척攻斥하는 임무를 자임했다.

군자의 도는 독선獨善만 할 것이 아니라, 학문이 이루어진 뒤에 다행히 성세를 만나면 마땅히 충성을 다하고 공공을 위해 봉사하여 일을 의에 맞게 처리하려고 생각해야 하며, 유자의 규범 바깥으로 혼란스럽게 나아가서는 안 된다. 만일 부합하지 않는 바가 있다면 물러나 떠나야 한다. 이것은 주염계周敦이 선생이 세간에서 실천한 법도에 맞게 조절한 결과였다. 나는 갑자기 사문斯文을 자임할 수도 없고, 또 경제經濟로 합치하기를 구할 수도 없기에, 그저 모기가 산을 짊어지듯 걱정하고 있을 따름이다. 나는 향리에 은퇴하여 있으므로, 모름지기 후생을 가르쳐서 경서經書로 이끌어야 하겠다. 그리고 만약 곁으로 문장에 통하여 저술이 있게 되면, 모름지기 전적으로 이단의 올바르지 못한 곳을 찾아내어 변석辨釋하고 공벽攻闢하기를 힘쓰련다. 그렇게 한다면 이른바 "능히 양주·묵적을 거부한다고 말할 수 있는 자는 성인의 무리이다."라고 한 말에 해당될 것이니, 세도世道에 그나마 보탬이 있지 않겠는가!

이식의 지적을 받은 최명길은 50세가 되던 인조 13년1635년에 장유에게 서신을 내어, 육왕학을 버리고 정학으로 돌아오라고 권하기도 했다. 그 서신에서 최명길은, 자기가 지난해 이식으로부터 '육왕의 글을 탐독하지 말라.'라는 충고를 받았던 일을 언급했다.

병자호란 뒤 최명길은 재상으로서 인재 천거를 전담했는데, 이때 문장에 뛰어나다는 이유로 이식을 천거했다. 이식은 자신을 덕행이나 정치로 천거하지 않은 데 대하여 불만을 느꼈다. 그 사실을 알고 최명길은 서한을 내어, "형이 학술과 문장과 정치적 재능을 아울러 갖추지 않은 것은 아니지만, 고하高下의 등급을 논하면 형의 가장 출중한 것이 문장이요 가장 장기가 문장입니다."라고 말했다. 또한 최명길은 문장의 기능을 적극적으로 옹호하고, 이식의 문학이야말로 "찬란한 빛이 단청보다 곱절이나 더하다."라고 칭찬했다. 최명길은, 자신들은 성학聖學의 찌꺼기를 배운 데 불과하므로 천지를 경륜하는 학문에 참여할 수 없으며, 정치적 재능도 옛 지방관이나 재상들에 비해 1만 분의 1도 따를 수 없다고 했다. 그리고 오로지 이식의 문장은 "비록 쇠퇴한 말기에 소화小華·조선에 태어난 것이 한스럽기는 하지만 위로 천고千古의 문장을 벗 삼을 수 있을 것입니다."라고 했다.

이식의 일생 사업 가운데 가장 중요한 것은 《선조실록》을 수정하고자 한 일이다. 당시 인조 조정은 《광해군일기》를 편찬하는 한편, 《선조실록》을 수정함으로써 정권의 정당성을 역사서 속에 밝혀두고자 했다.

이미 인조반정癸亥反正이 있었던 1623년癸亥 가을에, 이수광李晬光과 임숙영任叔英은 《선조실록》을 개수해야 한다고 청하여 윤허를 받았다. 다음해 봄에, 좌의정 윤방尹昉이 서성徐渻과 함께 《선조실록》의 개수를 청하여 역시 허락을 받았다. 이 무렵 정경세鄭經世도 그 수정을 청했다고 한다. 하지만 국가에 일이 많아서 당장 수정청을 설치할 수는 없었다.

한편, 《광해군일기》의 경우, 이수광이 이미 1623년에 시정기時政記에 왜곡된 글이 많다고 수정을 제의했으나, 재정상의 이유로 편찬을 시작하지 못했다. 다음해 1624년 정월에 이괄의 난이 일어나 광해군 때의 시정기와 《승정원일기》 등 사료가 많이 없어졌다. 그해 2월 29일에 춘추관이 《광해군일기》를 편찬할 것을 건의하자, 6월에 찬수청을 남별궁南別宮에 설치하고 윤방을 총재관으로 하여 편찬하기 시작했다. 인조 5년1627년의 정묘호란으로 일시 중단되었다가, 인조 10년1632년에 재개되어, 이듬해1633년 12월에 《광해군일기》가 완성되었다. 하지만 한 달 동안 극히 적은 부분만 인쇄했다. 인조 12년1634년 정월부터 등록관謄錄官 50인이 등초를 시작해서 그해 5월에 2부의 정초본을 작성했다.

인조 19년1641년 봄, 대제학에 오른 이식은 기존의 《선조실록》을 무사誣史·그릇된 역사라고 비판하고, 야사野史·지장誌狀 등을 모아 별도로 일록日錄을 만들어 사고史庫에 보관하여 나란히 전하게 하자고 건의했다. 당시 이식이 올린 차자가 〈신사춘 청수사변무차辛巳春請修史辨誣箚〉이다. 이 차자는 그의 문집에 실려 있고, 또 《선조수정실록》의 권말에도 수록되어 있다. 그때 그는 그 책임을 한 사람에게 지우자고 건의했다. 일부 대신은 수정청을 설치하여 《선조실록》을 대대적으로 수정하자고 제안하기도 했다. 하지만 대부분의 대신들은 이식의 제안대로 한 사람이 전담하여 수정하게 하자고 했다. 이때 최명길은 이 일을 전적으로 이식에게 위임하되, '사가私家에서' 찬술하게 하자고 했다. 최명길은 조신朝臣들의 의견을 모아 〈수사수의修史收議〉를 두 번에 걸쳐 올렸다.

대개 본가本家에서 편찬하면 그의 인건비가 절약될 것이고 한 사람이 혼자 담당하면 서로 미루고 핑계하는 일도 없을 것이니 비용은 해조該曹에서 사소한 지필紙筆이나 대 주면 가히 완성될 것입니다. 상세히 고찰해야 좋으리라 여겨 참고하고 검토하는 인 원을 꼭 두어야 한다면, 예문관의 관원은 바로 이식의 동료들이므로, 상하의 당번 외에 다른 할 일이 없을 때 이식과 함께 일을 하도록 하면 될 것입니다. 이것은 특별 히 가외인원加外人員을 둘 필요가 없습니다.

최명길은 두 번째 〈수사수의〉에서, "금일 논의하는 바가 항간에서 견문한 것을 수습해서 역사서 문장의 결함을 보충하는 데 불과한 것이라면 정사正史를 편찬하는 예와는 다르므로, 이식이 사양하지 아니할 듯합니다."라고 못 박았다.

이식은 세 번이나 소를 올려 다투고 면직을 요청했다. 그리고 최명길에게도 서신을 보내 항변했다. 최명길은 이식의 서신을 받고, 우선 이식이 대제학이 된 것을 축하하면서 《선조실록》의 별록을 만드는 일은 이식이 적임자라고 재차 격려했다.

마침내 이식은 왕명을 받들어 낭청의 동료들과 함께 《선조실록》을 수정하기로 했다. 그러나 얼마 되지 않아 이식은 강화를 막았다는 이유로 심양의 질책을 받게 되자 예문관 대제학의 직을 사임했다.

하지만 인조 21년1643년 7월, 이경노李景魯의 차론箚論에 힘입어 이식은 심세정沈世鼎을 대동하고 적상산사고에 가서 《선조실록》의 수정할 부분을 골라 뽑아낸 뒤, 9월

선조수정실록(宣祖修正實錄)

인본(印本), 42권 8책, 서울대학교 규장각한국학연구원 소장.

《선조실록》은 조선 제14대 왕 선조의 재위 기간의 역사를 기록한 것으로, 광해군 때 북인의 기자헌(奇自獻)·이이첨(李爾瞻) 등이 중심이 되어 편찬했다. 인조 즉위 초 경연관(經筵官) 이수광(李睟光)·임숙영(任叔英) 등이 수정을 건의하고 좌의정 윤방(尹昉)도 이를 역설했다. 이후 인조 19년(1641년) 2월에 대제학 이식(李植)의 상소로 수정을 결의하고, 이식에게 수정을 전담시켰다. 이식은 2년 뒤 인조 21년(1643년)부터 수정을 시작했으나, 인조 24년(1646년)에 사망하여 수정이 중단되었다. 효종 8년(1657년) 3월에 수정실록청을 다시 설치하고 영돈녕부사(領敦寧府事) 김육(金堉)과 채유후(蔡裕後) 등이 사업을 총괄하여 그해 9월에 완성되었다. 선조 즉위년부터 29년까지의 30권은 이식이 편찬했고, 30년부터 41년까지의 12권은 채유후 등이 편찬했다. 1년을 1권으로 편찬해서 총 42권이다. 마지막에 이식이 실록 수정을 위해 올렸던 글들이 실려 있다.

에 수정실록청을 설치했다. 그러나 국가에 일이 많아서 동료들이 모이지 않았고, 그 자신도 겨울에 몸져누워 수정을 완수하지 못했다. 그 후 수십 개월 동안 이식은 《선조수정실록》 수십 권의 초벌 원고를 작성하여 이미 보충 및 수정까지 끝마쳐 두었다. 다만 수초 7, 8권은 낭관이 나누어 맡아 아직 중초를 들이지 못한 상태였다.

이 무렵에 이식은 〈두 분 상공에게 보이는 서신의 별지示兩相公別紙〉에서, 역사 편찬의 규례를 다음과 같이 제시했다.

첫째, 야사와 소설을 취합하여 국가가 중흥을 이룰 때 왜적을 정벌한 대사를 기록하되, 서너 본의 책을 참고하여 대조하면서 고증하며, 실기實紀를 따라 선왕께서 기원을 달리하고 국가를 부흥시킨 업적을 드러낸다.

둘째, 비지碑誌·장전狀傳의 류를 취합하여 명신과 선현의 행적을 기록한다. 이를테면 퇴계의 경우는 본집의 기록을 따르고, 동고이준경는 소재노수신의 비문에서 채집하고, 율곡이이·우계성혼의 경우에는 월사이정귀의 행장에서 채집하며, 사암박순의 경우에는 현옹신흠의 행장에서 채집한다. 저술의 대가인 이 신하들은 모두 시호를 추증 받은 명신들이고, 퇴계·율곡은 당대에 존숭을 받았던 선유이거늘,《실록》에는 행적이 빠져 있거나 극렬한 비난이 덧붙어 있다.

당시 인조는 이식의 식견이 밝지 못하고 호오好惡가 공정하지 못하다고 여겨, 새로운 역사가로 하여금《선조실록》의 수정을 맡게 하려고 생각했던 듯하다. 이식은 〈두 분 상공에게 보이는 서신의 별지〉에서, 타인의 기록에나 의존하고 애당초 호오를 따랐다면 상감께서 자신에게 위임하지도 않았을 것이라고 변론했다. 또 선조 28년1595년 이전의 사초는 대신에게 재결을 받아 시비가 잘못되지 않았으므로 그 역사는 완결되어 있다고 했다.

이식은 당시에는 대북·소북과 남인이 세력을 합해 기승을 부리고 있기에 새로운 역사가라 하여도 그 견해가 그들과 다르지 않을 것이므로, 언젠가 다른 역사가가 나오거든《선조실록》을 계속 수정하게 하라고 청했다. 그는 자신을 대신할 역사가로 이민구李敏求를 추천했다. 그리고 자신이 편수한 것은 개인의 판단을 조금도 개입시키지 않았으므로 이 사실을 거듭 주상에게 알려달라고 했다.

인조 24년1646년 정월에 이식은 별시관으로서 출제한 과거시험 문제에 역의逆意가 있다고 하여 파면되고, 이듬해 1647년에 타계하고 말았다.

《선조실록》의 수정 사업은 효종 8년1657년에 수정실록청이 설치되면서 일단락을 보게 된다. 이때 《선조수정실록》의 권말에 붙은 범례에 따르면, 이식이 수정한 부분은 선조 즉위년^{1567년·정묘}부터 선조 29년^{병신}까지 30년간의 역사다.

이식은 원리주의자였다. 하지만 예술을 사랑하는 사람이기도 했다. 만년의 어느 땐가 비 오는 날, 화사 이신흠을 부른 뒤, 소반 위에 쌀을 쌓아 동계^{東溪}의 팔경^{八景}을 만들어 보여 주고는 여덟 폭 병풍의 그림을 그려 달라고 청했다. 그러고 나서 다음 시를 지었다.

복파장군이 쌀을 쌓아 산과 골짜기를 만들어 보였으니
염한 황제의 헌걸찬 공이 농서에 있었도다
늙어 가며 서재에서 할 일이 없어
병풍 여덟 첩으로 동계를 보여 주네

伏波聚米爲山谷(복파취미위산곡)
炎漢奇功在隴西(염한기공재농서)
老去書帷無一事(노거서유무일사)
屛風八疊示東溪(병풍팔첩시동계)

복파장군은 후한 광무제 때 마원^{馬援}을 말한다. 광무제가 외효^{隗囂}를 친히 정벌하러 나갈 때 여러 장수들의 의견이 엇갈리자, 농서에 주둔하던 복파장군 마원을 불렀다. 마원은 쌀을 모아 쌓아 놓고 산과 골짜기 등 지형을 만들어 보여 주었다. 그러자 광무제는 "오랑캐가 내에 들어왔다."라고 하면서 기뻐했다고 한다. 이식은 마원의 고사를 끌어와, 자신은 국가의 헌걸찬 공적에 도움을 주지는 못하고 무료함을 달래느라 쌀을 가지고 동계를 만들어볼 뿐이라고 자조했다.

인조가 이식에게 도원을 그린 화선을 하사한 것은 그의 마음속에 잠겨 있는 예술혼을 알아보았기 때문이 아니었을까.

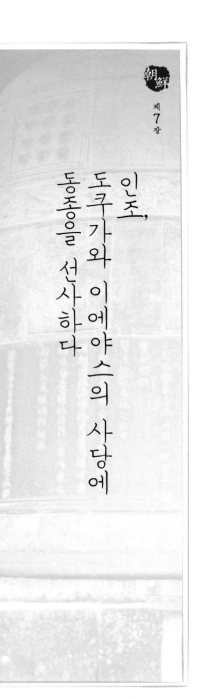

일본의 일광日光·닛코에는 도쿠가와 이에야스의 신사인 동조궁東照宮·도쇼궁이 있다. 이 신사는 돌기둥 두 개로 된 문이 순례자들을 맞이하는데, 높이는 7~8길이나 되고 크기는 두어 아름이나 되며, 모두 여덟 모로 깎여 있다. 그 곁에는 큰 글씨로 동조대권현東照大權現·도쇼다이곤겐이라고 적혀 있다. 1616년광해군 8년에 도쿠가와 이에야스가 죽자 일광산日光山·닛코산에 장사지내고 그 이름을 동조대권현이라 한 것이다. 그 사당을 권현당權現堂·곤겐도이라고 한다. 1642년에 에도 막부는 닛코산에서 서쪽으로 1리 떨어진 곳에 도쿠가와 막부의 3대 장군인 이에미쓰家光의 묘당廟堂인 대유원大猷院·다이이엔을 조성했다. 그 뒤 4대 장군 이에쓰나家綱의 원당인 엄유원嚴有院·겐유인도 창건했다.

동조궁의 동남쪽 계단 아래에는 조선 인조 때 에도 막부의 요청으로 만들어 보낸 동종이 있다. 이식李植이 명문銘文을 짓고 오준吳竣이 글씨를 써서 새겼다. 인조는 도쿠가와 이에야스가 도요토미 히데요시를 타도했다는 점에서 도쿠가와 막부와 우호를 맺을 명분을 찾았다. 그렇기에 인조 20년1642년에 에도 막부가 동종을 요청했을 때 그 요구를 들어주었다.

이식이 예조참판으로서 작성한 〈일광산 종명 병서日光山鍾銘幷序〉는 다음과 같다. 이 글은 이식의 문집에 수록되어 있지 않고,《증정교린지》등 일본과의 외교 사실을 정리한 관찬 서적에도 들어 있지 않다. 오직 동조궁 동남쪽 종루의 동종에서만 읽을 수 있다.

일광산 종명 병서

일광 도량은 동조대권현을 위해 설치했다. 대권현은 무량공덕을 지니고 있으므로 마땅히 무량숭봉을 해야 한다. 구조의 웅대함은 미증유의 것이므로 조상의 업적과 뜻을 이어서 밝혀 선열선조을 더욱 드러낸다. 우리 왕께서 듣고 감탄하고 가상히 여겨 법종법종을 주조해서 영산에 귀·입·눈이라는 세 가지 보배를 드리는 것에 보태었다. 그리고 신 식식에게 명하여 종에 명문을 쓰게 했다. 명은 이렇다.

영렬英烈을 크게 현창하고

영진靈眞을 처음으로 열어

현도관玄都觀·사찰을 힘써 경영하고

보배로운 종을 이에 진설하니

이 일에 참여하여 승연勝緣·좋은 인연을 닦고

이것을 바탕 삼아 진복眞福을 올리니

고래의 소리요 사자의 울부짖음이라

혼미한 자가 깨어나고 마귀는 엎드리누나

그릇이 중해서가 아니라

오로지 효자가 드리기 때문이로다.

용천龍天[천룡팔부天龍八部]이 보호하니

크나큰 복조를 함께 취하리로다

숭정崇禎 임오 10월 ○일, 조선국 예조참판 이식 지음

　　　　　　　　　행 사직 오준 씀

日光山鍾銘幷序

日光道場爲

東照大權現設也

大權現有無量功德合有無量崇奉

結構之雄世未曾有繼述之孝益彰

先烈我

王聞而歡嘉爲鑄法鍾以補靈山三

寶之供仍

命臣植叙而銘之銘曰

丕顯英烈肇闡靈眞玄都式虔寶

鍾斯陳參修勝緣資薦眞福鯨音

獅吼昏覺魔伏非器之重唯孝之

贈龍天是護鴻祚偕拯

崇禎壬吾十月日朝鮮國禮曺參判李植撰

行司直吳竣書

동종의 鐘을 鍾으로 쓰거나, 예조의 曹를 曺로 쓰기도 하는 조선의 독특한 글자체가 이 종명에 잘 나타나 있다. 교린의 선물에도 숭정崇禎이라는 명나라 연호를 쓴 것도 눈길을 끈다.

종명에서 서의 부분은 명왈銘曰까지 합하여 70자에 불과하다. 명은 48자인데, 1구 4자의 12구이되 두 구마다 압운했으니 모두 6연인 셈이다. 찬자撰者와 서자書者를 적은 부분이 23자이다. 일광산종명병서日光山鍾銘幷序의 7자를 합하면, 이 동종에 새긴 글자는 모두 148자이다. 동종의 글씨를 쓴 오준은 곧 삼전도비의 글씨를 쓰기도 한 서예가이다.

일본에서는 역대 관백의 이름을 피휘자로 정했으니, 강康·수秀·광光·충忠·강綱·길吉·선宣·계繼·종宗·중重·치治 등이 그것이다. 이 종명을 지을 때는 강康과 광光 이외의 글자는 피휘자로 설정되지 않았다.

┃ 닛코[日光] 동종

일본 닛코[日光] 도쇼인[東照院] 앞 소재. 송호빈 촬영.

인조가 도쿠가와 막부의 요청으로 증정한 것으로, 명문은 이식(李植)이 짓고 오준(吳竣)이 썼다.

《인조실록》에 따르면 동조궁에 보낼 종을 주조한 뒤 명문을 새기게 했는데, 명문의 서序는 이명한李明漢이 짓고 명銘은 이식이 지으며 글씨는 오준이 쓰게 했다고 되어 있다. 그런데 실제 명문을 새길 때는 서와 명을 모두 이식이 지었다고 표기했다.

이명한의 문집《백주집白洲集》을 보면, 그가 지은 〈일본국일광산종명日本國日光山鍾銘〉이 있다. 그 종명의 병서竝書는 일광의 동종에 이식의 글로 새겨져 있는 것과 매우 흡사하다. 다만 '익창선렬益彰先烈'이 '익광선렬益光先烈'로 되어 있고, '아왕我王'이 '아국我國'으로 되어 있으며, '명신식命臣植'의 세 글자가 없다. 동종이 글을 새길 때는 이명한의 글을 다듬어서, 이에미쓰의 이름 광光을 피하고 아왕我王이라는 주체를 밝히는 한편, 서문과 명의 찬자 '신식臣植'을 명시한 것이다.

이 〈일광산 종명 병서〉에서 이식은 명을 지은 해를 '숭정 임오'라고 적었다. 숭정은 명나라의 마지막 황제인 장렬제의 연호로, 1628년부터 1644년까지 사용했다. 조선은 1636년의 병자호란으로 청나라에 군사적으로 굴복했으나, 이때까지 명나라의 연호를 그대로 사용하고 있었던 것이다. 사실 숭정의 연호가 끝나고 명나라의 망명 정부인 남명이 1645년부터 1662년까지 잔존했지만, 조선은 남명의 연호인 융무1645년, 소무1646년, 영력1647~1662년은 사용하지 않았다. 조선은 주로 숭정후崇禎後와 숭정기원후崇禎紀元後 몇 년이란 식으로 연도를 표시했다. 간지干支만으로 연도를 표기한 예도 있다. 인조 20년에 동조궁에 법종梵鍾을 보낼 때 간지를 사용하지 않고 명나라의 숭정 연호를 사용한 것은, 조선이 명나라에 대한 사대의 의리를 지키고 있음을 드러내기 위한 것이었다. 이것은 조선이 중국 중심의 조공 체계를 여전히 견지하고 있고, 일본과의 관계는 교린 관계라는 사실을 거듭 확인한 결과다.

조선은 건국 후 태종 3년1403년 명나라로부터 책봉을 받았다. 그 이듬해 일본의 아시카가足利 정권도 명나라로부터 책봉을 받았다. 이로써 조선·중국·일본 사이에 사대교린 체제가 이루어졌다. 조선의 국왕과 일본 막부의 장군은 현안 문제를 해결하기 위해 양국에 사절을 파견했다. 조선이 일본에 파견하는 사절을 통신사, 일본이 조선에 파견하는 사절을 일본국왕사日本國王使라고 했다. 통신이란 중국 중심의 조공 체제 아래에서 중국의 주변국들이 외교관계를 맺는 것을 말한다. 조선은 일본과의 관계를 교린이라고 칭함으로써, 중국과의 종속관계를 기본으로 일본과 우호관계를 유지하려고 했다. 조선에서 일본으로 파견한 사절은 때에 따라서는 보빙사·회례사·회례관·통신관·경차관이라고도 했다.

조선과 일본은 임진왜란으로 인해 외교가 단절되었으나, 에도 막부는 외교를 재개하려고 노력했다. 그 사이에서 쓰시마對馬島가 큰 역할을 했다. 조선에서는 마침내 회답 겸 쇄환사를 파견했고, 1636년에 이르러 통신사 명칭을 사용한 사신을 파견하게 되었다. 이에 대해서는 일제강점기 이후 많은 연구가 이루어져 왔다. 최근 한명기 씨는 일간신문에 〈병자호란 다시 읽기〉를 연재하여, 병자호란 전후의 동아시아 정세를 넓게 파악하면서 일본과의 외교문제를 다시 조명하고 있다.

광해군 9년 정사1617년에 관백 원수충源秀忠·미나모토노 히데타다 은 대마도주를 시켜 우호관계를 다시 맺자고 청했는데, 이에 조선은 오윤겸吳允謙·박재朴梓·이경직李景稷을 사신으로 보냈다. 인조 2년 갑자1624년에는 관백 수충秀忠·히데타다이 그의 아들 가광家光·이에미쓰에게 양위하고 통신사를 요청했다. 조선은 정립鄭岦·강홍중姜弘重·신계영辛啓榮을 보냈다. 인조 13년1635년에 이르러서는 문위역관 홍희남이 일본의 에도에 갔다. 이때 가광家光의 지시에 따라 대마도주 종의성宗義成·소 요시나리이 마상재馬上才를 요청했으므로, 장효인張孝仁과 김정金貞 등 21명을 대동하고 갔다.

인조 14년1636년·병자에 이르러 관백 가광家光이 대마도주를 시켜 통신사를 요청했다. 그런데 이때 관백은 국서國書를 보내지 않고 차왜差倭만 보냈다. 당시 대마도주 종가宗家·소게는 유천柳川·야나가와씨의 당주堂主 조흥調興·시게오키의 참소로 위태로운 처지에 있었다. 종가는 국왕사의 이름을 차용하여 국서를 위조하거나 건네진 국서를 부분적으로 변경해 왔는데, 이 사실을 유천씨의 3대 당주 조흥이 에도 막부에 폭로하고 말았다. 조흥은 덕천가강, 덕천수충, 덕천가광의 3대에 걸쳐 봉직한 중신으로, 그의 세력은 주가主家인 종의성과 맞설 정도였다. 에도 막부는 조선으로의 도항을 일단 중단시키고 관계자를 에도로 불러 심리審理했다. 그러나 곧

┃ 인조 14년 조선통신사 입강호성도(仁祖十四年通信使入江戸城圖) 부분

국립중앙박물관 소장. 허가번호[중박 201110−5651].

인조 14년(1636년)에 조선 후기 제4차 통신사 일행이 에도 성으로 들어가는 광경을 그린 그림이다. 당시 정사는 임광(任絖). 부사는 김세렴(金世濂)이며, 총 인원은 475명이었다. 당시 수행한 궁궐화가 김명국(金明國)이 그린 것으로 추정된다.

이어 에도 막부는 조선과의 외교를 회복할 필요성을 느껴, 1636년에 차왜를 보낸 것이다.

1636년의 7월 23일을축에 최명길은 상소를 올려 일본과의 교린에 융통성을 발휘해 달라고 아뢰었다. 그는 대마도주의 형편을 고려해 국서의 유무를 따지지 말자고 주장했다.

지금의 관백은 연소하고 경망스러우며 조부의 부강함을 믿고 지나치게 허세를 부리는 데다 조흥瀷興의 참소로 인해 의심이 누적되어 있으니, 인서당麟西堂이 차왜로 나온 데서 도주가 위태로운 것을 엿볼 수 있습니다. 도주가 죄를 입고 조흥이 다시 등용되면 화가 양국에 전가될 것은 필연적인 형세입니다. 그러므로 도주를 편안하게 하는 것은 곧 우리 변경을 편안히 하는 것입니다. 그 일이 어찌 중요하지 않겠습니까. 만약 격식을 어기는 것 때문에 어렵게 여긴다면 마상재를 보낼 필요가 없고 서석을 고칠 필요도 없습니다. 또 물건을 소중하게 여기는 것이라면 2필의 말과 20필의 비단은 지극히 사소한 것입니다. 그러니 해마다 보낸다고 하더라도 여기에 소비되는 것 때문에 변경의 걱정과 바꿀 수는 없는 것입니다. 더구나 10년에 한 번 행하는 것일 뿐이니 더욱 그러합니다. 이 일의 이해와 득실은 분명하게 알 수 있습니다. 신의 생각에는, 차라리 도주에게 기롱을 당할지언정 너무 인색하게 하는 식으로 고집을 부려 변경의 사기事機를 그르칠 수는 없다고 생각합니다.

조선으로서는 일본의 내정을 탐지하기 위해 대마도주의 공작을 알면서도 일본과의 교린외교를 수행할 수밖에 없었다. 인조의 조정은 결국 차왜가 온 것은 관백의 명에 의한 것이므로 국서가 오지 않은 것에 구애받을 필요가 없다고 결론지었다. 명분보다 실리를 중시하기로 한 것이다. 그리고 임광任絖·김세렴金世濂·황호黃㦿를 보냈다. 이들은 10월에 바다를 건넜고, 이듬해 2월 바다를 건너 돌아왔다.

임광 등이 에도에 이르렀을 때, 관백 가광은 그 할아버지 때 화친을 이루었다 하여 동조궁의 권현당에 분향하기를 강력히 요청했다. 조선 측의 교린 의지를 탐지하기 위한 것이었으리라 추측된다.

인조 20년 2월 18일무오, 일본이 왜차 평행성平行成을 보내와서 일광산 사당의 편액扁額과 시문을 청하고 종鍾과 서명序銘을 구했으며, 관백이 아들을 얻은 사실을 알리면서 통신사를 파견해 주길 요청했다. 그날 최명길은 "국가의 형세가 전일과 다르므로, 우리의 정성과 신의를 쌓아 깊이 그들의 환심을 얻음으로써 행여나 부지불각 중에 발생하는 재앙을 예방하도록 하는 것이 좋겠습니다."라고 했다. 인조는 의창군義昌君 이광李珖에게 일광정계日光淨界라는 네 글자의 큰 편액을 쓰게 했다. 단, 《증정교린지》에는 일광정계창효도량日光精界彰孝道場이라는 여덟 자의 큰 글씨를 쓰게 했다고 되어 있다. 인조는 또 종을 주조하고 그 명문을 새기게 했다. 명문과 그 서문은 처음에 선조의 부마인 신익성申翊聖에게 제술하게 했으나, 신익성은 사퇴했다. 이후 조정 대신들의 의론을 거쳐 이명한이 서序를 짓고 이식

도쿄 아사쿠사 혼간지

일본 도쿄도(東京都) 다이도쿠(台東區) 니시아사쿠사(西淺草)에 있는 아사쿠사혼간지(淺草本願寺)는 조선 후기에 통신사 일행이 에도에 이르러 머물던 장소이다. 히가시혼간지(東本願寺)라고도 하는데, 정식 명칭은 정토진종 히시혼간지파 본산 히가시혼간지(淨土眞宗東本願寺派本山東本願寺)이다. 본존은 아미타여래이다.

이 명銘을 지으며 오준이 글씨를 쓰기로 했다. 하지만 결국 이식이 서와 명을 짓고 오준이 글씨를 쓰는 것으로 정리되었고, 그것을 새긴 법종이 일광산 권현당 앞에 있는 것이다.

인조는 또 일광산 기념 시축의 시문을 제술할 사람으로 대제학 이명한, 익영부원군 홍서봉洪瑞鳳, 영의정 이성구李聖求, 완성부원군 최명길崔鳴吉, 동양위 신익성申翊聖, 한평군 이경전李慶全, 전 이조판서 이경증李景曾, 전 이조참판 이식, 호조참판 김시국金蓍國 등 9명이었다. 인조는 대제학 이명한으로 하여금 먼저 칠언율시 한 수를 짓게 하고, 선발된 신하들에게 차운해서 짓게 했다. 또 이명한에게 오언배율을 더 짓게 했다. 김류는 아버지 김여물金汝岉이 임진왜란 때 죽었기 때문에 사양하고 짓지 않았다.

8명의 차운시 가운데 몇몇 시가 현재도 전한다. 이식의 〈태학사가 지은 일본

124

교토 대덕사의 정원

대덕사(大德寺 · 다이도쿠지)는 일본 교토부(京都府) 교토시(京都市) 기타구(北区) 무라사키노다이도쿠지초(紫野大德寺町)에 있는 절로, 조선 전기에 조선 사신들이 묵던 절이다. 임제종 다이도쿠지파의 대본산이다. 산호(山號)는 용보산(龍寶山 · 류호잔)이다. 1325년에 창건되었다.

국 일광산의 시에 차운하다 日本國日光山時次太學士韻)라는 시는 이러하다.

고래 일으키는 물결 잠잠하고 해상의 요기도 비었으니

용상아라한 고승이 천추토록 비궁동조궁을 보호하네

햇빛은 선사禪師의 마음처럼 하나같이 비춰 주고

산형은 조사祖師의 법인法印과 함께 우뚝하구나

조각한 난간은 멀리 검은 자라의 등[동해 삼신산]을 압도하고

그림 기둥은 높이 떠서 붉은 신기루 기운 같구나

성대한 업적과 크나큰 복은 우람한 건물과 부합하고

부상일본과 천축이 저절로 신령하게 통하도다

鯨波不動海氛空(경파부동해분공) 龍象千秋護祕宮(용상천추호비궁)

日色禪心同一照(일색선심동일조) 山形祖印屹相雄(산형조인흘상웅)

雕欄迴壓鰲身黑(조란형압오신흑) 畫棟高浮蜃氣紅(화동고부신기홍)

盛業洪休符傑構(성업홍휴부걸구) 扶桑天竺自神通(부상천축자신통)

　이때 조선 조정은 통신사행으로 윤순지尹順之·조경趙絅·신유申濡를 선발했는데, 이들은 4월에 바다를 건너가서 10월에 바다를 건너 돌아왔다. 당시 일본의 막부가 대마도주에게 전달한 강정절목講定節目의 주요한 내용은 다음과 같다.

- 삼사三使가 일광산에 나아갔을 때에 칙필勅筆·종鍾·향로爐·촉대·화병 등의 물품을 준비하여 지급하고, 제문은 삼사가 가지고 가고 향전香奠·제물은 귀국의 예법에 따라 행한다.

- 집정執政 등에게 주는 서계와 별폭은 전례대로 한다. 대군에게 보내는 별폭은 그 품질이 좋은 것을 골라서 하되, 양색단자兩色緞子는 반드시 있어야 한다.

- 약군에게 보내는 별폭에서 말과 매는 없어서는 안 되고, 이외에 기이한 물품과 대모필玳瑁筆, 각색필各色筆도 보낸다. 매는 반드시 54, 55마리連를 맞추어 품종을 가려서 보낸다. 매는 미리 왜관으로 보내어 수십 일 동안 사육한 뒤 병들지 않은 것을 오사카大坂 성에 보내어 대군의 응사鷹師에게 전달한다.

- 일광산에 삼사가 들어갈 때에 쓸 예단을 가지고 온다.

- 사신은 대관大官으로 차송差送하고 상하 원역은 잘 선발하여 데리고 온다.

- 역관의 수가 적어서 차비差備가 부족하므로 왜어를 잘하는 자를 혹 서너 명 더 데리고 온다.

- 유자儒者, 글씨 잘 쓰는 사람, 화원畵員의 수를 더하고, 의원·악공·마재인을 대동하며, 활 잘 쏘며 기예가 있는 군관은 활 쏘는 도구를 가지고 온다.

- 삼사가 대군 앞에서 예를 행할 때에 신을 신어서는 안 된다.

- 에도에 도착하여 일을 마친 뒤 대마도주의 집에서 잔치를 열도록 청한다.

- 삼사가 탄 배는 모두 색칠을 하고 배와 노 등을 일일이 잘 갖추어 일본의 비웃음을 사지 않도록 한다.

효종 3년1652년 대마도주는 등롱·화병·향로·촉대 등의 물건을 얻기를 원하면서 구리와 백철 6,000여 근을 바쳤다. 이에 조선 조정에서는 야장冶匠을 시켜 부산에서 향로 등의 물건을 주조하여 대마도주에게 주도록 했다.

효종 4년 7월 13일병자, 대마도주 평의성平義成이 귤성정橘成正을 보내어 예조와 변신邊臣에게 글과 폐백을 가져왔다. 효종 5년, 대마도주는 통신사를 요청하면서 높이 2자의 등롱을 원했다. 통신사는 대마도주 종의성宗義成이 에도에서 견책을 받고 쓰시마로 돌아온 것을 위문하기 위해 그해 12월 27일에 부산을 출발하여 이듬해 2월 17일에 귀국했다.

효종 6년1655년, 가광家綱이 죽은 뒤 관백에 오른 가강家綱·이에쓰나이 통신사를 요청했다. 4월 29일계미에는 관백이 원당願堂을 새로 짓고 어필御筆을 구한 데 대하여, 특별히 허가하기로 했다. 대제학 채유후蔡裕後가 '영산법계 숭효정원靈山法界崇孝淨院'이라는 여덟 자를 써서 바치자, 효종이 손수 써서 내렸다. 19세기의 성대중은 《청성잡기》에서, 효종이 이때 별도로 한 부를 써서 청평도위 심익현沈益顯에게 하사했는데, 그것이 심익현의 외손인 평민 김기서金箕書의 집에 보관되어 있다고 했다.

효종 6년의 통신사로는 조형趙珩·유창兪瑒·남용익南龍翼을 보냈는데, 이들은 6월에 바다를 건너갔다가 이듬해 2월에 돌아왔다. 이때 악기 11종을 저들에게 주었다. 즉, 큰 거문고瑟·어敔 각 1복구袱具, 거문고琴·피리笛·지篪·피리籥管·질나팔塤 각 1가구家具를 주고 축柷 1대복구臺袱具, 진籫 1가복구家袱具, 유소流蘇 2대臺 1구具, 퉁소簫 1가구, 유소流蘇 2구다.

어敔는 엎드린 범 모양의 목재악기로 등 위에 27개의 톱니가 있어 그것을 채로 마찰하여 소리를 낸다. 음악의 끝을 알릴 때 사용한다. 지篪는 지공指孔이 다섯 개 있는 횡저로, 한 자 네 치의 길이다. 약관籥管은 구멍이 여섯 내지 일곱 있는 피리다. 훈塤은 질나팔로, 여섯 또는 여덟 개의 구멍이 있다. 축柷은 계란 형태의 사방 2자 4촌, 깊이 1척자 8촌의 통 속에 자루를 두어 이 자루를 좌우로 흔들어 쳐서 소리를 낸다. 음악의 시작을 알릴 때 사용한다. 진籈은 어敔를 두드리는 채다. 유소流蘇는 오색의 실을 기旗나 승교乘轎 따위에 다는 것을 말한다.

그해의 통신사가 돌아올 때 대마도주 종의성이 만송원 후원에 새로 지은 권현당에서 향응을 베풀겠다고 했으나, 사신은 끝내 허락하지 않았다. 이 통신사행 때의 강정절목 가운데 관심을 끄는 내용은 다음과 같다.

- 매는 여름철이라 중로에서 죽을 염려가 있으므로 그 수를 배로 늘려서 들여보낸다.
- 준마 2필 가운데 1필은 월라月羅 · 월따말로 하고 1필은 가라加羅 · 가라말로 하는데, 붉은 털이 많고 중간에 순색으로 털이 없는 것은 안장을 갖추어 들여보낸다. 대권현당 영초靈初 앞으로 월라 준마 1필을 들여보낸다. 사신 일행은 먼저 대유원大猷院을 참배하고 그 다음으로 대권현을 참배한다. 대유원에서 제사를 지낼 때에 등롱燈籠, 악기樂器 및 제물을 정성스럽게 준비하고 각종 과일은 그 수를 배로 하며 숙수熟手 1명을 데리고 온다.
- 대군에게 보내는 서계는 은으로 장식하고 옻칠을 한 궤 속에 넣고 안팎을 보자기로 싸서 보낸다.
- 마상재는 이번 길에는 데려오지 않고 악공樂工은 다만 한두 사람만 데리고 온다.
- 독축관讀祝官은 말 잘하는 사람을 잘 가려서 관복을 갖추어 데리고 온다. 독축관은 일본 문사들과 창화할 때에 망발을 하거나 또한 숨겨야 할 일을 돌연 발설하면 염려되므로 충분히 가려서 데리고 온다.
- 화원畵員은 그림 잘 그리는 사람으로 잘 가려서 뽑고 설봉雪峯(인조 14년 통신사행 때에 사자관寫字官으로 수행한 김의신金義信)도 데리고 온다.

위에서 보았듯이 통신사 일행은 인조 21년1643년에 처음으로 일광 권현당에서 제사 의식을 행했다. 효종 6년1655년에는 대유원에 제사를 행하면서 권현당에는 분향만을 요청했다. 이후 일본 막부의 요청으로 통신사 일행이 일광산에 제사지

널 것에 대비해, 조선 조정은 사신에게 의주儀註를 지참하게 했다.《증정교린지》에 '일광산에 제사 드리는 의례'가 적혀 있다. 권현당과 대유원의 제사에는 정사 이하 모두 공복公服을 입고 제문祭文·용정龍亭·폐백幣帛·채여彩轝·전물奠物·가자架子를 받들고 분향과 전폐奠幣를 올린다. 초헌初獻은 정사正使가 한다. 독축讀祝 때는 왜인의 요청으로 제문을 불사르지 않기로 했다. 아헌亞獻은 부사가 하고 종헌終獻은 종사관이 한다. 제사의 폐백은 다음과 같았다.

권현당 : 준마駿馬 1필, 백단향白檀香 2냥, 은향합銀香盒 1부, 홍상건사라紅床巾紗羅 1필, 주홍곡수좌면지朱紅曲水坐面紙 2장

대유원 : 금단錦段 3필, 대화촉大花燭 2쌍, 대부용향大芙蓉香 30주炷, 채화석彩花席 10장, 자잔대구磁盞臺具 1죽竹, 대접大貼 3죽, 보시기甫兒 3죽, 석린石鱗 10근, 백단향白檀香 2냥, 은향합銀香盒 1부部, 홍상건사라紅床巾紗羅 1필, 주홍곡수좌면지朱紅曲水坐面紙 10장, 백랍촉白蠟燭 3쌍

임진왜란 이후 조선은 총 12차에 걸쳐 일본에 통신사를 파견했다. 처음에는 임진왜란 때 포로가 된 사람들을 쇄환하는 일이 주요한 과제였으나, 1682년의 제7차 임술 사행 때부터는 문화적 교류로 바뀌었다. 1711년의 제8차 신묘 사행 때는 양국 문사의 모임이 성대하게 이루어졌다. 1719년에 제술관으로 참여한 신유한은《해유록》이라는 본격 여행보고서를 남겼다. 1763년의 계미 사행은 조선의 사신들이 에도까지 행차했던 마지막 사행이었다. 상사정사 조엄趙曮과 종사관들은 민족주의적 관점과 일본 기술 문명에 대한 관심을 복합적으로 드러내었다. 마지막 통신사행이었던 제12차 신미 사행1811년 때는 쓰시마까지만 갔다가 왔다.

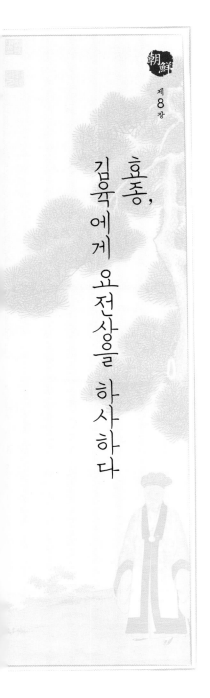

숙종은 선정신 김육金堉의 초상화에 〈잠곡 김상국 화상찬潛谷金相國畵像贊〉을 적어 그의 덕을 기렸다. 선정신先正臣이란 문묘文廟에 배향된 선대의 어진 유학자를 지칭할 때 쓰는 표현이다. 줄여서 선정이라고도 한다. 대개 국왕 앞에서 선대의 어진 유학자를 가리킬 때 사용하지만, 국왕도 선대의 훌륭한 학자를 선정신이라 불렀다.

푸른 얼굴에 학 같은 머리
바라보면 신선의 풍모
이 초상은 누구를 그렸는가
잠곡 상공이로다
큰 어진 분의 뒤로
집안에 효와 충이 전해내려 오도다
조정에서는 얼굴빛을 엄히 하여
온몸이 가루가 될 정도로 충성했지
일심으로 국가의 일을 떠맡아 주었기에
신명을 통할 수 있었도다
아아, 선정신이여
이 사람이 삼가 존숭하노라

蒼顔鶴髮(창안학발) 望如仙風(망여선풍)
厥像伊誰(궐상이수) 潛谷相公(잠곡상공)
大賢之後(대현지후) 傳家孝忠(전가효충)
正色廊廟(정색낭묘) 盡瘁鞠躬(진췌국궁)
一心體國(일심체국) 神明可通(신명가통)
於乎先正(오호선정) 小子欽崇(소자흠숭)

정조는 세손 시절에 숙종대왕의 이 시에 차운하여 김육의 초상화에 글을 적어, 그를 대동경륜大同經綸·나와 백성이 같은 동포라는 인식에서 백성을 위해 정치를 시행함 · 일심봉공一心奉公·한 마음으로 공무에 봉사함의 인물로 기렸다. 〈삼가 숙종대왕의 어제운御製韻에 차운하여 문정공 김육의 화상에 적다敬次肅廟大廟御製韻題文貞公金堉小眞〉라는 제목의 찬贊이다.

맑고도 고고하여라, 남긴 화상
생전의 풍모와 방불하구나
대동大同의 도로써 경륜을 펼치고
한마음으로 국가의 공무에 봉사했도다
세상을 구제할 만한 재능과
속마음에 진실한 충성으로
순선한 본성을 보존하고 백성을 사랑하여
신중하고 돈독하게 자기 몸을 단속했네
백성들이 지금까지 그에 힘입으니
지극한 정성이 감통한 바로다
참으로 훌륭한 군자로다
천년토록 존경하여 숭앙하리

清高遺像(청고유상) 彷彿儀風(방불의풍)
大同經綸(대동경륜) 一心奉公(일심봉공)
濟世之才(제세지재) 肝膈之忠(간격지충)
存心愛物(존심애물) 謹厚飭躬(근후칙궁)
民賴于今(민뢰우금) 至誠所通(지성소통)
允矣君子(윤의군자) 千載欽崇(천재흠숭)

정조는 특히 김육이 대동법을 전국적으로 실시하여 국가의 경제를 탄탄하게 한 공적을 기려서, "대동법 실시에서 경륜을 폈도다."라고 했다. 대동법은 각 지방의 특산물을 공물로 바치던 폐단을 없애고 미곡으로 환산하여 바치게 한 납세제도다. 이미 선조 41년1608년에 처음 실시되었으나, 그것이 전국적 규모로 확대되고 공납의 폐해를 실질적으로 극복하게 된 것은 김육의 노고 덕택이었다. 이 제도를 시행한 뒤로 공부貢賦의 불균형과 부역의 불공평이 줄었고, 민간의 상거래까지 원활해졌다.

김육은 또 교통수단인 수레를 보급하고 수차를 농법에 도입할 것을 주장하는 한편, 동전을 주조하여 통화로 사용할 것을 건의했다. 그는 이와 관련해서 많은 저서를 남겼다. 또한 활자를 새로 제작하여 여러 서적을 간행케 했다.

경기도 가평군 외서면 청평리에는 잠곡서원지향토유적 제7호가 있다. 잠곡潛谷은 김육金堉·1580~1658년의 호이다. 잠곡서원은 김육의 학덕과 유풍을 기르기 위해 숙종 31년1705년에 창건되었는데, 두 해 뒤에 편액을 하사받아 사액서원이 되었다. 그 뒤 고종 8년1871년에 대원군의 서원철폐령으로 폐지되었다가, 1983년 3월에 가평 유림들의 발의로 옛터에 위패와 추모비가 건립되었다. 김육은 자신의 글에서 가평 거처를 청덕동淸德洞이라고 했는데, 잠곡서원지가 곧 청덕동인지는 미상이다.

김육은 가평 출신은 아니지만 광해군 때 이곳에 들어와 10년간 은둔했다. 선영이 가까운 평구리平丘里에 있었는데, 그곳은 지금의 남양주시 와부면 덕소리에 해당한다. 이 가평에서 김육은 경제사상과 민본사상의 기초를 온축했을 것이다.

김육은 기묘명현의 한 사람인 김식金湜의 고손자이자 이이에게 수학한 김흥우金興宇의 아들이다. 저술로는 문집《잠곡유고潛谷遺稿》와 일종의 백과사전인《유원총보類苑叢寶》가 있다. 시호는 문정文貞이다.

그는 26세 되던 선조 38년1605년의 진사시에 급제하고 성균관에서 공부했다. 31세 되던 광해군 2년1610년에 상소를 올려 성혼의 원통함을 풀어줄 것을 요청하

│ 김육 영정

잠곡 김육 가문 소장. 실학박물관 사진 제공.

272 × 119.5 (세로×가로 : 단위 cm). 17세기에 제작된 것으로 추정된다. 숙종은 이 유상 영정에 "노인의 모습임에도 신선의 풍채를 볼 수 있으며, 마음을 다해 체국(體國)했다."라는 찬(贊)을 남겼다.

고, 무오사화와 갑자사화의 희생자였던 김굉필·정여창·조광조·이언적·이황 등 오현五賢을 문묘에 종사從祀하라고 청했다. 당시 대북파의 영수 정인홍은 그 건의안에 반대하고, 이듬해 이황을 비난하는 상소를 올렸다. 김육과 성균관 유생들은 격분하여, 정인홍의 이름을 유생들의 명부인 청금록에서 삭제해 달라고 요구했다. 이 때문에 김육은 성균관에서 쫓겨나, 가평으로 내려와 학문을 계속했다. 그리고 10년이 지난 1623년에 인조반정이 일어나자, 44세로 관직에 오를 수 있었다.

가평에 있을 때인 광해군 9년1617년 11월에 인목대비 폐모론이 일어나자, 김육은 자신의 거처를 '겨울 기운을 물리치는 움집'이란 뜻에서 배동와排冬窩라 이름하고, 시를 한 수 지었다. 와窩는 움집이란 뜻이지만, 반드시 토굴을 짓고 살았다는 뜻은 아니다. 오두막을 그렇게 표현한 것이다.

눈이 산에 가득하고 구름은 음침한데
면 이불 덮고 콩죽 먹으며 깊은 오두막에 거처하니
현명 겨울 신이 서슬 퍼렇게 한기를 몰아와서
곧바로 창 앞에 이르러도 감히 침범하지 못하네

雪滿山中雲正陰(설만산중운정음) 綿衾豆粥一窩深(면금두죽일와심)
玄冥凜烈驅寒氣(현명늠렬구한기) 直到窓前不敢侵(직도창전불감침)

김육은 겨울의 신 현명이 한기를 몰아와도 자신의 집에는 감히 침범하지 못한다고 했다. 스스로의 빈한한 처지를 수용하고 인내하려는 마음가짐을 나타낸 것이다.

이듬해 정월, 김육은 북청으로 유배를 가는 이항복을 뵙고, 전송하는 시를 지었다.

광해군 11년1619년 정월 초하루에는 〈이강羸羌〉이라는 장편시를 지었다. 속설에 신발 주인이 잠든 사이에 이강이라는 귀신이 신발을 훔쳐 가면 그 집에 재앙이 내린다고 했다. 김육은 이 속신을 황당하다고 비판하면서, 천도와 이치가 현실세계에서 구현되지 못하는 상황을 한스럽게 여겼다.

다만 천도가 아득한 것을 생각하면
방촌의 마음으로 헤아리기 어려워라
사악함은 정말로 정도에 해가 되지만
이치도 혹 정상에서 어긋날 수 있도다

但念天道遠(단념천도원) 難以寸心量(난이촌심량)
邪固害於正(사고해어정) 理或反其常(리혹반기상)

   김육은 가평에 거처할 때 운악산 문수사에 올라가 주지 득일得一 선사와 교분을 맺었다. 김육은 득일에게 준 글에서, 재덕 있는 사람이 세상에 쓰임 받지 못하고 사라지는 상황을 한탄하여, 자신의 불우한 처지를 득일의 처지에 가탁했다. 이 글의 첫머리는 일반적인 투식과 달리 김육의 불우한 심사를 적나라하게 드러낸다.

아아, 천지의 마음은 알 길이 없다. 사람 가운데 재능과 덕을 품고서 그 사이에 태어난 자는 정말로 천지가 정기를 모아 둔 존재이기에, 그런 사람이 처음 태어날 때는 장차 이 세상에 쓸 바가 있었을 것이다. 그렇거늘 옛날부터 성현과 군자로서 어려움을 겪다가 사라진 분들은 정말로 어떤 이유에서인가?

   이것은 사마천이 〈백이열전〉에서 "천도는 옳은가 그른가天道是邪非邪"라고 회의했던 물음과도 비슷한 울림을 울려낸다. 김육은 젊은 시절 이러한 회의와 고통을 경험하면서 더욱 마음과 힘을 다해 올바른 이념을 실천하려는 의지를 갖게 된 듯하다.

인조반정으로 새 정권이 들어서자 김육은 금오랑훈련도감의 관원에 임명되었다. 인조 2년1624년에는 문과에 급제하여 음성현감과 병조정랑을 역임했다. 인조 5년1627년 정묘호란이 일어나자, 김육은 당시 시행하려고 했던 호패법을 중지하고 민심을 안정시켜야 한다고 주장했다. 인조 14년1636년에는 성절사로 명나라에 갔으나, 이듬해 병자호란이 일어나 인조가 삼전도에서 항복했다는 소식을 듣고 통분해 했다. 인조 16년1638년에는 승문원부제조를 거쳐 충청 관찰사로 나아가 도내의 토지대장과 세금 징수상황을 점검했다. 또한 대동법 시행을 건의하고, 수차를 만들어 보급했으며, 《구황촬요》와 《벽온방》을 편찬해서 간행했다.

인조 21년1643년 11월에 세자우부빈객이 되었고, 12월에는 원손보양관이 되어 원손을 모시고 심양으로 들어갔다가 이듬해 귀국했다. 인조 23년1645년에는 우참찬, 대사헌, 예조판서가 되었다. 그리고 관상감 제조로 있으면서 서양의 역법인 《신력효식新曆曉式》을 보고 우리나라의 역법을 개정하자고 건의했다. 그 뒤 조선에서는 효종 4년1653년부터 《시헌력》이라는 새 역법을 적용하게 된다.

인조 24년1646년, 소현세자의 빈이었던 강빈姜嬪을 사사하는 데 반대하다가 체직되어 도성을 나와 처분을 기다렸다. 그 뒤 사은사 부사가 되어 북경에 다녀왔으며, 인조 25년1647년에는 영중추부사로서 개성유수가 되었다. 이 무렵 김육은 양서兩西·평양과 의주에 시범으로 전화錢貨를 유통시킬 것을 주장했다.

인조 27년1649년에는 70세의 나이로 기로소에 들어갔는데, 중국에 국장이 있자 진향사進香使로 임명되어 중국을 다녀왔다. 진향사를 진위사陳慰使라고도 한다. 5월에 인조가 승하했다. 6월 25일정미, 김육은 의주에 이르러 효종에게 상소를 하여, 자신이 청나라에서 바꾸어 온 전화 15만 문을 평양과 안주에 나누어 두고 시범적으로 사용하여 통용시킬 만하거든 즉시 돈을 주조하여 계속 통용시키자고 건의했다. 효종은 그 의견을 받아들였다. 그해 9월에 우의정이 되어 대동법을 확대 실시하고자 했다. 하지만 이듬해 효종 원년1650년에 대동법 시행의 문제로 김집金集과 불화해서 사직소를 올렸다. 효종 2년, 좌의정이 되어 호서에 대동법을 시

송하한유도

잠곡 김육 가문 소장. 실학박물관 사진 제공.

인조 14년(1637)년 김육이 중국에 사신으로 가 있을 때 명나라 화가 호병(胡炳)이 그렸다. 김육은 윤건과 학창의를 착용하고 소나무 아래서 서 있는 모습이다. 얼굴 모습은 정면이지만 몸은 약간 오른쪽으로 향해 있다. 우측 상단에 영조가 지은 어제찬이 있다.

이 그림에는 영조의 〈잠곡 문정공 소상 찬(潛谷文貞公小像贊)〉이 왼쪽 윗부분에 적혀 있다. 그 뜻은 다음과 같다.

윤건(綸巾)에 학창의(鶴氅衣) 입고 솔바람 맞으며 선 사람

누구를 그린 것인가. 잠곡 김공이라네

옛 신하로서 나라 위해 충정을 다했고

옛사람의 의를 본받아 마음 다하고 직분을 다하였네

대동법을 도모하고 계획하니 신통도 하였다

아! 후손들은 백대가 지나도 우러르고 공경하라

행하고, 상평통보를 유통시켰다.

이건창의 《당의통략》에 따르면 인조 말년부터 서인들은 원당原黨과 낙당洛黨, 산당山黨과 한당漢黨으로 분열하기 시작했다. 이 가운데 송시열·송준길을 중심으로 한 충청도 출신의 산림이 산당이다. 이 산당은 효종 때 국정을 담당했다. 이에 비해 김육은 신면申冕과 함께 서울 한강 부근에 살았던 한당을 대표했다. 신면은 영의정을 지낸 신흠의 손자이고, 선조의 부마인 동양위 신익성申翊聖의 아들이다. 신면의 누이가 김육의 아들 김좌명의 부인이었으므로, 신면은 김좌명과 처남매부 사이였다.

그런데 산당과 한당은 모두 병조판서 원두표가 주도하는 북벌론에 반대했다. 효종이 재위 3년1652년에 어영군을 증설할 때, 좌의정으로 있던 김육은 차자를 올려, 군사 조발은 후환을 불러일으키게 될 것이라며 반대했다. 김육은 효종 5년1654년에 영의정이 되었는데, 효종 7년1656년에는 호서에서 성을 쌓는 문제와 속오군을 두는 안에 반대하는 차자를 올렸다.

효종 8년1657년 7월, 김육은 대동법을 한층 확대하여 실시하고자 〈호남대동사목湖南大同事目〉을 바치면서 양호와 전라도에도 대동법을 실시하라고 촉구했다. 이때 효종은 산림의 송시열과 송준길에게 권력을 주면서 북벌을 준비하게 했다. 효종 9년1658년에도 김육은 호남에 대동법을 시행하자고 주장하고, 균역법에 대해서도 의견을 올렸다. 하지만 그해 9월 4일, 한양의 회현동 자택에서 졸하여, 11월에 양주 금촌리에 묻혔다.

한편 효종은 이해 9월에 인사권을 송시열에게 주었다. 송시열과 송준길이 대권을 장악하면서, 효종 초에 북벌을 추진했던 원두표와 이완 등은 정권에서 소외되었다.

김육은 타계하고 정치권력도 다른 당으로 옮겨갔지만, 그가 대동법을 시행한 공로는 후대에까지 기억되었다. 특히 효종 2년1651년에 그가 충청감사로서 충청도에 대동법을 시행해서 성공을 거둔 일은 크게 인정받았다. 효종 10년1659년에는 호남에서도 대동법을 시행하게 되었다. 이때 충청도민들은 현재의 경기도 평택

▌김육대동균역만세불망비(金堉大同均役萬世不亡碑)

경기도 평택시 소사동 140-1번지 소재. 한국학중앙연구원 사진 제공.

호서선혜비(湖西宣惠碑)라고도 하며, 흔히 대동법시행기념비(大同法施行記念碑)라고 한다. 효종이 명하여 세운 것으로 알려져 있으나, 잘못이다. 대동법은 선조 41년(1608년) 경기도에서 처음 실시되었고, 효종 2년(1651년) 충청감사로 있던 김육이 충청도에 대동법을 시행토록 상소를 하여 왕의 허락을 얻어 실시하게 되었다. 이것이 좋은 성과를 이루게 되자, 충청도민의 발의로 비를 세우게 된 것이다. 비는 거북받침돌 위로 비 몸을 세우고 맨 위에 머릿돌까지 갖춘 모습이다. 비문은 홍문관 부제학을 지내던 이민구(李敏求)가 짓고 의정부 우참찬 오준(吳竣)이 글씨를 썼다. 효종 10년(1659년)에 세운 비로, 원래는 이곳에서 50미터 정도 떨어진 곳에 있었으나 1970년대에 이곳으로 옮겨 놓았다.

시 소사동에, 김육의 선정을 칭송하여 불망비를 세웠다. 이 비는 흔히 〈대동법시행기념비〉라고 일컫지만, 원래 명칭은 '김육대동균역만세불망비金堉大同均役萬世不亡碑' 또는 '호서선혜비湖西宣惠碑'이다. 비문은 홍문관 부제학을 지내던 이민구가 짓고, 글씨는 의정부 우참찬 오준이 썼다. 소사는 서울에서 삼남지방에 이르는 교통의 요지다. 본래는 현재의 위치에서 남동쪽으로 약 200미터 떨어진 언덕에 세웠는데, 1970년대에 지금의 위치로 옮겼다고 한다. 비는 거북받침돌 위로 비의 몸을 세우고, 맨 위에 머릿돌까지 갖추었다. 이민구는 이 비문에서 김육의 공로를 다음과 같이 서술했다.

지난 만력萬曆 무신연간1608년·선조 41년에 완평 문충공 이원익이 처음으로 대동 선혜의 정책을 수립하여 기보畿輔·경기에 시행해서 기보의 백성들이 소행했다. 그 20년 뒤 정묘1627년·인조 5년에 길천군 권반權盼이 호서관찰사가 되었는데, 당시는 호서의 백성이 기보의 백성보다도 더욱 피폐해 있었다. 권공은 마침내 완평의 뜻을 취하여 온 도내 전역田役의 수입과 지출을 공평하게 조정하여 혈법絜法·혈구법을 만들었는데, 일이 끝내 시행되지 못하고 문적文籍으로 보관되었다. 12년 뒤 무인년1638년·인조 16년에 고 상국 김공김육이 이 도의 관찰사가 되어 그 문적을 발견하고 감탄하여, "백성을 살릴 방도는 이를 벗어나지 않을 것이다."라고 하고는, 아침저녁으로 생각하고 침식도 잊으며 계산하고 산술하여 모든 사항을 완전히 터득했다. 입조한 지 얼마 되지 않아 금상今上 초에 지위와 대우가 더욱 높아져 정신鼎臣의 자리에 껑충 오르자, 정성스레 성상께 아뢰는 자리에서 이 대동법의 설을 가장 먼저 말씀드리니, 성상께서는 이익과 해악의 근원을 훤히 보시게 되어, 시설하는 바의 요강은 오로지 상국의 진언을 들었다. 이에 그 국을 대동청이라 하고, 대관과 서리를 선발해 참좌參佐와 지사指使로 대비했다.
그 법은, 일로一路의 전안田案을 통틀어 계산하여 큰 고을이건 작은 고을이건 간에 따지지 않고 오직 전결 수의 다과만을 보아 1결당 쌀 1두를 내게 하고, 배로 운반하여 경강으로 올려보내되, 궁벽한 산과 먼 바다에 있는 고을은 쌀에 준하여 베를 내어 모두 경사京師로 실어 보내도록 했다. 그리고 어공御供으로부터 종사宗社의 사향祀享을

140

받들고 빈객을 대접하는 등에 필요한 모든 물품은, 말먹이 꼴이나 땔나무와 같은 하찮은 것에 이르기까지, 여기서 가져다가 변통하게 했다. 그리하여 관가에서는 좁혔다 넓혔다 하거나 늦추었다 당겼다 하는 바가 없고 서리는 늘였다 줄였다 하고 시세에 따라 뜰락 잠길락 하는 바가 없어, 다시 부과하는 일이 없고 평상적인 조발調發만 하여, 백성들은 밭에서 편안하게 산업에 힘쓰게 되었다. 봄가을 두 때에만 그 물품을 갖추어 정해진 기한에 닿도록 하고, 여가에는 노인을 봉양하고 어린이를 양육하여, 전리에서 즐겁고 기쁘게 살면서 성군의 치적을 노래할 따름이었다. 시행한 지 9년만에 백성들이 편안하게 여겼다.

무릇 문충공李元翼의 선혜는 두루 미치지 못했고, 길천공權盼은 그저 문적으로만 남기고 시행하지 못했는데, 오직 김 상국金墳은 충성스럽고 근면하며 강인하고 과단성이 있어 사공事功에 뜻을 두어 시행하는 데 매진하게 했다. 그리하여 대중이 헐뜯어도 개의치 않고 뭇사람들이 저지해도 돌아보지 않고는, 강구하기를 더욱 정밀하게 하고 지키기를 더욱 견고하게 하여, 거꾸로 매달린 듯한 만백성의 위급함을 풀고 한 나라의 안정을 유지시킬 방책을 세웠던 것이다. 조정에서 바야흐로 이것을 미루어서 호남에 행하게 되니, 그 이익이 한두 가지가 아니다. 상국이 백성에게 끼친 덕이 아아, 참으로 성대하도다!

고종 때 이유원은 이 비문을 발췌하면서 "연성군 이시방李時肪도 참여하여 계획했다."라고 끼워 넣었으나, 《동주집》에 실린 이민구의 원래 글에는 그 구절이 없다.

인조 27년인 1649년 12월, 70세의 김육은 휴가를 받아 분황焚黃을 하고 싶다고 상소했다. 인조는 유마由馬와 요전상澆奠床을 지급하도록 명했다. 유마란 휴가 받은 관원을 위해 제공하는 말이다. 요전상은 임금이 대관을 위해 그 부모의 무덤 앞에 차려놓도록 하사하는 제사상이다. 분황은 증직贈職·죽은 뒤에 품계와 벼슬 추증이 되었을 때 관고官誥·사령장를 쓴 누런 종이를 추증 받은 분의 무덤 앞에서 불태우는 일을 말한다.

인조 28년1650년 1월 6일에 김육은 〈우의정을 사직하는 소〉를 올려, 성묘를 위해 휴가를 청하자 군주께서 유마를 지급하고 요전상을 내리라고 명하셔서 송구스럽다는 뜻을 말했다. 또한 김육은 자신의 나이가 80줄에 들었으니 직책을 갈아주어 선산 아래에서 죽을 수 있게 해달라고 청했다.

효종 4년1653년 12월에도 김육은 소분掃墳하러 평구로 가겠다고 했다. 효종은 요전상을 지급하라고 명했다. 이후 효종 6년1655년 12월에 김육은 주전을 통용하는 일에 대해 차자를 올려 논한 후 성묘를 위한 휴가를 청했다. 효종은 유마와 요전상을 지급하라고 명했다. 12월 25일에 김육이 평구로 나가자, 효종은 단술을 하사했다.

효종 9년1658년 2월, 79세의 김육은 차자를 올려 또다시 호남의 대동법에 관한 일을 논하니, 효종은 "묘당과 더불어 의논하여 조처하겠다."라고 답했다. 그 뒤 김육이 휴가를 받아 성묘를 하려 하자, 이때도 효종은 말과 요전상을 지급하라고 명했다. 김육은 27일에 배를 타고 평구로 갔다가, 3월 6일에 배를 타고 동호로 내려왔다.

조선 조정은 대관이 부모의 묘소에 성묘하러 갈 때에는 유마와 요전상을 지급했다. 이를테면 광해군 9년1617년 12월 25일, 예조판서 이이첨이 성묘를 가겠다고 하자, 광해군은 유마와 요전상을 갖추어 지급하라고 했다. 인조 4년1626년 7월에 이문건李文楗이 전라도 익산의 종가로 분황焚黃하러 갈 때도 인조가 유마와 요전상을 제급題給했다. 제급이란 물건을 지급하라는 지시사항을 글로 적은 것을 말한다.

영조 7년1731년에는 이여적李汝迪이 외방에서 사용하는 요전상과 도선생道先生·관찰사이 치제致祭에 올리는 육품肉品이 절도가 없다고 지적했다. 당시 나라에서는 제사의 법도를 간략히 하도록 지시해서, 빈전殯殿과 원침園寢의 제향에도 모두 소찬素饌을 쓰고 경중의 사제賜祭에도 육류를 진설하지 않았다. 그렇거늘 외방에서는 제수를 사치스럽게 차렸던 것이다. 특히 종신宗臣·왕족으로서 벼슬에 있는 사람이 제수를 본읍에 요구하고는 해서 더욱 제한과 절도가 없어졌다고 한다.

한편 영조는 재위 51년1775년에 왕세손의 청정聽政에 맞춰, 종묘와 사직에 지낼 고유제의 제문을 친히 짓고 사면령을 반포했으며, 서울과 지방에 과거를 설행했다. 그리고 숙종 43년1717년 세자의 정청에 대비했던 고사에 의거하여, 왕세손이 청정할 때 참조할 절목을 지어 올리도록 명했다. 그 절목 가운데는 다음과 같은 것이 있다.

대신 및 전에 수릉관守陵官을 지낸 자, 숭품崇品의 종신宗臣, 숭품의 도위都尉가 소분掃墳하기 위해 정사呈辭하거나 가토加土하기 위해 정사할 때는, 말미를 주고 말과 요전상을 갖추어 준다. 전牋은 영令, 전지傳旨는 휘지徽旨를 받든다.

김육은 인조·효종 연간에 대동법 시행을 적극 추진해서 민생을 안정시키고 국고를 튼튼하게 했다. 그렇기에 효종은 김육의 행정능력을 높이 평가했다. 하지만 효종은 김육과 일정한 거리를 두었으므로 그를 위해 물건을 자주 하사하지는 않았다. 김육이 70세 이후 휴가를 받아 분황을 하고자 할 때 관례에 따라 그에게 유마와 요전상을 자주 내렸을 뿐이다.

효종,
사부 윤선도에게
역마를 타고 올라오게 하다

효종은 세자 시절 사부였던 윤선도尹善道를 잊지 않았다.

재위 3년1652년 1월 18일신묘, 주강이 끝나자 효종은 입시 승지 홍명하洪命夏에게 말했다.

"윤선도는 곧 내가 처음 배울 때의 사부다. 그가 설명을 잘했기 때문에 선왕께서 가상하게 여겨 특별히 3년 동안이나 사부로 있게 했다. 내가 글자를 깨우친 것은 실로 그가 공들인 덕택이므로 내가 항상 마음속으로 잊지 못했다. 정조이조로 하여금 자리를 주게 하고, 따로 하유하여 올라오도록 하라."

이렇게 효종은 윤선도1587~1671년에게 사예司藝의 벼슬을 주었고, 윤선도가 상경하여 사은의 예를 올렸다. 3월 4일을해에 효종은 윤선도를 불러 보았다. 보름 뒤 3월 27일무술에는 특별히 윤선도를 승지실제는 동부승지에 제수했다.

이 1652년 1월 23일에 효종은 윤선도를 성균관 사예로 임명한다는 뜻을 동부승지를 시켜 윤선도에게 문서로 보냈다. 왕명을 승정원의 담당 승지를 통해 전달하는 문서를 유지有旨라고 한다. 이 유지는 현재 해남의 '고산윤선도 유물전시관'에 보관된 《은사첩恩賜貼》에 수록되어 있다. 원문은 다음과 같다.

성균관 사예 윤선도

　　열어보라(해남)

　　　　(문서발주자 이름)

　동부승지 이(문서발주자 이름)

너는 곧 내가 처음 공부를 시작했을 때의

사부이다. 가르치길 잘

익종대왕 입학도(翼宗大王入學圖)

19세기 전반 제작. 고려대학교박물관 소장.

순조의 아들인 효명세자(익종으로 추존)가 순조 17년(1817년) 성균관에 입학해 명륜당에서 스승으로부터 학문을 배우는 모습을 묘사한 그림이다. 그림 맨 위쪽의 명륜당 오른편에 앉아 있는 인물은 강학을 담당한 왕세자의 스승이며 그 앞 방석이 왕세자의 자리인데, 왕세자는 관례상 그림으로 그려 넣지 않았다. 《순조실록》에 따르면 효명세자는 스승 남공철(南公轍)에게 성인이 되는 방법과 효를 행하기 위한 방법을 물었다고 한다.

왕세자 입학식은 성균관을 방문하여 공자를 모신 대성전(大成殿)을 참배하고, 명륜당에서 성균관 박사에게 제자의 예를 행하고 가르침을 받는 의식을 치렀다. 조선시대에는 태종 3년(1403년) 4월 8일 양녕대군의 입학식이 열린 이후, 원자가 입학하는 제도가 관례로 정착했다. 왕세자의 입학 의식은 왕세자가 궁궐을 나와 성균관에 이르는 출궁의(出宮儀), 왕세자가 성균관에 도착한 뒤 거행하는 입학의(入學儀), 왕세자가 궁궐로 돌아간 뒤 문무 관리와 종친들의 축하를 받는 수하의(受賀儀)로 이루어졌다. 이 가운데 입학의는 다시, 대성전에서 공자 등 성인의 신위(神位)에 술잔을 올리는 작헌의(爵獻儀), 왕세자가 명륜당 문밖에서 스승에게 수업을 청한 다음 문안으로 들어오는 왕복의(往復儀), 스승에게 예물을 올리는 수폐의(脩幣儀), 명륜당에 올라 스승에게 수업을 받는 의식인 입학의(入學儀)로 이루어졌다.

하였으므로

선왕이 특별이 그 직에 그대로 머무르길

3년에 이르도록 하였다. 내가

어릴 적 어리석음을 풀 수 있었던 것은 너의 공이다.

평소 잊지 못하였기에

지금 너를 성균관

사예로 삼으니, 너는 역마를 타고서

속히 올라오라는 것을

유지하셨다.

　　순치 9년 정월

　　23일

成均館司藝尹善道

　　　　　　開拆(海南)

　　　　　　　　(着名)

　　　同副承旨李(着名)

爾乃予始學之

師傅也善於教

誨故

先王特令仍任

至於三年予之

解蒙爾之功也

尋常不能忘

今以爾爲成均館

司藝爾其乘馹

斯速上來事有

旨

順治九年正
月二十三日

하지만 《효종실록》의 사관은 윤선도를 좋게 보지 않았다. 효종 3년1652년 3월 27일무술에 효종이 특별히 윤선도를 승지에 제수했다는 기록 뒤에 다음과 같은 사평이 붙어 있다.

윤선도는 사람됨이 바르지 못하고 가정생활에 볼 만한 것이 없었으며, 부귀와 사치가 도를 넘고 방종하기 짝이 없었으므로 젊어서 청요직을 역임한 뒤 조정에 받아들여지지 못해 해남에 물러가 살았다. 그리고 병자호란 때에 끝내 어려움을 같이하기 위해 달려오지 않았으므로, 난이 끝난 뒤 대간으로부터 중하게 탄핵을 받았다. 그 뒤 인조가 승하하셨을 때 시골로 물러나 어렵게 지내던 사대부들이 모두들 달려와 곡했으나, 윤선도만은 시골집에 버젓이 누워 있었으므로 대신大臣이 붙잡아 국문할 것을 청했으나, 상이 따르지 않았다. 이때에 이르러 상이 사부의 옛날 은혜가 있다고 하여 이조에 명하여 수용收用·파직한 관리를 재등용하게 했는데 사예에 제수되자 또 역마를 타고 조정에 오도록 했고, 얼마 후에 이렇게 특별히 제수했다.

조선시대에는 관원이나 재야학자에게 역마를 이용하게 하는 것도 은전恩典에 따른 것이다. 일종의 선물인 셈이다. 《효종실록》의 사관은 효종이 윤선도에게 사예의 직을 준 것이나 다시 승지에 제수한 것을 모두 비난했을 뿐만 아니라, 윤선도가 상경할 때 역마를 타도록 허용한 것도 부당한 은전이라 하여 비판했다.

실제로 효종이 윤선도에게 승지의 직을 제수했을 때 여론이 들끓었다. 사간원도 논핵하려고 문제를 제기했다가 그만두었다. 4월 2일계묘에 동부승지 윤선도는 상소하여 면직을 청했다. 부득이 상소를 올려 체직해 줄 것을 청한 것이다. 효종은 윤허하지 않았다. 그리고 비답을 내려, "인심과 세도世道·세간의 도리가 비록 아름답지는 못하다고 하지만 그래도 국법이 엄연히 있거늘, 저 시기하고 질투하는 무리들이 어찌 감히 우리 조정에서 간사한 꾀를 부릴 수 있겠는가!"라고 했다.

《효종실록》의 사관은 이 날짜의 기록 다음에 이런 사평을 붙여 두었다.

윤선도는 마음 씀씀이와 일 처리가 공의公議에 받아들여지지 못한 줄을 알게 되었다. 이에 상의 마음을 묶어 두어 사람들의 비난하는 말을 막게 하려고 상소를 올려 자신을 변명하고 세상을 공격했는데, 말이 매우 음험하여 사람들이 모두 놀라고 통분했다.

그해 10월에 윤선도는 예조참의에 제수되었다. 이때 이변이 거듭 나타나서 민심이 어수선하고, "음이 성하고 양이 희미하여 아래에서 위를 가린다."라는 말이 있었다. 효종은 신하들에게 직언을 구했다. 10월 22일경신, 예조참의 윤선도는 하늘을 두려워하고 마음을 다스리라고 군왕을 깨우치는 내용의 8조목 상소를 올렸다. 윤선도는 국왕의 양강陽剛한 덕에 대해 논하고, 국왕은 국사를 도모하기에 앞서 스스로를 다스려야 한다는 뜻을 상소문 전편의 대지大旨로 삼았다. 그 내용은 이렇다.

첫째, 하늘을 두려워할 것
둘째, 마음을 다스릴 것
셋째, 인재를 가릴 것
넷째, 상벌을 밝힐 것
다섯째, 기강을 떨칠 것
여섯째, 붕당을 깰 것
일곱째, 나라를 강하게 하려면 적절한 도를 따를 것
여덟째, 학문에 들어가려면 적절한 요령을 따를 것

이 가운데 첫째 조항만 보면 이렇다.

첫째, 하늘을 두려워하는 것입니다. 《서경》에 이르기를 "내 일은 하늘이 시킨 것으로 내 몸에 큰일을 내리고 어려운 일을 맡겼다.(予造天役, 遺大投, 艱于朕身)"라고 했습니다. 원문의 역役은 《맹자》에서 말한 인역人役의 역과 같습니다. 임금은 하늘이 부리는 사람이니, 어찌 감히 조금이라도 하늘에 순응하지 않을 수 있겠습니까? 하늘은 곧 이理이니, 이에 순응하면 하늘에 순응하는 것입니다. 임금이 하늘을 섬기는 것은 아들이 아버지를 섬기는 것과 같습니다. 효도는 부모의 얼굴빛을 살펴 그에 잘 따르는 것인데, 하늘에 무슨 살필 만한 기색이 있겠습니까? 하지만 《서경》〈홍범洪範〉에 이르기를 "엄숙하면 시기에 맞게 비가 따르고, 조리가 맞으면 시기에 맞게 햇볕이 따르고, 지혜로우면 시기에 맞게 따뜻함이 따르고, 지모가 있으면 때맞추어 추위가 따르고, 성스러우면 때맞추어 바람이 따르며, 경망하면 계속 비가 따르고, 어그러지면 계속 햇볕이 따르고, 게으르면 항상 따뜻함이 따르고, 조급하면 항상 추위가 따르고, 몽매하면 항상 바람이 따른다."라고 했습니다. 비가 내리고 볕이 나고 따뜻하고 춥고 바람 부는 것이 다 시기에 맞으면, 내가 하늘에 순응하여 하늘이 기뻐하는 기색으로 응답했다는 사실을 점칠 수 있습니다. 또한, 비가 내리고 볕이 나고 따뜻하고 춥고 바람 부는 것이 다 시기를 잃고 계속되면, 내가 하늘에 순응하지 못하여 하늘이 나무라는 기색으로 응답했다는 사실을 점칠 수 있습니다. 올해는 가을·겨울의 날씨가 지나치게 따뜻합니다. 이것은 곧 《주역》에서 말한 항욱恒燠·항상 따뜻하기만 함의 나쁜 징조입니다. 겨울 안개와 겨울 장마와 겨울 천둥은 모두 따뜻한 탓에 발생하는 현상이니, 성스러운 이 시대에 예豫·편안하게 지냄의 흠이 있는 것이 아니겠습니까? 《서경》에 대한 채침蔡沈의 주석에 "편안하게 지내면 항상 따뜻해진다.(豫恒燠若)"라고 하고, 예豫란 글자를 게으름이라고 풀이했습니다. 예라는 것은 게으른 것을 뜻할 뿐만 아니라, 구차하게 당장의 편안함을 찾아 우유부단함이 다 예입니다. 《춘추》에 나오는 곽공郭公이 선한 자를 선하게 여기고 악한 자를 악하게 여겼지만, 그 나라가 망해버린 것은 선한 자를 선하게 여기되 쓰지 못하고 악한 자를 악하게 여기되 물리치지 못한 때문입니다. 그것도 모두 예입니다. 바라건대 성명聖明께서는 이를 생각하소서.

다섯째 조항은 이렇다.

다섯째, 기강을 떨치는 것입니다. 인재가 가려지고 상벌이 밝아지고 나면 기강의 진작은 조치하는 가운데에 있을 뿐이어서 다시 힘을 쓰지 않아도 될 것입니다. 훌륭한 법의 아름다운 뜻이 문서에 널려 있고 금과옥조가 법전에 분명히 실려 있습니다. 바라건대, 성명께서 느슨해진 것을 긴장시키고, 떨어진 것을 들어올리며, 무너진 것을 세우고, 희미해진 것을 밝혀서 천하를 경륜하는 큰 법에 늘 힘쓰소서. 또 임금의 권세가 느슨하여 정권이 아래에 있으면 나라를 다스릴 수 없고 위태할 것입니다. 영令이 행해지지 않아서 금지할 것이 금지되지 않으면 기강이 무엇으로 말미암아 떨쳐지겠습니까? 〈홍범〉에 이르기를 "임금이라야 복록을 주고 위형威刑을 준다."라고 했으니, 이는 참으로 의미 있는 말입니다. 천심은 만물 사랑하기를 주로 하나 때때로 다시 바람과 천둥으로 진작시키고 서리와 눈으로 엄숙히 하니, 임금이 하늘의 도리를 체득하여 인의가 아울러 행해진다면, 어찌 다만 수수방관할 뿐이겠습니까? 내가 한 일이 과연 사사로운 희로喜怒에서 나왔다면 자기를 극복하고 욕심을 막아서 물 흐르듯이 간언에 따라야 할 것입니다. 내가 한 일이 과연 정대한 의리에서 나왔다면 어찌 경박한 의논에 흔들리고 선동하는 말에 굽힐 수 있겠습니까. 임금의 양강陽剛한 도리가 이러해서는 안 됩니다. 후한 때 중장통仲長統은 탁군涿郡의 최식崔寔이 지은 글 〈정론政論〉을 보고 말하기를 "임금이 한 통을 베껴 써서 좌우에 두어야 한다."라고 했는데, 전하께서 어찌 일찍이 이 의논을 보지 않으셨겠습니까? 바라건대, 전하께서는 순임금이 우임금에게 선위하면서 "오직 정밀하고 전일하여야 진실로 그 중을 잡으리라."라고 한 말을 따라 기강을 단정하고 바르게 하소서.

효종은 다음과 같은 비답을 내렸다.

나라를 다스리는 대경大經·대법大法이 모두 여기에 있는데 말마다 절실하고 글자마다 간절하니 두세 번 읽어도 그칠 줄 모르겠다. 나라를 근심하고 임금을 사랑하는 정성

윤선도 종가 문적 중 《은사첩(恩賜帖)》

한국학중앙연구원 사진 제공. 1652년 1월 23일에 효종은 윤선도를 성균관 사예로 임명하는 유지(諭旨)를 동부승지를 시켜 윤선도에게 보냈다. 이 유지는 현재 해남의 '고산 윤선도 유물전시관'에 보관된 《은사첩恩賜帖》에 수록되어 있다. 《은사첩》은 윤선도가 왕실 하사품과 함께 발급된 문서인 은사문(恩賜文) 다수를 비롯하여 왕으로부터 받은 유지(諭旨), 전교(傳敎) 등이 수록된 책으로, 건(乾)·곤(坤)의 2책으로 이루어져 있다. 2책 모두 표지는 황색 비단으로 되어 있고, 속표지에 전서(篆書)로 '은사첩'이라 씌어 있다. 이 은사문의 축은 해남 윤씨가에 보관되어 대대로 전해지다가 윤선도의 5대손 윤종(尹棕)에 의해 현재의 첩 형태로 만들어졌다고 한다. 현재 해남의 '고산 윤선도 유물전시관'에 보관된 《은사첩恩賜帖》의 일부이다.

이 말에 넘치니 매우 감탄한다. 내가 둔하여 빠르지 못하기는 하지만 그대의 뜻을 어찌 가슴에 간직하지 않을 수 있겠는가?

하지만 사관은 대단히 혹독한 비판을 이 기사의 뒤에 첨부했다. 즉, 윤선도가 국왕의 뜻에 영합하여 예뻐 보이려 했으나 기회를 얻지 못하다가, 직언을 구하는 분부가 있자 즉시 상소하여 시무라 칭하면서 국왕의 마음을 헤아려 흉악하고 교활한 계략을 성취하려 했다고 비난했다.

윤선도는 8세 되던 해에 큰아버지에게 입양되어 해남으로 내려가 살았다. 20세에 승보시에 1등으로 합격하여, 성균관 유생으로 있으면서 집권세력을 비난하는 글을 올렸다가 함경도로 유배되었다. 그는 40세 되던 인조 6년1628년 봄, 별시 문과 초시에 장원으로 합격한 뒤 이조판서 장유의 천거로 봉림대군과 인평대군의 사부가 되었다. 그해 4월 2일부터 강학청講學廳에서 두 대군을 가르쳤다. 46세 되던 인조 10년1632년에 호조정랑, 공조정랑, 사복시 첨정을 하면서 사부를 겸했다. 이후 5년 동안이나, 다른 관직에 있더라도 두 대군의 사부를 겸했다. 이 때문에 대전大殿, 내전內殿, 대군방大君房에서 한 달에 두세 번씩 선물을 하사했다. 내전에서도 윤선도의 생일 때마다 풍성하게 선물을 했다.

효종이 잠저에 있을 때, 사부 윤선도에게 처신하는 방도를 물었다. 윤선도는 "공자와 왕손은 꽃나무 아래서, 맑은 노래와 묘한 춤을 낙화 앞에 보았지."라는 것이 어찌 천고의 명작이 아니겠느냐고 했다. 이것은 공자로서 자만하거나 사치하지 말고 도회韜晦하라는 뜻에서 그런 것이다. 도회란 세상에 재주와 덕을 감추고 어리석은 듯이 처세하는 것을 말한다. 효종은 즉위한 뒤 부마들에게 이르기를, "그때 윤선도가 나를 아껴서 한 말인데 나를 깨우치는 데 도움이 많았다."라고 했다. 효종의 부마였던 동평위 정재륜鄭載崙이 엮은 《공사견문록》에 나오는 일화다.

윤선도가 인용한 시구는 당나라 유정지劉庭芝의 〈대비백두옹代悲白頭翁〉에 나온다. 시 제목의 뜻은 '흰머리를 슬퍼하는 늙은이의 노래를 대신하여'이다. 이 시는 혹은 송지문宋之問의 작이라고도 한다. 유정지는 행실을 닦지 않다가 간악한 자에게 살해되었다. 유정지의 문집 《국수집國秀集》에는 〈백두음白頭吟〉이라 되어 있다. '백두음'은 악부樂府의 제목이며, 대代는 옛 노래의 대작代作이라는 뜻이다.

낙양성 동쪽의 도리 꽃, 날아오고 날아가다가 누구 집에 떨어지나
낙양 여자는 얼굴 시듦을 애석해 하여, 가다가 낙화를 보자 한참 동안 탄식하누나
금년 꽃이 지면 안색이 시드나니, 명년 꽃이 필 때는 또 누가 있으랴
이미 보았지 소나무 잣나무가 땔감으로 꺾이는 것을, 또 듣나니 마고麻姑는 뽕밭이
변해 바다가 된 것을 보았다지
옛사람은 낙성 동쪽에 다시없고, 오늘 사람은 또 낙화 일으키는 바람을 대한다
연년세세 꽃은 같아도, 세세연년 사람은 같지 않네
여보게 한창의 홍안 사람아, 다 죽어가는 백발 늙은이를 동정하시게
이 늙은이 흰머리는 정말 불쌍하다오, 이 사람이 지난날 홍안 미소년일 때
공자와 왕손은 꽃나무 아래서, 맑은 노래와 묘한 춤을 낙화 앞에 보았지

광록 연못의 누대에선 금수 소매 펼치고, 장군 누각에는 신선을 그려 두었더니

하루아침에 몸져누워 또 아는 사람 하나 없으니, 삼춘의 행락이 어느 곳에 열리랴

고운 아미라도 얼마나 오래 가랴, 잠깐 새 흰머리가 실처럼 흩어지리라

다만 보니 옛날 가무하던 곳이, 황혼녘에 까치 소리 서글프다

洛陽城東桃李花 (낙양성동도리화)	飛來飛去落誰家 (비래비거낙수가)
洛陽女兒惜顏色 (낙양여아석안색)	行逢落花長歎息 (행봉낙화장탄식)
今年花落顏色改 (금년화락안색개)	明年花開復誰在 (명년화개복수재)
已見松柏摧爲薪 (이견송백최위신)	更聞桑田變成海 (갱문상전변성해)
古人無復洛城東 (고인무복낙성동)	今人還對落花風 (금인환대낙화풍)
年年歲歲花相似 (연년세세화상사)	歲歲年年人不同 (세세연년인부동)
寄言全盛紅顏子 (기언전성홍안자)	應憐半死白頭翁 (응련반사백두옹)
此翁白頭眞可憐 (차옹백두진가련)	伊昔紅顏美少年 (이석홍안미소년)
公子王孫芳樹下 (공자왕손방수하)	淸歌妙舞落花前 (청가묘무낙화전)
光祿池臺開錦繡 (광록지대개금수)	將軍樓閣畫神仙 (장군누각화신선)
一朝臥病無相識 (일조와병무상식)	三春行樂在誰邊 (삼춘행락재수변)
婉轉蛾眉能幾時 (완전아미능기시)	須臾鶴髮亂如絲 (수유학발난여사)
但看古來歌舞地 (단간고래가무지)	惟有黃昏烏雀飛 (유유황혼오작비)

　이 시는 인생의 무상함을 탄식한 것이다. "연년세세 꽃은 같아도, 세세연년 사람은 같지 않네.(年年歲歲花相似, 歲歲年年人不同)"라는 명구가 특히 유명하다. '광록 연못의 누대'는 한나라 원제의 외척으로 궁중 호위직인 광록훈光祿勳의 지위에 있던 왕근王根이 정원 연못에 누대를 세웠던 일을 빌려왔다. 장군 누각에 신선을 그린다는 말은 후한의 대장군 양기梁冀가 저택의 네 벽에 신선의 상을 그렸던 고사를 빌려왔다. 이렇게 옛일들을 빌려와서, 백두옹이 젊은 시절에 참여한 호화로운 연회의 모습을 과장했다. 그러고 나서 '하루아침에 몸져누운' 자신의

처지로 돌아왔다. 시의 처음에 나오는 발랄한 낙양 여자와 하루아침에 몸져누운 백두옹의 대비가 선명하다.

윤선도는 이 시의 "공자와 왕손은 꽃나무 아래서, 맑은 노래와 묘한 춤을 낙화 앞에 보았지."라는 구절을 통해, 인간의 삶은 무상하여 지금 아무리 부귀하다고 해도 그 찬란한 시기는 금세 지나가고 만다는 사실을 일깨웠다. 뒷날 홍대용도, "참으로 왕자들의 일을 말한 것으로, 종친들은 이를 통해 어떻게 처세해야 할지를 알 수 있다."라고 했다.

윤선도는 대군방으로부터 녹미祿米·녹봉 쌀, 공미貢米, 공목貢木·면포, 녹태祿太·녹봉 콩 등을 자주 받았다. 향훈산香薰散·청간해울탕료淸肝解鬱湯料와 같은 약재와 생치生雉·생선生鮮 같은 보양식을 내리기도 하고, 여름에는 후추·갈모·부채, 가을에는 농포향청農圃鄕菁, 겨울에는 역서曆書·전약煎藥·황감黃柑·감자柑子·서피鼠皮·이엄耳掩 등을 내려 보냈다. 이와는 별도로 봄과 가을에는 내수사內需司로부터 소금 1섬씩을 받았다. 때때로 대전에서는 표피豹皮를 보내고 내전에서는 초록토주草綠吐紬를 내려 보냈다. 또 집안의 경조사 때마다 은사를 입었다. 인조 6년1628년 5월 16일에 친형 윤선언尹善言의 상사를 당하자 대군방에서 부의로 정포正布 3필疋, 사장부유석四丈付油席 1개, 삭지朔紙 2속을 보냈다. 인조 8년1630년, 윤선도의 아들 윤인미尹仁美와 윤의미尹義美가 사마시에 합격하자 인조가 특별히 음식을 하사했다.

인조 9년1631년 9월 3일, 윤선도는 전시殿試 때 관원들 사이의 알력으로 정거停擧당한 뒤 호조정랑의 벼슬을 버리고 해남으로 돌아갔다. 그러자 인조는 건문어乾文魚·건대구어乾大口魚·장인복長引鰒·편포片脯·홍소주紅燒酒 등 주찬酒饌을 선물했다.

인조 10년1632년 11월 20일, 봉림대군이 《대학》을 다 읽자 내전에서 자적도련주紫的擣鍊紬와 남도련주藍擣鍊紬를 하사했다. 그 뒤 윤선도는 건강을 이유로 사부의 직을 그만두고 해남으로 내려갔다. 이때 인조는 〈설산도雪山圖〉 두 족자를 하사했다.

인조 11년1633년 봄, 윤선도는 증광 향해鄕解 별시에서 장원급제하고, 4월의 중광 복시覆試의 대책對策 과목에서 1등으로 뽑혔다. 인조는 4월 26일에 건문어·건대구어·쾌포快脯·장인복·생치·생선·술을 하사했다.

윤선도는 예조정랑과 관서경시관關西京試官을 거쳐, 9월 9일에 세자시강원 문학이 되었다. 하지만 강석기의 탄핵으로 벼슬을 그만두고 해남으로 돌아갔다. 그 뒤 여러 번 벼슬을 사양하다가, 인조 12년1634년 봄에 성산현감으로 나아갔다. 이 듬해 겨울, 경상감사 유백증의 탄핵으로 현감을 사임하고 해남으로 돌아갔다.

1649년 4월에 즉위한 효종은 앞서 보았듯이, 재위 3년1652년 1월 23일에 윤선도를 성균관 사예로 임명하고, 특별히 말을 타고 올라오도록 예우했다. 3월 4일에는 20여 년만의 상봉을 기뻐하며 주찬을 내렸으며, 3월 27일에는 특별히 동부승지로 임명했다. 그러나 정언 이만웅李萬雄 등 정원의 반대로 윤선도는 곧 면직되

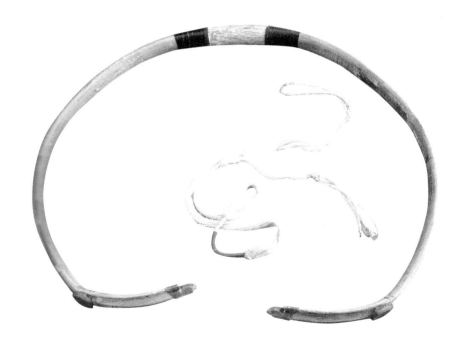

각궁(角弓)
조선 후기의 활. 한국국학진흥원 유교문화박물관 소장.

었다. 효종이 승정원에 하교하여 만류했으므로, 윤선도는 양주의 고산孤山 촌사에 머물렀다. 효종은 궁중 관원을 보내어 문안하고, 주찬酒饌·절선節扇·유석油席을 내렸다. 또한 효종은 8월 11일에 특명으로 윤선도를 예조참의에 제수했고, 은갖 장식·붉은 매듭·공작새 깃털·활·화살·환도 등을 하사했다.

그해 11월 7일, 윤선도는 원평부원군 원두표를 탄핵하는 〈논원두표소論元斗杓疏〉를 올렸으나, 거꾸로 관직을 삭탈당하고 도성 밖으로 추방되었다. 윤선도는 해남의 금쇄동金鎖洞으로 돌아갔다.

효종 8년1657년 가을, 중궁의 병이 위독해지자, 효종은 의술에 밝은 윤선도를 불렀다. 그러면서 소금과 마른 미역을 하사했다. 이 겨울에 윤선도는 첨지중추부사에 임명되었으나, 병 때문에 해남으로 돌아갔다. 효종은 약물·술·돼지고기·사슴고기·꿩고기 등을 하사했다.

효종 9년1658년 3월에 윤선도는 특명으로 공조참의가 되었다. 이때 효종은 생세어生細魚·생전어生箭魚·생대하生大蝦 등의 주찬을 하사했다. 윤선도는 사직을 올렸으나 정원이 받아들이지 않았다. 이에 윤선도는 〈논정원옹폐소論政院壅蔽疏〉를 올려 승정원이 상소를 가로막았다고 탄원했고, 효종은 정원을 문책했다. 6월에 정개청의 서원철폐 불가를 논박한 〈국시소國是疏〉를 올렸으나, 정원에서 받아들이지 않았다. 8월에 정개청의 일로 파직되어 고산에 머물렀다.

1659년 5월 4일에 효종이 세상을 떠났다. 윤선도는 첨지로서 총호사 및 여러 지관들과 함께 산릉의 터를 찾았다. 하지만 송시열과 의견이 맞지 않아 파직되었다.

현종 원년인 1660년에는 조대비趙大妃의 복제服制 문제가 대두되자, 윤선도는 송시열의 기년설을 신랄하게 비판하고 허목의 삼년설을 지지하는 장문의 상소를 올렸다. 이로 인해 함경도 삼수에 안치되었다. 이때 대비전, 중궁전, 대왕대비전에서 차례로 표리表裏·옷의 안감과 겉감를 하사했다.

이 무렵에 허목이 윤선도에게 보낸 서한이 전한다.

앞뒤로 곤궁한 신수身數로 수천 리 먼 지역에서 수십 년 세월을 보내고 보니, 얼굴이 파리해지고 수염과 머리털이 하얗게 되었소. 바른 도가 나에게 있으니 궁해도 후회는 않고 한갓 지사志士의 감개만 더할 뿐이니 탄식한들 또한 어찌하겠소. 이 도가 너무나 멀어 아득하고 인사는 날로 어려워지니, 이 나그네가 쉴 곳이 어딘지를 끝내 알 수가 없소. 바닷가는 풍토가 좋지 못한데 그곳은 더욱 심하다고 하니, 잘 조섭調攝해서 천수天壽를 보전하시오. 신명神明이 보살피는 바에 하루만 강녕康寧해도 하루 동안은 천리天理가 밝다는 것을 알겠소. 이루 다 말하지 못하오.

현종 6년1665년 2월에 윤선도는 전라도 광양으로 이배되었다. 현종 8년1667년 7월에 석방의 명을 받자, 8월 8일에 해남으로 돌아와 부용동芙蓉洞으로 들어갔다. 그 후 현종 12년1671년 6월 11일, 85세의 나이로 부용동 낙서재樂書齋에서 세상을 떠났다.

앞서 말했듯이 윤선도의 생가가 있는 녹우단에 개관한 '고산 윤선도 유물전시관'에는《은사첩》2첩이 소장되어 있다. 표지는 황색 비단으로 되어 있고, 속표지에 전서篆書로 '은사첩'이라 씌어 있다. 이 은사문 축은 해남 윤씨가에 보관되어 대대로 전해지다가 윤선도의 5대손 윤종尹悰에 의해 현재의 첩 형태로 만들어졌다고 한다.

《은사첩》에는 윤선도가 받은 은사문 94장이 수록되어 있고, 누락된 은사문 19장은 '은사문 등서기恩賜文謄書記'라는 이름으로 별도로 기록되어 있다. 그리고 바로 1652년 1월 23일 효종이 윤선도를 성균관 사예로 임명할 때 승정원에서 보낸 유지有志, 같은 해 4월 10일에 효종이 사간원의 참소로 인해 면직된 윤선도에게 해남으로 내려가지 말고 조용히 기다리라는 뜻을 담아 전달한 전교傳敎도 실려 있다. 또 정조 14년1790년 12월 7일에 정조가 수원부사 조심태에게 내린 전령傳令 사본 등도 실려 있다.

김봉좌 씨의 〈해남 녹우당 소장《은사첩》고찰〉에 의하면,《은사첩》의 은사문과 은사문 등서기에 나타난 은사 내역은 총 125건이다. 이 가운데 110건이 윤선도가 대군의 사부로 있었던 1628년에서 1632년 사이의 것이라고 한다. 또 인조

6년1628년 5월에서 인조 11년1633년 4월 사이에 인조가 보낸 것이 47건, 효종 3년1652년 7월에서 효종 9년1658년 3월 사이에 효종이 보낸 것이 8건이라고 한다.

조선 왕실은 신하나 백성들에게 특별히 상을 내리고 선물을 할 때 은사의 발급주체와 발급관청이 명시된 은사문도 함께 내렸다. 은사문의 발급주체는 대전, 내전, 대군방, 기타로 분류된다.

대전이 발급하는 경우, 왕실의 재산을 보관하던 내수사內需司 · 농포農圃 · 상고廂庫 등 문서발급관청의 명칭을 기재하고 해당 관인官印을 찍은 것, 문서발급관청의 이름은 기재하지 않고 봉사지인奉使之印이나 상고지인廂庫之印 등의 관인만 찍은 것이 있다.

내수사는 면세의 특권을 부여받은 내수사전內需司田과 내수사노비 및 염분鹽盆을 많이 소유하고 있었다. 내수사에서 보낸 물품으로는 소금이 가장 많고, 공미·창미倉米 · 전세미田稅米 · 콩太 · 공태貢太 · 전세태田稅太 · 관곽官藿 · 조기石首魚 등이 있다.

상고는 내시부의 상탕尚帑·국왕과 왕실의 소용물품을 저장하는 창고인 대전상고大殿廂庫를 말한다. 은사문에는 상고지인廂庫之印을 눌러두었다. 상고에서 보낸 물품은 후추, 옻칠한 부채, 기름 먹인 부채, 옻칠하지 않은 큰 부채, 은갓 장식, 공작새 깃털, 흑각 활, 긴 화살 등이다.

농포에서 작성된 은사문은 봉사지인奉使之印이라는 관인을 눌러두었다. 농포에서는 9월이나 10월에 무蘿菁를 보냈다. 그밖에 마른 문어, 마른 대구, 마른 숭어, 마른 붕어, 마른 광어, 전복, 생선, 날 대하, 날 꿩고기, 날 사슴뒷다리, 날 웅어, 날 노루고기, 잣, 당 유자, 동정귤, 붉은 소주, 후추, 부채, 말, 마포교초麻浦郊草, 표범가죽 등을 보냈다.

내전의 은사문은 한문으로도 적고 한글로도 적었다. 대군방은 한문으로 은사문을 적었다. 윤선도가 강학청에 있었을 때는 벼루, 먹, 붓, 삭지朔紙 등을 보냈고, 윤선도나 윤선도의 아들이 아플 때는 의약과 날 꿩고기, 생선, 날 문어 등 음식물을 보냈다. 윤선도의 생일에는 증편, 절육, 소육, 어, 만두, 정과, 오미자, 자두, 홍소주, 산삼편 등을 보냈다. 여름에는 갈모와 부채를, 12월에는 책력, 전약煎藥, 황감黃柑 등을 내려 주었으며, 시기에 관계없이 쌀貢米, 녹미祿米·녹봉으로 주던 쌀, 콩太, 녹

전라남도 해남의 윤선도 생가 녹우단

전라남도 해남 연동마을은 윤선도 집안이 대대로 거처하던 곳으로, 윤선도의 증손자 윤두서(尹斗緖)가 거처를 녹우당(綠雨堂)이라 이름 지었다. 현재는 종손이 기거하는 사랑채를 녹우당이라 하고, 녹우당을 비롯해 어초은사당, 고산사당 및 추원당 등 해남 윤씨 종택 전체를 녹우단이라 한다. 녹우는 신록 무렵에 내리는 비를 말한다.

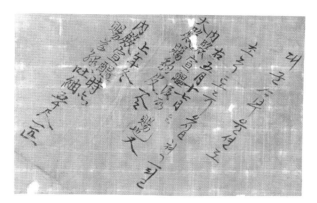

《은사첩(恩賜帖)》의 일부

한국학중앙연구원 사진 제공.

태樣太, 무명貢木 등을 내려 주었다.

《공사견문록》에 보면 효종이 일찍이 현종에게, 진정한 마음의 신하를 얻기 어려움에 대해 이렇게 말했다고 한다.

내가 형님인 소현세자와 함께 심양에 볼모로 잡혀 있을 때, 신민臣民이 나에게 어진 덕이 있다고 잘못 알고 마음으로 따랐다. 내가 보니, 여러 신하 가운데에는 마음속으로 혐의하여 나를 소원하게 대하는 자도 있었고, 나에게 간곡히 하여 뒷날의 복을 기대하는 자도 있었다. 내가 그때는 아부하는 것을 물리치지 못했으나, 임금 자리에 오른 뒤에는 늘 그때 아부하지 않고 몸을 바르게 가지던 자들이 관직에 추천되는 것을 보면 번번이 가상히 여겨 낙점을 찍었다. 만일 오늘날 종실 중에 인망 얻기를 나처럼 하려는 자가 있다면, 지난날 나에게 아첨하던 자가 지난날 나에게 남몰래 후하게 하던 그 행동을 반드시 종친에게 할 것이니, 어찌 그것을 믿을 수 있겠는가?

지난날 몸가짐을 바르게 하던 자는 아무개 아무개이고, 아첨으로 나의 환심을 사려 던 자는 아무개 아무개이다. 너는 부디 내가 사람을 쓰고 버리는 뜻을 알아두라."라 고 했다.

아마도 인재 등용의 문제와 관련해서 효종은 사부 윤선도의 조언을 구하고 싶어 했는지 모른다. 그러나 사부가 언제까지고 지켜주지는 못했다.

효종, 송시열에게 《주자어류》를 내사하다

일본 교토京都대학 문학부에는 조선시대에 목판으로 간행한 《주자어류朱子語類》 50책이 있다. 이 책은 아래쪽에 눌려 있던 몇 책만 빼고는 보관 상태가 아주 양호해서, 이제 막 인쇄한 책처럼 보일 정도다.

그런데 50책 가운데 맨 첫 책의 표지를 들추면, 표지 안쪽에 국왕이 이 책을 신하에게 내린다는 사실을 적은 내사기內賜記가 적혀 있다. 놀랍게도 이 책은 효종이, 조선 주자학의 최고 거두인 송시열宋時烈에게 하사한 것이다.

내사기를 보면 ● 부분의 다섯 글자에는 崇禎丁酉승정정유라고 쓴 첨지籤紙를 덧대어 두었다. 첨지가 너덜너덜한 때도 있었는데, 그때는 그 다섯 글자가 먹으로 뭉개져 있고 거기에 崇禎丁酉라고 작은 글씨가 덧쓰여 있었다. 이 내사기의 전문은 다음과 같다.

　　　●●●●●七月初四日
　　內賜世子侍講院贊善宋時
　　　　烈朱子語類一件
　　命除謝
　　　恩
　　　　　　　　　　行都承旨臣洪(花押)

이 목판본은 효종이, 은둔을 계속하고 있던 송시열에게, 세자의 보육을 맡기려는 뜻을 나타내기 위해 하사한 것이다. 글자가 들쑥날쑥한 것은, 임금의 행위나 임금의 일을 나타내는 동사를 한 글자씩 앞으로 내어 썼기 때문이다. 이런 표기방법을 대두擡頭라고 한다. 곧 내사한다는 동사의 內, 命한다는 뜻의 命, 임금의 은혜를 뜻하는 恩을 모두 맨 앞으로 내어 썼다.

행 도승지라는 직함 다음에는 신토이란 글자를 조금 작게 쓰고 洪씨의 성만 적고 이름은 적지 않았으며, 그 다음에는 오늘날의 서명에 해당하는 화압花押이 있다. 이것을 수결手決이라고도 하고 착명着名이라고도 한다. 서적의 내사는 국왕의 명을 받아 승정원에서 집행했다. 그런데 승정원의 관원은 자신의 성만 적고 이름은 쓰지 않으며, 이름 부분에 화압을 하는 것이 관례였다.

위의 내사기를 번역하면 이렇다.

●●●●● 7월 초나흘
세자시강원 찬선 송시열에게
《주자어류》 한 부를
내사하사한다.
사은의 예를 하지 말 것을
명한다.

행 도승지 신 홍 아무개(화압)

이 책이 지금도 양호한 것은 송시열과 그 집안에서 오래도록 이 책을 진장珍藏해 왔기 때문이다. 곧 읽는 책이 아니라 보관하는 책이었다. 또 각 책에는 송시열의 도장과 함께, 내사하사를 받았다는 뜻의 '수사受賜'라 쓰인 도장이 정성스럽게 찍혀 있다.

내사의 연도를 알려주는 '숭정정유崇禎丁酉'라는 해는 엄밀히 말해 실재하지 않는다. 숭정은 본래 명나라의 실질적인 마지막 황제인 장렬제의 연호로, 1628년의 무진년부터 1644년의 갑신년까지 사용했다. 그 사이에 정유년은 들어 있지 않다. 조선의 효종이 즉위한 1649년부터 서거한 1659년 사이에서 정유년을 찾아

보면, 효종 8년인 1657년에 해당한다. 그해 송시열은 세자시강원 찬선에 제수되었으나 취직하지 않았다. 그러나 효종의 간곡한 청으로, 다음해에 그 직에 취임했다.

숭정정유라고 쓰인 아래의 지워진 부분에는 청나라 연호로 순치 14년順治十四年이라 적혀 있었을 것이다. 1636년의 후금의 침공에 굴복한 조선 조정은 그 후 청나라와 형제의 관계가 아니라 부득이 천자와 제후의 관계를 맺었다. 그렇기에 조선의 공식 문헌에는 청나라 연호를 사용해야 했다. 하지만 지식인들은 간지를 사용하여 연도를 표기하거나, 명나라 연호를 그대로 사용해서 숭정 혹은 숭정후崇禎後의 연호를 사용했다.

송시열은 명나라에 대한 사대의식을 고수하면서 청나라에 복수설치復讐雪恥할 것을 일생의 과제로 삼았다. 그런 인물이 소장한 책에 청나라 연호가 적혀 있다면, 명분에 어긋날 일이다. 따라서 본래 순치 14년이라고 적혀 있던 글씨를 지우고 그 위에 작은 종이를 붙여서 그 부분을 가렸다. 이것은 오래 전에 이 책을 잠깐 언급한 일본 학자의 책에 실린 사진을 통해서 확인할 수 있다. 그 뒤 그 작은 종이는 떨어져 나가고 청나라 연호의 부분을 먹으로 지운 흔적만 남은 것이다. 청나라 연호를 지운 사람이 송시열이었는지, 그의 집안사람이거나 문도였는지는 알 수가 없다.

교토대학 문학부 소장의 이《주자어류》의 첫 책 첫 장에는 정유 7월 12일丁酉七月十二日에 시강원 장무서리侍講院掌務書吏 장시건張侍騫이, 대전大殿이 반사頒賜한《주자어류朱子語類》일건오십책壹件伍拾冊,《격양집擊壤集》사책肆冊,《정사政事》일도壹度를 잘 싸서 올려 보내므로 책 수를 확인하여 알려달라고 하는 내용의 공문이 끼워져 있다. 그 문체는 바로 이두식 한문이다. 이 이두식 한문은 한문만을 주워서 읽어 보면 정격의 한문과는 달리 관리들이 주고받은 공문의 서식인 이문吏文에 가깝다.

조선시대에 국왕이 신하에게 서적을 하사한 예는 아주 많다. 이를테면 성종 13년1482년·임인 4월 30일무진의 연사례燕射禮 때 성종은 이긴 편인 이길보李吉甫와 민사건闕師騫에게는 《자치통감資治通鑑》을, 김세적金世勣에게는 《강목綱目》을, 송질宋軼에게는 《자치통감 속편資治通鑑續編》을 한 질씩 하사했다.

조선시대에 국왕이 신하에게 서적을 하사하면서 내사기를 적는 것은, 앞서 보았듯이 세종 때부터 관례로 되었다. 그런데 국왕이 어떤 특정한 책을 하사할 때는 그만큼 이유가 있었다. 이를테면 성종이 문신들에게 《자치통감》과 《통감강목》, 《자치통감 속편》을 하사한 것은, 문신들이 통감학을 공부하여 조선의 역사를 새로 서술하는 역사관을 양성하길 기대했기 때문이다.

그렇다면 효종이 송시열에게 《주자어류》를 하사한 것은 어째서인가?

그것은 주자학을 정학正學으로 삼는다는 확고한 뜻을 표방하고, 송시열에게 《주자어류》를 기반으로 주자학의 본질을 탐색하여 그 이념을 정치에 실행하라는 뜻을 전달한 것이다.

인조 22년1644년 정월, 34세의 소현세자는 8년 동안의 볼모생활을 마치고 심양을 떠나 연경燕京을 거쳐 귀국했다. 그러나 귀국한 다음해 4월에 서거하고 말았다. 그리고 27세의 봉림대군이 2개월 뒤인 윤6월에 세자 자리를 이었다. 인조 24년1646년 3월에는 소현세자빈 강씨가 사사되고, 인조 25년1647년 5월에는 소현세자의 세 아들이 귀양을 갔다. 소현세자의 급서와 세자빈 강씨의 사사에는 인조의 의지가 작용했을 것이라고 추정된다.

1649년 5월에 인조가 승하하자, 그 뒤를 이어 왕위에 오른 이가 바로 효종1649~1659년이다. 그는 자신을 즉위시킨 부왕의 뜻이 북벌北伐에 있다고 생각해서 북벌을 추진했다. 재위 2년1651년 8월에는 심양에 함께 있었던 박서朴遾를 병조판서에 임명했다. 박서는 군정개혁 5개조를 내놓고 영장營將 제도를 부활하자고 주장하는 등 군사력 강화에 힘썼다. 효종은 재위 3년1652년에 어영청의 군액을 늘렸다. 하지만 박서는 효종 4년1653년 6월에 갑자기 타계하고 말았다.

효종은 국가의 안위를 늘 걱정했는데, 재위 3년1652년 10월의 주강晝講에서는 이렇게 말했다.

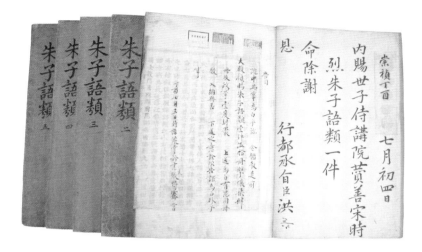

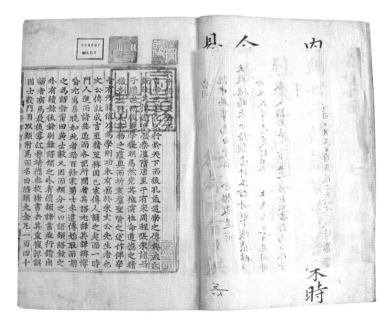

효종이 송시열에게 내사한 《주자어류》

일본 교토[京都]대학 문학부도서관 소장. 목판본 50책. 필자 촬영.

효종이 재위 8년째 되던 1657년에 세자시강원 찬선 송시열에게 내사한 책이다.

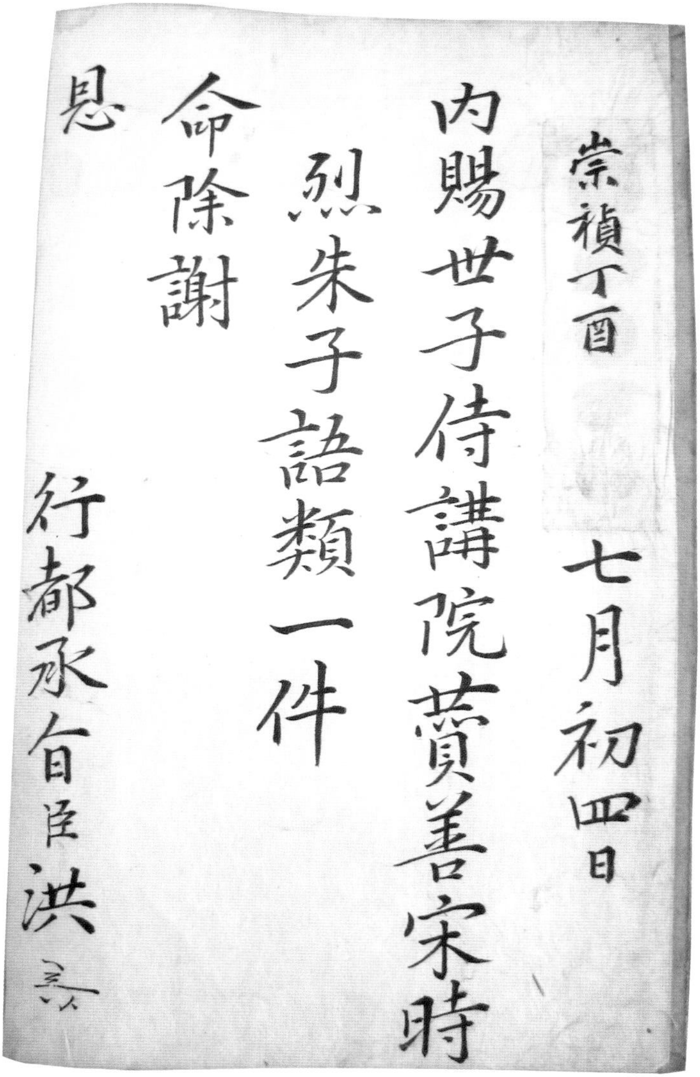

崇禎丁酉 七月初四日

內賜世子侍講院贊善宋時
烈朱子語類一件

命除謝

恩

行都承旨臣洪

| 여주 대로사 현판

대로사(大老祠)는 강한사(江漢祠)라고도 한다. 경기도 여주에 있다. 조선 중기의 문신인 우암 송시열(宋時烈)의 영정을 모신 사당으로 정조 9년(1789년)에 건립되었다. 정조는 세종의 영릉(英陵)과 효종의 영릉(寧陵)을 참배하고 돌아오는 길에 김양행(金亮行) 등에게 명하여 사당을 건립하도록 하고, 대로사大老詞라는 이름을 내려 주었다. 대로란 덕이 높고 학식이 풍부하여 존경할 만한 노인이란 뜻이다. 고종 8년(1871년) 대원군이 전국의 서원을 철거할 때 송시열을 모시던 44개의 서원이 헐렸지만 이 사당만은 헐리지 않았다. 고종 10년(1873년) 성균관 유생 이세우 등이 대원군(이하응)에게도 대로의 존호를 올릴 것을 상소하여 임금의 허락을 받게 되자, 이 대로사를 강한사로 이름을 바꾸었다. 현재 사당 정면에는 정조가 하사한 대로사 현판이 걸려 있고, 첨백당 안에는 박규수(朴珪壽)가 쓴 강한사 현판이 걸려 있다.

"나라가 망하는 데는 한 가지 길만 있는 게 아니다."라는 말은 참으로 이치에 맞다. 명나라가 망한 것을 볼 것 같으면, 명나라 숭정 황제가 밖으로는 사냥하며 놀러 다니는 오락이 없고, 안으로는 정원·화초·동물 등의 즐김도 없어, 나라를 망하게 할 일이 하나도 없었다. 그런데도 끝내 나라가 멸망하게 된 것은 대개 명찰明察 두 글자의 도를 극진히 하지 못했기 때문이다. 이것이야말로 참으로 두려운 일이다. 다른 나라의 흥망은 논할 것이 없거니와 오늘날에 와서 나라 일이 이와 같아서 끝내는 어찌 될지 알지 못하겠으니, 내 마음이 타는 듯하다.

재위 4년1653년 10월에 인조는 이완李浣을 훈련대장으로 삼았다. 이듬해 재위 5년1654년에는 원두표元斗杓를 병조판서에 임명했다. 효종은 열병閱兵 뒤에 치르는 무과 시험인 관무재觀武才와 관병식觀兵式에도 깊은 관심을 보였다.

원두표는 서인의 공서에 소속되어 청서를 탄압하고 같은 붕당의 김자점과 권력을 다투어 원당原黨의 영수가 된 인물이다. 효종 즉위년인 1649년에 호조판서로 있다가 처신이 부적절하다는 탄핵을 받고 파직되었지만, 효종 2년1651년에 복직되어 좌참찬이 되었다. 윤선도는 원두표의 처신을 비판하는 상소를 올렸으나, 당시 원두표는 효종의 북벌정책을 추진하던 실세였으므로 오히려 윤선도가 파직되었다. 효종 5년1654년에 원두표는 박서의 후임으로 병조판서가 되었으며, 군비를 증강하는 데 앞장섰다. 이때 원두표는 대동법에 반대하여, 김육과 대립했다. 효종은 북벌정책에서는 원두표를 신임하되, 대동법 시행에서는 김육을 신임했다. 효종은 원두표를 병조판서로 임명하던 해에 김육을 영의정에 임명했다. 그 후 재위 7년1656년에는 원두표를 우의정에 임명했다.

한편 인조 말부터 송시열·송준길을 중심으로 하는 충청도 출신의 산당山黨은 원두표 중심의 급격한 북벌정책에는 반대하면서도, 이념적으로는 북벌정책을 지지했다. 또한 산당은 주자학을 토대로 사회정의를 실현할 수 있다고 믿었다. 효종 8년1657년 7월, 김육은 〈호남대동사목〉을 효종에게 바치면서 대동법을 충청도와 전라도에도 실시하라고 청했으나, 효종은 숭무정책에 더 관심을 두었다.

송시열은 효종 8년1657년 5월에 모친상을 마친 뒤 시강원 찬선에 제수되었으나 조정에 나오지 않았다. 그러자 효종은 《주자어류》를 하사하여 주자학을 중심으로 국가를 운영하겠다는 뜻을 분명하게 밝혔다. 그 내사본 《주자어류》가 바로 위에서 본 교토대학 문학부 소장본이다. 송시열은 그해 8월, 사직소를 올리며 〈정유봉사丁酉封事〉를 밀봉해서 올렸다. 그 봉사는 군주의 극기복례를 촉구하고, 백성을 먼저 기른 뒤에 군사를 양성해야 한다는 주장을 담고 있다. 10월에 효종은 밀유密諭를 내렸다. 송시열은 마침내 국가 경영에 뜻을 두고 유계兪棨와 함께 계책을 의논했다. 이듬해 효종 9년1658년 2월, 송시열은 이조참의가 되었다가 곧이어

여주 대로사 송시열 신주

대로사(강한사) 재실의 이름은 추양재(秋陽齋)
이다. 강한(江漢)과 추양(秋陽)은 모두 《맹자》
〈등문공·상〉에서 "江漢以濯之(강한이탁지)
며 秋陽以暴之(추양이폭지)라 皜皜乎不可尙
已(호호호불가상이)라."라고 한 구절에서 따왔
다. 본래 맹자가 공자의 덕을 기려서 "강한으
로 씻으며 가을볕으로 쪼인 것과 같아서 너무
나 결백하여 이보다 더할 수가 없다."라고 말
한 것인데, 송시열의 덕을 추모하는 말로 사용
했다.

특지로 예조참판에 제수되었다. 다시 시강원 찬선이 되었다가 9월에 특지로 이조
판서가 되었다. 이로써 송시열은 인사권을 쥐게 되었다.

효종은 재위 10년1659년 3월의 기해독대己亥獨對에서 북벌 준비를 자신했다.

하늘이 내게 부여해 준 자질이 그리 용렬하지 않은데다가 나로 하여금 일찍이 환란
을 당하게 하여 부족한 면을 채워 주었고, 나로 하여금 일찍이 궁마弓馬와 진법陣法을
익히게 했으며, 나로 하여금 저들 속에 들어가 저들의 형세와 산천지리를 익히 알게
했고, 나로 하여금 적지에 오랫동안 있게 하여 두려워하는 마음이 없게 했다.

효종은 복수설치의 뜻에서 북벌정책을 추진했다. 하지만 군사력을 확보하여
왕권을 강화하려는 의도도 있었을 것이다. 어영청·금군·훈련도감 등 중앙군을
강화시킨 것도 그 때문인 듯하다. 이에 비해 송시열은 '존중화尊中華 양이적攘夷狄'이
라는 춘추 의리에 바탕을 두어 성리학적 정치이념을 실현하고자 했고, 북벌의
주장도 그러한 이념에 따른 것이었다. 그런데 효종은 송시열과 독대한 뒤 몇 달
도 안 되어, 5월 4일에 급서하고 말았다.

송시열의 연보를 보면 '숭정 31년 무술, 선생 52세'의 해에 그가 효종의 비밀 분부를 받고 병든 몸을 이끌고 장마를 무릅쓰고 궁궐로 향한 이야기가 있다. 곧 효종이 《주자어류》를 내린 1년 뒤, 효종 9년1658년 7월의 일이다.

7월 10일을사, 송시열은 비밀한 분부를 듣고 창황히 길에 올라 도성의 신문新門 밖에 이르러, 분문奔問·위문하러 달려감이 지체되었음과 받은 은혜에 대하여 즉시 사례하지 못한 것을 들어 자책하는 상소를 올렸다. 효종은 사람을 시켜 위문하고 유사有司에게 명하여 양식과 고기를 대 주도록 했다. 효종은 다시 도승지 김좌명金佐明으로 하여금, 직접 문병하고 싶으나 병 때문에 즉각 인견하지 못한다는 뜻을 전하도록 하고, 또한 승정원에 명하여 각별히 해조該曹에 일러 양식과 고기를 대 주도록 했다. 송시열은 상소하여 사양했다.

7월 12일정미, 효종은 아직 몸이 편치 못했지만 특별히 명하여 송시열을 인견했다. 이때 외부에 전파되는 말이, 효종이 함궐銜橛의 우려를 범해서 몸이 편치 못하게 되었다고 했다. 함궐의 함은 말의 굴레, 궐은 말의 재갈이다. 함궐의 우려란 '말이 성을 내어 재갈이 벗겨지고 굴레가 부러져 수레가 전복하는 변고'라는 뜻이다. 다시 말해 뜻밖의 변고를 말한다. 특히 군주가 예기치 못하게 병환이 나는 것을 가리켜서 하는 말이다. 그날 효종은 송시열과 다음과 같이 이야기를 나누었다.

효종 : 내가 경이 올라오기를 바란 것이 어찌 다만 얼굴 보기 위한 것뿐이겠는가? 실은 아침저녁으로 가르침을 받으려 한 것인데, 마침 병이 이러하여 오늘 이후는 서로 자주 만나기가 어려울 듯하니 매우 한스럽도다. 세자가 나의 병환 때문에 오랫동안 서연書筵을 폐했으니, 경은 우선 세자를 가르치는 것이 좋겠다. 하고 싶은 말이 있으면 하라.

송시열 : 신에게 구구한 소회가 없지 않습니다마는, 성상의 체후가 그러하시니 감히 한두 가지도 아뢰지 못하겠습니다. 신이 듣건대, 깊은 못에 임하고 옅은 얼음을 밟듯이 늘 조심하라는 경계는 성학聖學·임금의 학문의 중요한 도리입니다. 선유朱熹가 말하기를

"경(敬)은 성학의 시작이자 끝맺음이다."라고 했고, 후현(後賢)이 그 말을 부연하기를 "첫걸음을 뗄 적에는 마음이 첫걸음 떼는 데 있고, 둘째 걸음을 걸을 적에는 마음이 둘째 걸음 걷는 데 있는 것이다."라고 했습니다. 성학이 고명하시니 어찌 이에 힘들이지 않으셨겠습니까마는, 오늘 병환을 면치 못하시는 것을 보니 혹시 성학에 빈틈에 생겨 그런 것은 아닌가 싶습니다. 전하께서 이미 선왕의 중한 부탁을 받으셨으니, 비록 발걸음을 떼는 동안이라 할지라도 어찌 가볍게 여기는 마음을 가지실 수 있겠습니까?

효종 : 경의 말을 명심하겠다.

송시열 : 옛적에 주자(朱熹)가 송나라 효종을 뵙고 아뢰기를, "오직 저만 얼굴이 푸르스름하고 머리가 희어서 이미 만년에 닥친 것이 아니라, 그으기 천안(임금의 얼굴)을 우러러보건대 또한 전일과 같지 않음을 깨닫게 됩니다."라고 했습니다. 신이 오늘 옥색(임금의 안색)을 우러러보건대 지난날과 다르시니, 느낌과 두려움이 간절하여 견디지 못하겠습니다.

효종 : 경에게 무슨 숨길 것이 있겠는가! 바야흐로 신음을 하는 중이어서 정신과 안색이 정말로 옛날과 같지 못하다. 스스로 기력을 헤아려 보건대, 금년 한 해가 지난 한 해만 못하다. 내가 본래 주색으로 그르친 일이 없는데 어째서 이렇게 갑자기 쇠약해졌는지 정말 한스럽다.

송시열 : 신이 삼가 듣건대, 상께서 세세한 일일지라도 반드시 모두 친히 집행하신다고 했습니다. 제갈량은 승상의 직책이었는데도 당시 사람들이 오히려 번다한 일에 힘쓴다고 민망히 여겨, 삼공의 직책이라면 모여 앉아 도를 논해야 한다고 말했습니다. 임금은 진실로 큰 강령만 잡고 있어야지, 스스로 모든 일에 관여하여 번잡하고 세세해서야 되겠습니까?

효종 : 우리나라의 규식은 문서가 특히 복잡한데, 요사이 병 때문에 적체되는 일이 매우 많다.

송시열 : 주자가 그 임금에게 고하기를 "황태자께서 장성하셨으므로 모든 일을 반드시 참견하여 결단하게 하소서."라고 했습니다. 그런 방식으로 하신다면 성상께서 체후가 편안해지실 뿐 아니라 세자께서도 나랏일에 익숙해질 것입니다.

효종 : 이는 좋은 말이다.

[잠깐 침묵이 흘렀다.]

효종 : 전에 대군^{인평대군}도 나와 함께 경에게서 글을 배웠기에, 그도 날마다 경이 오기를 바랐는데, 이번에 갑자기 세상을 떠나고 말았다.

[효종은 눈물을 흘렸다.]

송시열 : 한재^{부火·가뭄의 재앙}의 참상이 심합니다. 흉년을 구제하는 계책을 강구하시기를 바랍니다.

효종 : 나라에 저축해 놓은 것이 없어 계책을 마련하기 어렵다.

송시열 : 사람 사랑할 줄 아는 충성스럽고 신실한 사람을 얻은 다음에야 할 수 있을 것입니다.

효종 : 호서^{충청도} 백성들은 대동법을 어떻게 여기고 있는가?

송시열 : 이 법의 시행을 좋아하는 사람들이 많으니, 대개 좋은 법입니다. 얼마 전에 민응형^{閔應亨}이 "빈농은 편리하게 여기는데 부농은 불편하게 여기고, 작은 고을에서는 편리하게 여기는데 큰 고을에서는 불편하게 여깁니다."라고 아뢴 것은 잘 알고 한 말입니다. 다만 요사이 약재^{藥材}는 본도^{本道}로 하여금 준비하여 바치게 하는데, 이는 백성에게 신의를 잃을 뿐 아니라, 아전들이 가로막고 방납^{防納}하며 값을 10배나 받아내므로 백성이 매우 원망합니다.

효종 : 이런 일을 당초에 잘 살펴서 하지 않은 소치이다.

송시열 : 상께서 이미 그러함을 아셨으니 변통할 도리를 생각하지 않을 수 있겠습니까?

효종 : 마땅히 조정과 서로 의논하여 처리하겠으나, 또한 대단히 편리하지 못한 사정이 있다.

송시열 : 대동법은 백성을 편리하게 하는 것이 목적인데 어찌 편리하지 못한 사정을 고려하겠습니까? 지금 호남에도 대동법을 강구하여 시행하는 중입니다만, 그곳 인심을 들어 보니 쌀 몇 말 더하거나 덜한 것은 그다지 관심이 없고 오직 본색本色·본래 배정한 물품이 너무 과중한 것 때문에 고민한다고 합니다.

효종 : 호남은 호서와 다를 것이다. 본색은 모두 중요한 것들이어서 인심이 반드시 이 때문에 고민할 것이기에 바야흐로 변통할 길을 헤아려 보고자 하는데, 또한 편리하지 못한 사정이 있다고 한다.

송시열 : 지금 나라 상황이 안전하다고 여기십니까, 위태하다고 여기십니까? 종묘 제향의 제물도 또한 형편에 따라 감했는데, 여타의 것이라고 어찌 변통할 수 없겠습니까? 위衛나라 문공文公은 굵은 베옷을 입고 굵은 비단 관을 씀으로써 부응하게 되는 효과를 거둘 수 있었으니, 오직 임금이 어떻게 하느냐에 달린 것입니다.

효종 : 말마다 모두 옳도다. 세자의 서연 때에 송 참판이 입참하게 할 것을 아침에 이미 일렀으니, 이 뒤로는 서연 때마다 오도록 청하라고 시강원에 분부하라.

효종은 이날 헐호蠍虎·도마뱀의 종류 모양을 장식한 순금 관자貫子·망건에 다는 고리 한 벌을 송시열에게 내렸다. 13일무신, 송시열은 시강원 찬선에 제수되었다.

9월 초하루을미에도 송시열은 특별히 사대賜對·군주를 면대할 기회를 내림의 명을 받았다. 송시열은 송준길과 함께 입시했다. 효종은 "경들은 서로 조심하고 공경하며 함께 곤란을 극복해 가기 바란다."라고 당부했다. 송시열은 우선 군주의 사업뿐만 아니라 기거 동작 모두를 남들이 알게 해야 한다고 말했다.

송시열 초상화

18세기 제작. 97 × 56.5(세로 × 가로 : 단위 cm). 국립중앙박물관 소장. 국보 239호, 허가번호[중박 201110-5651].

송시열(宋時烈)의 반신 초상이다. 검은색 복건(幞巾)을 쓰고 창의를 걸친 상태에서 오른쪽을 바라보고 있다. 그림 오른쪽에는 송시열이 45세 때(1651년)에 쓴 제시(題詩)가 있고, 위에는 정조가 재위 2년(1778년)에 지은 찬문(贊文)이 있다. 송시열의 45세 때 초상이라고도 하고, 노년의 모습을 묘사한 그림을 정조 때 본떠서 그린 것이라고도 한다. 송시열을 추모하는 영당과 서원에는 원래의 그림을 본 뜬 것들이 많았는데, 이 그림을 포함하여 5점이 전한다.

전하께서 즉위하신 지 10년에 정신을 가다듬어 다스리기를 도모하시는데도 다스린 효과가 하나도 없으니, 신이 실로 그 까닭을 모르겠습니다. 정자程子가 군주의 덕을 논하기를 "궁중에서 음식 먹는 것과 기거하는 것을 반드시 외부에서 알고 있도록 해야 한다."라고 했습니다. 임금이 말하고 행동하는 것을 겉과 안이 환하게 한다면 어찌 사람들의 말이 외부에 전파되겠습니까? 송나라 태조는 하·은·주 삼대의 제왕에게 미치지 못하는 중등 임금이었는데도 오히려 중문中門을 환히 열어 놓으며 말하기를 "만일 삿된 일이 있으면 누구나 모두 보게 해야 한다."라고 했으니, 제왕은 반드시 이렇게 한 다음에야 사업과 공을 이룰 수 있습니다.

이어서 송시열은 군주가 자신을 수양하는 것이 곧 정치를 행하는 근본이라고 다시 강조했다.

신이 일찍이 듣건대, 전일에 경연의 자리에서 하교하시기를, "이런 모욕이 있는데도 아래에 있는 사람들이 이것은 생각하지 않고 오직 몸 닦는 것만 권한다. 이런 모욕을 면하게 하지 못한다면 비록 요·순이나 공자·맹자처럼 몸을 닦은들 어찌 국가에 도움이 되겠는가?"라고 하셨다는데, 과연 전하는 사람들의 말과 같으셨다면 신은 성학聖學에 미진한 바가 있는 것이 아닌가 싶습니다. 이른바 '몸을 닦는다'는 것은 격물格物·치지致知하고 성의誠意·정심正心함을 말합니다. 주자朱熹가 격물·치지에 관하여 논하기를 "사물에 대해 사리를 관찰하고 사리에 입각하여 사물에 응하기 때문에, 마땅히 해야 할 일은 하지 않을 수 없고 해서 안 되는 일은 그만두지 않을 수 없는 것이다."라고 했고, 성의·정심에 관하여 논하기를 "옳음을 알고서 행할 때는 오히려 힘써 행하지 못할까 염려하고, 그름을 알고서 버릴 때는 오히려 다 버리지 못할까 염려하는 것이다."라고 했습니다. 이것이 이른바 몸을 닦는 것이 정사政事하는 근본이 된다는 것입니다. 만일 곤충이나 초목에 관하여 많이 아는 것이 격물·치지이고, 노자와 석가의 청정淸淨과 허무虛無를 성의·정심이라고 한다면, 몸을 닦는 것은 정말 세상을 다스리는 데는 도움이 되지 않을 것입니다. 맹자가 말하기를 "만일 부끄러운 줄 알면 문왕을 모범으로 삼아 그대로 따라하는 것이 가장 좋다."라고 했으니, 문왕을 모범으로 삼으려면 몸 닦는 일을 하지 않고 어찌할 것입니까? 전하의 이 하교가 만일 한때의 분개로 인해 나온 것이라면 그래도 말할 수 있거니와, 만일 먼저 몸을 닦지 않고도 해 갈 수 있다고 여기신 것이라면 이는 전혀 그렇지가 않습니다.

송시열은 수양에 관한 계책을 진달하여 효종과 많은 말을 주고받았다. 효종은 좌우의 사관史官에게 기록하지 말라고 했다.

한편 송준길은, 나라 다스리는 방도는 내정을 닦고 외적을 물리치며 백성을 안정시키고 군사를 훈련하는 것이 진실로 당연한 일인데, 주린 백성을 구제하려고 해도 공사公私의 것이 모두 고갈되어 걱정이라고 했다. 이에 대해 효종은 "만일 청나라에 피폐皮幣·조공물품를 하지 않는다면 국가의 저축이 혹 여유가 있을 것이지만, 마음대로 할 수 없는 일이니 어찌할 것인가?"라고 했다. 송시열은 "외방의 의논을 듣건대 국가에서 반드시 먼저 전부터 쌓아 둔 강화·경창京倉의 곡식을 방출하여 경비로 쓰고 부역을 크게 감한 다음에야 백성이 실효 있는 혜택을 입게 된다고 합니다."라고 말했다. 효종은 "4, 50년 이래로 조정이 조용하지 못하고 각자 딴마음을 가져, 비록 나라를 위하는 사람이 있다가 매양 한 가지 일이라도 하게 되면 사람들이 모두 비평하므로 이 때문에 흥겨운 마음이 없어진다."라고 현실을 개탄했다. 이에 대해 송시열은 "자주 신하들을 접해 보며 다스리는 도리를 강론하셔야 합니다. 몸이 편치 못하실 적에는 와내臥內·침실 안에서 인견하셔도 됩니다."라고 건의했다.

그런데 다른 기록에 의하면 효종은 병자호란의 설욕을 늘 생각하면서 당시의 신료들이 같은 뜻을 지니지 않고 있다고 탄식했다고 한다. 특히 문관과 무관이 각자 자신의 본분을 지키지 않는다고 탄식했다는 것이다. 곧,《조야첨재》에 따르면 어느 날의 경연에서 효종은 다음과 같이 말했다.

사람들이 우리나라 사람을 대체로 겁이 많다고 말한다. 정축년1637년의 일을 볼 것 같으면, 패인은 군사가 정精하지 않은 것이 아니라 훌륭한 장수가 없었기 때문이었다. 일찍이 들건대 옛날 이광李廣은 군중에서는 조두기斗·시간을 알리는 팽과리를 치지 않고 척후병을 멀리 보내 적의 정세를 정탐했다고 하는데, 병자년1636년의 난리에 장수된 자가 이것을 전혀 알지 못하여 신경원申景瑗은 싸우지도 못하고 달아나지도 못했으니, 우리나라 장수로서 이웃나라 사람에게 대단히 부끄러운 일이다. 또한 문관은 문을 숭상하여야 하고 무관은 무를 숭상하여야 국가가 취하는 바가 어긋나지 않을 것이다. 그런데 오늘날은 그렇지 못하여 문관이 무관처럼 생긴 사람은 으레 경멸당하고 무관은 서생처럼 되어야 세상에 용납을 받는다. 만일 무관이 말달리기를 좋아하면 사람들은 반드시 광망하고 패악하다고 지목하니, 이와 같은 습관은 참으로 부끄럽다. 옛날 양호羊祜와 두예杜預처럼 가벼운 갖옷과 느슨한 띠를 다시 볼 수 없고, 지금의 무관은 선비와 같으니, 어찌 싸움터에서 힘을 얻을 수 있겠는가?

효종이 서거한 뒤《지문誌文》은 효종의 덕을 칭송하여 이렇게 말했다.

삼대 이후로는 공리만을 숭상했기 때문에 천리와 인륜에 부끄러운 일이 많았으나, 임금께서는 도의를 위주로 하고 공리를 계교하지 않은 까닭에 거룩한 뜻이 굳게 정하여져서 높기가 청천백일과 같았다. 임금께서 항상 "날은 저물고 갈 길은 멀다."라고 한탄하셨다. 또 탄식하시기를, "옛말에 '한두 신하만 임금의 의사와 같아도 도움이 된다.'라고 했는데, 지금은 대소 신료가 모두 오직 눈앞의 일만 생각하니, 누가 나와 더불어 이 일을 함께 할 것인가!"라고 했다. 그래서 때때로 신하를 홀로 불러 의논하는 일이 있었는데, 사람들은 그의 깊은 계획과 신묘한 방책을 쉽게 헤아리거나 엿볼 수 없었다.

효종은 특히 송나라 유학자의 글을 좋아했다. 누군가가 〈심학설〉을 올리자, 효종은 곧 경연관에게 내어 주어 정정하라고 명하면서 "정자·주자의 말과 어긋난 것이 없는가?"라고 했다. 이는 대개 천리를 받들고 성학을 밝히며 왕법을 엄

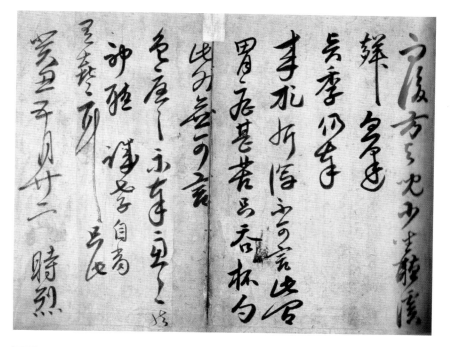

송시열 간찰

경남대학교박물관 데라우치 문고 소장. 《고간첩(古簡帖)》 수록.

현종 14년(1673년) 5월 22일에 작성한 답장이다. 《경남대학교박물관 소장 데라우치문고 보물》 시·서·화에 깃든 조선의 마음》(예술의 전당·경남대학교, 2006)에 수록되어 있다. 해설은 하영휘·김상환, 〈도판해설〉을 참조.

하게 하고 대의를 나타내어, 《춘추》의 대일통大一統·대통일 사업을 계승하고 선왕의 도심을 물려받아서 하늘이 낳아 주신 뜻을 저버리지 않는 것이다.

효종은 성학을 닦고 춘추대의를 펴고자 하여, 잠시도 쉬지 않았다. 그러나 날은 저물고 길은 멀었다.

효종이 송시열에게 내사한 《주자어류》가 송시열의 집안이나 국가 도서관에 소장되어 있지 않고 외국에 반출된 것은 참으로 기이한 일이다. 교토대학에서는 이 책을 '구입'했다고 하며, 구입 날짜까지 기록해 두었다. 대체 누가 이 책을 일본인에게 전매했단 말인가?

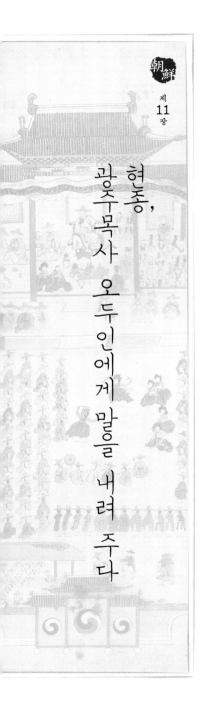

朝鮮

제
11
장

현종,
광주목사 오두인에게 말을 내려 주다

오두인吳斗寅은 광주목사로 있으면서 토호들을 억누르고 의지할 곳 없는 사람들을 구제했다. 또한 힘없는 사람들의 자제들을 교육하고 학교를 일으키며, 검약하고 절약하여 저축에 힘썼다. 현종 12년1671년의 대기근에는 그간의 저축을 풀어 백성들을 구휼하여 굶어 죽지 않도록 보살폈다. 조정에서는 다른 읍에서 흘러온 유민을 받아들이지 말라고 했으나, 그는 집을 더 짓고 유민들을 맞아 먹임으로써 많은 무리를 살렸다. 감사와 어사가 보고하여 포상하도록 하자, 현종은 말馬을 내려 주고 또 더 유임하여 백성의 희망에 따르도록 했다.

유민을 구제한 상으로 말을 받은 오두인1624~1689년은 곧 현종의 부마 오태주吳泰周의 아버지다. 오태주의 계자繼子가 오원吳瑗이고, 오원의 아들이 오재순吳載純이다. 오재순은 정조 때 명관이다.

《현종실록》을 보면 현종 13년1672년 1월 26일계유의 기록에, 전라감사 오시수吳始壽가 나주목사 소두산, 태인현감 김수일, 광주목사 오두인, 장성부사 김세정 등이 구황을 잘했다고 보고한 것을 참작하여, 현종이 그들의 품계를 올려 주었다고 한다.

《현종개수실록》의 같은 날 기록에도 비슷한 내용이 나온다. 다만,《현종개수실록》에는, 사간원이 아뢴 말에 따라 김수일과 오두인만 나중에 자급을 높여 주었다고 했다. 당시 사간원은 은전을 마구 시행해서는 안 된다고 하면서, 본도로 하여금 등급을 나누어 계문하도록 하여 가장 진정賑賑을 잘한 한 명을 제외한 나머지 수령들은 진정의 우열에 따라 상을 차등 있게 내리라고 청했다.

현종은 따르지 않다가 사간원이 누차 아뢴 뒤에야 경상도에 시행한 전례대로 분명하게 조사하여 계문한 뒤 처리하라고 명했다. 이에 따라 김수일과 오두인의 품계만 높여 주었던 것이다. 1년 뒤 현종 14년1673년 1월 2일계유에 오두인은 승지에 임명되었다.

그런데 《현종실록》과 《현종개수실록》에는 오두인 등의 품계를 높여 주었다는 기록만 있고, 현종이 그들에게 말을 하사했다는 기록은 없다. 하지만 김창협金昌協이 기록한 오두인의 신도비명에 따르면, 현종은 오두인 등의 품계를 높여 줄 때 말도 하사했다고 한다.

김창협은 숙종 때 오두인이 죽은 뒤, 오두인의 아들 오진주吳晉周를 자신의 셋째 사위로 삼았다. 그는 평소 오두인의 인품을 칭송했다. 그렇기에 〈양곡 오공 화상찬陽谷吳公畫像贊〉과 〈양곡 오공 신도비명陽谷吳公神道碑銘〉을 지었다. 김창협이 지은 오두인의 신도비명은 조선시대에 나온 신도비명 가운데 가장 문장이 훌륭하다고 평가되어, 구한말의 김택영은 《여한구가문초》를 엮으면서 그 글을 실었다. 김창협은 본관이 안동이며, 호는 농암農巖이다. 숙종 8년1682년의 문과에 장원하고, 벼슬은 홍문관 대제학에 이르렀다.

오두인은 본관이 해주로, 이조판서 오상吳翔의 아들인데 숙부 오숙吳䎘에게 입양되었다. 인조 26년1648년에 진사 초시에 1등으로 합격하여 성균관에 들어갔고, 이듬해의 별시에서 장원에 뽑혀 벼슬길에 올랐다. 현종 2년1661년에 사간이 되었고, 이듬해 정조사의 서장관으로 청나라에 다녀왔다. 현종 8년1667년에 부교리와 사간을 역임했다. 숙종 5년1679년에 공조참판으로서 사은사 부사가 되어 청나라에 다녀왔다. 숙종 15년1689년에 형조판서로 재직하던 중 기사환국으로 서인이 실각하자 지의금부사에 세 번이나 임명되고도 취직하지 않아서 삭직당했다. 5월에 인현왕후 민씨가 폐위되자 이세화·박태보와 함께 반대 상소를 올려 국문을 받고 의주로 유배되어 가던 도중에 파주에서 죽었다. 그러나 같은 해에 복관되었다.

현종은 효종의 맏아들로 인선왕후의 소생이다. 휘는 연棩이다. 인조 19년1641년에 심양에서 태어나 인조 22년1644년에 귀국하여, 인조 27년1649년에 왕세손, 효종 2년1651년에 세자에 책봉되었다. 1659년 5월에 창덕궁에서 즉위하고, 1674년 8월 18일기유에 창덕궁 양심각에서 승하했다. 향년 34세였다. 능은 숭릉崇陵으로, 양주의 건원릉 서남쪽 다른 산등에 있다. 1남 3녀를 두었는데, 후사 왕이 곧 숙종이다. 1녀 명선공주와 2녀 명혜공주는 일찍 죽고, 3녀 명안공주明安公主는 오태주에게 하가했다.

그런데 명안공주가 오태주와 혼인한 것은 현종 생전의 일이 아니라 숙종 때의 일이다. 《숭릉지崇陵誌》에 "큰 딸은 명선공주, 다음은 명혜공주인데, 모두 출가하기 전에 일찍 죽었다. 막내는 명안공주인데 아직 어리다."라고 되어 있으므로, 그 사실을 알 수가 있다.

명안공주가 하가한 것은 숙종 6년1680년의 일인 듯하다. 그해 7월, 호조는 낭관을 보내 명안공주의 집터가 될 곳을 재어 오게 했는데, 부근의 여러 집들을 통합한 것이 1,826칸이나 되었다. 선왕 때는 공주의 저택을 1,600칸으로 정했는데, 이것은 규정보다 226칸이나 더 넓었다. 숙종은 선왕 때 정한 칸수대로 하라고 명했다. 이때 호조가 명안공주의 집터를 측량한 것은 당시 공주의 하가가 결정되었기 때문일 것이다.

명안공주는 하가한 지 얼마 안 되어 숙종 13년1687년 5월에 작고했다. 명안공주가 죽자 숙종은 10일 동안 소선素膳·고기나 생선이 들어가지 않은 반찬을 행할 것을 명했는데, 약방이 누차 당치 않다고 하므로 4일 동안만 소선을 올리라고 명했다. 또 상차喪次에 거둥하는 절차를 《오례의五禮儀》에 정해진 대로 할 것을 명했으나, 약방·정원·대신 이하가 무더운 날씨에, 더구나 빈소를 마련하기 전에 울며 슬퍼해서는 안 된다고 말렸다. 하지만 숙종은 명안공주의 집에 거둥하여 상차에 나아가 슬프게 곡했다.

이렇듯, 오두인이 현종과 사돈이 된 것은 현종의 사후 일이다. 따라서 현종이 광주목사 오두인에게 말을 내린 것은 전적으로 그의 치적에 상응하여 선물을 내린 것이었다.

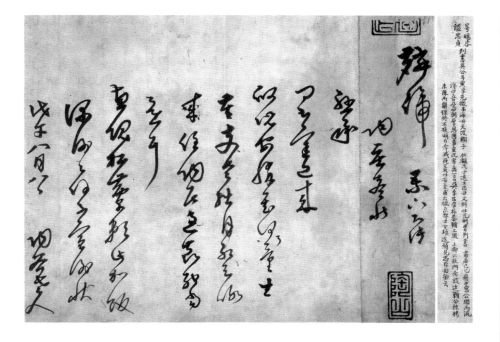

■ 오두인 간찰

국립중앙박물관 소장. 허가번호[중박 201110-5651].
오두인이 무오년, 즉 숙종 4년(1678년) 8월 8일에 쓴 간찰이다.

　　그런데 오두인은 숙종 때 인현왕후 폐위에 반대하는 상소를 올려 국문을 당하고 유배를 가다가 죽은 일 때문에 후대에 칭송되었다. 사돈인 김창협은 〈양곡 오공 화상찬〉에서 오두인을 이렇게 칭송했다.

한 몸을 버려 천 사람의 용기를 창도하고
한 손을 뻗어 일만 균^鈞 무게를 감당했도다
뜻은 정헌_{靖獻·충성을 바침}에 두었으니
금석에 그 곧음을 견줄 만하고

의리는 오류에서 드러났으니

일월과 그 빛을 다투는도다

백세 후에 그 충렬을 전해 듣고 분발하는 사람들은

필시 공을 우람하고 건장한 사내로 생각할 것이다

하지만 공의 키는 보통 사람에도 미치지 못하고

모습은 아녀자와 다를 것이 없도다

무릇 이것이 사람을 판정할 수 없다는 것은 오래전부터이니

안영安嬰과 유후留侯·장량는 오랜 옛날에 이미 칭송받았도다

나는 평소에 공을 조금 알고 있었기에

비록 그림이 공의 모습을 방불하게 그리기는 했어도

공이 순박하고 성실하며 단정하고 정성스러워 거짓이 없었음을 상상할 수가 있다

아아, 이것이 바로 변고에 임하고 생사 결정에 처해서도 마음을 변치 않을 수 있었던 까닭이로다

또한 김창협은 〈양곡 오공 신도비명〉을 지으면서, 오두인이 인목대비 폐위 사건에 항소한 사실부터 기록했다.

상숙종 15년1689년 기사년에 중궁민비이 자리에서 물러나자, 판서 양곡 오두인 공과 참판 이세화 공, 응교 박태보 공 등 80여 인이 대궐에 나아가 글을 올리고 극력 간했는데, 오 공이 사실상 그 대표였다. 상이 크게 노하시어, 세 사람 모두 곤장을 쳐서 먼 곳으로 유배를 보냈다. 도중에 오공은 파주에서, 박공은 노량강에서 죽고, 이공만이 살아남았다. 6년 뒤 갑술년1694년·숙종 20년에 상이 전의 잘못을 크게 뉘우치시고 중궁을 다시 맞아들여 곤극坤極·중궁의 자리의 자리를 바르게 하시고 충성으로 간하다 죽은 두 공을 가장 먼저 떠올리시고는 특별히 관리를 보내어 제사를 지내게 했다. 오공에게는 의정부 영의정 벼슬을 추증하고 시호를 충정이라 했으며, 박공에게는 이조판서를 추증했으며, 정려문을 세워 충신지문忠臣之門이라 했다. 또 사당을 세워 두 공을 제

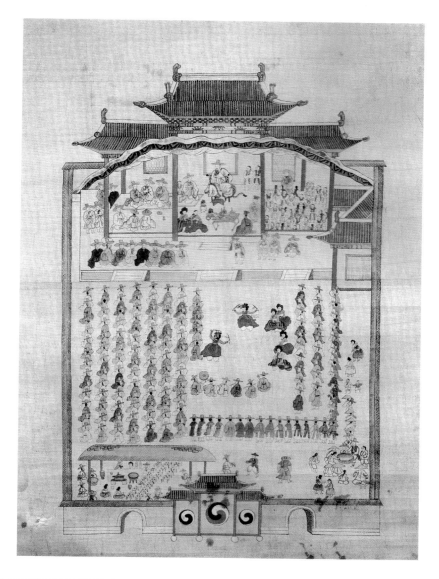

│ 신관도임연회도(新官到任宴會圖)

제작자 및 제작 시기 미상. 고려대학교박물관 소장.

조선 후기에 제작된 평생도(平生圖)의 일부이거나 평양감사향연도(平壤監司饗宴圖)일 것으로 추정된다. 장막을 중심으로 묘사한 장면들은 국립중앙박물관에 소장되어 있는 평양감사향연도 가운데 〈부벽루연회도〉와 구성과 내용이 유사하다고 한다. 관아에서 검무가 공연되고 조찬소(造饌所)에서는 음식을 준비하고 있다.

사 지내라 하는 요청도 허락해 주셨다. 이에 국인들이 모두 기뻐하여, 베 짜는 여자와 나무꾼까지도 다 감탄하고 눈물을 흘리며 천도天道가 안정된 것을 경축하지 않는 사람이 없었다. 어떤 이는 오히려 두 공이 이공처럼 살아서 중전의 복위를 기쁘게 지켜보지 못한 것을 슬퍼하기도 했다. 군자는 다음과 같이 말한다: 그렇지 않다. 신하로서 국모를 위해 죽는 것은 큰 의리이지만, 옛날부터 이것을 실천한 사람은 적었다. 이제 두 공이 충성으로 간하다가 죽었으니, 큰 의리가 비로소 밝혀진 것이다. 무릇 간하다가 죽거나 살거나 하는 것은 천명이다. 그러나 죽지 않으면 그 충렬이 현창되지 않아서 다른 사람을 깊이 감동시킬 수 없을 것이다. 그러므로 두 공이 반드시 죽은 후에야 당시 조정에 있던 여러 신하들을 부끄럽게 하여 간사하게 화禍를 꾸미려는 마음을 막을 수 있었던 것이다. 그렇지 않았다면 당일의 화가 어찌 그 정도에 그치고 말았겠는가? 또 성인의 허물은 일식이나 월식과 같은 것이라고 하지만, 지금처럼 빨리 회복된 적이 없었으니, 두 공의 죽음이 먼저 임금을 감동시켜서가 아닌지 어찌 알겠는가? 그렇다면 오늘이 있게 된 것은 실로 두 공이 한번 죽은 힘에 의한 것이니, 어찌 슬퍼해야만 할 것인가?

훗날 정조도 〈충정공 오두인 치제문〉을 지어 제를 지내 주었는데, 역시 오두인이 인현왕후의 폐위 때 항소를 올린 사실을 높이 평가했다.

오두인이 현종에게 말을 선물로 받은 것은, 앞서 말했듯이, 광주목사로 있으면서 유랑민을 안정시켰기 때문이었다. 사실 조선시대에는 한발과 기근으로 유랑민들이 상당히 많이 발생했다. 이 때문에 조정에서는 유랑민을 구휼하기 위해 상당히 노력했다.

현종 때만 보더라도, 즉위년1659년에 관서의 관향곡 모곡耗穀 분으로 유랑민들을 진구하고, 해서의 오두세미五斗稅米를 일부 면제하고 대신 본도의 공곡公穀을 경창京倉으로 수송했다가 가을에 가서 받아들인 쌀로 그 공곡을 상환하도록 명했다.

현종 8년1667년 윤4월에는 가뭄이 이어지자 관원을 보내 도내의 명산대천에 비

186

를 빌게 하고, 재신을 보내 우사단零祀壇·
기우단과 삼각산·목멱산 및 한강에 빌게
했으며, 중신을 보내 종묘·사직 그리고
북교에 빌게 했다. 그리고 도내의 죄수
들을 너그럽게 처결하고, 나이 30이 지
나도록 가난해서 시집 장가 못 간 사
족士族들에게 물자를 대주어 결혼시키고,
노비들이 납부해야 할 세금도 징수할 길
이 없는 것들은 일체 탕감했다. 이 무렵
관동과 관서의 유랑민들이 서울까지 흘
러들어와 굶주리고 병든 자가 수천 명
에 달했으므로, 한성부는 그들을 동서
활인서에 나누어 수용하고 식량을 대주
면서 구료했다.

숙종 원년인 1675년에 허목은 상소
를 올려, 현종 11년1670년과 현종 12년1671년
의 수재와 한재가 극도에 달해서 그 여
파로 당시까지 백성이 사방으로 유랑하
고 죽은 자가 억만이나 되는데, 환곡이
걷히지 않자 지방 관아에서 일가와 이웃
에게 징수하므로 일가와 이웃이 견디지
못해 도망하여 태반이 빈 문서라고 지적
했다.

영조 3년1727년에도 기근이 심했다. 이
때 호남 어사 이광덕李匡德은 경기도 과천
에서 언서諺書로 방榜을 내걸어 유민들을

수세패(收稅牌)

조선 후기 제작. 국립중앙박물관 소장. 허가번호[중박 201110-5651].

'족두리전(簇頭里廛) 흑칠조색(黑漆皂色) 수세패(收稅牌)'와 '평시서(平市署) 계해(癸亥) 9월(九月) 일(日)'의 문자가 새겨져 있다. 한성의 족두리전에서 관할 점포로부터 세금을 거둘 때 사용한 것이다. 평시서는 조선시대 시전(市廛)의 상행위를 감독하던 관청이다. 고려 때 경시서(京市署)의 체제를 이어 오다가, 세조 12년 (1466년) 관제 개정 때 평시서로 바꾸었다. 호조의 속아문으로 관원은 영(令) 1명, 직장(直長) 1명, 봉사(奉事) 1명이다. 이속(吏屬)은 서리(書吏) 8명과 나장(羅將) 10명을 두었다. 물가관리, 상행위 감독, 도량형 감독, 군기(軍器) 밀매 등 불법행위와 관원들의 횡포를 감독했다. 조선 후기에는 시전의 전매품을 선정하거나 허가하고 난전(亂廛)을 단속하는 일을 했다. 1894년 갑오개혁 때 폐지되었다.

타일러 고향으로 돌아가도록 했다. 그러나 유민들은 "돌아간들 어찌 먹고 살 수 있겠으며 또 어찌 나라에서 시키는 노동을 감당하겠는가!"라고 하며, 서로 마주 보면서 통곡했다. 9월에 경연에 든 신하가 이런 상황을 아뢰자, 영조는 호남의 고을 가운데 특히 피해가 큰 곳은 묵은 대동大同과 신포身布를 면제해 주도록 명하고 전세의 반을 감하도록 명했다.

　　조선시대 유민의 비참한 상황을 시로 보고한 명작은 어무적魚無赤의 〈유민탄流民嘆〉이다. 시에 재능이 있었던 어무적은 어머니가 관비라서 관노가 되었으나, 천한 신분을 면하고 서얼에게 주어지는 율려습독관이 되었다. 그는 연산군 7년1501년에 장문의 상소를 올려 김해 백성의 고통스런 사정을 알리기도 했다. 관아에서 매화나무에까지 무리한 세금을 부과하자 어느 백성이 매화나무를 도끼로 찍어버린 사건이 있었는데, 그는 〈작매부斫梅賦〉를 지어 관리의 횡포를 규탄했다. 담당 관리가 잡아 벌을 주려 하자, 유랑하다가 어느 역사에서 죽었다. 〈유민탄〉에서 어무적은 '백성이 불쌍하다(蒼生苦)'고 한탄했다. 그 일부를 보면 다음과 같다.

북궐에선 우민조를 내리셨으나
고을에선 빈 종이처럼 볼 뿐
경관을 특차하여 민막을 물으려
역마 주어 하루에 삼백 리를 달리게 해도
백성들은 문턱에도 나설 힘이 없으니
어찌 마음속 일을 진정하랴

北闕雖下憂民詔(북궐수하우민조) 州縣傳看一虛紙(주현전간일허지)
特遣京官問民瘼(특견경관문민막) 馹騎日馳三百里(일기일치삼백리)
吾民無力出門限(오민무력출문한) 何暇面陳心內事(하가면진심내사)

　　북궐은 경복궁으로, 국왕의 정전正殿을 말한다. 우민조란 군주가 백성들의 처지를 걱정하여 그 구료에 힘쓰겠다고 약속하는 칙서나 유서論書를 말한다. 조선에서는 칙서라 하지 못하고 유서라고 했다. 어무적은 유랑민을 구제하라고 경관을 보내도 실효가 없으므로, 한나라 때 직간을 잘하기로 유명했던 급암汲黯처럼 지방을 잘 다스리는 목민관을 각 고을마다 두어야 한다고 했다.

조선 후기의 유랑민 가운데는 기예를 이용해 구걸하는 사람도 나왔다. 강이천姜彝天은 18세기 서울의 풍속을 칠언절구 106수의 연작시 〈한경사漢京詞〉로 묘사했는데, 그 가운데 유랑예인으로 살아가는 부부의 모습을 그린 시가 들어 있다.

어린 부부가 고향을 떠나 이리저리 떠돌며
노래와 악기를 배워 애처롭게 하소하네
이리저리 구걸해도 돈과 쌀은 많지 않고
거리에는 날마다 구경꾼만 몰리는군

夫婦少小轉離鄉(부부소소전리향) 學得歌彈訴怨傷(학득가탄소원상)
偏索無多錢與米(편색무다전여미) 只贏街路日如墻(지영가로일여장)

조선 조정은 유랑민을 본래의 구역에 안착시키려고 했다. 특히 강원도의 유랑민이 경기도나 서울로 흘러들지 못하도록 부심했다. 하지만 이 시에 나오는 어린 부부들처럼 서울의 거리 구석에서 먼지를 뒤집어쓰면서 살아야 했던 유랑민들이 적지 않았던 듯하다.

이익은 《성호사설》의 〈유민환집流民還集〉이란 글에서 수재와 한재로 백성들이 유랑하게 되는 근본 원인은 폭정 때문이라고 했다. 그는 자신이 목도한 거지들과 아사자들은 물론이고, 가평 근처에 거지떼들이 모여 있다는 이야기까지 기록했다.

내가 하루는 문을 나서니 혹은 연소하고 혹은 장성한 거지들 네댓 명이 모여 있었다. 내가, "바야흐로 봄이 돌아와 농사지을 시기가 되었는데 너희들은 어째서 고향에 돌아가 농사지을 생각을 하지 않고 타향에서 걸식을 하고 있는가?"라고 하니, 그 사람들이 나를 눈여겨보고, "농사를 어떻게 지을 수 있겠습니까? 종자도 없고 양식도 없으니 돌아간들 무슨 소용이 있겠습니까?"라고 했다. 그들은 나를 미혹하여 세정에 어두운 자로 여기는 듯했는데, 생각해 보니 과연 그러하다. 일을 몸소 경험해 보지 않으면 어찌 알 수가 있겠는가?

작년에 전염병에 걸린 자가 있었는데 길가에 누워 있어서 감히 마을에 들어오지 않았다. 신열은 물러갔으나 먹을 것이 없어 죽게 되었는데, 거적으로 그 몸을 싸고 새끼로 허리 아래를 묶은 뒤에 죽었으니, 개가 뜯어 먹을 것을 염려한 것이었다. 내가 이 이야기를 듣고, "이 사람은 필시 군자였을 것이다. 스스로 몸을 묶었으니 지각이 어둡지 않았고, 마을에 들어오지도 않았으니 남의 꺼림을 피한 것이며, 장차 죽을 것을 알고 오히려 자신을 다스릴 줄 알았으니, 어진 자가 아니라면 어찌 이렇게 할 수 있었겠는가? 세상을 잘못 만나 불행하게도 길가에서 죽는 신세가 되었으니 누가 알아주겠는가?"라고 하면서 그를 불쌍히 여겨 차마 음식을 먹지 못했다.

이익은 견문한 사실과 전문의 사실을 근거로, 관가나 조정이 유랑민을 제대로 구료하지 못한다고 비판했다.

근자에 들으니, "동협東峽에 거지들이 떼를 지어 모였거늘 임금께서 명하여 의복과 쌀을 주게 하고, 근시近侍·가까이에서 보필하던 신하를 시켜 인솔하여 고향으로 돌려보내게 했는데, 겨우 성문을 나서자 하나가 외치매 여럿이 호응하여 뿔뿔이 흩어지는 바람에 막을 도리가 없었다."라고 했다. 대개 고향에 돌아가는 것이 걸식하느니만 못한 때문이리라. 또 들으니, "온 고을이 텅 빈 데가 있으므로 그 가운데 가장 심한 고을을 가려 근시에게 명하여 은자銀子를 가지고 가서 평안하게 하려 했는데, 고을이 비어 사람이 없으므로 아무 할 일이 없어 그냥 돌아와서 복명했다."라고 했다. 그러나 도시에서는 곡식의 가격이 매우 낮으므로 아직 쌓여 있는 곡식이 많다는 것을 알 수 있다.

유랑민이 폭증하는 것이 흉년 때문이 아니라는 사실을 더욱 분명히 깨달았다.

이익은 유랑민이 발생하는 것은 폭정 때문이라고 잘라 말했다. 그리고 유랑민으로 하여금 원래의 거주지로 돌아와 살게 하려면 폭정을 금지해야 한다고 주장했다.

가난한 사람의 말에, "곡식이 흔한 것이 원망스럽다. 곡식이 흔하면 돈 벌기가 더 어려워져 굶주림이 더욱 심하게 된다. 재물은 부자에게로 몰리고 백성의 재산은 고갈되었으니, 풍년이 든다 해도 곤란함은 여전할 것이다."라고 했다. 국가에서 구휼하고 적극 관여한다 해도 형세가 이 지경에 이르렀으니 장차 어이할꼬! 저들이 사방으로 흩어져 굶주림과 추위에 쓰러지고 살아남은 자가 몇 사람이 되지 않는데, 품팔이로 연명하여 고향 생각도 이미 잊었다. 게다가 가족이 남아 있지 않고 이웃도 모두 비었으니, 무슨 마음으로 돌아가려 하겠는가?

그들이 흩어진 것이 일조일석의 일이 아니기에 그들이 한군데 모이는 데도 10년의 세월이 필요할 것이다. 흩어질 적에 반드시 눈물을 흘리며 떠났을 것이기에 그들이 한군데 모일 적에는 반드시 즐거운 마음으로 돌아가야 할 것인데, 즐겁게 해 주지 못한다면 백성을 타이르지 못할 것이라 생각된다. 옛날 고사에 보면 태산泰山의 범과 영주永州의 뱀에 삼대三代가 물려 죽었어도 백성이 태산과 영주를 떠나지 않았으니, 가혹한 정사보다 더 미운 게 없다. 만약 학정이 없었다면 서너 해의 재앙으로 어찌 사방으로 흩어져 온 고을이 비는 데에 이르렀겠는가?

그러므로 폭정을 금지하는 것을 급선무로 삼아야 한다. 폭정을 금지하려면 마땅히 장법臟法·강탈한 물건에 관한 법규부터 엄중히 다뤄야 할 것이다. 장물臟物을 조사하는 방법은 다른 데 있는 것이 아니다. 감사監司 및 도사都事와 어사御史가 조사해서, 보고 알면서도 고의로 놓아준 자는 장법을 범한 자와 같은 죄로 다스리고, 장물을 적발한 자는 전쟁에서 공이 있는 자와 동등하게 상을 주어야 하며, 10년의 조세를 면제해 주어야 한다. 그리고 국왕의 가까운 신하로 수령을 삼아서 일이 있으면 역마를 달려 아뢰게 하고, 그 말을 참작하여 듣는다면, 큰 거조를 베풀지 않더라도 유민이 스스로 돌아오게 될 것이다.

이익의 주장은 대개 《공자가어》에서 "가혹한 정사는 범보다 사납다."라고 한 것이나, 당나라 유종원의 〈포사자설捕蛇者說〉에서 백성들이 가혹한 부렴賦斂을 피하기 위해 목숨을 내걸고 뱀을 잡는다고 한 말을 근거로 삼았다. 그는 유랑민을 본토로 되돌아가게 하려면 폭정을 제거해야 한다고 누누이 말했다.

숙종 때 유수원은 유랑민 발생의 원인을 화전 경작과 양역의 문제와 연관시켜 논했다.

만일 평지가 경식하기에 정말 부족하여 천지의 본성을 어겨가면서 불을 놓아 산을 태워 먹어야만 겨우 살아갈 수 있다고 한다면, 하늘이 사람과 생물을 구별하여 대하게 한 이치가 믿을 것이 못되고, 선왕이 화전을 금하고 때를 정하여 나무를 베어 쓰게 한 것들이 모두 너그럽지 못하고 사리에 어두우며 인정에 가깝지 못한 정사라는 것을 면할 수 없게 된다. 천하에 어찌 이러한 이치가 있겠는가? 오늘날 유민이 날로 불어나는 것은 양역良役을 두려워해 회피하는 데서 비롯된 것이다. 따라서 양역을 없애버린다면 유민은 저절로 적어질 것이고, 유민이 줄어들면 화전이 줄어들 것이니, 그 형편에 따라 금지시키면 무엇이 어렵겠는가?

유수원이 말한 양역은 양인이 부담했던 모든 신역을 말한다. 병역이 가장 중하므로 흔히 군역을 뜻했다. 하지만 유수원은 군역·군포軍布뿐 아니라 온갖 요역徭役과 공물·진상 등의 신역이나 호역戶役을 모두 양역이라고 말한 듯하다.

오두인은 젊어서 과거에 수석 합격하고 청화淸華한 관직을 거쳤다. 그런데 본래 성품이 겸손하고, 붕당을 지어 나라를 병들게 하는 것을 싫어했으며, 항상 깨끗하게 자기의 분수만을 지킬 뿐 세속에 물들지 않았다. 훗날 아들이 부마가 되자 더욱 겸손한 태도를 지녀 조정의 시의^{時議}에는 간여하지 않았다. 신장은 6척이 못 되며 용모는 온화해 보였고 입은 마치 말을 못하는 사람 같았지만, 일단 변을 당해서는 충절로써 자립하여 신하의 도리를 드러냈다. 그렇기에 많은 사람들이 추앙했다.

오두인은 젊은 시절 광주목사로 있으면서 유랑민을 구휼하는 구체적인 실적을 올려, 나중에 자신의 사돈이 될 현종으로부터 말을 하사받았다. 당시에는 자신이 국왕과 사돈이 되리라고는 예견하지 못했을 것이다.

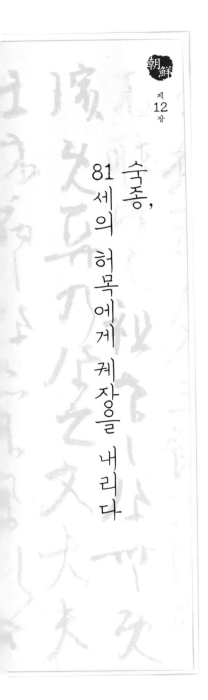

숙종,
81세의 허목에게 궤장을 내리다

허목許穆은 〈궤장을 하사받은 데 대한 기賜几杖記〉를 남겼다. 앞서 나왔듯이, 궤장几杖이란 대신이나 중신이 늙어서 벼슬을 그만둘 적에 국왕이 내리는 팔걸이와 지팡이다. 궤는 앉을 때에 팔을 기대어 몸을 편케 하는 것이고 장은 다닐 때에 몸을 의지할 수 있는 지팡이다. 보통 고관은 나이 일흔이 되면 벼슬을 내놓고 물러나는데 그것을 치사致仕라고 한다. 이때 조정이나 국가에서 필요하다고 판단한 사람에게는 국왕이 치사를 허락하지 않을 수 있으며, 그 경우에는 궤장을 하사하여 정무를 더 보아달라고 부탁하게 된다.

숙종 원년1675년 12월 입춘 뒤 1일, 허목은 궤장을 하사받는 의식을 거행하고, 이를 기념하는 글을 지었다. 그해의 입춘은 12월 21일이었으니, 입춘 뒤 1일은 12월 22일이다. 이때는 지난해 현종이 승하하여 국상을 치르고 있었기 때문에 연회는 열지 않았다.

당시 허목은 81세로, 현종 원년1660년 겨울에 삼척부사로 나갔다가 현종 3년1662년 가을에 벼슬을 그만두고 돌아와서, 벼슬에 취직하지 않고 주로 연서漣西 즉 연천漣川에 머문 지 13년째 되던 해였다. 곧 경기도 연천의 군영촌軍營村이 집안 대대로 거주하던 곳이었다. 그는 거처를 은거당恩居堂이라 이름 짓고, 군영촌의 이름을 녹봉촌鹿峰村이라고 고쳤다. 서울에 임시로 머무는 거처를 두었는데, 숙종 원년 2월에는 명례동明禮洞으로 이사했다.

궤장을 하사 받기 이전, 11월 9일의 경연에서 허목은 "신이 이미 극도로 노쇠하였는데 쓸데없이 정승의 직을 떠맡고 있습니다. 체직을 윤허하시어 한가로운 시간을 가지게 해 주신다면 이보다 더한 행복이 있겠습니까?"라고 사직의 뜻을 아뢰었다. 숙종은 "나도 그대를 의지하고 조정도 그대를 의뢰하여 나나 조정이나 간절히 그대를 중시하고 있건만 어찌 사퇴하고 물러갈 수 있겠는가? 군이 사양하지 말라."라고 했다. 그러자 영의정으로 있던 허적許積이 "늙은 대신이 치사하려고 할 때 윤허하지 않을 경우에는 궤장을 내릴 수 있습니다. 이에 대해서는 조종조祖宗朝에 정해진 법이 있습니다."라고 했다. 숙종은 현종 때 이경석에게 궤장을 내리도록 명한 일이 있었음을 상기하고, 우의정 허목에게 궤장을 내리고 교서를 반포하는 것이 좋겠다고 했다. 허목은 여러 번 사양했으나 숙종은 윤허하지 않았다. 그러자 허목은 전문箋文을 올려 사의謝意를 아뢰었다. 예조에서는 숙종의 재가를 얻어 허목에게 궤장을 내리고 교서를 반포할 준비를 했다. 그리고 현종 9년1668년에 영중추부사 이경석에게 궤장을 내린 등록전례의 기록을 살펴서, 승지가 나가서 궤장을 전해 줄 준비를 했다. 12월 22일, 국왕이 궤장을 내리는 의식을 거행했다.

허목은 그 의식을 마친 뒤 〈궤장을 하사 받은 데 대한 기〉뿐만 아니라 〈서록序錄〉도 지었다. 앞의 글은 국왕이 궤장을 하사하는 의식을 기록하되 《춘관의주春官儀注》를 인용하는 방식을 택했다. 춘관은 예조를 말하고, 의주란 의식 절차에 관한 규정을 말한다. 이 글은 모든 관직명을 고전 용어로 적어 두어, 문체가 매우 고풍스럽다.

내가 동해에서 돌아와 연상연천에 머문 지가 13년이 되었다. 금상께서 새로 즉위하셔서 나를 불러 대사헌에 제수하시고 1년도 못 되어 다섯 번 옮겨 이조판서로 임명하셨으며, 조금 있다가 우상우의정을 시키셨다. 나는 나이가 81세로 늙었기에 물러나기를 애걸했으나, 상이 허락하지 않고 궤장을 하사하셨다. 승지 이동규李同揆와 주서 심벌沈橃이 명을 받들어 와서 선고宣告·선언하여 알림했으며, 예의랑예조의 낭관 남궁후南宮후, 고공랑공조의 낭관 조사적趙嗣迪도 이 일의 담당자로 함께 왔다. 그 예절은 《춘관의주》에 이렇게 나와 있다.

"장작감匠作監이 탁자를 정당正堂의 북벽 아래에 남향으로 차려 놓으면, 주서는 교서를 용정龍亭·옥책과 금보를 운반하는 가마에 싣고 오고 고공랑은 궤장을 가마에 싣고 온다. 집사는 주인을 인도하여 중문 밖 길 왼편에서 교서와 궤장을 공손히 맞아들이게 하며, 집사는 교서를 받들어 북벽 아래 탁자 위에 갖다 놓고 궤장을 교서 동쪽에 놓는다. 집사는 승지와 주서를 인도하여 탁자 동서에 마주 세우고, 집사는 주인을 인도하여 탁자 앞에 나아가 북향하고 서게 한 다음, 집사가 '사배四拜'라고 외치면 주인은 사배한다. 주서가 교서를 받들면 집사가 받아서 펴고 집사가 '궤跪'라고 외치면 주인은 꿇어 앉는다. 주서가 교서를 다 읽으면 집사는 교서를 도로 탁자 위에 놓는다. 집사가 주인을 인도하여 탁자 앞으로 나아가 북향하고 꿇어앉게 하면 승지가 궤장을 주는데, 궤를 먼저 주고 장을 나중에 준다. 주인이 차례대로 받아서 집사에게 주고 엎드린다 일어나서 제자리로 돌아와 서면, 집사가 '사배'라고 외치고 주인이 사배한다. 집사가 승지와 주서를 인도하여 막차幕次로 나아가면 주인이 승지와 주서를 청하여 빈례賓禮로 대우하는데, 주인이 폐백을 들어 증여한다."

이렇게 일을 끝냈다. 사대부들도 많이 구경하러 왔다. 옛날 인조가 중흥한 이듬해에 오리李元翼 문충공이 78세로 상소하여 벼슬에서 물러나게 해 주기를 청하자 인조가 궤장을 하사하여 만류하고 그 기회에 잔치를 내렸는데, 무악舞樂까지 곁들여 즐겁게 했으므로 지금까지 거룩한 일이라고 칭송하고 있다. 지금 나라에 대상大喪이 있어서 잔치까지 내리지는 않았으나, 늙은 신하가 죽지 않고 오래 살다가 이런 은총을 받게 되었으니 참으로 세상에 드문 거룩한 행사다.

구경 온 사대부들은 영의정 허적許積, 탁지경度支卿 오정위吳挺緯, 기로耆老 대사성 홍우원洪宇遠, 사구경司寇卿 목내선睦來善, 사구 아경司寇亞卿 윤심尹深, 천관 좌시랑天官左侍郎 이무李袤, 우윤 김수홍金壽弘, 천관 우시랑 이하진李夏鎭, 춘관 우시랑 조사기趙嗣基, 지관 우시랑地官右侍郎 이옥李沃, 정부 사인政府舍人 오시복吳始復이다.

금상 원년 겨울 12월 입춘 뒤 1일 을해에, 대광보국숭록대부大匡輔國崇祿大夫 의정부우의정 겸 영경연사 감춘추관사議政府右議政兼領經筵事監春秋館事 허목은 적는다.

문정공 허목 82세 진(文正公許穆八十二歲眞)

정조 18년(1794년) 이명기(李命基) 필. 국립중앙박물관 소장. 허가번호[중박 201110-5651].

허목이 정일품의 복색인 담홍포를 입고 서대를 두르고 있는 모습이다. 82세 당시 허목은 우의정이었다. 상단에는 정조 18년 9월 15일에 채제공(蔡濟恭)이 적은 제발(題跋)이 있다.

이명기(1756~?)는 본관이 개성으로, 화원 이종수의 아들이자 김응환의 사위이다. 호는 화산관(華山館)이며, 벼슬은 화원으로 찰방(察訪)을 지냈다. 초상에 뛰어나 정조 15년(1791년)에는 정조어진 원유관본(遠遊冠本) 도사(圖寫)의 주관화사(主管畫師)로 활약했다. 김홍도는 동참화사로, 신한평, 김득신 등은 수종화사로 참가했다. 같은 해 채제공의 초상을 그리기도 했다. 정조 8년(1784년)에 채제공(蔡濟恭)의 초상을, 정조 11년(1787년)에는 유언호(俞彦鎬)의 초상을, 정조 15년에 채제공 초상의 시복본(時服本)을, 정조 18년(1794년)에 강세황(姜世晃)의 초상을 그렸다. 그밖에 국립중앙박물관에 소장되어 있는 서직수초상(徐直修肖像), 관폭도, 산수인물도, 호암미술관에 소장되어 있는 송하독서도(松下讀書圖) 등의 유작이 있다.

궤장을 하사하는 일은 조선 전기부터 있었다. 성종 22년1491년 10월 17일경신, 청송부원군 심회沈澮와 광릉부원군 이극배李克培에게 궤장을 하사했다. 인조는 반정을 거쳐 즉위한 직후 이원익에게 은전을 베푼 예가 있고, 당시의 그림과 노래도 후대에 전했다. 그 뒤에는 시대의 연고가 많으므로 이것을 이행하지 못하다가, 현종 9년1668년 11월 27일에 이경석에게 궤장을 하사했다. 이경석은 〈사궤장지감록賜几杖識感錄〉을 남겼고, 송시열은 〈영부사 이공 궤장연 서領府事李公几杖宴序〉를 적어 궤장연의 광경을 자세히 기록했다.

허목은 궤장을 하사 받은 뒤 사례하는 상소를 올렸다. 〈궤장을 받은 뒤 진언하는 소受几杖後進言疏〉가 그것이다. 허목은 뜻밖에도 특별한 지우를 입어 정승의 자리에 오르고 또 궤장까지 받게 되어 황공하다고 말했다. 그리고 삼공의 자리에 있으면서 국은에 보답하지 못해 부끄러울 따름이라고 겸손해 하면서, 미미한 정성이지만 바치고자 한다고 말했다. 이 글에서 그는 숙종에게 무망무사無妄無事를 염두에 두라고 진언을 했다. 무망이란 진실하여 거짓이 없음을 뜻하고, 무사란 인위적으로 조작하지 않음을 뜻한다.

신은 우졸迂拙 어리석고 못남하여 세상에 쓰이지 못함이 오래되었습니다. 평생을 두고 스스로 힘써온 세 가지 지킴이 있으나, 아직 하나도 능히 하지 못했습니다. 첫째는 입을 지키는 것이고, 둘째는 몸을 지키는 것이며, 셋째는 마음을 지키는 것입니다. 입을 지키면 망언妄言이 없게 되고, 몸을 지키면 망행妄行이 없게 되며, 마음을 지키면 망동妄動이 없게 됩니다.

지킴의 근본은 정靜함에 있으니, 마음이 먼저 안정되면 정靜하게 되고, 정靜하게 되면 사물이 나를 어지럽히지 못합니다. 그런 다음이라야 안정安靜하여 망령됨이 없게 되며, 망령됨이 없기 때문에 무사無事하게 되는데, 무사하게 되면 만물의 이치를 다하게 되고 사람이 그 수명을 다하게 되는 것입니다. 이는 가정과 국가와 천하에 미루어 보아도 모두 다 그러합니다.

군주는 사방의 표준이 되므로, 말이 입에서 나오게 되면 천하의 법이 되고, 일을 행

팔걸이(机)

조선 후기 제작. 16.0×46.0×25.0(세로×가로×높이 : 단위 ㎝). 한국국학진흥원 유교문화박물관 소장.
국왕은 연로한 신하에게 화려한 팔걸이를 하사했다. 궤, 궤상(机床), 안석(安席, 案席),
의궤(依机), 협식(脇息)이라고도 한다.

하면 천하의 도가 되며, 정靜을 주로 하여서 천하의 표준[極]이 되는데, 이 모두가 정
에서 나오는 것입니다. 때문에 그 근본이 정靜한 자는, 사업에 있어서는 그 업적이 넓
어지고 물物에 있어서는 그 법칙이 바르게 되어, 치도治道를 베풂에 사방에 걱정거리
가 없게 되고 백성들이 크게 따르게 되며 치안治安·세상이 다스려져 편안함을 장구히 하게 되
는 것입니다.

중국의 황제黃帝는 재위 100년, 소호少昊는 80년, 전욱顓頊은 79년, 제곡帝嚳은 70년, 요
임금은 98년이었고 순 임금과 우 임금의 나이는 100세였으며, 은나라 탕왕도 100세
였습니다. 탕왕의 후손 태무太戊는 재위 75년, 무정武丁은 59년, 주나라 문왕은 97년,
무왕은 93년이었으니, 모두가 이 정靜을 위주로 삼는 도를 썼습니다.

신은 전하를 위해, 진실하여 거짓이 없고 인위적으로 조작하지 마시라는 가르침을
올리어 전하의 천수만수千壽萬壽를 축원하는 바입니다.

허목은 학식과 덕을 갖추었으나 숨어 사는 선비를 뜻하는 산림山林으로서 정계에 진출했다. 젊어서 부친의 임지를 따라 영남의 고을을 왕래하다가 23세 때인 광해군 9년1617년 거창에 머물 때 성주로 가서 정구鄭逑의 문하에 들었다. 허목은 30대에 동학東學의 재임으로 있었다. 이때 박지계가 당시 국왕의 생부 계운궁에게 임금의 칭호를 주려는 의견을 제시하자, '임금에게 아첨하여 예를 문란하게 만든 자'라고 비판하고 그의 이름을 유학자의 명부에서 삭제했다. 이것이 문제가 되어 허목은 과거 볼 자격을 박탈당했다. 그 뒤 56세 되던 효종 원년에 비로소 정릉참봉에 제수되었고, 64세에는 지평이 되었으며 65세에는 장령에 임명되었다. 현종 원년부터는 경연에 참가하게 되어 그 기회를 빌려 정치 견해를 피력했다. 81세 되던 숙종 원년에 남인이 집권하자, 이조판서를 거쳐 우의정에 제수되었다. 84세 때인 숙종 4년1678년에 완전히 연천으로 내려가 은거했다.

허목은 국가 전례에 관한 이론에서 서인계 관료 및 학자들과 대립했다. 효종의 초상에 대한 모후의 복상기간을 정하는 문제로 논란이 일었을 때, 서인계 학자들이 기년설을 주장하여 관철시키자 허목은 남인의 선두에 서서 삼년설을 주장했다. 이 때문에 삼척부사로 좌천되었다. 숙종 초에 남인들이 집권하자 우의정에 취임했지만, 서인들은 그를 헐뜯고 배척했다. 그는 노병을 이유로 사직을 청했으나 윤허받지 못했다. 결국 숙종은 궤장을 내려 그의 사퇴 의지를 중지시키고자 했던 것이다.

허목의《연보》를 보면, 그의 나이 81세 되던 숙종 원년乙卯의 행사가 숨 가쁘게 기록되어 있다. 특히 지난해의 건저建儲·세자 세움에 관해 상소하여 "국본國本·국가의 근본이 정해지지 않았다."라고 말했는데, 그를 공격하는 사람들은 적통嫡統·종통설宗統說까지 끌어다가 문제 삼았다. 또한 그해에는 4월부터 대왕대비인선대비가 효종을 위해 입는 복제를 추의追議하게 되었다. 이때 윤휴는 "참최를 입어 임금을 존숭하는 의리를 엄중히 해야 한다."라고 했다. 참최는 부모를 위해 입는 삼년상의 상복이다. 그러나 허목은《의례》상복편이나《주례》사복司服편과 그 주소注疏에 모후가 왕을 위해 참최를 입는다고는 말하지 않았다고 비판했다. 그런데 조정 신료

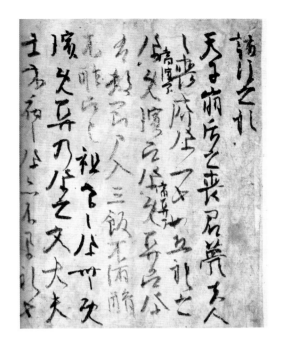

┃허목 친필┃
경남대학교박물관 데라우치 문고 소장.
본문은 《예기》를 부분부분 인용하여 제후의 제례에 대해 논한 것이다.

들은 동진東晉의 효무제孝武帝가 붕어하매 이태후李太后가 삼년복을 입었고 송나라 무제武帝가 붕어하매 소태후蕭太后가 삼년복을 입었던 사실을 들어, 모후가 왕을 위해 참최를 입어야 한다고 결론지었다. 허목은 차자를 올려, "태후는 후사 임금을 위해 참최를 입어서는 안 됩니다. 그래야 임금의 자리가 더욱 높아질 것입니다."라고 했다.

허목은 5월 1일에 휴가를 받았다. 2일에 승지들이 "팔십 노인이 더위를 무릅쓰고 길을 떠나지 말도록 만류하십시오."라고 하니, 숙종은 승정원을 시켜 가지 말라는 뜻으로 돈유敦諭·교지를 내려 권함했다. 감히 길을 떠날 수 없게 되자 허목은 상소를 올려 극력 사양했다. 숙종은 "천관이조의 소임을 경이 맡지 않고 누가 하겠는가. 시급하게 행공行公·공무 집행하여 나의 소망에 부응하라."라고 한 뒤에, 사관史官을 보내어 유지諭旨를 전했다. 그리고 허목을 특별히 자헌대부의 품계로 올리고 의정부 우참찬으로 승진시키는 한편 성균관의 정삼품 벼슬인 좨주를 겸임케 했다. 그달 20일에는 선조宣祖의 글씨를 내렸고, 또 안평대군의 초서 및 붓과 먹을 하사했다.

6월에 허목은 좌참찬으로 전임하여 경연에서 임금을 뵈었는데, 이조판서로 자리를 옮기라는 명을 받았다. 허목은 체직을 청했으나 허락 받지 못했고, 세 차례 휴가를 청해 마지막에서야 윤허를 받았다. 숙종은 그를 다시 우의정으로 승진시켰으나, 허목은 상소하여 사양했다. 7월에는 다섯 차례 차자를 올려 체직되기를 바랐으나 숙종은 윤허하지 않았다. 그 무렵 가뭄이 심했다. 허목은 차자를 올려 재이가뭄 같은 재앙에 관해 의견을 올리고 면직을 청했다.

8월 13일에 숙종이 대신·육경과 삼사의 장관, 비국 당상을 인견했을 때, 이조판서 윤휴가 글로 아뢰길, "어머니는 삼종의 예법이 있으니, 대왕대비께서는 효종을 위해 마땅히 참최를 입어야 합니다."라고 했다. 허목은 이 설에 반대하여 영의정 허적을 통해 글로 자신의 뜻을 밝혔다. 좌의정 권대운도 허목의 설을 지지했다.

그 직후에 허목은 차자를 올려, 휴가를 얻어 분황하고 싶다는 뜻을 아뢰었다. 숙종은 속히 갔다 오라고 비답을 내렸다가, 이튿날 승지를 보내 "여든의 늙은 나이로 먼 길 가는 것이 마땅한 일이 아니다."라고 윤허하지 않았다.

9월과 10월에는 경연이 잇달아 열려, 허목은 경연에 입시했다.

10월 5일의 주강에서《논어》〈위령공〉편의 "대답하지 않고 나가 버렸다.(不對而出)"에 이르러, 허목은 '구궁丘宮의 변' 고사를 끌어다가 군주는 현인을 알아보는 혜안을 가져야 한다고 거듭 주문했다.

구궁의 변 고사는《춘추좌전》양공 14년에 나온다. 위나라 헌공獻公의 신하 손문자孫文子가 임금이 자기를 꺼리자 기선을 제압하지 않으면 죽게 되리라 여겨 거백옥蘧伯玉[거원蘧瑗]에게 가서, "참으로 사직이 전복될까 두렵습니다."라고 했다. 거백옥은 "임금은 자기 나라를 제어하는 법인데 신하가 어찌 범할 수 있겠으며, 비록 범한다 하더라도 어찌 고쳐질지 알겠는가?"라고 하며 나라를 떠나 버렸다. 헌공이 공자 자교子嶠·자백子伯·자피子皮로 하여금 손문자와 구궁에서 맹세하게 하자 손문자가 그들을 모두 죽였고, 공자 자행子行을 손문자에게 보내매 또 죽여 버렸다. 헌공은 제齊나라로 도망갔다. 손문자가 헌공을 추격하여 그 무리들을 패망시키자 견鄄사람들이 헌공을 억류했다.

이 고사를 두고, 허목은 다음과 같이 숙종에게 군주로서의 명찰明察·밝게 살핌을 촉구했다.

거백옥이 물러갈 때 임금이 알아차리고 진출시켜 임용했다면, 구궁의 변이 일어나지 않았을 것입니다. 대개 군자는 나아가기를 어렵게 여기고 물러가기를 쉽게 여기나 소인은 나아가기를 쉽게 여기고 물러가기를 어렵게 여기며, 군자는 친근하기는 어렵고 멀리하기는 쉬우나 소인은 친근하기는 쉽고 멀리하기는 어렵습니다. 군자가 진출하면 반드시 소인이 이간하니, 임금이 또한 더욱 밝게 살펴야 하는 것입니다.

이 무렵 허목은 숙종이 즉위한 해1674년 11월 동지 초하루 임진일에 신하들에게 내린 〈주수도설舟水圖說〉을 해설했다. 숙종의 〈주수도설〉은 임금과 신하의 사이는 배가 물 위를 순조롭게 건너가듯 해야 한다고 밝힌 내용이다. 그 첫머리에 다스리는 도리 다섯 가지를 말했다. 즉 학문을 좋아하는 것, 현명하고 선량한 사람을 쓰는 것, 충성으로 간하는 말을 받아들이는 것, 허물 듣기를 좋아하는 것, 현명한 사람을 귀중히 여기고 재물을 천히 여기는 것 등이다. 허목은 이것을 부연함으로써 숙종이 진정으로 인재를 등용하는 총명함을 지니길 기원한 것이다. 12월에는 잇달아 입시하여 진언했다. 그리고 그 22일에 승지가 궤장을 전하는 의식을 거행했다.

궤장을 하사받은 다음해, 숙종 2년1676년 7월에 허목은 일생의 사적을 75글자로 표현한 적이 있다. 〈늙어서 은퇴를 구하면서 자술한 백칠십오 언以老乞退自述百七十五言〉이다.

노인은 평소 책을 좋아하여, 요·순·주공·공자의 도를 독실하게 믿었고 범위를 넓혀 육예육경의 글에 미치었으며 창힐·사주史籀·이사도 모두 공부했다. 그런데 주나라의 도가 쇠하자 제자백가가 제각기 겸애의 설, 위아爲我의 설, 비겸飛箝의 설, 비합秘闔의 설, 형명刑名의 설, 술수의 설을 일으켜 천하가 마침내 크게 어지러워졌다. 나가 노닐기를 좋아해서 동쪽으로 일출의 곳에 임하고, 단군의 유허, 기자가 팔정八政·팔조목을 제시하여 실시한 정치을 폈던 유적, 숙신·말갈·예맥·석삭石素·변락노卞樂奴·진번의 풍속 및 산물과 곳곳의 명산과 대천을 오십 년간 편력하여 모두 돌아보았다. 늙어서 무능하건만 탁용되어 천승지국의 재상이 되었으니, 이것은 포의 출신으로서는 극히 영광이었다.
그런데 노인은 지금 나이가 팔십여 세이다. 예법에 따르면 일흔이면 벼슬을 그만두고, 여든이면 궤장을 주고 달마다 근황을 묻게 되어 있다. 지금 노인은 벼슬 그만두는 해를 10년이나 넘겼고 궤장을 받는 해도 두 해나 넘겼다. 게다가 혼몽할 정도로 늙었으므로, 은퇴함이 옳다. 부디 향리로 돌아가 나의 연수를 마치게 된다면 그것으로 족하다.

그 뒤 숙종 6년1680년의 경신대출척으로 남인들은 정치적으로 몰락하게 된다. 허목은 관직을 삭탈당하고, 두 해 뒤 세상을 떴다.
숙종 8년1682년 4월에 허목은 《주역》만 책상 곁에 두도록 하고는 자리에 누워 가끔씩 펴보았다. 그리고 며칠 뒤 절명시 한 수를 손수 썼다.

옛사람 글 즐거이 읽으면서
어느덧 팔십여 세

해온 일 하나도 뜻 맞지 않으니
옹졸하고 어리석음이 나 같은 이 없으리

說讀古人書(열독고인서) 行年八十餘(행년팔십여)
所爲百無如(소위백무여) 拙戇無如余(졸당무여여)

이익은 허목이 정인홍을 성균관의 유적儒籍에서 제명시킨 일, 조대비의 복제에서 기년설을 배척한 일, 말년에 같은 남인의 허적과 절교한 일을 세 가지 큰 절개라고 했다.

허목은 88세로 편안히 운명했다. 자제들은 유언에 따라 염습할 때 심의와 폭건을 입혔다. 숙종 30년1704년에 이르러 용인현감 한숙이 허목의 묘에 〈자명비自銘碑〉를 세웠다. 뒷날 이익이 신도비를 지었다.

숙종,
황해도의 이정암 사우에
편액을 하사하다

숙종 28년1702년 3월 27일무신, 황해도 연안延安의 사민士民들이 이정암李廷馣의 사우祠宇·사당를 세우고, 왜란 때 성을 지킨 조광정趙光廷·송징윤宋徵潤·장응기張應祺 및 이정암의 아들 이준李濬을 배향하고 있으니, 은액恩額을 하사해 달라고 요청하는 상소를 올렸다.

사우란 선조나 선현의 신주나 영정을 모셔두고 배향하는 곳을 가리키는데, 흔히 사당이라고 한다. 은액이란 임금이 하사하는 액자, 다시 말해 사액賜額의 액자를 말한다.

상소를 올린 사민에는 백성들도 포함되어 있었을 것이다. 하지만 그들은 대부분 향안에 이름이 올라 있는 지역 양반들이었을 것이다.

숙종은 처음에 해조該曹에 품처하도록 명했고, 복주覆奏·엎드려 사뢰하자 허락했다. 해조에 품처한다는 것은 해당 관서에서 검토해 보게 하는 것이다. 이때의 해당관서는 예조였다. 복주란 사안을 다시 심사하여 임금에게 거듭 아뢰는 것이다.

연안에서 이정암의 신위를 모신 사당은 현충사顯忠祠였다. 현충사는 인조 16년1638년에 세워지고, 연안 사민들이 사액을 요청하는 상소를 올린 2년 뒤 숙종 30년1704년에 은액을 받았다. 현충사에 모신 신위는 다음과 같다.

- 이정암李廷馣 : 자는 중훈仲薰이고 호는 퇴우당退憂堂이다. 경주 사람인데, 벼슬은 지중추부사다. 좌의정에 추증되고 월천부원군月川府院君에 봉해졌으며, 시호는 충목忠穆이다.
- 신각申恪 : 평산 사람이며, 벼슬은 병사 부원수인데, 임진

왜란 때 화를 입었다.

- 김대정金大禎 : 언양 사람이며, 위계는 가선대부이며 병조참판에 추증되었다.
- 송덕윤宋德潤 : 연안 사람이며, 임진왜란 때의 병장인데 벼슬은 첨사, 양근군수楊根郡守다.
- 장응기張應祺 : 자는 경유景儒다. 울진 사람이며, 다시 무과에 올랐다. 의병장이며 벼슬은 군수이고 병조참의에 추증되었다.
- 조광정趙光庭 : 자는 응현應賢이다. 한양 사람인데 군자시 주부에 추증되었다.

이 가운데 주된 신위인 주벽主壁은 이정암이다. 이정암1541~1600년은 명종 13년1558년 사마시에 합격하여 진사가 되고, 명종 16년1561년 식년문과에 병과로 급제한 뒤 권지부정자를 시작으로 여러 내직과 외직을 거쳤다. 선조 4년1571년 예조정랑·사헌부지평으로 춘추관의 직책을 겸하고 《명종실록》을 편찬하는 데 참여했다. 이듬해1572년 성균관 사예로 있다가 여름에 연안부사가 되어 나가 군적을 정리했다. 선조 9년1576년부터 선조 24년1591년까지 여러 내직과 외직을 거쳤다.

선조 25년1592년 임진왜란이 일어날 때 이조참의로 있었는데, 선조가 평안도로 피난하자 호종하려 했으나 이미 체직되어 호종의 소임을 맡지 않아도 되었다. 아우 개성유수 이정형李廷馨과 함께 개성을 수비하려 했지만, 임진강의 방어선이 무너져 실패하고 말았다. 이번에는 연안의 성을 지키려고 준비를 서둘렀다. 그런데 도내에 주둔해 있던 왜장 구로다 나가마사黑田長政가 오륙 천의 군사를 이끌고 침입했다. 이정암의 군사는 구로다의 군사를 맞아 밤과 낮 4일간에 걸쳐 격렬하게 맞서 싸워 마침내 승리했다. 이 공적으로 이정암은 황해도 관찰사 겸 순찰사가 되었다.

이정암과 이정형의 승전 사실은 《국조보감》에도 적혀 있다. 전투 장면의 묘사가 상세하다. 그러나 이정암의 승전이 임진왜란의 전세에 어떤 영향을 끼쳤는지에 대해서는 언급하지 않았다.

구로다 나가마사가 해주와 산의 왜군들을 모아 연안을 공격하자, 어떤 이는 초토사라면 성을 수호하라는 명령을 받은 것이 아니므로 일단 예봉을 피하는 것이 옳다고 권했다. 하지만 이정암은 말했다. "나는 경연의 자리에 참여했던 신하이거늘 행재소로 군주를 따라가지 못했다. 이제 왕세자로부터 초토의 명을 받았으므로 성 하나의 수비라도 맡아서 목숨을 바치는 것이 마땅하다. 어떻게 구차하게 살려고만 하겠는가? 주민을 이끌고 성으로 들어오게 했다가 적이 왔다는 기별을 듣고 주민을 버리는 짓을 내가 어찌 차마 하겠는가? 같이 죽고 싶지 않은 자는 마음대로 빠져나가라."

이정암은 노복을 시켜 섶을 쌓고 햇불을 들고 기다리게 하고는, 적이 성을 올라오거든 즉시 불을 살라서 적의 손에 몸이 더럽혀지지 않도록 하라고 지시했다. 종사관 우준민馬俊民이 군중에게 거듭 약속을 밝히자 군중이 일제히 외쳤다. "대장이 죽기로 결단하는 판에 우리가 어찌 살기를 도모하랴!" 왜적이 드디어 성을 포위했다. 그런데 한 왜장이 흰 깃발을 등에 지고 백마를 타고 성 주위를 돌다가 돌풍에 깃발이 넘어졌다. 그러자 한 무사가 기회를 놓치지 않고 활을 쏘아 왜장의 가슴을 꿰뚫었다. 왜적은 수천 개 조총을 일제히 쏘아대며 밤낮으로 공격했다. 이정암은 사람들에게 경솔하게 활을 쏘지 말고 적이 성에 기어오르거든 쏘아 죽이도록 했다. 그리고 늙은이·어린이·부녀자들까지 동원해서, 문짝이나 다락을 뜯어 방패로 삼고 쌓아둔 풀을 묶어 햇불을 만들고 가마솥을 벌여 두고 물을 끓이게 했다. 적이 시초를 참호에 채우고 올라오면 이쪽에서는 햇불을 던져 태우고, 적이 긴 사다리로 성에 오르거나 판자를 지고 성을 망가뜨리면 이쪽에서는 나무와 돌로 부수고 끓는 물을 퍼부었다. 그러자 적은 남쪽 산에 높은 다락을 세워 판자벽에 구멍을 내고 내려다보며 총을 쏘았다. 성안에서는 흙담을 쌓아 막았다. 적은 또 밤안개를 틈타 서쪽 성으로 기어올랐다. 성가퀴를 지키는 군사들이 햇불로 40여 명을 태워 죽였다. 이렇게 나흘간 공방을 하니, 적도 탄환이 떨어졌다. 성안에서 환호하며 쇠북을 쳐대자, 적군은 시체를 모아 불을 지르고 퇴각했다. 이정암은 군사를 출동시켜 수급을 베어오게 했다. 이정암은 연안대첩의 장계를 올릴 때, 공적을 과장하지 않고, 어느 날에 성이 포위당하고 어느 날에 적이 포위를 풀고 떠났다고만 적었다. 조정 신하들은 "전쟁에 이기는 것도 쉽지 않지만 공적을 자랑하지 않는 것은 더욱 어렵다."라고 했다.

선조 26년1593년에 이정암은 병조참판·전주부윤을 거쳐 전라도 관찰사가 되었다. 이듬해 전라도 관찰사로 있으면서, 명나라의 화의를 지지하는 상소를 올렸다.

이때 왜적들이 경상도 연변의 13개 고을에서 노략질을 자행하면서 화의를 요구해 왔다. 명나라 총병 유정劉綎은 군대를 거두어 돌아가 버렸다. 명나라 시랑 고양겸顧養謙은 병사들이 지쳐 있으므로 왜적의 화의 요구를 들어주어야 하겠다며, 사정을 적어 명나라 조정에 아뢰라고 공문을 보내왔다. 선조가 신하들의 의견을 물었을 때 성혼成渾은 고양겸의 글을 인용하여 명나라에 우리 뜻을 알리면 대의에 어긋나지 않으리라고 대답했다.

이 무렵 왜적이 명나라 장수 심유경沈惟敬을 통해서도 강화를 청해 왔다. 그러자 이정암은 강화를 주장하는 글을 올렸다. 조목趙穆은 이정암을 탄핵했으나, 성혼이 구제해서 중한 형벌을 면했다. 성혼은 "이정암이 절개를 지켜 의義에 죽을 마음이 없다면 이런 논의를 하지 못할 것입니다."라고 옹호했다.

이정귀와 유성룡은 선조에게 결단을 내릴 것을 청했지만, 유영경은 반대했다. 당시 대부분의 대신들이 주화에 반대했다. 성혼은 스스로를 탄핵하는 글을 올렸다. "신은 소견이 밝지 못하고 이해利害를 두려워하여 명나라 정승과 장수들의 마음을 거스르지 않고자 했으며 또 망언으로 이정암을 논변하여 구원했으니, 신이 비록 스스로 주화에 마음을 두지 않았다고 하지만 어찌 죄를 피할 수 있겠습니까?" 성혼은 가을에 벼슬이 갈리자, 당일로 배를 빌려 서쪽 바닷가에 거처하다가 다음해 파산坡州의 옛집으로 돌아갔다.

이정암은 선조 29년1596년에는 충청도 관찰사가 되어 이몽학의 난을 평정하는 데 공을 세웠다. 그러나 죄수를 임의로 처벌했다는 누명을 쓰고 파직되었다. 얼마 후 다시 지중추부사가 되고, 황해도 관찰사 겸 도순찰사가 되었다. 이듬해 선조 30년1597년에 정유재란이 일어나자 다시 해서 초토사가 되어 해주의 수양산성을 지켰다. 난이 끝나자 풍덕에 은퇴하여 시문으로 소일했다. 선조 33년1600년에 병이 위독하자 자기의 명정망자의 관직과 성씨를 적은 깃발에 적을 두 편의 시를 지었다. 일생을 겸허하게 돌아보고 왜적에 대한 적개심을 드러낸 내용이다. 그해 9월 10일에 60세를 일기로 세상을 떠서, 개성 전포錢浦 밖 선영에 묻혔다.

왜란이 끝난 뒤 선조는 재위 37년1604년 6월에 호성扈聖·청난淸難 공신과 함께 임진왜란 때 공을 세운 선무공신宣武功臣을 녹훈했다. 이때 이정암의 연안 수비 공적을 인정해서 그를 선무공신 2등에 책록했다. 즉 자헌대부에 지중추부사로서, 효충장의협력선무공신効忠仗義協力宣武功臣에 녹훈하고 숭정대부의 품계에 올려 의정부 우찬성 겸 판의금부사 세자이사世子貳師 지경연춘추관성균관사를 추증했다.

선조 41년1608년 5월에 연안 사람들은 초토사 이정암의 승전을 기념하여 〈연성대첩비延城大捷碑〉를 세웠다. 〈초토사이공연안비招討使李公延安碑〉 혹은 〈연안이공비延安李公碑〉라고도 한다. 비문은 이항복李恒福이 짓고, 정사호鄭賜湖가 썼으며, 김상용金尙容이 전액篆額을 맡았다. 이항복은 이정암과 본관이 같았고, 또 서로 잘 알았으므로 연안 사람들이 비문을 청할 때 거절하지 못했다고 했다. 비는 황해도 연백군 용봉면 횡정리에 있다.

이항복은 〈연성대첩비〉에서 이정암의 승리를 이순신의 한산도 전투, 김시민의 진주 전투, 권율의 행주 전투에 버금가는 대첩으로 부각시켰다. 그리고 1597년의 정유재란 때 이정암이 연안에서 왜적을 쳐부순 일, 1604년에 선조가 이정암을 녹훈한 일, 1608년에 연안 사람들이 의논하여 비를 세우게 된 일을 기록했다. 또한 이정암이 동생 이정형과 함께 임진에서 적을 막다가 실패하고 연안으로 들어와 송덕윤·조광정 등과 함께 의병 500여 명을 모아 연안을 지킨 일, 왜장이 해주로부터 3,000여 명의 군사를 끌고 와서 포위·공격하자 4일 동안의 전투 끝에 적병을 반 이상 사살한 일을 차례로 적었다. 〈연성대첩비〉의 일부를 보면 다음과 같다.

이때 상께서 서쪽으로 순력하실 때(서쪽으로 몽진하실 때) 공의 동생인 이정형이 전

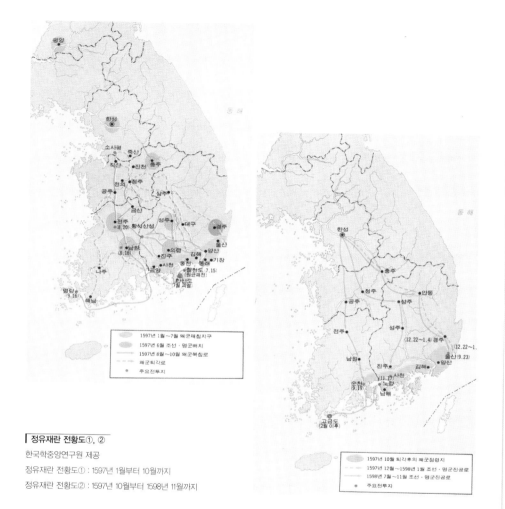

정유재란 전황도①, ②

한국학중앙연구원 제공

정유재란 전황도① : 1597년 1월부터 10월까지

정유재란 전황도② : 1597년 10월부터 1598년 11월까지

에 개성의 수령을 지내면서 백성들에게 끼친 은혜가 남아 있다고 하여 개성에 남아 지키도록 하니, 이정형이 형과 함께 지킬 것을 청했다. 임진강에서 군대가 무너지자, 공은 형편에 맞추어 나누어 지키려는 계책을 택하여, 그해 8월 22일에 연안에 이르니, 연안부의 호걸 송덕윤·조광정 등이 무리 100여 명을 이끌고 맞이하며, "공이 이전에 남긴 은택이 이 땅에 있으니, 부디 남아서 우리들을 살려 주소서."라고 했다. 공이 웃으며 말하기를 "내가 오늘 죽을 곳을 얻었다."라고 한 뒤에, 즉시 성으로 들

211

어가 군사를 모집해서 500여 명을 얻었다. 병권을 쥐고는 강제하기를, "누가 우리를 위하여 사방의 문을 굳게 지킬 것인가? 누가 갑옷을 입고 여장女牆에 올라 적들이 성의 해자에 가까이 접근하지 못하도록 할 것인가? 누가 우리 군량미를 책임질 것인가? 누가 우리 병장기를 손질하겠는가?"라고 하면서, 각 사람의 재능을 고려하여 임무를 분담케 했다. 그런 후 돈대墩臺에 돌 쏘는 쇠뇌들을 모아 놓고 그 옆에 솥을 늘어 두었다. 어린이와 노인들까지도 모두 쫓아와서 모든 사람들이 제 일을 맡아 보았다. 28일에 적의 두목 구로다 나가마사가 재령과 신천 등 고을을 겁탈하고 노략한다음 해주를 공격하여 함락시키고는, 병사 3,000여 명과 강음現在의 금천군 일부의 도적들을 규합하여 예봉을 날카롭게 해서 쳐들어왔다. 성안에서는 놀라 실색하여 진영을 벗어나려는 계책을 내는 이도 있었다. 공이 말하기를 "내가 이미 병사와 백성들에게 생사를 함께 하기로 약속해 놓고, 백성을 죽을 곳에 빠뜨리고 스스로 빠져나간다는 것은 차마 할 수 없다. 정말로 두려운 자들은 마음대로 나가도 좋으니, 내가 붙잡지 않을 테다."라고 하니 모든 군사들이 함께 사수하기를 원했다.

날이 기울자 적이 몰려와 성을 세 겹으로 포위했다. 조금 있다가 적의 장수 하나가 성 바깥을 둘러보면서 보루를 스치듯이 지나가니 적의 기세가 더욱 커졌다. 그때 문장門將 장응기張應祺가 화살 하나로 그 적장의 가슴을 꿰뚫어 사살하자, 적의 기세가 죽어 감히 함부로 나오지 못했다. 적이 따로 성의 서쪽에서 비충飛衝으로 성을 내려다보며 대포를 쏘아 부수더니, 불화살을 어지럽게 쏘자 성안에는 초가집이 많은지라 사람들이 모두 속으로 몹시 두려워했다. 그때 홀연 회오리바람이 크게 일어나 불꽃과 연기가 바깥으로 쏠리자 적의 계책이 소용없게 되었다. 적이 오두막집들을 철거하고 해자와 웅덩이를 메우고는 마침내 병사들을 고무시켜 성을 기어오르게 하는데, 무리를 지어서 개미가 달라붙어 오르듯이 했다. 공이 어찌할 수 없다는 것을 알고는, 섶을 쌓아 놓고 그 위에 앉아 아들 준峻에게 이르기를 "성이 함락되면 스스로 불을 질러 죽겠다."라고 했다. 이 말을 들은 이들이 모두 감읍하여 힘을 합쳐 죽기를 각오하고 싸웠다. 이와 같이 하기를 나흘간이나 계속하자, 적 또한 죽고 상한 자가 태반이 넘었다. 이날 밤에 우리 군대의 기세가 수그러들었다. 적은 죽은 시체들을 모아 모두 불태우고는 다음날 아침에 포위를 풀고 떠나갔다. 우리 군대가 참한 적의 수급首級이 열여덟이고, 빼앗은 우마牛馬가 90여 필이며, 군량미가 130여 석이었다. 조정에서는 공이 포위당했다는 소식을 듣고 임금과 신하들이 모두 근심했는데, 이겼다는 소식이 전해졌다. 그 내용에 단지 적이 며칠에 포위했다가 며칠에 포위를 풀고 떠났다고만 했을 뿐 장황한 이야기는 하나도 없었다. 의논하는 이들이 모두 말하기를, 적을 물리치기는 쉬워도 공을 자랑하지 않는 것은 아주 어렵다고 했다. 상이 특별히 가선대부종2품 하의 품계를 하사하고 본도의 도순찰사로 삼아 문무의 장관들이 모두 공의 명을 받도록 했다. 이어 여러 장수들에게도 상을 내렸다.

이 비문에서 이항복은 이정암의 승리가 우연한 것이 아니라고 말했다. 곧, 이정암의 승리는 개성과 해서 지역을 점유하고 있던 왜적들을 소탕하여 호남과 영남의 군사들이 행재소에까지 이르러 오고 배와 수레를 통한 물자의 유통을 가능하게 하여, 전쟁의 형세를 바꾸는 데 결정적인 역할을 했다고 강조했다.

공이 군사를 담당할 때는 어가임금의 수레가 서쪽에 위치한 용만의주으로 갔는데, 일본의 고바야카와 다카카게小早川隆景가 중무장한 병사들을 인솔해 송경개성에 버티고 있으면서 황주에서 봉산까지 군영을 배열하고 강음에까지 이르도록 하고는 패강대동강을 위협하여 곧바로 관서를 동요시키고 있었고, 구로다 나가마사는 바닷가에서 날뛰면서 군사를 풀어 사방을 겁박하여 남쪽 길을 막아 끊었는데, 공이 한 번 싸워 그 부리와 발톱을 베어버리니, 적이 숨을 헐떡이고 땀을 쏟아 꼴 베고 군말 풀어놓는 일도 스스로 중지하여 감히 공의 성 아래에 가까이 오지를 않았다. 이에 해서의 13개 고을이 다시 우리의 차지가 되었으며, 호남과 영남에서 근왕勤王·왕을 구해내어 지킴하려 오는 군사들이 아산과 강화를 거쳐 용강을 건너 왕이 계신 행재소에 이르러 왔다. 분문問問·왕의 용태와 사정을 문안함하는 자들이 길에 가득하고 배와 수레로 물자를 실어 나르는 일이 아무 장애를 입지 않은 것은 공의 힘이다.

그런데 숙종 28년1702년에 이르러 연안의 사민들이 이정암의 사당에 은액을 내려달라고 청한 것은, 당시 각 지역마다 사당이나 서원을 세우고 은액을 청한 풍조와 관계가 있다.

서원 가운데 최초로 국왕이 이름을 지어 내린 서원은 백운동서원으로, 영주시 순흥면 내죽리에 있다. 이 사당은 중종 37년1542년에 풍기군수 주세붕이 안향을 제사하기 위해 세웠는데, 중종 38년1543년에 유생들을 교육하면서 백운동서원이라 했다. 그 뒤 명종 5년1550년에 풍기군수 이황의 요청에 의해 '소수서원'이라는 사액을 받았다.

국왕의 사액은 선조, 인조, 효종, 숙종 때에 가장 많았다. 효종 5년1654년에 기대승의 신위를 모신 광주光州의 사우에 효종은 월봉月峯이라는 은액을 내려 주었다. 숙종 때 이르러 광주의 선비들이 올린 청향소請享疏에는 다음과 같은 말이 있다.

유자儒者를 높이고 도를 중시하는 것은 성왕의 아름다운 덕이고, 성무聖廡·문묘에 종사從祀하는 것은 치세治世의 거룩한 법입니다. 대체로 학문이 공자의 도를 발명하기에 충분하고 공업功業이 공자의 도를 돕기에 충분하다면, 공자의 사당에 올려 배향해서 사문으로 하여금 흥기하는 바가 있게 하고 후학으로 하여금 우러러 믿는 바가 있게 하는 것이야말로 열성조列聖朝가 이미 시행해 온 규례입니다. 그리고 우리 선왕께서 즉위하신 이래로 문교文教를 숭상하는 정치를 하여 유교를 우선으로 밝히시고 사문의 중대한 전례典禮와 선비들의 소원을 즐거운 마음으로 시행하면서 도와 권장하셨습니다. 그리하여 명유名儒의 사원祠院에는 반드시 은액의 은전을 내리고 공자의 묘정廟庭에 올려 배향시키자는 소청을 특별히 허락하셨으니, 이는 어진 이를 높이고 덕 있는 이를 숭상하여 사람을 격려하고 유교의 교화를 흥기시키는 근본이 되기 때문이었습니다. 어찌 거룩하지 않습니까?

또한 숙종 10년1684년 10월 21일계축에는 금천金川 유학幼學 기명혁奇命爀이 상소하여, 고려 문충공 이제현의 사우에 은액을 내려 달라고 했다.

백록동서원규(白鹿洞書院規) 서판

우계이씨 종택 소유. 한국국학진흥원 유교문화박물관 전시.

〈백록동서원규〉는 남송의 주희가 백록동서원을 재건하면서 정한 서원의 교칙이다. 오륜(五倫), 배움의 차례, 수신의 요체, 처사의 요점, 대인 관계상의 자세를 규정했다. 이황은 《성학십도(聖學十圖)》의 다섯 번째에 이 '백록동규도'를 넣었다. 우리나라에서는 중종 38년(1543년)에 풍기군수 주세붕(周世鵬)이 백운동서원을 창립한 이후 서원이 크게 발달했다. 서원은 앞에 강학(講學) 공간을 두고 뒤에 제향(祭享) 공간을 두는 것이 일반적이다.

소수서원(紹修書院) 전경

경상북도 영주시 순흥면 내죽리 소재. 한국학중앙연구원 사진 제공.

풍기군수 주세붕(周世鵬)이 안향(安珦)을 배향하는 사묘(祠廟)를 설립하고 중종 38년(1543년)에 백운동서원(白雲洞書院)을 건립한 것이 그 시초이다. 그 뒤 1548년 풍기군수로 부임한 이황(李滉)은 송나라의 예에 따라 사액(賜額)과 국가의 지원을 요청했다. 이에 따라 1550년에 소수서원이라는 현판을 하사받았다. 고종 5년(1868년) 대원군 서원령 때도 존속한 47개 서원 가운데 하나이다.

특히 숙종 때는 송시열의 서원에 은액을 청하는 일이 많았다. 숙종 21년^{1695년} 7월 13일^{계유}에는 생원 이익량^{李翊良} 등이 상소하여, 수원 땅에 새로 세운 송시열의 서원에 은액을 선사^{宣賜}하기를 청했는데, 해조에서 이를 허락하기를 청하자 임금이 옳게 여겼다. 9월 19일무인에는 전라도의 진사 김계손金繼孫 등이 상소하여, 정읍 땅에 세운 송시열의 서원에 은액을 내리기를 청하고, 충청도의 유학幼學 민득중閔 得重 등이 상소하여 문의 땅에 세운 송준길의 서원에 은액을 내리기를 청하자, 임 금이 모두 해조에 내려 해조에서 복계하자 이를 허락했다.

숙종 22년1696년 1월 1일무오에는 전라도의 유생 유지춘柳之春 등이 태인현에 최치 원을 향사하고 신잠申潛을 합향하는 사당에 은액을 내려 주기를 청했다. 예조는 한 인물의 사당을 또 설치하는 예가 아니므로 사액을 윤허하는 것이 마땅하다고 의견을 올렸다. 이에 숙종은 윤허했다. 그런데 이 사실을 적은《숙종실록》기사 뒤 에는 사전祀典·제사의 법식의 시행이 엄하지 않게 된 것을 비판하는 사평이 붙어 있다.

대개 최치원·신잠은 이 고을의 수령이었기 때문이고, 정극인 이하 5인은 이 고장의 어진 사람이었기 때문이다. 최치원은 논할 만한 학문은 없으나, 이미 공자의 사당 곁 에 배향되는 데에 끼었으니, 숭상하여 보답하는 사전祀典이 혹 외람되지 않다고 할 수 도 있을 것이다. 그러나 신잠에 이르러서는 기묘년1519년·중종 14년 현량과의 천거에 오르 기는 했으나, 학문과 행실이 매우 현저하지는 못했으며, 정극인 이하는 명성이 더욱 부족했다. 만약 사향祠享하려면 다만 향선생鄕先生을 제사하는 뜻으로 사사로이 숭봉崇 奉하는 것이 옳다. 그렇거늘 조정에 은액을 내려 주기를 청하기에 이르렀으니, 지극히 외람되다. 더구나 그 상소 가운데 신잠 등 여러 사람을 선정신先正臣이라 칭하기까지 한 것은 더욱 지극히 우습다. 그런데도 정원政院은 그 상소를 명청하게 받아들이고 해 조는 또 상소의 말을 따라서 사전祀典을 엄하지 않게 했으니, 어찌 통탄하지 않을 수 있겠는가?

숙종 26년1700년 8월 11일신미, 평안도의 유생들이 기자箕子의 화상畫像을 만들고 사당을 성천成川 백령동에 세워 봉안한 다음에 상소하여 은액을 청했다. 숙종이 그 소를 내려 보내자 예조에서 아뢰기를, 기자는 동방의 성군인데 낮추어 서원 과 같이 은액을 내리는 것은 사체事體·사리와 체면로 보아 미안하다고 했다. 예조는 본도의 감사로 하여금 편리한 대로 지켜 보호하게 하되 영구히 봉안할 곳으로 만들게 하는 것이 마땅하다고 했다.

숙종 28년1702년 8월 4일계미에는 영월의 유학幼學 주황朱璜 등이 상소하여 본 고을에 세운 사육신의 사당에 은액을 내려 달라고 청하는 일도 있었다.

드디어 숙종 33년1707년 8월 29일무신에 사헌부는 서원 난립의 폐단을 문제삼았다.

서원의 설치는 일이 아름답지 않은 것은 아니지만, 유래가 오래되자 폐단이 그에 따라 생겨납니다. 새로운 건물이 날로 증가하고 은액이 두루 미쳐, 한 고을에서 세운 바가 혹은 대여섯 개나 되어서 싸우고 떠드는 장소를 이루고 신역身役을 면하는 소굴이 되었으므로 변통하는 도리를 생각하지 않을 수 없습니다. 만약 각 고을에 있는 서원을 한 곳에서 합쳐 향사享祀하여 한 고을 안에 따로따로 세우지 않게 하고, 원정院丁의 많고 적음도 또한 작정酌定하게 한다면, 사체事體에도 손상됨이 없을 것이고 폐단을 제거함도 헤아릴 수 없을 것입니다. 청컨대 해조로 하여금 왕명을 받들어 처리하게 하소서. 또 첩설疊設하는 폐단에 대해 일찍이 금지령이 있었는데도 준행하지 않으니, 옛 제도를 거듭 분명히 제시해서 일체 금단하게 하소서.

하지만 숙종은 지방 유생들이 사당에 은액을 내려달라고 하면 그 청을 거의 들어 주었다. 숙종 34년1708년 6월 25일경오에는 여주의 유학幼學 신각申慤 등이 상소하여 고려 말 이존오의 사당에 은액을 내려 달라고 했다. 숙종은 특별히 비답을 내리기를, 이 사람의 사적은 우리나라 역사에 환히 드러나 있으므로 복주覆奏를 기다릴 것도 없이 특별히 소청에 의거해서 시행하도록 하라고 했다.

숙종이 각 지역의 사당에 은액을 내린 것은 유학자들이 재지세력으로서 향촌의 지배구조를 장악하는 것을 묵인하면서, 사액을 통해 왕권을 과시한 것이었다. 황해도 연안 사람들이 현충사에 은액을 내려 달라고 요청하자 2년 뒤에 숙종이 은액을 내린 것은 그러한 풍조를 반영하는 하나의 대표적 사례였던 것이다.

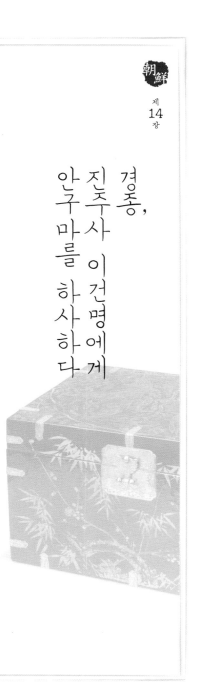

《경종수정실록》의 경종 2년1722년 6월 6일기미자 기록을 보면, 경종이 비망기備忘記를 내려 진주 겸 주청사의 정사·부사·서장관으로 중국에 다녀온 사람들에게 상을 내리라고 명한 기록이 있다. 비망기는 국왕이 명령을 적어서 승지에게 전하던 문서다. 당시 경종의 건강에 이상이 있어서 대왕대비가 사실상 명령을 내렸을 가능성도 있다.

진주 겸 주청 정사 이건명李健命에게 안구마鞍具馬 한 필, 노비 4구, 밭 15결을 상으로 하사하고, 부사 윤양래尹陽來에게는 가자加資하고 노비 3구, 밭 10결을 상으로 하사하고, 서장관 유척기兪拓基에게는 가자加資하고 노비 2구, 밭 7결을 상으로 하사하라.

경종이 이건명에게 상으로 내리라는 안구마란, 말에 안장까지 갖춘 것을 말한다. 조선시대에는 국왕이 말을 하사할 때도 여러 가지 등급이 있었다. 새끼 말인 아마兒馬를 내리거나 완전히 자란 말인 숙마熟馬를 내리기도 했으며, 여기서처럼 안장까지 갖춘 말을 내리기도 했다.

위의 기록에서 원문을 보면 노비는 구口라는 단위를 사용했다. 보통의 사람으로 계산하지 않고 그 입을 단위로 사용하는 것이다. 한문 문장에서는 열 손가락을 노비 한 사람으로 계산하기도 한다. 이를테면, 노비 1인은 십지十指라고 적고, 노비 5인은 오십지五十指라고 적는 식이다.

본래 중국에 보내는 사신 일행은 정사 1인, 부사 1인, 서장관 1인을 중심으로 한다.

경종이 이렇게 사신 일행에게 상을 내리자, 승정원은

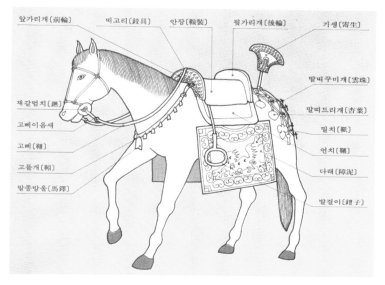

앞가리개〔前輪〕 띠고리〔鉸具〕 안장〔鞍裝〕 뒷가리개〔後輪〕 기생〔寄生〕

재갈멈치〔鑣〕
고삐이음새
고삐〔轡〕
고들개〔鞉〕
말종방울〔馬鐸〕

말띠꾸미개〔雲珠〕
말띠드리개〔杏葉〕
밀치〔紂〕
언치〔韉〕
다래〔障泥〕
발걸이〔鐙子〕

말치레 부분 명칭도
한국학중앙연구원 제공

이건명에게도 상을 내린 것은 부당하다고 하여 왕명을 도로 정지하라고 요청했다.

삼가 상전賞典을 보건대 이건명에게도 똑같이 논상論賞했습니다. 삼가 생각하건대 이건명은 죄명이 매우 중하여 바야흐로 안치되어 있고, 지금 대관臺官이 합사合辭로 그의 죄를 성토하면서 극률極律·사형로 논죄하고 있으므로, 공이 있다는 이유로 죄를 숨길 수는 없습니다. 더구나 이번에 그곳에서 정문呈文·공문을 올림하고 수작한 말 가운데 인신人臣으로서 차마 입 밖에 내지 못할 말이 있었으니, 그가 임금을 속인 부도不道한 죄는 당연히 징토懲討하기에 겨를이 없어야 합니다. 그렇거늘 어떻게 공적에 대해 상을 주는 은전을 원칙 없이 시행함으로써 사방 사람들의 귀를 놀라게 할 수 있겠습니까? 신 등이 지난번 단자單子를 봉입捧入할 적에 대략 저희들의 옅은 견해를 진달한 바있습니다. 따라서 지금 내린 비망기의 내용은 감히 준례에 따라 삼가 받들 수가 없습니다. 이건명에게 논상하라는 명을 도로 정지하소서.

219

경종은 승정원의 요청을 따르지 않았다. 역시 경종이 아니라 대왕대비의 의지였을 가능성이 있다. 한편 《경종실록》의 경종 2년1722년 6월 6일기미 조항에는 다음과 같은 내용이 나온다.

진주사 겸 주청사와 정사 이하의 관원에게 차등 있게 상을 내렸다. 승정원에서, 이건명에게 전민田民을 사급賜給하라는 명을 정지할 것을 계청啓請했으나, 허락하지 않았다.

'전민'이라고 하면 논밭과 노비를 가리킨다. 그런데 《경종실록》의 기록에는 위의 기록 다음에, 사헌부에서도 이건명의 상사賞賜 · 상으로 물품을 줌를 정지할 것을 계청했지만 따르지 않았다는 기사가 더 있다.

대관臺官이 합사合辭로 극률로 논죄하고 있어서 상을 내려서는 안 된다고 승정원이나 사헌부가 계청한 이건명이란 누구인가? 그리고 왜 그에게 상을 내려서는 안 된다고 계청한 것인가?

이건명李健命은 이른바 노론 4대신老論四大臣의 한 사람이다. 노론 4대신이란 경종 원년1721년의 신축년과 경종 2년1722년의 임인년에 걸쳐 발생한 신임사화 때 소론에 의해 쫓겨난 네 명의 노론 대신을 말한다. 곧, 이건명을 포함하여 김창집金昌集 · 이이명李頤命 · 조태채趙泰采 등이다. 이이명은 이건명의 종형이다. 경종은 후사가 없고 병이 많았으므로 빨리 후계자를 정하여 국본國本을 튼튼히 해야 했다. 이때 노론의 영의정 김창집, 좌의정 이건명, 전 좌의정 이이명, 전 우의정 조태채 등은 경종의 아우 연잉군延礽君 · 뒷날의 영조을 왕세제로 책봉하고 정무를 대행하게 해야 한다고 주장했다. 결국 이들의 주장은 관철되었다. 하지만 소론의 유봉휘柳鳳輝가 반대 상소를 올리고 승지 김일경金一鏡의 사주를 받은 목호룡睦虎龍이 나서서, 4대신이 경종을 시해하려 했다고 무고했다. 이 때문에 4대신은 역모의 죄목으로 처형되었다.

이건명이 진주사 겸 주청사의 정사로 있던 시기가 바로 신임사화가 한창 벌어지고 있던 때였다. 진주사 겸 주청사란, 나라의 근본을 신속히 안정시킬 필요가 있어 국왕의 아우를 왕세제로 책봉한다는 사실을 알려 그것을 승인해 달라고 요청할 목적으로 중국에 파견한 사절단이었다. 그런데 정사 이건명은 중국에 가서 그토록 신속하게 후사를 정하는 이유를 말하면서 '인신으로서 차마 입 밖에 내지 못할 말'을 했다는 사실이 알려졌다. '인신으로서 차마 입 밖에 내지 못할 말'이란 국왕인 경종의 건강상태에 관한 말이었다.

이건명1663~1722년의 본관은 전주이고, 호는 한포재寒圃齋다. 영의정 이경여李敬輿의 손자였고, 이조판서 이민서李敏敍의 아들이었다. 숙종 초에 진사시에 합격한 그는, 춘당대 문과에 을과로 급제한 뒤 설서說書에 임명되면서 벼슬길에 올랐다. 숙종 24년1698년에 서장관으로 청나라에 다녀온 뒤 요직을 두루 거쳤다. 그런데 숙종 43년1717년에 그의 종형 이이명이 숙종의 뒤를 이을 후계자 문제로 숙종과 단독 면대한 직후에 특별히 우의정에 발탁되어 왕자 연잉군을 보호하라는 왕명을 받았다. 1720년 7월에 숙종이 승하하자 영의정 김창집과 함께 원상院相이 되고 총호사總護使로서 장례를 총괄했다. 이어 경종이 즉위한 뒤 좌의정에 승진하여, 노론의 영수로서 연잉군을 왕세자에 책봉시키기 위해 진력했다.

이건명은 경종 원년1721년 10월에 왕세제 책봉을 인정받기 위해 파견되는 책봉주청사의 정사가 되어 청나라로 향했다. 그리고 이듬해1722년 3월에 청나라로부터 책봉 승인을 받고 귀로에 올랐다. 그런데 이건명은 왕세제 책봉의 명분으로 경종에게 위증痿症이 있다고 발설했다고 한다. 한의학의 설명에 따르면, 위증이란 근맥의 긴장이 풀어지고 힘이 없어져 손으로 물건을 잡지 못하고 다리로 몸을 지탱하지 못하며 근육이 점차 오그라들어 뜻대로 움직일 수 없는 병증이라고 한다. 혹은 이 증세는 양기가 없어 여자를 가까이하지 못하는 병이라고도 한다. 확실한 증세는 알 수 없지만, 경종은 정력이 부족하여, 심지어 조정에서 정무를 보기 어려웠다는 말도 있다.

이건명이 중국에 가 있는 동안 국내에서는 신임사화가 일어났다. 이건명은 경종 2년1722년 3월에 귀국하던 중에 체포되었다. 3월 27일에 남인의 목호룡이 나서서, 노론이 역모를 꾀한다고 고변한 것이다. 즉 목호룡은 "성상을 시해하려는 자가 있어 혹은 칼로써 혹은 독약으로 한다고 하며, 또 폐출을 모의한다."라는 이른바 삼급수 고변三急手告變을 했다. 이 때문에 이건명은 전라도 흥양興陽의 뱀섬蛇島·사도에 위리안치되었다. 4월 5일기미에는 같은 흥양현의 나로도羅老島에 이배되었다. 경종이 비망기를 내려 사신으로 갔다 온 정사·부사·서장관에게 상을 내리라고 명한 것은 그해 6월 6일이었다. 이건명은 나로도에 유배되어 있는 동안 포상을 받았다.

그 무렵 소론 측에서는 이건명이 청나라에 가서 세자 책봉을 요청하는 명분으로 경종에게 위증이 있다고 발설한 사실을 중대한 죄로 간주하고 맹렬하게 탄핵하기 시작했다. 결국 이건명은 8월 19일임신에 목이 베어 죽임을 당했다. 선전관 이언환李彦瑍과 금부도사 이하영李夏英이 이건명을 처참處斬하는 데 입회했다.

이건명은 당쟁의 관점에서 보면 노론의 중심인물로 지탄을 받을 수밖에 없었다. 하지만 재상으로 있을 때 그는 민생에 깊은 관심을 보였다. 특히 양역良役 문제에서 군포 2필을 한 필로 감하되, 지방 수령이 사사롭게 사용하는 전결잡역가田結雜役價로 군포의 감필에 따른 부족분을 보충할 것을 주장했다. 이 주장은 뒷날 영조 때 균역법을 제정하는 데 큰 영향을 미치게 된다. 이건명은 영조 원년인 1725년에 신원되어 충민忠愍이라는 시호를 받았다.

《경종수정실록》 경종 2년1722년 8월 19일임신에 "최석항崔錫恒이 입대入對하여 이건명을 죽일 것을 청하니, 임금이 그대로 따랐다."라는 기사가 있고, 그 다음에 좌의정 이건명의 졸기卒記가 실려 있다. 《경종수정실록》에는 노론의 관점이 크게 반영되었으므로, 이건명의 행적을 칭송하는 반면에 그를 비판하고 죽음에 이르게 한 소론 일파를 간악한 자들이란 뜻에서 군간群奸이라고 표현했다. 따라서 문면을 그대로 받아들여서는 곤란하다. 하지만 이건명의 행적을 이해하는 데는 가장 중요한 자료가 될 수 있다.

그때[경종 즉위 후] 마침 저사儲嗣를 세우는 데 대한 건의가 있었는데, 어떤 사람이 이건명에게 묻기를, "아들을 세우는 것이 어떻겠습니까?"라고 하니, 이건명이 정색하고 말하기를, "선왕의 아드님이 아직도 있는데, 만일 이의가 있다면 나는 머리를 풀고 산으로 들어가겠다."라고 했다. 이후 정언 이정소李廷熽가 저사를 세울 것을 청하고, 왕이 대신에게 내려 의논하게 했다. 이리하여 이건명이 뭇 신료들을 거느리고 들어가 전중殿中에서 입대하게 되었는데, 송나라 인종 때 범진范鎭의 고사를 인용하여 극력 진달하기를, "어찌 말이 간쟁하는 신하에게서 나왔다는 것으로 망설일 것이 있겠습니까?"라고 했다. 이리하여 영종英祖을 왕세제로 세우도록 정책定策했다. 이건명이 이에 3대신과 함께 차자를 올려 왕세제에게 국정을 대리하게 할 것을 청했으나, 조태구趙泰耈가 선인문宣仁門으로 몰래 들어가 입대하여 저지했기 때문에 시행되지 못했다. 처음 김창집이 주청사가 되었을 적에 이건명이 말하기를, "원보元輔·영의정가 사명使命을 받드는 것은 부당합니다."라고 하면서, 차자를 올려 대신 가게 해줄 것을 청하니, 경종이 허락했다. 3월에 이건명이 일을 마치고 돌아올 무렵, 적신賊臣이 목호룡을 시켜 변서變書를 올리게 했다. 4월에 이건명은 의주에서 흥양의 나로도로 안치되었다. 성산城山을 지날 적에 빈객과 친구들이 찾아와 보고 눈물을 흘렸다. 이건명은 담소하면서 태연자약했으며, 오로지 종국宗國·우리나라에 대해 간절하게 걱정할 따름이었다. 다른 사람들과 대화할 때 기꺼운 안색으로 "내가 죽더라도 왕세제만 편안하다면 다시 무슨 한스러울 것이 있겠는가?"라고 했다. 유언으로 남기는 상소를 초하여, "삼가 바라건대 전하께서는 위로 대비를 받들고 아래로 왕세제를 보호하여 원대한 왕업을 공고하게 하소서."라고 했다. 드디어 살해당하니, 그때 나이 60세였다.

《경종수정실록》에는 이건명의 졸기 다음에 다음과 같은 사평史評이 덧붙어 있다. 물론 노론의 당론에 따라 적은 것이다.

신은 삼가 살펴보건대 네 충신노론 4대신이 함께 연명해 차자를 올려 왕세제에게 대리청정하게 할 것을 청했다가 조태구와 최석항에게 저지당하고 세 충신은 사사되었는데, 유독 이건명만 화를 당한 것이 가장 참혹했던 것은 무슨 까닭인가? 처음 조정에서 저사儲嗣·왕세자를 세울 것을 의논했을 적에 이건명이 말하기를, "왕의 아우를 세우지

않으면 나는 머리를 풀고 산으로 들어가겠다."라고 했다. 경종이 왕세제를 세우면서 이건명을 청나라에 파견하여 고명誥命을 허락해 줄 것을 청했으나, 청나라 예부에서 허락하지 않았다. 이건명이 이에 청나라의 각신閣臣 마제馬齊에게 가서 매우 간절하게 봉하여 줄 것을 청하자, 마제가 내용을 갖추어 주문奏聞했으므로 드디어 고명을 허락하게 되었다. 최석항이 이 때문에 크게 분노하여 마치 개인의 원수를 갚듯이 하게 된 것이다. 이것이 이건명이 가장 참혹하게 화를 당한 이유이니, 어찌 딱하지 않겠는가?

이 사평은 이건명이 청나라에서 '인신으로서 차마 입 밖에 내지 못할 말'을 했다는 사실을 전혀 언급하지 않았다. 그가 4대신 가운데서도 가장 처참한 화를 당한 이유는 그가 청나라에 가서 모든 수단을 다해 노력하여 고명을 받아왔으므로 소론의 미움을 샀기 때문이라고 했다.

경종1688~1724년은 조선의 제20대 왕으로 1720년에 즉위해서 불과 4년만인 1724년에 승하했다. 이름은 윤昀이다. 숙종과 희빈 장씨 사이에서 태어났다. 왕비는 청은부원군 심호沈浩의 딸, 단의왕후이다. 능은 서울 성북구 석관동의 의릉懿陵이다.

경종대왕 태실(胎室)과 태실비(胎室碑)

충청도 충주 엄정면 괴동리 소재. 한국학중앙연구원 사진 제공.

왕실에서는 왕자가 출생하면 태를 항아리에 담아 태실(胎室)을 만들어 명산에 묻었다. 그곳을 태봉(胎峰), 태산(胎山), 태봉지(胎封址) 등으로 부른다. 비빈이 임신하게 되면 산실청(産室廳)을 설치했다가 아기씨가 탄생한 뒤 7일이 되면 해체하고, 태실대감(胎室都監)을 설치했다. 아기씨의 태는 태어난 지 3일에서 7일 사이에 길한 날을 골라서 씻고 태항아리에 담아 밀봉한다. 태는 항아리에 넣어 기름종이와 남색 비단, 빨간 끈으로 밀봉한 뒤, 다시 이 항아리를 더 큰 항아리에 넣고 빨간 끈으로 매고 "某年某月某日某時 中宮殿下阿只氏胎也"라 쓰인 빨간 패를 매단다. 태를 안장한 뒤 태실 앞에는 비를 세웠다. 경종의 태실은 석종 형태의 부도(浮圖)이다.

숙종 16년1690년에 세자에 책봉되었으나, 당시 송시열은 책봉을 반대했다. 숙종 43년1717년에 대리청정을 하면서 제왕이 되기 위한 수업을 시작했다. 하지만 그해에 숙종은 몰래 이이명을 불러, 세자는 자식이 없는 데다가 병이 많으므로 세자가 왕으로 즉위하면 연잉군영조을 후사로 정하라고 부탁했다. 이 사실이 알려지면서 노론과 소론이 크게 대립하게 되었다. 경종은 즉위한 다음해1721년 노론 측의 주장을 받아들여 연잉군을 세제世弟로 책봉했다.

《경종수정실록》의 경종 원년1721년 8월 20일무인 기록에는 영의정 김창집, 좌의정 이건명, 판중추부사 조태채 등의 청에 따라 연잉군을 왕세제로 삼은 사실이 나와 있다.

처음에 정언 이정소李廷熽가 상소하기를, "전하께서는 조속히 위로는 자성慈聖·대왕대비께 여쭈시고 아래로는 대신들과 의논하시어 즉시 사직의 계책을 결정해서 많은 백성들의 큰 기대를 잡아매소서."라고 했다. 경종은 대신들과 의논하여 아뢰라고 명했다. 김창집과 이건명이 빈청에 나아가, 원임대신과 육경, 의정부의 서벽西壁·좌우찬찬과 판윤, 삼사의 장관을 왕명으로 불러 회의를 하겠다고 했다. 판중추 김우항, 예조판서 송상기, 이조판서 최석항은 오지 않았다. 회의를 마친 후 김창집 등이 인견해 주시길 청하자, 경종은 시민당時敏堂에서 그들을 인견했다. 김창집·조태채·이건명 등이 왕세제 책봉을 청하고, 다른 신하들이 차례대로 청한 뒤, 또다시 김창집·조태채·이건명 등이 거듭 청했다.

조태채는 송나라 인종이 황자를 잃었을 때 지간원知諫院으로 있던 범진范鎮이 저사太子를 세울 것을 청하는 장소章疏를 19차례나 올려 관철시키고 문언박文彦博이 정책定策을 도운 사례를 들어 처분을 내리시라고 요청했다. 이건명은 대왕대비의 언질이 있었음을 내비치면서 이렇게 말했다.

자성께서 하교하실 적에 매양 "국사를 우려하여 억지로 죽을 마신다."라고 말씀하셨으므로, 비록 선왕의 장례 중에 있지마는 종사宗社를 위한 염려가 깊으실 것입니다. 이 일은 일각이라도 늦출 수 없기에, 신 등이 감히 깊은 밤중에 인견해 주시길 청했으니, 부디 깊이 생각하시어 조속히 큰 계책을 결정하소서.

승지 조영복趙榮福도 재촉하자 경종은 윤허하여 따를 것을 명했다. 김창집과 이건명은 공정대왕定宗 때 일에 의거해서 대왕대비께 품의하여 수필手筆을 얻은 뒤에 봉행하시라고 청했다.

그런데 경종은 대내大內로 들어가서 오랫동안 나오지 않고, 3, 4경이 되도록 소명召命을 내리지 않았다. 김창집 등은 할 수 없이 파루 뒤에 승전내관을 불러 구두로 아뢰어 다시 입대를 청하니, 먼동이 튼 뒤에 경종이 낙선당樂善堂에서 인견했다. 이건명이 "반드시 자전의 수찰이 있어야만 거행할 수 있습니다."라고 하자, 경종은 책상 위를 가리키면서, "봉서封書가 여기에 있다."라고 했다. 김창집이 받아서 뜯어보니, 봉서 안에 두 통의 종이가 있었다. 하나는 해서로 '연잉군延礽君' 세 글자를 써 놓았고, 하나는 언찰諺札로 "효종대왕의 혈맥과 선대왕의 골육은 단지 주상과 연잉군뿐이니, 어찌 다른 뜻이 있겠는가? 나의 뜻이 이와 같으니, 대신에게 하교함이 마땅할 것이다."라고 하교했다. 이건명이 사관으로 하여금 언찰의 내용을 번역하여 해서로 써서 승정원에 내리게 하고, 승지로 하여금 전교를 쓰게 할 것을 청했다. 조영복이 탑전에서 전교를 썼다. 이건명은 예조의 당상관을 명초하여 거행하기를 청하고, 여러 신하들과 함께 물러나왔다.

연잉군을 저사로 삼고 위호位號를 왕세제라고 정한 것은 이건명이었다. 〈연잉군승저시위호의延礽君陞儲時位號議〉라는 글이 그의 문집에 실려 있다.

역대 제왕은 이을 후사가 아직 없으면 친아우를 저사로 세우고 곧 태제太弟로 봉한 것은 여기저기서 살필 수가 있으며, 우리 왕조의 정종대왕이 등극한 뒤에 태종대왕을 세자로 책봉했는데 그 책문冊文이 《열성지장列聖誌狀》에 실려 있습니다. 삼가 상상하건대, 태종대왕이 정도전의 역란을 토벌해서 평정한 뒤에 태조대왕이 봉하여 세자로 삼았는데, 태종대왕은 겸양의 덕으로 정종대왕에게 세자의 위를 미루었으므로, 정종대왕이 비록 등극하기는 했으나 태종대왕이 받았던 왕세자라는 호는 옛 그대로 고치지 않았던 듯합니다. 하물며 태조대왕은 바야흐로 상왕의 위에 계셨으니, 세자의 호가 없더라도 그리 장애가 되지 않습니다. 금일의 형세는 정종대왕 때와는 차이가 있습니다. 그런데 선정신 이언적은 인종대왕께서 병환 중이던 때에 명종대왕이 바야흐로 대군이었는데 대군을 봉하여 세제로 삼아서 국본國本의 의론을 결정한 일이 있습니다. 선현의 정론이 이미 이와 같으므로, 지금 연잉군의 위호도 마땅히 왕세제로 정하여야 합니다. 삼가 상께서 결정하소서.

8월 23일에 소론 강경파峻少인 유봉휘柳鳳輝가 왕세제 책봉이 사리에 합당하지 않음을 아뢰는 상소를 했다. 얼마 후 경종은 노론의 건의를 받아들여 세제의 대리청정을 승인했다. 그러자 소론의 이광좌李光佐가 세제의 대리청정이 부당하다고 극간極諫했으므로, 경종이 친정親政을 행했다.

12월 6일에는 준소峻少의 김일경金一鏡을 소두疏頭로 하여, 박필몽·이명의·이진유·윤성시·정해·서종하 등이 상소辛丑疏·신축소로 "노론들이 세제인 연잉군이 대리청정해야 한다고 요구한 것은 왕권 교체를 기도한 역모로서, 적신 조성복趙聖復과 사흉노론 4대신 등 수악首惡을 일체 삼척국법으로 처단하여 조금도 용서하지 말아야 합니다."라고 공격했다. 이에 경종은 김창집·이이명·조태채는 유배 보내고, 이듬해에 사행에서 돌아오는 이건명도 유배 보냈다. 그리고 1722년 3월 27일에 목호룡이 고변하자, 유배 중인 노론 4대신 가운데 세 사람을 사사하고 이건명은 처참했다. 연잉군도 임인옥안壬寅獄案에 수괴로 올라 있어 살해될 판이었는데, 경종이 살려주었다. 이로써 유봉휘·이광좌·조태구·최석항 등 소론 4대신과 김일경·목호룡 등이 집권하게 되었다. 이것이 신임사화다. 그 뒤 김일경 등은 노론을 혹독하게 탄압했다.

경종 4년1724년 4월 24일에는 경주의 진사 이덕표李德標를 소두로 4,473명이 연명하여 장희빈 등이 사사된 신사년1701년·숙종 27년의 역옥逆獄을 뒤엎어 장희빈을 추숭하자는 상소문을 올렸다. 이에는 경상도 유생 3,611명이 참여하고, 충청도에서는 유학 이몽인 등 605명, 서울에서는 생원 이기중 등 105명, 경기에서는 유학 권서봉과 이문저 등 152명이 참여했다. 소두 이덕표와 유학 권서봉 등 8명은 영조 원년1725년 3월에 각지로 유배되며, 이들 4,473명이 4년 후 무신 사태를 일으키게 된다.

영조는 1724년 8월에 즉위하고, 10월에 이광좌를 영의정, 유봉휘를 좌의정, 조태억을 우의정, 심수현을 병조판서, 이삼을 형조참판에 임명하는 등 온건 소론인 완소緩少를 등용하고, 인현왕후의 동생으로서 노론에 속한 공조판서 민진원을 특별 방면했다.

왕세제의 책봉과 신임사화 등 일련의 정치적 사건들로 볼 때 이건명은 정치적

야심이 대단한 인물로 간주하기 쉽다. 하지만 그가 숙종 31년_{1705년} 11월 16일_{병자}에 죽은 딸을 제사지낸 글(《祭亡女文》)이나 경종 2년_{1722년} 4월 20일에 뱀섬에 있으면서 부친의 무덤에 읽어달라고 조카 편에 보낸 글(《祭先墓文》)은 애절하기 짝이 없다. 이건명은 섬에 유배되어 있으면서 노복이 바다에서 큰 물고기를 잡아오자 그 물고기를 위해 조문한 글(《弔海魚文》)에서 자신의 심정을 이렇게 드러냈다.

숨어 있어야 할 시기와 튀어 올라야 할 시기를 제대로 파악하지 못했기에
의당 기밀을 지키지 않아서 몸을 잃게 되었도다

旣潛躍之昧幾兮(기잠약지매기혜)
宜不密而失身(의불밀이실신)

이는 자신의 일생에 대한 총평이라고 할 수 있을 듯하다. 《주역》〈계사전·상〉에 "임금이 기밀을 지키지 않으면 신하를 잃게 되고, 신하가 기밀을 지키지 않으면 몸을 잃게 되며, 기밀 사항이 새어 나가면 해를 당하게 된다."라는 말이 있다. 이건명은 그 말을 끌어와, 자신이 기밀을 지키지 않아서 몸을 잃게 되었다고 탄식한 것이다. 그러나 국본_{國本}을 정하여 새로운 시대를 열기 위해서는 그의 희생이 필요했을지 모른다.

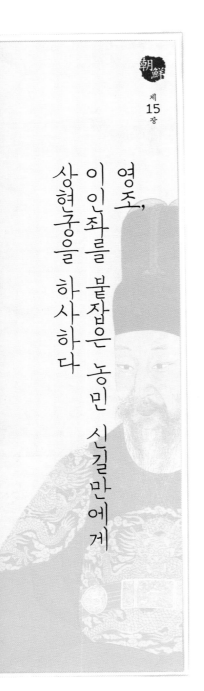

영조,
이인좌를 붙잡은 농민 신길만에게
상현궁을 하사하다

영조 4년1728년 무신의 해에 난이 일어났다. 곧 무신난
이라고도 하고 그 주모자의 이름을 들어 '이인좌李麟佐의
난'이라고도 한다. 이때 죽산의 농민 신길만이 마을 사
람 24인과 함께 이인좌를 사로잡아 바쳐, 가선대부의 품
계에 오르고 동지중추부사의 직을 받았다. 동지중추부
사는 종2품에 해당하는 관직이되, 실권이 없는 명예직
이다.

경기도 죽산면 칠장리의 칠장사 인근에 가선대부 행
동지중추부사 신공지묘嘉善大夫行同知中樞府事申公之墓가 있다. 바
로 신길만의 묘이다.

《영조실록》에 따르면 영조는 재위 4년1728년 4월 26일병오,
죽산 사람 신길만에게 특별히 동지중추부사를 제수했
다. 상으로 은 1,000냥을 지급하고 2품의 관직으로 뛰
어 올려 제수하라고 명했다. 대사간 송인명은 "역마로
불러 올려서 사람들이 보고 감동하고 고무되게 해야 합
니다."라고 청하니, 영조가 이를 허락했다.

영조는 4월 29일기유, 장전帳殿에서 신길만을 인견했다.
신길만이 이인좌를 체포할 때의 상황을 매우 자세히 고
하자, 영조는 상현궁上弦弓을 하사하라고 명했다. 상현궁
은 반달 모양이며 질이 좋은 활이다.

이인좌는 본관이 전주로, 본명은 이현좌李玄佐이다. 청
주 송면 출신으로 전라감사 이운징李雲徵의 손자이며, 윤
휴尹鑴의 손서孫壻다. 과격한 소론에 속했던 그는, 영조가
즉위해 소론이 정계에서 배제되자 정희량·이유익·심유
현·박필현·한세홍 등 소론 과격파와 숙종 20년1694년의

신길만 묘표

경기도 안성 칠장사 명적암 부근 소재. 《자치안성신문》봉원학 차장 제공.

'가선대부 행동지중추부사(嘉善大夫行同知中樞府事) 신공지묘(申公之墓)'라 새기고, 그 오른쪽에 '정부인(貞夫人) 원주원씨(原州元氏) 부장(祔葬)'이라 새겨 부인의 부장 사실을 밝혔다. '경오이월일명(庚午二月日銘)'이라 하여 세운 날짜를 기록해 두었다. 경오는 1930년을 가리키는 듯하여, 이 비석은 후손이 세운 듯하다.

칠장사 전경

칠장사(七長寺)는 안성시 죽산면 칠장리 차령산맥 줄기 칠현산 자락에 있는 사찰로, 대한불교 조계종 제2교구 본사인 용주사의 말사이다. 선덕여왕 때 자장율사가 창건했다고 알려져 있으며, 고려 초 혜소국사가 중건했다고 한다. 혜소국사가 7명의 악인을 교화했다고 하여 칠장사라고 한다. 광해군의 압박을 받았던 인목대비가 그의 아들인 영창대군과 아버지를 위한 원찰로 삼았던 절이기도 하다. 안성시청의 해설에 의하면, 궁예가 10세까지 활쏘기를 하며 유년기를 보냈다는 활터가 남아 있고, 의적 임꺽정이 갖바치스님 병해대사에게 바친 꺽정불 이야기, 암행어사 박문수가 과거시험을 보기 전에 나한전에서 기도를 드리고 잠이 들었는데 꿈에 나타난 나한이 과거시험 구절을 가르쳐 주어 장원급제했다는 설화가 내려오고 있다고 한다. 그런데 이곳은 이인좌가 패하여 숨어들었다가, 신길만과 마을사람, 혹은 승려들에 의해 체포된 곳이라고 전해진다.

갑술환국 이후에 정계에서 퇴출된 남인들과 공모하여 소현세자의 증손인 밀풍군 이탄李坦을 추대하여 정권을 탈취하려고 했다. 이인좌는 스스로 대원수라 칭하고, 그의 동생 이웅보李熊輔를 보내 안음과 합천의 수령들을 쫓아내고 정희량과 조성좌를 각각 수령으로 임명했으며, 창고를 열어 무리를 모은 뒤 날짜를 정해 장차 북쪽으로 올라가려고 했다. 영조 4년1728년 3월 15일, 이인좌는 상여에 무기를 싣고 청주에 진입해서 충청병사 이봉상, 군관 홍림, 영장營將 남연년을 살해하고 청주성을 점령했다. 그리고 각처에 격문을 돌려 병마를 모집하고 관곡을 풀어 나누어주는 한편, 목천·청안·진천을 거쳐 안성·죽산에 이르렀다. 하지만 도순무사 오명항吳命恒의 관군과 싸워 안성에서 패하자 죽산으로 도피했고, 산사에 숨었다가 신길만 등 마을사람에게 잡혀 서울로 압송되었다. 3월 26일, 이인좌는 친국을 받고 역모의 전모를 공술했으며, 다음날 대역죄로 군기시 앞에서 능지처참되었다.

《영조실록》을 보면, 그해 3월 24일갑술에 도순무사 오명항이 적을 격파하고 이인좌 등을 죄인 호송용 수레인 함거에 실어 서울로 보냈다고 했다. 그리고 오명항이 이인좌를 잡기까지의 경위를 자세히 기록해 두었다.

이인좌가 난을 일으키자, 당시 행 병조판서였던 오명항이 "임금님께서 욕을 당하면 신하는 죽음을 택하는 법이오니 신이 나아가 막아보겠습니다."라고 했다. 영조는 즉석에서 그를 사로도순무사에 제수하고 상방검을 하사했다. 오명항은 3월 18일무진에 기병과 보병을 합하여 2,000명으로 출정해, 3월 22일임신에 소사에서 묵었다. 선발대가 출발한 뒤 오명항은 종사관을 불러, "적은 반드시 밤에 안성을 기습할 것이오. 내가 이미 정탐하여 두었소."라고 한 뒤에, 대군을 지휘하여 샛길로 달렸다. 적은 과연 밤에 쳐들어왔다가 관군이 대대적으로 대비하고 있음을 깨닫고는 청룡산에 진을 쳤다. 이때 밤비가 쏟아붓듯이 와서 관군은 우구雨具로 막아 군사 물자가 젖지 않았지만 적은 탄환 한 발 화살 한 대를 쏘지 못했다. 3월 23일계유에 오명항은 중군 박찬신을 독려하여 정예병을 이끌고 이들을

英祖大王御真
光武四年
模寫謹題

┃ 영조임금 초상

대한제국 광무 4년(1900년) 제작. 국립고궁박물관 소장.

영조의 51세 때 모습을 그린 초상화이다. 본래 영조 20년(1744년)에 장경주와 김두량이 그린 그림을 본 떠 그린 것이다. 원본은 한국전쟁 때 불탔다고 한다.

치게 하여 손쉽게 적을 이겼다.

　3월 24일갑술, 오명항은 다시 군중에 명령하여 각기 점심밥을 싸가지고 안성으로부터 죽산으로 향하게 했다. 오명항은 길게 뻗은 골짜기를 지나게 되자 먼저 안성의 군사를 보내어 복병이 있는지 수색하게 하니, 당보군척후병이 경계를 하라고 알려 왔다. 오명항은 앞에 험준한 장항령獐項嶺이 있는 것을 보고, 급히 기旗를 점호하고 마보군馬步軍을 재촉하여 일제히 고개로 오르게 했다. 적의 마군馬軍 서너 기가 고개 아래 수십 보 되는 곳에 있다가 관군의 형세를 보고는 크게 놀라 무너졌다. 이때 적의 대대大隊는 들판에 진을 치고 있었다. 적장은 깃발과 북을 늘어놓고 소를 잡고 술을 걸러 군사를 먹이려고 하다가 관군을 보고는 포를 쏘며 깃발을 흔들어댔다. 하지만 군사들이 호응하지 않았으므로 군진의 일각이 동요했다. 관군은 바람을 타고 가파른 언덕을 달려서 내려갔다. 전대前隊가 곧바로 죽산으로 들이닥치자, 적의 전열이 궤멸되었고 적장은 도망쳤다. 관군이 사면에서 엄습하여 적을 죽였다. 적의 부원수 정세윤鄭世胤[일명 행민行旻]을 붙잡아, 역적질이 매우 심했다고 하여 사지를 가른 뒤 참수했다. 정세윤의 동생 정계윤鄭季胤은 죽산부사를 사칭하고 있었는데, 객사에서 군사가 도망치는 것을 보고는 마을로 숨었다가 관군에게 붙잡혀 참살되었다. 오명항은 평민이 잘못 살육될까 염려하여 "적을 사로잡으면 상을 주겠으나 참수해 바치면 논상하지 않겠다."라고 했다. 이에 장사들이 적들을 사로잡아 바쳤다. 오명항은 종사관 박문수와 조현명에게 자세히 조사하게 하여 강포한 자만 죽이고 나머지는 모두 곤장을 쳐서 방면하게 했다.

　하지만 아직 이인좌를 붙잡지 못한 상태였다. 오명항은 장교를 내어 사방으로 찾아보게 했다. 이때 삼남대원수라 일컫는 자가 정세윤과 군사를 나누어 자신은 안성으로 갔다가, 안성의 군사가 패하자 밤에 산골짜기로 도망쳐 죽산에 이르렀다. 그러나 죽산의 진이 또 궤멸되자 산사로 들어갔는데, 마을 백성 신길만 등이 승려들과 함께 힘을 합쳐 붙잡아 바쳤다. 적의 청주목사 권서봉, 진천현감 이지경, 장군 목함경·박상·곽장 등도 백성들이 사로잡아 바쳤다. 오명항은 적이

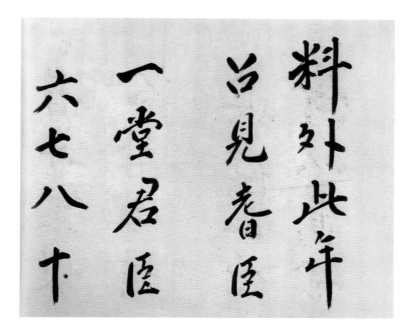

▌영조 사언고시 모서(暮書) 부분

경남대학교박물관 데라우치문고 소장. 《사찬첩(賜饌帖)》 수록.

영조 38년(1762년) 정월 초8일, 기로소의 중신들에게 주찬(酒饌)을 내리고 쓴 시. 영조의 전교(傳敎)와 영조의 시, 좌목(座目), 이정보(李鼎輔)의 발문으로 엮은 《사찬첩(賜饌帖)》의 일부이다. 사언고시 가운데 첫 4구만 실었다. 《경남대학교박물관 소장 데라우치문고 보물》 시·서·화에 깃든 조선의 마음》(예술의 전당·경남대학교, 2006)에 수록되어 있다.

머물렀던 곳에 버려진 쌀·베·의복 등을 병사들에게 상으로 주었다. 관물인 군기軍器와 역마는 나누어 주지 않았다. 군기 30바리는 청주 병영으로 돌려보내고 7, 8바리는 죽산에 남겨 두었다. 종사관과 여러 장수들이 이인좌를 죽이려고 했으나 오명항은 국가의 법률에 따라 처단해야 한다고 하여, 다른 적의 머리를 장대 위에 매달아 '적괴 이인좌'라고 크게 썼다. 그리고 함거에 이인좌와 권서봉·목함경 등을 가두어 군관 박경봉으로 하여금 서울에 바치도록 했다.

오명항은 다시 청주로 진격했는데, 청주의 장수와 관리들이 이미 적들이 세운 병마절도사 천영天永을 죽인 뒤였다. 이때에 영남에서 이인좌의 잔당들이 계속 일어났으므로 오명항은 추풍령을 넘어 진격하려 했다. 영남의 적들은 안성과 죽산의 적이 패했다는 소식을 듣고 며칠 동안을 먹지 못한 상태였다. 이때 적장의 부하들이 적장을 잡아 바쳤다.

3월 25일乙亥에 오명항은 첩서捷書를 보내되, "신이 군사를 이끌고 죽산의 적이 있는 곳으로 진군하자 적이 아군의 깃발과 북을 보고는 흩어졌습니다. 도주한 군병 등을 쫓아가서 붙잡았습니다."라고만 적었다. 좌의정 조태억이 영조에게 "이 장계를 보건대, 오명항이 공을 자랑하지 않은 것이 아름답습니다."라고 했다. 3월 26일丙子, 영조가 손수 '지확공고志確功高' 네 글자를 써서 오명항에게 하사하고 다음과 같이 유시했다. '지확공고'란 뜻이 확고하고 공이 높다는 뜻이다.

경은 본래 문재文才로서 무武의 일을 익히지 않았는데도 한밤의 장전帳殿에서 강개하게 가기를 청했으니, 그 마음에 탄복했고, 그 뜻이 가상했다. 그래서 특별히 청한 바를 윤허하고는 상방검을 하사하여 편의대로 일을 하게 했다만 어찌 며칠 사이에 연달아 첩보捷報가 올라올 줄 알았으랴! 지금은 역괴와 여러 적들이 차례로 죽임을 당했으니, 그 공이 일세에 빛나고 이름이 역사에 남을 것이다. 해야 할 모든 전례는 개선凱旋한 뒤에 마땅히 거행하겠으나, 몇 줄의 수서手書로 내가 가상하게 여기는 뜻을 먼저 보이고, 이어서 또 네 자를 특별히 종이 끝에 써서 경의 말과 행동이 부합됨을 표시한다. 그리고 나서 생각건대, 해마다 기근이 든 나머지 이와 같은 병란을 만났으니 우리 생령들이 어찌 감당할 수 있겠는가? 경이 이미 순무사의 명호를 띠었으니 유민을 편안히 모여 살게 하여 농사를 권하고 진휼하는 등의 일에 뜻을 두어 거행하되, 농량農糧과 종자種子를 구하기 어려운 자에게 면세하고, 내사內司·왕실 재정을 관리하던 곳에서 관리하는 것이라 해도 편의대로 나누어 주라. 백성들 가운데 적을 붙잡아 바친 자가 있으면 등급을 나누어 즉시 보고하여 상을 줄 터전을 마련하라. 여러 날 노숙하여 군병들이 많이 상했을 것이다. 생각이 이에 미치니 옥식玉食이 어찌 편하겠는가? 이런 뜻으로 장교와 군졸들을 위로하라.

3월 26일병자에 영조는 인정문에 거둥하여 친히 국문을 했다. 이인좌를 형신刑訊· 정강이를 때리며 묻는 것하자 그가 역모 사실을 자백했다.

한편 박필현朴弼顯은 본래 김일경金一鏡을 추종했는데 1726년에 이인좌가 상주로 이주했을 때 그와 사생지교死生之交를 맺었다. 그 뒤 태인현감으로 부임하자 곧 반란을 꾀하여, 태인의 군사들을 거느리고 금구金溝를 거쳐 전주全州에 도착했다. 하지만 반란 계획이 부하들에게 발각되어 모두 도주하는 바람에 실패했다. 그는 아들 박사제朴師濟와 함께 상주에 숨어 있다가 체포되어 참수되었다.

4월 19일기해에 오명항은 개선했다. 4월 26일병오, 이인좌의 난을 평정한 공신들의 훈호를 수충갈성 결기효력 분무공신輸忠竭誠決幾効力奮武功臣이라고 정하고, 오명항을 1등, 박찬신·박문수·이삼·조문명·박필건·김중만·이만빈을 2등, 이수량·이익필·김협·조현명·이보혁·권희학·박동형을 3등으로 삼았다.

4월 27일정미에는 역적 편에 가담했던 청안현감의 목을 벤 청안의 사노 막남莫男에게 상을 주었다. 4월 28일무신에는 병조판서 오명항의 계청에 따라, 난리를 평정하는 데 공을 세운 양지현감 이용신에게 가자加資하고, 지례현감 이세윤에게 준직準職·당하 정상품을 제수하며, 김천찰방 권일형은 참하參下에서 육품으로 승급시키라고 명했다. 4월 29일기유에는 오명항을 봉하여 해은부원군海恩府院君으로 삼고 이어 우찬성右贊成에 임명했다. 다른 공신들도 모두 군君에 봉하고 승급시켰다.

뒷날 정조는 재위 12년1788년에 이 무신년의 공신과 충신을 포록褒錄·곡식과 베 등을 상으로 줌하는 윤음을 내렸다. 그 중요한 내용을 보면 다음과 같다.

실낱같은 힘으로 국가를 부지한 자로는 고 봉조하 최규서崔奎瑞가 있고, 한마디 말로 절충折衝한 자로는 고 대사헌 홍경보洪景輔와 고 참판 오광운吳光運이 있으며, 동시에 순절한 자로는 충민공 이봉상李鳳祥, 충장공 남연년南延年, 증 참판 홍림洪霖이 있다. 이 밖에도 여러 훈신들이 모두 협력해서 계책을 세우고 분발하여 사악한 무리들을 소탕했는 바, 그 공적을 영원히 보전할 것을 맹세한 글이 훈적勳籍에 실려 있으니, 나는 그들의 크나큰 공을 잊을 수 없다. 고 봉조하 최규서, 해은부원군 오명항, 풍릉부원군

조문명의 집에 관원을 보내어 제사 지내라. 충신을 포상하는 것에 대해서는 일찍이 선왕들의 말씀을 들은 바 있으니, 지난 일을 기념하는 거조로 볼 때 어찌 남다른 은 전을 아끼겠는가? 영성군 박문수의 집에서도 제사 지내라. 고 대사헌 홍경보, 고 참 판 오광운에 대해서는 유사攸司·해당 관청로 하여금 아름다운 시호를 내려 그 충성을 빛 내게 하라. 청주 표충사表忠祠는 바로 세 신하를 아울러 배향한 곳이니, 관원을 사당 으로 보내어 치제하고, 그 자손들을 녹용錄用하라.

영조 20년1744년 6월에는 안성 군민들이 경기도 안성 낙원동에 〈오명항토적송 공비吳命恒討賊頌功碑〉를 세웠다. 비문은 조현명趙顯命이 짓고, 글씨는 박문수朴文秀가 썼 으며, 전액은 이광덕李匡德이 했다. 이 비는 1978년에 시도유형문화재 제79호로 지 정되었다. 조현명은 비문에서 오명항을 다음과 같이 칭송했다.

아아! 우리 공은 문무의 용맹을 겸비했네. 산에서 구름 나오고 비는 때맞게 내렸도 다. 공을 알고 씀은 오직 임금님의 밝음이로다. 너희는 공을 칭송치 말지어다. 뛰어난 장수는 임금님이었도다. 너희는 공을 독차지하지 말지어다. 나는 팔방에 고하리라.

이 공덕비의 비음碑陰·뒷면에는 오명항을 따라 공적을 세운 지휘관과 군사들의 이름 이 나열되어 있다. 종사관 숭정대부 행 병조판서 겸 의금부사 김시형金始炯이 쓴 것으로 되어 있다.

또한 이인좌의 난을 진압한 공로를 기념한 비로는 〈이보혁무신기공비李普赫戊申紀功碑〉 가 있다. 정조 8년1784년에 경상북도 성주군 성주읍 경산리에 세운 것이다. 이인좌의 난 이 무신년에 일어났기 때문에 무신기공비라고 했다. 비문은 홍양호洪良浩가 짓고, 글씨 는 조윤형曺允亨이 썼다.

이보혁1684~1762년은 이인좌가 반란을 일으켰을 때 성주목사로 있었는데, 부하 들을 독려하고 병장기를 점검하며 전투태세를 갖추었다. 안찰사가 그를 우방장 으로 임명하자, 그는 지례·거창·고령 세 고을의 군속들을 불러 군병을 모으게 했다. 그리고 성주의 양장평에 군사를 집합시켜 합천으로 쳐들어가면서 거창의 적로를 차단하고 북쪽으로 가는 길도 봉쇄했다. 또 후방의 진에 격문을 보내 적이 남쪽으로 달아날 길도 차단했다. 오명항이 안성의 적군을 무찔렀다는 소식이 전해지자 이인좌의 무리였던 박필현 부자의 무리도 무너졌다. 난이 평정된 후 이보혁은 수충갈성 분무공신輸忠竭誠奮武功臣에 책록되고 인평군이라는 작호를 받았다.

이보혁이 사망한 뒤 성주 사람들이 그의 공로를 기리기 위해 비를 세웠다. 성주 사람들은 관아에서 관망만 하고 있던 때에 이보혁이 앞장서서 적을 토벌했다는 것과, 계책을 써서 크게 싸우지 않고 적을 무너지게 했다는 것을 높이 평가했다.

홍양호는 비문을 지을 때 산문으로 된 서문 부분과 운문으로 된 명으로 나누어 작성했다. 서문의 마지막 부분은 다음과 같다.

변란이 일어났을 때는 인심이 무너져 여러 고을은 소문만 듣고도 달아나고 병사兵使는 군병을 끌어안고 관망만 하고 있었는데, 오직 공만이 몸을 날려 군병을 끌고 곧장 적의 소굴을 짓이기고 불측한 무리를 섬멸했다. 공이 아니었더라면 영남과 영서는 나라의 것이 아니게 되었을 것이니 그 공로야말로 위대한 것이다. 더구나 방책에 따라 덫을 놓고 먼저 토벌할 계책을 세워 교전하지 않고도 앉아서 모든 공을 거두었던 것이다. 병서兵書에 "군사를 잘 쓰는 사람은 전쟁을 하지 않고도 상대의 군병을 굴복시킨다."라고 했는데, 이는 공을 두고 한 말이다. 성주 사람들은 아직도 당시의 일을 어제 일처럼 이야기하곤 하는데, 토벌에 참가했던 장교와 병사들이 다 죽고 없어질 것이니 기필코 돌에 새겨 후세에 전해야 하지 않겠는가?

또한 이인좌의 난 때 순절한 이술원李述原을 기리는 〈포충사묘정비襃忠祠廟庭碑〉가 웅양熊陽에 있다. 비문은 송환기宋煥箕가 짓고, 글씨는 송치규宋穉圭가 썼으며, 전액은 이계원李榮源이 했다. 이술원은 사헌부 대사헌에 증직되고 충강忠剛이란 시호를 받았는데, 포충사는 그를 제향하기 위해 세운 사당이다.

이술원은 거창 출신의 무신으로, 이인좌의 난이 일어났을 때 거창의 좌수로 있었다. 이인좌가 난을 일으켜 서울로 북상하고 안의현에서 정희량이 이에 합세했을 때, 이술원은 좌수로서 거창현감인 신정모申正模로부터 고을 안의 군사권을 위임받아 끝까지 대적했다. 하지만 정희량에게 생포되어 모진 고문을 받았으나, 끝내 굴하지 않다가 죽임을 당했다. 〈포충사묘정비〉는 이술원의 가계家系와 무신난 때의 활약상, 그리고 아들 이우방李遇芳이 아버지의 원수를 갚은 일화 등을 기록했다.

한편 이인좌의 난과 관련해서 성대중의 《청성잡기》에 〈실패한 선과 성공한 악의 교훈醒言〉 이야기가 있다.

죽산의 탄현炭峴에는 이씨들이 살고 있었는데 가문이 매우 번창했다. 무신난 때 탄현은 역도들이 서울로 북상하는 길목에 위치한 요충지였다. 이씨 일족이 모여 밤에 술을 마시며 이튿날 아침에 피난을 가려고 했는데, 몇몇 젊은이가 분개하며 말했다.
"역적들이 사방에 퍼져 있으니, 피난을 간들 어디로 가겠습니까? 이들은 토적土賊이라 겁낼 것도 없습니다. 우리 집안에는 장정이 10여 명이고 그중에 반은 활도 잘 쏩니다. 여기다가 여러 집안의 노복들까지 모은다면 충분히 적군 한 부대를 막아낼 수 있습니다. 그리고 깃발을 세워 군사들을 모집하면 향리에서도 반드시 응하는 자가 있을 것이요, 만일 따르지 않는 자가 있을 경우 몇 사람만 처형하면 병사들은 반드시 모여들 것입니다. 대장부가 국가에 보답하고 집안을 일으킬 수 있는 기회가 바로 지금입니다. 만호후萬戶侯에 봉해지고 천금의 상을 받는 것이 우리 손아귀에 있습니다."
그러자 노인들이 심사숙고하고 말했다. "이번 일은 명망 높은 분에게 의지해야 하니, 어떻게 하면 토벌군 원수의 명을 받들 수 있겠나?"
이때 양지陽智 수령을 잘 아는 젊은이가, "양지 수령이 원수의 진영에 있으므로 우리가 가서 뵙고 영기令旗 하나를 얻으면 한 지방을 호령할 수 있습니다."라고 하자 모두 좋다고 했다. 부녀자들도 모두 분발했다.
그들은 새벽이 되기를 기다려 양지 수령을 보러 가려 했으나 군복이 아직 갖추어지지 않았다. 그리하여 겹소매를 잘라 버린 흰 무명옷을 입고 화살을 차고 활을 맨 뒤에, 떼 지어 원수의 진영 뒤편으로 달려가서는 헤매며 두리번거렸다. 그 모습은 마치 정탐하는 자들 같았다. 척후병이 이들을 붙잡자, 그들은 큰 소리로 "우리는 의병이다."라고 했다. 그런데 당시 역도들이 자칭 의병이라 했고 옷도 이들과 같은 백색이었으므로, 관군은 이들을 적으로 오인하고 모두 베어 죽였다. 수령을 잘 아는 자만이 양지 수령의 구원으로 죽음을 면할 수 있었을 뿐 이씨 집안은 모두 죽고 말았다.

역적 박필현朴弼顯이 일찍이 상주에 살았는데, 박동형朴東亨이 노복처럼 그를 따라다니며 잘 섬겼다. 관상을 잘 보던 박필현은 항상 말하기를, "박동형은 반드시 귀하게 될 상이다."라고 했다. 무신년 이인좌의 난에 박필현은 태인 땅을 근거지로 반란하려 하면서, 박동형을 불러서는 고을에서 거둔 세금의 절반을 주며 말했다. "내가 대사를 일으킬 터인데, 일이 성공하면 너를 곧바로 태인 현감에 제수할 것이요, 성공하지 못하면 네 집에 숨을 것이다. 그때 너는 이 돈으로 나를 먹여 살려라." 박동형은 이것을 받아 가지고 돌아갔다. 반란이 실패하자 박필현은 과연 박동형에게 달려갔다. 박동형은 그를 꾀어 깊이 숨게 하고는 고을 관아로 달려가서 고발했다. 관아에서 박필현을 잡아 죽이고 박동형의 공로를 국가에 보고했다. 국가에서는 박동형에게 군郡을 봉해 주고 또 박필현의 재물을 상으로 주었다. 박필현은 박동형이 반드시 귀하게 될 줄은 알았으나 자기 때문에 귀해질 줄은 몰랐던 것이다.

성대중은 이 이야기를 적은 뒤, 난신적자亂臣賊子들은 남을 귀하게 만드는 밑거름이 될 뿐이라고 했다. 다만 이씨는 의리에 분발했는데도 망하고 박동형은 역적에 가담했는데도 군郡에 봉해진 것을 보면, 일이 아무리 좋더라도 잘못 거행하면 실패하고 마음이 아무리 나쁘더라도 시기에 맞으면 성공하는 법이라고 교훈을 말했다.

농민 신길만의 경우를 보면 어떠한가? 혹 백성들은 양반 사대부들을 귀하게 하는 밑거름이 될 뿐이 아니었던가? 이인좌의 난 때 공을 세우거나 순절한 사람을 기념한 비가 모두 셋인데, 그 어디에도 신길만의 이름이 나오지 않는다. 그의 무덤 앞에 세워진 작은 비석만이 그가 이인좌의 난 때 공을 세웠으리라는 사실을 짐작케 할 뿐이다.

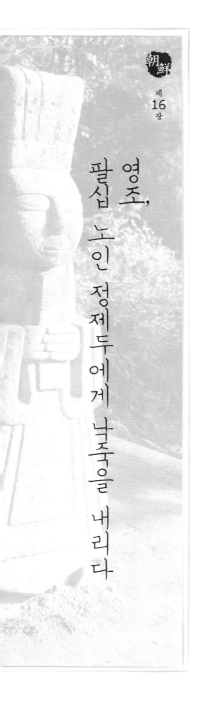

영조, 팔십 노인 정제두에게 냉죽을 내리다

이인좌의 난無申亂은 소론의 학자이자 정치가인 최규서崔奎瑞가 고변告變함으로써 확대되는 것을 막을 수 있었다. 당시 최규서는 80세로, 영의정을 그만두고 일선에서 물러나 봉조하로 있었다. 그 무렵 용인에 거처했는데, 난리가 일어난다는 정보를 입수하고는 가장 먼저 조정으로 달려와 이를 알리고 대책을 건의했다. 최규서는 원통한 옥사가 없을 것을 당부하여 온건한 소론들인 완소 계열을 보호했다. 난이 평정된 뒤 영조는 그에게 '일사부정—絲扶鼎'이라는 어필을 내렸다. 실낱 한 줄기로 사직을 부지했다는 뜻이다. 그러나 영조가 공신에 녹훈하려고 하자 최규서는 끝까지 거절했다. 그 후 정조는 재위 12년 1788년에 무신년의 공신과 충신을 포상하라는 윤음을 내리면서, 고 최규서를 가장 먼저 거론했다.

최규서는 강화도 진강촌 하일리霞逸里로 들어가 정제두鄭齊斗의 이웃에 머물면서, 그와 함께 학문을 논했다. 이때 〈새로 집을 얽고서 느낌이 있어新構有感〉라는 시를 지었다.

편경 치던 선생孔子을 따르려고 만년에 계획하여
진강산 아래 초가를 하나 얽으니
구름 낀 수풀은 골짜기를 에워쌌고 마을 사립 고요한데
바람이 바다를 휘몰고 하늘을 흔들어 외론 섬이 위태롭도다
일천 날을 잠자는 사이에 이미 늙고 말았으니
백년 인생 다 산 뒤엔 세상에 누가 나를 알랴
살아 순명했고 죽는데도 평안하기에 유감이 없어
승화乘化하여 본댁으로 돌아감이 더딘 게 한스러울 뿐

| 영조 어제어필 4언시

경남대학교박물관 데라우치 문고 소장. 《어제준천제명첩(御製濬川題名帖)》 수록.

영조 36년(1760년), 청계천 준천 공사를 마치고 쓴 축시(祝詩). "지금에 준천공사가 마무리된 것은, 신하와 백성이 힘을 바친 결과로다. 부디 이 정성으로 군국(軍國)의 뜻을 베풀어 보자."

晚計遙追擊磬師(만계요추격경사)　　鎭江山下一茅茨(진강산하일모자)

雲林護壑村扉靜(운림호학촌비정)　　颶海掀天島嶼危(구해흔천도서위)

千日睡中人已老(천일수중인이로)　　百年身後世誰知(백년신후세수지)

沒寧存順無餘憾(몰녕존순무여감)　　乘化歸眞獨恨遲(승화귀진독한지)

최규서는 하일리에 있을 때 서재의 편액을 수운헌睡雲軒이라 하고는 장와長臥 · 은둔의 뜻을 담았다. 〈수운헌에 적다題睡雲軒〉라는 시는 이렇다. 뒷날 그는 한강 용호용산가로 이주하게 된다.

구름이 산에 있어

말았다간 펼치고

펼쳤다간 마누나

사람이 난간에 있어

졸다가는 깨고

깨었다간 자누나

(구름이) 말면 (사람은) 잠드니

사람이 산에 있고

구름이 난간에 있도다

(구름이) 펼치면 (사람은) 깨어나니

사람이 난간에 있고

구름이 산에 있도다

雲在岫(운재수) 捲復舒(권부서) 舒復捲(서부권)

人在欄(인재란) 睡復醒(수부성) 醒復睡(성부수)

捲則睡(권즉수) 人在岫(인재수) 雲在欄(운재란)

舒則醒(서즉성) 人在欄(인재란) 雲在岫(운재수)

이 시를 보면, 구름으로 상징되는 자연 세계와 난간에 위치한 인간 존재가 잘 어우러져 있다. 정신세계가 무척 풍요롭다.

그렇다면 최규서가 그토록 의지했던 정제두, 그는 누구인가? 조선의 양명학적 심학을 일궈낸 인본주의 철학자이다.

정제두鄭齊斗·1649~1736년는 본관이 영일로, 정몽주의 11대손이다. 서울 반곡방에서 태어나, 41세부터 60세까지 경기도 안산 가래골楸谷·시흥시 화정동에서 강학했으며, 61세부터 88세의 몰년까지 강화도 하곡霞谷리에 거주했다. 하곡은 강화읍에서 남서로 칠십 리 떨어진 곳으로, 현 인천광역시 강화군 양도면 하일리를 말한다. 정제두는 거주하던 곳의 지명을 따서 호를 하곡霞谷이라 했다.

강화도는 강도江都 혹은 심주沁州라고도 한다. 안으로 마니摩尼·혈구穴口·穴窟山의 첩첩한 산이 웅거하고, 밖으로는 동진童津·通津山과 백마산의 요새가 사면에 둘러 있다. 고려·조선시대에는 다섯 도의 뱃길이 닿았다. 몽고침입 때는 항전의 기지였고, 병자호란 때는 고난의 땅이었다. 조선 후기에는 인간 본연의 가치를 새롭게 발견한 강화학파의 발상지이자 회귀처였다.

전주 이씨 덕천군파의 이광명李匡明은 정제두를 흠모하여 강화도로 건너가, 오랜 기간 수학했다. 이광사李匡師도 정제두를 배알하러 월곶으로 건너갔으며, 이광신李匡臣은 정제두와 그 아들 정후일鄭厚一에게서 배웠다. 정제두의 손자사위 신대우申大羽도 강화도에 살면서 정제두의 자취를 더듬었다. 그들은 정통 교학이 편협한 당론으로 굳어져 갈 때에 새로운 인간학을 추구했다. 경전을 우리의 시각에서 연구하고 우리의 문자, 음운, 역사를 탐구하는 한편, 인간존재의 본질을 생각하는 시와 글을 지었다. 그 뒤 이긍익李肯翊, 유희柳僖, 신작申綽이 각각 국사학, 국어학, 경학 방면에서 탁월한 업적을 이루었다. 이들이 성립시키고 계승한 학맥을 강화학파라고 부른다.

강화학파는 자기 자신을 참되게 함을 우선시하는 '실학實學'이었다. 곧 실심실학實心實學이었다. 이 학파의 지식인들은 대부분 영정조의 탕평 정국에서 소외되거나 정국 운영에서 주도적이지 못했던 소론 학자들이었다.

정제두는 윤선거尹宣擧의 종서從婿이기도 했다. 윤선거는 윤증尹拯의 부친, 성혼成渾의 외손, 윤휴尹鑴의 학우, 박세당朴世堂의 중형인 박세후朴世垕의 장인, 박태보朴泰輔의 외조부다. 정제두는 청장년 시절에 몸이 허약한 데다 세상의 분잡함이 싫어서 과거 공부를 하지 않고 양명학을 깊이 공부했다.

양명학이란 명나라 때 왕양명^{왕수인}이 주자학의 성리학 사상에 반대하여 발전시킨 철학사상이다. 육상산^{육구연}의 철학과 함께 심학이라 불린다. 왕양명은 주자의 성즉리性卽理와 격물치지설格物致知說에 회의를 느꼈다. 우선, 효는 부모를 공경하는 자연스러운 마음의 발현이므로 효심과 효행은 구분되지 않는다는 사실에 주목했다. 또 만물일체와 불교의 삼계유심三界唯心의 입장에서 마음이 곧 이理라는 심즉리心卽理의 관점을 취했으며, 마음이 지닌 선천적인 앎의 능력인 양지良知를 그대로 실행해야 한다고 여겼다. 그래서 "앎의 진정한 독실처篤實處가 곧 행行이요, 행함의 명각정찰처明覺精察處가 곧 앎므로, 앎과 행함의 공부는 분리할 수 없다."라는 지행합일설을 제출한 것이다.

정제두는 40세에 들어서면서 병세가 호전되고 평택현감에 제수되자, 어머니의 권유로 벼슬에 나아갔다. 하지만 숙종 15년^{1689년}의 기사환국으로 남인이 집권한 뒤 이이와 성혼의 신주를 문묘에서 치우려고 하자, 취임 두 달 만에 그만두었다. 그 뒤 안산의 가래울에 서실을 짓고 양명학에 전념했다. 숙종 32년^{1706년}에 재야의 인재를 추천하라는 왕명이 있었을 때, 소론의 우의정 윤지완尹趾完은 정제두에게 수령의 자리를 주어 시험하라고 건의했다. 이로써 정제두는 40대 후반부터 50대 말까지 여러 관직을 제수 받았다. 하지만 모두 거절했다. 60세 무렵에는 선조의 묘가 있는 강화도 진강산 아래로 이사해서, 초가 정자를 지었다. 그리고 그곳에서 우주의 순정하고 광활한 기를 느끼고는 〈초정 신거草亭新居〉라는 시를 지었다.

새로 지은 집은 조각배만큼 작고
망망한 들판은 큰 물에 임했구나
문에 드는 기운은 광활한 봉래 바다에 이어지고
처마 끝 구름은 허공에 뜬 태산에 멀리 닿아 있네
우주건곤은 선천先天의 운수와 가깝고
삼라만상은 태시太始의 함허와 같아라

흰 물새가 저렇게 호탕함을 보매
우리 도가 유유함을 이제 알겠네

新居一鑿小如舟(신거일착소여주)　平野微茫枕鉅流(평야미망침거류)
戶氣長連蓬海闊(호기장련봉해활)　籧雲遙際岱岑浮(첨운요제대잠부)
乾坤合近先天運(건곤합근선천운)　萬象涵虛太始秋(만상함허태시추)
但見白鷗何浩蕩(단견백구하호탕)　正知吾道更悠悠(정지오도갱유유)

이 무렵 정제두는 통정대부에 가자되고 호조참의에 임명되었다. 62세 때인 숙종 36년1710년에는 강원도 관찰사에 임명되었다. 하지만 부임하지 않았다. 숙종 37년1711년 7월에 회양도호부사에 임명되자, 비로소 8월에 부임하여 홍수 때문에 유랑하는 백성들을 편의대로 진무했다. 그렇지만 10월에 벼슬을 버리고 강화도로 돌아갔다. 정제두는 평소 "관리로 있으면서 백성에 임하는 것은 스스로를 다스리고 인민을 다스리는 것에 지나지 않는다.(居官莅民, 無過自治治人)"라고 했다. 또 정호程顥가 진성晉城 현령으로 있으면서 납세에 편의를 주고 효제·충신·환난·상휼의 덕을 심어주며 향교를 육성했던 치적을 목민의 모범으로 삼아야 한다고 했다.

강화도에서 정제두는 심학을 더욱 발전시키고 문인들에게 그 내용을 강학했다. 성리학적 기본 문제를 양명학적 심학의 관점에서 재해석하는 한편, 경학을 체계적으로 해석하여 심학적 경학을 정립했다. 그리고 예학의 실천적 문제와 역상·천문·조석潮汐 등 자연현상에 관심을 두었다.

경종 2년1722년에는 사헌부 대사헌에 임명되고 시강원 찬선에 겸임되었다가 다시 이조참판에 전임되었다. 1724년에 재위 4년째를 맞은 경종은 사관을 보내어 불렀으나, 정제두는 소를 올려 나아가지 않았다. 그러다가 성균관 좨주祭酒에 임명되었다. 8월에 경종이 승하하자, 정제두는 달려가 외반外班에서 곡한 다음 곧 돌아왔다.

강도(江都)

《해동지도》 수록. 서울대학교 규장각한국학연구원 소장.

18세기 중기 강화도의 지도이다. 위량면(位良面) 진강산(鎭江山) 남쪽이 정제두와 최규서가 강학하던 곳이다. 현재의 양도면 능내리 지역이다.

영조는 즉위한 뒤 정제두에게 별유別諭·임금의 특별 분부를 내려, "사관을 보내어 나의 마음속을 털어놓는 바이니 모름지기 양조肅宗·景宗께서 특별히 돌아보신 뜻을 생각해서라도 사관과 함께 마음을 돌려 길을 떠나 주었으면 하오."라고 했다. 그러나 정제두는 회계回啓·임금의 물음에 대한 답를 올려 감히 명을 받들지 못한다는 뜻을 진술했다. 그리고 "지금 전하께서는 새로 천명을 받았사오니 건극建極·나라를 다스리는 근본 법칙을 세움의 근본과 질경덕疾敬德·덕 있는 이 받들기를 서두름의 덕이 이에 달려 있습니다. 엎드려 생각하건대, 강학한 것이 본래 있었고 얻으신 것이 몸에 있사오니 어찌 다시 비천한 저를 부르시어 같이 의논하셔야만 하겠습니까?"라고 했다.

정제두 묘 앞 문인석
강화도 소재. 필자 촬영.

영조는 여러 번 유지論旨를 내려 부르고 사관을 오래 머물게 했으므로, 정제두는 마지못하여 통진으로 나와서 소를 올려 해직해 달라고 청했다. 그 상소에서 정제두는 복제服制에서 중국의 고례古禮만 쓰지 말고 《오례의五禮儀》를 함께 써야 한다고 주장했다. 이것은 1720년 경종의 대상 때 천자에서부터 서인에 이르기까지 모두 임금을 위해 3년복을 입는다는 설이 나돌게 되어 이 사람 저 사람이 모두 선왕의 예를 의논하는 사태가 일어났음을 개탄해서 그런 것이다. 영조는 해직을 허락한다는 비답을 내리고 사관도 철수시켰다.

영조는 왕위에 오른 후 단의왕후에게 축문을 고할 때 자신을 칭하는 문제를 물

었는데, 정제두는 애사哀嗣라고 칭하는 것이 마땅하다고 답변했다. 단의왕후는 경종의 비로, 숙종 때 세자빈으로 책봉되었으나 경종이 즉위하기 전에 소생 없이 죽었고, 경종이 왕위에 오른 뒤 왕후로 추봉되었다. 영조에게 애사라 칭하라고 한 것은 단의왕후를 모후로서 인정하라는 것이었다. 그 뒤 정제두가 집으로 돌아오게 되자 영조는 그를 부축할 궁졸을 보내고 낙죽酪粥을 하사했다.

낙죽은 타락죽이라고도 하는데, 찹쌀에 우유를 넣어 만든 죽이다. 찹쌀로 죽을 만든 후에 우유를 넣는 방식으로 만든다. 왕실 음식으로, 왕실에서는 우유를 타락이라고 불렀다.

정제두는 벼슬에 나아가지는 않았으나 경종 2년1722년 7월에 세제시강원 찬선에 제수되었으므로, 경종은 그를 빈사賓師라고 불렀다. 또 1722년 9월에 즉위한 영조는 그에게 유일遺逸의 칭호를 주고 계속 소명을 내렸다. 그런데 정제두가 78세 되던 해인 영조 2년1726년 7월에 사헌부 지평 이정박李廷樸은, 정제두는 양명학을 주장하므로 빈사로 대우할 수 없으며 유일의 칭호도 깎아 없애라고 요구했다. 영조가 이정박을 엄중하게 문책하자, 8월에 이정박은 벼슬에서 물러났다. 당시의 성리학자들은 정제두가 이단에 빠졌다고 비판했던 것이다.

영조 3년1727년 7월에 정제두는 이조참판에 임명되고 또 세자시강원 찬선에 천직되었다. 이때 세자의 관례를 행하게 되자 영조는 별유를 내리고 사관을 보내서 함께 올라오도록 했다. 정제두는 군이 사양하고 나아가지 않았다. 9월 8일에 영조는 사관을 통해 "경이 무고를 당한 것은 이미 남김 없이 풀렸으니 경에게 어찌 다시 혐의스러운 단서가 있겠소? 경은 선조先朝 때에도 은혜를 입어 오늘날에 이르렀는데 원량元良·세자이 삼가三加·관례하는 때에 어찌 뜻을 돌려서 나오려 하지 않는가?"라고 했다. 10월 6일무자에 정제두는 사헌부 대사헌에 임명되었는데 소를 올려 사양했다. 영조는 사관을 보내어 허락하지 않았다. 11월에 두 번째 소를 올렸지만, 영조는 또 허락하지 않았다.

영조 4년1728년 정월 8일기미에 정제두는 자헌대부로 승급했다. 정제두는 소를 올려 사양하고 대사헌의 직도 해직해 주기를 빌었다. 영조는 2월에 사관을 보내어

사헌부의 직책을 해직하도록 허락하되 대궐로 오도록 불렀다. 2월 3일_{갑신}에는 정제두를 의정부 우참찬에 임명하고, 연달아 사관을 보내어 대궐로 불렀다.

영조 5년_{1728년} 3월에 무신난이 일어났다. 정제두는 친우 최규서와 함께 분문^奔問·국난에 달려가 위문함하기 위해 도성에 들어갔다. 이때 희정당熙政堂에서 〈문적변소聞賊變疏〉와 〈문적변진위소聞賊變陳慰疏〉를 올렸으며, 탕평 방안을 실시하여 정국을 풀어나가도록 진언했다.

영조가 "이런 어려운 근심을 당했으니 장차 어떻게 하면 가라앉힐 수 있겠소?"라고 하자, 정제두는 "이 토벌이 오래도록 성상의 마음을 번거롭게 하지는 않을 것입니다. 신의 걱정은 옥사가 퍼져 나아가서 수습하기 쉽지 않으리란 점입니다. 파종할 시기는 지나가고 백성의 일은 급하므로 여러 도에 각별히 타일러서 백성들이 편안히 모여 살게 하는 한편, 농사를 권장하여 때를 잃지 않도록 서둘러야 할 것입니다."라고 했다.

4월 1일_{신사}에 영조는 정제두에게 음식물과 땔감을 하사했다. 3일에는 사관을 보내어 대궐로 불렀다. 정제두는 우선 〈사특사식물소辭特賜食物疏〉 등을 올리고 소명을 받들어 대궐로 갔다. 정제두는 주자의 〈경자봉사庚子封事〉에 대하여 강론하면서, "천하만사는 기강이 없으면 설 수 없습니다. 그 근본이란 마음을 바르게 하는 데 있는 것이며, 마음을 바르게 하는 것은 또한 홀로를 삼가는 데愼獨 있습니다."라고 했다. 또, "지금 조그마한 도적이 난을 일으켜서 우환이 그치지 않고 있으나 만약 근본만 세우신다면 저절로 안정될 것입니다."라고 했다.

얼마 후 난리가 평정되자, 정제두는 돌아갈 것을 고하고 도성을 떠났다. 하지만 영조가 사관을 보내 허락하지 않았으므로, 정제두는 13일_{계사}에 다시 도성으로 들어갔다. 정제두는 17일_{정유}에 입대하여 아뢰기를, "성상께서는 더욱더 성학聖學에 진취하시고 더 큰 덕에 힘쓰시어 최초의 정치를 크게 이루시고 동궁을 잘 보양하심으로써 연익燕翼·자손이 편히 살게 도움의 계책을 남겨 주시옵소서."라고 했다. 19일_{기해}에 영조는 숭례문에 거둥하여 목 벤 도적_{이인좌}의 머리를 받았다. 정제두는 22일_{임인}에 하반賀班에 참석했다.

28일무신에 입대해서는 주자의 〈무신봉사戊申封事〉를 강하면서 글 뜻에 따라서 동궁을 보양하는 도리를 아뢰었다. 정제두는 "전하께서 탕평을 하고자 하시거든 먼저 극極을 세우도록 하옵소서."라고 한 뒤에, "효종이 처음에는 정치를 도모하는 데 정력을 다했고 말년에는 너그럽게 포용하는 데 힘썼으므로 시비곡직을 따지지 않고 평형平衡의 도道만을 썼습니다. 이것은 불공평한 일이었습니다."라고 했다. 30일경술에는 서연에 입시해서 《소학》을 강했다.

5월 1일신해에 정제두는 인정전에 입대하여 돌아가기를 고했으나, 영조는 다시 소명을 내려 접견했다. 정제두는, "신독愼獨은 곧 중화中和를 이룬 경지로, 천지가 자리를 잡고 만물이 자라나는 것도 모두 이를 쫓아서 길러지고 얻어지게 됩니다."라고 했다.

영조가 개혁하고 변통하는 도를 묻자, 정제두는 세종대왕이 만든 《오례의》와 《경국육전經國六典》을 잘 준수해야 한다면서, "전하께서 성학으로 본령을 삼고 조종의 법을 힘써 행하신다면 태평한 정치를 이루지 못할 이치가 있겠습니까?"라고 했다. 영조는 옳은 말이라 칭찬하고 술을 내오라 분부한 뒤 수서手書를 내려 이르기를, "지금 시골집으로 돌아가서 몸조리를 잘하고 있다가 내가 부르거든 경은 다시 나와서 내가 오늘 경에게 권권眷眷하고 순순諄諄하게 대한 지극한 뜻을 깨달아 주오."라고 했다. 정제두는 5일을묘에 돌아와, 10일경신에 소를 올려 사직했다.

정제두는 시골로 돌아와서 소를 올려 해직시켜 줄 것을 빌었으며, 아울러 옥사가 자꾸 뻗어가서 인심이 소란해지지 않도록 소통疏通의 방식으로 다스리는 것이 타당하다는 뜻을 극진하게 아뢰었다.

그런데 11월에 왕세자가 흥서薨逝했다. 정제두는 달려가 대궐 밖에서 곡을 했다. 이때 왕명을 받들고 입시했다가 나와서 예관으로부터 왕세자의 복제服制에 대해 질문을 받았다. 정제두는 명종의 승하 때 기대승奇大升이 계체繼體 ·제왕의 자리를 이음에 대해 의논한 예를 들고, "지금 이 복제도 계체를 중하게 삼아서 대왕대비전은 증손복을 입어야 하고 왕대비전은 손복孫服을 입어야 합니다만, 제왕가에서는 적자는 있되 적손은 없는 것이오니 양전兩殿께서는 마땅히 강등하여 시마복緦 달 복과 대공복아홉 달 복을 입으셔야 합니다.”라고 했다.

이튿날 정제두가 돌아오자 사관이 양천까지 뒤따라와서 인견한 뒤에 돌아가라는 하교를 내렸다. 정제두는 소를 올리고 돌아갔으나 사관이 다시 찾아와서 머물러 주기를 요청하고 또 대사헌에 임명한다는 왕명을 전했다.

영조 5년1729년의 경연에서 전화錢貨의 폐단에 대해 논했는데, 영조는 특명으로 정제두에게 문의했다. 정제두는 사람 마음이 날로 각박해지고 백성의 힘이 날로 쇠퇴해져서 온갖 폐단이 모두 돈으로 말미암아 생겨났다고 하고, 전화를 혁파해야 한다고 주장했다. 하지만 영조는 조정의 의론이 일치하지 않아서 그대로 두었다. 정제두는 2월에 효장세자의 장사에 달려갔다. 3월에 영조는 도헌대사헌의 직을 체직할 것을 허락했다.

영조 6년1730년 6월, 정제두는 선의왕후의 상에 달려가서 성복成服·상복을 입음한 뒤에 입시했다. 선의왕후는 경조의 계비로 함종 어씨다. 8월 14일경술, 영조가 덕종세조의 아들 의경세자을 위한 축사祝辭에서 친족 관계의 호칭을 어떻게 해야 하는가 의논을 모았다. 정제두는 “성묘성종의 옛 예에 의거하여 질손姪孫이라 칭하고 백조고伯祖考라고 불러야 합니다.”라고 한 뒤에,《오례의》의 축판祝板에 의거하여 써서 바쳤다.

10월 7일정축에 영조는 정제두에게 궁중 사람을 보내 낙죽을 하사하고 안부를 물었다. 또 10월에 우레가 치는 변고가 있자, 영조는 정제두를 불렀다. 이렇게 한 해 동안 세 번이나 소명을 받았으나, 정제두는 모두 나아가지 않았다.

영조 7년1731년 8월에 정제두는 장릉인조의 능의 이장을 보러 갔는데, 영조는 그를 행재소에 입시하라고 했다. 영조 10년1734년에 정제두는 지중추부사에 임명되고 숭정대부로 승진했다가 의정부 우찬성에 임명되었다. 정제두는 사양했다. 9월에 영조가 장릉으로 거둥했을 때, 정제두는 통진으로 가서 잇달아 상소해서 해직을 청했다.

영조 8년1732년 2월 14일임인에 영조가 쌀과 고기를 하사하자, 정제두는 소를 올려 사양했다. 영조는 궁인을 보내 낙죽을 하사하고 안부를 물었다. 11월에도 영조는 궁인을 보내 낙죽을 하사하고 안부를 물었다. 영조 9년1733년 2월에도 쌀·콩과 어육魚肉을 하사했다.

영조 10년1734년 3월 3일기묘에 정제두는 지중추부사에 임명되었는데 소를 올려 사양했다. 영조는 사퇴를 허락하지 않았다. 20일병신에는 숭정대부 의정부 우찬성에 진배進拜되었다.

영조 11년1735년 정월 21일임진에 원자가 태어나 7월에 원자의 호를 정하자 정제두는 보양관에 임명되었다. 8월에 정제두가 대궐에 나아가려고 통진까지 갔을 때, 영조는 내시를 특별히 보내 반찬을 하사했다. 정제두는 강상江上에 이르러 소를 올려 시간원 찬선의 직을 해직해 달라고 빌었으나 영조는 허락하지 않았다. 정제두가 대궐 밖에 머물러 있자, 영조는 음식물과 땔감을 하사했다. 9월에 정제두는 숙배肅拜 사은하고, 원자의 상견례를 경극당敬極堂에서 거행한 뒤 이틀날 돌아왔다. 영조 12년1736년 정월 1일병신에 영조는 정제두에게 종1품의 세자이사世子貳師 직책을 더하고, 액정掖庭의 사람을 보내어 낙죽을 하사하고 안부를 물었다. 3월에 왕세자 책봉례가 끝나자 정제두는 소를 올려 모든 직책에서 물러나게 해 달라고 빌었는데 허락을 얻지 못했다. 영조는 사관을 보내 쌀·콩과 어육을 하사했다. 3월 21일을묘에 정제두는 숭록대부에 승급되자, 4월에 소를 올려 음식물을 하사한 것과 벼슬의 승급에 대하여 사례했다.

그해 8월 11일임신에 정제두는 정침에서 서거했다. 부음이 들리자 영조는 예장禮葬을 내렸다. 10월 5일을축에는 제祭를 하사했다. 정제두는 강화부 하현霞峴의 언덕에 장사지내졌다.

시장을 올리지 않았으나, 영조는 재위 19년1743년에 정제두에게 문강공文康公의 시호를 내렸다. 이때 태상시太常寺에서 문강文康, 문정文淸, 정헌正獻 등의 시호를 의논했는데 영조는 문강으로 하라고 비답을 내렸다. 도덕이 넓게 퍼지는 것을 문文, 연원淵源이 쉬지 않고 통한 것을 강康이라 한다.

영조는 정제두를 각별히 우대하여 수시로 낙죽을 내렸으며, 정사와 학문을 그에게 자문했다. 그래서 정제두는 영조 초에 소론 산림으로서 정국 운영에 큰

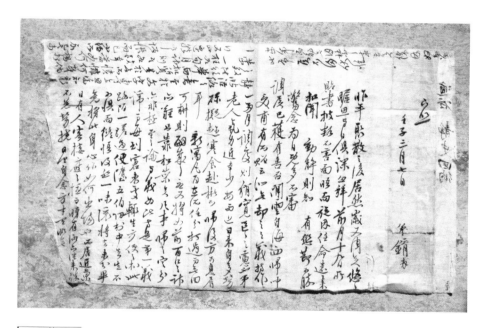

심육(沈錥) 간찰

김형우 씨 소장.

정제두의 고제(高弟)인 심육(沈錥, 1685~1753년)이 임자(壬子)년 즉 영조 8년(1732년)의 3월 7일에 둔곡(遁谷) 이진병(李震炳, 1679~1756년)에게 부친 서찰이다. 심육과 이진병은 함께 윤증(尹拯)에게서 수학하기도 했다.

영향력을 행사했다. 그는 상소上疏·서계書啓·회대回對·헌의獻議·연주筵奏를 통해, 왕실의 복제服制와 국가의 전례를 논하고, 전화錢貨의 유통과 관련한 자문에 응했으며, 관제·세제·전제·병제 등에 대해 의견을 진술했다.

또한 제자 가운데 이보혁李普赫은 무신난을 평정하는 데 공을 세웠고, 제자 심육沈錥과 학문적 동지 윤순尹淳은 국정에 참여했다. 정제두와 심육의 조부 심유沈濡는 이종 형제 간이므로, 심육은 정제두의 문하에 오래 출입했다.

심육은 〈하곡행장〉에서 정제두와 영조의 관계를 부각시켰다. 순조 2년1802년 9월에 이르러서야 정제두의 《하곡연보》가 이루어지고, 그것을 기초로 신대우는 신도표를 지었다.

《영조실록》의 영조 12년 8월 11일임신에 '의정부 우찬성 성균 좨주 문강공 하곡 정 선생'이 돌아갔다는 졸기가 실려 있다. 졸기에는 바로 윤순의 다음 제문이 실려 있다.

이 마음을 간직하여 1만 가지 이치에 정통했고 이 마음을 실하게 하여 1만 가지 일에 응했던 것은, 선생님의 학문이 명료하고 달통하시며 깊고 충실하여 마침내 탄태坦泰하고 안이安易함에 이르셨기 때문이다. 그러나 댁에 계실 때에는 말없이 이를 성취하셨고 그 본연의 천성을 즐기셨으며, 변박辯博과 영화榮華를 가지고 남에게 빛내려 하지 않으셨다. 세상에 나아가실 때에는 예禮로써 행하시고 세신世臣의 절의節義를 공손히 하셨으며, 도덕道德과 빈사賓師의 지위를 가지고서도 그 몸을 높이지 아니하셨다. 비록 밖의 것에 치무馳騖한 자가 선생을 의혹하고 높은 것을 좋아하는 자가 선생을 의심했다 하더라도, 선생은 스스로를 믿으시고 후회하지 않으셨을 뿐더러 남이 알아주기를 원하지 않으셨다. 그러니 선생은 공자와 안연을 스승이라 생각한다고 했던 것이다. 또 이르건대, 요·순의 구법九法이 막혀 어둡고 조종祖宗의 육전六典이 황폐하여 땅에 떨어졌다 해도, 선생이 계실 적에는 멀게는 도가 합했고[遠契] 가깝게는 조술하셨으니[近述] 용행用行하면 다스림이 있을 것 같았다. 하지만 선생이 돌아가신 뒤로는 한갓 세상이 쇠퇴하고 운수가 막히는가 하면 학문은 끊어져서 이어지지 못하고 있다. 아, 슬프도다! 선생을 100세(世)의 뒤에 증거할 것이 여기에 있지 않겠는가, 여기에 있지 않겠는가!

영조는 재위 5년1729년 8월에 노론 4대신의 죄에 대해 분등설을 기초로 이른바 기유처분을 내렸다. 또 우의정 조문명은 홍치중·이태좌 등과 함께 탕평정국을 궤도에 올렸다. 하지만 재위 8년1732년에 조문명이 죽고 난 후, 재위 11년1735년에는 노론이 이이명·김창집의 신원을 요구하여, 영조는 한밤중에 하교해야 했다. 영조는 김재로와 송인명을 재상으로 삼아 탕평책을 추진하려고, 외직에 있던 조현명을 이조판서에 임명했다. 영조 15년1739년 3월 22일무진, 우의정 송인명은 같은 계열의 박사수를 전조銓曹·이조에 끌어들이려고, 조현명이 이미 네 번의 대정大政·인사발령을 담당했으므로 체직해야 한다고 아뢰었다. 영조는 그 청을 받아들였다.

영조는 재위 16년1740년에 기유처분을 무효화하고 신축·임인의 옥사를 무옥誣獄으로 판정하는 이른바 경신처분을 단행했다. 이 때문에 정국이 경색되자, 영조는 조문명을 우의정에 발탁하여 정국을 변화시키려 했다. 하지만 탕평 정책을 수행하기 어려웠다.

영조가 이인좌의 난을 전후해서 정제두를 가까이 두고, 또 수시로 낙죽을 내리면서 안부를 물은 것은, 노론의 일당 독재를 막고 탕평의 정책을 실현하려는 의도를 담고 있었다.

정제두가 진언했듯이, 탕평은 보합이 아니라 극極을 세워 회극會極을 이루어내는 데 있었다. 하지만 영조는 극을 세우지 못했다. 이것이 그의 길고 긴 고통을 가져오게 된다.

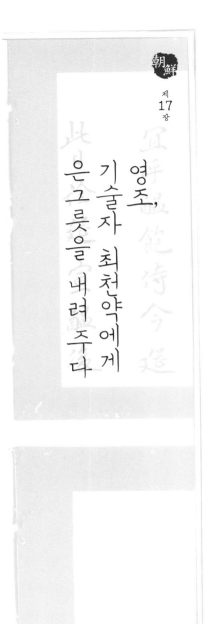

이규상李圭象·1727~1799년은 18세기의 인물들에 관해 사적을 모아 엮은 《병세재언록幷世才彦錄》의 〈방기록方伎錄〉에 최천약崔天若에 관한 이야기를 실어 두었다. 《병세재언록》은 자신과 같은 시대를 살고 있는 사람들 가운데 재주 있는 사람들을 후세에 알리기 위해 그들의 일화를 뽑아서 기록한 책이다. 일명 '일몽고一夢稿'라고 한다. 방기란 오늘날의 기술에 해당하는 말이다. 따라서 〈방기록〉은 각종 기술에 뛰어난 사람들의 일화를 기록한 것이다. 민족문학사연구소의 번역을 토대로 그 일부 내용을 소개하면 다음과 같다.

최천약이 언젠가 산릉山陵의 역사役事에 부름을 받아 가는데, 폭우가 내려 냇물이 막히자 지게支械를 타고 건넜다. 지게란 나무꾼이 등에 지는 나무로 만든 기구를 가리키는 우리나라 말이다. 그가 언젠가 조관朝官을 따라 입대했는데, 영조가 방판方板의 음식을 주라고 명하고 말하기를, "천약이 만약 한 사람의 손으로 방판 전부의 음식을 들고 나갈 수 있다면 방판의 그릇들을 모두 상으로 주겠다."라고 했다. 방판이란 나무 판으로 정방형을 꾸며 만든 기구를 이르는 말인데, 음식물을 올려놓으면 무거워서 여러 사람들이 들어야 한다. 최천약은 별안간 꾀를 내어 먼저 그릇 서너 개를 가지고서 술을 마시고 종종걸음으로 나가 밖에다 두고는 또 종종걸음으로 들어와 그릇 몇 개를 손으로 잡아 나갔다. 이러하기를 두세 차례 하니 방판의 그릇이 반이나 없어졌다. 임금이 크게 웃으며 말하길, "지혜가 보통 사람을 능가하는구나!"라고 한 뒤에, 즉시 방판의 그릇을 내려 주었는데, 은그

룻 약간에다 나머지는 모두 유기그릇이었다고 한다.

이야기가 하도 황당해서 진실인지는 알 수가 없다. 최천약이 방판의 그릇을 상으로 받은 것은 산릉의 역사가 있고 난 뒤의 일인 것으로 알려져 있다. 산릉의 역사役事란 영조 7년1731년 7월과 8월에 걸쳐 장릉長陵을 다른 곳으로 옮긴 일을 가리키는 듯하다. 장릉은 인조와 그의 비 인열왕후 한씨의 능으로, 처음에는 경기도 파주의 북쪽 운천리에 있었는데, 그해 뱀이 들끓어서 파주시 탄현면炭縣面 갈현리葛峴里로 이장했다. 《영조실록》을 근거로 살펴보면 최천약이 이 산릉 역사에서 큰 활약을 했음을 알 수 있다. 앞에서 나온 이야기는 그러한 활약상이 유포되면서 만들어진 듯하다.

그런데 최천약이 폭우로 불어난 냇물을 지게를 타고 건넜다고 했는데, 이것은 얼른 이해가 되지 않는다. 아마도 종으로 하여금 지게를 지게 하고 자신은 그 지게에 타고 물을 건넜다는 것 같다. 이야기의 진위는 알 수 없지만, 이 이야기에 나오는 최천약은 정말로 갖가지 기예에 뛰어나 많은 물건들을 제작하거나 수리한 실존 인물이다.

기술자 최천약에 대해서는 안대회 씨가 《조선의 프로페셔널》에서 집중 조명한 바 있다. 그의 이름은 《병세재언록》 외에 《조선왕조실록》이나 《일성록》, 《승정원일기》, 각종 의궤儀軌에 간간이 등장한다. 최천약은 동래부의 평민이었다. 스무 살 무렵인 영조 7년1731년에 한양에 올라와 무과에 응시했으나 낙방했다. 그러나 통신사의 수행원으로 일본에 다녀오기도 했고 총융청 교련관으로 차출되기도 했다고 한다. 다만 그가 통신사 수행원으로 일본에 다녀온 것이 숙종 때라는 말이 있으나, 연대가 맞지 않는다. 또한 그는 사도진첨사, 화량첨사와 같은 장교로 근무하면서 조정의 일에 자주 차출되었다. 자, 등, 악기, 무기, 자명종, 천문기계를 정교하게 만들었으며, 산릉의 비석이나 석마, 문인석도 만들고, 빗돌에 비문을 새기기까지 했다.

《병세재언록》에 따르면, 포은 정몽주를 기리기 위해 영조가 세운 선죽교의 비석도 최천약이 새겼다고 한다.

선죽교는 북한 개성시 선죽동 자남산 동쪽 기슭의 작은 개울에 있는 고려시대의 돌다리이다. 본래 고려 태조가 919년 송도개성의 시가지를 정비할 때 축조한 것으로 추정된다. 선죽교는 바로 1392년에 정몽주가 이방원태종에 의해 피살된 곳이다. 돌다리에는 아직도 정몽주의 혈흔이라 전하는 붉은 빛이 있다고 한다. 철 성분의 산화 흔적에 불과할지도 모르지만, 예로부터 정몽주의 혈흔으로 간주되어 왔다. 원래 이름은 선지교善地橋였으나, 정몽주가 피살되던 날 밤, 다리 옆에 대나무가 났기 때문에 선죽교로 고쳤다고 한다.

선죽교는 돌기둥과 노면이 맞닿는 부분에 시렁돌을 침목처럼 올리고, 돌기둥의 노면에는 양쪽 가에 긴 난간돌을 놓은 뒤 여러 줄의 판석을 깔았다. 노면 위에는 교량의 난간주 구실을 하는 돌기둥을 3단으로 쌓았다. 이 난간은 정조 4년1780년에 정몽주의 후손들이 설치한 것이다. 다리 동쪽에는 한석봉의 서체로 선죽교라는 글씨를 새긴 빗돌이 있다. 또 서쪽에는 선죽교와 도로를 사이에 두고, 영조와 고종이 정몽주의 충절을 찬양하여 1740년과 1872년에 각각 세운 2개의 표충비表忠碑가 있다. 비석은 암수 거북 위에 서 있고, 전체가 비각에 안치되어 있다. 두 비석은 표충각 안에 안치했다.

영조가 재위 16년인 1740년에 세운 표충비는 〈어제 어필 선죽교 시비御製御筆善竹橋詩碑〉라고 한다. 높이 3.17미터다. 1740년의 가을, 영조는 목청전穆淸殿에 들를 때 선죽교를 보고 정몽주의 충절을 기리기 위해 다리에 멈춰 시를 짓고 글씨를 썼다. 목청전은 경기도 개성시 운학동에 있는 태조 이성계의 옛 집이다. 태종 때는 이곳에 태조의 영정을 모셨다. 《영조실록》의 영조 16년 경신1740년 9월 3일신미자에 보면, 영조가 행궁行宮에서 회가回駕하기 위해 선죽교에 이르러 직접 "도덕과 정충이 만고에 뻗어갈 것이니, 태산처럼 높은 절개, 포은공이로다."라는 열 네 글자의 한자를 써서 개성유수로 하여금 돌에 새겨 세우게 했다. 또 대제학 오원吳瑗에게 명하여 정몽주의 사적을 기술하여 비석의 뒷면에 새기게 했다. 영조는 그날 선죽교에 이르러 정몽주의 절개를 기리고, 성균관에 들러 공자를 알현했다.

그해 겨울, 영조의 어제 어필을 새긴 비를 세웠다. 이 비의 전제篆題는 '어제어필선죽교시御製御筆善竹橋詩'이고, 표면에는 영조의 시를 해서체 글씨로 음각했다. 곧, 위의 《실록》 기록에 나오는 7언 2구, 14글자를 말한다.

道德精忠亘萬古(도덕정충긍만고)
泰山高節圃隱公(태산고절포은공)

　　뒷면에는 '어제어필선죽교소지御製御筆善竹橋小識'를 새겼다. 그 내용은 다음과 같다.

내가 즉위한 지 16년째 되던 경신년영조 16년·1740년 가을 9월 3일 목청전을 지나면서 보니 길가에 다리가 있었는데, 이곳이 고려조의 시중이었던 포은 정 공이 절개를 지킨 곳이다. 다리에 멈추어서 시를 지어 비석을 세우게 했다. 공의 도덕을 높이고 공의 정충精忠을 드러내고자 하는 것이지, 이것이 어찌 다만 내가 한때 우연히 감격하여 그런 것이겠는가. 역시 우러러 옛날 도道를 높이고 충忠을 숭상하던 성대한 뜻을 체득하고자 해서이다.

　　영조는 시를 지어 비석을 세우는 것은 정몽주의 도덕을 높이고 정충精忠·순수하고 변함 없는 충성을 드러내며, 옛날 도를 높이고 충忠을 숭상하던 성대한 뜻을 체득하기 위해서라고 밝혔다.

　　〈어제어필선죽교소지御製御筆善竹橋小識〉 이외에 별도로 대제학 오원의 음기陰記·비석 뒷면에 새긴 글가 있다. 영조의 〈어제어필선죽교시비〉를 세우는 일에는 왕씨 일족이 참여했다. 박지원이 〈참봉왕군묘갈명參奉王君墓碣銘〉에서 밝힌 일화다. 박지원의 이 글을 통해서, 고려 왕족의 후예들인 왕씨가 선죽교의 표충비를 보호하고 고려 왕족의 자긍심을 지키려고 애쓴 자취를 살필 수 있다. 단, 최천약에 대해서는 언급하지 않았다.

임금이 선죽교에 거둥하여 어필御筆로써 고려 충신 문충공 정몽주를 기려, "일월처럼 밝은 정충精忠이 만고에 뻗어갈 것이니, 태산처럼 높은 절개, 포은 공이로다."라고 쓴 뒤에, 담당자에게 명하여 돌에 새겨 비를 만들어 다리 입구에 세우게 했다. 군은 감격하여 눈물을 흘리며, 그의 종족을 거느리고 날마다 비를 만드는 일에 참여했다. 빗돌을 받치는 귀부龜趺가 완성되자 이를 끌어당기는 자가 거의 1만 명이었으나, 너무도 무거워서 꿈쩍도 하지 않았다. 비를 세울 날짜는 정해져 있어, 담당자는 기일까지 맞추지 못할까 두려워하고 있었는데, 군이 웃통을 벗고 밧줄을 잡아 '호야!' 하고 한 번 끌어당기자 대중들의 힘이 일제히 솟아나, 돌이 가기를 물 흐르듯 했다. 그래서 마침내 담력과 용맹으로써 칭송을 받았다. 장차 비각을 건립할 양으로 주춧돌을 고궁의 터에서 캐어 오려 하자 군은 강개한 어조로 말하기를, "이 역사役事가 누구를 표창하기 위한 것인데 하필이면 고려 고궁의 대臺를 헐어서 한단 말인가!"라고 하니, 담당자는 말을 못하고 한참 있다가 탄식하면서, "저 사람 말이 옳다."라고 하고는, 마침내 다른 곳에서 주춧돌을 가져왔다.

훗날 고종은 재위 9년1872년에 표충비를 별도로 세웠다.《승정원일기》를 보면 고종 8년1871년 5월 28일정사에 지제교 이재만李載晩을 시켜 교서를 제작하게 하여 개성 유수 이인응李寅應에게 내려 주민을 잘 보살피도록 명했다. 그리고 이듬해에 표충비를 세웠다. 재위 11년에는 영조의 어필각석을 보호하는 비각을 마련하도록 시켰다.

최천약은 경종 때 왕세제 책봉에 필요한 옥인玉印을 제작했는데, 공임工賃을 받기를 거부했다. 조정의 역사에 참여하면 작업 후 포상을 받았으나, 최천약은 장인匠人·공인工人들과 함께 취급되는 것을 부끄럽게 여겨 명단에 이름을 넣지 말라고 부탁했다는 것이다.

그 후 최천약은 영조의 신임을 받고 국가의 토목공사에 많이 참여했다. 영조와의 만남에서 기지를 발휘해 은그릇과 유기그릇을 선물로 받은 일은 최천약이

영조 칠언율시

경남대학교박물관 데라우치 문고 소장. 《구온팔진(九醞八珍)》 수록.

영조 22년(1746년), 대비전의 환후가 쾌차한 것을 기념한 시. 조현명(趙顯命)의 갱재(賡載)가 이어진다.

영조의 여러 일에 직접 참여했다는 사실을 배경으로 만들어진 이야기일 것이다. 또 선죽교 옆의 〈어제어필선죽교시비〉를 세울 때 공교로움을 다하였다는 것은, 최천약이 영조 때 국가의 각종 역사에 참여한 것을 입증하는 사례이다.

　최천약은 영조 초에 자신이 처음으로 서울로 올라와 신이한 조각술로 서평군西平君 이요李橈에게 인정받게 되었다고 한다. 그 스스로 다른 사람에게 들려주는 말에서 그 경위를 이렇게 밝혔다.

스무 살이 넘어 서울에 올라와서 무과에 응시했지만 합격하지 못하였는데, 그때 신해년1731년·영조7년의 큰 흉년을 만나 노자며 행장에 꾸려온 것도 다 되어 이러지도 저러지도 못하고 근심하다가 어느 약국에서 쉬었다. 마침 약국 사람이 좀 먹은 천궁川芎·궁궁이 뿌리을 버리기에 내가 무심코 허리에 차고 있던 패도를 꺼내 큰 천궁 하나에 산과 꽃과 새를 본떠 조각하여 천궁의 생김새대로 새겨 손이 가는 대로 모양을 만들고, 또 다른 천궁에 용 모양을 조각하였는데 진짜 용과 다름이 없었다. 나 자신도 마음속에 스스로 놀랍고 괴이하였는데, 약국 사람이 보고서 혀를 내두르면서 "잠깐만 여기 앉아 있으시오. 제가 서평군西平君·李橈 대감께 말씀드릴테니!"라고 말했다. 약국 사람이 가고 얼마 있다가 서평군이 불러서 가서 뵈니, 부채에 천궁 두 개를 달고서 이를 부치면서 말하기를 "내가 중국의 조각들을 보았지만 천연 그대로 새긴 것은 너에게서 처음 본다."라고 했다. 곧장 호박琥珀을 꺼내어 사자를 새기도록 하고 사자 그림 화본을 보여 주었다. 내가 칼을 놀리니 하나하나가 모양이 닮은지라, 서평군이 무릎을 치면서 "이 사람은 공수반公輸盤이다."라고 말하고는, 집에 머무르게 하여 등을 만들게 했다. 그때는 4월 초파일 현등절懸燈節이 가까웠다. 내가 그 전에 있던 등들을 보고 본떠서 만들었는데 그 솜씨가 절묘했다. 서평군은 가장 잘 된 것을 골라 대궐로 들여보냈다. 등을 다 만들자 상으로 50냥을 주면서 집에 내려갔다가 곧바로 서울로 돌아오도록 했다.

최천약은 영조의 편전에 있는 자명종을 수리하게 되면서 처음으로 영조를 알

원릉

한국학중앙연구원 사진 제공. 원릉(元陵)은 경기도 구리시 인창동 동구릉 내에 있는 조선 제21대 왕 영조와 계비 정순왕후 김씨의 무덤이다. 영조는 원비인 정성왕후가 잠든 서오릉의 홍릉(弘陵) 자리에 묻히기를 바랐으나 정조가 현 위치에 능지를 정했다고 한다. 원래 효종의 능인 영릉(寧陵)이 있었던 곳인데, 영릉은 현종 14년(1673)에 경기도 여주로 옮겨졌다.

현하게 되었다고 전한다. 그 자명종은 기계장치로 움직이는 서양식 시계였다. 최천약은 처음 보는 자명종이었지만 금세 수리해 냈다고 한다.

그런데 《영조실록》을 보면 최천약의 이름이 영조 7년1731년의 7월 8일기사에 처음으로 나온다. 그날, 임금이 총호사總護使 홍치중洪致中에게 장릉長陵의 천릉 때 여러 신하들이 갖출 복색服色에 관해 의논한 내용을 가져오라 명하고 다음과 같이 하교했다.

유신儒臣 정제두의 헌의獻議가 상세히 살폈다고 할 만하니, 망곡을 한 뒤에 상복을 벗는다는 뜻을 다시 부표付標하도록 하라. 다른 나머지 일은 예서禮書의 글귀에 따라 행해야 하겠지만, 원릉元陵을 합봉合封하는 것은 바로 영릉英陵 이후에 두 번째로 행하는 것이다.《오례의》에 이미 "석회로 막되 창을 열어놓으라."는 조문이 있으므로, 신도^神道와 인정^{人情}에 따라 마땅히 준행해야 할 것이다. 두 능의 석회를 막는 것에 대해서는 예서를 상고하여 '창을 내는 제도'를 모방하라고 도감^{都監}에 하유하라.

장릉은 조선 16대왕 인조와 왕비 인열왕후 한씨의 능이다. 처음에는 경기도 파주시 북운천리에 있었으나, 영조 7년에 파주시 탄현면 갈현리로 옮겼다. 이때 홍치중은 교묘한 솜씨가 있는 최천약을 가위장^{假衛將}에 차임하여 역사를 보게 하자고 아뢰었다.

최천약은 교묘한 솜씨가 있고 손수담^{孫壽聃}은 사리를 잘 아는데 모두 천릉과 부묘의 일에 대해 익히 알고 있습니다. 변이진^{卞爾鎭}이라 하는 자도 또한 그러합니다. 청컨대, 모두 가위장에 차임하여 능을 열 때 관대^{冠帶}를 갖추고 일을 보게 하소서.

▌ 장릉(인조 무덤)

한국학중앙연구원 사진 제공. 장릉(長陵)은 경기도 파주시 탄현면 갈현리에 있는 조선 제16대왕 인조와 그의 비(妃) 인열왕후 한씨(仁烈王后 韓氏)의 능이다. 처음 인열왕후의 상 때 산릉 터를 파주시 북운천리로 정하고 인조도 이곳에 장사했으나, 영조 7년(1731년) 사갈(蛇蝎)이 석물 틈에 집을 짓고 있어 현 위치로 옮겨 합장했다. 합장 때 옛 능의 석물을 옮겨다 썼다. 봉분 아래 병석(屛石)을 두르고 밖에 돌난간을 둘렀다.

영조는 그 말을 옳게 여겼다.

최천약은 섬돌과 좌우에 있는 망주석·양석羊石 등의 석물을 철거하는 일, 좌우의 곡장曲墻·무덤 뒤에 쌓은 담 각 두 칸을 철거하여 능을 열 때의 역사에 편리하게 하는 일, 혼유석魂遊石에 나아가 고석鼓石과 대석臺石을 설치하는 일, 장명등을 철거하여 능의 산등성이로 굴려 내린 뒤 수도각隧道閣을 건립하는 일, 갖가지 석물들을 차례대로 새 능으로 수송하는 일, 내재궁內梓宮은 육로를 통해 모시고 가고 외재궁外梓宮은 수로를 따라 운반하는 일, 새 능에 흙을 메우고 사초를 입히는 일 등에 모두 참여했을 것이다.

그해 9월 19일기묘에 영조는 산릉의 노고를 이유로 총호사 영의정 홍치중과 식재궁관拭梓宮官 우의정 조문명에게 안구마 한 필을 하사하고, 개폐봉관開閉封官 집의 한사득, 제조 김흥경·조원명, 도청道廳 서명구·이세진에게는 가자加資할 것을 명했으며, 그 나머지는 차등을 두어 시상했다. 그리고 산릉도감이 별도로 가위장 최천약의 공을 아뢰고 상 줄 것을 청하자, 그를 첨사僉使에 제수하라고 명했다. 첨사는 각 진영에 속한 종3품의 무관인 첨절제사僉節制使를 말한다.

《영조실록》을 보면, 영조 16년1740년 4월 5일을해의 기록에 최천약의 이름이 다시 나타난다. 영조는 그날 대신과 비국 당상을 인견하여 국정을 논했는데, 이때 유척기兪拓基가, 세종 때 제작된 포백척布帛尺에 근거해서 최천약을 시켜 황종척黃鐘尺·주척周尺·예기척禮器尺·영조척營造尺을 정밀하게 만들 것을 건의했다.

세종 때의 포백척이 삼척부三陟府에 있으므로 해조該曹를 시켜 가져오게 하여 최천약 같은 솜씨 좋은 자를 시켜 《경국대전》의 치수에 따라 교정校正하게 하면, 황종척·주척·예기척·영조척도 모두 그 제도에 맞아 차이 나지 않을 것이고, 완성되고 나면 나라 안팎에 반포할 수 있을 것입니다.

국립고궁박물관에는 18세기 중반에 만든 것으로 추정되는 놋쇠자가 있다. 자 하나에 다섯 종류의 척도가 결합되어 있고, 용도를 설명한 명문이 새겨져 있다.

안대회 씨도 추측했듯이,《영조실록》의 기록을 참조한다면, 이 자는 최천약이 만든 듯하다.

영조 28년1752년 3월에는 세손 이정李琔이 죽어 산릉의 역사가 있게 되었다. 그리고 5월 16일병자에 도감의 당상과 낭청에게 상을 내렸다는 기사가《영조실록》에 나온다. 그날 장생전 도제조 김재로에게는 숙마를, 삼도감三都監 도제조 김약로에게는 안구마를, 묘소 도감 제조 원경하와 박문수에게는 각각 숙마를 주었고, 현실 명정玄室銘旌 서사관 금성위 박명원, 시책문 서사관 김상익, 애책문 서사관 남유용 등에게는 가자했다. 그리고 최천약은 예전부터 나라의 역사役事에 수고가 많았다 하여 특별히 가자했다고 한다.

이듬해 영조는 나이 60세가 되고 생모 최씨가 무수리에서 후궁이 된 60주년을 기념하여, 생모에게 화경和敬의 시호를 올리고 묘소를 소령원昭寧園으로 삼았다. 그래서 영조 29년1753년 9월 13일을축의《실록》기사에는 영조가 사원례辭園禮를 행하고, 이어서 원園을 봉심奉審했다고 되어 있다. 이때 영조는 "최천약이 천지송千枝松을 뽑으려 한 것은 참으로 괴이하다."라고 하자, 동부승지 한광조韓光肇가 "김가金哥의 무덤이 가까운 곳에 있어서 옮기려 했다 합니다."라고 했다. 영조는 "봉심할 때 내가 옆으로 올라간 것은 남의 무덤을 밟을까 염려한 것이다."라고 했다.

영조가 봉심할 때 김가의 무덤을 밟지 않으려고 옆으로 올라가는 것을 보고 최천약은 김가 무덤의 천지송을 뽑으려 했던 것이다. 이 기사를 보면 최천약은 화경숙빈의 소령원을 조성할 때 크게 활약했으리라 짐작된다.

최천약은 영조 17년1741년에 대보단大報壇 제례를 거행할 때 편경·편종 등 악기 일체를 만드는 일을 감독했으며, 이 공으로 장교에서 무공武功 2품직으로 벼슬이 높아졌다고 한다.

또한 서명응徐命膺이 지은 〈영종대왕행장英宗大王行狀〉을 보면, 영조 18년1742년 7월에 영조가 세종 때의 보루각報漏閣 제도를 복구하기 위해 장악원정掌樂院正 이연덕李延德과 '교사인巧思人' 최천약을 시켜 강구하게 했다고 되어 있다.

최천약은 갖가지 기예에 뛰어난 '교사인'이었던 것이다.

한성부 관아 정문의 현판을 탁본하려고 할 때 현판이 커서 탁본이 쉽지 않았다. 이때 최천약은 현판에 종이를 대고 탁본하지 않고 밑에 서서 현판의 글씨를 베껴 썼는데, 그것이 탁본한 것과 조금도 차이가 없었다고 한다.

이덕리李德履는 국방의 방책에 관해서 논한 《상두지桑土志》 제2권에서, 최천약이 만든 총차銃車를 기초로 선자포扇子砲를 만들자고 제안했다. 최천약은 스무 명의 병사가 어깨에 총을 메야 하는 수고를 덜어, 총 스무 개를 탑재한 네 층의 수레를 만들었다고 한다. 다만, 스무 개의 총에 일일이 불을 붙여야 했기 때문에 발사 속도가 느릴 수 있으므로, 이덕리는 열 개의 총을 하나의 도화선에 연결해 다발식으로 만들자고 한 것이다.

홍석주洪奭周는 집안 어른들의 일화를 모은 〈가언家言〉에서, 정명공주貞明公主의 부군인 정혜공靖惠公 홍상한洪象漢이 숙몽정夙夢亭을 지을 때 최천약을 시켜 일을 감독하게 했다고 적었다. 이때 숙몽정이 완성되자 홍상한은 정자가 너무 높은 것을 알고 화를 내면서 빨리 헐어내 치워버리라고 했다. 최천약은 "그럴 필요가 없습니다."라고 한 뒤, 즉시 정자의 다리를 약간 잘라내 아래로 내려뜨렸다. 그래서 정자를 한 걸음도 이동시키지 않고 공력이 다 끝났다고 했다. 숙몽정은 서울 압구정 가까이에 있었다고 한다. 그것은 흔히 홍석보洪錫輔의 정자로 알려져 있으나, 홍석주의 글에는 홍상한이 지은 것이라 되어 있다. 최천약이 숙몽정을 지은 것은 홍상한이 죽은 해인 영조 45년1769년보다 이전의 일일 것이다.

황윤석黃胤錫은 〈자명종自鳴鐘〉 시를 지으면서 장편의 서문을 두어 초산楚山 이언복李彦復 상사上舍가 60량을 주고 구입했던 자명종을 직접 보았다고 하고, 그 제도를 상세하게 설명했다. 이 종은 본래 서양에서 나왔는데, 왜국을 거쳐 우리나라에 전해진 듯하다. 백동으로 만들고 강철이나 단단한 나무를 이용해서 기계식으로 만든 자명종이었다. 황윤석은 이것을 모방해서 지을 수 있는 사람으로는 경성의 경우 최천약과 홍수해洪壽海가 있고, 호남의 경우 동복현 사람 나경훈羅景勳이 있을 따름이라고 했다. 대개 영조 말에는 최천약이 자명종을 만들 수 있는 인물로 널리 알려져 있었던 듯하다.

그런데 정조가 재위 13년1789년 7월에 사도세자의 묘인 영우원永祐園을 수원으로 옮길 때는 최천약은 이미 고인이 된 뒤였다. 정조는 그해 7월 13일정유에 석상을 설치하는 일을 시작했는데, 이때 산릉도감에서 크고 작은 부석소浮石所·돌을 뜨는 곳를 모두 앵봉鸎峯으로 정했다. 연신筵臣이 말하기를, "돌의 품질은 가서 찾기를 기다렸다가 결정할 것이며, 비록 쓰기에 합당하다 하더라도 역사를 감독할 사람으로 오늘날 최천약 같은 자를 어떻게 구할 수 있겠습니까?"라고 했다. 정조는 "인재란 다른 시대에서 빌려 쓰는 것이 아니니, 정우태丁遇泰 한 사람으로도 최천약 몇 사람을 넉넉히 당해낼 수 있다. 지금 앵봉에서 석맥을 구하여 얻었으니, 그 역사를 감독하는 일은 따로 적당한 사람이 있을 것이다."라고 했다. 10월 7일기미에 정조는 신원新園으로 가서 혼유석 다듬은 것을 보고, 또 옹가甕家에 이르러 병풍석屛風石, 인석引石, 만석滿石을 두루 보았다. 여러 신하들이 모두, "석물에 그림을 그리는 수법이 극히 정교하고 세밀하니, 최천약을 시켜서 하더라도 더 잘할 수는 없을 듯합니다. 비록 의식에 소요되는 물품이라 하더라도 능히 뜻대로 성의를 다할 수 있으니, 또한 하늘의 뜻입니다."라고 했다. 14일병인에 석물에 대한 일을 끝냈다.

일본의 에도시대에는 정교한 톱니를 이용해서 물건들이 저절로 움직이게 만드는 장인들이 많았다. 그들이 만든 물건을 '가라쿠리'라고 한다. 가라쿠리는 유희의 정신에서 만들어졌지만, 그 기능과 장치를 개발하는 과정에서 근대적 기계 물품을 제작하는 기술과 방법이 연마되었다. 조선 후기에도 역시 교사인巧思人이 존재하여 근대적인 기계 물품을 자체적으로 제작하거나, 서양 혹은 일본의 것을 모방해서 여러 기계들을 제작했을 것이다. 그 대표적인 인물이 최천약이었다. 영조는 그의 재능을 알아보고 많은 물건들을 제작하거나 수리하게 했다. 다만 안타깝게도 지금은 그가 만든 정교한 물품들을 찾아보기 어렵다. 국립고궁박물관에 있는 18세기 중반의 놋쇠자가 그의 교묘한 상상력을 짐작하게 할 뿐이다.

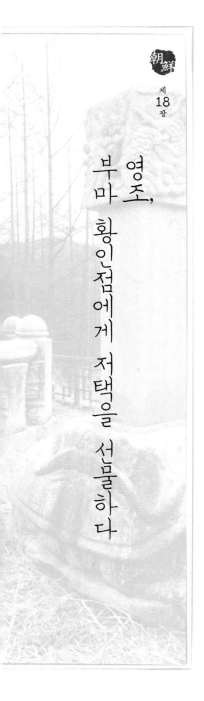

영조,
부마 황인점에게 저택을 선물하다

영조는 재위 50년째 되던 1774년 6월 5일정해, 특별히 창성위昌城尉 황인점黃仁點과 청성위靑城尉 심능건沈能建을 파직罷職했다. 이유는 그들이 하사 받은 제택第宅에 살지 않았기 때문이었다. 창성위나 청성위는 국왕의 사위인 부마에게 주는 위호位號다. 그렇다면 대체 왜 황인점과 심능건은 하사받은 집에서 살지 않았을까? 참으로 기이한 일이다.

황인점1732~1802년은 영조의 열째 딸 화유옹주和柔翁主·1741~1777년와 혼인하여 창성위의 작위를 받은 인물이다. 영조의 따님 가운데는 일찍 죽은 분들도 있어, 어떤 기록에는 화유옹주가 영조의 다섯째 딸로 되어 있다. 곧 화유공주는 귀인 조씨의 딸로, 정조의 고모에 해당한다.

한편 심능건은 숙의 문씨의 소생인 화령옹주1754~1821년와 혼인한 사람이다. 숙의 문씨는 화완옹주, 정순왕후 김씨와 결탁해서 사도세자를 죽게 만들었다고 해서 정조 즉위 후 폐위된다.

황인점은 호조참판 황자黃梓의 아들이다. 그가 화유옹주와 혼인했고 옹주가 그의 집으로 하가下嫁한 사실은 《영조실록》에 기록되어 있다. 즉 영조 27년1751년 10월 5일무술, 황인점을 창성위로 삼아 화유옹주에게 장가들게 했다고 했고, 영조 29년1753년 2월 27일계축, 화유옹주가 창성위 황인점에게 하가했다고 했다.

당시의 사대부들은 혼인을 해도 금방 살림을 차리는 것은 아니었는데, 왕실의 결혼도 마찬가지였다.

그런데 화유옹주는 정조 원년1777년 5월 21일을유에 타계하고 말았다. 이례적으로 옹주의 졸기가《정조실록》의 이 날짜 기록에 실려 있다. 영조의 따님들 가운데 궁중에 자주 출입한 사람은 화유옹주뿐이어서, 정조는 평소 옹주를 각별히 존중했다. 그래서 정조는 화유옹주의 죽음을 깊이 애도하고 상당한 부의를 내리도록 명했다.

화유옹주가 졸卒했다. 옹주는 영묘英祖의 귀인 조씨의 소출로 창성위 황인점에게 하가했다. 상께서 하교하기를, "선조先朝의 옹주 가운데 궁궐을 출입한 사람은 단지 이 옹주 하나뿐이었는데 뜻밖에 상사喪事가 났으니, 나의 슬픈 마음을 어찌 말로 표현할 수 있겠는가?"라고 한 뒤에, 동원東園·장생전의 비기秘器·관곽와 단주緞紬·미두米豆·전포錢布布로 상구喪具를 돕고 녹봉은 3년을 한정하여 그대로 지급하라고 명했다.
예조에서 아뢰기를, "예법에 따르면 왕자와 공주·옹주의 상사에는 거애擧哀하지만 임금께서 방금 최질衰絰·상을 당했을 때 입는 삼베옷 중에 계시므로, 숙묘肅宗 때 정명공주貞明公主와 선왕 때 화순옹주和順翁主의 상례喪例에 의거하여 거애하지 마소서."라고 하니, 그대로 따랐다.

화유옹주가 죽었을 때 정조는 영조의 상중에 있었으므로, 옹주를 위해 거애하지 않았다. 하지만 동원東園의 비기秘器까지 부의로 보낼 정도로 옹주를 각별히 존중했다는 것을 알 수 있다. 동원은 한나라 때의 관곽을 제조·관리하는 관서를 가리키는데, 조선의 장생전長生殿이 이에 해당한다. 동원의 비기란 궁궐에서 쓰는 관곽棺槨으로, 장생전에서 미리 만들어 보관했다가 필요한 때에 썼다.

종래 옹주의 상사에 드는 비용은 막대했으나, 정조는 절목에 따라 규정대로 부의를 할 예정이었다. 그런데도 화유옹주에 대해서는 각별한 뜻을 담아 부의를 했던 것이다.

화유옹주의 상사 때 호조에서 책정한 비용은 6,000여 냥이었다. 정조는 다른 옹주들의 상사에 부의한 비용이 얼마인지 확인하여 과도하지 않게 책정하도록 지시했다. 근간 다른 옹주의 상사 때는 중간에서 농간을 부려 지출한 비용이 10만 냥에 이르렀다고 한다. 화유옹주의 졸기가 실린 날짜의《정조실록》에 다음 기록이 있다.

호조판서 홍낙순洪樂純을 소견했다. 임금이 말하기를, "옹주의 상喪에 호조에서 절차에 맞게 대응하여 매긴 것이 얼마인가?"라고 물으니, 홍낙순이 말하기를. "호조에서 책정해서 보낸 것이 6,000여 냥입니다. 화협옹주和協翁主의 상사喪事 때 절목節目을 바로잡아 정리하면서 긴요하지 않은 각종 물품은 지워버려 규식을 정한 것이 있습니다."라고 했다. 임금이 말하기를, "화길옹주和吉翁主의 상사와 부부인府夫人 상사 때 내사內司에서 지출한 비용이 거의 10만여 냥에 이르렀는데, 이는 오로지 중간에서 농간을 부린 폐단에 연유한 것이다."라고 하니, 홍낙순이 말하기를, "청평옹주靑平翁主의 상사에는 판부判付·신하가 올린 안건을 임금이 허락함하여 책정해 지급한 것이 목면木綿 50필疋, 쌀 50석石에 불과했습니다."라고 했다.

화유옹주는 영조 소생의 옹주 가운데 유일하게 궁정을 드나들 수 있었다. 다른 옹주들은 일찍 죽거나 사도세자의 죽음과 관련하여 죄를 얻어 궁정을 드나들 수 없었기 때문이다.

정조는 화유옹주의 죽음을 애도하여 다음 제문을 지었다.

아름다우신 고모님, 복록이 도와주니
자손에게 미쳐, 지란芝蘭 같은 자손이 있어
훌륭한 아들이 인끈을 차고, 남쪽 고을을 다스리게 되도다
이에 위패를 받들어 제철 음식으로 풍성한 제사 드리나니
이와 같은 일은 백년에 드문 일이라, 이보다 성대할 수 없었네
도위都尉·황인점가 왕명을 띠었기에, 내 몸소 제문 지어 고하오니
영령이 오셔서 계신다면, 제가 올린 잔을 기울이소서

顯顯令姑(현현영고) 于祿將之(우록장지)

施及來承(시급내승) 厥有蘭芝(궐유난지)

嘉兒佩綬(가아패수) 維南之爲(유남지위)

爰奉祠版(원봉사판) 豐享以時(풍향이시)

百年罕覯(백년한구) 莫盛於玆(막성어자)

都尉銜命(도위함명) 躬宣侑詞(궁선유사)

靈爽如在(영상여재) 庶傾我卮(서경아치)

　　정조는 또 재위 21년1797년 8월 16일, 장릉莊陵 즉 사도세자의 능에 거둥할 때 부평을 지나면서 화유옹주를 생각하고 내시를 보내 어제의 제문을 읽게 해서 넋을 위로했다.

나의 고모시여, 부드럽고 아름다움을 본받았으니
부모님의 당부를 밤낮으로 지켜, 조금도 어긋남이 없었도다
병신년1776년 이후로는, 나의 의지하고 우러름이 더했으니
심원부마댁은 화락하고, 도위황인점는 아무 탈 없으셨건만
묘소의 입구가 멀리 보이는데, 그 나무가 꽤나 굵어졌으니
어떻게 이 마음을 쏟을까, 이에 나의 말을 멈추노라

曰我姑母(왈아고모) 柔嘉維則(유가유칙)

蚤夜鑿衿(조야반금) 不遺寸尺(불유촌척)

維丙以後(유병이후) 增予依仰(증여의앙)

沁園鐘鼓(심원종고) 都尉無恙(도위무양)

墓門延眺(묘문연조) 厥木拱把(궐목공파)

何以瀉懷(하이사회) 爲停予馬(위정여마)

정조는 영조가 승하한 병신년1776년 이후로는 고모를 더욱 우러르게 되었다고 했다. 화유옹주는 영빈 이씨 소생의 화완옹주와는 대조적이었다. 화완옹주는 사도세자와 사이가 나빴고 정후겸을 양자로 삼고 홍인한과 결탁했다. 그렇기에 사도세자의 횡사 이후 영조의 죽음을 겪으면서 정조는 심경이 착잡했을 것이다. 그런데 화유옹주는 사도세자와 우애가 있었기에, 장릉에 가면서 일부러 화유옹주의 묘에 제사를 지내게 한 것이다.

영조(재위 1724. 8~1776. 3) 2남 7년			
정성왕후 서씨	자식 없음		
정순왕후 김씨	자식 없음		
정빈 이씨	1남 1녀	진종(효장세자)	
		화순옹주(1720~1758년)×월성위 김한신	
영빈 이씨	1남 3녀	장조(장헌세자=사도세자)	→제22대 정조 →제24대 철종 →제26대 고종
		화평옹주(1727~1748년)×금성위 박명원	
		화협옹주(1731~1752년)×영성위 신광수	
		화완옹주(1737~?)	
귀인 조씨	1녀	화유옹주(1741~1777년)×창성위 황인점	
숙의 문씨(폐)	2녀	화령옹주(1754~1821년)×청성위 심능건	
		화길옹주(1752~1772년)×능성위 구민화	

영조의 비빈 가운데 귀인 풍양조씨는 숙종 33년1707년 10월 16일 어머니 밀양 박씨에게서 태어났다. 열 살 때인 숙종 42년1716년에 궁궐로 들어가 29세 때인 영조 11년1735년에 내명부 종4품의 숙원淑媛이 되었다. 34세 때인 영조 16년1740년에 화유옹주를 낳고, 66세 때인 영조 48년1772년에 내명부 종2품의 숙의淑儀가 되었으며, 정조 2년1778년에 이르러 내명부 종1품인 귀인이 되었다. 정조 4년1780년 10월 5일에 세상을 떴으니, 향년 74세였다. 묘표는 사위인 수록대부綏祿大夫 황인점이 짓고 썼다. 숭정 기원후 삼정사崇禎紀元後三丁巳, 즉 1797년 11월에 비를 세웠다. 귀인 풍양조씨는 두 옹주를 낳았으나, 맏이는 일찍 죽고 그 다음이 화유옹주였다. 귀인 조씨가 타계한 지 닷새가 되는 10월 10일에 정조는 내시 김시민을 보내어 어제

의 제문을 읽게 하고 부의를 하게 했다.

위에서 말했듯이 황인점은 호조참판 황자의 아들이다. 본관은 창원이다. 아버지 황자는 뒤에 대사헌에 추증되었다. 따라서 이 가문에서는 그를 도헌공都憲公이라고 부른다. 어머니 덕수이씨는 이성진李性鎭의 따님이다.

부친 황자와 조부 황서가黃瑞珂는 송시열과 권상하의 문하에서 학문을 배웠고, 형 황인검黃仁儉은 한원진韓元震을 사숙했다.

황인점은 영조 27년1751년에 화유옹주와 혼인하여 종1품 숭록대부에 올라 창성위라는 작위를 받았으며, 화유옹주와 23년을 살면서 1남 1녀를 길렀다. 벼슬은 수록대부綏祿大夫 겸 오위도총부 도총관兼五衛都摠府都摠管에 이르렀다. 1776년에 영조가 승하하자 애책문哀冊文을 지었다. 정조가 즉위한 뒤에는 17년간 여섯 차례나 청나라의 수도 연경에 사신으로 다녀왔다.

《정조실록》을 보면 정조 11년1787년 2월 11일기유에 성의백誠意伯의 외후손이 옥대를 팔려 하는 것을 보고 사신 일행이 60냥을 주고 북경의 객관客館에서 구입했다고 보고하는 내용이 실려 있다. 성의백은 원나라 말, 명나라 초의 학자이자 정치가인 유기劉基의 봉작封爵이다. 유기는 명나라 태조 주원장을 도와 개국에 공이 있었으므로 성의백에 봉해졌다. 이 명나라 옥대를 구입해 와서 정조에게 바친 사신이 바로 황인점이다. 자세한 이야기는 성대중의 《청성잡기》에 나온다.

명나라 태조황제가 성의백에게 옥대를 하사했는데 성의백의 외손에게 전해져 왔다. 지금의 중국에서는 소용이 없어 조선 사신에게 팔려고 했으므로 사신이 은 50냥을 주고 사 가지고 와서 임금께 바쳤다. 임금은 황단皇壇·대보단에 망배望拜할 적에 그것을 착용했다. 망배할 때 병자호란에 절의를 지키다가 죽은 이와 척화파의 손자들이 함께 참여했는데, 임금이 "조선관에서 옥대를 팔다賣帶朝鮮館"라는 제목으로 시를 짓게 했다. 올봄에 창성위黃仁點가 연경에서 돌아와 옥대를 바칠 때 나도 참여하여 보았다.

황인점은 본래 정조 즉위년1776년 9월 24일임진에 진하 겸 사은사進賀兼謝恩使의 정사로 차임되었으나, 병을 이유로 사직해서 10월 25일계해에 이은李溵이 대신했다. 이후 황인점의 연행 사실은 다음과 같다.

- 정조 3년1779년 10월 29일기묘, 동지 겸 사은 정사 황인점·부사 홍검洪檢을 소견했다. 이듬해 3월 18일정유, 정월 23일에 옥하관에서 일어난 화재 사실을 연경에서 치계했다.
- 정조 5년1781년 11월 1일기해, 동지 정사冬至正使 황인점, 부사 홍수보洪秀輔, 서장관 임석철林錫喆을 소견했는데, 사폐辭陛·하직 인사했기 때문이었다.
- 정조 7년1783년 7월 5일갑오, 동지 겸 사은 정사冬至兼謝恩正使 박명원朴明源이 상소하여 병으로 면직하기 바라는 뜻을 진달하니 허락하고, 황인점으로 대신하게 했다.
- 정조 10년1786년 윤7월 25일병신, 황인점을 동지 겸 사은 정사冬至兼謝恩正使로, 이성원李性源을 관반사館伴使로, 김화진金華鎭을 원접사遠接使로 삼았다.
- 정조 14년1790년 2월 20일신미, 황인점을 성절 겸 사은 정사聖節兼謝恩正使로, 김노영金魯永을 부사로, 서영보徐榮輔를 서장관으로 삼았다. 5월 27일정미, 사은사 세 사람을 접견하고, 황제에게 사례하는 방법을 의논했다.
- 정조 17년1793년 10월 22일임오, 동지 겸 사은 정사 황인점과 부사 이재학李在學, 서장관 정동관鄭東觀을 소견했다. 그들이 하직 인사를 한 것이다. 이듬해1794년 3월 20일정미, 청나라에 갔다가 돌아온 동지 정사 황인점과 부사 이재학을 소견했다.

황인점의 형 황인검黃仁儉·1711~1765년은 아우와 계수화유옹주를 무던케 여겼다. 둘째 형 황인렴黃仁廉은 종숙부 황석黃晢의 후사로 나갔는데, 공주 판관을 지냈다. 한편 황인점에게는 매부가 두 사람 있었는데, 달성서씨의 서매수徐邁修와 남양홍씨의 홍병문洪秉文이다.

그런데 황인점이 정조 8년1784년에 동지 겸 사은사의 정사로 연경에 갔을 때, 수행한 서장관 이동욱李東郁의 아들로서 역시 연경에 따라갔던 이승훈李承薰이 천주교 서적을 가지고 왔다. 정조가 서거하고 순조가 즉위한 뒤 1801년에 천주교도에 대한 대대적인 박해인 신유박해가 일어나자, 황인점은 정조 8년의 사행 정사로서 이승훈의 사실을 알지 못했다는 책임을 지고 삭직되었다.

《순조실록》을 보면 순조 원년1801년 3월 3일기묘에 비국이 이승훈과 동행한 세 사신과 의주 부윤 처벌에 관해 아뢴 말이 실려 있다. 이승훈이 그 아비를 따라 연경에 들어가서 '사악한 책'을 구입해 올 때 정사와 부사가 모두 금지하지 않아서 행낭에 넣어 올 수 있었고, 의주 부윤은 변방의 검사를 엄중하게 하지 않아서 이승훈이 그 책들을 몰래 우리나라 국경 안에 들여왔으므로, 소홀히 여겨 눈치채지 않은 죄가 그들에게 있다는 것이다. 다만 황인점의 경우는, "숭품崇品의 의빈儀賓·부마이므로 곧바로 논죄하여 처리한다면 조정의 체모를 손상시킬 듯합니다."라고 했다. 대왕대비는 다음과 같이 하교했다.

묘당廟堂의 초기草記에, "격례格例에 구애받아 논단할 수 없다."라고 하였는데, 어찌 그 당시 사신으로서 죄를 면할 수 있겠는가? 창성위 황인점을 삭직하도록 하라.

황인점은 이듬해1802년 10월 14일에 순화방順化坊의 정침에서 숨을 거두었다고 한다. 이후 경기도 부천시 오정구 작동에 먼저 안장된 화유옹주와 합장되었다. 황인점과 화유옹주와의 사이에서 난 1남 1녀 가운데, 아들 황기옥黃基玉은 의성현령을 지내는 데 그쳤고 딸은 김제만金濟萬과 혼인했다.

조선시대의 상층 가운데 매우 독특한 신분이었던 부마는, 임금의 사위로 의빈儀賓이라고도 한다. 본래 중국의 위·진 시대부터 천자의 사위에게 부마도위駙馬都尉라는 위호位號를 주었으므로, 천자의 사위를 부마라 하게 되었다. 우리나라에서는 대개 고려 때부터 왕의 사위를 부마라 불렀다. 조선 초기에는 부마를 종친의 경우처럼 군君으로 봉하여, 이성제군부異姓諸君府에 소속시켰다. 세종 16년1434년에 이르러 공주·옹주의 배필을 의빈이라 부르도록 명했고, 세조 12년1466년에는 부마부를 의빈부로 고쳤다. 하지만 조선시대 내내 공주·옹주의 배필을 흔히 부마라고 불렀다. 세종 26년1444년에는 군으로 봉하는 경우가 지나치게 많아지자 그들을 위해 따로 산계散階를 정하고, 이성제군부를 부마부로 고치는 한편, 당나라와 송나라의 제도를 참조하여 위尉라는 호를 부여했다. 성종 때의 《경국대전》에 따르면 공주에게 장가든 자는 종1품의 위, 옹주에게 장가든 자는 종2품의 위를 초수初授했다. 또 왕세자녀의 적실인 군주郡主에게 장가든 자는 정3품의 부위副尉, 서실인 현주縣主에게 장가든 자는 종3품의 첨위僉尉를 초수했다.

부마는 봉작封爵과 후록厚祿으로 영광을 누렸고, 녹봉과 직전을 지급받았다. 하지만 원칙적으로 정치에 참여할 수 없고, 왕실의 일에 참여하는 것만 허락되었다. 그러면서도 부마는 사헌부의 감찰을 받았다. 부마가 범죄를 저지르게 되면 그의 과전科田은 부인인 공주와 옹주에게 급여되었다. 또 부마는 공주와 옹주가 살아 있는 동안 첩을 얻을 수 없었고, 공주와 옹주가 죽은 뒤에 재취할 수도 없었다.

하지만 부마는 정치의 막후에서 많은 일을 했다. 또한 생활이 안락하여 예술이나 기예, 여행 등으로 취미생활을 즐겼다. 신경준申景濬이 금성위 박명원朴明源을 위해 그의 서실에 써 준 〈일수재기日修齋記〉를 보면 부마들의 삶이 어떠했는지를 짐작할 수 있다. 박명원은 곧 박지원의 재종형으로, 청나라 사행의 정사가 되었을 때 박지원을 군관의 자격으로 위장해서 데리고 갔던 인물이다.

우리나라 제도에, 부마에게 작위는 주되 관직은 주지 않으므로, 지위는 삼공과 대등해도 조정의 정치와 의론에는 참여할 수 없다. 비록 겸제兼濟·천하를 구제할하는 재주와 지향을 지니고 있어도 세상에 쓰일 길이 없고, 세상 역시 그가 재주 있는 것을 염두에 두지 않는다. 그러므로 자주自修·스스로의 덕을 닦음의 도에서는 그 마음이 쉽게 느슨해지기도 하여, 저택·복식·거마·도어徒御·비복 및 집기·금은보석·완구와 같은 것 등 몸을 기르고 이목을 즐겁게 하는 수단이 되는 것들은 부족함이 없다. 젊어서부터 늙을 때까지 곤궁하거나 가난하거나 해서 그 뜻을 어그러뜨리거나 그 몸을 수고로이 하는

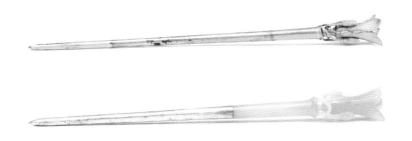

화유옹주묘 출토 도금은비녀와 석류옥비녀
황선욱 기증. 국립고궁박물관 소장.
1991년 경기도 부천시 화유옹주묘 부근의 도로를 확장할 때 발굴되었다.

일이 없다. 그러니 그 마음이 안일하게 되기 쉽다. 그는 국왕의 친척과 연관을 맺기 때문에 사대부 가운데 현명한 자라면 거의 사귀지 않았으므로, 날마다 함께 거처하는 사람은 궁녀와 하인과 잡희와 기교의 부류로서 먹을 것과 입을 것을 구하는 자뿐이다. 그러니 그 마음이 방탕해지기 쉽다. 진실로 본성이 탁월하여 높은 사람이 아니라면 어찌 느슨해져서 안일하게 되고 방탕하게 되지 않겠는가? 그러므로 부마로서 자신을 수양하여 후세에 이름이 전한 사람은 역사서를 뒤져 보아도 그리 많이 찾아볼 수 없다.

그러나 영조는 부마들도 정치에 참여하게 했다. 황인점도 관력이 있다. 정조는 화유옹주의 제문에서 도위함명都尉銜命이라고 했다. 황인점이 부마도위였지만 왕명을 띠고 조정의 일에 참여하고 있다고 언급한 것이다. 다만 황인점은 행실을 검속했다. 그래서 영조와 정조를 거쳐 순조 초년에 이르기까지 근로의 공으로 서적과 궁시, 구안마 등 은급을 많이 받았다. 녹봉으로 토지나 결세를 떼어주는 절수折受도 많았지만, 한사코 받지 않았다고 한다.

또한 황인점은 중국을 여섯 번이나 드나들면서도 부를 쌓지는 않은 듯하다.

조선시대에는 사행을 갔다 오면 부를 쌓을 수 있었다. 사행에서의 사무역은 금지되어 있었다. 하지만 사신 일행은 대개 사사롭게 지참하는 사은私銀을 가지고 가서 무역을 행했다. 하지만 황인점은 사행을 통해 부를 쌓은 흔적이 없다.

한편 황인점은 《주역》에 밝았고 주자朱熹의 글을 좋아했다고 한다. 또 글씨를 잘 썼는데, 특히 조맹부의 송설체松雪體를 신묘하게 썼다. 그래서 공적인 비문이나 사적인 묘도문자를 많이 써 주었다. 전자篆字와 팔분체八分體도 잘 썼다. 정조는 경서에 의심나는 데가 있으면 어찰御札을 보내 글의 뜻을 묻고, 자주 호피를 내렸다. 특히 "집안은 전해오는 청백리요 학문도 연원이 있다."라고 예찬하고, '경간卿懇'이라고 비답에 쓰기도 했다. '경간'이란 그대의 뜻이 간절하다는 의미다.

다만 정조 9년1785년 11월 17일계해에 황인점은 아들 황기옥黃基玉이 감찰監察로서 제관祭官에 차출된 것을 벗어나게 하려고 꾀했기 때문에, 아들을 제대로 못 가르친 죄로 관직을 삭탈당하기도 했다. 당시 정조의 하교는 다음과 같았다.

음직蔭職에 임명한 것은 대체로 조가朝家에서 귀주貴主를 추념追念하는 뜻에서 나왔다. 무릇 사환仕宦에 종사하는 자는 곳에 따라 정성을 다하고 부지런해야 한다. 그가 혹 나이가 적어 직무 수행을 게을리하면 각별히 일깨우고 신칙하여 죄과를 범하는 일이 없게 하는 것이 마땅하다. 그런데 근래 거행하는 일이 다만 놀라울 뿐만 아니라, 금번의 일은 더욱 그지없이 방자하다. 내가 즉위한 뒤 종친이나 외척으로서 사환을 하는 자에게 죄가 있을 경우 부당하게 용서한 일이 없다. 대체로 음직에 임명하는 일은 사사로운 은혜요, 죄과를 범함은 공적인 사안이니, 어찌 사사로운 은혜로써 공적인 사안을 가릴 수 있겠는가? 그 아들은 비록 이미 처분했으나 자신이 도위가 되어 자식을 가르치지 못한 죄를 곧 일깨워 뒷사람으로 하여금 몸을 보호할 방법을 알게 하는 것이 마땅하다.

황인점과 화유옹주 관련 자료로 《영세보장永世寶藏》이 있다. 이 책은 화유옹주, 그 부군 창성위 황인점, 옹주의 어머니 귀인 풍양조씨, 옹주의 시댁인 창원황씨

전섬공파典纖公派 여러분과 그 부인들의 행장, 유사遺事와 묘지명을 후손 황종림黃鍾
林·1796~1875년이 정리하고 다시 한글로 번역해서 1864년에 엮어 놓은 것이다. 1998
년에 정양완 선생님이 역주본을 내신 바 있다.

황종림은 황인점의 삼종제인 황인기의 손자이다. 황인기는 실은 황종림의 양
가 할아버지다. 황종림은 그 책을 두 며느리에게 각각 한 번씩 써 보게 하여 몸
가짐을 바로 하게 했다. 황종림의 두 며느리란 황기연黃耆淵의 아내 안동김씨[김유
순金有淳의 따님]와 황유연黃猷淵의 아내 양주조씨[조기순趙箕淳의 따님]를 말한다.

《영세보장》에 따르면, 화유옹주 묘표의 앞면은 황인점이 스스로 썼다. 화유
옹주의 유사遺事도 황인점이 지었다. 황인점의 행장은 삼종제 황인기가 지었다.
또 화유옹주의 묘지명은 시아버지 황자가 지었고, 황인점의 묘지墓誌는 황인점의
매부 서매수徐邁修가 지었다.

황인점이 작성한 〈화유옹주유사和柔翁主遺事〉를, 정양완 선생님의 현대어역을 통
해서 살펴보면 다음과 같다.

어려서 정성성후貞聖聖后[영조英祖의 원비元妃, 1692~1757년]의 사랑을 으뜸으로 받아 당
신 방 안에 있는 것 가운데 마음에 드는 것은 무엇이든 가지라 하신다. 망설인 끝에
목합木盒 하나를 마지못해 집는지라 남들이 의아해하나, "내 분수에 감히 못할 뿐 아
니라, 보화는 내 마음에 없다."라고 한 어짊을 지녔었다. 병자년1756. 5. 20에 시아버지황자
의 상사喪事가 나자 옹주가 즉시 분상하니, 시아주버니황인검가 "귀주貴主가 성밖에서
밤을 지냄이 불안하다."라고 했다. 옹주는 "어버이 상을 당한 이에게 어찌 귀천의 차
별이 있사오리까?"라고 하고는, 나흘이 지나 상복을 차려 입은 뒤에야 문 안으로 들
어갔다. 시어머니 안동권씨[안욱安煜의 따님]가 옹주 댁에서 며칠 묵는데, 데리고 간
아이 종이 궁인과 싸워 불손한 말이 시어머니께 미쳤다. 그러자 두 손을 맞잡고 사
죄하기를 "아랫것을 다스리지 못한 탓이오니 황공하와 죄를 청하옵나이다."라고 했
다. 이렇게 현숙함을 지닌 며느리였다. 시어머니 상사에는 수의를 손수 마련하기도
했다.

정조가 "대궐에 드나드는 옹주는 이 한 분이러니 섭섭하고 서럽다."라고 하셨으며, 공주의 상사의 전례典例와 같이 옹주의 죽음을 서러워할 만큼 은총이 대단했다. 하지만 옹주는 아들이 여덟 살이 지난 뒤에는 데리고 대궐을 출입하는 것을 삼갔다. 시아주버니황인점의 근신하라는 당부를 끝까지 지키면서 몸가짐을 신칙했기 때문이다.

한편 삼종제 황인기가 작성한 〈도위공행장〉에서, 가계 내력을 제외하고 황인점의 출생과 관력을 적은 부분은 다음과 같다. 역시 정양완 선생님의 역주본을 이용하기로 한다.

이부인李夫人이 숭정崇祯 삼경신三庚申·1470년·영조 16년 팔월 이십육일 신시申時에 공을 낳으시니, 공이 단상영오端祥穎悟하심이 여느 아이와 다르셔서 겨우 돌이 되심에 역서曆書의 대소월大小月을 분변하시고, 말을 배우실 때 제갈무후의 화상畫像을 보시고 문득 공경하여 가라사대 "이분이 출사표出師表를 지은 이냐?"라고 하시고 곧 평생에 경모敬慕하시더라. 신미辛未·1751년·영조 27년에 간택하시니 공의 연세 12세라. 남을 응대하고 일을 처리함이 엄연히 어른 같으시니, 보는 자 다 주시하더라. 드디어 화유옹주와 결혼하시니 작질爵秩이 전례前例와 같으셔서 이로부터 가자加資하심이 다 특은特恩에 의한 것이더라. 명덕대부明德大夫와 성록대부成祿大夫·정1품는 결혼 후 직숙直宿한 공로로 내린 것이다. 나라에 큰 일이 있음에 반드시 참예하셔서 삼조三朝·영조·정조·순조를 지내심에 근로勤勞 많으셔서 또한 반드시 특별히 하사하시는 물품이 있으니, 서적書籍과 궁시弓矢와 안마鞍馬였다. 매양 입시하오시면 천안天顏이 온화하시고 수작酬酌이 변함이 없으시나 공은 조심조심 두려워하셔서 용납할 바 없는 듯하시니, 여러 번 칭찬하고 권면하오심을 입자오시니라. 일찍부터 봉록으로 토지와 결세를 떼어 더 주라는 명命이 있었지만, 공이 지성으로 바치기를 요구하여 필경 왕명을 취소하시니, 식자들이 착하게 여기더라. 겸하여 띠는 직함은 부총관으로부터 도총관에 이름이 여러 번이시오, 제조종1, 2품 관리가 다른 관아를 다스릴 때의 칭호로는 빙고氷庫·선공繕工·사포궁중의 원포와 소채를 맡아 보던 사포서·제용궁중의 포물·인삼·의복 등을 맡아 보던 제용감·태상太常세례 및 시호 등의 일을 맡아 보던 태상시·장흥궁중 및 궐내 관청의 물품

영조대왕 태실 유적

충청북도 청원군 낭성면 소재. 한국학중앙연구원 사진 제공.

영조의 태실은 태봉산 정상에 있었으나, 1928년에 조선총독부가 태항아리만을 창경궁으로 옮긴 뒤에 태봉은 황폐해졌다. 일제는 전국의 태실을 정리한다는 명목으로 태항아리를 창경궁으로 옮겼다고 한다. 그 뒤 주민들이 태실비를 산 중턱으로 옮겨 두었는데, 1982년에 청원군이 그곳에 태봉을 복원했다. 태실비는 전면에 '주상전하태실(主上殿下胎室)'이라고 되어 있고, 후면에 '옹정칠년시월사일건(雍正七年十月四日建)'이라고 되어 있다. 옹정 7년은 곧 조선 영조 18년(1742년)이다.

공급을 맡은 장흥고 · 사도대궐안의 쌀, 장, 겨자 등을 맡아 보던 사도사 등 모든 관청을 맡아 보셨다. 그 가운데 장흥 · 사도 두 관청은 서너 번 지내셨다. 태상은 문재文才 아니면 못하나 특별히 주신 것이니 또한 특수한 은혜로 제수하신 것이었다. 상사上使로 여섯 번 연행1779년 10월 · 1781년 11월 · 1783년 10월 · 1786년 9월 · 1790년 5월 및 1793년 10월을 하오시니, 이는 국조國朝에 드문 일이었다.

황인점의 이력에는 여전히 의문이 남는다. 앞에서 보았듯이 영조는 재위 50년1774년 6월 5일정해에 하사받은 저택에 살지 않는다는 이유로 황인점을 파직했다. 혼인한 지 20여 년이 지난 것인데, 그동안 황인점은 어디에서 거주한 것일까?

황인점은 정조 연간에 여섯 차례나 사신으로 연경에 갔다. 사행은 청나라의 정세를 탐색하는 심세審勢의 임무를 지니고 있었고, 연행 중에 별단別單을 작성해서 비밀리에 신속하게 보고하고, 또 귀국한 뒤에는 대개 보고서를 작성했으며, 연행기 형태로 사적인 여정을 정리했다. 황인점이 정조의 명으로 6회나 사행을 한 것은 심세와 관련해서 특별한 밀명을 받았기 때문이 아닐까? 그렇다면 그는 어떤 별단이나 보고서를 작성했을까? 그렇게 빈번하게 청나라의 정세를 관찰했으면서도 사적인 연행기조차 남기지 않은 것은 어째서인가?

또한 정조 연간에는 탕평책을 와해시키려는 세력들에 의해 천주교 문제가 늘 부각되었다. 그렇거늘 황인점은 어째서 정조의 서거 후 순조 초에 이르러서야 탄핵을 받아 삭직되었을까? 혹시 화유옹주가 생전에 영조의 원비 정성왕후貞聖王后의 사랑을 받았기에, 정순왕후의 수렴청정 기간에 황인점이 보호받지 못한 것은 아닐까?

황인점과 화유옹주의 묘는 여러 차례 이장되었다. 본래 오정구 작동 126번지에 자리했던 묘역은 곡장曲墻을 두르고 옥개형 묘비와 혼유석 · 상석 · 향로석 등을 배치했다고 한다. 하지만 1991년 6월 도로확장공사 때문에 황인점과 화유옹주의 묘는 부천시 장애인복지회관 인근 작동 산 28-6번지로 이장되었다. 당시의 조사에서 장신구와 도자기류, 생활용품 등 궁중과 반가의 유물 30여 점이 나왔다. 황인점의 8대손 황선욱 씨가 이를 기증해서, 이 유물들은 현재 국립고궁박물관과 부천향토역사관에서 전시 중이다. 2차 이장 이후로 묘비나 석물 없이 봉분 1기만이 방치되어 있다가, 2005년 6월 오정구 여월동 산 32번지로 이장되었다.

그런데 문중 분의 증언에 의하면 1991년의 이장 때 유택을 열어보니 유물만 있고 시신이 없었다고 했다. 어째서 그런 것일까? 혹자는 황인점이 천주교 신자로서 처형되어 시신을 수습할 수 없었기 때문이라고 추정한다. 그것이 사실이라면 천주교는 이미 18세기 중엽에 왕실의 친인척에게까지 침투해 있었던 것일까?

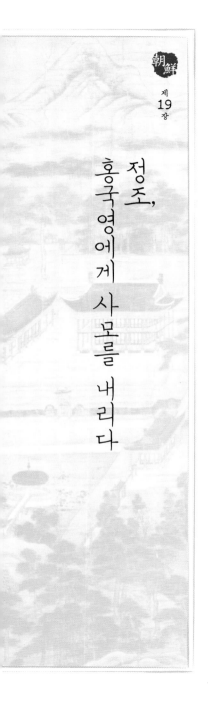

정조,
홍국영에게
사모를
내리다

정조 원년1777년 5월 16일경진, 창경궁 안에 혜경궁惠慶宮이 거처하기 위한 자경당慈慶堂이 완성되었다. 정조는 혜경궁에게 아침저녁 문안드리는 데 편리하게 하려고 이 궁을 새로 지었다. 크기는 작다. 검약을 중시했던 혜경궁의 뜻을 본받은 것이다.

이보다 앞서 즉위년1776년에 정조는 자경당을 짓기 시작해서 들보를 올리는 식을 할 때 읽는 상량문上樑文을 좌승지 홍국영洪國榮에게 맡겼다. 4월 16일정사에 홍국영이 자경당 상량문을 써 올리자, 정조는 특별히 초피貂皮와 사모紗帽, 이엄耳掩 각각 하나를 그에게 하사했다.

정조는 즉위년에 규장각을 새로 짓고는 그 상량문도 홍국영에게 짓도록 한 일이 있다. 곧, 즉위년 4월 1일에 정조는 영조의 장례를 치르기 위해 임시로 마련한 여차에서 여러 신하들을 인견했는데, 이때 호조판서 구윤옥具允鈺에게 어제각御製閣의 터를 다 닦았는지 물었다. 이 어제각은 나중에 규장각으로 발전한다. 구윤옥은 아직 공사를 반도 못했다고 아뢰었다. 하지만 4월 19일에는 상량문 제진관 홍국영에게 말을 하사하고, 글씨를 쓴 지제교 이병모李秉模에게 털로 짠 말장식 1부를 시상했다.

정조는 규장각 상량문을 잘 지었다고 격찬했다. 그리고 궁중의 건물을 낙성할 때 사용하는 상량문은 각별한 의미가 있어서 상량문 짓는 사람에게는 일찍부터 자급을 올려 주었으므로 상전賞典·상을 주는 규정을 적절히 헤아려야 할 것이라 하고는, 상량문 제진관인 홍국영에게 말을 하사하도록 한 것이다.

정조 즉위년에 규장각 상량문을 지은 데 이어 정조

사모(紗帽)

국립민속박물관 소장

문무백관이 관복을 입을 때 갖추어 쓰던 검은 모자이다. 뒤가 높고 앞이 낮아 중간에 턱이 진 형태이며, 뒷면에는 좌우로 각(角)을 달았다. 겉면은 죽사(竹絲)와 말총으로 짜고 그 위에 얇은 비단을 덮었다. 사모의 각은 초기에는 좌우로 끈을 드리웠으나, 명종 이후 옆으로 딱딱하게 뻗은 경각(硬角)이 되었다고 한다. 문무백관은 사모와 단령을 함께 착용했다. 고종 때 복제를 개혁하면서 대례복·소례복과 함께 사모를 착용하도록 했다.

원년에 혜경궁 상량문을 지어 각각 상을 받았던 홍국영은, 그 무렵에 산릉도감의 일이나 약방의 일로 여러 번 상을 받았다.

곧 정조 즉위년 7월 28일정유에는 각 산릉도감에 대한 상전의 별단을 판하判下·올라온 안건을 허가함했는데, 이때 도청 승정원 도승지 홍국영에게는 상현궁 1장張을 사급했다. 또 9월 19일정해에는 약방 도제조 이하를 차등 있게 시상했는데, 정조는 부제조 홍국영에게 하루 동안 휴가를 주는 한편, "내가 깊이 헤아린 것이 있으니" 표피豹皮 1령令을 사급賜給하라고 명했다. 정조는 이렇게 "깊이 헤아린 것이 있다."라고 각별한 의미를 두어 홍국영을 시상한 것이다.

홍국영1748~1781년은 사도세자의 죽음 이후에 왕세손정조을 보호하는 데 진력했다. 그는 영조 47년1771년의 정시문과에 급제해서 승문원 부정자를 거쳐 세자시강원 설서가 되었으며, 이어서 세자시강원 사서가 되었다. 그런데 영조 51년1775년에, 이르러 세손이 대리청정하게 되었을 때 정후겸鄭厚謙이 화완옹주 및 홍인한과 결탁하여 대리청정을 극력 반대했다. 정후겸은 본래 인천에서 어업에 종사하던 서민 출신이었으나, 영조의 서녀 화완옹주와 그 남편 정치달의 양자가 되면서부터 궁중에 자유롭게 출입하기 시작했다. 그리고 세손정조이 대리청정하게 되자 화완옹주 및 홍인한과 함께 대리청정을 극력 반대한 것이다. 홍국영은 세손을 보호하기 위해 앞장섰다. 그러자 정후겸은 세손을 모해하고 홍국영을 탄핵하려고 광분했다. 이듬해 3월에 영조가 승하하고 정조가 즉위했는데, 정조는 정후겸을 함경도 경원으로 위리안치했다가 곧 사사했다.

영조가 병석에 누워 있던 영조 52년^{1776년}에 서명선徐命善은 왕세손의 대리청정을 반대하는 홍인한과 정후겸을 논박하는 상소를 올림으로써, 왕세손의 섭정이 이루어지게 했다. 또한 홍국영은 노론 청명당 계열의 김종수金鍾秀 등과 연계하여 세손의 대리청정을 반대했던 정후겸·홍인한·김귀주 등을 탄핵하여 실각시키고, 홍상간·윤양로 등을 처형시켰다.

서명선이 소를 올린 날이 바로 을미년^{1775년, 영조 51년} 12월 3일이었다. 그래서 정조는 즉위한 뒤 매년 음력 12월 3일이 되면 서명선·홍국영·정민시·김종수를 불러 음식을 내리며 친밀히 대했다. 그리고 그 모임을 동덕회同德會라 불렀다. 서명선은 그 뒤 승진을 거듭하여 영의정에까지 올랐으며, 죽은 뒤에는 매년 12월 3일마다 제사를 받았다. 고려대학교 도서관 소장 《신한宸翰》은 정조가 정민시鄭民始·1745~1800년에게 보낸 편지 모음으로 전체 6책인데, 이 간찰첩을 통해 당시의 사정을 잘 알 수 있다.

야담에 따르면, 홍국영과 정조의 관계에 대해서는 정조가 세손 시절에 〈노중련전魯仲連傳〉의 기휘忌諱 글자를 읽지 않았다고 변명할 때 도움을 준 때문이라고 한다. 〈노중련전〉은 곧 사마천의 《사기》 열전 가운데 제23권에 들어 있는 글로, 노중련과 추양이란 사람의 사적을 한데 엮은 〈노중련추양열전〉의 일부이다.

야담에서는, 영조가 세손에게 요즈음 무슨 글을 읽고 있느냐고 묻자, 세손이 〈노중련전〉을 읽고 있다고 대답했다고 한다. 영조가 극도로 화를 내며 '문제의 어구'가 들어 있는 부분을 읽었느냐고 다그쳤다. 세손은 무어라 말씀을 드릴 수가 없어서, 자신이 읽는 그 책에는 '그 부분'이 아예 없다고 말했다. '문제의 어구'란, 제나라 위왕이 '쯧쯧, 에잇[叱嗟]!'하면서 말했다는 '이모비야而母婢也'의 네 글자다. 이而는 너 이爾와 통하는 글자이니, '이모비야'란 "네 엄마는 여종이었어!"라는 말이다.

영조는 내시를 시켜서 세손이 읽던 책을 가져오게 했다. 내시가 허겁지겁 동궁의 처소로 가는데, 궁중에서 숙직하고 있던 홍국영이 그 내시를 보았다. 그리고 사태를 알아차리고는 문제의 부분을 찢은 뒤 내시에게 책을 들려 보냈다고

사기평림

필자 소장. 영조 37년(1761년) 완영(전라도 감영) 간행. 33책.

《사기평림》은 명나라 복고파가 《사기》를 문학의 교본으로 제창한 이후 제작된 것이다. 만력 4년(1576년) 능치륭(凌稚隆) 집교(輯校) 평림본(評林本)과 만력 5년(1577년) 이광진(李光縉) 증보(增補) 굉원당(宏遠堂) 간행의 평림본이 있다. 조선에서는 선조 33년(1600년) 7월에 주문사(奏聞使)가 명나라에서 《사기평림》을 구득하여 가지고 왔다는 기록이 있고, 숙종 때 현종실록자로 간행된 뒤 정판(整版)되었다. 조선의 활자본이나 목판본은 이광진 증보본을 저본으로 하되, 다른 판본들과 대조하여 주석과 비평을 척절히 산삭했다. 필자는 영조 37년 간각의 완영 목판본을 소장하고 있는데, 그 열전의 〈노중련전(魯仲連傳)〉에는 '질채(叱嗟) 이모비야(而母婢也)'의 부분이 묵색으로 되어 판각할 때 그 부분을 깎아내었음을 알 수 있다.

한다. 이렇게 해서 홍국영은 세손을 구해 주었고, 이 때문에 정조는 홍국영을 극도로 아끼게 되었다는 것이다.

하지만 정조 때 남인의 재상 채제공은 〈노중련전을 읽고讀魯仲連傳〉라는 글에서, 영조의 노여움을 수그러뜨린 사람은 세손 시절의 정조 자신이었다고 주장했다. 채제공이 정조의 생전에 일부러 이런 글을 기록으로 남긴 것을 보면, 사실은 홍국영에게 공이 있다는 말이 유포되고 있어서 홍국영의 공로를 묵살하려는 의도로 그 글을 지은 것 같다. 채제공은 자기가 약원 제거藥院提擧로 경연에 입시해서,

세손이 기지를 발휘하던 그 일을 두 눈으로 똑똑히 보았다고 적어두기까지 했다.

채제공의 글에 따르면, 이야기는 이렇다.

영조는 보령 80여 세를 넘기고는, 옥당弘文館의 젊은 관리를 불러서 옛 책을 읽게 하고는 그것을 듣는 것으로 소일했다. 하루는 겸춘추의 젊은 관리가 책을 읽고 있었는데, 그가 읽고 있던 부분이 곧 〈노중련전〉이었다. 영조는 베개에 누워 손을 이마에 댄 채 깊이 잠들었다가, 겸춘추가 '쯧쯧, 에잇!' 다음의 네 글자를 읽기 시작할 때, 화들짝 놀라 일어나 앉았다. 그러고 나서 손으로 바닥을 치면서, "용케도 그 네 글자를 읽어서 내 귀에 들어오게 하다니! 어느 놈이 읽었느냐?"라고 소리쳤다. 신하들은 어찌할 바를 몰라 부들부들 떨었다. 그런데 마침 세손이 곁에 있다가 얼른 대답하길, "할아버님, 제가 처음부터 여기 있었습니다만, 그 네 글자를 읽는 것은 듣지 못했습니다. 거기까지 읽지 않았습니다."라고 말했다. "틀림없이 내 귀에 들어왔는데, 너희들은 못 들었단 말이냐?" 영조가 다그치자, 그제서야 신하들도 "신들은 듣지 못했나이다."라고 한 입으로 말하듯 잡아떼었다. 그러자 영조는 노기를 풀고 다시 베개에 몸을 뉘였다고 한다.

노중련은 전국시대 제나라 사람인데 의협심이 강했다. 진秦나라가 조趙나라 수도 한단을 오래도록 포위하자 위나라 장수 신원연新垣衍이 진나라 왕을 제帝로 추대하라고 조나라 왕을 종용했다. 조나라에 있던 노중련은 진나라를 천자의 나라로 인정해서는 안 된다는 말을 하기 위해 옛날 제나라 위왕의 이야기를 끄집어내었다. 제나라 위왕은 천자의 나라인 주나라가 쇠약해진 뒤였지만 주나라에 조회하러 가곤 했는데, 주나라 열왕이 죽은 뒤 조문하러 갔다가 늦게 왔다고 꾸짖는 문서를 받았다. 그러자 제나라 위왕은 벌컥 화를 내면서, "쯧, 에잇! 네 엄마는 여종이었어!"라고 했다. 천자가 살아 있을 때는 조회를 가더니 천자가 죽은 뒤에는 화를 낸 것이다. 이 때문에 제나라 위왕은 천하의 웃음거리가 되었다. 노중련은 이 옛 이야기를 끌어와서, 조나라는 진나라와 대등한 제후의 나라이거늘, 진나라를 천자의 나라로 추대한다면 진나라의 요구에 굴한 것이 되어 천하의 웃음을 사게 되리라고 말했다. 〈노중련전〉을 본다면 "네 엄마는 여종이었어!"라는 말을 해서 주나라를 모욕한 제나라 위왕이 비웃음의 대상이었다.

영조는 무수리의 자식으로서, 우여곡절 끝에 왕위에 올랐다. 비록 어머니 최씨가 화경숙빈에 봉해지기는 했으나, 영조는 모친의 신분이 본래 미천했기 때문에 콤플렉스를 지니고 있었다. 그렇기에 영조는 그 네 글자에 민감했던 것이다.

이미 영조 재위 12년^{1736년} 7월에 이관후^{李觀厚}란 자가 상소문에서 '질차^{叱嗟·잘못을 나무람}'라는 두 글자를 사용한 일이 있었다. 이관후는 공초에서 다른 사람의 글을 베꼈을 뿐이라고 했지만, 당시 우의정 송인명과 좌의정 김재로는 이관후를 불경^{不敬}·부도^{不道}의 죄로 엄벌에 처할 것을 청했다. 영조도 사마천의 《사기》를 가져오도록 하여 '질차' 부분을 보고 나서, "상세히 열람해 보니 매우 음험하고 참담하다. 하단의 뜻은 더욱 망측하다."라고 했다. 세손 시절의 정조가 〈노중련전〉을 읽고 있다고 대답하자 기휘 글자를 읽었는지 민감하게 반응하기 30년 전의 사건이다. 그렇게 오래 전 사건인데도 늙은 영조는 그 모욕을 잊지 않았던 것이다.

홍국영은 정조의 신임을 바탕으로 최초의 세도정권을 이루었으나 기반이 약해 곧 실각했다. 본관은 풍산, 아버지는 판돈녕부사 홍낙춘^{洪樂春}이다.

정유년^{1777년}에 정조가 즉위하자 홍국영은 동부승지로 숙위대장을 겸했고 곧 도승지에 올라 정책 결정에 깊이 간여했다. 정조의 두터운 신임에 힘입어 모든 소계^{疏啓}·장첩^{狀牒}·차제^{差除}를 훑어볼 수 있었다. 금위대장·훈련대장 등을 거쳐 오영도총숙위^{五營都摠宿衛}가 되어 군권까지 장악했다.

정조는 즉위 초에 왕권을 강화할 필요를 절감했다. 사도세자의 아들인 이진^{李禛}·이인^{李䄄}·이찬^{李禶}을 추대하려는 역모가 발각된 것도 정조를 자극했다.

게다가 정조의 등극을 바라지 않던 자들이 정조를 해치려 했다가 탄로나는 일이 발생했다.

정조 원년^{1777년} 7월 28일, 경희궁에 있던 정조의 침실 존현각에 괴한이 침입했다. 그때 정조는 독서를 하고 있다가 이상한 기척을 느꼈다. 정조는 도승지 겸 금위대장 홍국영을 불렀는데, 홍국영은 "필시 흉얼들이 변란을 일으키려고 도모한 것입니다."라고 추측했다. 다음 달인 8월 11일에 범인들은 대궐에 숨어들었다가 경추문 수포군守鋪軍에게 붙잡혔다. 그자들은 천민 출신의 장사 전흥문과 호위군 관 강용휘였다. 국문 결과 노론의 당파에 속하는 홍술해의 아들 홍상범이 배후 조종한 것으로 드러났다. 홍술해는 홍계희의 아들이었고, 홍계희는 나경언을 시 켜 사도세자를 역모로 몰아 죽인 장본인이었다. 궁 안에서 호위군관 강용휘만이 아니라 액례 강계창과 궁인 강월혜도 간여되어 있었고, 상궁 고수애와 복빙도 모의했었음이 드러났다. 강월혜는 강용휘의 딸이고 강계창은 그의 조카이다. 이 들은 정조가 사도세자의 아들이기 때문에 국왕으로 인정하고 싶지 않았던 것이 다. 전흥문의 자백에 따르면 사건은 이렇다.

7월 28일에 대궐 밖의 개 잡는 집에 가서 강용휘와 신이 개장국을 사 먹고 나서 함 께 대궐 안으로 들어갔는데, 강계창이라는 별감과 강월혜라는 나인內人을 불러 한참 을 귀에 대고 속삭였습니다. 날이 또한 저물어서는 약방 맞은편의 문안소에서 강용 휘는 어깨로 저를 올려 주고 신은 또한 손으로 강용휘를 끌어올렸는데, 강용휘가 옷 자락을 걷어 맨 데에서 모래를 움켜 주고서 함께 옥상으로 올라가다 존현각의 중처 마에 이르러서는 기왓장을 제치다 모래를 부리다 하여 도깨비짓을 하며 사람들의 시청視聽을 현혹시켜 부도不道한 짓을 이루려고 했습니다. 그런데 갑자기 대궐 안에 서 물 끓듯 하는 소리가 들리고 수색이 매우 다급해졌기 때문에, 신이 강용휘와 처 마 밑으로 뛰어내려와 신은 보루각 뒤의 풀 속에 엎드려 있다가 날이 새서야 흥원문 으로 도망쳐 나오고, 강용휘는 금천교로 향하여 수문통을 제치고 빠져 나왔습니다. 그 이튿날 개 잡는 집에서 서로 모였는데, 보니 그의 한쪽 발은 물에 넘어져 아직도 젖어 있었고, 홍상범과 성이 김가인 사람이 또한 수문통에서 뒤를 밟아 가다가 사 세의 기미가 이미 틀려버린 것을 보고서 곧바로 빠져 나왔습니다. 강용휘가 다시 저 에게 말하기를, "상범의 집에서 재차 모여야 할 것이니 새어나가지 말게 하라."라고 했습니다. 대가大駕 어가가 환궁하셨음을 듣고 나서는 재차 거사하려고 도모하다가 수 포군에게 잡혔습니다.

▌무관복

한국국학진흥원 유교문화박물관 소장.

▌정조를 왕세손으로 책봉한 옥인과 함(函)

국립고궁박물관 소장.

영조 35년(1759년) 윤6월 9일에 정조를 왕세손으로 봉하면서 내린 옥인과 함이다. 당시 영조는 삼간택(三揀擇)을 행하여 유학(幼學) 김한구(金漢耉)의 딸로 정하고 6월 22일에 대혼(大婚)을 행한 뒤였다. 책봉이란 임금이 왕비 · 왕세자 · 왕세손 · 왕세제 · 세자빈 · 세손빈 등을 봉하는 행사로, 관련 의식을 책례의식이라고 한다. 책례의식의 전 과정을 체계적으로 보여 주는 자료는 의궤(儀軌)이다. 책례의식은 책례도감(册禮都監)이 담당했으며, 그 구성원은 〈좌목(座目)〉에 도제조(都提調), 제조(提調), 도청(都廳), 낭청(郎廳), 감조관(監造官), 별공작(別工作) 등의 이름을 적었다. 정조를 왕세손으로 책봉할 때의 《책례도감의궤(册禮都監儀軌)》는 서울대학교 규장각한국학연구원에 소장되어 있다. 그 〈좌목〉을 보면 도제조는 우의정 이후(李㷯)와 영의정 김상로(金尙魯), 제조는 홍봉한(洪鳳漢) 등 4인, 도청은 홍양한(洪良漢)과 조영진(趙榮進), 낭청은 김지묵(金持默) 등 7인이다. 같은 해 6월 25일에 도감의 각 방(房)이 일을 시작하여, 윤6월 9일에 명정전(明政殿)에서 왕세손을 책봉하는 의식을 거행했다. 책의 끝에 채색의 반차도(班次圖)가 12면에 걸쳐 있다.

홍술해의 종 감정##T을 국문하자, 그는 이렇게 자백했다.

홍술해가 귀양갈 적에 부적과 저주할 물건을 퇴침 속에 감추어 가지고 갔습니다. 그 뒤에 신이 홍술해 아내의 지휘를 받고서 돈 55냥을 가지고 정이##와 함께 김흥조의 집에 갔었는데, 그의 아내로서 무녀인 점방##이 함께 수유점##으로 나가 저주하고 비손하는 일을 했습니다. 김흥조가 항시 하는 말이, "만일 재물을 많이 구득한다면 너의 상전이 풀리어 돌아오게 할 수 있다."라고 했었기에, 저는 반갑게 그의 말을 듣고서는 홍술해의 아내에게 말했더니, 홍술해의 아내가 그제는 돈 40냥 및 면주##1필과 관복##1벌을 신에게 주기에 신이 점방의 집에 가지고 갔습니다. 점방은 오방##의 우물물과 홍술해의 집 우물물을 길러 오고, 또 도승지 홍국영의 집 우물물을 길어다가 하나의 그릇에 합쳐 섞어서 홍술해의 집 우물에다 쏟았습니다. 그리고 주사##로 화상 둘을 그려 하나는 홍국영으로 지칭하고, 하나는 아무개 성 양반으로 했는데, 곧 감히 말을 할 수 없는 윗분이었습니다. 화살을 두 화상에다 얽어매고, 이어 초교##를 타고 홍술해의 집으로 가서 홍술해의 아내에게 보이니, 홍술해의 아내가 보고 나서는 도로 점방에게 주며 묻을 만한 자리에 묻도록 했습니다. 점방이 또 활과 화살을 만들어 공중을 향해 쏘면서 "이는 곧 꼭 죽을 사람에게 대한 방법이다."라고 했고, 또 부적과 주문을 써서 그의 지아비를 시켜 홍국영의 문 앞길에 묻도록 하면서 말하기를, "그 사람들은 반드시 죽게 될 것이다."라고 했습니다. 김흥조가 다시 저에게 하는 말이, "궁녀의 유부##·유모##의 남편인 사람이 있는데 나와 친밀하니 만일 은을 많이 구해서 뇌물을 준다면, 나인들은 재물을 탐하기 때문에 반드시 묘수가 생길 것이다."라고 했습니다. 그래서 신이 그의 말을 곧이듣고서 홍술해의 아내에게 전했습니다.

이들의 공초를 통해서, 사도세자를 죽게 한 노론의 사대부뿐만 아니라 민간에서도 정조의 즉위를 인정하지 않으려는 분위기가 있었음을 알 수 있다. 그런데 무녀 점방이 오방의 우물물, 홍술해의 집 우물물과 함께 홍국영 집 우물물을 길어

▌주합루도(宙合樓圖)

정조 즉위년(1776년) 김홍도(金弘道) 그림. 국립중앙박물관 소장. 허가번호[중박 201110-5651].

정조는 즉위하자마자 창덕궁에 주합루를 새로 지어 그것을 규장각(奎章閣)으로 사용했다. 정조는 이미 세손 시절에 자신이 공부하던 곳을 주합루라 하고, 서재를 홍재(弘齋)라고 했다. 세손의 우빈객(右賓客)이었던 서명응(徐命膺)은 〈주합루기〉와 〈홍재기〉를 지었다. 세손 시절의 주합루는 경희궁에 있었던 듯하다. '주합'이란 말은 《관자》의 편명(篇名)에서 따왔다. 상하·사방을 주(宙)라 한다. 육합(六合)이란 뜻이 여기서 나온 것이다. 보수적인 유학자들은 《관자》를 이단시했으나, 정조는 《관자》에 주목했다. 심지어 즉위한 뒤에는 성균관 유생들에게 《관자》의 어구를 시험문제로 내기도 했다. 정조는 《관자》에서 정치의 원리를 구축했다. 〈주합〉편에 보면 "천지는 만물의 풀무이다."라고 했다. 즉 주합은 천지를 풀무질하고 천지는 만물을 감싸주기 때문에 만물의 풀무라 한다. 또한 주합의 뜻은 위로 하늘 위에 통하고 아래로 땅 아래에 이르고 밖으로 사해 밖에 나아가며 천지를 뭉뚱그려서 한 뭉치로 만들고 흩으면 틈 없는 데까지 이른다. 정조는 '주합'이란 말에서 모든 대립을 극복하고 조화롭게 통합하는 '탕평'의 새로운 원리를 구상했을 듯하다.

다가 하나의 그릇에 합쳐 홍술해의 집 우물에 쏟았던 것이라든가, 점방이가 주사로 화상 둘을 그려 하나는 홍국영으로 지칭한 것, 부적과 주문을 써서 홍국영의 문앞 길에 묻도록 한 것 등을 보면 홍국영의 위세가 대단했음을 짐작할 수 있다.

정조 2년1778년에 홍국영은 누이를 원빈元嬪으로 삼게 하여 정권을 굳게 다졌다. 원빈의 궁호는 숙창궁叔昌宮이었다. 그러나 숙창궁이 이듬해 5월 7일경인에 죽자, 홍국영은 김시묵의 딸인 효의왕후를 의심하여 핍박함으로써 왕실의 미움을 받았다. 그리고 은언군의 아들 이담李湛을 원빈의 양자로 삼아 완풍군에 봉하고 세자로 책봉시키려 했으나, 여의치 않자 담을 모반죄로 몰아 제거했다.

홍국영은 처음에는 송시열의 후손인 송덕상, 민우수의 문인 김종후 등의 지원을 받아 노론 청류를 중심으로 정국을 주도했다. 하지만 전횡을 일삼고 스스로 외척이 되어 독주함으로써 외척 세력 및 노론·소론·남인 모두와 대립했다. 특히 정조가 탕평책을 추진하는 데 장애가 되었다. 정조 3년1779년 9월에 이르러 정조는 홍국영의 은퇴를 권유했다. 홍국영은 할 수 없이 실권이 없는 봉조하로 물러났다.

정약용은 〈번옹樊翁의 유사〉에서 홍국영과 여동생 숙창궁의 몰락에 관해 상세하게 적었다. 특히 채제공이 정조 2년1778년에 진주사로서 연경에 갔다가 돌아와, 후반候班·문후를 올리는 반열에 끼어서 대전大殿에서부터 곤전坤殿에 이르기까지 순서대로 문안을 하고는, 수상정승 서명선이 찬정한 절목에 따라 숙창궁에도 문안해야 한다는 말을 듣고, 거부했다고 적었다. 당시 채제공은 "하늘에는 해가 둘 있을 수 없는데, 승통承統·가문의 대를 이음하지 않은 빈궁에게 어떻게 문안할 수 있겠는가?"라고 했다고 한다. 서명선의 형 서명응은 영조 38년1762년의 임오화변사도세자의 죽음 때 대사성으로서 동궁에게 상서上書하여 동궁을 비판했다. 그때 채제공은 세자를 보호하려 했다. 서명선은 그 일 때문에 채제공과 거리를 두어 왔는데, 숙창궁 문안의 일로 채제공에게 원한을 품게 되었다. 서명선은 훗날 왕세손정조을 보호하는 데 앞장섰지만, 그 형의 일로 마음 한 구석에 불안감을 지니고 채제공과는 거리를 둘 수밖에 없었을 것이다. 그런데 숙창궁 문제로 다시 채제공을 미워하게 되었던 것이다.

정조는 숙창궁 홍씨가 죽자 희정당에서 거애擧哀했고 백관들은 선화문 밖에서 호곡했다. 성복成服한 뒤에는 숙창궁의 시호를 인숙仁淑, 궁호를 효휘孝徽, 원호園號를 인명仁明이라고 추증하고 삼도감三都監을 설치했다. 이때 이휘지가 표문表文을, 황경원이 지장誌狀을, 송덕상이 지명誌銘을, 채제공이 애책哀冊을, 서명선徐命善이 시책諡冊을 지었다. 채제공은 애책문을 지으면서, "원빈 홍씨가 양심각에서 서거했다."라고 적었으나, 서명선은 경연에서 국왕의 지시를 받았다고 하면서 서逝를 훙薨으로 고친 뒤에 알리지 말라고 했다. '훙'은 국왕이나 왕비가 죽었을 때 표기하는 말이다. 채제공은 소를 올렸으나 승정원에서 막혔다고 한다.

재위 3년1779년 9월 28일기유, 정조는 인정전에서 홍국영에게 퇴직을 허락하는 선마宣麻를 내렸다. 노령의 신하가 퇴직할 때 공적을 기리고 여생을 잘 보내라고 명령을 내리는 글을 선마라고 한다. 이때의 글은 규장각 제학 서명응이 지었다.

아아, 경은 충효忠孝의 완전한 절개가 있고 천지의 뛰어난 재기才氣를 타고났다. 주연冑筵에서 공부할 때 지우知遇를 맺었으니 거의 가난한 선비의 우의友誼와 같았고, 흉당凶黨이 역란逆亂을 꾸밀 때 죽음을 두려워하지 않았으니 오로지 경의 통괄하여 다스리는 재주에 의지했다. 아! 위태로운 때 경이 임금을 도와 추대한 충성은 《명의록》의 원권原卷과 속권續卷에 명백히 실려 있다. 백성의 상도常道와 사물의 법칙에 하늘의 강령을 세웠으니, 누가 우리나라 400년의 큰 복을 늘렸는가? 반석盤石과 태산泰山 위에 국세國勢를 올려놓았으니, 참으로 두세 동덕同德에 힘입었다. 아! 근심의 단서가 아직 제거되지 않았을 때 숙위宿衛의 직임을 특별히 맡겼다. 용맹한 군사를 거느려 숙위소에 있자 사람들이 궁궐 안의 염파廉頗·이목李牧·전국시대 조나라의 명장이라 일컬었고, 서적을 맡아서 이문원摛文院에 있자 세상에서 조정의 육지陸贄·당나라의 문신라 했다. 나의 복심腹心과 고굉股肱이 되어 모든 군무와 국무를 맡기니 간성干城과 주석柱石처럼 여겼다. 예로부터 사직의 신하는 가까이하는 법인데 하물며 원빈을 책봉한 이래로 더욱이 경의 집안과는 기쁨과 근심을 같이 할 의리가 있음이야! 국가와 한 몸이 되는 충성은 바야흐로 안팎을 다스리는 데에 도움이 되고, 훌륭한 누이의 길상吉祥·길한 상서로움은 자손이 번창하는 경사를 점칠 수 있었는데, 여름 5월의 불행을 차마 말할 수 있겠는가? 드디어 경 한 사람만이 의지가 되게 했다. 시사時事가 불안하니 종사宗社의 계책을 어찌하겠으며, 사심私心이 오래 병드니 어찌 형제의 정 만할 뿐이겠는가? 상원上苑에 가을 소리가 나면 나라를 근심하는 위체危涕를 금치 못하고, 침문寢門에 밤비가 내리면 저사儲嗣·왕세자를 넓히자는 충언을 늘 아뢰었다.

종묘가 상서를 맞이하기를 우러러 생각하고 문정門庭에 객이 많은 것을 굽어 찬탄하되, 이업후李鄴侯가 형산衡山을 잊지 못한 것처럼 늘 떠날 마음을 품고, 엄자릉嚴子陵이 부춘산富春山에 돌아간 것처럼 이미 말한 것이 있었다. 드디어 임금에게 충성하는 마음으로 문득 야인野人이 되어 고향으로 돌아가기를 결심하였다. 예전부터 공명에 대처하는 방도는 반드시 일찍 물러가는 것이 상책인데, 이제 종시終始의 도유종의 미를 거두는 도를 지킴을 돌아보면 어찌 마음을 다해 간절히 따른 것이 아니겠는가? 반백班白의 나이에 관직에서 물러간 일이 옛날에 있었는가? 나라를 부지한 것이 실 한 줄의 힘에 힘입었으니 명예가 이보다 높을 수 없다. 그래서 예禮로써 부리는 은혜를 미루어 드디어 벼슬을 그만두려는 청을 윤허한다. 평소에 마음을 의지한 신뢰를 생각하면 참으로 경을 버릴 수 없으나, 옛날에 손을 잡고 한 말을 생각하면 어찌 관직에서 물러가는 것을 아까워하겠는가? 그래서 금전金殿·궁궐에서 백마白馬·선마를 내린다. 아! 지절志節이 더욱 높으니, 어찌 유청전劉靑田(명나라 태조 때 학자 유기劉基)이 세상을 멀리한 것만 못하겠는가? 바르게 출처出處한 것은 배진공裴晉公(당나라 재상 배도裴度)이 영화를 사양한 것에 못지 않다. 강호江湖의 근심을 잊지 말고 신극宸極·대궐의 사랑을 길이 생각해야 한다.

이 글의 앞부분은 홍국영의 공적을 칭송했지만, 후반부는 초야로 돌아가 분수를 지키기 바란다고 강조했다.

이보다 앞서 홍국영이 벼슬을 내놓자, 승정원은 문형을 패초하여 선마의 문장을 짓게 하자고 청했다. 정조는 예문관 제학도 함께 지어 올리도록 하여 그 가운데 좋은 것을 골라서 쓰라고 했다. 서명응이 상소하여, "어찌 다른 사람과 더불어 문자를 짓게 하여 마치 고시考試를 하는 것처럼 하실 수가 있습니까?"라고 했다. 서명응은 선마문의 문체인 사륙문四六文에 익숙하지 않았기 때문에 이런 어명이 있었다고 한다. 마침내 서명응이 지어 올린 글을 썼다.

정조가 인견하자, 홍국영은 이날이 상감을 뵙는 마지막이 될 것이라고 말하고 시사 몇 조를 상언했다. 김귀주·홍낙임은 역적 행위가 있었지만 하나는 자전의 오라버니이고 하나는 자궁의 오라비이니 살려 주는 은혜를 특별히 베풀 것, 박재원·서욱수·신상권 등을 용서하여 간언諫言·임금의 잘못을 고치도록 하는 말을 오게 할 것, 백성을 구제할 방책을 참판 이보행에게 하문할 것, 탕평 정책을 계속 추진할 것, 훈련대장 구선복의 직임을 오래 맡겨서 성과를 올리게 할 것, 자신과 함께 《명의록》의 '주인주된 편찬자'인 좌승지 정민시를 잘 대우할 것 등이다.

정조 신한(宸翰)

국립중앙박물관 소장. 허가번호[중박 201110–5651].

정조가 외삼촌 홍낙임(洪樂任, 1741~1801년)에게 보낸 서한이다.

홍낙임은 영조 때 영의정을 지낸 홍봉한(洪鳳漢)의 아들인데, 천주교도라는 이유로 순조 원년에 박해를 받아 순명(殉名)하게 된다. 정조의 어찰은 여러 도서관과 박물관에 상당히 많이 남아 있다. 성균관대학교는 정조 비밀어찰 299통을 공개한 바 있고, 국립중앙박물관은 정조가 외삼촌 홍낙임에게 보낸 편지 36통과 노론 벽파(僻派)의 거두 심환지(沈煥之, 1730~1802년)에게 보낸 편지 30통을 탈초하여 《정조 임금 편지》를 발간했다. 고려대학교도서관도 소장하고 있는 정조의 어찰을 탈초하여 공개할 예정이다.

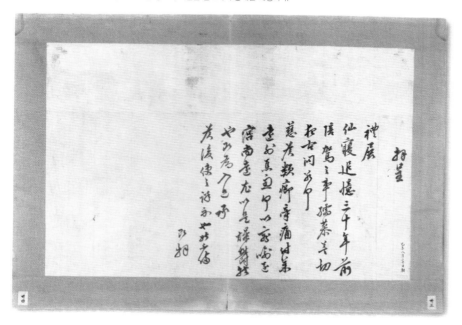

정조는 9월 29일^{경술}에 고관들에게 홍국영의 사직을 허락한 이유를 말했다.

근년 이래로 위임한 것이 너무 치우치고 부담한 것이 너무 무거웠으니, 스스로 상등 사람이 아니라면 이런 처지로서 어찌 일마다 죄다 잘할 수 있겠는가? 그래서 봉조하가 정성을 다하여 물러가기를 청하고 마침내 탈가^{脫駕·물러나 쉴} 데를 모르게 될 것이라고 염려하기까지 했고, 나도 이런 지경에 이르러 그 뜻을 만회하기 어렵고 또한 끝내 보전하여 그 아름다운 뜻을 이룩하려 했으므로, 한 마디 말로 곧 윤허하고 어제의 거조^{擧措}까지 있었던 것인데, 나는 본디 헤아린 것이 있어서 그런 것이다.

정조는 봉조하 홍국영이 탈가할 곳을 모르게 될 것이라고 하면서 해직을 청했다고 했다. 탈가란 해가^{解駕}와 같아, 수레를 풀고 편안히 휴식하는 것을 말한다. 실은 이 말은 진^秦시황 때의 이사^{李斯}가 재상으로서 부귀가 극도에 이르자 향후 길하게 될지 흉하게 될지 모르겠다고 하여 "내가 탈가할 곳을 알지 못하겠다."라고 한 데서 나온 것이다. 홍국영도 부귀의 극한에 이르렀을 때 그 말을 했다. 이사가 결국 비참한 말로를 걸어가야 했듯이 이사의 말을 빌려썼던 홍국영도 참담한 종말을 맞지 않으면 안 되었다.

정조 4년^{1780년} 2월에 홍국영은 왕후를 독살하려는 기도에 연루되었다 하여 정민시·서명선·유언호·김종수 등의 탄핵을 받아 가산을 몰수당하고 강릉으로 추방되었다. 홍국영은 실의에 잠겨 지내다가 34세로 병사했다.

훗날 정조는 홍국영을 신임했던 일을 깊이 후회했다. 그래서 재위 11년^{1787년}에 규장각 대교 윤행임에게 이렇게 말하기까지 했다.

지난날 홍국영을 쓴 것은 어찌 꼭 그러지 않아도 되는데 그렇게 한 것이겠는가? 온 세상 사람들이 모두 한 구덩이에 들어 있는데 홍적의 집안과 원한을 맺은 사람은 오직 그 한 사람이므로 그를 쓴 뒤에야 홍적과 입장을 달리하는 사람이 그를 발판으로 조정에 설 수 있었던 것이다. 그의 낭패를 내가 어찌 염려하지 않았겠는가? 그러나 늘 사람을 알아보지 못하는 것으로 스스로 반성했으되, 이것을 윤음綸音에 나타 내거나 조정에 임할 때 드러낸 적이 없다.

홍국영이 권세를 잡았을 즈음에는 완경구阮景謳라는 동요童謠가 유행했다. 동요의 내용은 전하지 않지만 '구경하겠네'라는 말이 들어 있었던 듯하다. '구경'은 '국영'의 연철음이니, 이 동요는 홍국영이 패망하는 광경을 보리라는 뜻을 담은 노래였을 것 이다.

이전에 김자점金自點이 인조 말년과 효종 즉위 초에 권세를 부릴 때는 "자점이 점점點點"이라는 동요가 있었고, 허적許積이 숙종 초에 권력을 잡았을 때는 "허적 은 산적散炙"이라는 동요가 있었으며, 김일경金一鏡이 경종 때 극성할 즈음에는 "일 경은 파경破鏡"이라는 동요가 있었다. 또 정후겸鄭厚謙에게는 행상도行喪圖가 있었는 데, 홍국영에게는 완경구가 있었던 것이다.

동요는 거리의 아이들이 부르는 노래인데, 실은 누군가가 정치적 의도를 지니 고 퍼뜨린 노래였다. 때로는 참요처럼 예언적인 노래도 있었다. 또 동요를 흔히 참요라고도 한다.

허적은 남인의 거두로 숙종 때 영의정에 올랐으나 서자 허견이 복선군·복창 군·복평군과 함께 역모를 꾀한다고 고변당하여 처형되었다. 김일경은 경종 때 왕세제英祖의 대리청정을 반대하고 노론을 모함해서 신임사화를 일으켰으나 영조 즉위 후에 참형되었다. 정후겸은 화완옹주의 양자로서 영조 때 세손正祖의 대리 청정을 극력 반대했다가 정조가 즉위하면서 사사되었다. 정후겸을 제거한 홍국 영도 역시 권세를 부리다가 패망했으니, 역사는 돌고 도는 것인지 모른다.

홍국영은 인정전에서 정조에게 하직 인사를 할 때, "전하께서 포의이실 때부 터 사귀어 은혜가 천고에 다시없습니다."라고 했다. 정조가 즉위한 후 홍국영은 제갈공명이 소열제劉備를 만났던 것 이상의 일을 이루었다. 홍국영은 하직하면서 원망의 뜻을 억누르고, 죄가 없이 돌아가기에 기뻐서 춤을 추고 싶다고 했다. 하 지만 그 부모와 족속은 슬퍼하지 않을 수 없었다. 권력은 썩고 마는 것인가? 홍 국영의 경우를 생각하면 그 말이 진리인 듯도 하다.

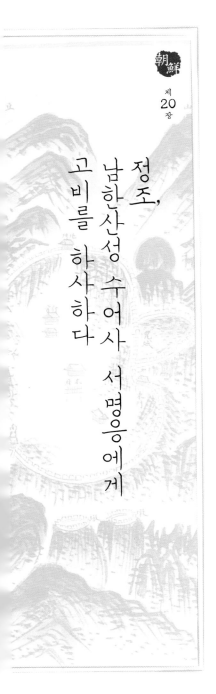

정조,
남한산성 수어사 서명응에게
고비를 하사하다

정조는 재위 3년1779년 6월 18일경오, 남한산성을 보축補築하는 공사가 다 이루어지자, 광주부윤 이명중李明中에게 가자加資하고 수어사守禦使 서명응徐命膺에게 특별히 고비皐比를 하사했다.

수어사로서 고비를 하사받은 서명응은 영조 말부터 정조 초에 걸쳐 국가의 편찬사업을 주도한 관료학자이다. 동생인 서명선은 영조 51년1775년 12월 3일에 세손이 대리청정할 수 있도록 상소를 하는 등 정조의 등극에 큰 공을 세웠다. 정조는 매년 12월 3일을 특별한 날로 정하여 서명선의 업적을 기릴 정도였다.

서명응은 영조 때 이미 문형文衡을 잡았고, 정조가 세손으로 있을 때 빈객으로 있었다.

영조 37년1761년에 세손훗날의 정조이 성균관에 입학할 때, 서명응은 그 예식을 주관했다. 영조 47년1771년의 동지 때 세손은 〈지일잠至日箴〉을 짓고, 동궁의 관료들에게 화답하게 했는데, 그 글들이 모이자 빈객으로 있던 서명응에게 서문을 쓰게 했다. 서명응은 세손을 위해 《역학계몽도설易學啓蒙圖說》·《역학계몽집전易學啓蒙集箋》·《자치통감강목삼편資治通鑑綱目三編》·《주자회선朱子會選》 등의 서적을 엮었다. 정유년1777년에 정조가 즉위하고 규장각을 설립하자, 서명응은 규장각 제학이 되어, 규장각의 제도를 규정한 《규장각지奎章閣志》를 편찬했다. 또한 이 무렵에 서명응은 영조의 행장을 작성하면서 경종, 영조, 정조로 이어지는 왕위 계승의 정통성을 강조했다. 그리고 정조의 명으로 《국조보감》을 편찬했다.

수어장대(守禦將臺)

한국학중앙연구원 사진 제공.

수어장대는 남한산성의 장대로, 서쪽에 위치하여 서장대라고 불렸다. 장대란 지휘관이 올라서서 군대를 지휘하는 건축물이다. 인조 2년(1624년) 남한산성을 쌓을 때 만들어진 장대 가운데 유일하게 남아 있다. 안에는 '무망루(無忘樓)'라는 편액이 걸려 있다. 영조는 인조가 겪은 삼전도의 굴욕, 효종이 북벌을 꾀하다 승하한 원한을 후대에 전하고자 이 누대에 그러한 이름을 붙인 것이다. 지금의 건물은 1896년에 유수 박기수가 다시 고쳐 세운 것이다.

서명응은 정조 3년 봄에 남한산성의 수어사로서 산성을 보축하면서 〈남성신수기南城新修記〉를 지어 돌에 새겨 두었다. 그 글은 꾸밈없이 사실만을 기록하고, 산성의 보축을 감독한 지방관과 벽돌을 구운 사람들, 석회를 구운 사람들, 벽돌과 석회를 굽는 땔나무를 공급한 사람들, 벽돌과 석회의 운반을 맡은 사람들, 성의 장벽과 성가퀴를 나누어 관장한 18패장의 이름을 일일이 거론했다. 마치 군인들과 일반 백성들에게 그들의 이름을 각인시키려고 한 듯이 모두의 이름들을 나열했다. 또 18패장으로 하여금 장벽 면에 각각 성명을 기록하여 책임지게 만든 일, 지방의 부로들과 부녀, 아이들도 모두 참여한 사실을 갖춰 기록해 두었다.

서명응이 남한산성의 보축을 완수할 수 있었던 것은 원임 수어사였던 홍국영이 재원을 마련해 두었기 때문이었다. 즉, 원임 수어사 홍국영이 비축한 1만 민緡·돈꿰미를 세는 단위을 토대로, 자신이 새로 수어사가 되어 쌀 900석을 보태어 보수한 것이었다. 서명응은 그 사실을 이 〈남성신수기〉에 밝혀 두었다.

하지만 서명응은 이 글을 자신의 문집 《보만재집》에는 수록하지 않았다.

홍국영이 실각하고 역적으로 판결난 이후에 홍국영의 이름을 분명하게 게시한 이 글을 문집에 실을 수는 없었을 것이다. 또 이 글은 지체 높은 사람들을 위한 것이 아니라 성 보축에 참여한 군관이나 민중들을 위한 글이라서 문체가 고급스럽지 않기 때문에 문집에 남기지 않았을 수도 있다.

서명응의 〈남성신수기〉는 《남한지南漢志》에 전문이 실려 있고, 현재도 그 글을 새긴 편석이 전한다. 내용을 소개하면 이렇다.

우리 성상正祖 3년 기해 봄에 수어사 신 서명응이 "남한산성은 나라의 보장保障인데, 성의 장벽과 성가퀴가 깎이고 이지러지고 없어져서 어느 한 곳도 온전한 데가 없으니 보수하기를 청합니다."라고 아뢰었다. 상께서 "자금이 있는가?"라고 말씀하시기에, 신 명응이 "원임 수어사 홍국영이 1만 민을 비축했으니, 만일 여기에 쌀 900석을 보탠다면 보수할 수 있을 것입니다."라고 대답했다. 상께서 이에 900석을 보낼 것을 허락하셨다.

이에 신 명응이 명을 내려 전前 영장營將 광주부윤 이명중李明中으로 하여금 일을 감독하게 하고, 유영별장留營別將 황인영黃仁暎으로 하여금 그 공을 고과考課하게 하고, 호방군관戶房軍官 유덕모留德謨와 병방군관氏房軍官 김낙신金樂愼을 내외도청內外都廳으로 삼고, 교련관敎鍊官 한광현韓光賢과 이언식李彦植을 도감관都監官으로 삼았다. 벽돌을 구운 사람은 양덕세楊德世, 안한유安漢雄, 석치감石致城, 권흥추權興樞, 이석신李碩臣이고, 석회를 구운 사람은 정덕찬鄭德瓚, 한광범韓光範, 박상풍朴相豊, 진광우秦光佑, 염혁廉㷦이다. 벽돌과 석회를 굽는 땔나무를 공급한 사람은 조한광曺漢光, 안국태安國泰이고, 벽돌과 석회의 운반을 맡은 사람은 이현일李顯一, 이운대李運大, 이시범李是範이다. 이들은 남성南城의 집사執事와 초관哨官들이었으며, 현일顯一은 송파별장松坡別將, 덕세德世는 경기집사京畿執事였다.

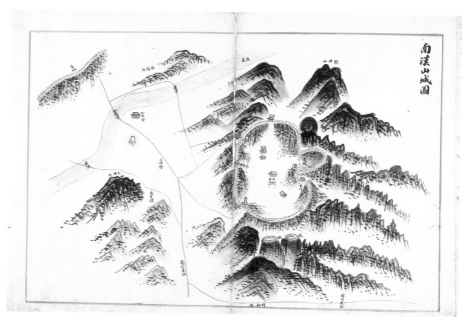

│ 남한산성도(南漢山城圖)

19세기 전반 제작. 《동국여도(東國輿圖)》 수
록. 서울대학교 규장각한국학연구원 소장.

백운대

서암문　　원효봉

수문지　　　상운사　　위문

만경대

대서문　　　용암봉

중성문　　　중성문

의상봉　　　북한산대피소

국녕사

용출봉

동장대

용혈봉

증취봉

부왕동암문　　　행궁터　　　대동문

나월봉

나한봉　　　동암문

│ 현재의 남한산성도

청수동암문　　　대성문

문수봉　　　대남문

그리고 나서 여러 군교軍校들을 선발하여 18패장牌將을 삼았으니, 정광규鄭光規, 김시형金時亨, 이동혁李東爀, 황도명黃道明, 임천표任天杓, 정용빈鄭龍彬, 이인택李仁宅, 이언장李彦章, 이인철李仁喆, 김희인金熙人, 한광성韓光聖, 이복형李復亨, 이인본李仁本, 이석증李碩曾, 연덕우延德雨, 박상번朴尙蕃, 손석복孫錫福, 김익수金翊壽가 그들이다. 이들로 하여금 성의 장벽과 성가퀴를 나누어 관장시켜 성벽을 기우고 쌓게 하되 장벽 면에 각각 그들의 성명을 기록하여 견고하고 완전하면 상을 내리고 그렇지 못하면 벌을 주니, 사람들이 모두 용기를 내고 심히 고무되어, 성 안의 부로들이 술을 빚고 개를 삶아 서로 위로하고 남녀 아이들도 석회를 지고 벽돌을 이고서 다투어 역사役事를 도우니, 시작한 지 50여 일 만에 공사가 마무리되었다. 우뚝 솟은 성가퀴가 면면히 30리에 걸쳐 있는데 장막과 같이 펼쳐지고 금석과 같이 견고했으며, 장대將臺와 문루門樓는 단청 빛이 찬란했으니, 이 모두가 성상의 위덕威德 때문이었다.

공사가 모두 끝난 뒤에 역자役者가 성의 서쪽에서 바위 두 개를 발견했는데, 바위 하나에는 위에 '천계월일각天啓月日刻'이라는 글자가 새겨져 있었고 나머지는 모두 문드러져 알아볼 수가 없었다. 이에 부윤에게 달려가 고하자, 부윤이 다음과 같이 말했다. "이는 처음 성을 쌓을 때 공역功役을 기록한 것이다. 바위 하나를 남겨두어 오늘을 기다렸으니, 이는 운수이다. 운수를 어찌 어길 수 있겠는가?" 그리고 나서 석공을 불러 돌을 다듬게 하고 명응에게 기문을 써 줄 것을 부탁했다.

정조는 즉위 초에 홍국영을 남한산성의 수어사로 임명하고, 이어서 그 후임으로 서명응을 임명했다. 홍국영과 서명응은 당시 정조가 가장 신임하던 신하들이었다. 그만큼 정조는 남한산성을 중요한 보루로 인식하고, 두 사람에게 산성의 방어와 보축을 맡겼던 것이다.

더구나 정조는 남한산성의 보축 공사가 마무리된 그해 8월에 직접 산성을 시찰했다. 즉 정조는 이때 영릉寧陵에 전배展拜한다는 명목으로 남한산성의 행궁으로 행차했다. 영릉은 효종과 인선왕후 장씨의 능으로 경기도 여주군 능서면에 있다. 전배란 종묘나 능침에 참배하는 것을 말한다. 당시 정조를 수행한 사람은 병조판서 정상순과 훈련대장 홍국영이다.

그해 8월 3일_{갑인}, 정조는 융복_{주립과 철릭으로 된 군복}을 갖추어 입고 여_輿를 타고 인화문을 나가 인정전 월대에 이르러 태묘에 전배하겠다는 뜻을 전교하고, 만안문을 거쳐 선원전에 나아가 전배했다. 그리고 만안문을 거쳐 돌아와 여를 타고, 병조판서 정상순과 훈련대장 홍국영에게 출정식의 맹세를 하듯이 "행군을 잘하라!"고 하교했다. 또 인정문 밖에 이르러 말을 타고 흥인문을 나가 관왕묘에 나아가 재배례를 했으며, 화양정을 거쳐 광진_{광나루}의 주정소_{晝停所}에 머물렀다가 선창소_{船艙所}에 이르렀다. 정상순이 아뢰고 승선포_{陞船砲}를 쏘니, 임금이 용주_{龍舟·임금이 타는 배}에 올랐다. 선상_{先廂·앞쪽의 호위}의 장사와 용호영의 장사는 용주의 왼편 예선_{曳船} 밖에서, 후상_{뒤쪽의 호위}의 장사와 경기영의 기고_{旗鼓·병력}는 용주의 오른편 예선 밖에서 용주를 호종하여 건넜다. 다시 정상순이 아뢰고 행선포_{行船砲}를 쏘고 불화살을 올리며 대취타_{군악}를 연주하니 각 영이 모두 응했다. 정조는 "임금은 배와 같고 백성은 물과 같다."라는 옛말을 떠올리고, 역대의 군주께서 주수도_{舟水圖}를 만들고 사신_{詞臣}에게 명_銘을 짓게 하고 서문을 쓰게 한 일을 추억했다. 이어서 배에 탄 신하들에게 음식을 베풀라고 명했다. 율목정_{栗木亭}에 이르러 갑옷으로 갈아입은 뒤에 말을 탔고, 수어사 서명응이 중군_{中軍}과 각 영장_{營將}과 기고_{旗鼓}를 거느리고 영접했다. 정조가 남문을 통해 행궁으로 들어가서 정당에 나아가니, 수어사가 알현했다. 임금이 갑옷을 벗고 융복을 입고서 호가한 대신과 경기관찰사와 각각의 임무를 맡은 차사원_{差使員}에게 입시하라고 명했다. 정조는 병자호란 때 후금의 군대가 한봉_{汗峯}에서 대포를 쏘아 포환이 전각의 기둥을 치자 인조가 후내전_{後內殿}으로 피신한 일을 상기하고, 효종 때 북벌의 뜻을 두었던 일을 이어받아 무비_{武備}를 다짐했다. 그래서 다음과 같이 전교했다.

우리나라의 무비는 요즈음 아주 허술해져서 백성은 북치는 소리를 듣지 못하고 군병은 지휘관의 명에 따라 질서 있게 움직이는 절차를 알지 못하는데, 하루 이틀 세월만 보내니 병자란 때의 일을 생각한다면 군신과 상하가 어찌 이처럼 게으를 수 있겠는가? 날은 저물고 길은 머니, 성조효종께서 이 때문에 조정에서 탄식하셨고 선정신송시열이 이 때문에 상소에 여러 번 아뢴 것이다. 우리나라는 작은 접역鰈域·가자미 모양의 땅으로서 예의를 대강 아는 지방이므로 세상에서 중화라고 일컫지만 이제 인심은 점점 안일에 길들게 되고 대의는 점점 자취를 감추어, 북청나라으로 가는 예물을 예사로 여기고 부끄럽게 여기지 않으니, 생각이 여기에 미치면 어찌 한심하지 않겠는가? 한관漢官의 위의威儀·예법에 맞는 몸가짐를 다시 볼 수 없고 신주神州·중국의 더러운 오랑캐를 다시 제거할 수 없는데, 오직 북원北苑의 작은 단대보단에 나라 지키는 정성을 조금 붙여서 대명의 일월이 한 구역의 나라를 비출 뿐이니, 후세에 할 말이 있을 것이다. 더구나 올해에 효묘효종께서 성취하시지 못하고 뜻만 두신 일을 우러러 생각하매, 강개하고 격앙됨을 이길 수 없다. 돌이켜보면 이제 민력이 피폐하고 경비가 아주 없는 때이니 어찌 반드시 먼 길을 행차해야 하랴마는, 이 기해년을 당하여 영릉에 가지 않는다면 이것이 어찌 천리와 인정에서 나올 수 있는 것이겠는가? 그러나 여러 고을에서 공억供億하는 폐단과 각 영에서 어려움을 겪는 노고를 먹고 숨 쉬는 사이에 잠시라도 잊은 적이 있겠는가?

정조는 서명응에게 수어청의 5영 제도와 군총軍摠을 묻고, 광주부윤 송환억에게 본영의 군총을 물었다. 또한 서명응에게 본영의 조련 방식에 대해 물었다. 남한산성은 동장대에 좌영과 후영, 서장대에 우영, 남장대에 전영, 북장대에 중영을 두었다. 중장대는 지형 때문에 설치하지 않았다. 정조는 서명응에게 본영의 둔전과 백성들의 잡역, 산성의 군향곡軍餉穀, 승군의 제도에 대해서도 물었다.

8월 9일경신, 정조는 서장대에 나아가 군사훈련을 하고, 대신들과 수어사를 입시하게 했다. 서명응은 보휼고保恤庫의 빚돈에 대해 보고했다. 곧, 보휼고 빚돈의 이식 때문에 장교·서리로부터 군졸·평민에 이르기까지 어느 한 사람도 이 폐단을 면할 자가 없다고 아뢰었다. 그러자 정조는 모두 탕척해 주라고 했다.

8월 11일임술, 정조는 서명응에게 금번 행차에 배종한 인물들의 명부를 지어 바치라 하고, 또 산성에 관한 역사서를 엮으라고 했다.

남한산성의 축성 때 조성된 네 곳의 장대 가운데 서장대는 지금도 잘 보존되어 있다. 처음에는 단층 누각이었으나 영조 7년1751년에 유수留守 이기진이 2층 누각으로 중축하고 내편을 무망루無妄樓, 외편을 수어장대守禦將臺라 했다. 수어장대 밑에는 청량당이란 사당이 있다.

전설에 의하면 이 사당은 인조 2년1624년에 산성의 축성을 맡았던 이회李晦의 신주를 모셔왔다고 한다. 당시 축성의 총 책임은 이서李曙가 맡았고, 동남의 축성은 이회, 서북의 축성은 벽암대사가 맡았는데, 이회는 무성의하다는 무고를 받아 죽임을 당했다고 한다. 그의 부인도 성 쌓는 일을 돕기 위해 자금을 마련해 오던 중에 남편이 처형되었다는 소식을 듣고 한강에 몸을 던져 자살했다고 전한다. 하지만 이회와 그 부인의 사실은 공식 기록에는 나오지 않는다. 산성 축조에 관한 애절한 사실들은 구비전승 속에서 추억되어 온 듯하다.

서명응1716~1787년은 본관이 달성으로, 성종 때의 문신 서거정의 후손이다. 서명응의 5대조 서성徐渻은 선조·인조 연간의 명신이고, 넷째아들 서경주徐景霌는 선조의 부마로 인조반정 이후 정국에서 중요한 역할을 했다. 서명응은 벼슬이 대제학에 이르고, 아우 서명선은 영의정에 이르렀다. 현재의 파주군 진동면 동파리에 해당하는 동원桐原에 선영이 있었다.

서명응은 식년 생원초시에 합격하고 관직에 나아가 39세 되던 영조 30년1754년 증광문과에 병과로 급제한 뒤 여러 벼슬을 거쳐 영조 45년1769년에 한성부 판윤에 이르렀다. 영조 47년1771년에 홍문관·예문관 대제학과 지성균관사로 있으면서 세손의 빈객이 되었다. 그 뒤 정조가 즉위해 규장각을 세웠을 때 가장 먼저 제학에 임명되었다. 만년에는 경기도 장단 금릉리의 만산晚山에 거처했다.

정조는 서명응을 총애했다. 정조 원년 8월 28일신유의 《실록》 기사를 보면, 당시 판중추부사였던 서명응이 차남 서형수가 역적 홍계능과 이웃한 일로 인피하자 너그럽게 비답을 내렸다. 처음에 서형수는 홍계능을 아들의 숙사로 삼았으나 그 뒤 왕래하지 않되 원망을 사지 않으려고 구두로 묻는 일은 막지 않았다. 그런

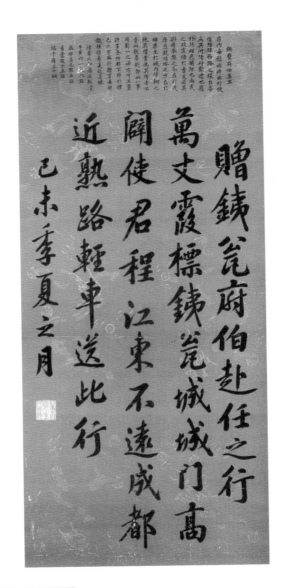

萬丈霞標鐵瓮城城門高
闢使君程江東不遠成都
近熟路輕車送此行

贈鐵瓮府伯赴任之行

己未季夏之月

증철옹부백부임지행(贈鐵瓮府伯赴任之行)

정조 을미년(1799년) 계하(季夏, 음력 6월) 어필(御筆). 190.9×91.6(201.8×73.3)(단위 : cm). 국립중앙박물관 소장. 허가번호[중박 201110-5651].

서형수(徐瀅修, 1749~1824년)가 철옹부사로 떠나자 정조가 내린 시이다. 철옹을 '鐵瓮'으로 표기했다. 이 시는 《홍재전서》 권7에 수록되어 있다. 위쪽에는 목민관으로서 진력하라고 권면하고, 네 가지 약재와 단오선(端午扇) 서른 자루를 선물로 보낸다는 내용을 적었다. 시는 "萬丈霞標鐵瓮城(만장하표철옹성) 城門高闢使君程(성문고벽사군정) 江東不遠成都近(강동불원성도근) 熟路輕車送此行(숙로경거송차행)"이다. 뜻은 "십만 길 높이 우뚝 솟은 철옹성. 성문이 높이 열렸구나 사군이 가시기에. 강동은 멀지 않고 성도도 가까우리. 익숙한 길을 경쾌한 수레로 가시는 행차를 전송한다오."이다.

데 서명응은 관서의 직에 있을 때 대신이 홍계능의 죄를 논한 계사를 얻어 보고 서형수에게 서찰을 보내 홍계능과의 왕래를 완전히 끊고 집도 옮기라고 했다. 하지만 서찰이 이르기 전에 서형수는 귀양 가는 홍계능을 잠시 만나보았다고 한다. 정조는 "간신을 분별하기 어려움은 옛적부터 모두 그러했다. 경이 역적 홍계능의 흉악함을 일찍 분별하지 못한 것은 괴이하지도 않다."라고 하고 "마음을 안정하라."는 비답을 내렸다.

정조는 서명응이 벼슬을 내어 놓고 봉조하가 되었던 재위 6년1782년 5월 4일경자에 서명응의 문집을 열람하고 아래의 칠언율시를 짓고는 규장각 각신들에게도 이어서 지어 올리라고 명했다.

비 지나간 염막簾幕에 남풍 산들거리는데
한가로이 염계恬溪·서명응의 많은 글을 열람하네
삼역三易의 심오함을 이해했고
사가四佳·서거정의 남은 전형이 있네
음양 착종의 이치는 마음에 자못 깨달았고
떠가는 구름 흐르는 물 같아 바탕이 본디 고요하고 비었도다
보만당에서 일찍 초고를 구하나니
문단의 융성함이 사마상여 활약하던 한나라 문제 때에 비해 어떠한가?

雨過簾幕午風徐(우과염막오풍서) 閑閱恬溪十軸書(한열염계십축서)
悟解多從三易邃(오해다종삼역수) 典刑猶見四佳餘(전형유견사가여)
陰陽綜錯心頗契(음양종착심파계) 雲水流行質本虛(운수유행질본허)
保晩堂中求草早(보만당중구초조) 文苑當日較何如(문원당일교하여)

서명응은 《주역》 가운데서도 상수역에 밝았다. 그것을 두고 정조는 그가 삼역三易을 깊이 깨달았고, 음괘 양괘의 착종의 이치도 잘 파악하고 있다고 논평했

다. 삼역은 하나라 때 연산역連山易, 은나라 때 귀장역歸藏易, 주나라 때 주역을 말한다. 음괘와 양괘의 착종이란 역상을 볼 때 효爻들을 착종시켜 새로운 괘를 얻어 역리의 해석에 사용하는 방식을 말한다.

서명응은 《보만재총서保晩齋叢書》·《보만재사집保晩齋四集》·《보만재잉간保晩齋剩簡》 등 방대한 분량의 저술을 남겼고, 경학·사학·천문학·농학 등 전 분야에 걸쳐 연구를 했다. 이 가운데 《보만재총서》는 서명응이 정조 4년1780년에 벼슬에서 물러난 뒤 그동안의 저술들을 모아 정조 7년1783년에 완성했다. 《보만재사집》은 《보만재총서》를 편찬한 뒤 정조의 칭찬에 고무되어 새로 기획한 또 하나의 개인 총서이다. 정조는 내탕금을 내어 문집을 발간케 했다. 내탕금이란 내탕고에 넣어 두고 국왕이 개인적으로 쓰던 돈이다. 서명응의 학문은 가학으로 전승되었는데, 아들 서호수와 서형수, 손자 서유본과 서유구가 모두 뛰어난 학자다.

정조 5년1781년에 서호수가 규장각 직제학으로서 정조를 모시고 있을 때, 정조는 특별히 그의 부친 서명응을 위해 보만재保晩齋라는 호를 지어 주었다. 만절晩節·늙어서의 절개을 잘 지킨다고 인정해서 그 호를 내려 준 것이다. 서명응은 수장壽藏의 〈자표自表〉에서 그 사실을 특별히 언급했다. 수장이란 죽은 뒤에 자신이 묻힐 무덤을 생전에 미리 만들어 둔 것을 말한다. 자표란 무덤 앞에 세우는 묘표를 스스로 지은 것이다.

서명응은 정조 10년1786년 11월에 부인 완산이씨가 돌아가자, 경기도 장단 금릉리의 선영에 무덤을 쓰고, 그 오른쪽을 비워두어 수장으로 삼았다. 그리고 〈자표〉에서 정조가 자신의 만년 덕을 세 가지로 규정해 준 것에 대해 크게 감격해 했다. 그 세 가지란 다음과 같다.

첫째, 정후겸이 문원文苑에 추천한 것을 거절하여 위세로도 지조를 빼앗을 수 없었다. 둘째, 홍국영이 다시 조정에 들어오는 것을 저지하여 그 칼끝을 몸으로 감당했다. 셋째, 아우인 서명선이 영의정으로서 종묘사직을 호위하려는 마음을 지니고 있다.

보만재집(保晚齋集)

일본 도쿄도[東京都] 동양문고(東洋文庫) 소장. 취진자본(聚珍字本) 16권 8책.

서명응(徐命膺)의 문집. 저자의 아들 서형수(徐瀅修)·서호수(徐浩修), 손자 서유구(徐有榘) 등이 편집하여 순조 22년(1822년)에 간행했다. 권두에 정조의 어제시(御製詩). 정지검(鄭志儉)의 글씨. 이복원(李福源)의 서문이 있고, 권말에 서유구의 발문이 있다.

송나라 정향程珦이 스스로 묘지墓誌를 짓고 명나라 유대하劉大夏가 스스로 수장기壽藏記를 지은 예가 있는데, 그것들은 모두 후인이 지나치게 찬미하는 것을 매우 부끄럽게 여겨서 그런 것이었다. 하지만 서명응은 군주의 총애를 받은 사실을 기물에 새겨 그 은혜를 잊지 않으려고 〈자표〉를 짓는다고 했다.

서명응의 이 〈자표〉는 산문의 서문과 운문의 명銘으로 되어 있다. 산문의 서문에는 자표를 짓게 된 이유, 인생의 이력, 보만재라는 호를 하사받은 사연, 미래에 있을 장례의 사실, 그리고 자손록子孫錄을 적었다. 미래에 있을 장례의 사실을 적은 것은 곧 장례 절차에 대한 그의 유언이기도 하다. 앞부분의 일부만 보면 다음과 같다.

옹은 숙종 병신년1716년·숙종 42년 5월 2일에 태어나, 영종영조 을묘년1735년·영조 11년에 생원시에 합격하고 갑술년1754년·영조 30년에 문과에 급제했다. 차례로 영조와 정조를 섬긴 것이 27년이었는데, 금상 경자년1780년·정조 4년에 치사致仕했다.

신축년1781년·정조 5년에 옹의 아들 호수浩修가 직제학으로서 규장각에서 주상전하를 모시고 있었는데, 주상께서 조용히 하교하셨다. "경의 부친이 입조한 이래 만년의 절개 중에 특별히 드러나는 것이 셋이다. 정후겸이 문원文苑에 추천한 것을 거절하여 위세로도 지조를 빼앗을 수 없었던 것이 첫째요, 홍국영이 다시 조정에 들어오는 것을 저지하여 몸소 그 칼끝에 맞닥뜨린 것이 둘째요, 집안의 훌륭한 아우가 한결같이 사직을 호위하려는 마음으로 나라와 휴척休戚·편안함과 근심을 함께 하는 것이 셋째다. 그러니 보만재로 호를 바꾸는 것이 좋겠다."

옹이 말씀을 듣고 감동하여 눈물을 흘리며 말했다. "옛사람이 보통의 작명爵命에 대해서도 오히려 살아서는 영명榮名을 부치고 죽어서는 묘도墓道에 쓰니, 하물며 성인의 한 마디 말씀이 빛나기가 해와 별 같아 백세百世의 정론定論이 될 수 있음에랴. 내가 죽은 뒤에 풍비豐碑·공덕비를 세우지 말고, 다만 단갈短碣에 쓰기를 '보만재 서 아무개의 묘'라고 하면 충분하다."

서명응은 자신의 집안이 국변인(國邊人)으로서 군주와 매우 밀접한 관계에 있다는 사실을 자부하고, 대대로 후손들이 국가 사직과 운명을 같이 하는 교목지가(喬木之家)로서 영광을 이어나가길 기대했던 것이다.

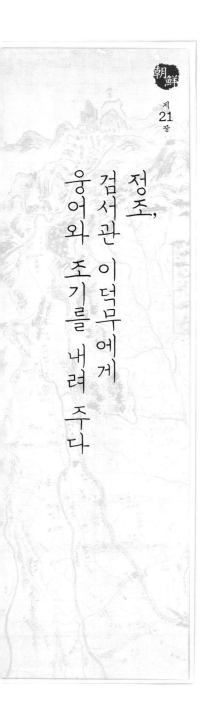

朝鮮

제 21 장

정조,

검서관 이덕무에게

웅어와 조기를 내려 주다

정조 16년1792년 3월 29일에 이덕무李德懋는 절인 웅어 2 두름, 절인 밴댕이 2두름, 절인 준치 1마리를 하사받았다. 검서관으로서 서적의 편찬과 교정에 공로가 많았기 때문에 이러한 선물을 받은 것이다.

검서관이란 정조가 규장각 내에 부설한 실무직이다. 정식 직책이 아니라 잡직으로, 서얼 출신의 문인이 주로 임용되었다. 검서관은 규장각 각신을 보좌하고 문서를 필사하는 일을 주로 맡았다. 또 정조가 문신들과 강講을 할 때 그 내용을 기록하는 일도 담당했다. 초대 검서관은 이덕무李德懋 · 유득공柳得恭 · 박제가朴齊家 · 서이수徐理修 등이다. 그런데 이덕무·박제가·유득공의 시는 이서구의 시와 함께 정조 즉위년1776년에 이루어진 《한객건연집韓客巾衍集》에 수록되어, 청나라에까지 이름이 났다. 그 시집을 흔히 사가시집四家詩集이라고 한다.

정조가 검서관 제도를 만든 것은 서얼허통의 한 방편이었다. 곧, 정조는 서얼층의 불만을 무마시키려고 원년1777년에 서얼허통 절목을 공표하고, 재위 3년1779년에 규장각에 서얼 지식인을 위한 검서관 직을 설치한 것이다. 정조는 검서관 제도를 활용해서 신식 학문을 받아들이고 국가적인 문화사업을 효과적으로 수행하고자 했다.

정조 16년에 이르면 검서관의 활약이 눈부시게 되었다. 무엇보다도 그해 3월 9일에는 《규장전운奎章全韻》이라는 사전을 완성했다. 출판은 정조 20년1796년 가을에 이루어지지만, 이때에 전체 틀을 이룬 것이다. 이 책은 글자를 정하고 발음을 붙이며 뜻을 정리하는 과정에 정조가 직접 간여했다고 해서 《어정규장전운御定奎章全韻》이라고 한다.

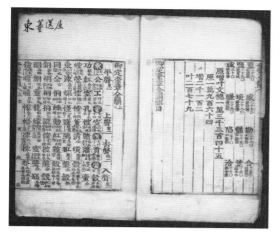

■ 규장전운(奎章全韻)

필자 소장

정조의 명을 받아 이덕무(李德懋, 1741~1793년) 등이 편찬한 운서(韻書)이다. 정조 16년(1792년)에 원고가 완성된 뒤 윤행임(尹行恁)·서영보(徐榮輔) 등의 검토를 거쳐 1796년에 간행되었다. 2권 1책이며 목판본이다. 원래 서명은 '어정규장전운(御定奎章全韻)'이다. 정조는 《삼운성휘(三韻聲彙)》 등 평·상·거·입의 4성을 한꺼번에 배열하지 않고 평·상·거성만 같이 묶고 입성은 따로 배열하는 체재를 채택한 점에 불만을 품고, 106개의 운목을 설정한 뒤 4성에 속하는 글자들을 한 면에 모두 표시하도록 했다. 동일한 운에 속하는 글자들은 중국어 36자모순(字母順)이 아니라 국어자모순에 따라 배열했다. 이 방식은 《삼운통고(三韻通考)》의 체재에 따른 것이다. 각 글자에 대해서는 동음(東音)과 화음(華音)을 모두 표시했는데, 화음은 〇 안에 넣어 위쪽에 표시하고 동음은 □ 속에 넣어 화음 아래쪽에 표시했다. 속음을 병기하지 않고, 규범적 성격의 동음(東音)만 표기했다. 이 책은 대본(大本)과 소본(小本)이 있고, 발행 부수가 1만 권에 달했으며 여러 차례 중간되었다.

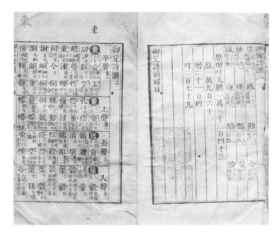

■ 어정시운(御定詩韻)

필자 소장

헌종 12년(1846년)에 《규장전운》을 기초로 만들어진 수진본(袖珍本 : 소매에 넣을 수 있는 크기의 책)이다.

《규장전운》은 한자를 운자의 순서대로 정렬하고 간단한 뜻을 붙인 사전이다. 곧 운서에 속한다. 그런데 동시에 한자의 글꼴과 한자의 음, 한자의 뜻풀이 등을 국가가 공식적으로 제시한 것이기도 하다. 그렇기에 그 글꼴이나 음이나 뜻풀이는 모두 현대의 한자음이나 글꼴에도 상당한 영향을 주었다.

본래 옛날 사전에는 크게 네 가지가 있었다.

- 자서字書 : 자형을 중심으로 글자를 풀이하고 일정하게 배열한 책. 한자의 글자 정보에 중점을 둔다. 중국의 《이아爾雅》·《설문해자說文解字》·《강희자전康熙字典》이 대표적이다.

- 운서韻書 : 한자를 운韻에 따라 분류하여 안배한 책. 한시 등의 운문을 지을 때 압운押韻을 조사하는 데 사용한다. 성조聲調가 같고 운이 같은 글자들을 한 부部로 삼고, 그 가운데 한 글자를 취해 표목으로 삼았으며, 음을 반절反切로 표시했다. 중국의 경우 《광운廣韻》·《예부운략禮部韻略》·《고금운회거요古今韻會擧要》·《홍무정운洪武正韻》 등이 대표적이다. 우리나라의 운서로는 《동국정운東國正韻》과 《규장전운》이 대표적이다.

- 유서類書 : 한 분야의 지식을 사전辭典 형식으로 설명한 책. 일종의 백과사전이다. 각 어휘에 관해 해설문을 들고, 시문 속의 용례를 제시했다. 어휘를 운목별로 정리한 예도 있으나, 대부분 분류목을 설정했다. 자서의 원형인 《이아》는 유서의 원형이기도 하다. 그 뒤 위나라 때 《황람皇覽》, 당나라 때 《북당서초北堂書鈔》·《예문유취藝文類聚》·《초학기初學記》, 송나라 때 《태평어람太平御覽》·《사물기원事物起源》 등이 나왔다. 청나라 때 《패문운부佩文韻府》는 운서와 유서를 결합한 형태다. 우리나라의 《지봉유설芝峯類說》이나 《오주연문장전산고五洲衍文長箋散稿》처럼 논증을 곁들인 형태도 있다.

- 한자어휘분류집 : 사물의 이름을 계열화하여 정리한 책. 이만영李晩永의 《재물보才物譜》와 편자 미상의 《광재물보廣才物譜》가 대표적이다. 《시경》의 물명物名을 고증하던 일에서 기원하되, 한문 전적이나 백화문에 사용되는 한자 어휘를 정리하는 일에 중점을 두었다. 간혹 대응되는 우리말을 적어 이국어간 어휘대응 사전의 기능도 지녔다.

　이 사전들 가운데 근대 이전에 가장 중요하게 취급된 것은 운서였다. 운서는 시를 지으면서 압운할 때 운자의 분류와 규정을 참조하는 데 사용하고, 경서 및 고전의 문자가 지닌 음을 조사할 때 펼쳐 보았으며, 책을 읽다가 글자나 어휘의 풀이를 확인할 때 사용했다.

근대 이전의 지식인들은 일이 없을 때 운서 보기를 좋아했다. 조선 초의 황희는 남원에 유배되어 있던 7년 동안, 문을 닫고 단정히 앉아 손에 운서 한 질을 쥐고 정신을 집중하여 눈으로 읽으며 지냈다고 한다.

종래에는 자서나 운서를 통틀어 옥편玉篇이라고도 불렀다.《옥편》은 한자를 형태에 따라 정리한 자서로 현재에는 일부만 전한다. 하지만 한자를 맨 처음으로 가장 완전하게 정리하고 자형과 발음을 모두 표시했으므로, 후대에 자서와 운서를 통틀어 옥편이라고도 부르게 된 것이다. 그런데 운서를 이용해서 한자의 발음, 특히 평성이나 측성이냐를 구분하는 것은 한시와 한문을 지을 때 가장 필수적인 요건이었으므로, 옛사람들은 운서를 늘 가까이 두었다. 이시발李時發·1569~1626년의 〈만기謾記〉에 이런 이야기가 있다.

어떤 사람이 아주 우활하여 늘 자음과 고저를 따지는 것을 일삼았다. 하루는 도둑이 담장을 넘어들어 그 집 물건을 훔쳐가려고 했다. 여종이 그것을 알아차리고는 놀라서 "도적이 왔습니다!"라고 알렸다. 우리나라 발음에서 도둑 도盜 자는 습관적으로 낮게 발음했으므로, 여종이 그 글자를 낮게 발음해서 말했다. 주인이 꾸짖어 말하길, "도적이라 도적이라, 도盜 자가 낮은 발음이냐?"라고 했다. 여종은 다급하게, "도망가려고 합니다. 붙잡으십시오."라고 했다. 주인은, "가서 '왕편'을 가지고 오너라. 도盜 자가 높은 발음인지 낮은 발음인지 따지고 나서 도적을 잡겠다."라고 했다. '옥편'은 운서인데, 그 사람은 옥玉의 글자에 곁의 점이 있는 것을 몰라서 늘 그 책을 '왕편'으로 알고 있었다. 도둑이 발각된 것을 알고는 가만히 엎디어서 그 집에서 나는 소리를 듣다가, "'왕편'이 어떤 물건인지는 모르겠지만 이것은 필시 도적을 죽이는 대단한 무기일 것이다."라고 크게 두려워해서 허둥지둥 담을 넘어 도망쳤다.

이 이야기를 보면 자서인 '옥편'을 운서를 포함한 사전의 통칭으로 사용하는 관습이 오래되었음을 알 수 있다. 또 평측의 음을 높은 자와 낮은 자로 구별하여 부르는 것도 오래전부터의 일이었음을 확인할 수 있다.

우리나라 간행 운서 ＼ 판본	간행연도	특징
新刊排字禮部韻略	1300～1679년 18종 목판본	중국 운서의 복각
新編直音禮部玉篇	1464～1540년 3종 목판본	중국 운서의 복각
古今韻會擧要	1398～1883년 7종 목판본	중국 운서의 복각
韻會玉篇	1563～1810년 3종 목판본	중국 운서의 복각
洪武正韻	?～1770년 3종 목판본	중국 운서의 복각
洪武正韻譯訓	단종 3년(1455년경) 목활자와 갑인자 혼용 간본	《홍무정운》에 한글자음을 병기한 것으로, 16권 8책 가운데 14권 7책만 고려대 도서관에 소장
續添洪武正韻	필사본	최세진(崔世珍)이 《홍무정운역훈》을 보완한 것으로, 현재 상권 105장만 전함
東國正韻	세종 30년(1448년) 활자본	신숙주(申叔舟)·최항(崔恒)·박팽년(朴彭年)이 왕명을 받들어 편찬.《홍무정운》을 참고하고 《고금운회거요》의 음체계를 이용한 신찬 운서.
四聲通解	중종 12년(1517년) 편찬 광해군 6년(1614년) 목활자본	최세진이 《홍무정운역훈》의 음계를 보충하고, 자해(字解)가 없던 신숙주의 《사성통고》를 보완
三韻通攷	편자 미상	《예부운략》을 기초로 하여, 평·상·거성과 입성을 따로 배열
三韻補遺	숙종 28년(1702년) 목판본	박두세(朴斗世)가 《삼운통고》를 수정·증보
增補三韻通考		김제겸(金濟謙)·성효기(成孝基)가 《삼운통고》를 증보
華東正音通釋韻考 (華東正韻, 正音通釋)	영조 23년(1747년) 목판본	박성원(朴性源)이 《삼운통고》에 한글자음을 병기한 것으로, 박성원은 별도로 《화동협음통석(華東叶音通釋)》을 펴냄
三韻聲彙	영조 27년(1751년) 목판본	홍계희(洪啓禧)가 편찬한 것으로, 평·상·거성과 입성을 따로 배열
奎章韻瑞	정조 3년(1779년)	서명응(徐命膺)이 수명(受命) 편찬
奎章全韻	정조 16년(1792년) 목판본 정조 20년(1796년) 목판본	평상거입 4성을 한 면에 배열한 것으로, 이덕무 등이 편찬
全韻玉篇	편자, 간행년도 미상 목판본	《규장전운》의 부편

운서는 한자를 운(韻)에 따라 분류하여 안배하는데, 성조(聲調)가 같고 운이 같은 글자들을 한 부로 삼고, 그 가운데 한 글자를 취해 표목으로 삼았다.

조선시대의 운서로 이른 시기에 만들어진 것으로는 세종 때 편찬된 《동국정운(東國正韻)》이 있다.

세종은 훈민정음을 만든 뒤 우리나라의 한자음을 바로잡을 필요가 있다고 생각하여, 신숙주·박팽년·최항·강희안 등 9명에게《동국정운》을 편찬하도록 했다. 이 책은 세종 29년^{1447년}에 탈고, 이듬해에 6권으로 간행되었다. 이 책은 한자의 우리 발음을 국가적으로 확정한 점과 한자의 정자를 확정해서 공시한 점에서 매우 의의가 크다. 하지만 한자음을 대단히 인위적으로 규정했기 때문에, 40년 뒤 성종 중기 이후로는 이용하지 않게 되었다.

조선 초기부터 개인이 운서를 편찬한 것도 있다. 누가 언제 엮었는지 알 수 없는《삼운통고》는 한자들을 구분할 때 3성을 중심에 두고 입성은 뒤로 돌렸다. 일본에도 유사한 구조의 운서가 있다. 어떤 사람은《삼운통고》가 일본에서 전래된 것이라고도 하고 어떤 사람은《삼운통고》가 일본에 영향을 주었다고도 한다. 어찌 됐든 이《삼운통고》는 조선 후기까지도 한자음을 찾아볼 때 가장 널리 활용되었다. 이 책에 이어, 숙종 때 박두세의《삼운보유》와 김제겸·성효기의《증보삼운통고》가 나오고, 영조 때는 박성원의《화동정음통석운고》가 나왔다.

평성·상성·거성의 3성만 중시하고 입성은 부록처럼 취급하는 방식은 아마도 원나라 때 입성이 없어져 중국 운서나 자서에서 입성을 취급하지 않게 된 데서 영향을 받은 듯하다. 하지만 우리나라 한자음에는 입성이 살아있으므로, 이 3성 중심의 운서는 현실과 맞지 않았다. 입성의 음은 폐쇄음으로 끝나는 발음을 말한다. 한자음 가운데 -ㅂ, -ㄹ, -ㄱ으로 끝나는 것이 모두 입성의 글자이다. 정조는 4성을 본문에서 모두 정리하도록 하였다. 그 결과《규장전운》이 이루어졌다.

이덕무의 아들이 정리한 아버지의 연보를 보면, 이덕무가 52세 때인 정조 16년 3월 초아흐레에 다음 기사가 있다.

《어정규장전운》을 편집할 때, 상^{정조}이 장옥^{場屋·과거장}에 배포된 운서들이 대부분 정밀하지 못하다고 하여 공에게 새로 엮을 것을 명하되, 너무 번다하거나 너무 간략하지 않게 하도록 했다. 이에 4성을 4단으로 나누어 표시했고, 주해는 널리 많은 서적을 참고하되 간략히 그 대강만을 적었으며, 자체^{字體}는《홍무정운》을 참고로 쓰되 다시 바로잡았다. 또 통운^{通韻}과 협운^{叶韻}을 붙였는데 이는 대부분 청나라 소장형^{邵長蘅}의《운략崧崍》에서 가져왔다. 원운原韻이 1만 964자, 증운增韻이 2,102자, 협운叶韻이 279자, 도합 1만 3,345자이다.

책을 올리자, 각신 윤행임尹行恁·서영보徐榮輔·남공철南公轍, 승선 이서구李書九·이가환李家煥, 비서 교리祕書校理 성대중成大中, 검서관 유득공柳得恭·박제가朴齊家에게 명하여 한 부를 교정하게 한 뒤 개판開版을 명했다. 하지만 인쇄가 이루어지지 않다가 공이 졸한 뒤인 병진년1796년·정조 20년 가을이 되어서야 비로소 인쇄하여 배포했다.

정조는 《삼운성휘》나 《화동정음통석운고》 등이 입성을 따로 배열한 점, 수록 글자의 수가 적은 점, 그리고 글자의 주석이 너무 간략한 점에 불만을 품고 운서의 개정을 계획했다.

출판된 《규장전운》을 보면 모든 한자들에 대해 106개의 운목평수운 혹은 시운을 설정한 뒤 4성에 속하는 글자들을 한 면에 4단으로 나누어 구분했다. 그리고 동일한 운에 속하는 글자들을 중국어 36자모 순서가 아니라 국어 자모의 순서에 따라 배열했다. 예를 들어 동운東韻에 속하는 글자들을 "公, 東, 蒙, 蓬"의 순서로 배열한 것이다. 이 방식은 《삼운통고》의 체제를 따랐다. 각 글자에 대해서는 동음東音과 화음華音을 모두 표시했는데, 화음은 ○ 안에 넣어 위쪽에 표시하고 동음은 □ 속에 넣어 화음 아래쪽에 표시했다.

그해 3월에 이덕무는 《규장전운》을 편찬한 공으로 본사本仕·출근를 상당히 면제받았고, 절인 웅어 2두름, 절인 밴댕이 2두름, 절인 준치 1마리를 하사받았다.

재위 16년에 정조는 규장각 각신들, 조정의 문신들과 검서관들을 격려하고 학문을 진작시키려고 매우 부심했다. 4월 27일에는 검서관들에게 〈성시전도城市全圖〉라는 제목으로 운자를 100개나 사용하는 장편의 칠언배율을 지어 바치라고 했다. 100개 운자이므로 모두 200구나 된다. 배율이란 두 구씩 대구를 이루면서 하나의 운만을 사용하여 엄격한 형식에 맞추어 짓는 시형식이다.

이에 앞서 정조는 관학성균관과 사학의 유생들 가운데 특별히 선발된 응제유생들에

324

게, 국왕이 궁궐에서 음식을 내린 것에 감사하는 글을 지어 올리되 '봄비가 온 뒤 유생들에게 경림연瓊林宴을 베풀다'라는 제목으로 사육문의 글을 바치라고 했다.

그리고 검서관들은 사육문을 잘 짓지 못하므로 〈성시전도〉라는 제목으로 100운의 칠언배율을 지어 올리라고 명한 것이다. 이때 규장각 각신, 승정원 승지, 한림원 주서, 병조 당랑堂郎·당상관과 낭청도 함께 지어 올리라고 했다.

정조는 신하들의 시를 평가해서, 거수居首·1등 이하二下로는 병조정랑 신광하, 이하二下는 검서관 박제가, 삼상일三上一은 검교직각 이만수, 삼상三上은 승지 윤필병弗秉과 겸 검서관 이덕무·유득공, 삼중三中은 승지 김효건을 뽑았다. 이들에게는 종이 2권과 붓 3자루, 먹 2개를 내렸다. 또 삼하三下는 전 봉교 홍낙유를 뽑아, 종이 1권과 붓 2자루, 먹 2개를 내렸다. 차상次上은 승지 이집두, 검교직각 서영보, 전 봉교 이중련, 승지 이백형, 좌랑 정관휘, 승지 신기, 주서 서유문, 정랑 정동간, 전 검서관 이신모를 뽑아서, 각각 종이 1권씩을 내렸다.

이때 정조는 신하들의 시권試卷에 평을 하여, "신광하의 시는 소리가 나는 그림 같고, 박제가의 시는 말하는 그림 같으며, 이만수의 시는 좋고, 윤필병의 시는 풍성하며, 이덕무의 시는 우아하고, 유득공의 시는 온통 그림 같다."라고 했다. 이덕무는 이때 정조의 비평어 아雅를 취하여 자신의 누정을 아정雅亭이라 하고 또 자신의 호로 삼았다.

정조는 〈성시전도〉 시에서 삼상三上 이상의 점수를 받은 사람들과 초계문신으로서 차상次上 이상의 점수를 받은 사람들에게 '금강산 일만 이천 봉'이라는 제목으로 칠언 50운의 배율을 지어 모레 정오까지 바치게 했다. 29일에 재차 점수를 매겼는데, 이중二中은 신광하·박제가, 이하일二下一은 승지 윤필병·유득공, 삼상일三上一은 이덕무, 삼상三上은 이만수였다. 정조는 이들에게 각각 종이 3권, 붓 5자루, 먹 3개를 내렸다.

한편 정조는 규장각 각신에게 명하여 한·위 시대부터 명·청 시대까지의 역대 시詩의 대가들을 뽑아 책을 만들게 하고, 이덕무에게는 《시관詩觀》에 나오는 당·송·명의 시인 81명의 소전小傳을 짓게 했다. 이덕무는 윤4월 초닷새에 웅어 1두름·

《동국대전도(東國大全圖)》전국도(全國圖)

18세기(1740?) 정상기(鄭尙驥) 제작. 271.0 × 139.0(세로 × 가로 : 단위 cm). 국립중앙박물관 소장. 허가번호[중박 201110-5651].

산과 강, 섬 등 자연 지명과 군현의 이름, 진보, 산성 등 인문 지명 및 중국과 일본에 대한 내용 등 2,580개의 주기를 기록하고 있다. 산맥은 백두산을 기점으로 남쪽으로 뻗어 내린 백두대간을 크게 강조하고, 여기서 뻗어나간 주요 산맥들을 강조했다. 독도를 울릉도의 동쪽에 우산도로 표현했다. 정상기(1678~1752년)는 본관이 하동으로, 정인지(鄭麟趾)의 후손이며 이익(李瀷)의 문인이다. 백리척(百里尺)을 이용한 축척법을 사용해서, 1척을 100리로, 1촌을 10리로 기준하여 세밀하게 대축적지도를 그렸다. 영조 때 신경준(申景濬)도 정상기의 《동국지도》를 바탕으로 《동국여지도(東國輿地圖)》를 만들어 헌정한다고 밝혔다.

조기 5마리를 하사받았고, 15일에도 웅어 1두름을 하사받았으며, 23일에는 쌀 1섬과 절인 웅어 5두름을 하사받았다. 이덕무가 《시관소전詩觀小傳》을 편찬하자, 정조가 그 수고를 위로하여 이러한 선물을 내린 것이다.

정조가 재위 16년 4월 27일에 시제로 내건 〈성시전도〉의 원본은, 박제가나 이

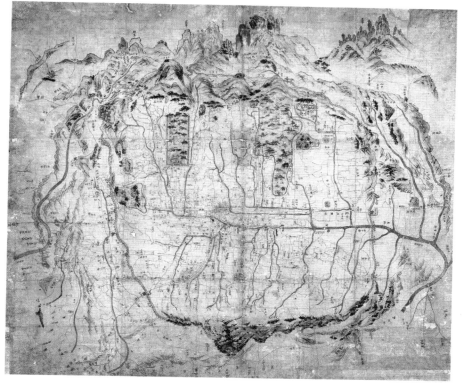

┃도성도(都城圖)

18세기 제작. 국립중앙박물관 소장. 허가번호[중박 201110–5651].

종묘 오른쪽에 정조 때의 호위군대로 1785년에 설치되어 1802년에 폐지된 장용영(壯勇營)이 보이므로, 그 기간에 제작된 것으로 추정된다. 실제 지도는 아래에 위치한 경복궁이 남산을 바라보는 구도이다. 편의상 북쪽을 위로 하였다. 또한 지도의 왼쪽과 오른쪽에는 인문지리의 사항을 적은 기록이 있으나 여기서는 생략했다. 본래 목멱산(남산)을 위쪽 중심에 두고 삼각산과 도봉산을 아래쪽에 넓게 펼쳐두었는데, 남쪽을 바라보며 정사를 보는 왕의 시각에 맞추어 그린 것으로 추정된다. 18세기에 유행한 정선(鄭敾)의 산수화풍을 따르고 있다고 평가된다.

덕무의 시를 근거로 볼 때, 건물이나 인물을 입체적으로 그린 대형 그림지도였을 듯하다. 지금은 어디에 소장되어 있는지 알 수 없다.

영조와 정조 때는 서울의 행정구역을 정비하고 곳곳의 성곽을 수축했다. 우선 영조 19년1743년에 구성임具聖任이 도성수비책 66조를 올리자, 영조는 도성의 수축과 수비를 명했다. 영조 21년1745년에는 삼군문이 분담하여 도성 40여 곳을 수리하기 시작해서 이듬해 완료했다. 이 무렵에 영조는 〈도성도都城圖〉를 그리게 했

다. 1750년대에 군현의 그림을 그려서 엮은 《해동지도》에 서울 전체를 산수화풍
으로 그린 도성도가 들어 있는데, 이것은 영조 21년의 도성도와 관련이 있는 듯
하다. 40년 뒤 정조 말년에는 영조 때의 도성도와 같은 구도의 도성도를 만들었
다. 진경산수화풍으로 되어 있다. 이와는 별도로 정조 때 이루어진 〈도성대지도〉
가 서울시사편찬위원회에 소장되어 있다.

　정조가 〈성시전도〉를 시제로 시를 짓게 한 것은 조선의 왕성이 지닌 인문적
품격을 드높이려는 의도에서였던 듯하다. 또, 청나라에서 《제경경물략帝京景物略》을
편찬하여 북경의 위엄을 널리 알린 것에 자극을 받은 것인지도 모른다. 박제가
와 이덕무의 〈성시전도〉 시를 보면, 18세기 말 서울의 구조, 번화상과 주변 풍광
을 자세히 살필 수가 있다. 이 시들은 궁궐과 시정의 위치, 저잣거리의 흥판 상
황, 저잣거리에서 벌어지는 기예, 여러 계층 인물의 행동과 복색 등을 사실적으
로 묘사했다.

　박제가의 〈성시전도〉 시는 특히 시장 풍경이 생동적이다. 그 시 양식이 민풍
을 사실적으로 그려내는 죽지사竹枝詞와 같다. 박제가의 시는 중국에 전해져서,
남회南匯의 오성란吳省蘭이 편집한 《예해주진藝海珠塵》에 수록되었다. 정조는 우리나
라 사정을 속속들이 보고한 이 시를 중국에 전한 사람을 처벌했다고도 한다. 고
종 때 이유원은 중국 사람과 필담을 하는데, 중국 사람이 박지원의 〈성시전도〉
가운데 "시정인들은 침 뱉을 때 이 사이로 침을 뱉고, 이서吏胥들은 절할 때 허리
만 굽힌다."라고 묘사한 것에 대해 흥미를 가지고 의미를 물어 왔다고 했다.

　이덕무의 〈성시전도〉 시는 고전번역원의 인터넷 사이트에 번역문이 전한다.
여기서는 박제가의 시를 번역하여 소개한다.

보지 못했나, 한양궁궐이 하늘에서 일어나	君不見漢陽城闕天中起(군불견한양성궐천중기)
높은 성곽이 사십 리에 빙 두른 것을	繚以層城四十里(료이층성사십리)
왼쪽에 종묘 오른쪽에 사직이 엄연하고	左廟右社宏樹立(좌묘우사굉수립)
무리진 산을 등지고 멀리 강물을 면했다	背負叢山面遠水(배부총산면원수)

평양 남쪽으로 하늘과 땅이 열려	天開地闢南平壤(천개지벽남평양)
오랜 역사의 나라에 선왕께서 새 천명을 받아	舊邦新命先王以(구방신명선왕이)
부상에 가까워 문명은 일월같이 빛나고	文明日月近榑桑(문명일월근부상)
성군을 만난 신하들이 이씨 왕족을 보호한다	慶會風雲護仙李(경회풍운호선리)
육조는 높이 흰 길 가에 임했고	六曹高臨白道傍(육조고림백도방)
일곱 대문은 붉은 노을 속에 높이 솟아	七門聳出丹霞裏(칠문용출단하리)
백성은 5부로 통할하고	民惟五部之統轄(민유오부지통할)
군사는 삼영에서 관리하여	兵乃三營所管理(병내삼영소관리)
빼곡이 4만 호 기와집이 비늘처럼 늘어서서	戢戢瓦鱗四萬戶(집집와린사만호)
흡사 잔물결 치는 잉어들이 숨은 듯하다	髣髴淪漪隱魴鯉(방불윤의은방리)
화가는 터럭 끝까지 세밀하게 그리려	畫工思入秋毫細(화공사입추호세)
유리안경로 비추어 종이에 줄여 두었다	映以玻璃縮以紙(영이파려축이지)
다섯 궁성과 가로들이 차례로 늘어서	五城術術列次第(오성호동열차제)
도성의 궁전을 세부까지 파고들었다	大都宮殿疏源委(대도궁전소원위)
풍속은 동월의 〈조선부〉에 전하고	風俗猶傳董越賦(풍속유전동월부)
방언은 예겸이 기록한 것이 있다 하며	方言舊說倪謙紀(방언구설예겸기)
옛일은 손목이 분류한 것이 있고	事有孫穆類外別(사유손목유외별)
도성도는 서긍의 《고려도경》으로 추측할 수 있다만	圖從徐兢經中揣(도종서긍경중췌)
이 지도의 색칠은 지도학자보다 자세하고	設色詳於輿地家(설색상어여지가)
옛일 고찰은 풍토고찰관보다 앞선다	掌故宜先職方氏(장고의선직방씨)
개천과 길들은 이리저리 셀 수 있고	川渠巷陌紛可數(천거항맥분가수)
저자 경계문은 교외까지 연이어 역력하다	歷歷閭閻連郊鄙(력력환궤연교비)
작게 그린 사람과 말이 도리어 비대하고	豆人寸馬還笨伯(두인촌마환분백)
집은 기장 알, 나무는 개미만하다	屋僅如黍樹如蟻(옥근여서수여의)
두릉의 꽃은 호남성 용릉 기운에 접하여	杜陵花接舂陵氣(두릉화접용릉기)

은은한 자줏빛으로 별스런 풍경이군,　　　別有光景生微紫(별유광경생미자)

선산과 누각은 어디 있는가　　　　　　仙山樓閣卷何有(선산누각권하유)

변경汴京·개봉을 그린 〈청명상하도淸明上河圖〉에 견주겠네　　汴河淸明勻可擬(변하청명규가의)

진震 방위동쪽에 홍화문, 이離 방위남쪽엔 돈화문　　震爲弘化離敦化(진위홍화리돈화)

먼저 금원에서부터 그림을 보자　　　　讀畵先從禁籞始(독화선종금어시)

창덕궁과 창경궁을 나누어　　　　　　分開昌德與昌慶(분개창덕여창경)

건양문 하나가 중간에 섰구나　　　　　建陽一門中間峙(건양일문중간치)

짙푸른 나무 보니 춘당대 길인 줄 알겠고　　靑葱樹認春塘路(청총수인춘당대)

비단 두건 쓰고 돌아가는 성균관 학생　　　軟羅巾歸泮宮士(연라건귀반궁사)

북원에는 솔그늘이 아주 차갑구나　　　北苑松陰特地寒(북원송음특지한)

깃발 의장 엄숙하니 황단의 제사　　　羽衛蕭蕭皇壇祀(우위숙숙황단사)

서쪽 전당 모서리 높은 곳에는　　　西望觚稜最高處(서망고릉최고처)

경희궁 금자 편액이 창공에 비스듬하다　　慶熙金榜晴空倚(경희금방청공의)

빨래소리 잠깐 들리니 어구御溝가 가까워라　　乍聞漂聲近御溝(사문표성근어구)

궁궐 홰나무 꽃은 붉은 섬돌에 어우러졌네　　復有槐花拂彤𠖌(복유괴화불동사)

작은 오얏꽃은 해 기우는 산에 알록달록　　小李金碧夕陽山(소리금벽석양산)

이 영롱함을 사랑하여 골수에 들 듯하다　　愛此玲瓏入骨髓(애차령롱입골수)

배오개와 종루와 칠패 거리는　　　　梨峴鍾樓及七牌(이현종루급칠패)

도성의 세 곳 큰 저자　　　　　　是爲都城三大市(시위도성삼대시)

온갖 공인들 자리하고 오가는 사람 많구나　　百工居業人摩肩(백공거업인마견)

수많은 제품을 내다 팔아 수레가 연이었군　　萬貨趨利車連軌(만화추리거련궤)

봉성의 융모에 연경의 비단실　　　鳳城羢毛燕京絲(봉성융모연경사)

북관의 삼베에 한산의 모시　　　北關麻布韓山枲(북관마포한산시)

쌀, 콩, 벼, 기장, 귀리, 보리　　　米菽禾黍粟稷麥(미숙화서속직맥)

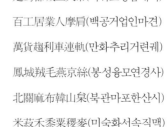

가시, 녹, 닥, 칠, 솔, 오동, 가래 梗柟楮漆松梧梓(경남저칠송오재)
후추, 마늘, 생강, 파, 염교, 겨자, 버섯 椒蒜薑葱薤芥蕈(숙산강총해개심)
포도, 대초, 밤, 귤, 배, 감 葡萄棗栗橘梨柿(포도조율귤이시)
갈라서 말린 건어에 포를 떠서 꿴 것은 有剖而鱐貫以脹(유부이숙관이거)
장어, 조기, 가자미, 용어, 다랑어 章擧石首鰈鱅鮪(장거석수접용유)
잣 잎으로 씻은 과실은 윤기 뚝뚝 흐르고 柏葉灑果潤欲滴(백엽쇄과윤욕적)
솜뭉치로 싼 달걀은 핥은 것보다 더 맑다 綿核護卵明於舐(면핵호란명어지)
두부 파는 모판은 탑처럼 높고 賣腐篩匡高似塔(매부사광고사탑)
오이 담은 망사는 바자처럼 성글다 盛瓜網眼疎如篪(성과망안소여궤)
게통발 머리에 이고 아이는 등에 업고 蟹笥在首兒在背(해사재수아재배)
갯가 여인은 싱그럽게 무명 수건을 머리에 둘렀네 浦女靑靑吉貝縱(포녀청청길패종)
혹은 닭 한 마리 들어 무게를 가늠하고 或試其重擧一鷄(혹시기중거일계)
혹은 돼지 두 마리를 울지 못하게 울러 메고 或壓其嘶負雙豕(혹압기시부쌍시)
혹은 소와 땔나무 사서 고삐잡고 있고 或買牛柴自牽轡(혹매우시자견비)
혹은 말 어금니를 보느라 채찍을 꽂고 있다 或相馬齒旁揷箠(혹상마치방삽추)
혹은 눈을 끔뻑여 거간꾼을 부르고 或瞬其目招駔儈(혹순기목초장쾌)
혹은 분대를 끌러 동서에게 권하고 或解其粉勸妯娌(혹해기분권축리)
혹은 거문고를 타는데 신곡으로 하고 或有彈琴倚新聲(혹유탄금의신성)
혹은 퉁소를 불어 기예를 자랑하니 或有吹簫誇絶技(혹유취소과절기)
누가 말했나 음악 소리는 그림으로 못 그린다고 誰云畵樂不畵音(수운화악불화음)
연주하는 모습만 보아도 어떤 음을 내는지 알겠구나 指法亦足審宮徵(지법역족심궁징)

당시와 두보 율시로 대련을 붙이고 唐詩杜律貼對聯(당시두률첩대련)
곳곳의 누대 사다리는 긴 평상에 걸쳐있다 樓梯處處憑長几(누제처처빙장궤)
문 열고 손님 부르는 저 사람은 누구인가 迎門喚客者爲誰(영문환객자위수)
신코는 뾰족뾰족하여 귀가 달렸군 鞋鼻尖尖偪有耳(혜비첨첨핍유이)

누가 염전국染靛局을 잊겠는가 쉽게 알겠군   易知誰忘染靛局(역지수망염전국)

벽에 가득 푸른 자취, 손바닥으로 문대었다   滿壁靑痕撮掌指(만벽청흔탑장지)

피혁 다루는 장인이 항시 곁에 있어   鼓冶皮革恒比隣(고야피혁항비린)

위에는 밀치와 재갈 걸고 아래는 가마솥을 걸었다   上掛鞦銜下釜錡(상괘추함하부기)

주렴 속 사람은 자못 한가하구나   葦簾中人頗似閒(위렴중인파사한)

앉은 자리는 궁궁이에 흰 어수리 깔개   坐秤川芎與白芷(좌칭천궁여백지)

머리 빗는 젊은 부인은 유행하는 화장을 했고   梳頭少婦元時粧(소두소부원시장)

색실이 드리워진 문은 반쯤 열려 있구나   絢索垂垂門半闈(도삭수수문반위)

홀연 한가히 넓은 길을 지나가니   忽若閑行過康莊(홀약한행과강장)

와자지껄 이보게나 떠드는 소리가 들리는 듯하다   如聞嘖嘖相汝爾(여문책책상여이)

장사도 끝났으니 설희說戱를 하자고   買賣旣訖請說戱(매매기흘청설희)

배우들 의복은 해괴하고 괴이하다   伶優之服駭且詭(영우지복해차궤)

우리나라 당간은 천하에 비할 것 없어   東國撞竿天下無(동국당간천하무)

외줄타다 거꾸로 매달리니 갈거미줄 타듯 하누나   步繩倒空縋如蟢(보승도공추여의)

별도로 꼭두각시놀음이 있어   別有傀儡登場手(별유괴뢰등장수)

칙사가 동쪽으로 와서 손바닥치고 웃으며   勅使東來掌一抵(칙사동래장일저)

작은 원숭이는 부녀자를 놀래키며   小猴眞堪嚇婦孺(소후진감혁부유)

시키는 대로 예의바르게 꿇어 절한다   受人意旨工作跪(수인의지공작궤)

남녀노소는 지패를 불러대며 도박하여   老少八色號紙牌(로소팔색호지패)

심하면 미친듯 저녁까지 하며   甚者如狂窮日晷(심자여광궁일귀)

옥 주사위를 갈라 붉은 콩을 둘로 가르듯 하여   瓊臾剖成二赤豆(경측부성이적두)

무릎 치고 던지길 옥 산통에 산가지 던지듯 한다   拍膝擲之环珓比(박슬척지배교비)

풍차와 종이연도 의연히 있어   風車紙鳶總依然(풍차지연총의연)

세세한 걸 혐의 않고 흡사하게 그렸다   瑣細不嫌求諸邇(쇄세불혐구제이)

월병 꽃떡의 절기가 지나니   餻餠花餻節已過(발병화고절이과)

시장 물색은 엄연히 건사의 달^{4月}   市色居然月建巳(시색거연월건사)

석가여래 생일에 저자에 등을 달아   如來生日作燈市(여래생일작등시)

잡다하기는 온 성이 다 보름날 같다   雜遝傾城上元似(잡답경성상원사)

물에 띄워 박을 울리자 질장구 소리 들리는 듯하고   泛水鳴匏聞坎缶(범수명포문감부)

국수 넣어 찐 느릅은 대그릇에 수북하다   入麵蒸楡有饎簋(입면증유유몽궤)

소년 한 무리가 떼 지어 가는데   少年一隊簇擁去(소년일대족옹거)

매는 팔 위에서 털색과 부리를 자랑하고   鷂兒在臂矜毛嘴(요아재비긍모취)

비둘기는 그 종류가 수십 가지 이름인데   鵓鴿名字過數十(발합명자과수십)

알록달록 조롱 속에서 바람에 하늘댄다   雕籠彩笯風旖旎(조롱채노풍의니)

기러기와 거위는 멋대로 주둥이 놀리고   舒雁舒鴨恣呷唼(서안서압자합삽)

술집은 술지게미를 늘어두었군   酒家臨水糟爲壘(주가임수조위루)

장님이 욕을 하고 아이는 웃고 있네   有瞽叫罵兒童笑(유고규매아동소)

건널까 말까 다리는 이미 무너졌건만   欲渡未渡橋已圮(욕도미도교이비)

개 도살꾼 옷 갈아입어 남들이 몰라봐도   狗屠更衣人不識(구도갱의인불식)

개는 뒤따르며 짖어대어 노한 눈을 흘기누나   狗隨而嘷怒睨視(구수이호노예시)

우습구나, 남궁^{예조}의 전갈꾼은   可笑南宮報捷人(가소남궁보첩인)

무엇이 급하여 옷을 반만 걸쳤는가   何急於汝衣半襣(하급어여의반치)

나으리는 좋은 말에 일품 옷 입고   阿郎寶馬一品衣(아랑보마일품의)

푸른 부채 노랑 주머니 비단옷에 지녔구나   靑扇黃囊擁羅綺(청선황낭옹라기)

개성초립은 붉은 적삼 위에 덮었고   崧陽草笠茜紅衫(숭양초립천홍삼)

액정서 노예는 훌쩍훌쩍 빠른 걸음 걷는다   掖隸翩翩輕步履(액예변변경보리)

우물가에는 누런 대자리 깔고 죽장 문 늙은이   井邊黃簟箍筩叟(정변황말비통수)

버드나무 아래에는 총각머리 치렁치렁한 아이들   柳下雙丱黏蟬子(유하쌍관점선자)

삼삼오오 제각기 짝을 찾아   三三五五各有求(삼삼오오각유구)

오고 가며 너무도 분잡스럽다   來來去去紛無已(래래거거분무이)

아전배는 절하여 허리까지 굽히고　　　　　　　吏胥之拜拜以腰(이서지배배이요)

시정배는 침 뱉기를 이빨 새로 뱉는다　　　　　市井之唾唾以齒(시정지타타이치)

안장 없이 타고 가는 저 사람 어디서 말 매는가　不鞍而騎何處圉(불안이기하처어)

남치마 걸치고 깍지 낀 여자는 어느 집 종인가　挾藍而拱誰家婢(협남이공수가비)

풍성한 버선 신고 걸어가는 자는 환관이로군　　徒而寬襪是黃門(도이관말시황문)

치맛단 걷고 흘끔거리는 이는 기생이로다　　　眄而褰裳卽紅妓(면이건상즉홍기)

물건 많고 땅이 넓어 없는 게 없어　　　　　　物衆地大無不有(물중지대무불유)

도둑에 간사꾼도 있겠지　　　　　　　　　　亦能偸竊藏奸宄(역능투절장간귀)

붉은 오라 순라꾼은 와서 살피어　　　　　　赤索邏者來睢盱(적색라자래휴우)

사람들 틈에서 비스듬히 서서 기다린다　　　衆中側身立以俟(중중측신입이사)

잠깐 사이 벽제하고 관인이 와서　　　　　　須臾辟易官人來(수유벽역관인래)

초헌에 앉았는데 뛰어 닿을 높이　　　　　　軺車之坐高可跂(초거지좌고가기)

일산 펴들고 따르는 자는 숨을 헐떡거리며　　荷傘隨者喘崔急(하산수자천최급)

분부 들고 종종 걸음에 예예 하는구나　　　　且聽且趨諾唯唯(차청차추낙유유)

대를 달궈 만든 연배烟盃는 한 자 길이　　　　烙竹烟盃長一丈(낙죽연배장일장)

나전칠기 작은 합은 가벼워서 좋구나　　　　螺鈿小盒輕可喜(나전소합경가희)

파초선은 비스듬히, 돛처럼 크고　　　　　　蕉葉扇欹大如帆(초엽선의대여범)

땅을 끄는 편여는 의정당상이로세　　　　　曳地便輿議政是(예지편여의정시)

금란영사禁亂令史는 오랏줄을 폐해선 아니 되고　令史宜不廢張纓(영사의불폐장영)

액정서 근수根隨는 반 발자국이라도 뗀 일 있나　掖隨何嘗離半跬(액수하상리반규)

청서피 회색 모자는 품계에 못 오른 이　　　帽灰鼠者未陞品(모회서자미승품)

오각대 두른 이는 갓 벼슬한 사람일세　　　帶烏角者初筮仕(대오각자초서사)

한 폭 그림으로 대도회를 망라하여　　　　一幅森羅大都會(일폭삼라대도회)

세태와 인정이 여기에 다 있군　　　　　世態人情畢輸此(세태인정필수차)

태평세월 문물은 중국과 짝하고　　太平文物侔中華(태평문물모중화)

아름다이 생성함은 사백 년 왕업　　休養生成四百禩(휴양생성사백이)

이 그림이 어찌 세도(世道)에 관계치 않으랴　　此圖豈非關世道(차도기비관세도)

지붕 높은 가옥은 하늘에서 지척도 안 떨어졌다　　甍屋不違天尺咫(부옥불위천척지)

화공의 자유로움은 곽하양(곽희·郭熙)과 꼭 닮았고　　眞同盤礴郭河陽(진동반박곽하양)

풍류로움은 조승지(조맹부·趙孟頫)를 꼽지 않으랴　　不數風流趙承旨(불수풍류조승지)

안사고(顏師古)의 〈왕회도(王會圖)〉가 우연찮음을 알겠으니　　始知王會圖非偶(시지왕회도비우)

《급취장(急就章)》이 모두 비속하다는 말은 마시오　　休言急就章皆俚(휴언급취장개리)

묻자니 흥인문은 절로 구별되니　　借問興仁門自別(차문흥인문자별)

편액이 홀로 모나고 성곽에 홀로 치첩을 둘렀다　　匾獨也方城獨雉(변독야방성독치)

어여쁘기는 성북 북둔의 풍속이니　　最憐城北屯邊俗(최련성북둔변속)

복사꽃 안 심으면 부끄럽게 여길 정도　　不種桃花以爲恥(불종도화이위치)

비취새는 날아 옛 궁궐 길에 오나니　　空翠飛來舊宮路(공취비래구궁로)

행인은 용사(龍蛇·임진왜란)의 분탕질 탓이라 말하네　　行人解說龍蛇燬(행인해설용사훼)

주춧돌은 사람마냥 섰고 연못 물빛 옅으며　　石礎人立池光淺(석초인립지광천)

백로가 날아와 죽은 솔가지를 밟는다　　白鷺飛踏松枝死(백로비답송지사)

손가락 가리키는 수풀 끝에는 살받이가 분명하고　　指點林端射埈明(지점림단사타명)

저녁나절에 초동은 무너진 담장을 타고 앉았군　　亦有樵兒暮乘垝(역유초아모승궤)

수염 꼬은 사람은 서서 빈 활을 퉁기고　　立辮鬚者彈虛弓(입변수자탄허궁)

앉아서 손꼽는 이는 빗나간 화살을 살피는군　　坐屈指者調橫矢(좌굴지자조횡시)

태평관 동쪽 명설루에는　　太平館東明雪樓(태평관동명설루)

붉은 담벽 붉은 기둥 완연하구나　　紅表丹楹宛在彼(홍표단영완재피)

선혜청과 균역청은 나라 재물의 창고　　惠廳均廳國之淵(혜청균청국지연)

창고에 곡식이 그득그득 수십 억 수백 억 석　　倉廩崇崇萬億秭(창름숭숭만억자)

황혼녘에 평안화^{봉화}는 몇 군데인가　　　黃昏幾點平安火(황혼기점평안화)

남산을 기준으로 봉수군이 나눠 맡는다　　　分與南山屬司烜(분여남산속사훤)

가물가물 교서^{전생서}에는 양들이 보이는군　　微茫郊署辨羖牕(미망교서변고력)

살곶이의 널찍한 목장에는 천리마가 득실하다　磊落天閑滾騄駬(뢰락천한곤록이)

그림을 대했으니 그림의 뜻을 말해야지　　　對畵應須說畵義(대화응수설화의)

단청이 신묘함은 역사에 통하니　　　　　　丹靑妙諦通於史(단청묘체통어사)

청계천 준설 상소는 어효첨을 따르고　　　　濬川疏尋魚孝瞻(준천소심어효첨)

지리지 편찬은 정인지를 이었다　　　　　　地誌篇修鄭麟趾(지지편수정인지)

임금께서 검약의 덕을 밝히심을 경하하오니　拜賀吾王昭儉德(배하오왕소검덕)

민풍이 소박하여 사치한 풍조가 없다　　　　民風朴素無華侈(민풍박소무화치)

남으로는 탐라에서 북으로 불함까지　　　　南自乇羅北不咸(남자탁라북불함)

동으로는 백두산, 서쪽은 압록강까지　　　　東至于山西馬訾(동지우산서마자)

사천여 리를 가래 대어 경작하고　　　　　　四千餘里耒所剌(사천여리뢰소자)

서른여섯 나라가 배 없이 다닐 수 있지　　　三十六國船不使(삼십육국선불사)

노는 백성 없어 모두가 부유하고　　　　　　民無遊手屋皆富(민무유수옥개부)

금의 근량을 속이지 않아 풍속이 아름답다　金不欺秤俗盡美(금불기칭속진미)

개국한 이래로 도성은 어질고 저자는 의리 지키니　立國仁城義市中(입국인성의시중)

번화하고 화려함을 뽐내지 않네　　　　　　不以繁華佳麗恃(불이번화가려시)

봉황이 와서 깃들고 기린은 숲에 있어　　　鳳凰來巢麟在藪(봉황래소린재수)

밝고 맑은 우리 강산, 백성들이 안주한다　熙熙壽域惟民止(희희수역유민지)

다만 옅은 먹으로 해마다 일소하여　　　　只將淡墨歲一掃(지장담묵세일소)

그림 속 사람 거처가 몇 곱절이리라　　　畵裏人烟應倍蓰(화리인연응배사)

진^晉나라 장화가 한궁^{漢宮}에 대해 답하듯 하는데　擬追張華漢宮對(의추장화한궁대)

궁궐 담장에 뿌리는 비가 등잔 꽃에 불어온다　掖垣灑雨吹燈蘂(액원쇄우취등예)

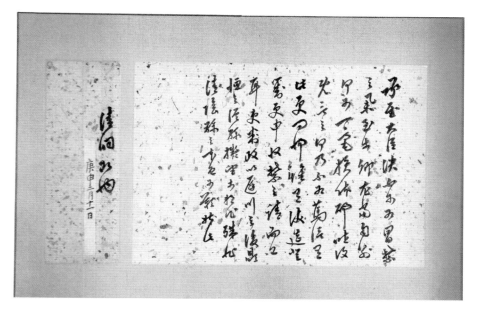

정조가 심환지(沈煥之)에게 보낸 신한(宸翰)

1800년 2월 11일. 정조의 신한. 국립중앙박물관 소장. 허가번호[중박 201110-5651].

심환지(1730~1802년)는 이조판서와 우의정을 지냈으며 노론 벽파의 핵심인물이었다. 성균관대학교박물관과 국립중앙박물관에는 정조가 심환지에게 보낸 신한이 상당수 남아있다. 특히 성균관대학교 동아시아학술원은 1796년 8월 20일부터 1800년 6월 15일까지 4년 동안 정조가 심환지에게 보낸 6첩 297통의 어찰을 공개했다.

이 외에 이만수의 〈성시전도〉 시가 그의 문집에 전한다. 또 이학규는 왕명을 받지 않고 별도로 〈성시전도〉 시를 지었다.

검서관들은 모두 국가의 편찬사업에서 중요한 역할을 했으나, 성향은 각기 달랐다.

박제가는 검서관으로서 13년간 규장각 내·외직에 근무하는 한편, 〈구폐책救弊策〉을 올려 신분차별 타파와 상공업 장려를 주장했다. 하지만 그는 품행 면에서 양반사대부들의 비판을 받았다. 이를테면 정조 21년1797년 2월 25일병신, 동지경연사 심환지는 박제가가 품수品數의 구별을 무시하고 호상胡床에 앉았다고 해서 파직을 청했다. 본래 국왕이 거둥할 때 동반과 서반이 사용하는 초헌과 호상에는 품수의 구별을 두었다. 즉, 문반은 참의 이상, 무반은 아장亞將 이상이라야 초헌과 호상을 이용할 수 있었다. 그런데 정조가 원圍에 거둥할 때 박제가는 반열 속에 있으면서 호상에 앉아 있었다. 심환지가 각예閣隷를 시켜 물어보게 했더니, 박제가는 화를 벌컥 내면서 "이 호상은 본래 우리 집 것으로 하인을 시켜 가져온 것이오."라고 했다. 심환지는 그의 처신이 공손치 못하고 말이 패려궂으므로 파직시키라고 청했다.

당시의 사정은《정조실록》해당 일자에 실린 심환지의 계청에 나타나 있다.

그때 이조판서 이병정李秉鼎은《대전통편》을 들먹이면서, 당상관은 호상에 앉고 안롱鞍籠 든 자를 앞에 둘 수 있으나 당하관 정3품은 안롱만 가지도록 되어 있다는 점, 박제가는 잡기당상雜歧堂上으로서 첨지나 오위장을 지냈지만 호상에 앉을 수는 없다는 점을 들고, 앞으로는 문관과 음관으로 도정都正을 지낸 자와 무관으로 승지와 총관摠管을 지낸 자에 한해서 호상에 앉는 것을 허용하도록 하자고 건의했다. 정조는 이것을 윤허했다.

박제가는 순조 원년1801년에 사은사 윤행임尹行恁을 따라 네 번째 연행길에 올랐다. 하지만 돌아오자마자, 동남성문의 흉서 사건 주모자인 윤가기尹可基와 사돈이었다는 이유로 흉서 사건과 관련이 있으리라는 혐의를 받아 종성에 유배되었다가 1805년에 풀려났다.

한편 이덕무는 '책만 읽는 바보'라는 뜻의 간서치看書痴라는 자호로 유명하다. 이덕무는 정종의 별자 무림군의 후손이었으므로 신분상의 한계 때문에 일생 괴로웠다. 하지만 그는 스스로 군자이기를 바랐고, 군자로서 인정받고자 했다. 39세가 되어서야 벼슬길에 올라 규장각 검서관으로 일하며 국가의 편찬 사업에 참여했다. 그는 자신의 삶 전체를 학문에 걸었으며, 독서하는 군자를 스스로의 이상으로 삼았다. 박지원은 〈형암 행장〉에서 이덕무를 평하여 "유학자를 자처하지 않았지만, 행실을 삼가서 정주程朱·정이 형제와 주자의 문호를 지켜 조금도 실수하는 일이 없었으며, 문장을 이룸에는 화려함을 힘쓰지 않고 말과 뜻이 잘 통하게 하여, 조리 있고 간결하기로 일가를 이루었다."라고 했다. 이덕무는 중국의 유서類書와 선서選書의 체제에 깊은 관심을 가지면서, 민족문화의 자긍심을 영구히 전할 총서를 집필할 계획도 세웠다. 이것은 유형원 등 조선 후기의 진보적 지성인들이 백과사전적인 지식 체계를 세우려고 노력했던 것과 맥을 같이 한다.

규장각에서 《규장전운》을 편찬할 때는 네 명의 검서관들 중에서도 이덕무가 그 일을 전담하다시피 했다. 운서의 개정과 편찬은 저술 가운데서도 가장 어려운 일이다. 4성에 통해야 하고, 대운목과 소운목을 구별할 줄 알아야 한다. 이덕무는 운학에 정통했던 인물로서 기억해야 할 것이다.

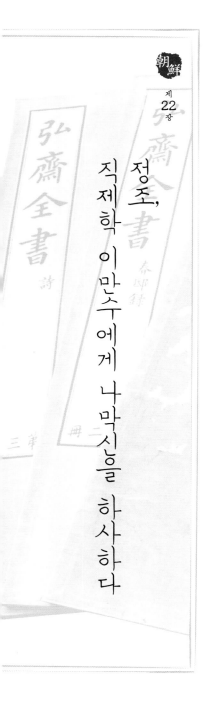

정조,
직제학 이만수에게 나막신을 하사하다

정조대왕의 문집인 《홍재전서》 제53권에 〈내각 직제학 이만수李晩秀에게 하사한 목극木屐·나막신에 대한 명문 병서幷序〉가 실려 있다. 정조가 재위 20년1796년에 지어 이만수에게 목극과 함께 내린 글이다. 명은 운문으로 된 부분이 본문이되, 산문으로 된 서문을 길게 붙이는 예가 많다. 그것을 '병서'라고 한다. 정조도 산문으로 된 서문을 붙여, 이만수에게 목극을 하사하게 된 경위를 밝혔다. 그 글은 이렇다.

표적을 쏘아 맞히게 되면 군주의 활쏘기에 모셨던 사람이 고풍의 종이를 올리고, 그러면 하사하는 물품을 그 종이 끝에 적어서 주는데, 이것은 사단射壇의 관례다. 직학이 올린 '고풍古風의 종이'를 보고는 필요한 물품이 무엇인지를 물었더니, 마침 어떤 각료가 하는 말이, 그는 공무를 마치고 돌아가면 나막신을 즐겨 신는다고 했다. 이 일은 세속을 벗어난 일에 가까우므로 이에 나막신 한 켤레를 하사하면서 또 명시銘詩 서너 구절을 적어, 더러운 습속에 물들지 말라는 주의를 거듭 당부했다. 그러고 나서 오늘 여기에 나온 여러 관료에게 이 운자를 따라 글을 지어 각자 서로 격려하게 한다.

통용되는 《홍재전서》의 번역본은 '고풍의 종이'를 '고풍시'로 옮겼다. 이것은 당시의 관습을 잘못 알고 번역한 것이다. 정조 때는 궁중의 활쏘기 모임인 사례射禮에서 활을 쏘아 표적을 맞힌 사람이 '고풍'이라 쓰어 있는 종이를 올리면, 정조가 그 종이 끝에 하사할 물품을 적어 주는 것이 관례였다. 국왕이 하사품을 내릴 때 물품의 명을 적어서 내리는 것을 '고풍'이라 한 것이다.

정조는 물품을 하사할 때 때때로 '고풍'이란 글자를 마지막 줄에 써 둔 고풍 종이를 사용했다. 이것은 오재순이 정조 9년1785년에 정조로부터 하사 물품을 적은 종이에 순암醇庵이란 호를 함께 하사받은 내용을 적은 글로부터 추론할 수 있다. 오재순의 글은 아래에서 보게 될 것이다.

이만수가 과녁을 맞히고 고풍의 종이를 올리자 정조는 그에게 필요한 물품이 무엇인지 물었고, 주위 신료들은 "나막신입니다."라고 대답했다. 그래서 정조는 이만수가 올린 종이에 나막신을 하사한다는 사실을 적고 명銘의 시를 같이 적어 주었다. 그리고 다른 신하들에게 그 명銘에 차운하여 각자 지어 올리라고 했다. 이 얼마나 운치 있는 일인가!

정조가 그날 이만수에게 써 준 명銘은 이렇다.

극치屐齒는 사영운謝靈運의 등산에 알맞고
납극蠟屐은 완부阮孚의 신발 같다
신발 소리로 한왕漢王은 현인을 알아챘고
초각草屩을 신은 이는 조나라 우경虞卿이었다
지나온 경력으로 길흉을 고찰한다고
희경주역에 말했으니
필해의 옛 일과 비교되어
당나라 조정에 비길 만하리라

齒宜謝山(치의사산) 蠟如阮星(납여완성)
聲識漢賢(성식한현) 躡爲趙卿(섭위조경)
視之考祥(시지고상) 可質羲經(가질희경)
譬之弼諧(비지필해) 可倣唐廷(가방당정)

정조의 이 명은 전고가 아주 많다.

먼저 극치展齒는 중국 남조 송나라 사영운의 고사다. 사영운은 등산할 때 나막신을 착용했는데 산에 올라갈 때는 전치前齒를 뽑아 버리고 하산할 때는 후치後齒를 뽑아 버렸다고 한다.

납극은 나막신에 밀칠을 하는 일이다. 동진 때 조약祖約은 재물을 좋아하고 완부阮孚는 나막신을 좋아하여 둘 다 누累가 되는 일이 있었다. 그런데 어떤 사람이 조약의 집에 가 보니 조약은 마침 돈을 세고 있다가 손님이 오자 세던 돈을 농뒤로 치우고 몸을 기울여 가리면서 부자연스러운 표정이었다. 이에 비해 어떤 사람이 완부의 집에 가 보니 완부는 마침 나막신에 밀을 칠하다가 스스로 탄식하기를 "내 일생에 이 신을 얼마나 더 신을는지 모르겠다."라고 하며 태연자약했다고 한다.

신발소리 운운은 한나라 애제 때 정숭鄭崇의 고사다. 정숭은 상서복야尙書僕射로 있으면서 직간直諫을 잘했는데, 늘 가죽신을 질질 끌면서 들어가 천자를 뵈었다. 애제가 한 번은 웃으면서 말하기를, "내가 정 상서鄭尙書의 신 끄는 소리는 알아들을 수 있다."라고 했다고 한다.

초약은 짚신인데, 정조는 전국시대 때 우경虞卿의 고사를 끌어다 썼다. 우경은 초약을 신고 등나무로 엮은 망태를 지고서 조趙나라 효성왕孝成王에게 유세했다. 효성왕은 그를 처음 만나서는 백벽白璧 한 쌍과 황금 100일鎰을 주었고, 두 번째는 상경上卿으로 임명했다. 그래서 그를 우경이라 부르게 되었다.

한편 "지나온 경력으로 길흉을 고찰한다."라는 말은 《주역》〈이괘履卦〉 상구上九의 효사爻辭·괘의 효를 풀이한 말이다. 정이의 《역전易傳》에 의하면, 상구가 이괘의 끝에 처해 있으므로 밟아 온 것을 보고 선악과 화복을 상고한다고 했다.

마지막의 필해弼諧란 말은 당나라 덕종德宗 때 이필李泌의 고사에서 가져온 것이다. 이필은 천자를 모시고 있을 적에 천자에게 과실이 있으면 근심을 기색에 나타내고 천자에게 선한 일이 있으면 기쁨을 얼굴에 드러냈다. 그러면서도 화순한 기색을 띠기만 할 뿐 모나거나 이기기를 좋아하는 마음이 없었다. 그래서 덕종은 독선적이며 시기심이 있었지만 이필의 말을 따르지 않은 적이 없었다고 한다. 이필이 승상이 되기 전에 내원內院에 숙직을 했는데, 그가 일어나기 전에 어떤 이가 이필의 신발을 훔쳐 천자에게 보냈다. 천자가 그 신발을 보고 "혜鞋란 것은 해諧이니 이필의 이름과 발음이 같은 글자를 따서 합하면 필해弼諧가 된다. 일이 화합할 것이다."라고 말했다.

정조는 이러한 고사들을 끌어들여, 이만수가 나막신을 신고 순박함을 유지하여 당쟁이나 명리에 빠지지 말기를 바라고, 더 나아가 조정의 사업에 협찬하길 바란다고 강조한 것이다.

당일 정조의 명銘에 갱재賡載·임금의 시에 화답함한 사람이 많았을 것이다. 자신의 문집에 갱재의 명을 남긴 사람으로는 김조순金祖淳이 있다. 제목을 '내각 직제학 이만수에게 목극을 하사하면서 상께서 지으신 명에 이어서 노래함'이라는 뜻의 〈갱어제사내각직제학이만수 목극명賡御製賜內閣直提學李晩秀木屐銘〉이라고 했다.

달과 같이 환한 패옥도 아니요
별과 같이 빛나는 고깔도 아니요
나막신을 신은 사람은 누구인가
왕께서 말하셨네, 경에게 주나니
평소에는 마땅히 본성을 그대로 밟아나가고
다닐 때는 반드시 떳떳한 정도를 따라나가
반 걸음 한 걸음도 어그러뜨리지 말아
밝은 시절의 조정에서 위엄을 차리라고

匪珮之月(비패지월) 匪弁之星(비변지성)
躡屐者誰(섭극자수) 王曰賚卿(왕왈뇌경)
居宜踐素(거의천소) 行必循經(행필순경)
跬步毋愆(규보무건) 式儀明廷(식의명정)

정조는 역대 국왕들 가운데 드물게도 재위 중에 스스로 자신의 시문을 정리해서 문집으로 엮고자 했다. 그 문집이 《홍재전서弘齋全書》이다. 정식 명칭은 《정조대왕어제홍재전서正祖大王御製弘齋全書》로, 모두 100권이다.

본래 정조 11년1787년에 오재순吳載純·서호수徐浩修·이병모李秉模 등이 주관하여 규장각에서 처음으로 어제 문집 60권을 편집하여 바쳤다. 그 후 정조는 재위 22년1798년에 서호수에게 문집을 다시 편집하게 했다. 그래서 이만수·김조순金祖淳·이존수李存秀가 공동으로 감독해서 두 번째로 문집을 편찬했다. 중간에 서호수가 사망하자 서영보徐榮輔가 이어서 편집하고 정대용鄭大容·심상규沈象奎·김근순金近淳 등이 교정을 보아, 정조 23년1799년 12월에 191권으로 완성했다. 이때 책 이름을 《홍우일인재전서弘于一人齋全書》라고 했다.

다만 오늘날 우리가 볼 수 있는 《홍재전서》는 정조가 서거한 다음해1801년 12월에 완성되었다. 184권 100책의 차례와 명칭도 이때 확정되었다. 전체 구성은 정조가 세손 시절에 지은 시문을 모은 〈춘저록春邸錄〉 4권과 즉위 후의 시문을 모은 문집 180권으로 되어 있다. 순조는 이 3차 편집본을 수정하여 재위 14년 3월 22일에 정리자로 30질을 인쇄하게 하여 규장각, 수원의 화녕전, 사고史庫 5곳, 내각, 홍문관 등 주요 기관에 각각 1질씩 보관하게 했다. 교정과 감인監印·인쇄감독에 참여한 각신들은 김재찬金載瓚, 김조순, 심상규, 남공철南公轍, 서영보, 박종경朴宗慶, 이존수, 김이교金履喬 등이다.

주지하듯이 정조대왕의 호는 홍재弘齋, 탕탕평평실蕩蕩平平室, 만천명월주인옹萬川明月主人翁, 홍우일인재弘于一人齋 등이다. 이 가운데 정조가 스스로를 일컫는 호는 만천명월주인옹이고, 홍재, 탕탕평평실, 홍우일인재 등은 침실이나 서실에 붙인 헌호軒號였다. 그런데 헌호도 다른 사람들이 모두 호처럼 사용하기도 했다.

정조는 세손 시절 동궁의 연침燕寢에 홍재라는 헌호를 붙였다. 이것은 《논어》〈태백泰伯〉편에 나오는 '홍의弘毅'라는 말에서 따왔다. 곧, 〈태백〉편에서 증자는 이렇게 말하였다. "선비는 도량이 넓고 뜻이 굳세지 않으면 안 된다士不可以不弘毅. 짐이

유서통(諭書筒)

16세기 제작. 의성심씨 학봉 종택 기증. 한국국학진흥원 유교문화박물관 소장.

김성일(金誠一)이 사용한 유서통이다. 유서는 국왕이 관찰사·절도사·방어사들이 부임할 때 내리던 명령서나 한 지방의 군권을 지닌 관원에게 내린 명령서를 말한다. 유서에는 '유서지보(諭書之寶)'를 찍었다. 유서를 받은 관원은 그것을 통에 넣어 소중하게 보관했다.

무겁고 길이 멀기 때문이다. 인仁으로 자기의 책임을 삼았으니 정말로 막중하지 않은가. 죽은 뒤에야 그만둘 것이니 정말로 멀지 않은가."

증자는 인을 실천하려는 책임의식을 임중도원任重道遠이라고 표현했다. 그리고 인의 실천은 죽은 뒤에 그만둔다고 함으로써, 죽을 때까지 그만두지 않으리라는 뜻을 드러냈다. 정조는 군주가 되어서도 도문학道問學·학문을 따라 나감과 존덕성尊德性·덕성을 높임의 두 길을 추구하는 것이야말로 가장 즐거운 일이라고 속내를 토로했다.

그런데 즉위한 후 정조는 탕평이야말로 선왕영조 50년의 성대한 덕업이므로 그 공렬을 계승하겠다고 결심했다. 영조는 탕평책을 실시하되, 인물을 등용할 때 한쪽 붕당의 사람을 천거하면 똑같이 다른 쪽 붕당의 사람도 천거하여 수적으로 균형을 맞추는 방책을 썼다. 하지만 정조는 당파를 고려하지 않고 오직 능력에 따라 인재를 등용하려 했다. 재위 14년1790에는 침실에 '탕탕평평실'이라는 이름을 내걸었다. 탕탕평평은 《서경》〈홍범洪範〉 '황극皇極'의 구절에서 따왔다. 또 재위 22년1798년 12월 3일에는 스스로의 호를 만천명월주인옹이라고 했다. 1만 개의 시내에 비친 밝은 달의 주인옹이란 뜻이다. 만천명월주인옹이란 말은 국왕이 태극

이며, "왕의 가는 길이 확 열려 있어 편당도 없고 치우침도 없다."라는 뜻을 취한 것이다.

마침내 재위 24년1800년, 정조는 그 동안의 저술을 모두 정리하여《홍우일인재전서》로 엮고 규장각에 3층으로 되어 있는 지장紙欌을 만들었다. 홍우일인이란 말은《상서대전尚書大傳》〈우하전虞夏傳〉에서 가져온 말로 "해와 달의 광채가 한 사람에 의하여 널리 퍼진다"는 뜻이다. 하나의 달이 1만 개의 시내에 비친다는 '만천명월'과 의미가 같다. 또한 홍우일인이란 말은 군주로서의 책무의식을 드러낸다는 점에서 홍의라는 말과 기본적인 이념이 통한다.

정조는《홍우일인재전서》즉《홍재전서》를 엮을 당시 49세였다. 춘추시대 위衛나라 대부 거백옥蘧伯玉·거원이 나이 50에 49년의 잘못을 깨달았다는 고사가 있다. 정조도 명년에 문집에 잘못이 있음을 알게 되어 다시 편집해야 할지 모르겠다고 하였다. 하지만 정조는《논어》〈헌문〉편에서 강조한 지知와 인仁과 용勇을 지니고 있기에 헷갈리지 않고 걱정하지 않으며 두려워하지 않는다고 말하였다. 그렇기에 자신의 문집에 대하여 이렇게 자부하였다.

상제를 대하고 백성들에게 베풀고자 하는 생각으로 어렵고 큰일을 계승하여 부지런히 백성을 보호하고 인재를 구하는 것에 급급하면서, 인仁이 아닌 집은 거처하지 않으며 의義가 아닌 길은 밟지 않는 것을 문자로 기록한 것이니, 강혈腔血을 따라 흘러나온 것임을 자연히 속일 수 없다.

과연《홍재전서》는 정조의 일생 사적을 살필 수 있는 가장 중요한 자료이다.
정조는 스스로 국왕이면서 동시에 유학자이고자 했기 때문에, 글을 통해 정치를 행하고 글을 통해 학문을 연구했다.
경학 연구의 내용은 초계문신抄啓文臣에게 문제를 내고 그 답안을 뽑아 편집한《경사강의經史講義》의 방대한 분량에 담겨 있다.
그 뿐만 아니다. 정조는《대학》의 내용을 현실정치에 연계시키려고 해서《대학유의大學類義》를 편찬하기도 했다. 이 책의 체제와 세부내용에 대해 담당 신하들과 토론한 내용은《유의평례類義評例》에 드러나 있다. 심지어 정조는 승하하던 해 1800년의 봄, 여름, 가을에 신하들과《맹자》,《논어》,《중용》을 토론하여, 그 내용을 각각《추서춘기鄒書春記》,《노론하전魯論夏箋》,《증전추록曾傳秋錄》으로 엮었다.

정조는 초계문신들에게 국가 운영에 필요한 우리나라의 예법과 문물에 대해 고찰할 것을 요청해서, 그들과 토론한 내용을《고식故寔》으로 묶었다. 뿐만 아니라 세손 시절과 재위 기간에 스스로 편찬하거나 편찬 원칙을 제시한 155종의 서적에 대해 일일이 해제를 해서, 그것을 《군서표기群書標記》로 엮었다.

한편 정조는 국왕으로서 실제 정무에서 갖가지 문체의 글들을 활용했다. 대표적인 문체들만을 보면 이렇다.

- 윤음綸音 69편 : 정책을 새로 펼 때나 역적 토벌의 사실을 밝히거나 진휼을 지시할 때 내린 글
- 교敎 223편 : 신하들에게 명령을 내리거나 정책을 선포하는 글
- 돈유敦諭 48편 : 사직하려는 신하를 만류하거나 재야의 인사를 조정에 부르는 글
- 유서諭書 20편 : 지방의 관찰사, 절도사, 방어사, 유수 등에게 명령을 내린 글
- 봉서封書 29편 : 암행어사나 위유사慰諭使에게 특별히 지시하는 내용을 적은 글
- 비批 214편 : 신하들이 올린 상소上疏나 차자箚子에 대해 답하는 글
- 판判 : 각급 관서에서 올린 안건이나 형사 사건, 유생들의 요청 사항에 대해 처분을 내리는 글
- 책문策問 78편 : 성균관 유생과 규장각 초계문신, 지방의 유생 등에게 대책對策을 써내도록 정치 및 국사에 대해 질문하는 글
- 심리록審理錄 26권 : 대리청정 이후 경외의 옥안獄案을 처리한 판례집

《홍재전서》의 구성

분류	홍재전서 권 수	구성 및 내용
춘저록(春邸錄)	권1~2	세손이었던 1765년부터 1775년까지의 시
춘저록(春邸錄)	권3~4	세손이었던 1765년부터 1775년까지의 문
시(詩)·악장(樂章)·치사(致詞)	권5~7	1778년부터의 시 177제, 악장 2제, 치사 1제
서(序)·인(引)	권8~13	서 47편, 인 9편
기(記)	권14	기 7편
비(碑)	권15	비 24편
현륭원지(顯隆園誌)	권16	1789년에 지은 사도세자 묘지(墓誌)
영종행록(英宗行錄)	권17	1776년에 지은 영조 행록
현륭원행장(顯隆園行狀)	권18	1789년에 지은 사도세자 행장
제문(祭文)	권19~25	제문 430편
윤음(綸音)	권26~29	윤음 69편
교(敎)	권30~36	교 223편
돈유(敦諭)	권37	돈유 48편
유서(諭書)	권38	유서 20편
봉서(封書)	권39~41	봉서 29편
비(批)	권42~46	비 214편
판(判)	권47	판 26편
책문(策問)	권48~52	책문 78편
설(說)·찬(贊)·명(銘)	권53	설 5편, 찬 1편, 명 13편
잡저(雜著)	권54~63	잡저 60편
경사강의(經史講義)	권64~119	《근사록》2권, 《심경》1권, 《대학》4권, 《논어》5권, 《맹자》4권, 《중용》4권, 《시》9권, 《서》8권, 《역》5권, 《총경(總經)》4권, 《자치통감강목》10권 등 총 56권
추서춘기(鄒書春記)	권120~121	1800년 봄에 규장각 각신 김근순(金近淳)과 《맹자》에 대해 토론한 내용
노론하전(魯論夏箋)	권122~125	1800년 여름에 초계문신 서준보(徐俊輔)와 《논어》에 대해 토론한 내용
증전추록(曾傳秋錄)	권126	1799년 가을에 각신 윤행임(尹行恁)과 《대학》과 《중용》에 대해 토론한 내용
유의평례(類義評例)	권127~128	《대학유의(大學類義)》의 편집 원칙, 선별 기준 등에 대해 서형수(徐瀅修)·윤광안(尹光顔) 등과 논란한 내용

고식(故寔)	권129~134	초계문신과 《대학》, 《주자대전》, 국조의 고사에 대해 토론 문답한 내용. 김근순(金近淳)·이존수(李存秀)·유태좌(柳台佐)·김희락(金熙洛)·홍명주(洪命周)·홍석주(洪奭周) 등 참여
심리록(審理錄)	권135~160	총 26권으로, 대리청정한 이후 처리한 경외의 옥안(獄案)에 대한 판례집
일득록(日得錄)	권161~178	각신 정지검(鄭志儉)의 건의로, 경연에 참여한 각신들이 기록해 둔 정조의 어록집
군서표기(群書標記)	권179~184	정조가 재위 기간에 편찬하거나 편찬을 명해서 필사 혹은 간행된 155종의 서적에 대한 해제집

　한편, 완전히 공적인 문체라고는 할 수 없지만, 정조는 공연공적 연회이나 왕실 행사에 관련된 시문도 많이 남겼다. 정조 19년1795년에 화성에서 혜경궁의 회갑연을 열면서 지은 악장과 치사는 전자의 대표적인 사례이다. 즉위년1776년에 지은 영조의 행록, 재위 13년1789년에 생부사도세자를 위해 지은 〈현륭원지〉와 〈현륭원행장〉은 후자의 대표적인 사례이다.

　정조는 잡저의 문체도 왕실 관련 일을 서술하는 데 활용했다. 즉, 현륭원의 재

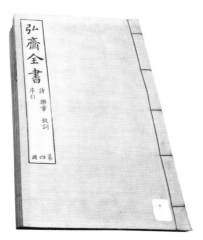

┃홍재전서

비단 장정. 고려대학교 중앙도서관 한적실 소장.
표지를 비단으로 장정한 것으로, 어람용일 가능성이 있다.

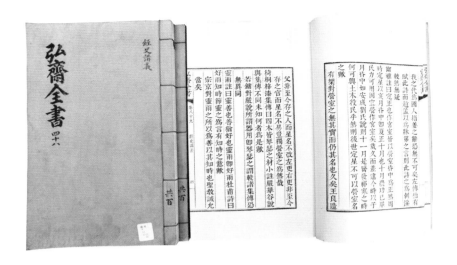

홍재전서

황표지, 고려대학교 중앙도서관 한적실 소장.

궁인 용주사의 봉불식에 맞춰 지은 게송과 해설, 현륭원으로의 천능 사실을 기록한 글, 현륭원 행차를 위해 노량에 배다리를 건설하는 과정을 기술한 글, 음악의 율律·조調·기器·보譜·현絃·무舞에 대해 기술한 글 등이 있다.

비와 제문, 서, 기, 설, 찬, 명 등의 산문 문체는 공적 경향을 띨 수도 있고 사적 경향을 띨 수도 있다. 정조는 이러한 문체들을 대개 공적인 것으로 사용했다. 이를테면 비문으로는 각종 능원의 비와 역대 신하들의 신도비명이 있다. 제문으로는 빈전殯殿과 동관왕묘, 각종 능묘에서 읽은 고유문, 기우제 등에서 읽은 치제문, 서원과 선대의 신하들에게 내린 치제문이 있다.

정조는 시에서 개인의 심회를 나타내는 경우라도 문신들에게 주어 갱화賡和를 시킴으로써 신하들과 정서나 지향을 공유하고 신하들을 권면했다. 또한 규장각 각신들과는 연구聯句를 지어 공동의 지향을 확인했다.

정조가 이만수에게 나막신과 함께 명문을 지어 준 것도 권면의 뜻을 담은 것이었다.

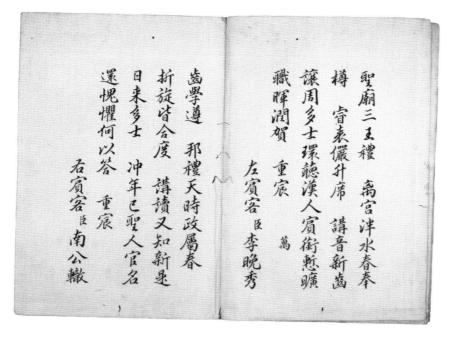

┃ 이만수(李晚秀)와 남공철(南公轍)의 하시(賀詩)

순조 28년(1828년) 펴낸 시첩. 경남대학교박물관 데라우치 문고 소장.

순조 28년의 왕세자 입학을 축하하며 쓴 시이다. 서정보(徐鼎輔) 편 《참의공사연도(參議公賜宴圖)》의 '입학도기(入學圖記)'는 이때의 기록이다. 이만수는 좌빈객, 남공철은 우빈객이었다. 이만수의 시는 그의 문집 《극원유고(屐園遺稿)》 권6에 〈동궁치학일 여제료지희(東宮齒學日與諸僚志喜)〉라는 제목으로 실려 있다. 시는 다음과 같다. "聖廟三王禮(성묘삼왕례) 離宮泮水春(이궁반수춘) 奉罇睿表儀(봉준예표의) 升席講音新(승석강음신) 齒讓周多士(치양주다사) 環聽漢萬人(환청한만인) 賓嗘慙曠職(빈함참광직) 暉潤賀重宸(휘윤하중신)." 뜻은 이러하다. "성인의 묘에서 삼왕 때의 예를 행하노니, 이궁의 반수에 봄이 깊도다. 술동이를 받드시는 원자의 위의는 엄숙하여, 자리에 올라 강독하시는 음성이 새롭도다. 원자께서 주나라의 제제다사들 같은 신하들에게 겸양하시고, 둘러 앉아 듣는 이는 한나라 때의 일만 사람 같아라. 빈사의 직함을 띠다니 제 역할을 하지 못함이 부끄러울 뿐이지만, 작은 태양이 빛나고 윤택하기에 궁궐에 하례하노라."

이만수1752~1820년는 소론계 문신이다. 본관은 연안이며, 좌의정을 지낸 이복원李福源의 아들이다. 정조 7년1783년의 사마시에 합격하고 정조 13년1789년의 식년문과에 병과로 급제했다. 정조 19년1795년에 성균관 대사성으로서 규장각 제학을 겸했으며, 이듬해 정리자 활자 만드는 일을 감독했다. 정조 21년1797년에는 대사간에 오르고 정조 23년1799년 대사성으로서 우유선右諭善을 겸했다. 정조가 승하한 해 1800년에 이조판서를 지내고 이어 공조판서가 되었다. 순조가 즉위한 뒤에는 수원부 유수가 되어 화령전을 완공한 공으로 숭정대부로 승진했다. 순조 3년1803년에

| 창덕궁 주합루

한국학중앙연구원 사진 제공. 창덕궁과 창경궁의 경계 지역에 있는 정면 5칸, 측면 4칸의 2층 누각을 말한다. 본래 1층은 왕실의 도서를 보관하는 규장각(奎章閣)이고 2층 열람실이 주합루(宙合樓)였으나, 지금은 건물 전체를 주합루라 부른다. 왕은 어수문(魚水門)을 지나 이 건물에 이르렀다. 본래 정조는 세손 때 공부하던 경희궁의 누각을 주합루라고 했는데, 1776년에 즉위하면서 창경궁에 규장각을 세우며 그 2층을 주합루라고 명명한 듯하다. 주합이란 말은 《관자》의 편명(篇名)에서 따왔다. 주합은 위로는 하늘의 위로 통하고 아래로는 땅의 아래까지 내려가며 밖으로는 사해의 바깥까지 나가 천지를 둘러싸서 하나의 보따리로 만들어 놓는 것을 의미한다. 곧, 정조는 학문하는 곳을, 천지와 만물을 모두 싸안고 있는 우주를 탐색하는 장소라고 본 것이다.

사은사 정사로 청나라에 다녀왔다. 순조 10년1810년에 평안도관찰사가 되었는데, 이듬해 12월에 홍경래의 난이 일어났으므로, 순조 12년1812년 정월, 치안을 유지하지 못했다는 죄로 파직되고 경주에 유배되었다. 유배에서 풀려난 뒤 영원히 조정을 떠나려고 생각하여, 자찬묘지명인 〈자지명自誌銘〉을 남겼다. 그 글에서 그는 자신에 대해 이렇게 말했다.

옹은 글을 읽었으나 이룬 바가 없고, 선善을 행하기 좋아했으나 그 의지를 채우지는 못했다. 젊어서는 세상일을 담당할 생각이 없었는데, 만년에 문학을 조금 한다는 이유로 정묘정조의 지우를 입어 관직이 아주 고위직에까지 이르렀다. 정묘께서는 그가 소탈하고 우활한 성격임을 아시고 한 번도 백성들을 직접 다스리거나 정사를 담임하지 못하게 하셨다. 정묘께서 서거하신 이후 조정에 들어가 요직을 맡았고 바깥으로 나아가 외방을 안무按撫했는데, 서쪽 일홍경래의 난을 처리하는 문제를 크게 그르쳐 남쪽으로 유배되었다가 되돌아왔다. 마침내 사람들과의 왕래를 끊고 금호琴湖에서 거처했다. 그러나 종신토록 다시 기용되지는 못했다. 정묘께서는 그가 집에 거처할 때 나막신을 신는다는 말을 들으시고 특별히 나무로 만든 나막신 한 켤레를 하사하시고 시를 새겨 총애하셨다. 옹은 이 나막신을 이유로 극옹을 자호로 삼았다. 그러자 왕왕 시골아이나 농부들도 극옹이라 불러 이 호가 마치 이름이나 자 같게 되었다. 그는 시문을 지을 적에 옛사람에게 미치지 못함을 부끄러워하여 지었던 글들을 던져버리고 원고를 남겨두지 않았다.

또한 이만수는 자신의 일생을 다음과 같이 평했다.

옹은 살아서는 일컬을 만한 것이 없었고 죽어서는 전할 만한 것이 없었다. 썩은 흙과 함께 다해버렸으니 무엇이 한스럽겠는가?

이만수는 자찬묘지명을 지은 그해 7월에 공조판서와 판의금부사가 되었고 11월에는 병조판서가 되었다. 순조 19년1819년에는 예조판서가 되었다. 순조 20년1820년에는 수원부 유수가 되었으나, 그해 7월 28일, 향년 69세를 일기로 낙산駱山 아래 옛집에서 영면했다. 순조 22년1822년에 문헌文獻의 시호를 받았다.

순조 20년1820년에 이시수李時秀는 아우 이만수를 장사지내면서 아우의 자찬묘지에 다음 글을 추가로 적었다.

이는 옹의 자지自誌이다. 옹이 서사西事·홍경래의 난를 담당하여 공로는 있고 죄는 없었는데 조정의 의론은 끝내 유언비어에 선동되고 말았으니, 그 사건의 전말이 국사에 실려 있다. 남쪽으로 유배되었다가 되돌아와 영원히 조정을 떠나려고 생각하여 화지化誌(묘지墓誌)를 지었다. 묘지를 완성한 뒤 5년이 지난 무인년1818년에 상께서 세자빈객으로 초치하시니 부르시는 말씀이 종래에 없었던 것이었다. 옹은 감격하여 나아가 직위를 맡아 3년간 서연書筵에 참가하여 지성至誠으로 세자를 감동시켰다. 경진년 가을에 우연히 병에 걸려 정침正寢에서 고종考終 · 명대로 살다가 편히 죽음했으니 향년 69세였다. 옹은 행실이 돈독한 사람이었다. 임금을 섬김에 충성이 돈독했고, 어버이를 받듦에 효가 돈독했고, 다른 사람과 교제함에 신의가 돈독했다. 그가 세상을 떠남에 위로는 높은 벼슬의 대부로부터 아래로는 하찮은 일을 하는 종복에 이르기까지 "어진 대부가 사라졌다!"라고 말하며 탄식하지 않은 이가 없었다. 직위는 이공貳公 · 의정부의 종일품 찬성과 정이품 찬찬에까지 이르렀고 수명은 칠순에까지 이르러서 영영 관화觀化 · 죽음하니, 또다시 무엇을 한스럽게 여기겠는가? 유독 80세의 병든 형이 흰머리로 죽지 않고 외롭게 의탁할 데가 없이 지내기에, 옹은 반드시 되돌아보며 잊지 못할 것이니 애달프도다!

이시수는 순조 18년에 순조가 아우 이만수를 세자빈객으로 초치했으며, 그 부르시는 말씀은 종래에 없던 것이었다고 추억했다.

정조는 신하들에게 특이한 선물을 많이 했다. 재위 15년1791년에는 김조순에게, 연경에서 구한 손거울인 '면감수반面鑑手槃'을 선물했다. 김조순은 이 선물을 하사받고 〈어사면감수반설御賜面鑑手槃說〉을 지었다.

정조는 호도 하사했다. 이를테면 규장각 제학 오재순吳載純 · 1727~1792년에게는 순암醇庵이라는 호를 내렸다. 그리고 뒷날 오재순에게 다시 초상을 그려주고 우불급재愚不及齋라는 호를 내렸다. 오재순은 〈사호기賜號記〉를 적어 그 사실을 기념했다.

성상 9년1785년 3월 6일을묘, 상께서 이문원에 재숙齋宿하시면서 배종하고 호종하는 여러 각신들에게 옷가지와 물품을 하사하셨다. 이때 신 재순에게 표지標紙를 내려 주시면서, 제1행에 '오제학 순암吳提學醇庵'이란 다섯 글자가 있고, 제2행에 '분홍 설사 일필分紅雪紗一疋' 여섯 글자가 있으며, 제3행에는 '상방尙方' 두 글자가 있고, 제4행에는 '삼월육일三月六日' 네 글자가 있으며, 제5행에는 '고풍古風' 두 글자가 있었다. 모두 어필이었다. 제4행의 위에는 또 친히 어압御押을 서명하셨다.

신 재순은 손을 모아 머리를 조아려 절을 하고 삼가 받으며, 두 손으로 받들면서 감격하여 정신이 아득해졌다. 그날 밤에 행전(行殿·국왕의 임시 거처에 입시했는데, 상께서 말씀하시길, "경은 그것을 도장에 새기게나."라고 하셨다. 신 재순은 물러나 도장 돌에 새기기를 '사호순암(賜號純菴)'이라 했다. 또 두 글자를 목판에다 그대로 모방해 새겨 방의 북벽에 걸어두고 총우(寵遇·총애하시는 영광을 더욱 빛내었다.

성상 10년(1786년 아무 달 아무 날에, 신 재순을 내각으로 부르시어 화상(畵像 한 장을 내려 주시니, 바로 이 미천한 사람의 화상 초본이었는데, 화공 때문에 대내(大內에 유입된 것이다. 원권 위에는 쓰시길, "미치지 못하는 것은 그 어리석음이다."라고 하시고 "호를 고쳐서 '우불급재(愚不及齋)'라 할 수 있겠는가?"라고 하셨다. 신 재순은 더욱 황공함을 이기지 못하였으나, 그래도 감히 급작스레 그 호를 새겨서 거는 계획을 낼 수가 없었으니, 신중하게 여겨서였다. 성상 12년(1788년 봄에 비로소 남벽에 써서 새겨 걸었다.

아아! 신 재순은 재주도 없고 덕도 없거늘 상께서 호를 내려 주시는 은총을 두 번이나 받드니, 자고로 남의 신하들 가운데 성스럽고 밝은 시대에 이와 같은 행운을 얻은 사람이 또 있었던가? 아아! 비와 이슬은 땅을 가리지 않고 어느 땅에든 내려서 아무 쓸모없는 가죽나무나 상수리나무 같은 하잘것없는 재목까지도 역시 촉촉이 적셔 주는 은택을 입는다. 무릇 가죽나무와 상수리나무는 품물이 미미하여 지각이 없어도 오히려 수시로 활짝 피었다가 시들고는 하여 상천의 조화에 순응한다. 신 재순은 비록 미혹되고 굼뜬 자이지만, 어찌 하루라도 그 은덕을 갚기를 잊을 수 있겠는가? 삼가 이것을 기록해서, 성스러운 군주의 깊은 어짊과 도타운 은택이 용렬한 것까지도 빠뜨리지 않고 베푸심을 기록하는 바이다.

정조가 재위 9년 3월 6일에 이문원에서 재숙한 것은 황단(皇壇·대보단에 나아가서 봉실(奉室을 직접 살피려 해서였다. 이때 배종 신하에게 호를 내려 줌으로써 친밀감을 표시하고 충성을 권면한 것이다.

정조가 오재순에게 호로 내려 준 '우불급'이라는 말은 《논어》〈공야장(公冶長)〉에서 공자가 영무자(甯武子를 평한 말에서 따온 것이다. 영무자는 춘추시대 위(衛나라

대부 영유寧兪로, 무武는 그의 죽은 뒤 시호다. 공자는 "영무자는 나라에 도가 있으면 지혜롭고 나라에 도가 없으면 어리석은 척했으니, 지혜로운 척함은 미칠 수 있으나 어리석은 척함은 미칠 수 없도다."라고 했다. 정조는 오재순의 과묵함을 영무자의 어리석음과 동일시하여 그를 칭송하면서, 한편으로는 자신이 다스리는 나라에 도가 없기 때문에 그가 어리석은 듯 과묵한 것 아니겠느냐고 스스로를 책망한 것이다.

오재순의 화상으로는 그가 65세 때의 초상이 전한다. 운보문단雲寶紋緞의 문양과 쌍학흉배의 관복을 입은 모습이다. 이 초상은 족자 반달축 뒷면에 "순암오문정공醇庵吳文靖公 육십오세진상六十五歲眞像 이명기李命基 사寫"라는 종이 제첨이 붙어 있다. 당시의 화원 이명기가 오재순의 나이 65세 때의 모습을 그린 것이다.

하지만 이것은 정조가 화공을 시켜 그리게 했다는 초상은 아니다. 정조가 신하의 심경을 이해하고 초상을 그려 주면서 호까지 내려 주던 그 당시의 정경은 아득히 상상해 볼 따름이다. 제왕으로서의 넉넉한 품성을, 정조가 신하들에게 내린 제문이나 호, 물품들을 통해 짐작할 수 있다.

그런데 정조가 재위 16년1792년 12월 22일의 또 다른 사례에서 당시 검교 직학이던 오재순에게 상을 내린 고풍의 종이가 현재 육군사관학교에 전한다. 이 고풍의 종이에서는 '고풍'이란 글자가 첫째 줄에 적혀 있다. 정조 9년에는 '고풍'이란 글씨를 제5행에 적었지만 적어도 정조 14년에는 '고풍'이란 글씨를 제1행에 적게 된 것이다. 정조 20년에 이만수에게 나막신을 하사한다는 내용을 적은 고풍의 종이에서도 '고풍'이란 글씨를 제1행에 적어 두었을 것이다.

또 정조 16년1792년 10월의 춘당대 사례에 시사侍射하지 못했던 김희金喜에게 정조가 추후에 고풍의 종이를 받고, 활 하나 전죽箭竹 100개를 보내면서 함께 보낸 서찰이 서울대학교 규장각한국학연구원에 있다. 역시 '고풍'의 글자가 제1행에 적혀 있다. 이 고풍의 종이들은 첩帖으로 만들어졌다. 그것을 어사고풍첩御射古風帖 혹은 고풍첩古風帖이라고 불렀다. 윤행임尹行恁이 남긴 〈선사고풍첩기宜賜古風帖記〉를 통해 그 사실을 알 수 있다.

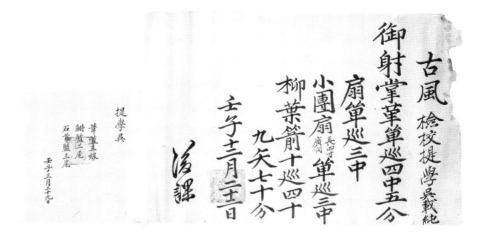

■ 오재순 고풍(古風)

임자년(1792년) 고풍지, 57×79.5(단위 : cm). 육군박물관 소장.

오재순(吳載純)이 정조 16년(1792년) 12월 22일의 어사(御射)에 시사(侍射)한 뒤에 청한 고풍의 종이. '후과(後課)'라고 적은 것은 상격(賞格)을 추후에 내린다는 뜻인 듯하다. 이 고풍과는 별도로 임자년 3월 29일에 위어(葦魚), 시어(鰣魚), 석수어(石首魚)를 하사한다는 종이가 있는데, 이것은 그보다 앞서 시사(侍射)했을 때의 선사(宣賜) 내용인 듯하다. 한편 '후과(後課)'의 결재를 한 예로는 역시 같은 임자년(정조 16년, 1792년) 11월 21일에 어사(御射)의 성적(총49발의 화살을 쏘아 75점을 획득)을 적은 연부(蓮府) 오의상(吳毅常, ？ ～1820)의 고풍에서도 볼 수가 있다. 오의상의 고풍 종이는 경기도박물관에 소장되어 있다. 또한 병진년(1796년) 정월 22일에는 화성(華城) 득중정(得中亭)과 동장대(東將臺)에서 유엽전을 시험했는데, 이때는 고풍의 끝에 '개갑일(皆匣一)'이라 기록했다. 병진년의 고풍은 크기가 가로 36cm×세로 26cm로, 임자년의 고풍보다 작은 종이다.

정조는 글로 정치와 학문을 했는데, 한문의 모든 문체를 활용하면서 공적으로나 사적으로나 정치의 의도와 학문의 방향을 끊임없이 제시했다. 사례射禮와 같은 궁중행사에서도 시문을 지어 신하들에게 갱재를 요구했다. 영조도 상당히 많은 사적인 시문을 남겼다. 하지만 영조의 경우는 신하들과 백성들에게 명을 내리거나 훈계의 뜻을 표시하는 윤음綸音이나 유시諭示의 글뿐만 아니라 소회를 밝히고 삶을 되돌아보는 시문도 대단히 많이 지었다. 우리 문화사에서 자서전을 가장 많이 쓴 사람이 영조라고 말할 수 있을 정도이다. 그런데 정조는 개인적으로 주는 사찰이나 공적인 문제인 비답批答 등을 통해 정치적 견해를 밝히고, 서발문, 제문, 경전에 관한 논문, 책문 등을 통해 왕도정치의 이상을 밝혔다. 이만수에게 내린 〈목극명〉에서도 신하로서의 자세를 경계한 것은 좋은 예이다.

御射樂章前引　十一延四十九天七分

御射樂章前引

第一　延五甲八分
第二　延五甲七分
第三　延五甲七分
第四　延五甲七分
第五　延五甲六分
第六　延五甲八分
第七　延五甲八分
第八　延五甲八分
第九　延五甲七分
第十　延四甲七分
片章　延五甲七分

左射

御射樂章前引　十四延四十九天七分

第二　延四甲
第三　延四甲六分
第四　延四甲七分
第五　延五甲八分
第六　延四甲六分
第七　延五甲十分
第八　延五甲六分
第九　延五甲九分
第十　延四甲十分
片章　延五甲九分

右進畋後

고풍

서울대학교 규장각한국학연구원 소장.

이 문서의 표지서명은 '어사득중고풍각신(御射得中古風閣臣)'으로 되어 있다. 정조는 임자년,즉 재위 16년(1792년) 10월 30일에 춘당대(春塘臺)에서 유엽전(柳葉箭)으로 소적(小的 : 나무과녁)을 쏘기를 10순(巡) 행하였다. 시사(侍射)한 규장각 각신(閣臣)들이 고풍(古風)의 종이를 올려 선사(宣賜)를 받고 사전(謝箋)을 바쳐 사례하자, 정조는 원임(原任) 규장각 직제학으로서 함경도관찰사(咸鏡道觀察使)로 나가 있던 김희(金憙)에게 특별히 고풍의 종이를 올리도록 하고 활 1개와 전죽(箭竹) 100개를 하사했다. 정조는 유엽전으로 소적(나무과녁)을 겨냥해 활을 쏘아 10순(巡)을 해 얻은 점수와 편혁(片革)에 단순(單巡 : 5시)을 해 얻은 점수를 기록했다. 1순은 5개의 화살을 시험하는 것이므로 10순이면 총 50개의 화살을 쏜다. 10월에 유엽전을 쏜 성적은 10순(巡) 49시(矢) 72푼(分)이었다. 그런데 그 뒤 11월 17일에도 정조는 활을 시험하여 10순(巡) 44시(矢) 71푼(分)을 얻었다. 김희는 두 성적을 고풍의 종이에 적어 추후에 올린 것이다.

김희(1729~1800)는 본관이 광산(光山)이며, 자는 선지(善之), 호는 근와(芹窩)이다. 정조 원년(1777)에 초계문신(抄啓文臣)으로 선발되었고, 1779년 지평·규장각직각·이조좌랑·교리 등을 거쳐, 1790년 형조판서에 이어 예조판서·경기도관찰사·이조참판을 지냈으며, 1792년에 함경도 관찰사가 되었다. 1793년에는 우의정에 올랐다.

서울대학교 규장각한국학연구원의 해제는 이 고풍에 대해 "제매는 '古風'이라는 제목으로 原任 奎章閣 直提學 咸鏡道觀察使 金憙(김희)가 10월과 11월 2회에 걸쳐 실시한 것을 기록한 것이다. 제2매는 1792년 10월의 활쏘기 대회의 상황을 간단히 기록한 것이다. 春塘臺(춘당대)에서 閣臣(각신)과 더불어 활쏘기를 한 뒤 古風(고풍)을 청하게 된 내용, 활쏘기는 6藝(예)의 하나라는 것 등을 《시경(詩經)》에 나오는 고풍의 형식을 빌어 기록했다."라고 해설했으나 오류이다.

참고로 제2매의 원문은 다음과 같다. "是日適有暇, 御春塘臺, 試柳葉箭小的, 閣臣皆與焉. 以御射得中請古風, 乃錫以管玄矣. 及退有進箋稱謝之擧, 而卿遠在藩任. 獨未躬覩, 必有太史南岡之詠. 且本道卽尙武之地也, 近以勸武技, 屢勤提諭, 其在使卿對揚之道. 尤合一例. 書送卿, 煩領此古風, 體此本意. 射也者, 六藝之一. 而觀德正己之工寔焉. 自天子王侯, 以及公卿士庶, 有大射鄉射之禮, 奚特日武技然乎哉? 況在我朝家法相傳? 惟今申之意, 在仰迪卿與豊沛父老, 待春私飮射, 而道內武士亦須勸習. 弓一張, 箭竹一百箇. 壬子十月日."

풀이하면 이렇다. "이날 마침 여가가 있기에 춘당대에 거동하여 유엽전으로 작은 표적을 시험했는데, 규장각 각신들이 모두 참여했다. 군주가 활을 쏘아 적중했다고 고풍을 청하기에, 마침내 붓과 먹을 주었고, 물러나서는 전(箋)을 올려 사례하는 거조가 있었는데, 경은 멀리 외방의 직임에 있어서 홀로 친히 보지를 못하였으므로 필시 태사공(사마천의 부친)이 주남에 머물러 봉선의 의식을 보지 못한 것과 같은 읊조림이 있었을 것이다. 또한 본도는, 즉 상무(尙武)의 땅이라서, 근래 무기(武技)를 권면하라는 내용으로 거듭 제유(提諭)를 신칙했으니, 이것은 경으로 하여금 대양(對揚·왕명을 받들어 백성에게 널리 알림)하게 하는 한 가지로 부합한다. 서찰을 경에게 보내어, 이 고풍을 번거로이 수령하게 하니, 이 본 뜻을 체찰하기 바란다. 사(射)란 것은 육예(六藝) 가운데 하나로, 덕을 살피고 자기 자신을 바로잡는 공부가 우탁되어 있어, 천자와 왕, 제후로부터 공경(公卿)과 선비, 서민에 이르기까지 대사례와 향사례가 있으니, 어찌 다만 무기(武技)라고 해서 그렇다고 하겠는가? 하물며 우리 왕조에서는 가법으로 전해 내려오고 있지 않느냐? 오로지 지금 신신 당부하는 뜻은 경과 풍패(豊沛)의 부로들이 명년 봄이 되면 사사로이 음사(飮射)의 연회를 가지면서 도내의 무사도 역시 권면하여 익히도록 하길 바라기 때문이다. 활 하나, 전죽(箭竹) 100개. 임자년 10월 아무 날."

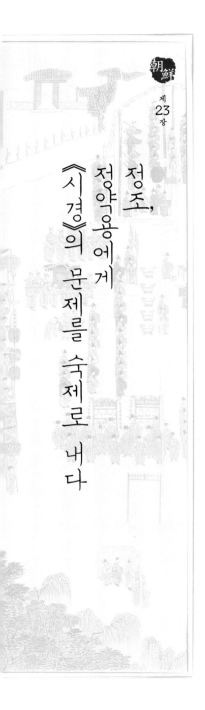

순조 22년1822년에 정약용丁若鏞 ·1762~1836년은 묘지명을 스스로 지어 그때까지의 일생을 되돌아보고 학문에 대한 자부심을 드러냈다. 그가 묘지명을 스스로 지은 것은 후대 사람들이 자신의 삶을 잘못 평가하지 않도록 하기 위해서였다. 그는 자신의 묘지명을 두 가지로 작성해서, 하나는 문집에 남기게 하고 하나는 무덤에 묻게 했다. 무덤에 묻기를 바란 자찬명은 경기도 조안면 능내리 다산 유적지에 게시되어 있다.

그런데 문집에 남긴 〈자찬 묘지명自撰墓誌銘〉에서 정약용은 정조에게 《시경강의》의 조문條問에 답하라는 숙제를 받았던 이야기를 적어 두었다. 《시경》의 텍스트 가운데는 여러 종류가 있었는데, 모시毛詩 계통이 비교적 온전하게 후대에까지 전해져 《시경》이라고 하면 보통 이 모시의 텍스트를 이용했다. 그래서 정약용은 《시경강의》를 '모시강의'라고 불렀다.

경술년1790년 · 정조 14년 봄, 내가 김이교金履喬와 함께 한림翰林에 천거되어 예문관 검열이 되었는데, 이윽고 말썽이 있어 스스로 물러나 출사하지 않았다. 그 뒤 사헌부 지평과 사간원 정언에 올랐는데, 월과月課에서 수석을 차지하자 구마廐馬와 문피文皮를 하사하시며 총애하셨다. 신해년1791년 · 정조 15년 겨울에 상께서 내리신 《모시강의》 800여 조에 내가 대답한 것이 홀로 많은 점수를 얻었다. 어비御批·임금의 비답에, "백가百家의 말을 두루 인용하여 그 출처가 무궁하니, 진실로 평소의 온축蘊蓄이 깊고 넓지 않다면 어찌 이와 같을 수 있으랴"라고 하신 뒤에, 조목마다 평하고 장려하여 다 예기豫期한 것보다 넘었다.

정약용이 《모시강의》800여 조에 답을 하는 숙제를 받은 것은 그가 시사례試射禮에서 낮은 점수를 받았으므로, 정조가 장난스럽게 숙제를 부과한 것이다. 정약용은 〈자찬묘지명〉에서 이 사실은 밝히지 않았다.

하지만 정약용은 강진에 유배되어 있던 순조 9년1809년 가을에 《시경강의》의 보유를 엮을 때 그 서문에서, 경술년의 《시경강의》가 실은 내원內苑에서의 시사試射에서 과녁을 맞히지 못한 벌로 북영北營에서 숙직하면서 숙제로 한 것이라고 했다. 즉, 정약용이 북영에서 숙직하고 있을 때 정조는 《시경》의 조문 800여 장을 내려 주면서 40일 내에 조목별로 대답하라고 명했다. 정약용은 20일을 더 연장해 달라고 청해서, 허락을 받아 60일 만에 조목별로 진술했다고 했다. 북영은 창덕궁의 서문인 요금문耀金門·曜金門 바깥에 있었다.

건륭乾隆 신해년정조 15년·1791년 가을 9월, 내원內苑에서 시사試射할 때 신 용이 과녁을 맞히지 못했기 때문에 북영에서 벌로 숙직하고 있었습니다. 이윽고 상께서 《시경》 조문 800여 장을 내려 주시면서 조목별로 대답하길 40일의 말미를 주고 하도록 하시기에, 신이 기한을 20일 더 연장해 달라고 청하여, 허가를 입었습니다. 신이 조목별로 진술해서 올리자, 어비御批가 번쩍번쩍해서, 상감의 추장推奬이 융숭하고 무거웠으며, 조목조목 품평하신 것이 모두 분수를 넘어선 것이었습니다. 그때 신은 어려움을 만나 내각閣에 들어가 직접 수령하지 못했고, 오로지 백가百家의 설을 두루 인용한 한 단락만이 이명연李明淵 학사에 의해 외워져서 전해졌습니다. 이에 권책의 고깔머리로 삼아서 서인序引해 해당시킵니다. 아아, 참된 유람은 이미 아득히 멀어지고 신의 유락은 이와 같기에, 권을 쓰다듬으며 성상의 은혜를 회상하노라니, 자신도 모르게 눈물과 콧물이 한데 모이게 됩니다. 가경嘉慶 기사년순조 9년·1809년 가을에 신이 삼가 적습니다.

시사는 연사례燕射禮라고도 한다. 정조 15년1794년 9월의 시사는 곧, 9월 28일경자에 정조가 영화당暎花堂에 나아가 서총대瑞蔥臺의 시사試射를 거행한 것을 말한다. 서총대는 곧 지금의 탕춘대다.

정조는 시사를 통해 신하들의 결속을 다졌다. 이미 재위 3년^{1779년} 9월 25일에는 불운정拂雲亭에서 규장각 각신들과 함께 연사례를 가졌다. 이날의 행사 때는 박제가, 이덕무, 유득공, 서이수 등이 각각 왕명을 받아 송가頌歌를 지은 것이 있다.

정약용은 정조 15년의 시사에 참여한 후 〈구월 서총대에서 시사하던 날에 짓다九月瑞蔥臺試射日作〉라는 시를 남겼다.

내원金苑의 붉은 숲에 옥 이슬 촉촉한데
서총대 활터가 석거각 서쪽에 있도다
삼통고 북소리에 깍지 급히 두르고
오색 과녁 열리자 일제히 화살 쏟아내네
기예가 택궁에서 묘하여 뛸 듯이 기뻐하고
벌로 금곡주 돌리니 니취하고 말았구나
천호의 백발백중을 뉘라서 배우리
은하수 아스라하여 올라갈 길 없어라

內苑紅林玉露凄(내원홍림옥로처) 蔥臺射埒石渠西(총대사랄석거서)
三通鼓下纏鞲急(삼통고하전구급) 伍色帿開發箭齊(오색후개발전제)
技妙澤宮欣欲躍(기묘택궁흔욕약) 罰行金谷醉如泥(벌행금곡취여니)
天弧百中誰能學(천호백중수능학) 河漢迢迢不可梯(하한초초불가제)

석거각은 창덕궁 안에 있던 규장각이다. 본래 서총대 가까이 있었다. 택궁은 중국에서 활쏘기를 익히고 무사를 선발하던 곳이다. 여기서는 서총대를 비유했다. 금곡은 중국 하남 낙양의 서북쪽에 있던 진晉나라 석숭의 금곡원金谷園이다. 석숭은 연회를 즐기면서 각자 시를 짓도록 해서 제때 짓지 못한 자는 벌주 석 잔을 마시게 했다. 그것을 금곡주라고 한다. 천호는 남방 칠수七宿 가운데 정수井宿에 속한 별자리로, 아홉 개의 별이 활 모양을 이루고 있다.

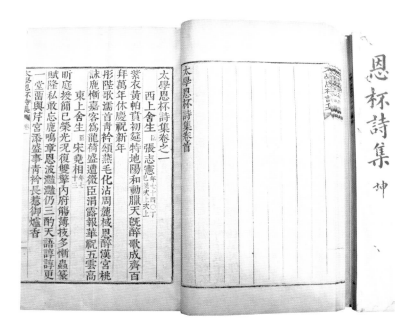

태학은배시집(太學銀杯詩集)

일본 도쿄도[東京都] 동양문고(東洋文庫) 소장. 정리자(整理字) 활자본 5권 2책. 정조는 재위 22년(1798년)에 성균관에 나아가 친시(親試)를 보이고, 효종의 예에 따라 은배를 성균관에 내렸다. 술잔 복판에는 《시경》〈녹명(鹿鳴)〉의 '아유가빈(我有嘉賓)'이란 구절을 전서체로 새겼다. '내게 참 아름다운 손님'이란 뜻이다. 태학생(성균관 유생)들이 전문(箋文)을 올려 사례하자, 정조는 그 글들을 모아 간행하게 했다. 그런데 어명을 받은 신하는 내각에 소장된 《어제윤발(御製綸綍)》, 《일성록(日省錄)》, 《임헌공령(臨軒功令)》, 《임헌제총(臨軒題叢)》, 《육영성휘(育英姓彙)》, 《어고은사절목(御考恩賜節目)》, 《태학응제(太學應製)》, 《어고안(御考案)》 등의 책들을 꺼내어, 정조의 등극 이래 응제시(應製詩)에서 우등(優等) 및 사제(賜第)에 해당하는 작품들도 모아서 이 시집을 엮은 듯하다. 윤기(尹愭, 1741~1826년)는 《무명자집(無名子集)》의 〈정상한화(井上閒話)〉에서, 편찬자에게 사정(私情)을 주면 크게 적고 거듭 적었으며 장원이 아니라도 모두 초출해서 특별히 표장했다고 비난했다.

정약용은 《시경강의보유》의 서문이나 자찬묘지명에서 정조에게서 받은 조목이 모두 800여 장이라고 했다. 하지만 현재 남아 있는 것은 그것에 미치지 못한다. 또 같은 시기에 숙제를 했던 서유구徐有榘의 조대條對·조목별 대답로 볼 때에도 800여 장은 착오가 있는 듯하다.

창덕궁 서문인 요금문 바깥은 현재의 종로구 명륜동 1가로, 홍덕골홍덕사가 있던 곳이라 했다. 그곳에는 군자정^{君子亭}이 있어서 황단^{皇壇} 및 주합루^{宙合樓}와 마주하고 있었고, 또 훈련도감의 본영인 북영^{北營}이 있었다. 북영에서는 시사례를 행하고 그 후 연회를 열었다.

정약용이 1800년에 경상도 장기^{長鬐}로 유배를 가서 북영에서의 공연^{公讌}을 회상하여 읊은 시가 있다. 〈하일견흥^{夏日遣興}〉 여덟 수 가운데 제7수가 그것이다.

호문을 서쪽으로 나서면 북영이 깊었지
주합루를 동으로 바라보면 왕기가 서려 있었다
복도 밑을 흐르는 시내는 대낮에 시끄럽고
황단 주위 나무들은 녹음이 짙었다
사장^{射埠} 바자울을 자주 열어 능피^{綾被·능견 이불}를 옮겨 온 듯하고
곁에는 서루^{書樓}를 지어 한림^{翰林·규장각}으로 삼았다
연꽃 아래 취하여 못가에 누웠던 그날들
서글프게 동쪽 바닷가에서 회상하며 읊노라

虎門西出北營深(호문서출북영심)   宙合東瞻御氣臨(주합동첨어기림)
閣道溪聲喧白日(각도계성훤백일)   皇壇樹色暗濃陰(황단수색암농음)
數開射埠移綾被(수개사랄이능피)   旁起書樓作翰林(방기서루작한림)
每醉藕花池上臥(매취우화지상와)   傷心扶木海邊吟(상심부목해변음)

사례, 즉 시사례의 방식은 어떠했던가? 정조 3년^{1779년} 9월 25일^{병오}, 봉모당^{奉謨堂}에 전배^{展拜}하고 불운정^{拂雲亭}에 나아가 행한 시사례를 살펴보면 다음과 같다.

• 사사^{司射}가 정자 남쪽에 9개의 솔^{侯·과녁}을 펴고, 솔 좌우에 핍^{乏·화살막이}을 두며, 정자 아래 좌우에 북 하나와 징 하나와 복^{福·화살그릇} 다섯을 설치한다. 또 솔 좌우에 북과 징 둘과 9개의 후기^{候旗}를 설치한다. 사사가 꿇어앉아 준비가 되었음을 알리면,

┃ 상벌도(賞罰圖)

영조 때 《대사례도(大射禮圖)》 부분. 고려대학교박물관 소장.

대사례는 국왕이 성균관에서 석전(釋奠)을 지낸 뒤 신하들과 활쏘기를 하는 의식을 말한다. 중국에서는 주나라 때부터 시행되었다고 하며, 조선시대에는 성종 8년(1477년)에 대사례를 시행했다는 기록이 처음 등장한다. 이 두루마리 그림은 영조 19년(1743년) 윤4월 7일에 거행한 대사례의 광경을 그린 것이다. 왕의 활 쏘는 모습을 그린 〈어사도(御射圖)〉, 종친·의빈·문무관 등 신하들의 활 쏘는 모습을 그린 〈시사도(侍射圖)〉, 시상하는 모습을 그린 〈상벌도(賞罰圖)〉의 세 장면으로 이루어져 있다. 그림 뒤에는 '어사삼획(御射三獲)'이라고 쓰고 시사관 30명의 이름과 성적을 차례로 기록했으며, 병조판서 서종옥(徐宗玉, 1688~1745년)의 〈대사례도서(大射禮圖序)〉를 수록했다.

임금이 두면頭冕을 갖추고 정자 위로 나아간다.

- 종을 여섯 번 치면 시사관侍射官이 짝을 지어 나아가 사배한다. 사사가 획자獲者·살 줍는 사람를 시켜 정旌을 잡고 솔을 지게 하고, 사궁司弓이 어궁御弓을 받들고, 사시司矢가 승시乘矢·한 벌 네 개의 화살를 받들고, 시사관들이 결습決拾·깍지와 팔찌을 끼고 활을 잡고 살을 꽂고서 짝을 지어 사위射位에 나아간다.

- 사사가 어좌 앞에 나아가 꿇어앉아 획자에게 명하여 솔이 있는 데로 가게 할 것을 아뢰고, 고시 무신告矢武臣이 큰 소리로 "획자는 솔로 가라!"고 하면, 획자와 기·북을 든 자가 일제히 소리 내어 응낙하고 고자鼓者가 북을 세 차례 치고 획자도 북을 쳐서 응답한다.

- 고시 무신이 큰 소리로 "곰은 3획을 얻고 범·사슴·꿩·토끼는 2획을 얻고 기러기·물고기·수리·원숭이는 1획을 얻는다. 맞히면 북을 치고 맞히지 못하면 징을 치며, 한 물건을 잡으면 한 개의 기를 들고 곰과 승시는 아홉 기를 든다."라고 하면, 획자 이하가 응낙한다.

- 임금이 사위에 오르면, 사궁과 사시가 각각 활과 살을 바친다. 어시御矢를 쏠 때마다 풍악을 울린다. 잡으면 먼저 도전韜箭·붉은 일산을 세우고 곰이면 아홉 기를 함께 들고 북을 쳐서 세 번 소리를 내고, 범·사슴·꿩·토끼이면 각각 그 기를 들고 북을 쳐서 두 번 소리를 내고, 기러기·물고기·수리·원숭이이면 또한 각각 그 기를 들고 북을 쳐서 한 번 소리를 내고, 고시 무신이 그 기와 북을 살펴서 어느 살이 어디에 맞았음을 고한다. 혹 맞지 않으면 어사御射 때에는 징을 울리지 않고 도전을 살이 간 쪽으로 뉘고 고시 무신이 또 큰 소리로 고하되, 위로 갔으면 유留라 하고 아래로 갔으면 양揚이라 하고 왼쪽으로 갔으면 좌방左方이라 하고 오른쪽으로 갔으면 우방右方이라 한다.

- 어사가 끝나면 사궁과 사시가 꿇어앉아 활과 살을 받고 물러가 자리로 돌아간다. 그 후 뭇사람이 짝을 지어 올라가서 차례로 살을 쏜다. 각각 잡은 것에 따라 기를 올리고 북을 울리는 것은 위의 의식과 같았다.

- 뭇사람이 짝을 지어 나아간 것이 3순에 이르면, 임금이 시사관들에게 명하여 계

단 위에 올라 차례대로 자리에 가게 하고 이어서 식사를 내린다. 식사한 뒤에 또 위의 의식대로 사례^{謝禮}를 행하여 5순에 이르면 활쏘기가 끝난다.

- 사사가 맞힌 자의 성명과 획수를 쓰고 또 맞히지 못한 자의 성명을 써서 승지가 꿇어앉아 맞힌 자에게 상을 주고 맞히지 못한 자에게는 벌을 줄 것을 아뢴다. 시사관이 들어가 배위^{拜位}에 나아가되, 맞힌 자는 동쪽에 자리하고, 맞히지 못한 자는 서쪽에 자리한다. 맞힌 자는 활과 살로 상을 주고 맞히지 못한 자는 술을 마시는 것으로 벌을 준다. 끝나고서 사배한다.

- 사사가 꿇어앉아 솔로 갈 것을 계청^{啓請}하고 고사 무신이 큰 소리로 "솔로 가라!"고 하면, 획자와 기·북을 든 자가 일제히 소리 내어 응답한다. 고자가 북을 세 차례 치고 획자도 북을 쳐서 응답한다. 시사관이 나간 후 각신^{閣臣}이 전문^{箋文}을 바치고 사례^{謝禮}를 아뢴다.

정약용은 강진에서 귀양살이를 하던 순조 9년^{1809년} 가을부터 순조 10년까지, 신해년에 정조가 내린 《시경강의》에 조목조목 대답했던 내용을 정리하고, 추가로 《시경강의보유》를 저술했다. 이 《시경강의보유》에서 그는 국풍의 풍^風 개념을 논하고 〈시편〉에 담긴 미자^{美刺} 방법을 분석했다. 미는 찬미, 자는 풍자다. 미자설이란 《시경》의 〈시편〉이 위정자를 찬미하거나 풍자하기 위해 제작되었고 또 읊어졌다고 보는 설이다.

《시경강의보유》에서 정약용은 기존의 해석이 국풍의 풍^風을 풍자^{風刺}와 풍화^{風化·}^{교화}의 두 뜻을 겸한다고 풀이한 것을 비판하고, 주자^{朱熹}가 풍을 풍화의 뜻으로만 본 것도 잘못이라고 지적했다. 그는 풍이란 시편을 지을 때나 시편을 사용할 때 모두 풍자의 기능을 지닌 것을 두고 한 말이라고 주장했다. 즉, 그는 국풍의 모든 시편이 군주를 풍간^{諷諫}하는 데 쓰였다고 주장하고, 시편의 쓰임이 그러했으므로 그 시편들이 창작된 목적도 군주를 풍간하는 데 있었다고 주장했다. 곧 정약용은 다음과 같은 삼단논법을 취했다.

시편의 사용 목적 = 시편을 지은 의도

시편의 사용 목적 = 군주의 풍간

∴ 시편을 지은 의도 = 군주의 풍간

 하지만 시편 사용 목적이 곧 시편 창작의 의도와 같다고 보는 것은 심정상의 요청일 뿐, 형식논리의 대전제가 될 수 없다.

 그런데 정약용은 《시경》의 국풍만이 아니라 아雅도 군주를 풍간하는 시편이었다고 간주해서 위의 논리를 그대로 적용하려고 했다. 아와 풍의 차이는, 직선적으로 말하면 아, 은근히 깨우치면 풍이라고 생각했다.

 그리고 정약용은 군주를 풍간하는 주체를 대인大人이라 보았다. 대인이란 말은 《맹자》〈이루離婁 · 상〉편에 나온다. 맹자는 이렇게 말했다. "소인들이 지위에 있다고 책망할 필요도 없고, 잘못된 정치를 비난할 것도 못 된다. 오직 대인만이 군주의 마음의 잘못을 바로잡을 수가 있다. 군주가 어질면 어질지 않을 자가 없고, 군주가 의로우면 의롭지 않을 자가 없으며, 군주가 바르면 바르지 않을 자가 없다. 한번 군주를 바로잡으면 그로써 나라 안이 안정되게 된다."

 대인은 큰 덕을 지닌 사람으로, 바로 '나를 바르게 하고 남도 바르게 하는' 자를 말한다. 대인은 미천한 인민이 아니다. 정약용은 국풍의 시, 나아가 《시경》의 시편 전체는 대인이 '한번 군주를 바로잡으려는一正君' 책무에서 지은 것이며, 후 대인들도 '한번 군주를 바로 잡으려는' 목적에서 시편을 풍송諷誦 · 읊어서 깨우침한 것이라고 단정했다. 대인은 조선시대에는 사대부에 해당한다. 정약용은 《시경강의》와 《시경강의보유》에서 군주를 계도하고 정치를 바로잡는 사대부의 역할을 매우 중시한 것이다.

 정약용은 자신이 정조의 정치에 협찬하던 시절을 그리워했다. 그는 〈자찬묘지명〉에서 정조와의 만남을 상당히 상세하게 적었다. 그가 천주교와의 연관설 때문에 곤혹을 치를 때 정조는 그를 특별히 외직으로 내보냈다. 또 화성을 쌓을 때 정조는 정약용의 역할을 기대했고, 그는 기중가도설起重架圖說을 작성함으로써 그 기대에 부응했다. 이 두 가지 사실은 널리 알려진 일이다.

정약용은 〈자찬묘지명〉에서 정조와 관계있는 문필 활동을 상당히 많이 언급했다. 그 내용만을 보면 다음과 같다.

- 기유년1789년·정조 13년 봄, 표문表文으로 반시泮試에서 수석을 차지하여 급제를 하사받았고, 3월에 전시殿試에 나아가 갑과甲科 제2인을 차지하고, 희릉 직장禧陵直長을 제수받았다. 대신의 초계抄啓로 규장각 월과문신月課文臣에 들었다.

- 경술년1790년·정조 14년 봄, 김이교와 함께 한림에 천거되어 예문관 검열이 되었는데, 말썽이 있어 자퇴하고 출사하지 않았다. 사헌부 지평, 사간원 정언에 올랐다. 월과月課에서 수석을 차지하자, 정조가 구마廐馬와 문피文皮를 하사했다.

- 신해년1791년·정조 15년 겨울에 정조가 내린 《모시강의》800여 조에 대답한 것이 홀로 많은 점수를 얻었다.

- 임자년1792년·정조 16년 봄, 홍문관에 뽑혀 들어가 수찬이 되고, 내각奎章閣에 나아가 정조와 규장각 신하들이 갱화한 시권詩卷을 편수했다.

- 갑인년1794년·정조 18년 7월, 성균관 직강에 제수되고 8월에 비변사 낭관에 차임되었으며, 10월에 다시 옥당에 들어가 교리·수찬이 되었다. 홍문관에 숙직하다가 갑자기 왕지王旨를 받아 노량진별장 겸 장용영별아병장으로 좌천되었다. 밤중에 침전에서 명함을 드렸는데, 기실은 경기 암행어사에 명한 것이다.

- 을묘년1795년·정조 19년 정월, 특별히 사간에 제수되고 곧 통정대부 동부승지에 발탁되었다. 2월에 정조가 대비를 모시고 또 군주·현주를 데리고 화성에 거둥했는데, 정약용을 병조참의에 제수하여 시위하게 했다. 화성의 잔치에 참여하여 갱화한 것이 많다. 환궁 뒤 병조의 숙직 중 왕명을 받들어 한밤에 칠언배율 100운韻을 지었다. 정조가 관각의 학사들인 민종현·심환지·이병정 등에게 명하여 비평하여 올리도록 하고 내각학사 이만수를 시켜 낭독하도록 했다. 어비御批와 어평御評을 가하여 칭찬하고 녹비 1영鹿皮을 하사했다. 그해 봄에 규영부奎瀛府에 들어가 이만수·이가

환·이익운·홍인호·서준보·김근순·조석중 등과 함께 《화성정리통고》를 엮었다.

며칠 뒤 상원上苑에 백화가 피었을 때, 정조는 영화당映花堂 아래에서 말을 타고 궁성 담장을 따라 한 바퀴 돌아서 도로 석거문石渠門 아래에 이르러 말에서 내렸다. 내각 신 채제공 이하 10여 명과 정약용 등 6, 7인이 모두 내구마를 타고 호종했다. 농산정籠山亭에서 곡연曲宴을 베풀었다. 또 어가御駕를 옮겨 서총대瑞悤臺에 이르러 정조가 활을 쏘았으며, 저녁 때 부용정芙蓉亭에 이르러 꽃을 구경하고 고기를 낚았다. 정약용 등으로 하여금 태액지太液池에 배를 띄우고 시를 읊도록 했다.

며칠이 지나 정조가 세심대洗心臺에서 꽃구경을 할 때 정지용도 시종했다. 술을 돌린 뒤 정조가 시를 읊고 여러 학사가 갱화했다. 내시가 채전彩牋·무늬있는 색종이 1축을 올리자, 정조는 정지용에게 어탑 위에 시축을 올려놓고 쓰도록 명했다.

- 병진년1796년·정조 20년 봄, 정조는 정약용이 찰방으로서 내포 일대를 성심껏 교화한 공로를 인정해서 중화척中和尺을 내리고, 이어 어시御詩 2수를 내려 갱화하여 올리게 했다. 가을에 검서관 유득공을 보내어 《규장전운옥편奎章全韻玉篇》의 의례義例를 이가환 및 정약용에게 물었다. 겨울에 규영부에 들어가 이만수·이재학·이익진·박제가 등과 함께 《사기영선史記英選》을 교정하고 책 이름을 의논해서 정했다. 이때 정조는 날마다 진기한 음식과 쌀·시탄·꿩·젓갈·감·귤 등 기향耆饗과 진물珍物을 자주 하사했다.

- 정사년1797년·정조 21년 봄, 정약용이 대유사大酉舍에서 정조를 알현하자, 정조는 《사기》〈화식전〉과 〈원앙전〉의 뜻과 의문처를 물었다. 정약용은 외각에 나아가 이서구·윤광안·이상황 등과 《춘추좌씨전》을 교정했다. 또 반시대독관泮試對讀官이 되었다. 6월에 다시 승정원에 들어가서 동부승지가 되었다. 마침 곡산 도호부사가 갈려, 그 자리를 대신하게 되었다. 앞서, 정조는 김이교·김이재·홍석주·김근순·서준보 등으로 하여금 《사기영선》을 찬주纂註하게 했는데 불만이었다. 정조는 "곡산은 한가한 고을이니, 가서 그 찬주를 산정하라."라고 했다. 정약용이 곡산에서 책을 완성하여 내각을 통해 올리자, 이만수가 "책이 상주되자 주상의 뜻에 맞았다."라고 회보했다.

정약용이 28세로 기유년정조 13년 3월의 식년시에 갑과 2위로 합격하여 초계문신으로 있던 11월 어느 날, 정조는 '태평만세'란 말을 넣어 시를 지어 올리라고 특별히 명했다. 정약용이 시를 지어 올리자 정조는 어비御批를 적어 그를 기재奇才로 인정했다. 이미 26세 때 성균관 시에서도 붉은 점을 받는 등 정조로부터 자질을 인정받아 왔지만, 이때의 응제시는 특히 "담배 피우는 사이에 붓을 놀려 금방 쓰니, 어찌 기재가 아니냐!"라는 평가를 받았다. 며칠 뒤의 응제에서도 서영보 등과 함께 다시 기재라는 칭찬을 받았다.

정약용이 34세로 병조참의로 있던 을묘년정조 19년 윤2월 아흐레에, 정조는 정약용이 군호를 잘못 정했다고 문책하여 99번이나 개정하게 시켰다. 그에게 특별한 관심과 사랑을 표시한 것이다. 그리고 '폐하수만세陛下壽萬歲 신위이천석臣爲二千石'이라는 시제로 100운 1,400언의 장편 칠언배율을 지어 올려 속죄하게끔 했다. 정약용이 불과 세 시간 만에 장편시 〈왕길사오사王吉射烏詞〉를 지어 올리자, 정조는 "이런 참된 재주는 다시 보기 어렵다."라는 평을 내렸다.

정조 23년1799년 봄에 정약용은 호조참판의 가함假銜·임시 직함으로 황주 영위사가 되어 황주에 50일 동안 머물면서 도내를 암행하고, 병조참지가 되어 올라오는 도중에 동부승지에 제수받고 도성에 들어와서 형조참의에 제수되었다. 이때 정조는 각별히 정약용을 아껴서, 밤중까지 대담을 하고는 했다. 정조는 한 질의 책을 다 읽고 나면 세서례洗書禮를 행했는데, 이때 시를 지어 정약용에게 갱화하게 했다. 그러다가 정약용은 탄핵을 받자 병을 이유로 임무를 보지 않더니 한 달 뒤 체직되었다.

그런데 이듬해 정조 24년1800년 봄에 정약용은 참소를 입고 처자를 거느리고 마현馬峴·마재으로 돌아갔다. 이 무렵 정약용은 여유당與猶堂이라는 당호를 사용했다. 그 뜻을 풀이한 〈여유당기與猶堂記〉에서 정약용은 스스로를 자책하는 뜻과 세속을 미워하는 뜻을 함께 드러냈다. 글의 주안점은 '장차 그만두련다'라는 뜻의 차이㠯ㄹ 두 글자이다.

자신은 하지 않으려 해도 어쩔 수 없이 자신으로 하여금 하게 하는 것이라면, 이 일은 그만둘 수 없는 일이다. 자신은 하려고 해도 남에게 알리고 싶지 않아 자신에게 못하게 하는 것이라면, 이 일은 그만둘 수 있는 일이다. 그만둘 수 없는 일을 늘 하다가도 자신이 이미 하고 싶지 않기에 때에 따라 그만두고, 하고 싶은 일을 늘 하더라도 이미 남이 알지 못하도록 하고 싶기에 역시 때에 따라 그만둔다. 참으로 이와 같다면 천하에는 아무 일이 없게 된다.

나의 병폐를 나는 스스로 알고 있다. 용기는 있으나 지모가 없고, 선을 좋아하나 선을 가릴 줄 모르며, 마음에 내맡겨 그대로 행동하여, 의심도 하지 않고 두려워하지도 않는다. 그 일을 그만둘 수 있어도, 마음에 흔쾌함과 움직임이 있게 되면 그만두지 않는다. 그 일이 욕구할 만한 것이 없어도, 만일 마음에 막히고 엉겨서 유쾌하지 않음이 있다면, 반드시 그만두지 못한다. 그렇기 때문에 어리고 조그마할 때에는 늘 방외_{규율과 틀 밖·천주교를 뜻하는 듯}로 내달리면서도 의심하지를 않았다. 장성하고서는 과거 공부에 함몰되어 돌아보지를 않았다. 입신한 뒤로는 기왕의 후회를 깊이 진술하여 두려워하지 않았다. 그래서 선을 좋아하여 물리지를 않아서, 비방을 짊어짐이 유독 많았다. 아아! 이것도 역시 운명이로다. 본성이 여기에 있으니, 내가 어찌 감히 운명에 대해 이러저러 말을 하겠는가?

내가 보건대 노자의 말에, "여_與여! 겨울의 냇물을 건너는 듯하도다. 유_猶여! 사방의 이웃을 두려워하는 듯하도다."라고 했다. 아아! 이 두 말이야말로 내 병을 치료할 수 있는 것이 아니랴! 무릇 겨울에 내를 건너는 것은, 차가움이 파고들어 뼈를 깎는 듯할 테니 몹시 부득이한 경우가 아니면 하지 않을 것이며, 사방의 이웃을 두려워하는 것은, 자기를 감시하는 눈길이 몸을 핍박하므로, 비록 몹시 부득이하더라도 하지 않을 것이다.

서찰로 남과 경_經과 예_禮에 관해 설의 차이를 논하려고 하다가도, 생각해 보면 하지 않더라도 해가 되지 않는다. 하지 않더라도 해가 되지 않는 것은 부득이한 일이 아니다. 부득이한 것이 아닌 일은 잠시 그만두자. 남의 봉장_{封章·상소}을 의론하고 조정 신하의 잘잘못을 비판하려고 하다가도, 생각해 보면 이는 남이 알게 하고 싶지 않다.

남이 알게 하고 싶지 않다는 것은 마음에 크게 꺼림이 있어서이다. 마음에 크게 꺼림이 있는 것은 잠시 그만두자. 진귀한 완상품玩賞品과 오래된 기물을 널리 수집하려고 하다가도, 잠시 그만두자. 벼슬살이하면서 관아의 재화를 무문농법舞文弄法, 즉 법조문을 멋대로 변개하고 요리하여 그 나머지를 훔치려다가도 잠시 그만두자. 마음에 일어나고 뜻에 싹이 트는 모든 것이 심하게 부득이한 것이 아니라면 잠시 그만두자. 비록 심하게 부득이하더라도 남에게 알게 하고 싶지 않으면 잠시 그만두자. 진실로 이와 같다면, 천하에 어찌 일이 있겠는가?

내가 이 뜻을 터득한 지가 6, 7년이 된다. 당堂의 전면에 편액으로 붙이려고 하다가, 생각해 보고는 잠시 그만두었다. 이제 초천苕川으로 돌아가면서 처음으로 글씨로 적어, 문미上引枋에 붙이고, 아울러 그 명명한 이유를 기록해서 자식들에게 보인다.

정약용이 여유與猶라는 당호를 사용한 뜻은 그 자신의 적극적 현실참여 의지와는 모순된다. 그만큼 정조 말의 정치현실은 앞을 내다보기 어려울 만큼 난국이었다고 할 수 있다.

그해 6월 12일 달밤에 정약용은 숭례방의 죽란서실竹欄書室에 앉아 있었는데 문득 내각의 서리가 《한서선漢書選》 10건을 가지고 왔다. 정조는 서리를 통해 하유하기를 "지금 주자소를 다른 곳에다 옮겨 지었는데, 아직 벽이 마르지 않았으니 그믐께 다시 들어와서 종전처럼 교서校書도 하고 숙직도 하라."라고 했다. 또 "이 《한서선》 5건은 가전家傳의 물건으로 남겨 두고, 5건은 표지의 제목을 써서 도로 들여보내는 것이 좋겠다."라고 했다. 서리가 나간 뒤 정약용은 감격하여 눈물을 흘렸다.

그런데 그 다음날부터 정조는 병을 앓기 시작해서 28일에 승하했다. 당시 《한서선》 10권이 바로 군신 사이의 영원한 이별을 알리는 선물이 되고 말았다. 정약용은 뒷날 유배지에서 당시의 일을 생각하면서 〈유월 십이일 한서를 하사받고 삼가 그 은덕을 생각하는 마음을 서술한다六月十二日蒙賜漢書恭述恩念〉라는 시를 지었다.

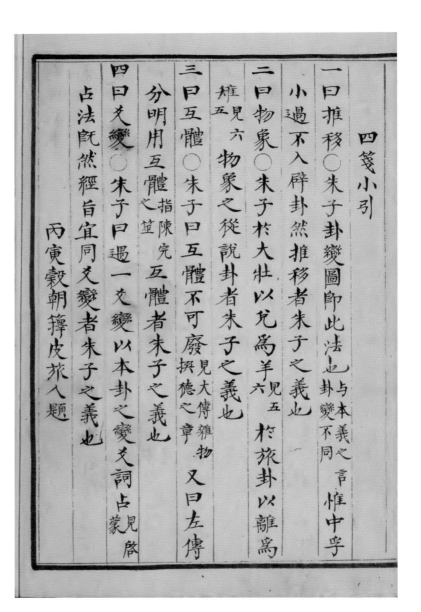

四箋小引

一曰推移○朱子卦變圖卽此法也卦與本義之言惟中孚

小過不入辟卦然推移者朱子之義也

二曰物象○朱子於大壯以兌爲羊六

雄五 見六 物象之從說卦者朱子之義也

見大傳雜物

三曰互體○朱子曰互體不可廢撰德之章又曰左傳

分明用互體指陳完互體者朱子之義也

之筮

四曰爻變○朱子曰遇一爻變以本卦之變爻詞占見啓

占法旣然經旨宜同爻變者朱子之義也

丙寅穀朝籜皮旅人題

374

주역사전(周易四箋)

미국 버클리대학교 동아시아도서관 아사미문고 소장. 필사본 24권 12책. 25.1×16.1(세로 ×가로 : 단위 ㎝)

정약용이 주자의 《주역본의(周易本義)》에 근거를 두고 주역사법(周易四法)을 풀이한 책으로 이른바 무진본(戊辰本)이다. 정약용은 강진 유배지에서 《주역》의 원리를 탐구하여, 1804년에 일단 원고를 완성했다. 이것을 갑자본(甲子本)이라고 한다. 이후 1805년 을축본(乙丑本), 1806년 병인본(丙寅本)을 이루었으며, 1807년 이학래(李學來)가 정묘본(丁卯本)을 정사(淨寫)했으나 스스로 오류를 바로잡아 1808년에 무진본을 완성

題戊辰本

余於甲子陽復之日嘉慶九年在康津謫中始讀易是年

夏始有剳錄之工至冬而畢凡八卷此甲子本也〇甲子

四義雖具粗略不完遂毁之翌明年改撰之卷亦八此乙丑

不取兩互及交易之象悉改之卷十六至春而畢此丙寅

本也州海中〇乙丑冬學稼至偕棲寶恩山房以前本

本也此本在羅

也此本在廣州〇丙寅本扵播性雷動之義多有闕誤故又令

學稼易蔂耒辛而止還令李鶴來竣工四卷此丁卯本

也其實此亦丙寅本〇丁卯本詞理未精象義多誤戊辰秋余與

學圃在橘園令圃脫稿四卷二十此所謂戊辰本也

했다. 주역에 관한 해석을 4번 바꾸어 비로소 완성했다는 뜻에서 《주역사전(周易四箋)》이라고 한다. 정약용은 두 아들에게 준 가계(家誡)에서, "《주역사전》은 바로 내가 하늘의 도움을 얻어 지어낸 책으로, 사람의 힘으로는 절대 통할 수 없고 사람의 지혜나 생각으로도 절대 이룰 수 없다. 이 책에 마음을 가라앉혀 깊이 생각하여 오묘한 뜻을 통할 수 있는 사람이 있다면 그는 바로 나의 자손이요 붕우이니, 1,000년에 한 번 만나는 것이기에 애지중지하여 곱절 정을 쏟을 것이다."라고 했다.

동쪽으로 소내에 나가 고기잡이 익히던 차

초록 명주에 쓰신 하유가 시골집에 이르렀지

이미 궁궐 내에서 옮겨 당관注滋所을 열었다 하시며

황색보로 곱게 싸서 《한서》를 내리셨다

성군께선 하찮은 풀 같은 존재 버리기를 혐의하셨으니

이 생애에 어찌 나무하고 고기 잡는 삶을 생각하였겠는가

산으로 갈 이필李泌의 계획은 영원히 포기하고

처자 데리고 서쪽으로 와서 거처를 정했었다

東出茗溪學捕魚(동출초계학포어) 綠綈恩召到田廬(녹제은소도전려)

已移靑瑣開唐館(이이청쇄개당관) 別裹緗緗降漢書(별과상함강한서)

聖主應嫌棄菅蒯(성주응혐기관괴) 此生何忍憶樵漁(차생하인억초어)

長抛李泌歸山計(장포이필귀산계) 妻子西來又奠居(처자서래우전거)

　　정약용은 정조가 관괴菅蒯 같은 미미한 자신에게 베푼 은혜를 그리워했다. 관괴는 노끈을 꼬는 데 쓰는 하찮은 풀을 말한다. 《좌전》에 "비단실이나 삼실이 아무리 많다 해도, 관괴도 버리지 말아야지."라는 말이 있다. 또한 정조의 성은에 보답하기 위해서 '이필李泌의 계획'까지 포기하고 서울로 갔지만, 결국 정조가 승하하고 말았던 일을 회상하며 비통해 했다. 이필의 계획이란 당나라 이필이 현종 때 한림학사로서 동궁을 보좌했으나 양국충의 미움을 사자 영양潁陽에 숨었고, 그 뒤 숙종·대종·덕종의 부름을 받고서도 나아가지 않았던 일을 가리킨다. 또한 이필은 장서가 2만여 권에 이르렀다고 한다. 정약용은 그의 고사를 끌어와 장왕長往·길이 은둔함하여 서적을 탐독하며 지내려 했다고 말한 것이다.

　　순조 원년1801년 봄에 대비정순왕후의 "코를 베어 멸망시키겠다.(劓殄滅之)"라는 하유가 있었고, 이어서 신유박해가 일어났다. 정약용은 이에 연루되어 장기로 유배되었다. 다시 10월에 황사영 백서 사건이 일어나자, 서울로 끌려와서 심문을

받고 강진으로 유배되었다. 18년간의 귀양살이를 마치고 여유당에 돌아왔을 때 《한서선》 10권은 거의 유실되고 겨우 한 권만 남아 있었다. 정약용은 〈한서선에 제함〉이란 글을 적어, "아, 애석하다! 나의 후손은 아무쪼록 잘 보존해야 할 것이다."라고 했다.

18년의 유배생활 중에도 정약용은 실은 정치인이었다. 유배에서 돌아와 야인으로 만년을 보내고 끝내 정계에 다시 진입하지는 못했지만 그는 여전히 정치인이었다. 정치를 개혁하고 현실을 구원하려는 장대한 뜻을 문학, 경학_{경전 연구의 학문}, 역사, 지리학의 저술에 담았기 때문이다.

동시에 정약용은 구도자였다. 정약용은 문집에 남긴 〈자찬묘지명〉의 명에서 "스스로에게서 모든 원인을 찾는다.(反求諸己)"라는 반성의 태도를 지켰다. 그 반성은 종교적인 색채를 띠었다.

정약용은 문학과 경학에서 모두 높은 성과를 냈다. 역사와 지리에 대한 성찰도 매우 깊었다. 그가 문학과 학문에서 모두 내면의 깊이를 지닐 수 있었던 것은, 정조와의 만남을 통해 현실을 개혁하고자 했지만 그것이 좌절되는 고통을 겪었기 때문이라고 할 수 있다.

순조, 국구 김조순에게 내구마로 시상하다

순조 21년1821년 9월 19일병인, 건릉健陵을 천장능을 다른 곳으로 옮김하는 데 공이 있는 국구國舅에게 시상했다. 순조는 하교를 하고, 이어 승지를 보내 유시를 전했다. 국구란 국왕의 장인 김조순金祖淳을 말한다.

건릉을 천장한 것은, 만일 국구의 상소가 아니었다면 나 소자가 어찌 지금 이렇게 지중하고 지존한 일을 할 수 있었겠는가? 광중을 연 뒤 물이 드는 재난이 대단했으므로, 매우 놀랍고 통박하여 지금까지 마음이 안정되지 않는다. 국구의 공이 너무도 중차대했으니, 그 공을 보답하려면 어떤 상인들 아끼겠는가? 별도로 기쁨을 기념하는 거조가 있어야 하겠다. 밭 20결과 노비 각 10구 및 안장을 갖춘 내구마를 하사하고, 아들·사위, 조카들 중에서 원하는 이름을 물어 기용토록 하라.

건릉은 정조와 그 부인 효의왕후 김씨를 합장한 능묘이다. 현재 경기도 화성시 안녕동 1-1번지에 있다. 정조의 묘는 원래 친아버지인 장헌세자사도세자를 묻은 현륭원 동쪽 언덕에 있었으나, 순조 21년에 현재 위치인 현륭원 서쪽 언덕으로 이장하고 효의왕후를 부장했다. 또한 순조는 이때 처음으로 정조의 능호를 건릉으로 삼았다.

9월 20일정묘에 영돈녕부사 김조순은 차자를 올려 최근 자주 내린 은전과 세상에 보기 드문 칭찬을 중지해 달라고 청했다. 순조는 비답하기를, "이것은 기유년에 도위에게 내렸던 관례를 따른 것이거늘 경은 어찌 지나치게 사양하는가?"라고 했다.

기유년은 정조 13년1789년, 도위는 금성위 박명원朴明源을 말한다. 정조는 등극했을 때부터 부친 사도세자의 매장지인 영우원永祐園이 좁아서 길하지 않다고 여겼다. 그래서 지사地師들을 시켜 여러 산을 두루 살펴보게 했는데, 수원 화산의 옛 터가 가장 길했다. 그러자 7월에 정조의 의중을 헤아린 박명원이 영우원의 원소園所를 수원 화산으로 옮기라고 상소했다.

이때 정조는 대신·각신·예조의 당상과 종친부·의빈부·삼사의 2품 이상을 모두 희정당으로 불러 접견하고 승지에게 명하여 박명원의 소를 읽게 했다. 대신과 예조 당상들이 한 목소리로 빨리 성명成命·이미 내린 명령을 받들겠노라고 청했다. 정조는 눈물을 삼키며 목 멘 소리로, "나는 본래 가슴이 막히는 증세가 있는데 지금 도위의 소를 보고 또 영우원에 대해 경들이 언급하는 말을 듣자 가슴이 막히고 숨이 가빠지는 것을 스스로 금할 수 없다."라고 했다. 그러고 나서 조금 진정한 뒤에 이렇게 말했다. "만약 풍수지리에 따르면 화복의 설에 현혹되어 오래된 묘를 갑자기 옮기는 것이라면 여항의 서민들이라도 오히려 불가하다고 할 수 있거늘, 하물며 국가의 막중하고 막대한 일인 경우에야 더 말해 무엇하겠는가! 지금 내가 이 말을 하는 것이 어찌 도위의 소로 인해서 그러는 것이겠느냐. 나의 심정이 정상이 아니었다는 것은 경들도 알 것이다."

그해 8월, 정조는 새 원소의 칭호를 현륭원이라 하고, 수원의 치소를 팔달산 아래로 옮기도록 한 뒤에, 행궁을 옛 수원의 치소에 설치했다.

순조는 김조순이 건릉의 천장에 조력한 것을 박명원이 영유원을 현륭원으로 천장하게 한 공에 견준 것이다. 그러자 김조순은 9월 21일무진에 차자를 올려, 비망기를 빨리 거두어 주도록 청했다.

삼가 비답을 받아 보니, 옛날 기유년의 사례까지 인용하여 자세히 개유開諭하셨습니다. 기유년의 금성도위의 일은 언뜻 보면 오늘날 신이 담당한 일과 비슷하지만, 크게 다른 점이 있습니다. 기유년 금성도위의 일은 기록할 만한 공적이 있지만 신은 지금 죄가 있고 말할 만한 공적이 없습니다. 대체로 경신년1800년·순조 즉위년에 구릉을 살펴볼 때 신도 서운관 제거提擧親提舉로서 여러 신하들과 함께 왕래했는데, 그때 신중히 하여 아주 좋은 길지를 얻었더라면 어찌 오늘 천장하는 일이 있었겠습니까? 천장하지 않았을 때는 남에게 허물을 떠넘기고 이미 천장한 뒤에는 공을 자신에게 돌리는 것은 천하에 마음을 저버린 사람이나 할 수 있는 일입니다. 신이 비록 형편없는 사람이지만 어찌 차마 그런 일을 본받을 수 있겠습니까? 그리고 금성도위는 당시 일개 존속인 의빈儀賓 부마에 불과했습니다만, 신의 처지는 금성도위와 비교해 볼 때 과연 어떠합니까? 후한 때 남궁南宮 운대雲臺의 공신도功臣圖에 마원馬援은 참여하지 못했습니다. 천장하는 일이 비록 크더라도 어찌 개국의 공훈에 비할 수 있겠습니까? 저 후한 때도 오히려 그러했거늘, 신이 어찌 감히 이를 편안히 여길 수 있겠습니까? 엊그제 내리셨던 비망기를 빨리 거두어 주소서.

후한의 명제는 남궁에 운대를 세우고, 광무제의 중흥 때 공을 세운 28장수의 화상을 봉안했다. 그런데 광무제 때 교지交阯를 공략해서 공을 세운 마원馬援에 대해서는 그가 황후의 친족이었다는 이유로 운대의 공신도에 화상을 그려 주지 않았다. 마원은 군진에서 항상 율무 열매를 먹었는데, 돌아올 때 이 열매를 가지고 왔다. 마원이 죽은 뒤 어떤 자가 광무제에게 참소하기를, 마원이 남방에서 돌아올 때 수레에 가득 야광주와 무소뿔을 실어왔다고 했다. 광무제가 크게 노했으므로, 마원의 가족은 두려워 장례를 제대로 치르지 못하고 초장草葬을 지냈다고 한다.

순조는 김조순의 상소에 비답하기를, "경의 말이 이렇게까지 나오니, 어찌 차마 강권할 수 있겠는가? 내린 비망기와 상전은 다시 거두어들이겠지만, 내구마는 경이 받도록 하라."라고 했다.

김조순1765~1832년은 본관이 안동이며, 호는 풍고楓皐이다. 영조의 즉위를 추진했던 노론 4대신의 한 사람인 김창집의 현손이다. 정조 9년1785년의 정시문과에 병과로 급제하여 예문관 검열과 규장각 대교를 지냈다. 정조 16년1792년에는 동지 겸

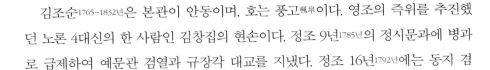

순조 어필 대자서(純祖御筆大字書)

1795년 원자(훗날의 순조) 어필. 국립중앙박물관 소장. 허가번호[중박 201110−5651].

원자로 있던 순조가 빈객 윤행임(尹行恁, 1762~1801년)에게 써 준 글씨이다. 윗부분에 윤행임이 순조의 글씨를 하사받게 된 경위를 적은 글이 있다. 아래에는 1837년에 신위(申緯, 1769~1847년)가 소감을 적은 글이 있다. '구오복(九五福)'은 《서경》〈홍범(洪範)〉에 나오는 말이고, '팔천세(八千歲)'는 《장자》〈소요유〉에 나오는 말이다. 즉 홍범구주(洪範九疇) 가운데 아홉 번째는 오복(五福)인데, 오복은 수(壽), 부(富), 강녕(康寧 : 건강), 유호덕(攸好德 : 좋아하는 덕, 안심입명의 도덕적 생활), 고종명(考終命 : 천명을 마칠 때까지의 삶)을 말한다. 또한 〈소요유〉에는 "上古에 有大椿者(유대춘자)하니 以八千歲로 爲春하고 八千歲로 爲秋하느니라."라고 했다.

사은사의 서장관으로 청나라에 다녀왔다. 이어 규장각 직각과 이조참의, 승지, 총융사, 양관대제학 등을 지냈다. 정조의 신임이 두터워서, 정조로부터 어린 순조의 보필을 부탁한다는 유지를 받은 규장각 각신들 가운데 한 사람이다. 정조는 승하하기 직전에 김조순의 딸을 세자빈으로 간택했으나 결혼은 보지 못하고 사망했다. 순조 2년1802년에 딸이 순조의 왕비순원왕후로 책봉되자 김조순은 보국숭록대부 영돈녕부사가 되었고 영안부원군에 봉해졌다. 또 순조 5년1805년에 정순왕후가 서거한 뒤에는 섭정을 했다. 노론 시파에 속했으며, 김씨 세도정치의 기틀을 마련했다. 죽은 후 대광보국숭록대부 의정부 영의정에 증직되었다. 김조순은 어린 순조를 보호하고 계옥啟沃하기 위해 고심했다.

순조는 재위 11년1811년 윤3월에 상의원尚方에 관冠을 만들도록 명하면서 그 형식을 조금 변경하여 실 장식을 덧붙이게 했다. 중관내시이 상의원 관리를 재촉하자 원리가 상의원 제조 김조순에게 급히 고했다. 김조순이 단자單子를 가져다 보니 순조가 명한 것은 익선관이 아니고 절자건折字巾이었다. 윤3월 25일계묘에 김조순은 같은 상의원 제조인 심상규沈象奎와 함께 연명으로 상소해서 국왕이 절자건을 쓰는 것은 부당하다고 말렸다. 이 상소에는 어린 사위를 질책하는 뜻이 역력하다.

의관은 사람에게 있어 의미가 매우 큽니다. 사대부는 관례를 행하고 조정에 고하며 천자는 관례를 행하고 간책簡策에 씁니다. 그리고 명명하기를 원복元服이라 하니, 원元은 가장 위에 있고 크다는 뜻입니다. 사물 중에서 가장 위에 있고 큰 것은 하늘일 뿐입니다. 머리가 온몸을 비호하는 것은 천지가 만물을 덮어 주는 것과 같습니다. 그러므로 왕이 된 사람이 엄격하게 여기는 것으로는 원복보다 앞서는 것이 없습니다. 삼왕 오제로부터 명나라에 이르기까지, 우리나라 역대로부터 본조에 이르기까지, 숭상한 것이 각각 다르고 풍속이 서로 같지 않으며 개혁하는 방법이 한 가지가 아니었지만, 시대마다 정치의 요체를 찾아보면 모두 일정한 법식이 있어 쉽게 변경할 수가 없었습니다. 비록 마지못하여 변경하게 되더라도 당시의 군신 상하가 널리 묻고 상고하여 먼저 그 제도를 정하고 신민臣民에게 알린 뒤에 사용했지, 오늘날처럼 까닭 없이 갑자기 제도를 변경하는 일은 없었습니다. 《효경》에 이르기를, "선왕의 법언法言이 아니면 말하지 않고 선왕의 법복法服이 아니면 입지 않는다."라고 했습니다. 신들은 이른바 절자건이라는 것이 어떤 모양을 한 것인지 모를 뿐만 아니라, 또한 그 것이 어디에 근거하여 나온 것인지도 알지 못합니다.

섭정에 오른 직후 김조순은 노론 벽파의 인물들이 정조대왕의 유지를 저버렸 다고 그들을 단죄했다. 김관주와 자신의 친척 김달순을 사형에 처하고, 노론 벽 파의 당수였던 김종수와 심환지도 선왕의 치적을 파괴한 역적들로 지목하여 추 탈시켰다. 노론 벽파와 정순왕후의 친정인 경주김씨 일가를 조정에서 쫓아냈을 뿐 아니라, 남인 계열 역시 숙청했다. 이에 비해 노론 청명당과 노론 시파 계열 인사들, 일부 소론, 규장각의 일부 각신들은 대거 발탁하여 조정의 요직에 배치 했다. 순조 11년1811년에는 금위대장禁衛大將에 임명되었으나 세 차례 사임의 상소를 올려 결국 윤허받았다.

김조순은 왕세자의 책봉, 관례와 가례에 깊이 간여했다. 순조 12년1812년 7월 6 일병자에는 인정전에 나아가 왕세자를 책봉했는데, 죽책문은 홍문관 제학 남공철 이 지었지만 교명문은 김조순이 지었다. 또 순조 19년1819년 3월 21일계축에는 왕세 자 관례에 참여한 사람에게 시상할 때 김조순은 상의원 제조로서 숙마를 하사 받았다. 그해 10월 17일병오에는 왕세자 가례 때 신하들에게 시상했는데, 김조순 은 교명문 제술관으로서 숙마를 지급받았다.

김조순은 19세기 초, 중반의 관각문풍을 주도하는 한편, 여항 문화를 후원했 다. 특히 그는 순조 14년1814년에 정조의 문집 《홍재전서》를 교정하여 간행하는 일 에서 주도적인 역할을 했다. 《홍재전서》는 순조 14년의 3월 22일에 정리자로 인 쇄되었다. 이때 그 교정과 감인監印·인쇄감독에 참여한 김재찬金載瓚, 김조순金祖淳, 심상 규沈象奎, 남공철南公轍, 서영보徐榮輔, 박종경朴宗慶, 이존수李存秀, 김이교金履喬 등은 바로 순조 연간의 문화뿐만 아니라 정치를 담당한 중심 인물들이었다.

《홍재전서》를 교정·인쇄하는 일에 종사한 규장각 각신들 15인은 작업의 여가에 시를 지었다. 그것을 직각 홍문부응교이던 정원용鄭元容이 2권 1책의 《동성교여집東省校餘集》으로 편집해서 순조 14년에 활자로 간행했다. 이 책의 권두에는 김조순의 서문이 놓여 있고, 그 뒤에 남공철·김이교의 서문이 이어진다. 수록된 시는 고율古律·장단가長短歌 등 각체인데, 서로 수창한 시가 대부분이며 모두 300여 편이다. 시를 수록한 15인은 김재찬·김조순·심상규·남공철·서영보·박종경·이존수·김이교와 박종훈朴宗薰·이노익李魯益·이용수李龍秀·이광문李光文·정원용·박기수朴綺壽·이학수李鶴秀 등이다.

김조순은 장생張生의 소유였다는 옥호산서玉壺山墅를 사들여 별장으로 삼고 그곳에서 여가를 즐겼다. 옥호산서를 옥하산방, 혹은 옥호정玉壺亭이라고도 했다. 김조순은 이곳을 중심으로 문인들과 소집小集·작은 모임을 자주 가졌다. 고 이병도 선생이 소장했던 〈옥호정도〉의 채색도가 공개된 일이 있다. 그림에는 편액·주련柱聯의 글씨까지 묘사되어 있다.

옥호산서는 삼청동 계곡 서편 산중턱에 있었다. 〈옥호정도〉에 의하면 누정은 동향이고, 안채와 대문은 남향이었다. 대문 안채와 별채 등 3동은 이엉 이은 초가이고 안채의 2동은 기와집이다. 바깥사랑채의 편액에 '옥호산방玉壺山房'이라 썼다. 후원에 혜생천惠生泉이 있고 주변 숲 사이에 죽정竹亭·산반루山半樓·첩운정疊雲亭 등이 있으며 석벽에는 '혜생천'의 각자刻字가 있다. 뒤쪽의 넓은 석벽에는 '옥호동천玉壺洞天'의 붉은 글씨가 있다. 그 옆 바위에는 을해, 즉 순조 15년1815년에 새긴 '산광여수고山光如邃古 석기가장년石氣可長年'의 각명이 있다.

김조순은 49세 되던 순조 13년1813년에 이백李白의 〈자극궁감추紫極宮感秋〉 시에 차운하여 오언배율을 지어 김이교에게 부쳤다. 김이교도 같은 운으로 연거푸 세 번에 걸쳐 화답했다. 이어서 박종훈[두계荳溪] 등이 화운했다.

이백 시의 원래 제목은 〈심양자극궁감추작尋陽紫極宮感秋作〉으로, 49세 때 지은 오언고시이다. 춘추시대 위衛나라 대부 거원蘧瑗[거백옥蘧伯玉]의 "나이 50에 49년의 잘못됨을 알았다.(年五十而知四十九年非)"라는 고사가 있어서, 49세에 이백의

19세기 전반, 《입학도》 수록, 고려대학교박물관 소장.

순조 17년(1817년)에 효명세자(익종으로 추존)가 명륜당 문밖에서 스승에게 수업을 청한 다음 문안으로 들어오는 왕복의(往復儀)를 그린 그림이다. 왕세자의 입학 의식은 왕세자가 궁궐을 나와 성균관에 이르는 출궁의(出宮儀), 왕세자가 성균관에 도착한 후 거행하는 입학의(入學儀), 왕세자가 궁궐로 돌아간 후 문무 관리와 종친들의 축하를 받는 수하의(受賀儀)로 이루어졌다. 이 가운데 입학의는 다시, 대성전에서 공자 등 성인의 신위(神位)에 술잔을 올리는 작헌의(爵獻儀), 왕세자가 명륜당 문밖에서 스승에게 수업을 청한 다음 문안으로 들어오는 왕복의(往復儀), 스승에게 예물을 올리는 수폐의(脩幣儀), 명륜당에 올라 스승에게 수업을 받는 의식인 입학의(入學儀)로 이루어졌다.

시에 차운하면서 인생을 돌아본 것이다. 예로부터 시인 묵객들이 즐겨 화운해 왔다.

　　김조순의 시는 〈산재에 밤에 앉아서, 이공봉 자극궁감추 시에 차운하다山齋夜坐次李供奉紫極宮感秋韻〉라는 제목이다.

청년에는 삼가 헤아리지 못하여

문자를 적어 청사에 남길 기대했다만

백발이 되어서도 이룬 것 없고

허물과 후회만 한 움큼

서늘한 바람이 옥우하늘에 불어올 때

가슴을 끌어안고 홀로 말똥말똥

맑은 달빛은 새벽에 기둥에 가득하여

나의 산간 거처에 보내오네

인생의 큰 꿈을 아직 깨지 않았지만

아무 의심도 안 하거늘 어찌 운명을 점치랴

고인은 불 원복不遠復을 귀하게 여겼으니

오늘은 바로 어제가 다시 온 것

준마라도 내달리다가는 결국 접질리고

기우뚱한 그릇이라도 텅 비면 엎어지지 않는 법

49년의 지난 일을

부앙하다 보니 이미 속속들이 알겠구나

靑年竊未揆(청년절미규)   劬書期汗竹(구서기한죽)

白首無所成(백수무소성)   尤悔寧可掬(우회영가국)

凉飇噓玉宇(양표허옥우)   耿耿抱靈獨(경경포령독)

晴月曉滿楹(청월효만영)   送我山間宿(송아산간숙)

大夢雖未覺(대몽수미각)   不疑又何卜(불의우하복)

古人貴不遠(고인귀불원)   今是昨猶復(금시작유복)

良馬馳終蹶(양마치종궐)   鼓器虛尟覆(기기허선복)

四十九年內(사십구년내)   俯仰諒已熟(부앙양이숙)

김조순은 일생을 돌아보면서, 《주역》에서 말한 불원복不遠復의 가르침을 생각했다. 불원복이란 허물 있는 사람이 빨리 뉘우쳐서 회복한다는 뜻이다. 주희주자도 친구에게 지어준 시에서, 불원복不遠復으로 삼자부三字符를 삼아 띠에 찬다고 했다. 이러한 가르침을 상기하면서, 김조순은 성만盛滿을 경계하고 기기欹器의 가르침을 배워야겠다고 생각했다. 기기란 주나라 때 군주를 경계하기 위해 만들었다는 그릇이다. 텅 비면 기울어지고 물을 가득 채우면 엎어지지만 8분쯤 알맞게 물을 채우면 반듯이 놓인다고 한다.

김조순의 시에 대해 정원용이 차운한 시가 전한다. 〈이공봉 자극궁감추 시에 차운함. 풍고선생의 시에 화운하여 정정을 구함 次李供奉紫極宮感秋韻 和楓皐先生求正〉이라는 제목이다.

우수수 담 가의 오동잎 지고

사각사각 흙담 사이 대나무 소리

백로 절기에 흰 이슬은 긴 하늘에 어슴프레하고

가을 달빛이 맑아 움켜쥘 듯하다

궁궐 관청에서 절기의 밤을 보내자니

그리워라. 그 누가 고독한 이를 깨우는가

풍옹김조순은 맑은 상상을 발하여

옥호에 달을 담아 잠을 자면서

유유자적하게 마음대로 감상하니

이 놀이는 진실로 길일을 점칠 것이 없구나

뛰어난 자취는 따라잡지 못한다 해도

아름다운 시에는 화운할 수 있고말고

옥 같은 봉우리에 달이 영구히 매달려

구름 따라 엎어졌다 뒤집어졌다 하지 않누나

공의 시가 문득 기약이 있는 듯하기에

오래도록 달과 함께 물끄러미 바라본다오

摵摵垣畔梧(색색원반오)　颼颼埤間竹(수수비간죽)
白露曖長空(백로애장공)　秋光清可掬(추광청가국)
禁省度良宵(금성도양소)　懷哉疇警獨(회재주경독)
楓翁發清想(풍옹발청상)　玉壺携月宿(옥호휴월숙)
適意恣所賞(적의자소상)　茲遊亮不卜(자유량불복)
勝躅縱難攀(승촉종난반)　嘉藻猶可復(가조유가복)
長懸玉峰月(장현옥봉월)　不隨雲翻覆(불수운번복)
公詩輒如期(공시첩여기)　久與月相熟(구여월상숙)

　정원용은 김조순의 풍모를 "옥 같은 봉우리에 달이 영구히 매달려, 구름 따라 엎어졌다 뒤집어졌다 하지 않누나."라고 표현했다. 세파에 휩쓸려 이랬다저랬다 하지 않고 천연의 본질을 그대로 지킨다고 칭송한 것이다.
　심상규도 화운시를 지었는데, 그 끝에 이렇게 말했다.

8월 16일 비오는 저녁 즈음 선생김조순이 옥호산서에 가셨다는 소식을 듣고 무료하게 베개를 베고 문득 잠이 들었다가, 밤이 깊어 잠에서 깨어보니 휘영청 달이 떠올라 대나무에 비치고 잠든 날짐승을 헤아릴 정도였다. 일어나 정원을 거닐다가 문득 시를 지어 축하하는 마음을 부치고 싶은 생각이 들었으나 뜻을 이루지는 못했다. 이제 동성東省·규장각에 들어와 선생이 어젯밤에 지은 시를 보니 옛사람이 말한 '내 뱃속에 말이 있다'라고 한 것과 흡사하다. 드디어 자신의 굼뜨고 졸렬함을 잊고서 차운하여, 두실 병생斗室病生·심상규 자신이 풍고 선생김조순 음궤吟机·시 읊는 책상아래 올린다.

　심상규는 김조순보다 한 살 연하로, 함께 북학을 공부하고 같은 시기에 정계에 진출한 사이였다. 그는 김조순을 존경했다.

서영보徐榮輔도 김조순의 시에 차운해서, 〈풍고 선배가 동성교여집을 열람하면서 자극궁의 시운으로 보내왔기에 마침내 창수한다楓皐長僚閱東省校餘集 用紫極宮韻見寄 遂酬〉라는 시를 지었다.

김조순은 조정의 주요 문서를 작성하는 문인 그룹인 관각문인들 사이에서만이 아니라 사대부들의 문단에서도 중요한 역할을 했다. 이를테면 김조순은 순조 연간의 대표적인 문인 신위申緯와도 교분이 깊었다. 순조 27년1827년 동짓달 29일의 새벽에는 신위의 묵죽墨竹을 평가하여 다음과 같이 말했다.

자하 노부紫霞老夫·신위는 10여 세 적부터 이미 시·서·화 삼절三絶에 이르렀다. 고금을 통하여 그와 필적할 자가 적으니, 아마 하늘이 그 재주를 낸 것이 아니겠는가? 자하의 시법詩法은 처음으로 묘리를 창출했으니 누구나 엿볼 수 있는 것이 아니다. 그림 또한 기묘하고 청수淸秀하기가 예운림倪雲林[예찬倪瓚]이나 심석전沈石田[심주沈周]보다 뛰어났으므로 도무지 상대할 자가 없다. 오직 서예만은 비록 정취는 다했으나 시·화에는 약간 미치지 못한다. 그러나 이것은 어디까지나 자하 자신의 삼절에 있어서 논한 것이지, 만일 세상 사람들과 비교해서 말한다면 정말로 훨씬 뛰어나다. 겨울밤에 자하의 대나무 그림을 보노라니 그림에서 붓놀림이 생각나고 붓놀림에서 시가 생각난다. 그래서 아무렇게나 이렇게 써 본다. 정론이 별도로 내 소견 밖에 있는지는 모르겠다. 자하를 논하면서 나는 스스로 지금 시대에 특별한 식견을 가진 인물이라 생각하지만, 만일 시나 예에 대해 모르는 사람이 이것을 두고 망령되다고 말한다면 나는 감히 의혹을 풀려고 하지 않겠다.

또한 김조순은 여항 문인 이언진李彦瑱의 전傳을 작성하여 그가 시재詩才를 지니고도 불우했고 또 단명하고 말았던 사실을 애도했다. 그리고 〈이언진전〉에서 이렇게 말했다. "이언진의 초고는 구혈초嘔血草라고도 하고 유희고遊戲稿라고도 하는데, 반은 죽은 뒤에 순장殉葬시켰고 반은 죽으려 할 때 태워버렸다고 한다. 어떤 이는 '태웠다'는 것은 거짓이라고 하였다." 이언진이 스스로의 초고를 '피를 토해

내 쓴 시'라든가 '장난하듯 지은 시'라든가 했다는 것도 모두 그럴 법한 일이며, 죽을 때 반은 순장시키고 반은 태웠다는 것도 그럴 법한 일이라고 보았다. 그러면서, 그 시들은 이언진이 자신의 정신을 담아둔 결정체이기에 그것들을 스스로 태웠다는 것도 어쩌면 사실이 아닐 수 있다고 덧붙였다.

김조순은 평민中人으로서 서적의 인쇄출판에 각별한 공적을 남긴 장혼張混을 후원하기도 했다.

그런데 당시의 식자들이나 민중들은 김조순이 세도정치로 정치를 혼란시켰을 뿐 아니라 민생을 돌보지 않았다고 비난했다. 그것은 그의 이름이 홍경래의 기의起義 격문 속에 나오는 것을 보아도 짐작할 수 있다.

홍경래의 난이라 불리는 순조 12년1812년의 평안도 농민봉기에서 홍경래 측은 한문과 한글의 두 가지 격문을 발포했다. 현재 한글로 된 격문은 전하지 않고 한문 격문만 전한다.《홍경래동란기洪景來動亂記》에 실려 있는 한문 격문의 일부를 보면 다음과 같다.

평서대원수가 급하게 격문을 발한다. 우리 관사의 부로, 자제, 공사의 천민은 모두 이 격문을 들어라. (중략) 현재 어린 왕이 재위하시어, 권간權奸·권력을 지닌 간사한 신하은 나날이 심하다. 김조순이나 박종경의 무리가 국권을 몰래 농락하고 있다. 어진 하늘도 재앙을 내려서, 겨울에 우레, 땅의 흔들림, 혜성이나 바람과 우박이 거의 없는 해가 없다. 이로 말미암아 아무것도 나지 않는 흉년이 자주 일어나고 굶어죽은 자가 길에 널렸고 노약자는 구렁에 묻히고 생민이 다 없어지는 사태가 즉금이라도 있게 될 것이다.

홍경래 측은 김조순이나 박종경이 국권을 농락하고 있다고 성토했다. 이 격문은 홍경래를 '세상을 구제할 성인'으로 부각시키는 한편, 농민군을 정당화시키기 위해 그들을 '황명의 오랜 신하들과 남은 자손들'이라 일컬었다. 이 봉기에는 농민들과 몰락한 양반층, 심지어 역노 출신으로서 향안에 이름을 넣으려 했던 인물 등 다양한 계층이 참여했다. 그런데 이 봉기의 격문이 그 이름을 거론할 정도였으니, 김조순이 정권을 마음대로 한 것은 사실인 듯하다.

하지만 김조순은 나름대로 정치에서 의미 있는 일을 이루고자 노력했다. 특히 서류의 소통에 대해 적극적이었다. 이규경은 《임하필기》에서, 순조 때 만인소萬人疏가 올라와 서얼 통청通淸에 대해 논의하게 되자 김조순은 다음과 같이 상소했다고 특별히 기록해 두었다.

역대 그 어떤 나라도 서류庶流들을 막은 적은 없었으며, 국초에도 그런 적이 없었습니다. 애당초 서얼을 제한한 연유를 보면 용렬하고 무식한 사람들이 감정을 가지고 보복하려 한 의도에 불과합니다. 그 뒤로 소통을 논의한 사람들을 보면 모두 우리나라의 큰 현인들이 아니면 세상에서 보기 드문 명신名臣과 석보碩輔들입니다. 따라서 막는 것과 통하게 하는 것의 시비득실은 분별할 필요도 없이 쉽게 알 수 있습니다. 그리고 사람의 귀천貴賤과 궁달窮達은 모두 태어난 이후의 일인데, 서얼들은 태어나기도 전에 이미 천하고 생명이 부여되기 전에 이미 곤궁하니, 어찌 하늘과 땅이 만물을 생성하는 이치가 이와 같겠습니까? 심지어 자제子弟가 되어 감히 부형父兄이라 부르지 못하고 혈속이 되어 가문의 계통을 잇지 못하는 일에 이르러서는 더욱이 천하 고금의 상도常道에 반하는 것인데도, 습속이 오랫동안 어두워 깨닫지 못하고 있습니다. 이는 다른 이유가 없으며, 오직 벼슬길을 제한하는 것에 기인할 뿐입니다. 또 벼슬을 중히 여기고 인륜을 가볍게 여기는 지금의 상황을 사람들이 어찌 마음 편히 여기겠습니까? 이 역시 법전에서 그렇게 하도록 제한했기 때문입니다. 만약 제한한 것을 지금 한번 열어 주면, 부형을 부르는 것과 가문의 계통을 잇는 등의 일에 있어서 국가의 법을 번거롭게 정하지 않더라도 인륜이 저절로 바르게 되고 천리가 저절로 밝아져 서류도 모두 스스로 힘쓸 줄을 알게 될 것입니다. 이에 족성族姓의 영달 정도와 기량의 우열 상황에 따라 서류를 등용하거나 내친다면, 국가로서는 인재를 버리는 탄식이 없을 것이고 서류들은 원통한 마음을 품는 고통을 풀 수 있을 것입니다. 저의 어리석고 천한 견해로는 소통하는 조처야말로 실로 천리를 밝히고 인륜을 바르게 하며 어진 재주를 모두 등용하는 도리에 부합한다고 생각합니다.

김조순의 의견은 잠깐 사이에 온 나라에 두루 퍼졌고, 그로 인해 장안의 종이 값이 올랐다고 한다.

김조순은 순조 27년1827년에는 관서를 여행하다가 민간의 실정을 목도하고 그 사실을 순조에게 보고하여, 경외에 위치한 각 아문들의 절미折米와 형정刑政, 인사, 대동미 등의 폐단을 개선하게 했다. 순조 32년1832년에 홍문관과 예문관의 대제학으로 임명되었으나 두 달 뒤 음력 4월 3일에 사망했다. 사후에 충문忠文이라는 시호가 추증되었다.

순조 33년1833년 4월, 예조판서 조만영趙萬永은 충문공 김조순을 정종대왕정조의 묘정廟庭에 배향할 것을 청했다. 순조는 대신과 관각의 당상에게 명하여 모여서 의논하게 했다. 이때 남공철은 김조순이 정조의 고명誥命을 받은 신하이므로 추가 배향의 청원은 곧 공론이라고 거들었다. 더 나아가 조만영은, 정조를 높여 영구히 신주를 모시는 세실世室로 삼았지만 배향된 사람은 김종수金鍾秀 한 사람뿐이므로 성대한 의전儀典에 흠이 되어 왔다고 지적하고, 김조순을 정조의 묘정에 배향해야 하는 이유를 다음과 같이 들었다.

충문공 김조순은 절조가 꿋꿋하고 기국器局과 식량識量이 심원하여 선대왕의 각별한 지우를 입었습니다. 선대왕께서 그 곧고 충성스러움이 나라의 큰일을 맡길 만함을 아셨기에, 말년에 부탁하신 말씀이 정중하고 거듭되었던 것이니, 이는 우리 성상께서 들어서 잘 알고 계실 것입니다. 이는 시대는 다르지만 한 무제가 곽광霍光을 알아주고 소열제昭烈帝·유비가 제갈공명에게 부탁한 것과 부합합니다. 그리고 성상께서 왕위에 오르시자 왕실의 근친으로서 국사를 부탁받아 이를 걱정하고 애쓰면서 모든 심력을 바쳐 죽을 때까지 헌신했습니다. 선대왕의 묘정에 배향할 인물로 이보다 더 적합한 자가 누가 있겠습니까? 오랜 세월이 지난 뒤에 추가 배향하는 일은 선정신先正臣

송시열의 예를 참고할 만합니다.

이렇게 하여 김조순은 정조의 묘정에 배향되었다. 정조의 묘정에는 순조 2년에 김종수와 유언호金彦鎬가 배향되었으나, 조만호는 당시 정조의 묘정에 한 사람만 배향되어 있다고 했다. 어째서인지 모르겠다. 김조순의 묘소는 경기도 이천시 부발읍 가좌리에 있다.

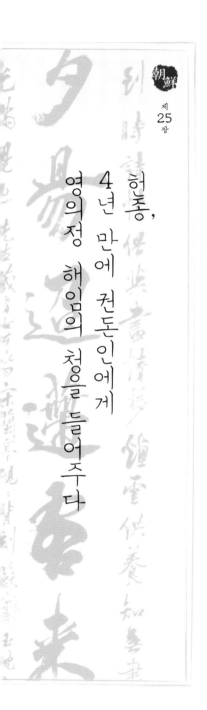

헌종,
4년 만에 권돈인에게
영의정 해임의 청을 들어주다

조선의 재상으로서 원상院相을 지낸 사람은 그리 많지 않다. 헌종이 승하했을 때 원상을 지낸 사람으로 권돈인權敦仁이 있다. 이 사람은 추사 김정희의 친구로 더 유명하지만, 실은 헌종의 정국 운영에서 매우 중요한 역할을 한 재상이기도 하다.

원상이란 국왕이 정상적인 국정 수행이 어려울 때, 즉 국왕이 병이 났거나 어린 왕이 즉위했을 때 국정을 의논하기 위해 원임原任·시임時任의 재상들로 하여금 승정원에 주재하게 한 임시관직이다. 처음에는 재상들이 원상이 되었으나 뒤에는 시임의 삼정승을 원상으로 임명하는 것이 관례였다. 세조 13년1467년 9월에 왕이 병이 나서 명나라 사신을 접대할 수 없게 되자, 신숙주·한명회·구치관 등으로 하여금 승정원에서 서무를 지휘하게 한 것으로부터 비롯되었다. 예종 즉위년1468년에는 신숙주·한명회·구치관·박원형·최항·홍윤성·조석문·김질·김국광 등 9명의 세조 공신들이 성종 7년까지 10년이나 원상으로 있었다. 그 이후의 시대에는 새 왕이 즉위할 무렵 1, 2년간 원상을 두었다. 후대로 내려오면 기간이 더 단축되고 인원도 축소되었다. 즉 국왕이 서거한 뒤 26일간의 공제公除 기간에 삼정승이 왕을 대신하여 국정을 총괄하는 것이 관례가 되었다.

고종 때 이유원은, 조선시대에 재상으로서 원상이 되었던 사람들로, 태종조의 한상경韓尙敬, 문종조의 황보인皇甫仁, 세조조의 최항崔恒, 예종조의 홍윤성洪允成, 중종조의 홍언필洪彦弼, 인종조의 윤인경尹仁鏡, 명종조의 이준경李浚慶, 인조조의 김자점金自點, 효종조의 정태화鄭太和, 현종조의 허적許積, 경종조의 이광좌李光佐, 영종조의 김상철金尙喆, 정종조의 김종수金鍾秀, 순조조의 심상규沈象奎, 헌종조의 권돈인權敦仁, 철종조의 정원용鄭元容을 들었다.

이 가운데 김자점은 인조의 승하 후 원상으로 있었지만, 효종 때 송시열·송준길 등을 중심으로 북벌론이 대두되자 청나라의 앞잡이였던 역관 정명수鄭命壽와 이형장李馨長을 통해 그 계획을 청나라에 누설했다. 그 때문에 대간들의 극렬한 탄핵을 받아 인조가 죽은 지 6일 만에 광양으로 유배되었고, 뒤에 아들 김익의 역모사건이 일어나자 그에 연루되어 처형되었다.

또 허적은 현종이 승하하고 원상으로 있었지만, 숙종 6년1680년 조부 허잠許潛이 시호를 받게 된 축하연에서 유악帷幄을 사용한 사건과 아들 허견許堅의 역모사건에 연좌되어 사사되었다.

이런 예들을 보면 재상으로서 원상이 되었다고 해서 특별히 명재상이라거나 권력을 오래 유지했다고는 할 수 없다. 하지만 국상 중에 실제 정권을 장악하여 여러 현안을 처리하고 새 국왕의 집권을 원활하게 이루어내는 것이 원상의 역할이고 보면 그 지위를 가볍게 볼 수는 없다.

그런데 헌종이 승하했을 때 원상을 지낸 권돈인1783~1859년은 어린 국왕 헌종의 왕권을 강화하는 데 부심했던 명재상이었다. 그는 본관이 안동으로, 좌의정을 지낸 권상하權尙夏의 5대손이다. 이재彛齋라는 호로 널리 알려져 있다. 31세 되던 순조 13년1813년의 증광시에 병과로 급제하고 정9품의 홍문관 정자로 관직을 시작했다. 헌종 원년1835년에 동지사의 서장관으로 청나라에 다녀오고, 그 이듬해헌종 2년 병조판서가 되어 2월에 진하 겸 사은사의 정사로 청나라에 가서 6월에 돌아왔다. 그 뒤 경기도관찰사와 이조판서 등을 역임했다. 그리고 헌종 11년1845년에 조인영의 뒤를 이어 영의정에 올랐다.

헌종은 이름이 환奐이다. 익종翼宗으로 추존된 왕의 아들로, 어머니는 조만영趙萬永의 딸 신정왕후神貞王后다. 비는 김조근金祖根의 딸 효현왕후孝顯王后, 계비는 홍재룡洪在龍의 딸 효정왕후孝定王后다. 능은 양주楊州의 경릉景陵이다.

헌종은 순조 30년1830년에 왕세손에 책봉되고, 1834년에 순조가 죽은 뒤 즉위했다. 하지만 당시 나이가 8세였으므로, 순조의 비 순원왕후純元王后 김씨가 수렴청정을 했다. 그리고 헌종의 즉위 초에는 순원왕후의 오빠 김유근金逌根이 정국을 주도했다. 헌종은 8년이 지나서 재위 7년1841년에 비로소 친정을 했다.

헌종의 정국은 순조 때 정권을 잡은 안동김씨와 새로 등장한 풍양조씨 두 외척간의 세력 다툼으로 매우 불안정했다. 한때 풍양조씨가 집권했지만 헌종 12년1846년에 조만영이 죽은 뒤로는 다시 안동김씨가 정권을 잡았다.

수렴청정 기간인 헌종 5년1839년에는 천주교 신자들이 학살당하는 기해박해가 일어났다. 이 박해는 노론 벽파인 풍양조씨 일족이 노론 시파인 안동김씨로부터 권력을 탈취하려는 과정에서 발생한 것이라고 한다. 순원왕후의 오빠 김유근은 헌종 2년1836년부터 병이 나서 말을 하지 못하게 되고, 헌종 5년에 유진길劉進吉의 권유로 세례를 받았다. 이 때문에 안동김씨는 천주교를 용인하게 되었다. 그러나 김유근이 은퇴하고 우의정 이지연李止淵이 정권을 잡자, 이지연은 천주교를 탄압했다. 이지연은 헌종 5년 3월에 천주교인은 무부무군無父無君·아비도 군주도 없이 여김의 역적이므로 근절해야 한다고 상소했다. 사헌부 집의 정기화도 천주교를 근절하기 위해 원흉을 잡지 않으면 안 된다고 상소했다. 마침내 5월 25일 대왕대비순원왕후가 척사윤음斥邪綸音을 내려, 천주교 박해를 전국적으로 행했다. 이에 정하상은 〈상재상서上宰相書〉를 올려 천주교를 변호했다. 하지만 정하상·유진길·조신철 등이 체포되고, 주교 앵베르, 모방, 샤스탕이 모두 자진출두했다. 조정에서는 6월에 이광열李光烈 이하 8명을 효수하고, 8월에는 앵베르·모방·샤스탕을 모두 효수했으며, 정하상과 유진길도 참형에 처했다. 이 사건으로 풍양조씨 가문이 정권을 홀로 차지하게 되었다.

헌종은 19세 되던 재위 11년1845년부터 국정을 주도하기 시작했다. 그리고 친위 세력을 키우기 위해 정조의 초계문신 제도를 참조하여 규장각 초계문신을 뽑을 것을 명령했다. 또한 친위 무인 세력을 양성하려고 내영을 설치하고자 했다. 즉 삼군문과 총융청 외에 궁중에 내영을 설치하여 그 군속을 호위에 동원하려고 한 것이다. 하지만 재위 12년 초에 내영의 집사 이원풍과 무예별감이 충돌하는

┃ 권돈인(權敦仁)의 시
권돈인 필. 경남대학교박물관 데라우치 문고 소장.

사건이 일어났다. 이에 영의정이었던 권돈인은, 국왕은 내병內兵을 기르지 않는다 는 가르침에 어긋난다고 하면서 내영을 철회하라고 청했다. 이에 따라 헌종은 내 영을 일시 철회했다. 그러나 8월에 정조의 장용영을 본떠 총융청을 총위영으로 승격시키고 번을 나누어 대궐에 당직을 서게 했다.

헌종은 재위 13년1847년 5월에는 수령과 아전들의 탐학을 막기 위해 부패행위 처벌의 법규를 엄하게 개정하려고 했다. 이 정책은 실현되지 못했다. 또 재위 14 년1848년 11월에 이진택李鎭宅 등 경외 유생 8,000여 인이 서얼소통을 청하자 조정 에서 좋은 방법에 따라 품처하라고 명했다. 이 일도 결과를 보지는 못했다.

한편 헌종은 《순종실록》순조의 원묘호 순종을 따서 간행된 《순조실록》의 원래 이름과 《동문휘고同文彙 考》를 간행하는 한편, 정조·순조·익종의 《삼조보감三朝寶鑑》을 편찬하게 했다. 그 리고 《문원보불文苑黼黻》과 《동국문헌비고東國文獻備考》를 증보 간행하게 했다.

권돈인은 헌종 8년1842년 11월에 우의정에 올랐다. 그는 재상으로 있으면서 정무를 성실하게 보았으며, 경연에 입시해서 현안에 대처하는 방안을 제시했다. 한 번은 경연에서 안경을 쓸 수 있게 해 주기를 청하니 헌종이 허락했다. 뒤에 현기증으로 오랫동안 지탱할 수 없다는 뜻을 아뢰자, 헌종은 "경은 집에 있을 때는 근력이 좋다가 나만 대하면 매번 병이 있다고 말하니 이는 무슨 이유인가?"라고 했다. 권돈인은 황송해하며 물러났고, 그때부터는 감히 병을 말하지 않았다. 이에 헌종은 "권 재상이 무병한 것은 내 덕분이다."라고 했다고 한다.

그러나 당시는 풍양조씨의 세도 아래에서 조정 신료들은 날마다 자리가 바뀌었고, 민생도 안정을 찾지 못했다.

그해 3월에 전국의 호구는 157만 473호, 인구는 670만 1,629명이었으나, 12월에는 호구가 156만 6,829호로 3,600여 호 줄고 인구도 663만 491명으로 7만여 명이나 줄었다. 백성들이 납세를 피하려고 유랑하거나 투탁하는 일이 많았던 듯하다. 이것을 보면 당시 사회가 매우 불안정했음을 알 수 있다.

권돈인은 곧 좌의정으로 승차했으나, 헌종 10년1844년 7월 사직했다. 한 달이 지나 8월에 복직했으나, 다시 이듬해 6월에 사직했다. 이 무렵 영국의 군함 서너랜드호가 제주도와 전라도 사이 남해안의 수심을 측량하고 돌아갔다. 이 무렵 영국은 러시아의 진출을 견제하려고 한반도 인근의 수로를 개척하고 있었다. 7월에는 청천강의 대홍수로, 평안도의 민가 4,000여 호가 잠기고 400여 명이 죽었다. 10월에는 중국 상해에서 신부 김대건金大建이 국내에 밀입국했다. 그해 11월, 권돈인은 영의정에 임명되었다.

헌종 12년1846년에 권돈인은 이양선異樣船의 출현에 대처하는 문제와 신부 김대건을 처형하는 일에서 중요한 결정을 했다.

그해 7월 3일병술에 충청감사 조운철이 장계狀啓를 바쳐, 이양선의 이양인이 올린 글과 외연도外煙島 백성이 이양인과 문답한 내용을 보고했다. 이양인은 '대불랑서국大佛朗西國 수사제독水師提督 흠명 도인도여도중국각전선 원수欽命到印度與到中國各戰船元帥 슬서이瑟西爾'로, 그는 '기해년1839년·현종 5년에 불랑서인佛朗西人 안묵이安默爾·사사당沙

斯當·모인藝印 세 사람이 조선에서 살해된 것'을 힐문하기 위해 '고려국 보상 대인 고승高麗國輔相大人高陞'에게 글을 보내왔다. 서력 1846년 5월 8일에 작성한 이 글에서 프랑스 군함의 제독은 "그 백성에게 죄가 없는데도 남이 가혹하게 해친 경우에는 우리 불랑서 황제를 크게 욕보인 것이어서 원한을 초래하게 될 것이 틀림없다는 사실을 아셔야 합니다."라고 협박한 뒤에, "내년에 우리나라 전선이 특별히 여기에 오거든 귀국에서 그때 회답하시면 된다는 점을 거듭 아시길 바랍니다."라고 했다. 프랑스 군함의 제독은 내년에 다시 군함을 보내어 자국민 살해의 이유를 추궁하겠다는 뜻을 밝힌 것이다.

7월 15일무술에 헌종은 중희당重熙堂에 나아가 약원藥院의 입진入診·의원이 임금을 진료함을 행하고 나서 프랑스 제독의 글과 김대건과 현석문玄錫文의 문제를 의논했다.

김대건은 용인龍仁 사람으로 나이 15세에 중국 광동廣東에 들어가서 천주교를 배우고 상해 만당萬堂신학교 교회에서 주교 페레올의 집전으로 신품성사를 받았다. 헌종 9년1843년에 현석문 등과 함께 몰래 돌아와 서울에서 교주敎主가 되었다.

현석문은 신유년1801년·순조 원년에 사교邪敎의 무리로서 처형된 현계흠玄啓欽의 아들이다. 그해 봄에 해서海西에 가서 고기잡이하는 당선唐船을 만나 광동에 있는 양한洋漢에게 글을 부치려 하다가 해서 사람에게 붙잡혔다. 포도청에서 1개월간 힐문하자, "우리나라에서는 끝내 그 교敎를 금할 수 없을 것이다. 경외에서 흔하게 쓰는 은전銀錢은 모두 양한洋漢이 책중柵中·요동의 청나라 국경 안에서 실어 보낸 것이다."라고 했고, "양외洋外의 제번諸蕃의 말에 능통하므로 신부神父로서 각국을 위해 통사通事·통역한다."라고 했다.

권돈인은 프랑스 제독의 글에 "자못 공동恐動·위협함하는 뜻이 있다."라고 했다. 그리고 김대건은 법에 따라 벌 주어 죽여야 한다고 강경하게 말했다.

김대건의 일은 한 시각이라도 용서할 수 없습니다. 스스로 사교邪敎에 의탁하여 인심을 속여 현혹했으니, 그 한 짓을 밝혀 보면 오로지 의혹하여 현혹시키고 선동하여 어지럽히려는 계책에서 나왔습니다. 그리고 사술뿐만 아니라 그는 본래 조선인으로

天主實義　下卷

耶穌會士利瑪竇述

第五篇辯排輪廻六道戒殺生之謬說而揭
齋素正志。

中士曰論人類有三般一曰人之在世謂生而
非由前跡則死而無遺後跡矣一日夫有前後
與今三世也則吾所獲福禍於今世皆由前世
所爲善惡吾所將逢於後世吉凶皆係今世所
行正邪也今尊教曰人有今世之誓寄以定後

《천주실의(天主實義)》

조선시대 17세기 초. 숭실대학교 한국기독교박물관 소장.

예수회 소속 이탈리아 신부 마테오리치(Matteo Ricci : 利瑪竇)가 저술한 《천주실의(天主實義, De Deo Verax Disputatio)》이다. 청나라에서는 건륭제(乾隆帝)가 이 책을 사고전서(四庫全書)에 수록하게 했으며, 일본에서도 처음 발간된 이듬해에 전파되었다. 한편 유·불·도교의 입장에서 반발도 거세게 일어났다. 중국에서는 종진지(鍾振之)의 《천학초징(天學初徵)》, 《천학재징(天學再徵)》 등의 반론과 그것을 모은 《벽사집(闢邪集)》이 나왔다. 광해군 2년(1610년) 진주부사(陳奏副使) 허균(許筠)이 명나라에서 천주교 기도문 〈게십이장(偈十二章)〉을 도입한 이후, 1909년까지 456종의 문헌이 전래되었다고 한다. 17세기에는 이 《천주실의》가 전래되어 그 번역본이 전파되는 한편 이에 대한 비판이 일어났다. 철종 12년(1861년)에는 10명의 신부들이 담당교구를 설정했으며, 철종 10년(1859년)에서 철종 15년(1864년) 사이에 인쇄소를 설립해 교리서, 기도서, 신심생활입문서, 성인전, 고해지도서, 양심성찰지도서, 호교서 등을 인쇄·출판했다. 고종 3년(1866년)에서 1873년까지 계속된 병인 대박해 이후 리델(Ridel, Félix Clair : 李福明) 주교가 인쇄소를 설치했으나, 잠입한 지 6개월도 못된 고종 15년(1878년) 1월에 체포되어 청나라의 요청에 따라 만주로 호송되었다. 당시 양인사학책(洋人邪學册) 36종 82권이 소각되었다고 한다. 코스트(Coste, Eugéne Jean George : 高宜善, 1842~1896년) 신부는 리델 주교에게서 받은 원고를 가지고 1878년 일본으로 건너가 《한불자전(韓佛字典)》과 《한어문전(韓語文典)》을 간행했다. 그리고 사전 간행할 때 최지혁(崔智爀)이 만든 활자들과 새로 구입한 활자들을 바탕으로 요코하마에 활판 인쇄소를 설립하고 1881년에 《신명초행(神命初行)》과 《천주성교공과(天主聖教功課》를 간행했다. 1882년 2월에는 인쇄소를 나가사키로 이전하고 성서활판소(聖書活版所)라 명명했다. 1885년 11월에는 조선에 인쇄소를 이전하려고 하여, 1886년 서울 정동에서 출판을 시작했다. 1898년 지금의 명동성당인 종각천주당이 세워지자, 성서활판소를 그곳으로 이전해 천주교 문헌을 간행했다. 한편 고종 24년(1887년) 한양의 인쇄소에서 블랑 주교와 코스트 신부의 노력으로 《한국교회지도서》가 간행되었고, 같은 해 블랑 주교는 고종 22년(1885년)부터 번역해 온 달레 신부의 《한국천주교회사 《Histoire de l'Eglise de Corée》를 인쇄하려고 했다. 하지만 번역본은 필사본으로만 전하고, 간행되지는 못했다. 천주교 문헌은 조선 사회에 한글을 보급하고 서사체계를 변혁하는 데 일정한 기여를 했다. 또한 다블뤼 주교의 문법서와 한(漢)·한(韓)·불(佛) 사전, 뿌르띠에(Pourthié, Jean Antoine : 申妖案) 신부의 한(韓)·중(中)·나(羅) 사전, 쁘띠니꼴라(Petinicolas, Michel Alexandre : 朴) 신부의 나한사전(羅韓辭典) 등도 한국어와 한국한자음을 세계에 알리는 계기가 되었다. 모리스 꾸랑은 《한어문전(韓語文典)》(1880)과 《한불자전(韓佛字典)》(1881)에서 채택한 라틴어 표기법을 채택하여 한자의 한국어 발음을 표기했다.

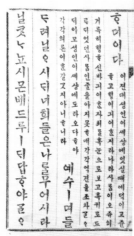

《성경직해(聖經直解)》

고종 17년(1880년) 간행. 국립중앙박물관 소장. 허가번호[중박 201110-5651].

1795~1800년에 이가환(李家煥)·정약종(丁若鍾)이 천주교 성서를 번역했다는 기록이 남아 있다. 4복음서를 번역했으리라 추정된다. 고종 10년(1873년)에 이르러, 스코틀랜드 연합장로회 선교사 로스와 매킨타이어가 만주 우장(牛莊)에서 이응찬(李應贊) 등의 도움을 받아 한문 성서를 한글로 번역하기 시작해서, 1882년에 《누가복음》과 《요한복음》을, 1884년에 《마가복음》과 《마태복음》을 번역·출간했고, 1887년에는 《예수성교전서》라는 이름으로 《신약전서》를 완역해서 간행했다. 1884년 일본에서 관비 유학생 이수정(李樹廷)이 《사도행전》을 이두(吏讀)로 토를 달아 《현토한한신약성서(懸吐漢韓新約聖書)》로 간행하고, 다시 《신약마가전복음서언히》를 번역했다. 1885년에는 《신약마가전복음서언히》를 1,000부 간행했다. 언더우드(Underwood, H. G.)가 우리나라에 가지고 와서, 1894년 서울에서 수정·출판했다. 국내에서는 1893년에 성서공인번역위원회(聖書公認飜譯委員會)가 조직되어 1900년에 《신약전서》를 완역했다. 그 뒤 1902년과 1904년에 수정을 거쳐, 1906년에 최종 수정판을 냈다. 1912년에는 공인번역위원회가 해산되고 개역위원회(改譯委員會)가 발족하여, 1938년 9월에 《성경개역》을 간행했다. 한편 서상륜(徐相崙)은 이성하(李成夏)·이응찬(李應贊)·백홍준(白鴻俊)과 함께 신약성서를 번역하여 1882년 가을에 쪽 복음 형태로 《예수성교 누가복음전서》를 간행했다. 1884년에는 《예수성교전서 마태복음》과 《말코복음》을 심양(瀋陽)의 문광서원에서 간행했고, 1887년 로스 번역 성서(Ross Version)인 신약성서 중국어번역본을 《예수성교전서》라는 제목으로 직접 인쇄하여 간행했다.

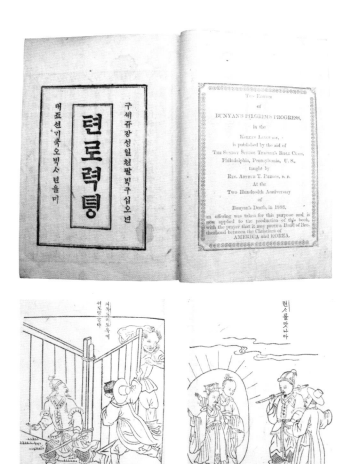

천로역정(天路歷程)

원산 1895년 목판본. 상하 2책. 일본 도쿄도[東京都] 동양문고(東洋文庫) 소장.

영국 존 버니언(John Bunyan)이 1678~1684년에 출판한 종교적 우의소설인 《The Pilgrim's Progress》를 1895년에 선교사 제임스 스카스 게일(James Scarth Gale)이 번역하고 김준근(金俊根)이 판화를 그려 간행한 책이다. 제1부는 주인공 크리스천이 처자를 버리고 등에 무거운 짐(죄)을 지고, 손에는 한 권의 책(성서)을 들고 고향인 '멸망의 도시'를 떠나 '낙담의 늪', '죽음의 계곡', '허영의 거리'를 지나 '하늘의 도시'에 당도하는 여정을 그렸다. 제2부에서는 그의 처자가 그의 뒤를 쫓아가는 여정을 그렸다. 지옥의 모습이나 천사의 모습은 한국적 정서를 담고 있다.

서 본국을 배반하여 다른 나라 지경을 범했고, 스스로 사학邪學을 칭했습니다. 그가 말한 것은 마치 공동恐動하는 것이 있는 듯하니, 생각하면 모르는 사이에 뼈가 오싹하고 쓸개가 흔들립니다. 이를 법에 따라 벌 주어 죽이지 않는다면 구실을 찾는 단서가 되기에 알맞고, 또 약함을 보이는 것을 면하지 못할 것입니다.

헌종은 프랑스의 전선戰船 문제도 순조 32년1832년에 영국의 일 때문에 청나라에 주문奏聞했듯이 다시 청나라에 주문하자고 했다. 이에 대해 권돈인은 일전에 서양 신부들을 죽였을 때도 주문하지 않았으므로 이번에도 주문해서는 안 된다고 했다.

이것은 임진년순조 32년과 차이가 있습니다. 영길리영국의 배가 홍주洪州에 와서 정박했을 때는 10여 일이나 머물렀고, 그들이 교역交易 따위의 말을 했으나 사리에 의거하여 물리쳤으며, 또 곧 정상을 묻고 그 동정을 상세히 탐지했으므로, 주문하는 일까지 있었습니다. 이번에 불랑서국프랑스의 배가 외양外洋에 출몰했을 때는 섬 백성을 위협하여 사사롭게 문답하고, 함에 넣은 글을 반드시 바치게 하려고 말끝마다 황제를 청탁稱屯를 댐한 것은 이를 빙자하여 공갈할 계책을 삼은 데 지나지 않을 따름입니다. 그러니 어찌 이처럼 허황한 말을 문득 주문할 수 있겠습니까? 연전에 양인洋人·서양 신부들을 죽였을 때 이미 주문하지 않았는데, 이제 갑자기 이 일을 주문하면 도리어 의심받을 염려가 있습니다. 바깥에서는 혹 주문하자는 의논이 있으나, 신의 생각에 주문하는 일은 실로 온당하지 못할 것으로 여깁니다.

권돈인은 "한 번 사술邪術이 유행하고부터 점점 물들어 가는 사람이 많고, 이번에 불랑서국의 배가 온 것도 반드시 부추기고 유인했기 때문이 아니라 할 수 없으니, 모두 내부의 변입니다."라고 했다. 이양선의 출현과 천주교의 유포가 이미 내부의 변에서 야기된 것이라고 우려해서, 천주교에 대해 강경하게 대응하라고 헌종에게 촉구한 것이다.

마침내 7월 25일^{무신}, 헌종은 희정당에 나아가 대신과 비국 당상을 인견하고, 김대건을 사학죄인^{邪學罪人}으로 규정하고 그를 효수하라고 명했다. 7월 29일^{임자}에는 현석문을 효수하여 뭇사람을 경계하라고 명했다.

8월 18일^{경오}, 권돈인이 상소하여 영의정의 직을 사퇴하니, 헌종은 이를 윤허했다. 하지만 11월 22일^{무술}에는 권돈인을 영의정으로 다시 제배^{除拜}했다.

헌종 14년^{1848년}에 조인영^{趙寅永} 등이 왕명에 따라 정조·순조·익종의 《삼조보감》을 찬수하고 이전의 보감과 합해 《국조보감^{國朝寶鑑}》82권 24책을 이루자, 권돈인은 왕명에 따라 그 발문을 지었다.

《국조보감》은 조선 역대 왕의 선정^{善政}을 모아 편찬한 편년체의 역사서이다. 본래 세종이 권제와 정인지 등에게 명해 태조·태종의 《보감》을 편찬하게 한 데서 시작되었다. 하지만 《태조보감》과 《태종보감》은 이때 완성되지 않았다. 그 후 세조는 재위 3년^{1457년}에 수찬청^{修纂廳}을 두고 신숙주와 권람 등에게 태조·태종·세종·문종 4조의 《보감》을 편찬하도록 했다. 이로서 4조의 보감이 이루어졌다. 숙종의 재위 10년^{1684년}에는 선조의 사적을 엮은 《선묘보감^{宣廟寶鑑}》10권이 나오고, 영조의 재위 6년^{1730년}에는 숙종의 사적을 엮은 《숙묘보감^{肅廟寶鑑}》15권이 나왔다. 정조는 재위 6년^{1782년}에 조경 등에게 정종·단종·세조·예종·성종·중종·인종·명종·인조·효종·현종·경종·영조 등 13조의 《보감》을 엮게 했다. 이 13조의 보감과 앞선 3조의 보감을 합하여 《국조보감》 68권 19책이 이루어졌다.

역대 《보감》을 편찬해 오던 전통을 이어, 헌종은 재위 13년^{1847년}에 찬집청을 두고 조인영 등에게 정조·순조·익종 때의 《보감》을 엮으라고 했다. 그해 봄에 헌종은 경모궁의 재전^{齋殿}에서 시임 및 원임 대신을 불러서 정종·순종·익종 3조의 《보감》을 편찬하는 일에 대하여 의견을 물었는데, 모두들 "오직 전하의 성효^{聖孝}를 공경하여 받들겠습니다."라고 했다. 헌종은 《보감》 편찬의 옛 범례를 살펴보고 그대로 따르라고 했으며, 이튿날 찬집청을 개국하게 했다. 그 결과 이듬해에 이전의 《보감》과 합해 82권 24책을 이루었다. 이후 순종 융희 2년^{1908년}에는 이용원 등이 헌종·철종 2조의 보감을 찬수했고, 1909년에는 이전의 것과 합하고 순종의 어제서와 이용원의 진전進箋을 첨부해서 《국조보감》 90권 28책을 완성했다.

헌종 14년 맹추에 《국조보감》이 이루어지자, 헌종은 직접 권두의 서문을 쓰고 권돈인에게는 발문을 적으라고 했다. 권돈인의 〈국조보감 발〉을 보면, 이 책을 《서경》 〈무일無逸〉편과 같은 귀감이자 《시경》 〈빈풍豳風〉편과 같은 가칙柯則이라고 규정하는 한편, 역대 군왕들이 '성사를 현양顯揚하고 계술繼述하는 효도'를 이 책에서 구현해 왔다고 예찬했다. 가칙이란 표준 또는 귀감이란 말이다. 《시경》 〈벌가伐柯〉편에, 도끼로 도끼자루 감을 벨 때는 자기가 잡고 있는 도끼자루를 기준으로 하면 된다고 한 데서 나온 말이다.

권돈인은 정조에 대해 이렇게 칭송했다.

"성인의 덕을 지녀 스스로 만족하여 안일에 흐르지 않고 뜻을 계승하고 일을 계속하여, 나라의 다스림을 훌륭히 하고 뒤를 잇는 자손들을 이끄셨습니다. 그리하여 그 나라를 향유하신 24년 동안이 마치 일월처럼 비추지 않는 곳이 없고 천지처럼 덮어 주고 실어 주지 않는 바가 없었으니, 이것이 이른바 제어하여 다스림이 효도에 근본했다는 것입니다."

순조에 대해서는 이렇게 칭송했다.

"공손하고 검소하고 미쁘고 진실하며 인자하고 순수해서, 검소한 의복과 낮은 궁궐은 우禹 임금과 같았으며, 음악과 여색을 가까이하지 않고 재물을 모으지 않은 것은 탕湯 임금과 같았고, 하늘의 목목穆穆함을 체득함은 또한 그 덕이 순수한 문왕文王과 같았습니다. 그리하여 30여 년 동안의 다스림이 이름을 붙일 수 없을 만큼 대단했습니다."

또한 익종에 대해서는 이렇게 칭송했다.

"타고나신 효우孝友와 성인다운 명철함으로 총명하고, 강건하여 진작부터 아름다운 명성이 들렸으며, 국무國務를 대리청정한 4년 동안에 모든 처리가 올발라서 팔방八方이 우러러 따랐으니, 비록 오래지 않은 기간인데도 도덕으로 교화하여 백성들을 번성하게 했으므로 지금까지도 그때를 그리워합니다."

이어서 권돈인은 헌종에게 '계지술사繼志述事'에 매진할 것을 다음과 같이 촉구했다.

효제孝悌로 근본을 삼고 절검節儉으로 치도治道를 삼아 하늘을 공경하고 백성을 사랑하며 정사에 충실하고 학문에 열중하되, 사물四物을 실천하고 만기萬機를 신중히 하며 현사賢士를 친히 하고 언로를 넓혀야 할 것입니다. 이런 것들은 모두 400년간 열성列聖이래로 삼조에 이르기까지 대대로 지켜온 가법인 바, 이 책을 편찬한 것은 문왕과 무왕의 방책方策 정도에 비할 바가 아닙니다. 이는 곧 성상에게는 〈무일〉편과 같은 귀감이며 〈빈풍〉편과 같은 가칙柯則입니다. 수신·제가·치국에 있어 그 무엇이건 간에 모두 우러러 본받아야 할 전범이 될 것이니, 이를 법칙으로 삼고 교훈으로 삼아 오로지 삼조의 마음으로 마음을 삼아 이를 미루어서 열성의 마음을 소급하소서. 그렇게 한다면 삼조의 마음이 곧 열성의 마음이며, 또한 성상의 마음이 열성과 삼조의 마음일 것입니다. 그리하여 일천 성인이 동일한 원리로서 하나의 이치가 관통하여 우리나라를 보우保佑하고 자손들을 풍족하게 할 것이니, 성사聖事를 현양顯揚하고 계술繼述하는 효도가 이에 비로소 지극하다 하겠습니다. 전傳에 이르기를, "그 자리를 밟아 그 예를 행하고, 그 음악을 연주하며 그가 존경하시던 바를 존경하고, 그가 친애하시던 바를 사랑하니 효도가 지극하다."라고 했습니다. 참으로 위대한 말입니다.

헌종은 10월 3일계묘에 인정전에서 삼조의 《보감》을 친히 받고 이문원에 나아가 재숙한 뒤, 10월 5일을사에 태묘宗廟로 가서 이튿날 삼조의 《보감》을 올렸다. 10월 8일무신에 인정전에 나아가 교서를 반포하고 진하陳賀를 받고 사면령을 내렸다. 10월 9일기유, 《보감》을 태묘에 올릴 때 시중했던 승지와 각신 이하에게 차등있게 상을 주었다. 10월 10일경술에는 3조의 《보감》을 봉서奉書·진서進書할 때와 찬집纂輯·자료를 분류해 책을 엮음할 때 총재한 대신 이하에게 차등을 두어 상을 주었다. 찬집 당상纂輯堂上은 판돈녕부사 김난순金蘭淳, 예조판서 박영원朴永元, 수원 유수 이약우李若愚, 청녕군 김동건金東健, 광주 유수 조두순趙斗淳, 대호군 서기순徐箕淳 등이다.

헌종 14년1848년 7월 4일을해, 권돈인이 네 번째 상소하여 영의정의 직을 해면하여 주기를 청하니, 헌종은 비답을 내려 윤허했다. 이때 권돈인은 번리樊里에 옥적 산방玉笛山房을 두고, 여가에 자적한 생활을 보냈다. 저택이 경주의 암혈에서 나왔 다는 옥적을 진장珍藏진귀하게 여겨 간직함하고 있어서 이런 이름을 붙인 것이다. 당시 조인 영趙寅永은 〈옥적산방상량문玉笛山房上樑文〉을 지어 주고 조두순趙斗淳은 〈옥적산방기玉 笛山房記〉를 적어 주었다. 조두순의 글은 이렇다.

상국 이재 권공은 번교의 저택에 나아가, 물이 조금 서쪽으로 굽어나가고 산이 약간 솟아난 것이 만나는 곳에 여름이면 서늘하게 지내고 겨울이면 따스하게 지낼 집을 지어서, 옥적산방이라 이름했다. 옥적은 김수로의 옛 도읍의 암혈에서 나왔는데, 공 이 가장 진장하는 것이다. 당이 이루어지자 글을 적어 기록해 달라고 하면서, 동천洞 天·계곡 속 별천지이 그윽하고 빼어나서 옛 악기의 고묘高妙함에 짝할 만하다고 했다. 공은 국가계책을 넓히고 치밀하게 하며 임금을 가까이에서 모시다가, 4년에 걸쳐 연이어 사직소를 올려, 병을 이유로 원보元輔·영의정의 직을 해면하고, 각건과 야복으로 바위와 시내 사이에서 두루 구경하고 소요하여, 밭을 가는 농부와 들판의 아낙이 만나더라 도 놀라지 않을 정도로 되었다. 풀덤불을 깎아내니 바위가 드러나고 물줄기를 이끌 어 흐르게 하자 샘이 가득 차서, 너럭바위 위로 내달려 솟아나며 때 맞는 비가 도와 준다. 그윽한 숲이 둘러 있고 두터운 언덕이 연이어서, 으슥하고 밝으며 도타우면서 커서, 하나하나가 제자리를 지킴이 천연으로 이루어져 있다. 생각건대 도성에서 지 척으로 가까운 교외로서, 사방의 주위에 이러한 선별에 견줄 만한 곳이 없다. 그러 므로 정녕 공의 즐거움이 대단하여서 장차 쇠북과 쇠솥에 공훈의 이름을 새기는 것 을 하찮게 여기고 고관대작의 수레가 자신을 더럽히기라도 하듯이 여길 것이 마땅 하다. 하지만 공은 세상을 잊음에 너무 과감한 것이 아니겠는가? 그러나 종국國家社稷 을 자나 깨나 연모함은 어디를 가든 마음속에 맺혀 있기에, 문을 닫아걸고 자신의 마음을 기르거나 들판에 나가 새 짐승을 잡더라도 역시 어디를 가든 취미가 있지 않겠는가? 그 귀결하는 바는 한 가지인 것이다. 무릇 타고 남은 오동 거문고焦尾琴 속 에서 낭환자嫏嬛子와 대척자大滌子의 현현을 만난다는 것은 한漢나라 진晉의 시기에 시작되었으니, 비록 조물주의 미묘한 공적으로도 오히려 이것을 앞으로 밀치거나 뒤로 당기거나 하여 이동시킬 수가 없는 것이다. 지금 수백, 수천 년에 귀중한 보물이 소리를 거두어, 반드시 공公에게 귀속하고, 이 산이 있은 이후로 이 샘과 이 바위가 묻혀 있고 숨어 있다가 반드시 공을 기다린 뒤에 그 우람하고 날래게 튀는 상狀이 드러나게 되었으니, 어찌 공이 인력으로 그렇게 만든 것이겠는가! 다만 운수가 거기에 개재할 따름이다. 이 사람은 이 어름의 뒤를 쫓아다니면서, 안개와 구름이 덮고 푸른빛과 비취빛이 어우러진 산꼭대기를 한두 번 두루 감상할 수 있었다. 훗날 밤 달이 밝기를 기다렸다가 거듭 신선 집의 문을 두드려, 진晉나라 환이桓伊가 젓대를 한 곡조 뜯고, 북송 때 이계李肇가 퉁소 구멍을 눌러 신곡을 부는 것을 듣게 된다면, 산수의 맑은 소리가 그 동안 발하지 않은 것을 더욱 발하여, 더욱 유쾌하게 되지 않겠는가?

헌종이 1849년 6월 6일임신에 승하할 때 권돈인은 판중추부사로 있었다. 대왕대비는 구전口傳으로, "원상院相은 권 판부사로 삼으라."라고 하교했다.

철종 2년1852년 6월, 철종의 증조부 진종眞宗의 신주를 종묘에서 영녕전永寧殿으로 옮겨 시제時祭를 지내야 한다는 의론이 일어났다. 안동김씨 권력자들이 주장한 조천례祧遷禮의 논의였다. 권돈인은 진종의 시제는 아직 이르다며 반대했다. 결국 권돈인은 안동김씨들에게 패하여 영의정의 직에서 파직당하고 순흥으로 유배되었다. 철종 10년1859년 1월, 권돈인은 경상도 영산현으로 이배되었다가 그해 4월 유배지에서 타계했다. 귀양살이 7년째를 맞던 때로, 향년 76세였다.

권돈인에게는 뒷날 문헌공文獻公이라는 시호가 내렸다. 묘는 충청북도 제천시 금성면 구룡리에 있다.

권돈인이 진종의 조천례에 반대해서 순흥으로 유배될 때 김정희金正喜도 그에게 연루되어 북청으로 귀양을 갔다. 김정희는 이듬해 풀려났으나 정계 복귀가 여의치 않자, 봉은사奉恩寺에 머물며 선지식과 어울렸다.

권돈인은 일생을 김정희와 친밀하게 지냈고, 김정희만큼 서화에 뛰어나 예서체의 비문을 잘 썼다. 그가 그린 〈세한도歲寒圖〉는 김정희의 〈세한도〉와 화풍이 가깝다고 한다. 현재 국립중앙박물관에 소장되어 있다.

권돈인은 순조 32년1832년에 김정희의 부탁으로 황초령 진흥왕 순수비黃草嶺眞興王巡狩碑의 하단 부분을 찾아냈다. 이 진흥왕 순수비는 함경남도 장진군 황초령 꼭대기에 있다. 본래 신립, 한백겸, 유척기, 홍양호를 통해 세간에 알려졌다. 홍양호가 정조 14년1790년에 함흥 통판으로 부임하는 유한돈에게 이 비를 확인해 달라고 했을 때는, 탁본을 성가시게 여긴 백성들이 비를 벼랑 아래로 떨어뜨린 뒤였다. 김정희는 북한산의 진흥왕 순수비를 발견하고, 다시 함경도 관찰사로 있던 권돈인에게 황초령비를 확인해 줄 것을 부탁했다. 권돈인은 비의 하단을 찾아내어 관아로 옮겨 보존했다. 김정희는 철종 3년1852년에 북청에 유배되어 있을 때 함경도 관찰사 윤정현에게 부탁해서 비를 황초령 고개 아래의 중령진에 옮겨 놓게 했다. 당시 김정희는 '진흥북수고경眞興北狩古竟'이라는 현판을 적어 보냈다.

언젠가 김정희는 권돈인에게 동유東遊 소식을 묻는 서한을 내어, 금강산은 곧 대림구산大林丘山으로서, 기왕의 누정이나 서실이 위치한 소경小景의 안온한 공간과는 다르다는 점을 해학적으로 말했다.

해악海嶽이 솟아나오고 영록신령한 물굽이이 모습을 드러낸 곳에 담무갈보살曇無竭菩薩은 앞에서 인도하고 영랑과 술랑[신라 때 삼일포에서 놀았던 사선四仙 가운데 두 사람]은 뒤를 맡아서, 안으로는 만폭동萬瀑洞이 있고 밖으로는 구룡연九龍淵이 있었을 것이니, 지팡이와 견여肩輿로 일행이 단란한 가운데 갖가지 신령한 동굴과 갖가지 신우神宇·佛宇는 필경 어떠하던가요? 보내주신 서찰에 대인상大人相·부처님이 재관신宰官身으로 현현했다고 하셨습니다. 연로하신 몸으로 이 일대사一大事를 성취하셨으니, 그것이 어찌 작은 인연이겠습니까? 상법像法과 말법末法의 혼탁한 시대에는 일찍이 거의 없었던 일입니다. 매양 이 산에서 노닐고 돌아온 사람 가운데 혹은 "본 것이 들은 것만 못하다."라고도 하는데, 이 말도 괴이할 것이 없습니다. 옛날 무후武侯·제갈공명의 밑에 있었던 한 늙은 군졸이 진晉나라 때까지 생존해 있었는데, 혹자가 무후에 대하여 묻자, 그는 대답하기를 "무후가 살았을 때는 보기에 특이한 사람이 아니었는데, 무후가 죽은 뒤에

김정희의 대련(對聯)

개인 기탁, 국립중앙박물관 소장, 허가번호[중박 201110-5651].

야운선생(野雲先生)의 시를 적은 것으로, 본문과 뜻은 이러하다.

"古木曾嶸鴉去後(고목증영아거후)
夕陽迢遞客來初(석양초체객래초)."

"갈가마귀 떠난 후 고목만 우뚝하고,
손님 당도하자 석양이 아스라하다."

여백에도 시가 있다. 야운선생은 김정희가 젊어서 청나라 북경에 가서 완원(阮元) 등과 교유할 때 만난 청나라 문인이다. 김정희의 시 〈내가 북경에 들어가서 제공들과 서로 사귀기는 했으나 시로써 계합을 다진 적은 없었다. 돌아올 무렵에 섭섭한 회포를 금할 길 없어 만필로 구호하다(我入京 與諸公相交 未曾以詩訂契 臨歸不禁悵觸 漫筆口號)〉에 언급되어 있다.

는 이와 같은 사람을 다시 보지 못했다."라고 했습니다. 이 말을 옮겨다가 이 산의 공안公案으로 삼고자 합니다.

김정희는 금강산 유람을 두고, 신화와 전설, 불법의 세계가 혼효되어 있는 별세계로의 탐사라고 보았다. 그렇기에 이 글을 쓰면서 유람의 체험 뒤에 남는 감동과 그 의미의 확장 가능성을 더욱 중요시했다.

또 김정희는 권돈인에게 부친 다른 서찰에서, 당로자當路者·권력자들을 비판하는 뜻을 우아한 해학의 언어로 표현했다.

매양 보건대, 현세現世를 주재하는 자는 비유하자면 마치 화사畵師가 지옥변상도地獄變相圖를 만들면서 자신의 입장을 스스로 돌아보고 반복하여 두려워하는 것과 같으니, 어찌 대단히 가소로운 일이 아니겠습니까? 오吳와 월越이 서로 으르렁거리는 것은 마치 8월의 해조海潮와 같아서 한 번 거두면 바로 잔잔한 해류海流가 되고, 귀신이나 짐승처럼 생긴 험한 산봉우리는 마치 만점萬點의 촉산蜀山과 같되 한 번 전환하면 곧 평지를 이룹니다. 그리고 나방이 등잔불로 달려가는 것은 늘 그래왔듯이 밝음을 찾는 것이고, 파리가 창문에 부딪치는 것은 밖으로 나가고 싶어 했기 때문입니다. 삼가 모르겠습니다마는 어떻게 생각하십니까?

김정희는 당로자의 만행을 규탄하되, 《주역》〈간괘艮卦〉에 대한 정이程頤·북송의 유학자의 전傳을 끌어와서, "온갖 사물은 각각 제자리가 있는 것이니, 제자리를 얻으면 편안하고 제자리를 잃으면 어긋나는 일이다."라고 하여, 천리의 운행을 신뢰하여 현세를 달관하는 정신경계를 잃지 말자고 권면했다.

헌종 3년에는 남응중·남경중이, 헌종 10년에는 민진용·이원덕이 역모를 하다가 발각되었다. 이 두 사건은 헌종 초기에 국왕의 권위가 얼마나 미약했는지를 잘 말해 준다. 헌종이 왕위에 있었던 1834년부터 1849년까지는 풍양조씨와 안동김씨의 척신들이 정권을 장악해서 정치가 문란하고 관리들은 탐학했다. 곤궁한 백성들은 천주교에서 구원의 가능성을 보았다. 하지만 위정자들은 천주교를 탄압해서 기해박해가 일어났다. 이때 프랑스는 자국 선교사들이 살해되어 죽었다는 이유로 군함을 파견해서 그 일을 추궁하려 했다.

권돈인은 헌종이 친정을 할 때 좌의정과 영의정으로 있으면서 양심적인 정책을 펴려고 했으나, 척신정치의 벽에 부딪혀 원대한 계획을 실행할 수 없었다. 그렇기에 네 번이나 영의정의 직을 해면할 것을 청하여 간신히 번리의 옥적산방에 은둔할 수 있었다. 헌종이 그의 네 번째 사직 상소에 대해 윤허를 내린 것은 그에게 내린 가장 큰 선물이었다고 할 수 있다.

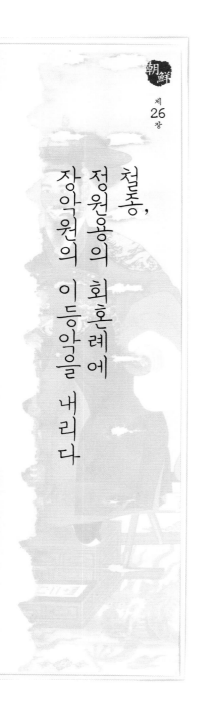

제 26 장

철종, 정원용의 회혼례에 장악원의 이등악을 내리다

조선시대에 관직 생활을 오래 한 사람들 가운데 특히 주목할 만한 인물로 정원용鄭元容을 꼽을 수 있다. 그는 순조와 헌종, 철종, 고종 등 4대 왕에 걸쳐 72년간을 조정에서 보내며 30년간 재상 직에 있었고 영의정을 여섯 차례나 지냈다. 명나라의 경우 호형胡濙은 여섯 왕을 두루 섬기면서 60년 동안 관직에 머물렀고, 왕서王恕는 50여 년이나 벼슬을 살았으며, 영국공英國公 장보張輔의 아들 장무張懋는 공작公爵을 이은 것이 66년이었고 병권을 잡은 것이 40년이었다. 유윤劉玧은 50여 년을 관직에 있었고, 곽횡郭鋐은 50년을 벼슬했다. 하지만 조선에서는 그렇게 오랫동안 관직에 있었던 사람은 정원용 외에는 없다.

회동 정씨라고 하면 조선시대의 명문가 가운데서도 명문가이다. 본래 동래 정씨로서 서울 회동에 세거世居한 마을에 대대로 삶했던 집안을 가리킨다. 선조 때 정유길鄭惟吉은 좌의정을 지냈고, 그의 아들 정창연鄭昌衍의 손자 정태화鄭太和는 현종 때 영의정을 여섯 번이나 복배받았다. 정유길의 직손 가운데서 한성판윤이 14명이나 나왔고 부마가 둘이나 나왔다. 회동 정씨의 정원용은 순조 때부터 노론 벌열閥閱들과 교분을 쌓더니, 철종을 강화도에서 모셔와 옹립하는 데 공을 세웠다.

철종 8년1857년 정월에 영중추부사로 있던 정원용은 회근回졸을 맞게 되었다. 철종은 1월 4일에, "이원梨園으로 하여금 2등악二等樂을 보내게 하되, 당일에는 승지를 보내어 선온宣醞·궁중에서 빚은 술을 내림하고, 잔치에 드는 비용과 안팎의 옷감, 음식물을 해조該曹로 하여금 넉넉히 보내도록 하라."라고 하교했다.

회근이란 혼인한 지 예순 돌을 가리키는데, 회혼이라고도 한다. 합근合졸의 60 갑자가 돌아왔다고 해서 회근이라 하는 것이니, 합근이란 혼례식 때 신랑과 신부가 술잔을 주고 받는 절차를 가리킨다. 근세 이전에는 회근回혼을 맞이하는 사람이 매우 드물었다. 그래서 사대부들은 회근례回혼례를 치르고 연회를 베풀어 지인들과 함께 즐겼으며, 그날을 기념하는 시문을 남겼다. 그런데 철종은 정원용의 회근을 기념해서 각별한 선물을 내린 것이다.

이원은 국가의 음악기구인 장악원掌樂院을 말한다. 본래 국왕은 신하의 기로연耆老宴 · 영친연榮親宴 등에 정재呈才 · 여기女妓 · 악공樂工 등을 보냈다. 이것을 사악賜樂이라 했다. 사악에는 4등급이 있었다. 1등악은 악사樂師 1인, 여기 20인, 악공 10인을 내리는 것을 말한다. 이등악은 여기와 악공의 수를 감해서 내렸다.

며칠 뒤 1월 17일경오, 정원용이 사가에서 회근례를 올릴 때 철종은 사관을 보내 위문했다. 또 정원용을 희정당에서 불러 보고, "만일 사람들마다 그대처럼 수를 누리고 오늘 같은 기회를 겸할 수 있다면 어찌 성대한 일이 아니겠는가?"라고, 글을 지어서 내려 주었다. 정원용이 절하여 받고는 이렇게 아뢰었다. 이 말은《철종실록》의 해당 일자에 실려 있다.

전하께서 지으신 글 중에 '스스로 바란다(自希)'는 말씀이 있었는데, 이는 성인이 덕을 닦아서 복을 구하는 뜻입니다. 옛날에 송나라 태조는 국운을 연면히 이어갈 방책을 생각하여 이인異人을 불러서 물었는데 이인은 안민安民이란 두 글자를 써서 올렸습니다. 또 태종은 수를 오래 누릴 수 있는 영묘한 방도를 생각하여 천하의 고령자를 불러서 물었는데, 고령자는 과욕寡慾이란 두 글자를 써서 올렸습니다. 무릇 안민에 대해서는 전하께서 이인의 말을 기다리지 않고도 스스로 터득하시고 이를 집의 문미門楣에 써서 걸었으니, 다시 무엇을 더 진술하여 권면하겠습니까? 그런데 편안함이란 저절로 편안해지는 것이 아니라 위에서 백성을 품어서 보전한 다음에야 편안해질 수 있는 것입니다. 과욕은 양생의 비결인데, 욕심이란 식욕이나 색욕을 말하는 것으로 사람에게 없을 수 없는 것입니다. 그러므로 적게 하라는 것은 절제하라는 뜻

│ 평생도(平生圖) 부분

18세기, 전(傳) 김홍도 필. 8폭. 국립중앙박물관 소장. 허가번호[중박 201110−5651].

평생도란 사람의 한평생을 몇 개의 단계로 압축하여 그린 풍속화이다. 처음에는 주로 사대부의 일생을 기념하는 개인용 기록화의 성격을 지녔으나, 뒤에는 남성의 일대기로 정형화되어 민화와 석판화로 제작되었다. 주로 6폭·8폭·10폭 병풍 그림으로, 돌잔치부터 혼례식·과거급제·벼슬살이·회갑연·회혼식 등을 그렸다. 김홍도가 정조 6년(1782년)에 그렸다고 전하는 《모당평생도(慕堂平生圖)》 8폭과 《담와평생도(淡窩平生圖)》가 국립중앙박물관에 소장되어 있다. 모당평생도는 홍이상을, 담와평생도는 홍계희를 모델로 했다고 하지만, 그림과 실제 삶과는 부합하지 않는 부분이 있다.

입니다. 이 도리를 힘써 행하려 한다면 그 요체는 독서만한 것이 없습니다. 부디 전하께서는 기거 동작을 삼가고 음식을 절제하여 독서로써 양생의 방도를 삼으소서.

정원용의 이 말에는 철종의 문장을 가만히 비평하고, 그것을 기회로 욕심을 줄이라고 계도하는 뜻이 담겨 있다.

철종은 정원용의 진언을 듣고 나서 술을 한 잔 가득 따라 그에게 주면서 다 마시라고 했다. 그러고 나서 은병銀瓶과 은배銀盃를 거두어 하사했다. 정원용은, "신이 본래 술을 마실 줄 모르지만 지금 은병과 은배를 하사받았으므로 이제부터는 술을 마시겠습니다."라고 했다.

회근례에서 술과 2등악을 하사받은 다음날, 정원용은 〈사회근일선온전문謝回졸日宣醞箋文〉의 글을 지어 철종에게 올렸다.

엎드려 생각하건대, 연치가 희년稀年을 넘어 합근合졸의 옛 연도가 이르러 왔는데, 특별한 은택을 입어 선온하신다는 특지가 반포되니, 온 집안이 영화로워 대궐을 바라보면서 송축합니다. 삼가 생각건대, 신은 선조의 음덕을 입고 성스러운 조정을 만나, 일찌감치 영고寧考·선왕께서 군림하실 때 벼슬살이 장부 끝에 이름이 기록되었습니다. 헌종을 섬기게 되면서는, 그 자별하셨던 관심을 천지와 하해와 같다고 표현하더라도 제대로 나타낼 수가 없을 정도여서 대왕대비께서 수렴청정하시던 날에는 거듭 재상의 직에 배수되었습니다. 금상을 보필하게 되면서는 군은에 보답하려고 했으나, 웅덩이 물이나 먼지의 티끌, 실오라기 하나 터럭 하나같이 미미한 공로조차 일컬을 것이 전혀 없습니다. 태평시절에 태어나 자라나서, 번번이 노인을 우대하여 은혜로 봉양하는 악택渥澤·은택을 입었고, 모여듦에 극極이 있고 돌아감에 극極이 있어, 복을 거두어 널리 주시는 아름다운 덕택에 오랫동안 젖어 왔습니다. 걸해乞骸·사직하려는 바람을 미처 이루지 못했기에, 늘 전리田里를 그리워했습니다. 영광스런 총우寵遇가 분수를 뛰어넘음을 두려워하기를 마치 깊은 못에 임하고 엷은 얼음을 밟는 듯이 합니다. 군주의 덕을 요임금과 순임금에 같아지도록 바랄 뿐이니, 어리석은 저의 진정은 늙을수록 더욱 간절해집니다. 대왕대비의 연령이 문왕의 어머니 태임과 문왕의 비 태사씨와 가까운 것을 축하드리며 만수무강하시기를 멀리서 송축합니다. 그런데 지금 세성歲星의 기년紀年이 정丁에 해당하니, 곧 신의 욱조旭朝[제때에 맞게 혼례를 올렸다는 뜻. 예법과 시기를 맞추어 혼례를 올려야 한다는 내용의 《시경》 패풍邶風 〈포유고엽匏有苦葉〉에 나오는 말.]의 회갑입니다. 예법에 관한 경전에는 혼인이 중요함을 기록하고 있으면서도 다만 "가서 너를 도울 사람을 맞이하라爾相往迎"라고 했고 [《의례儀禮》 〈사혼례士婚禮〉에, "가서 너의 짝을 맞이하여 우리 집안 제사의 일을 이어 받도록 하라."라고 했음]. 《시경》의 시인은 시집을 가는 여인이 집안에 적절해야 한다는 것을 노래하면서도 그저 "그대와 함께 늙겠노라."라고 했으니[《시경》 패풍 〈격고擊鼓〉에, "죽으나 사나 만나나 헤어지나, 그대와 함께 하자 언약하였지. 그대의 손을 잡고, 그대와 함께 늙겠노라."라고 했음]. 만약 한결같이 처음 결리結褵[딸이 시집갈 때 어머니가 경계의 말을 하며 향주머니를 채워 주는 것으로, 결혼을 뜻함. 《시경》 빈풍豳風 〈동산東山〉에 나온 말]하던 때를 모방하고자 한다면 아마도 도서나 역사서에 징험할 것이 없을 것입니다. 합환주를 마시는 의식을 거듭 베푸는 것은 여항에서 근래 행하는 것으로, 부부의 금슬을 기원하는 평상을 차려놓고 호호백발이 그저 종족들과 함께 즐기고, 바가지 술을 두고 때때옷 입은 자식과 손자들이 축하하는 데 그칠 뿐입니다. 그렇거늘 미천한 이 사람의 혼사에 관계된 일이 갑자기 높고 높은 구중궁궐에 들리게 될 줄이야 어찌 알았겠습니까? 이 신하를 보시기를 집안사람같이 보시고, 이런 일이 아주 희귀하다고 돈유하며, 호부에서 물자를 내어서 거듭 하사하시기를 번성하게 하시며, 비단 젓대와 구슬 현으로 이루어진 이원梨園의 이등 신선 음악에, 누런 표로 봉하고 자색 수건에 싸서 내주內廚의 상품인 궁줄 술이 내려오고, 삼공과 일품 관료가 빈례賓禮와 조의朝儀를 갖춰 줄을 이었습니다. 그래서 음력 정월 초하루에 마시는 축하 술인 초백주와 새로 봄에 빚은 술인 신양新釀으로 향음鄕飮과 공연公讌에서 서로 수작하며, 큰 말술을 따라서 상감마마의 광채를 자랑하고, 옥체의 연수가 남산과 같기를 기원하여 봉황의 대궐에 바쳤습니다. 이때 도승지가 쑥대 문에 임하여 교지를 선포하니, 어찌 사사로운 마음을 안정시킬 수 있겠습니까? 하사품이 모형나무 비녀를 꽂은 가

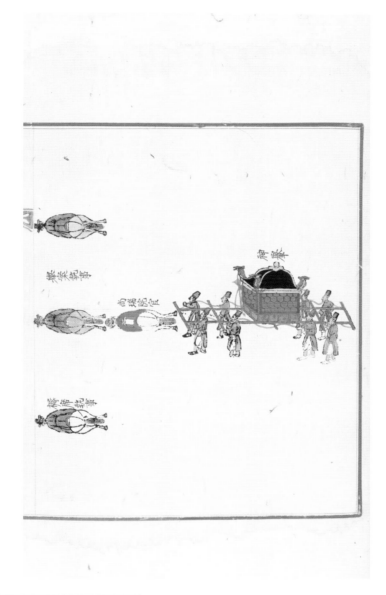

┃ 철종대왕부묘도감의궤(哲宗大王祔廟都監儀軌)

고종 3년(1866년) 부묘도감(祔廟都監) 편. 필사본. 서울대학교 규장각한국학연구원 소장.

고종 2년(1865년) 10월부터 1866년 2월까지 철종(1831~1863년)의 신주를 효문전(孝文殿)에서 태묘(太廟 : 종묘)로 옮겨 부묘(祔廟)한 기록이다. 〈좌목(座目)〉에 의하면, 도제조는 행판돈녕부사 이경재(李景在), 제조는 흥인군(興仁君) 이최응(李最應) 등이다. 〈일방(一房)〉에 반차도(班次圖)가 들어 있다.

난한 처에게 이르니, 수척한 얼굴이 다시 빛납니다. 어찌 미미한 몸뚱이의 취약하고 하잘것없는 자질로서 긴 수명의 연수에 뛰어오를 수 있었겠습니까? 실로 성스러운 시대가 생성해 주고 적셔서 길러주신 공입니다. 조물주가 만물을 만들어 주시는 듯한 큰 공덕을 외람되이 입어 50년이나 임금님을 받들었으니, 그 은혜와 그 은덕은 비할 나위가 없습니다. 황하가 1,000년 만에 한 번씩 맑아지면 반드시 성인이 나는 운수라는 천일千—의 성스러운 시대를 만났으니, 이 삶이 이 세상에서 어떻게 보답하겠습니까? 늙은이나 어린아이나 함께 두 손을 떠받들고 아홉 번 머리를 조아려 큰 절을 하면서, 궁궐 전각의 모서리를 우러러보면서 천세토록 장수하시길 세 번 외칩니다. 이는 대개 주상전하의 하늘과 같은 인仁이 어느 품물이든 완수케 하는 덕을 입어 그러한 것입니다. 정월이면 번번이 옷과 음식을 하사하시어, 우상虞庠·대학[《예기》 〈왕제王制〉에 "주나라 사람은 국로國老를 동교東膠에서 봉양하고 서로庶老를 우상虞庠에서 봉양하는데, 우상은 주나라 서쪽 교외에 있다."라고 했음]에서 연치의 노인을 숭상하는 법규를 따르려 힘쓰시고, 탄신일에는 곧바로 늙은이를 부르시어, 주나라 궁에서 노인을 대접하던 예법을 그대로 준수하시더니, 마침내 혼인의 해를 거듭 만나는 자취가 있게 되자 축하연의 날에 높다랗게 장식하는 은영恩榮을 입게 하시고, 궁궐에서 음식을 내리는 시기를 맞게 하셨습니다. 정치는 은혜를 널리 베풂을 우선하시어, 분사分司하여 노인 봉양을 지극히 하는 권우眷遇를 입었습니다. 은혜가 신하의 마음을 내 마음으로 이해하심에서 말미암았으니, 신이 어찌 감히 〈천보天保〉장[《시경》의 편명. 신하가 임금의 복을 빌어 주며 부르는 노래로, "하느님이 우리 임금 안정시키기를 매우 공고히 하셨구나! 우리 임금으로 하여금 모든 것을 다 좋게 하셨으니 무슨 복인들 내려 주지 않으랴."라고 운운함]을 외우고 화봉華封의 축원[《장자》에 나오는 말로, 화주華州의 변경을 수비하는 사람이 요堯 임금에게 축복을 드린 일을 말함]을 본받지 않겠습니까? 국가에 경사가 있으면 나아가 하례하여, 번번이 학발鶴髮·흰머리과 태배鮐背·북어껍질 같은 노인의 등의 반열을 따랐습니다만, 하늘이 덕 있는 분을 보우하사 상서로운 조짐을 내려주시니, 길이 〈관저關雎〉군주 부부가 금슬이 좋음을 찬양한 노래와 〈인지지麟之趾〉군주의 자손이 번창하길 기원하는 노래의 송가를 올립니다.

▌철종임금 초상(哲宗御眞)

철종 12년(1861년) 이한철(李漢喆)과 조중묵(趙重默) 등 제작. 202.0×93.0(세로 ×가로 : 단위 cm). 국립고궁박물관 소장. 보물 제1492호.

군복본(軍服本)으로, 오른쪽 1/3이 소실되었다. 왼쪽 상단에 "予三十一歲 哲宗熙倫正極粹德純聖文顯武成獻仁英孝大王"이라고 적혀 있다. 철종 12년(1861년)에 도사되었음을 말해 준다. 규장각 편 《어진도사사실(御眞圖寫事實)》에 의하면, 이한철과 조중묵이 주관화사를 맡고, 김하종(金夏鍾)·박기준(朴基駿)·이형록(李亨祿)·백영배(白英培)·백은배(白殷培)·유숙(劉淑) 등이 도왔다고 한다. 1개월여에 걸쳐 상사포본(緗紗袍本)과 군복본을 모사했으나 현재 군복본만 전한다.

철종 13년1862년 정월에 정원용은 팔순이 되고, 또 순조 2년1802년 10월에 순조의 혼례를 축하하는 경과慶科에서 급제한 지 60년이 되었다. 철종은 정원용이 나이와 덕망이 모두 높고 네 조정을 두루 섬긴 데다가 급제했던 과거가 경과였던 것을 이유로, 문과 회방일文科回榜日에 궤장을 내리고 연수宴需·연회에 소용되는 물품를 실어 보냈다. 그리고 승지를 보내 선온宣醞하고 1등의 풍악을 내려 이 드물게 있는 성사盛事를 장식하고 특별히 우대하는 배려를 표시했다.

회방일이란 문과 합격자의 발표절차인 방방放榜이 있은 지 60갑자를 맞는 날을 말한다. 예전에는 회방일을 맞을 만큼 수壽를 다하는 사람이 많지 않았으므로, 회방일을 맞는 사람은 그날 연회를 열어 기념했다.

회방일에 1등악을 하사받은 다음날, 정원용은 〈성은의 유지를 받은 후 성명이미 내린 명령을 거두시라고 청하는 차자恩諭後請收成命箚〉를 올렸다.

엎드려 생각하건데 봉력鳳曆이 새로워지고 용덕龍德이 정중正中하는 때에 옥도玉度가 만강萬康하고 길경吉慶이 태래泰來하여, 〈인지麟趾〉가 〈관저關雎〉에 응함을 축수하고, 오복이 귀주龜疇에서 내림을 송축합니다. 상서로운 조화가 경역에 넘치니 기쁘고 즐거움이 어찌 다함이 있겠습니까! 그런데 정월의 원일元日에 근신으로 하여금 성왕의 돈유를 받들게 하여 신의 사택에 임하게 하셨습니다. 신이 머리를 조아리고 무릎을 꿇고 절하여 두 손으로 받들고 펼쳐 읽어보니, 신이 급제하여 어사화를 머리에 꽂았던 옛 간지가 돌아왔다고 하여, 특별히 경림瓊林의 중대한 잔치를 배푸셨으니 은택의 말씀이 찬란하고 하사물품이 거듭 이르렀습니다. 신의 온 집안사람들이 모여서 축하하니 감격하고 황공함이 교대로 일어났습니다. 신은 본시 물렁물렁하고 힘 없는 자질로서, 우리 세 성조와 우리 전하께서 생성하고 함육해 주시는 은덕을 두텁게 입었습니다. 비유하자면 양춘의 따스하게 덥혀 주고 촉촉이 적셔 주는 은택과 사방으로 트인 거리와 크게 뚫린 길과도 같고, 노둔한 말이 제대로 탈 것도 못 되거늘 멀리까지 나아가고, 쓸모없는 나무가 재목감이 못 되어 온전함을 지킬 수 있는 것과 같았습니다. 그렇거늘 팔순의 나이에 올라 금일이 있을 수 있으리란 것을, 어찌 신이 기대하고 바랐겠습니까? 모두 우리 조물주 같은 은덕을 지닌 상감께서 내려 주신 것입니다.

신은 약관의 젊은 나이에 다행히 우리 성스러운 선왕이신 순묘純祖께서 주나라 문왕이 다리를 놓아 위수에서 부인을 맞았듯이[주나라 문왕이 부인 태사太姒를 위수에서 맞이한 일에서 온 말로, 국왕의 혼례를 말함. 《시경》 대아 〈대명大明〉에서 나옴] 가례를 행하시던 때에, 성균관에 들어가 과거에 응시할 자격을 얻어 왕의 조정에서 시권試券을 올려 운 좋게 과거에 급제하고는, 마침내 문신의 명부에 이름이 올라, 허다한 광음歲月을 거치면서 한없는 은덕을 삼가 받들었습니다. 요행으로 명승冥陞[승진. 《주역》〈승괘升卦〉에 "상육上六은 올라감에 어두우니, 쉬지 않는 정도貞道에 이롭다."라고 했음]을 외람되이 하고 의정부에 몸을 둔 것이, 이래로 20여 년 되었는데, 이제 창명唱名[방방放榜]의 옛 간지가 다시 돌아오니 옛일을 서글퍼하는 충정이 더욱 절실합니다. 거문고와 종에 맞춰 노래하고 송축하는 것은 지난날과 같되 백운향白雲鄕·부모가 계신 곳은 시야에 들어오고, 황금빛 첩帖을 내려 주시는 영광과 기쁨은 눈앞에 있으나 풍수風樹·돌아가신 부모는 미치지 못하니, 옛 군주를 잊지 못하는 마음과 부모님을 그리워하는 회포에 옛날과 지금을 되돌아보면 무슨 마음에 차마 영광을 누리겠습니까? 내주內廚·궁궐 안 부엌의 노란색으로 봉인한 궁온과 이원梨園의 일등 음악은, 성군의 생각이 분식賁飾해 주시려는 데 얽혀 있습니다만, 사사로운 분수가 어찌 감히 참람됨에 편안하겠습니까? 하물며 궤장을 하사하심은 기석耆碩·고령의 덕 있는 인물을 우대하여 예법을 베푸는 세상에 보기 드문 은전입니다. 신의 조상이 두 번이나 이 하사를 받아서 성대한 일로 전해져 오고 있습니다만, 저로 말하면 정무에 아무 역할도 하지 못했거늘 도리어 낳아주신 분을 욕되게 하는 두려움을 끼치게 되었으니, 이에 더욱 신은 부끄러워하고 벌벌 떨며 감히 명을 받들지 못하겠습니다. 옷과 음식을 하사하신 은혜의 경우에는 신이 늘 불충不衷하여 창피하다는 생각을 품고 있어서, 늘 시위소찬尸位素餐한다는 비난을 받을까 두려워했으니, 어찌 감히 은나라에서 상자에 담아 함부로 주지 않고 근실히 했던 정치[《서경》〈열명說命〉에 "의상을 상자에 잘 간직해 두어야 한다."라고 했고, 그 전傳에 "의상은 덕 있는 이에게 명하여 내리는 것이니, 반드시 상자에 두어 삼가는 것은 함부로 주는 일이 없도록 경계한 것이다."라고 했음]에 누가 되겠으며, 주나라에서 세발솥에 들어 있는 진기한 음식을 신하들에게 나누어주던 권우眷遇를 바라겠습니까? 그런데다 지금은 곡식이 귀하고 면포가 부족하여 민생에 가난이 많습니다. 삼가 바라건대, 성상께서는 옷을 신하에게 내려 주신 이 마음을 미루시어 나라 전체의 추위에 떠는 이들에게 미치시고, 음식을 아랫사람에게 주신 생각을 베푸시어 나라 전체의 배고파하는 자들에게 미치시어, 어진 정치와 어질다는 명성이 온 경역 안에 충분히 가득하여, 이 백성들로 하여금 주리지 않고 춥지 않게 하시어 길이 춘풍의 화기 속에 있게 하신다면, 저와 같은 자는 그들과 함께 따뜻하고 그들과 함께 배가 불러서 성군의 은택을 노래하며 칭송할 것입니다. 그 즐거워하고 기뻐하는 바가 어찌 장원壯元이 배불리 먹고 좋은 옷을 입는 영광에 견줄 정도이겠습니까? 영광을 만나 송구해 하면서 서찰을 갖추어 정성을 바치니, 성명께서 신의 진정을 곡진曲盡하게 살피시어 성명成命·이미 내린 명령을 환수하시어, 조정의 은전을 중하게 하시고 사사로운 저의 마음을 편안하게 해 주시길 바랍니다.

철종은 정원용의 이 차자를 보고 비답을 내려 다음과 같이 말했다.

"차자를 보니 경의 간곡한 뜻을 모두 잘 알겠다. 존년尊年·많은 나이에 대해 성대한 예전을 베푸는 것은 이미 열조의 고사가 있다. 더구나 경은 조상이 두 번이나 이 하사를 받지 않았느냐? 부디 겸손해 하여 사양하지 말고, 안심하고 수령하기 바란다."

마침내 정원용은 각종 하사품을 수령하고 궤장을 받았다. 그리고 이튿날에는 〈사문과회방일사궤장선온전문謝文科回榜日 賜几杖宣醞箋文〉을 올려 사례했다.

정원용1783~1873년의 호는 경산經山이다. 영의정을 지낸 정태화鄭太和의 6세손이다. 할아버지는 사간원 대사간을 지낸 정계순鄭啓淳, 아버지는 돈녕부 도정을 지낸 정동만鄭東晩이다. 아들로는 이조판서를 지낸 정기세鄭基世와 부사를 지낸 정기명鄭基明이 있다.

정원용은 순조 2년1802년의 문과에 급제하여 이조와 예조, 병조의 참판 등 여러

26
장

철종,
정원용의
회혼례에
장악원의
이동악을
내리다

관직을 두루 거쳤다. 순조 21년1821년에 괴질이 서북지방에 크게 번지고 천재天災가 발생하여 민심이 어지러워졌을 때는 관서 위유사로서 평안도 지방을 순찰하고 대책 마련에 힘썼다. 순조 31년1831년에는 동지사로 청나라 연경에 다녀왔다. 헌종 9년1843년에 판중추부사가 되었고, 헌종 14년1848년에는 영의정에 이르렀다. 이듬해 헌종이 승하하자 강화에 살던 덕완군 이원범李元範을 왕으로 영립할 것을 주장하여 철종으로 옹립했다.

기유년1849년 6월 6일일신에, 헌종이 재위한 지 15년 만에 후사를 두지 않고 승하했을 때 순조의 비이자 헌종의 할머니인 대왕대비 순원 숙황후純元肅皇后가 급히 대신을 불렀다. 순원 숙황후는 순조가 대한제국 광무 4년1900년에 순조 숙황제로 추존될 때 순원왕후를 추존하여 부른 이름이다. 영중추부사 조인영, 판중추부사 정원용·권돈인·박회수, 좌의정 김도희가 희정당에서 입대했다. 조인영 등이 종사를 맡길 곳을 속히 하교하시라고 청하니, 대왕대비가 무어라 말했으나 울음소리가 섞여 알아들을 수가 없었다. 정원용이 "글씨로 써서 내리소서."라고 하자, 대왕대비가 언교諺教를 내렸다. 도승지 홍종응洪鍾應이 번역하여 읽기를, "영조 임금의 혈통으로는 금상今上과 강화江華에 살고 있는 아무원범 뿐이다. 그래서 종사를 아무원범에게 맡기는 것으로 정한다."라고 했다. 두 글자 옆에 별도로 '곧 광壙의 셋째 아들이다.(卽壙之第三子)'라는 여섯 글자를 썼다.

당초에 장조莊祖, 즉 사도세자는 정조와 은언군恩彦君 이인李䄄을 낳았는데, 은언군은 전계대원군全溪大院君 이광李壙을 낳았다. 철종은 전계대원군의 셋째아들이다.

권돈인이 "광廣자의 편방이 모호합니다."라고 하자, 대왕대비가 "옥玉 자 변에 광廣자다."라고 했다. 즉시 철종을 봉하여 덕완군德完君으로 삼았다. 그리고 정원용과 홍종응에게 명하여 강화의 사저에 가서 덕완군을 맞아 오게 했다.

정원용이 강화로 덕완군을 맞이하러 갈 때 숙원 숙황후는 안구사鞍廐駟를 하사했다. 사駟는 수레를 끄는 네 마리의 말을 뜻하지만, 여기서 안구사는 안구마와 같은 말인 듯하다. 정원용은 사양하는 차자를 올렸으나, 윤허 받지 못했다. 당시 그가 올린 〈사봉영석마차辭奉迎錫馬箚〉가 그의 문집 《경산집經山集》에 실려 있다.

덕완군이 서울에 이르자 종친과 문무백관이 나와 맞이했다. 덕완군은 돈화문을 거쳐 들어와 헌종의 빈전殯殿에 나아가 거애擧哀했다. 이날 덕완군은 관례를 행하며 이름을 변昪으로 고쳤으니, 이때 나이가 19세였다. 덕완군은 9일乙亥에 인정문에서 즉위하고, 헌종의 계비인 효정왕후洪在龍의 따님를 높여서 대비로 삼았다. 하지만 헌종의 모친으로서 대왕대비가 된 신정왕후趙萬永의 따님, 즉 조대비가 수렴청정하기로 했다.

대왕대비는 언서諺書로 철종을 경계하여 이렇게 말했다.

지금 주상 역시 민간의 일을 익히 알고 계실 테지만, 백성을 사랑하는 도리로는 절검節儉을 따를 만한 것이 없소. 한 톨의 밥알이나 한 자의 베도 모두 백성에게서 나온 것이니만큼 만일 절검을 하지 않는다면 그 폐해가 백성에게 돌아갈 것이고, 백성들이 편안하게 살 수 없다면 나라가 나라꼴이 될 수 없을 것이니, 모름지기 한결같은 마음으로 독실하게 처신하여 '애민愛民'이란 두 글자를 잊지 말도록 하시오.
기왕의 공부가 어떤지는 모르겠소만 사람이 글을 읽지 않으면 고사故事에 어둡고, 고사에 어두우면 나라를 다스릴 수 없는 것이오. 비록 비통하고 황망한 중이라도 항상 유신儒臣을 접견하여 성현의 심법心法과 제왕의 치모治謨를 차츰 배워 익혀 나가도록 하시오. 그런 뒤에야 온당하게 국사를 처리할 수 있는 것이오.

철종이 승하한 뒤 작성된 행장에 따르면 철종은 강화도 시절의 어린 나이에 학문에 힘썼다고 한다. 하지만 철종은 제왕이 되기 위한 공부를 한 사람이 아니다. 시강원의 빈사들에게서 학문을 배우지도 않았다. 그렇기에 즉위한 뒤에는 수렴청정을 하는 대왕대비純元 肅皇后에 대해, 또 조회나 경연에서 얼굴을 맞대는 신료들에 대해 겉으로는 드러낼 수 없는 열등감을 지니고 있었을 것이다. 이 때문에 철종은 이따금 자신이 글씨와 경학을 공부하고 있다는 사실을 과시하고 싶어 했다.

철종 원년1850년 3월의 경연에서, 철종은 협시夾侍에게 명하여 종이 한 꾸러미를 가져와서 영경연사 정원용에게 주게 했다. 정원용이 꿇어앉아 받아서 공경히 펴

보니 《시경》〈천보天保〉편을 해서체로 쓴 여덟 폭이었다. 철종은 웃으면서, "이것은 내가 근간에 쓴 것이다."라고 했다. 정원용은, "글씨가 아정雅正합니다. 별로 크게 공을 들이지 않았는데도 성상의 기예가 이처럼 뛰어나시니, 참으로 말할 수 없이 기쁘고 경하스럽습니다. 신이 갖고 가서 소중히 보관하여 집안에 대대로 전하는 보물로 삼겠습니다."라고 했다. 철종은 "내 글씨가 무슨 보물로 삼을 만한 것이겠는가?"라고 했다.

철종은 겸손하게 말했지만 무척 기뻐했을 것이다. 그 마음 한 구석을 이 일화를 통해 엿볼 수 있다. 사관이 굳이 이 사실을 사초에 적고, 《철종실록》을 편찬한 문신들이 이 일화를 기록으로 남긴 이유는 새삼 말할 필요가 없다.

철종은 재위 3년 9월에 이문원에서 재숙齋宿하다가 소유재小酉齋의 일강日講에 들었는데, 경연에서 정원용에게 자작한 4구시를 보이면서 기념하는 글을 지으라고 하고, 신하들에게 갱진賡進하게 했다.

또 각신들이 회강하기 위해 모였을 때 정원용이 옥당에서 대기하자, 철종은 '경산노인經山老人'이라는 네 글자를 크게 써서 각리에게 주어 내리라고 했다. 정원용은 〈어서경산노인사대자기御書經山老人四大字記〉에서 이 일을 기념했다. 정원용은 그 글씨의 체세體勢가 굉려수정閎麗粹正하다고 칭송하고, 철종이 글씨를 내린 것을 당나라 문황文皇이나 송나라 인종仁宗이 한묵翰墨에 뛰어나 시종신들에게 글씨를 써서 내렸던 예에 견주었다. 그러면서 철종의 학문이 나날이 나아가는 것에 안도했다.

정원용의 〈어서경산노인사대자기〉의 일부를 보면 다음과 같다.

우리 성상은 학문이 나날이 나아가고 덕이 나날이 뛰어올라, 백성들의 마음을 얻고 하늘의 명을 누려서 해가 뜨고 초승달이 생겨나듯, 언덕이 솟고 구릉이 일어나듯 흥기하여, 자손이 천이며 억이 될 것이며, 커다란 기초를 태산의 반석 위에 놓으시고, 바다로 둘러싸인 우리 강역을 춘대春臺의 수역壽域·영원한 구역에 두실 것이다. 이러한 때에 신은 세 분 상감을 모시고 늙어서 은퇴한 옛 각신으로서 초가집 아래에 앉아 봉래의 대궐을 우러르며, 붓을 잡아 성덕송聖德頌·사중가四重歌·경착요耕鑿謠·하청사河淸詞를 모방하여 찬양하고 영탄하며, 피리·거문고 같은 악기로 연주하는 음악을 입히고 아름답고 질 좋은 옥돌로 만든 비석에 새기며, 난대蘭臺[한나라 궁궐의 장서각藏書閣]을 지닌 비서성秘書省, 여기서는 실록청 등을 뜻함]의 사씨史氏·역사가에게 고하여 특별히 기록하게 하되, 한 번만 기록하는 것으로 그치지 않게 한다. 이것은 신이 미약하고 미미하기 짝이 없는 마음을 바쳐서 부처의 은혜에 보답하는 것과 같은 것이 아니겠는가?

정원용은 성덕송, 사중가, 경착요, 하청사를 모방하여 성군의 덕을 칭송하겠다고 했다. 성덕송은 당나라 원화元和 연간에 현종이 안록산의 난을 극복한 것을 칭송하여 원결元結이 지은 대당중흥송大唐中興頌을 말한다. 사중가는 한나라 광무제의 태자를 위하여 제작된 악장으로, 일중광日重光·월중륜月重輪·성중휘星重輝·해중윤海重潤의 4장으로 되어 있다. 경착요는 요堯 임금 때 거리의 노인이 지었다는 격양가擊壤歌이다. "해가 뜨면 일어나고 해가 지면 쉬면서 내 우물 파서 물을 마시고 내 밭을 갈아서 밥을 먹나니, 임금의 힘이 나에게 무슨 상관이 있겠는가?"라고 했다. 하청사는 포조鮑照가 지은 하청송河淸頌을 말한다. 황하의 물은 1,000년에 한 번씩 맑아지는데, 먼저 사흘 동안 청수淸水가 되고 그 다음은 백수白水·적수赤水·현수玄水·황수黃水의 순으로 되돌아간다고 한다. 황하의 물이 맑아지는 것은 성군이 출현하여 태평시대가 도래하리라는 상서로운 조짐으로 꼽힌다.

또한 철종은 재위 8년1857년 5월 15일을축, 시임·원임 대신 및 국구國舅, 기사 당상耆社堂上을 소견하고, 대왕대비의 탄신을 경하하는 칠언절구를 적은 홍지紅紙 한 폭을 내렸다. 그러고 나서, "이것은 내가 친히 쓴 것이니, 경 등은 돌려가면서 본 뒤에 갱진賡進하도록 하라."라고 하교했다. 영중추부사 정원용은 "갱진한 뒤에 원래의 폭을 도로 대내大內로 들여가야 합니까?"라고 여쭈었고, 판중추부사 김흥근은 "규장각에 받들어 보관하는 것이 어떻겠습니까?"라고 했다. 그러자 철종은, "들여보낼 필요가 없다. 수상 정 대신鄭大臣이 받아두는 것이 좋겠다."라고 했다. 김도희 등이, "하나뿐인 원본이라 나누어 받을 수 없어 매우 섭섭합니다."라고 하자, 철종은 "여러 폭을 써서 대신들에게 나누어 주면 되겠는가?"라고 했다.
정원용이, "그렇게 하면 각기 대대로 전할 진귀한 보물이 될 것입니다만, 신 등이
어찌 감히 청할 수 있겠습니까?"라고 하자, 철종은 "써서 내리겠다. 갱진하는 시
는 경연의 자리에서 물러난 뒤에 지어 올리도록 하라."라고 했다.

　　정원용은 철종을 도와 국정을 바로잡고 외부로부터의 환난에 대처할 방안을
수립하고자 했다. 하지만 세도정치의 폐단으로 통치기강이 무너졌고 삼정三政은
문란했다. 철종 13년1862년에는 진주 단성지방을 시발로 삼남 지방에서 농민항쟁
이 일어났다. 철종은 봉기가 일어난 지역의 수령과 관속을 처벌하고 농민의 요구
를 일부 수렴했다. 5월에 철종은 책제策題를 내어 군정·환정·전정의 삼정에 관한
폐단에 대하여 물었다. 이때 서울과 지방의 인사들이 모두 이에 대해 토론하는
대책對策을 바쳤다.

　　철종은 삼정이정청三政釐正廳을 설치하도록 명하고 대신으로 하여금 맡아 다스리
게 하되, 경외의 선비들이 바친 대책 중에서 시행할 만한 것을 채택하여 이정釐正하
는 조목으로 삼도록 했다. 처음에는 조두순이 그 일을 주관했는데, 끝마치지 못
한 채 물러났고 정원용이 그를 대신했다. 대개 조두순은 환곡을 탕척해 주자고
했고, 정원용은 예전대로 따르되 수거修擧를 하자는 의견을 견지했다. 수거란 원래
의 법규를 그대로 잘 시행하는 것을 말한다. 특히 정액 이상의 징수로 원망이 많
았던 환정을 개선하기 위해, 법정 세액 이외의 각종 부가세를 혁파하고 도결都結이
나 방결防結을 폐지하며 환곡은 토지세로 전환시키고자 했다. 그러나 후속조치가
없었으므로, 정원용의 계책은 흐지부지되고 말았다. 그 뒤 조두순이 다시 들어와
정원용의 계책을 따라 호남과 관서에서 먼저 시행했으나, 삼정의 폐단은 없어지
지 않았고 계책의 효과도 나타나지 않았다. 이후 농민들은 현실적 구원의 기대를
종교적 지향과 결합시켜 동학을 만들어 냈다. 그러자 철종은 이를 탄압하고 교주
최제우를 혹세무민惑世誣民의 죄를 씌워 체포했다.

　　재상으로서 정원용은 실질 정치의 큰 계책을 세우고 그것을 현실에 적용해서

효과를 보는 데 주력하기보다는, 군주를 보살펴서 공봉供奉하는 데 더 힘을 기울였다. 이것은 그가 〈사회근일선온전문謝回卺日宣醞箋文〉에서 밝힌 내용과도 부합한다.

언젠가 정원용은 홍순목洪淳穆에게, "재상 일이란 어렵지 않다. 문서를 때맞추어 처리하는 데 달려 있을 뿐이다."라고 했다고 한다. 이는 김재찬金載瓚이 정승을 지낸 10년 동안에 시행한 사업이란 오직 기사년1809년·순조 9년에 진휼賑恤한 일과 임신년1812년·순조 12년에 홍경래 난을 진압한 일뿐이었음을 두고, 그가 무리하게 명예를 구하지 않은 점을 높이 쳐서 한 말이었다.

사실 조선의 정승들은 새로운 것을 만들어내기보다는 옛 제도를 그대로 지키는 것에 중점을 두었다. 숙종 때 최석정崔錫鼎이 남구만南九萬에게 정승의 도를 묻자, 남구만은 일이 손끝에 이르면 그것을 처리할 뿐이라고 대답했다고 한다. 최석정은 개혁을 주로 했는데, 남구만은 그것을 단점으로 생각하여 바로잡으려 했던 것이다. 정원용이 삼정의 문란을 바로잡기 위해 새로운 제도를 시행하기보다 옛 법규를 그대로 시행하는 데 치중했던 것은 나름대로 정승의 도를 지키려 한 것이라고 할 수 있다.

그렇다고 정원용이 관례만 따르고 건백建白을 게을리한 것은 아니다. 관례가 없는 사안들에 대해서는 새로운 전통과 방안을 마련하기 위해 진력하기도 했다.

정원용은 평소 재상직의 어려움에 대해 이렇게 말했다고 한다. "재상의 일 중에 어떤 것인들 어렵지 않겠는가? 그렇지만 전례典禮를 다루는 일이 가장 어렵고 약원藥院의 임무는 더욱 어렵다. 예를 집행할 때 인용할 사례가 없고, 약 지을 책임을 맡고서 주선할 방도가 없을 때는 참으로 땅을 뚫고 들어가고 싶은 심정이다."

정원용은 행정 일선에서 물러난 뒤에도 지방 행정의 문란과 민란이 발생하자 암행어사 제도를 부활시키자고 건의했다.

철종은 여러 해 근심하고 애쓰다가 피로가 쌓여 병이 잦더니, 재위 14년1863년 12월 8일경진에 창덕궁의 대조전에서 승하했다. 정원용은 원상院相이 되었다. 대왕대비조대비는 정원용 등에게 하교하기를, "지금 국가 안위가 시각이 급하니, 흥선군의 적출嫡出의 둘째아들로 익종대왕의 대통을 잇게 하라."라고 했다. 정원용 등이 언교諺教로 써서 내리기를 청하자 대왕대비가 주렴 안에서 언교를 내렸다. 대신들이 돌려본 뒤 도승지 민치상閔致庠이 이를 한문으로 번역하여 읽어 아뢰고 나서 반포했다. 대왕대비가 하교하기를, "흥선군의 둘째 아들의 작호를 익성군으로 하비下批한다."라고 했다. 그러고 나서 영의정 김좌근金左根에게 명하여 익성군을 받들어 맞아오게 했다. 김좌근이 아뢰기를, "주상이 어린 나이에 왕위를 이으면 발을 드리우고 함께 정사를 보는 전례가 있으니, 이번에도 이런 예에 따라 마련하오리까?"라고 하니, 기유년1849년·현종 15년의 예에 따라 거행하라고 명했다. 이후 철종의 묘호를 정하고, 시호는 문현무성헌인영효文顯武成獻仁英孝로 정한 뒤에, 이듬해 갑자년 4월 7일, 예릉睿陵에 장사지냈다. 고종은 융희 2년에 철종을 장황제章皇帝로 추존했다.

철종이 승하한 이듬해에 정원용은 실록청 총재관으로《철종실록》의 편찬을 주관했다.

정원용은 학자로서도 명망이 있었다. 저서로《경산집經山集》40권과《황각장주黃閣章奏》21권,《북정록北征錄》10권,《수향편袖香編》3권,《문헌촬요文獻撮要》5권,《풍요삼선風謠三選》,《연행일록燕行日錄》등이 있다.

《경산집》은 10분의 1 정도만 간행되고 나머지는 원고 상태로 있다. 정인보 선생이 문중에 전해오던 초고본을 연희전문학교에 기증해서, 그 원고가 현재 연세대학교에 소장되어 있다. 별도로《약산록藥山錄》4책도 있는데, 이 초고본은 정원용이 영변부사에 임명되었던 1819년 12월 6일부터 좌승지로 승진했던 1822년 6월 2일까지 2년 6개월 동안 지은 시문을 모은 것이다.《약산록》의 시문은 간행본《경산집》에는 일부만 들어가 있다.

정원용의 묘소는 광명시 학온동에 있다. 묘비는 고종 13년1876년에 맏아들 정기세가 지었고, 글씨는 손자 정범조가 썼다. 정원용이 입었던 의대衣帶와 가문의 유품 등은 국립중앙박물관에 소장되어 있다. 고종 11년1873년에 문충文忠의 시호가 내려졌다.

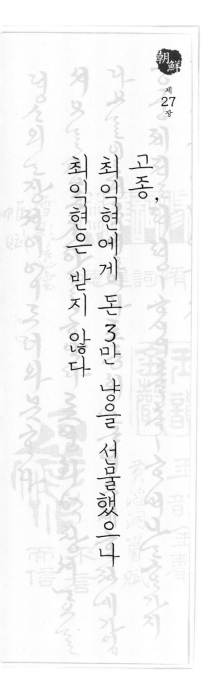

고종,
최익현에게 돈 3만 냥을 선물했으나
최익현은 받지 않다

근세에 들어 보수의 지향과 개화의 지향이 충돌하면서 각종 사상유파들이 분화되었다. 이 시기에 전통주의자들은 이념적으로는 보수적이었으나 현실대응의 논리는 반외세 민족주의의 성격을 띠었다. 고종 이희李熙로 하여금 아버지 이하응李昰應을 내치게 한 계기가 된 상소문을 올렸던 최익현崔益鉉·1833~1906년은 바로 이 들끓는 시기에 보수적 이념을 기초로 반외세 민족주의 운동을 주도한 인물이다.

고종이 즉위한 뒤 초반의 정치는 대원군 이하응1820~1898년에 의해 이루어졌다. 이하응은 영조의 현손 남연군 이구李球의 아들이다. 안동김씨의 세도정치 하에서, 대왕대비인 조대비趙大妃와 가까이 지내고 김병학金炳學·김병국金炳國 등과 교유했다. 1863년 12월 철종이 죽자 조대비는 이하응의 둘째아들 명복命福을 왕위에 오르게 했다. 조대비는 수렴청정을 하고 이하응은 흥선대원군으로 진봉되었다. 이하응은 종친과 전주이씨 왕족의 인사들을 발탁했으며, 비변사 기구를 축소하고 실무관료인 조두순趙斗淳과 친대원군계 인물 홍순목洪淳穆으로 구성된 의정부가 정무를 주관하게 했다. 또한 《대전회통大典會通》·《양전편고兩銓便攷》·《육전조례六典條例》를 편찬해서 법전을 정비했다. 그리고 동학교조 최제우를 처형하고 천주교도를 박해해서 사상의 통일을 꾀했다.

그런데 이 무렵 서구 열강이 개국을 요구하면서 여러 가지 사건들이 일어났다. 고종 3년1866년 6월에는 독일인 오페르트가 재입국하여 충청도 해안에서 통상을 요구했고, 7월 24일에는 미국 상선 제너럴셔먼호가 평양 군

고종 어진(高宗御眞)

전(傳) 채용신(蔡龍臣) 필, 180.0 × 104.0(세로 × 가로 : 단위 cm), 이홍근 기증, 국립중앙박물관 소장, 허가번호[중박 201110-5651].

민들의 공격으로 불탔다. 8월 12일에는 프랑스 로즈가 군함 세 척을 이끌고 양화진에 이르렀고 9월 8일에는 프랑스군이 강화를 점령했다. 이른바 병인양요가 일어난 것이다. 10월 12일에 양헌수가 정족산성에서 프랑스군을 격파함으로써 이 사건은 일단 매듭을 짓는 듯했다.

병인양요 이후 이항로李恒老는 위정척사를 주장하여, 대원군에 의해 동부승지로 발탁되었다. 기정진奇正鎭도 〈병인소丙寅疏〉를 올려 외적을 방비하는 대책을 건의했다. 그 밖에 전국의 많은 유학자들이 상소를 하여, 조선이 왜나 서양과 통상하면 이적과 금수의 나라로 떨어지고 말 것이라고 경고했다.

이해 최익현도 시국의 현안과 외세의 동점에 대처하는 방안을 강구하기 시작했다. 그는 본관이 경주로, 14세 때 경기도 벽계蘗溪에서 이항로에게서 성리학을 배웠다. 철종 6년1855년의 명경과에 급제하여 승문원 부정자를 시작으로 벼슬길에 나아갔다. 그가 고종 3년에 작성한 〈병인의소丙寅擬疏〉는 실제로 상소한 글은 아니지만 그의 외세관과 자주적 문화의식을 잘 드러낸다. 그는 서양 사람들과 섞여 사는 것 자체가 화를 낳을 것이므로 모든 형태의 교류를 중단해야 한다고 주장했다. 외침이 잦은 시점에서 인종적·문화적 순수성을 강조함으로써 구성원들의 소속감이나 자존감을 증대시켜 주체적인 대응 능력을 키워야 한다고 보았기 때문이다.

고종 5년1868년에 대원군이 경복궁을 재건하려 하자, 최익현은 그것이 정치기강을 어지럽게 한다고 비판하는 상소를 올렸다. 경복궁 재건에 막대한 비용이 요구되고, 그 비용은 고스란히 농민들에게 부담을 주어 민국民國의 근간이 흔들리게 된다고 보았기 때문이다.

고종 8년1871년 4월 5일, 청나라 주재 미국 공사 로우와 아시아 함대사령관 로저스가 함께 남양 풍도에 와서 통상을 요구했다. 4월 24일에 미국군은 강화도 광성보를 점령했는데, 이때 어재연이 전사했다. 이른바 신미양요이다. 이 전란에서 우리 측이 승리하자 대원군은 그 위세를 몰아 만동묘를 비롯한 많은 서원들을 철폐해서 지방 유림의 세력을 약화시키려고 했다.

대원군 이하응의 인장

일본 도쿄도[東京都] 동양문고(東洋文庫) 소장. 대원군 인장첩의 일부.

대원군이 소장하거나 사용했던 인장들의 도형을 수록한 책의 일부분이다.

　　고종 10년1873년에 최익현은 이른바 계유상소癸酉上疏를 올려, 대원군의 서원 철폐를 비판했다. 서원을 중심으로 형성된 다양한 공동체가 서원 철폐를 통해 급격히 해체되리라고 우려했기 때문일 것이다. 최익현의 이 상소를 계기로 대원군의 10년 집권이 무너지고, 11월부터 고종의 친정이 시작되었다. 최익현은 고종의 신임을 받아 호조참판에 제수되었다. 하지만 권신들은 최익현이 국왕 부자를 이간시켰다고 규탄했다. 최익현은 〈사호조참판겸진소회소辭戶曹參判兼陳所懷疏〉를 올려 민씨 일족을 비난했다. 그런데 그 상소의 내용이 과격하다는 탄핵을 받아 제주도로 유배되었다.

　　최익현은 고종 12년1875년에 사면된 후 음력 3월 27일, 한라산에 올랐다. 그는 한라산의 산세가 구부러졌다가 펴지고 높아졌다가 낮아졌다 해서 달리는 듯한 것은 말과 유사하고, 아스라한 바위와 층층 벽이 죽 늘어서서 읍례하는 듯한 것은 부처와 유사하며, 평평하고 광막한 곳에 산만하게 활짝 핀 듯한 것은 곡식과 유사하고, 북쪽을 향해 껴안은 듯한 산세가 곱고 수려함은 사람과 유사하다고 했다. 그리고 한라산은 이택과 공리가 많다고 하여 이렇게 평가했다.

이택利澤과 공리功利가 백성과 나라에 미치는 것이, 금강산이나 지리산처럼 사람에게 관광이나 제공하는 산들과 같은 등급이라고 말할 수 있겠는가?

　　또한 최익현은 한라산이 바다 가운데 있어서 청고하고 기운이 차가우므로 지기가 견고하고 근골이 강한 자가 아니면 결코 올라갈 수가 없다는 점을 사랑했다. 그 자신의 특립特立을 한라산에 가탁하여 그렇게 말한 것이기도 하다.

　　이듬해 고종 13년1876년에 최익현은 이른바 〈병자지부소丙子持斧疏〉를 올려 병자수호조약을 결사반대했다. 최익현은 이 상소 때문에 흑산도로 일시 유배되었다가 풀려났다.

　　그 뒤 고종 17년1880년에 수신사 김홍집金弘集이 일본에서 청나라 사람 황준헌黃遵憲의 《조선책략》을 가져오고 고종이 이에 영향을 받아 이듬해 조미수호통상조약을 조인하자, 전국 유생들은 대대적으로 척사운동을 벌였다. 영남유생 이만손을 소두로 하는 〈만인소萬人疏〉는 황준헌의 주장을 사설邪說로 규정하고 《조선책략》을 들여온 김홍집을 처형하라고 논했다. 이른바 신사척사론辛巳斥邪論이다. 고종 18년1881년에 김평묵金平默은 62세의 나이로 영남에 내려가 이만손을 비롯한 유생 1만여 명과 함께 척사운동을 전개했다. 그해 7월에는 강원도 유생 홍재학 등의 〈척왜소斥倭疏〉를 대필하여 개화에 미온적인 국왕을 비난했다. 상소의 내용이 방자하다 해서 홍재학은 참형되고, 대필자 김평묵은 섬으로 유배되었다가 대원군이 집권하자 풀려났다.

　　이렇게 전국의 유생들이 의분을 토로하고 보수민족주의의 지성들이 그들을 지도하거나 그들과 함께 행동하던 시절, 최익현은 침묵을 지켰다. 그의 침묵은 1895년의 을미사변이 일어날 때까지 약 20년이나 계속되었다.

　　고종 19년1882년 6월에 임오군란이 일어나자 대원군은 전권을 위임받아, 통리기

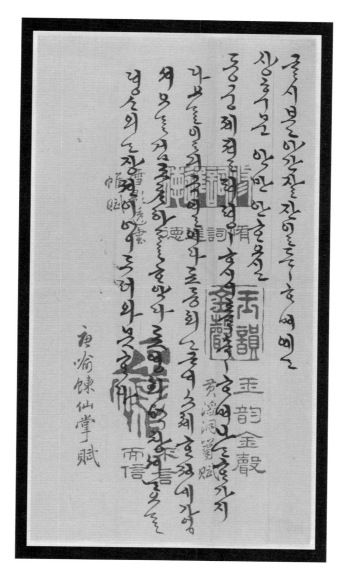

명성황후 편지

국립고궁박물관 소장

무아문을 폐지하고 5군영과 삼군부를 다시 설치했다. 하지만 민씨정권이 끌어들인 청나라 군대에 의해 텐진天津으로 납치되어 바오딩부保定府에 유폐되었다.

　재위 21년1884년에 일어난 갑신정변 이후, 고종은 신식 의복 제도의 시행령을 반포했다. 이때 보수적 민족주의자 전우田愚는 〈시제생示諸生〉 시에서, 문생들에게 옛 규범을 엄격히 지키도록 명했다.

옷소매를 넓게 하고, 상투를 보존하며
절개를 온전히 하여, 성도에 뜻을 두면서
성인의 말씀을 따르고, 성인의 영역에 들어간다

濶吾袖(활오수) 保吾髪(보오발)
全吾節(전오절) 志聖道(지성도)
畏聖言(외성언) 入聖室(입성실)

　전우는 "지금 내가 상투를 지키려는 것은 바로 예를 지키려는 까닭이요, 예를 지킴이 곧 나라를 보존하는 것이다."라고 했다. 뒷날 왕등도에 거처하던 전우는 거실 벽에 "만겁이 흘러도 끝까지 한국의 선비로 돌아갈 것이요, 일생을 기울여 공자의 학도가 될 것이다.(萬劫終歸韓國士 平生竊附孔門人)"라는 말을 써 붙여두고 민족의식과 유교신념을 다잡는다.

　대원군은 고종 22년1885년 8월에 이노우에 가오루井上馨와 이홍장李鴻章의 밀의로 귀국하지만, 서울의 운현궁에 감금되었다. 고종 31년1894년에 일본군은 민씨정권을 무너뜨린 뒤 대원군을 앞세워 개화파 내각을 통해 갑오개혁을 추진했다. 고종 32년1895년 8월의 을미사변 이후 대원군은 일본군과 함께 궁성으로 들어가 고종을 만나 새로운 내각을 조직했다.

　동아시아의 근대는 이중의 혼란을 겪었다. 하나는 서구 열강의 동점이고 하나는 일본의 제국주의화이다. 서구 열강은 산업혁명을 완성하고 지구 전체의 규모로 스스로를 확대시켜 나갔다. 동아시아 각국은 군함과 대포, 상선으로 상징되는 서양의 물리력에 촉발되어, 국민국가 세계 체제를 받아들여 신민臣民을 국민-민족으로 다시 정의해야 했다. 이로써 동아시아 각국은 신분제를 폐지하고 국민국가를 이루어 나갔다. 중국은 1840년의 아편전쟁을 계기로 서양으로부터의 충격을 실감하고, 우여곡절을 겪으면서 근대화로의 길을 걸어 나갔다. 1907년에는 과거 제도를 완전히 폐지했다.

이때 일본은 기존의 쇄국정치를 버리고 메이지유신을 단행했다. 1871년에는 대만을 침략하고, 1874년 10월 30일에는 청나라 정부와 북경조약을 맺었다. 1895~6년에는 동경 135도의 중앙표준시와 대만도臺灣島 서쪽을 통과하는 동경 120도의 서부표준시를 함께 지니게 되었다. 서부표준시는 대만·팽호제도澎湖諸島·팔중산제도八重山諸島·궁고제도宮古諸島 등 청일전쟁의 결과로 차지하게 된 식민지의 표준시였다. 일본은 두 개의 시간을 가짐으로써 진정한

▌척화비(斥和碑)

고종 8년(1871년). 139.0×46.0×27.0(단위 : cm). 국립중앙박물관 소장. 허가번호[중박 201110−5651].

흥선대원군이 쇄국양이정책(鎖國攘夷政策)을 내외에 과시하기 위해 서울의 종로사거리·강화·경주·부산진·동래군·함양군 등에 세웠다. 대원군은 1866년 프랑스 군함이 침략한 병인양요(丙寅洋擾), 1868년 오페르트가 남연군(南延君)의 분묘를 도굴하는 사건, 1871년 미국이 침략하는 신미양요(辛未洋擾)를 거치면서 척화의 의지를 다졌다. 척화비에 새겨진 원문과 뜻은 이렇다.

"洋夷侵犯(양이침범) 非戰則和(비전즉화) 主和賣國(주화매국) 戒我萬年子孫(계아만년자손) 丙寅作(병인작) 辛未立(신미립)"

"서양 오랑캐가 침범하는데 싸우지 아니하면 화친하는 것이고 화친을 주장하는 것은 나라를 파는 것이다. 우리 만년 이후의 자손에게 경계하노라. 병인년에 만들어 신미년에 세운다."

1882년 임오군란으로 대원군이 청나라에 납치되어 갔을 때 일본 공사(公使)의 요구로 많이 철거되었다.

의미의 제국이 되었으며, 이후 동아시아에서 식민지를 확대하기 위해 광분하게 된다.

당시 조선도 제국으로의 웅비를 꿈꾸었다. 1894년에 과거 제도를 폐지하고 새로운 신분 질서를 마련하고자 했다. 1897년 2월에는 칭제건원稱帝建元을 추진, 8월에 연호를 광무光武로 고치고, 9월에는 원구단圜丘壇을 세웠으며, 1897년 10월 12일에 황제 즉위식을 올림으로써 대한제국이 되었다. 그리고 광무 6년인 1902년 10월 10일에는 신식 도량형 규제度量衡規制를 선포하여, 외국과의 통상을 원활하게 하고자 했다. 하지만 조선은 식민지를 가진 제국이 되지 못하고 오히려 식민지로 전락해 갔다.

이러한 때에 최익현은 보수적 민족주의를 관철했다. 을미사변이 일어나고 단발령이 공포되자, 최익현은 〈청토역복의제소請討逆復衣制疏〉를 올려 비로소 항일운동에 앞장섰다. 을미사변의 역적을 토벌하고 의복 제도를 옛 제도로 회복시키기를 청한 상소였다.

이듬해 고종 33년1896년 2월에 고종이 러시아 공사관으로 옮기고 친러파 정권이 들어서자, 대원군은 실각하여 다시 양주로 은거했다. 한편 최익현은 호조판서, 각부군선유대원, 경기도관찰사 등 요직에 제수되었으나 사직하는 상소를 올리면서 시폐의 시정과 일본을 배격할 것을 주장했다. 즉 최익현은 고종 33년에 〈선유대원명하후진회대죄소宣諭大員命下後陳懷待罪疏〉, 고종 35년1898년에 〈사의정부찬정소辭議政府贊政疏〉, 고종 39년1902년에 〈사궁내부특진관소辭宮內府特進官疏〉, 고종 41년1904년에 〈사궁내부특진관소〉·〈수옥헌주차漱玉軒奏箚〉·〈궐외대명소闕外待命疏〉 등을 올려 시국의 문제를 깊이 다루었다.

이 가운데 〈수옥헌주차〉는 광무 6년 즉 고종 41년 12월 2일병오에 수옥헌에 입대하여 5조목의 수차袖箚를 올린 것을 말한다. 최익현은 일본 사령부가 경찰권을 장악하게 되어 우리나라의 경청警廳과 법부法部가 모두 소용없게 되었다는 사실에 통분하여 목 놓아 통곡하고 다음과 같이 말했다.

官報

宮廷錄事

號外

光武六年十月二十一日

發布 平式院總裁 宮內府內大臣完順君 李載完

第四條 度量衡의 名稱位置左와치定言事

度

					量					
毫	分	釐	寸	尺	丈	里				
尺의壹萬分之一	尺의百分之一	尺의千分之一	尺의十分之一	十尺	十丈	壹千參百十六尺				

石	斗	升	合	勺
壹百五十升	十升	升의十分之一	升의百分之一	升의百分之一

十三

을미년 대변(大變) 이래로 우리 군신 상하가 모두 복수해야 한다는 것을 조금이라도 알고 분발해서 힘썼을 것 같으면, 오늘날 나라 형세가 이 지경에 이르지는 않았을 것입니다. 지금 온 나라 신민(臣民)이 모두 포로가 되어 참혹하게 짓밟힘을 당하건만 구해내지 못하니, 아, 천운입니까, 시변입니까? 생각이 여기에 미치면 다만 죽고 싶은 소원이 있을 뿐입니다.

그러고 나서 최익현은 고종에게 다섯 조목을 올려 그것들을 시급히 시행하라고 요청했다. 특히 왜적이 우리나라 동학의 남은 무리를 유인해서 일진회(一進會)를

439

조직한 것에 대해 그 처벌을 강력하게 주장했다.

벼슬에 있으면서 욕심 많고 비루하여 사정私情에 따라 공사公事를 없애며 무뢰배와 결탁해서 뇌물로 협잡하는 자는 죽여야 합니다. 관찰사나 수령으로서 재물을 탐내고 백성을 약탈하여 민생을 짓밟는 자는 죽여야 하고, 오로지 재물을 모아 거두기만 일삼으며 아랫사람의 것을 덜어내어 윗사람에게 보태어서 백성들의 원망을 윗사람에게 돌리는 자는 죽여야 합니다. 사술邪術과 좌도左道를 믿고 군상君上을 의혹하게 한 자는 죽여야 하고, 적국과 외인外人을 믿고 임금을 협박한 자는 죽여야 합니다. 계권契券을 만들거나 조약을 만들어서 국권과 토지를 남에게 넘겨준 자는 죽여야 하고, 강상綱常을 없애고 인륜을 무너뜨리며 말마다 반드시 성인을 헐뜯는 자는 죽여야 하고, 옛 도를 아주 싫어하고 외국 풍속을 즐겨 사모하며 신기함을 좋아하고 기교를 숭상하는 자 또한 죽여야 합니다.

12월 8일임자에도 최익현은 상소해서 진정陳情했다. 24일무진에도 두 번째 상소해서 직무에 나아갈 수 없는 의리를 아뢰고, 겸해서 일본 화폐를 차관하여 외국에 의지해서는 안 된다고 주장했다. 28일임신에는 세 번째 상소를 하고 대죄待罪했다.

《연보》에 따르면 당시 최익현은 한 달 가까이 춥게 거처하고 찬 음식을 먹으면서 지냈다. 낮에는 수응酬應이 매우 번거롭고, 밤이면 근심으로 잠을 못 이루어 《구경연의九經衍義》 및 《주역》 등을 열람했다. 자질子姪과 문인 가운데 안필호·최봉소·채상덕·최전구·윤항식·이승회 등이 옆에서 모셨고, 족손 최만식, 종인 최효석과 영남 사람 이승원이 좌우에서 심부름을 했다. 이때 한 해가 거의 다 가고 또 폭풍이 눈비를 몰고 와서 기상이 매우 비참했다. 최익현은 그믐날 밤에 다음 절구를 지었다.

세모의 삼한에도
우리 임금은 성스럽고 총명하셔서

외론 신하가 치우치게 사랑 받아

죄가 많은데도 지금껏 살아 있네

歲暮三韓國(세모삼한국) 吾王自聖明(오왕자성명)

孤臣偏被眷(고신편피권) 積罪至今生(적죄지금생)

광무 9년인 고종 42년1905년 정월 초하루, 73세의 최익현은 서울 여관에서 해를 넘겼다. 고종은 최익현이 춥고 배고픔을 면하지 못할 것이라고 염려해서 회계원會計院에 명하여 돈 3만 원金貨과 쌀 3섬을 하사하여 여비에 보태도록 했다. 하지만 최익현은 재삼 굳이 사양하고 도로 바쳤다.

정월 14일정해에 최익현은 경기도 관찰사에 제수되었으나, 26일기해에 상소해서 사직했다. 그는 이 사직소에서 각국에 공문을 보내 우리나라의 사정을 알려야 한다고 주장했다.

우리는 이미 천하 여러 나라와 맹약을 맺어 공법公法을 통용하고 있으니, 어찌 각국에 공문을 보내, 회합하여 담판을 해서 천하의 공론을 구하지 못하겠습니까? 만약 우리 스스로 하는 일이 없고 여전히 무심하고 게으른 태도를 보이면 저 이웃 적국은 우리를 주머니 속에 든 물건처럼 여길 것이며, 여러 나라들도 으레 그런 것이라 하여 공분公憤을 일으키지 않을 것입니다. 천하에 어찌 선善을 하다가 나라를 잃은 일이 있겠습니까?

2월 6일기유에 최익현은 일본인에게 체포되어 명동 옛 장악원 터에 있는 일본 헌병대에 끌려갔다가, 옛 선혜청 자리의 일본 사령부에 구금되었다. 그 뒤 8일신해에 사령부에서 나와 포천 시골집으로 압송되었다. 15일무오에는 서울에 들어왔다가 17일무신에 서강에 나아가서 소장을 지었다. 18일신유에 다시 일본인에게 체포되어 일본 헌병대에 구금되었다가 20일계해에 정산 시골집으로 압송되었다.

 최익현 초상

경상남도 하동군 양보면 운암리 경주 최씨 화숙공파 하동운암 문중 소장. 한국학중앙연구원 사진 제공.

154 × 101.5(세로 × 가로 : 단위 cm). 세 폭으로 이어진 마본 바탕에 그려진 족자 형태이다. 화면 오른쪽 상단에 '면암 최선생 사십사 세 진상(勉庵崔先生四十四歲眞像)'이라는 묵서가 있다. 최익현이 44세 되던 고종 15년(1878년)에 만든 것으로, 1925년부터 운암영당에 봉안되어 있었다고 전한다. 최익현은 오사모(烏紗帽)에 쌍학흉배(雙鶴胸背)를 단 청색 단령(團領)의 관복을 입고, 표범 가죽 장식을 걸친 의자에 앉아 있다.

그런데 10월 21일양력 11월 17일에 왜적 이토 히로부미伊藤博文가 5조목의 새 조약을 만들어 조정을 위협했는데, 적신賊臣 박제순·이지용·이근택·이완용·권중현의 무리가 조인하기로 허락했다. 일본은 1904년 양력 8월 22일에 조선 정부의 재정과 외교 부문에 일본 추천의 고문을 둔다는 내용으로 외국인용빙협정外國人傭聘協定을 맺게 한 바 있다. 그런데 이때 와서 2차로 외교권 박탈과 통감부 설치 등을 주요 내용으로 하는 한일협약을 맺도록 을러댄 것이다.

11월 3일임신에 최영조가 현릉 낭관으로 있다가 벼슬을 버리고 돌아와서 그 사건을 알리자, 최익현은 통분함을 견디지 못해 조약의 무효를 국내외에 선포할 것과 5적을 토포討捕·쳐서 잡음하라고 청하는 상소를 올렸다. 이것이 〈청토오적소請討五賊疏〉이다. 14일계미에는 두 번째로 상소를 했다. 또한 최익현은 글을 만들어서 팔도 사민士民에게 포고했다. 역적을 성토해 죽이고, 결세結稅를 납부하지 말 것, 윤차輪車를 타지 말 것, 일본 물건을 쓰지 말 것 등 몇 조목을 붙였다. 그러나 《연보》에 의하면, 당시 인심이 해이하여 최익현의 주장을 종이 위의 헛된 말로 돌릴 뿐 아니라, 심한 자는 최익현의 글을 퍼뜨리는 사람을 고발하여 곤욕을 받게 했다고 한다.

12월 25일계해, 최익현은 동지 및 여러 사우와 더불어 노성魯城 궐리사闕里祠에 모여서 강講하고 의리를 위해 함께 일어설 것을 맹세했다.

광무 10년1906년 2월 21일무오, 최익현은 가묘를 하직하고 가솔들과 작별한 뒤 창의倡義할 계획을 실행하려고 호남으로 떠났다. 당시 이용원, 김학진, 이도재, 이성렬, 이남규, 곽종석, 전우에게 편지를 보내 함께 나아가 국난을 이겨내자고 권했으나 모두 호응하지 않았다.

최익현은 윤4월 13일기묘에 태인泰仁에 머무르면서 무성서원武城書院에 배알하고 여러 문생들을 거느리고 강회講會를 하며 의병을 일으켰다. 이때 최익현은 〈창의토적소倡義討賊疏〉를 올려 의거의 정당성을 주장하고 〈포고팔도사민〉을 돌려 민중에게 호소하는 한편, 〈기일본정부寄日本政府〉를 공표해서 일본의 죄를 성토했다. 당시 최익현은 다음 격문을 여러 고을에 급히 보냈다.

아, 저 왜적은 실로 우리나라 백세의 원수이니, 임진란에 두 능묘에 끼친 화를 어찌 차마 말하겠는가? 병자수호조약은 다만 외적이 엿보는 계기를 만들었고, 맹세한 피가 채 마르기도 전에 협박의 근심이 바로 이르렀다. 우리의 궁궐을 짓밟고, 우리의 도망자를 품에 안아 기르고, 우리의 인륜 도덕을 파괴하고, 우리의 의관을 찢어 버리고, 우리의 국모를 시해하고, 우리 임금의 머리를 강제로 깎고, 우리의 대관을 노예로 삼고, 우리의 민중을 어육으로 만들고, 우리의 무덤을 파고 집을 헐고, 우리의 강토를 점령하여 빼앗고, 우리 국민의 목숨이 달려 있는 자원은 무엇이든 그들이 장악한 물건이 아닌가? 이제는 그것도 오히려 부족하여 갈수록 욕심을 낸다. 아! 지난 10월의 소행은 진실로 만고에 없었던 일이다. 하룻밤 사이에 종잇조각에 도장을 억지로 찍어서 500년 종사宗社가 드디어 망하니, 천지의 신이 놀라고 조종祖宗의 영혼이 슬퍼한다.

　　그리고 격문의 말미에서 최익현은 이렇게 외쳤다.

천운은 다시 돌아오지 않는 법이 없으니
나라의 형세를 반석 위에 올려놓고
위험한 고비를 바꾸어 편안하게 만들어서
인류를 도탄에서 건져 내자
믿는 바는 군사의 곧음이니
적의 힘이 센 것을 두려워하지 말라
감히 이에 격문을 돌리니
함께 나라를 구하기에 힘쓰자

無往不復(무왕불복) 措國勢於泰磐(조국세어태반)
轉危爲安(전위위안) 拯人類於塗炭(증인류어도탄)
所恃師直(소시사직) 毋畏敵勍(무외적경)
敢玆輪馳(감자륜치) 勖哉共濟(욱재공제)

최익현은, 믿는 것은 군사를 일으킨 명분이 정대함이니, 적의 강함을 두려워하지 말라고 했다.

최익현의 어조는 춘추시대 진晉나라 대부 자범子犯이 "군사는 명분이 정대하면 씩씩하게 된다."라고 한 말과 비교된다. 《춘추좌씨전》에 보면 기원전 633년에 진晉나라 문공이 교화에 힘쓴 지 두 해 만에 백성들을 동원하려고 하자, 대부 자범子犯은 백성들이 의義를 알지 못한다며 말렸다. 백성의 생활이 안정되고서 문공이 그들을 동원하려 하자, 자범은 백성들이 신信을 알지 못한다고 했다. 문공은 원原을 치고 30리를 물러나 신의를 보이고 나서 백성들을 동원하려고 했다. 그래도 자범은 백성들이 예禮를 모른다며 반대했다. 문공이 예의의 기준을 밝히고 관직의 위계를 바로잡자 비로소 백성들이 명령에 의혹을 품지 않게 되었다. 그러자 문공은 백성들을 동원해서 제나라와 초나라를 이기고 패자가 되었다. 자범이 군사의 명분을 중시한 것은 《논어》〈자로〉편 마지막 장에서 "교육과 훈련을 받지 못한 백성을 전쟁터로 내몬다면 이것은 그들을 버리는 것이라 하겠다."라고 한 말과 뜻이 통한다. 국가 위난의 시기에 백성들을 동원하려면, 그 전에 오랫동안 선정善政과 선교善教를 행하여 백성들이 위정자를 믿고 어른들을 위해 죽기를 각오하여야 한다는 점을 지적한 것이다.

그런데 최익현이 보기에 당시의 위정자들은 선정과 선교를 행하지 못했다. 그렇기에 지금은 오로지 대의명분에 의거해서 군사를 일으킬 따름이며, 그 명분이 정대하므로 창의군은 반드시 승리하리라고 믿었다.

하지만 최익현은 순창에서 패하여 쓰시마對馬島의 감옥에 갇혔다. 그는 같이 갇힌 제자들을 위로하는 뜻에서, 열네 명에게 각각 시를 한 수씩 지어 주었다.

김기술에게 준 시는 이렇다.

백발로 밭도랑에서 열탕보다 뜨겁게 분발함은
초야에서 충심을 바치길 원해서라네
난적은 모두 토벌해야 하나니

고금은 따져서 무엇하랴

皓首奮畎畝(호수분견묘) 草野願忠心(초야원충심)
亂敵人皆討(난적인개토) 何須問古今(하수문고금)

　또 유해용에게 준 시는 이렇다.

느닷없이 닥친 억울한 앙화는
그 또한 너를 옥처럼 만들어 주리라
지금부터 글 읽기를 더하여
연빙의 마음으로 정신을 가다듬게

平地无妄厄(평지무망액) 其亦玉爾身(기역옥이신)
自此須勤讀(자차수근독) 淵氷做精神(연빙주정신)

　《시경》 소아 〈소민小旻〉에 "조심하고 삼가서 깊은 못에 임하듯이 얇은 얼음을 밟듯이 하라."라는 말이 있다. 이 말은 《논어》에도 인용되어 있다. 이것을 심연박빙深淵薄氷이라고도 하고, 더 줄여서 연빙淵氷이라고도 한다. 최익현은 스스로에게 죄가 없는 재앙은 오히려 그 사람을 옥같이 고귀하게 만들어 주는 계기가 되리라고 말하고, 앞날을 예측할 수 없는 처지에서도 연빙의 마음을 가지라고 했다.

　1906년 봄, 쓰시마에 수감되어 있던 최익현은 함께 갇혀 있는 문생들에게 치포관緇布冠을 만들어 쓰라고 권했다. 문생들이 상투를 드러낸 채 염발질도 제대로 못하고 있는 것을 보고는 상투를 싸맬 크기의 검은 베 조각을 구해 머리를 덮으라고 한 것이다.

서양 바람 몰려와 우리 풍속 뒤바뀌

머리 깎고 갓 찢는 지금이 대체 어느 때인가
검은 베 치포관은 유법을 따르는 것이니
이제부터 행동거지에 예모를 갖추겠군

捲地西風俗尙移(권지서풍속상이) 毁形裂冕此何時(훼형열면차하시)
緇冠依倣宣尼制(치관의방선니제) 動止從今可用儀(동지종금가용의)

최익현은 일본의 문물이 크게 흥성한 것을 눈으로 보았고, 일본의 온순한 통역 및 보병들과 접하여 타국에도 이웃이 있음을 알았다. 이 시점에서 최익현은 민족의 자존심을 지키는 일을 옛 예법에서 찾았다. 그러나 전통주의자들이 지킬 예법은 옛날의 예법을 얼추 본뜬 것이었다. 외세 침략에 대응하여 민족의 자존심을 지키기 위해서는 종래의 예법을 재해석해야 했으나, 당시 그럴 시간이 없었다.

최익현은 단식을 했다. 일본정부는 민심의 동요를 우려했다. 이토 히로부미 통감은 쓰시마로 조선의 쌀과 보약을 보내라고 훈령을 내렸다. 일본 병사들이 부산에서 쌀을 가져오자, 최익현은 사흘 만에 일단 단식을 그만두었다. 하지만 울화증과 풍토병 때문에 반 년 뒤에 병사했다. 최익현의 유해가 본국으로 운구된 것은 1907년 1월 11일이었다.

19세기의 서세동점과 일본 제국의 침략은 조선의 성리학적 세계관을 급격히 해체시켰다. 최익현을 비롯한 유림은 위정척사 운동을 통해 저항했다. 위정척사론의 저변에는 보수적 이데올로기가 놓여 있다. 하지만 그 외세저항은 곧 민족주의의 발로이기도 했다. 최익현의 정신과 사상은 한말의 항일의병운동과 일제 강점기의 민족운동·독립운동의 지도이념으로 계승되었다.

최익현에게는 1962년에 건국훈장 대한민국장이 추서되었다. 최익현이 기의起義한 뜻을 문자로 새긴 춘추대의비春秋大義碑가 충청남도 예산군 광시면 관음리에 있다.

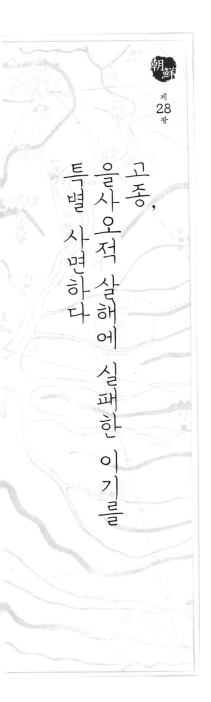

고종,
을사오적 살해에 실패한 이기를
특별 사면하다

구한말에 일제가 침략을 자행할 때, 적극적인 대응을 주장한 사람으로 이기李沂가 있다. 그의 직위가 양무위원에 그친 것으로 볼 때, 고종은 그를 매우 껄끄럽게 생각했던 듯하다. 또 문헌상으로 고종이 그에게 물품을 선물했다는 기록도 없다. 고종이 이기에게 준 선물이라고는, 이기가 양무위원으로 있으면서 징계를 받게 되었을 때 사면해 준 것과 을사오적을 살해하려다 실패한 뒤 특별히 사면한 것이 전부인 듯하다.

이기1848~1909년의 본관은 고성固城, 호는 해학海鶴 · 질재質齋 · 재곡梓谷이다. 전라도 만경萬頃에서 태어난 그는, 집안 사정이 어려워 독학해야 했다. 20세 되던 고종 4년1867년, 그는 과거 공부에 회의를 느끼다가 유형원의 《반계수록》과 정약용의 《방례초본》을 읽고 현실에 도움이 되는 학문에 힘써야겠다고 결심했다. 그러다가 28세가 되던 고종 12년1875년에는 과거 공부를 아예 단념했다. 이듬해 고종 13년1876년에 흉년이 들자 진안鎭安으로 이사했으며, 고종 15년1878년에 먹고살기 위해 상경했다. 다음 해 콜레라로 부친을 여의었고, 삼년상을 마친 뒤에는 영남과 호남을 왕래했다.

이기는 고종 17년경진 · 1880년 11월 29일계사에 〈척서부斥鼠賦〉를 지어 자신의 처지를 자조하는 한편, 아주 작은 것에 욕심을 두어 의리를 저버리는 무리를 비판했다.

바람이 많고 눈발도 심한 11월 계사의 그믐날, 선생이 바야흐로 방에 거처하여 그 가인과 함께 땔감을 헤아리고 쌀을 계산하는데 어느 것 하나 남아있지 않아 근심했다. 얼마 있다가 발자국 소리가 나는 듯하더니 이윽고 처마 밑에서 오는 것이 있었다. 획획거리고 시끌시끌 떠들썩하고, 뛰어오르고 재잘거리며 병과 밥그릇을 치고 넘어뜨리며 단지와 양병을 내던지고 끌어당기는 것이 마치 남의 물건을 훔쳐가는 자와 같았고, 자물쇠를 벗기고 잠깐 사이에 일어났다가 곧 숨을 죽이며 사람에게 발각될까 염려하는 것은 마치 여종이거나 종복과 같았다. 마실 것과 먹을 것을 제 것처럼 하며 혹은 나가고 혹은 들어오면서 무리들과 꾀를 내어 상의했다. 선생은, "이것이 어째 이상하군!"이라고 했다.

가인은 부지깽이를 잡고 문을 열고는 외처대면서 말했다. "쥐야, 네놈은 정말 미미하여서 먹는 것도 많지 않으니 한 알갱이 한 톨이면 배가 불러서 질리고, 네 몸은 정말로 간편하여서 발도 날래니 어디를 가든 안 될 것이 없거늘 우리 집에 왔단 말이냐! 거친 밥에 시래기죽도 계속 잇지를 못할까 염려되건만 어디 남은 은택이 있어서 너에게까지 미칠 수 있다고, 항아리를 기울이고 작은 항아리를 넘어뜨린단 말이냐! 너는 지혜가 있으니, 있으면 먹어라, 나는 너를 야단치지 않겠다."

말이 채 끝나기도 전에 선생은 말했다. "이것이 과연 쥐였구나. 무릇 쥐와 사람은 비록 품물은 다르지만, 천지의 처음에는 마침내 털과 바탕을 갖추어, 허수(虛宿·북방의 별)의 자리에서 태어났으니 가난은 정말로 운명이요, 한 밤에 나왔으니 먹는 것은 정말로 그 본성이요, 사람 가까이에 구멍을 내니 거처는 정말로 그 처할 곳이다. 베어서 남은 고기와 거두다 남은 기장을 구하는 것이 얼마나 되겠는가마는, 사느냐 죽느냐 하는 문제가 여기에 있다. 저것의 관점에서 저것을 보면, 어찌 불쌍하고 애처롭지 않은가! 더구나 속담에, "구걸해도 나누어주지 않는다면 그래도 할 말이 있다만 하물며 그 표주박을 쪼개어서야 어찌하랴!"라고 했다. 나야 아무것도 없으니 장차 반드시 스스로 그만둘 것이니, 다른 곳으로 가게 한다면 아주 의리에 맞지 않으므로, 그대는 그대의 근심이나 신경 쓰고 쥐의 근심은 신경 쓰지 마시게."

이에 가인이 크게 웃으면서 부지깽이를 놓아두고 문을 닫아걸고는 자리로 돌아와서 앉았다. 쥐도 그에 따라 조용해졌다.

이기는 43세 되던 고종 27년1890년, 대구로 이주하고, 이듬해 봄, 프랑스 선교사 로베르에게 천주교 서적을 빌려 본 뒤 〈천주육변天主六辨〉을 지어 천주교 교리를 비판했다. 고종 29년1892년에는 전라도 순창과 고부에서 살다가 다시 구례로 이사했다. 고종 31년1894년에 동학농민전쟁이 일어나자, 전봉준에게 군중을 이끌고 서울로 쳐들어가 간사한 무리들을 제거하고 국왕을 받들어 국헌을 새롭게 하자고 제의했다.

전봉준이 찬동하자 남원으로 가서 김개남에게도 동의를 얻으려 했다. 하지만 김개남은 면담조차 거부하고 도리어 이기를 해치려 했다. 이기는 동학에 실망하고 구례로 돌아와 구례 사람들을 규합해서 동비東匪·동학을 낮춰 부르는 말를 토벌하러 나섰다. 그러면서도 그는 농민 생활을 안정시키고 국권을 회복하려면 토지개혁이 급선무라고 생각했다.

48세 되던 고종 32년1895년, 이기는 탁지부 대신 어윤중魚允中의 초청으로 상경하여 토지 정책의 자문을 맡았다. 이때 어윤중에게 〈전제망언田制妄言〉을 올려, 두승斗升의 규정을 정할 것, 공사公私의 세금을 정할 것, 공매公賣의 길을 열 것, 사전賜田을 엄금할 것을 주장했다. 이듬해 고종 33년1896년에는 안동부 관찰사 이남규李南珪의 부좌府佐로 있으면서 모병募兵과 군사 조련을 맡았다. 하지만 곧 면직되어, 이듬해 집으로 돌아갔다.

이기는 고종 36년1899년·광무 3년에 양지아문量地衙門 양무위원量務委員에 임명되어 충청도 아산에서 지적 측량을 했다. 곧 이른바 광무양전光武量田에서 이기는 이종대, 이교혁, 송원섭 등과 함께 양무위원으로 활약했다.《승정원일기》에 보면, 고종 36년 4월 27일갑진·양력 6월 5일 양지아문의 양무위원에 정3품 이종대 등을 임명하고, 9품에 이기·최석·이교혁·송원섭·최창린을 임명했다는 기록이 있다. 또한 이듬해 고종 37년1900년·광무 4년 9월 8일병자·양력 10월 30일에 전라남도 양무감리 김성규金星圭와 양지아문 양무위원 이기의 본직을 면직했으며, 그해 10월 26일갑자·양력 12월 17일 전 전라남도 양무감리 김성규와 전 양무위원 이기에 대해 징계를 사면했다고 되어 있다.

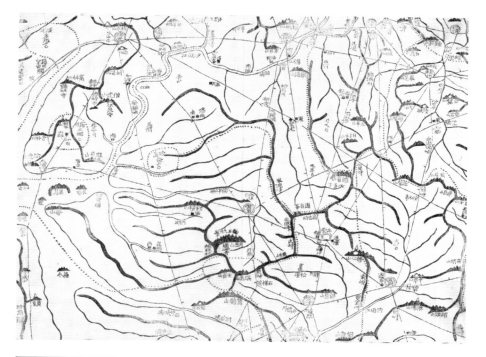

《대동여지도(大東輿地圖)》

철종 12년(1861년) 김정호(金正浩) 제작. 20.0 × 30.6(세로 × 가로 : 단위 ㎝). 국립중앙박물관 소장. 허가번호[중박 201110-5651].

사진은 《대동여지도》 가운데 전라도 무안, 나주, 영암, 화순, 장흥 부분이다.

《승정원일기》의 기록은 매우 간단해서, 이기가 본직을 면직당한 이유와 다시 사면된 이유는 밝혀져 있지 않다.

고종 37년1900년, 러시아 공사와 일본 공사가 우리 국토의 분할을 논의하자, 이기는 중추원 의장 신기선에게 서찰을 보내어 그 대책을 요구했다. 고종 39년1902년에는 〈장가長歌〉를 지어 대신의 비행을 비판했으므로, 이 때문에 이기는 필화를 입었다. 고종 40년1903년에는 황현에게 서찰을 내어, "처사로서는 부모처자가 부로俘虜로 됨을 막는 데 아무 도움도 되지 못할 것이다."라고 하면서 대의를 천명했다. 또 이 시기에 장지연이 엮은 《대한강역고》에 발문을 썼다.

고종 41년1904년에는 탁지부의 민영기에게 서찰을 보내, 동화銅貨의 폐단을 없애라고 요구했다. 당시 외부外部는 산림과 원야, 진황지를 50년 동안 일본인에게 빌려 주도록 정부에 청했다. 이기는 홍필주·이범창 등 수백 인과 연명하여 〈논일인소구진황지소論日人所求陳荒地疏〉 2편을 고종에게 올려, 외부대신 이하영과 현영운의 처벌을 요구했다. 그해에는 또 〈인근시상주봉서因近侍上奏封書〉를 통해 러일전쟁이 끝나기 전에 서북 간도를 찾아야 한다고 주장했다. 그리고 각 부의 요직에 있는 어윤중·신기선·조병직·김가진 등에게 글을 보내어 제도개혁의 방안과 일제 침략에 대처하는 방책을 제시했다.

일본은 1904년 2월 8일에 뤼순 군항을 공격하여 러일전쟁을 일으켰다. 고종 41년갑진·광무 8년의 일이다. 조선과 청국은 간도 지역의 영속권 때문에 1885년과 1887년에 감계담판勘界談判을 가졌으나 이견을 좁히지 못하다가, 1895년의 청일전쟁과 1904년의 러일전쟁 이후 담판 자체를 중단했다. 그러다가 일본은 간도출장소를 두어 간도를 측량하고 그 귀속 문제를 논하기 시작했다. 간도를 한국의 영토로 인정하고 한국 병합 이후 간도를 자신들의 영토로 삼으려는 속셈이었다.

이기는 1904년의 러일전쟁 이후에 〈삼만론三滿論〉을 지어 만주 삼성三省이 본래 한국의 땅이었지만 정세를 고려해서 한국, 일본, 청나라가 삼분해서 차지하면서 러시아의 남하를 저지하자고 제안했다.

만주 삼성三省은 모두 우리 한국의 옛 강토였다. 전조前朝에 속한 일이라 비록 말할 것이 못되기는 하지만, 청나라 초에 목극등穆克登이 분수령으로 국경을 정할 때 억지로 제정하여 잃어버린 땅이 아주 많으니, 이것은 천하의 의사義士들이 공분하는 바이다. 언젠가 일본인이 만주를 가진다면 이것은 러시아한테 빼앗은 것이지 청나라한테 빼앗은 것은 아니므로 재할宰割의 권한이 그들의 수중에 있다. 이때 만주를 셋으로 나눠 동쪽은 일본에 속하게 하고 남쪽은 한국에 속하게 하며 서쪽은 청나라에 속하게 하여, 삼국의 정예부대와 우수한 무기를 모두 여기에 운집시켜 나가면 번갈아 싸우고 들어오면 함께 지켜서 러시아가 감히 오랄령 바깥으로 한 발자국의 땅도 넘보지 못하게 한다면 선후책으로 이보다 나은 것이 없다.

당시 어떤 사람은 일본이 전승하는 날 만주를 청나라에 돌려줄 것이라고 하지만, 한국의 옛 강토까지 그 속에 섞여 들어갈 우려가 있다. 또 청나라는 정치가 너무나 부패해서 북경 부근도 지키지 못할 형편이므로 만주를 지켜내지 못할 것이다. 이러한 판단 하에서 이기는 한국, 일본, 중국이 서양 세력이나 러시아에 맞서 생존하기 위해서는 한국에 힘을 빌려 주어야 하며, 삼국이 만주를 삼분하여 각각 소유하되 한국은 간도가 들어간 남만주를 차지해야 한다고 주장했다. 그런데 이기는 〈삼만론〉에서 "동아시아를 연합하여 황인종을 부식하는 것, 이것이 일본인의 임무이다."라고 하여 동아시아에서의 일본의 패권주의를 어느 정도 인정한 듯한 발언을 했다.

일제는 광무 9년1905년 9월 5일에 러시아와 강화를 함으로써 한국에 대한 지배권을 차지하고 만주중국 동북지방로 진출하게 된다. 하지만 이기는 〈삼만론三滿論〉에 앞서 발표한 〈일패론日覇論〉에서는, 일본은 천하의 인심을 잃었기 때문에 동양의 패권을 차지할 수 없다고 논한 바 있다. 노관범 씨가 소개했듯이 이 글은 시국을 즐겨 논하는 길손과 필자가 대담을 나누는 방식으로 되어 있다. 길손이 "일본이 동양의 패자가 될 수 있겠습니까?"라고 묻자, 필자는 될 수가 없다고 단언한다. 길손이 "지금 동양에서 정치가 융성하고 병력이 막강하기로는 일본 같은 나라가 없는데 선생은 어째서 그들이 패자가 될 수 없다고 단언합니까?"라고 묻자 이 글의 필자는 이렇게 대답한다.

패도의 군주는 왕도의 군주보다 못한 것이 1만 리나 되지만 그래도 반드시 인의(仁義)를 빌려서 천하 사람들을 오게 합니다. 그 때문에 옛날 제나라 환공이 형나라와 위나라를 구원할 때 힘과 비용을 아끼지 않고 오직 멸망한 나라를 보존해 주고 끊어진 왕실을 이어주며 재난을 구원해 주고 이웃을 보살펴 주는 도리에 힘썼습니다. 그가 어찌 토지를 개척하고 창고를 빼앗는 것이 이로운 줄 몰랐겠습니까? 다만 이로움이 있는 곳에 해로움도 돌아간다는 것을 염려했던 것입니다. 지금 일본은 우리에게 그렇지 않습니다. 망명한 자들을 받아들여 나라의 원수가 아직도 건재합니다. 병참을 설립하여 이미 근심거리가 만들어졌습니다. 전선과 철도를 세우면서 우리를 업신여기고 짓밟은 것이 너무나 심합니다. 광산과 어장도 점탈한 것이 많습니다. 기타 자잘한 것들은 하나하나 셀 수도 없습니다. 지난 6, 7년간 그들의 위세는 보았으나 그들의 인덕은 보지 못했고, 그들의 속임수는 보았으나 그들의 성심은 보지 못했습니다. 그러므로 온 나라의 인심과 이미 어긋난 것입니다. 한 사람의 인심은 곧 천하의 인심입니다. 그렇기 때문에 영국이 이미 일본과 협약을 맺었지만 오히려 관망하고 있고, 청나라도 일본을 원조하려다가 다시 의구심을 품고 있습니다. 모두들 일본을 믿지 못하는 것은, 우리나라에서 거울삼을 만한 일이 있기 때문입니다. 일본은 러시아보다 강하지 않지만 우리에게 러시아보다 더 큰 잘못을 저지르고 있습니다. 이렇게 하고도 패자가 될 수 있겠습니까?

일본은 청일전쟁과 러일전쟁을 거치면서 제국의 영토를 확장하고 동양의 패권을 장악하려고 했다. 이 과정을 보면서 이기는 일본에게 정의감과 도덕의식이 없으므로, 일본이 동양의 패권 국가가 되어서는 안 된다고 우려했다.

일본은 을사늑약으로 대한제국의 외교권을 박탈한 뒤 청나라와 간도문제에 관한 교섭을 벌여 오다가, 남만주철도 부설권과 푸순(撫順) 탄광 채굴권을 얻는 대

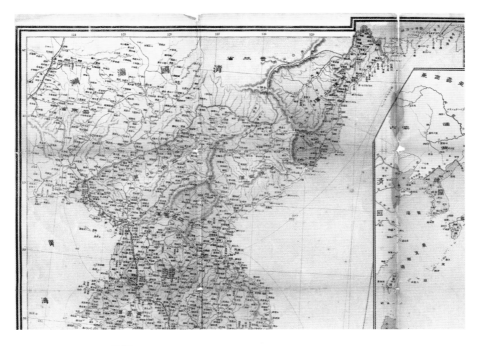

1906년판 〈일한전도(日韓全圖)〉

필자 소장. 정식 제명은 〈최근답사 일한전도(最近踏査日韓全圖)〉로, 〈부(附) 화태전도 요동조차지상세도(樺太全圖遼東租借地詳細圖)〉라고 부분도를 덧붙인 사실이 언급되어 있다. 76.5 × 107(세로 × 가로 : 단위 cm)의 크기로, 전도의 축척은 180만분의 1이다. 발행자는 나카무라 요시마쓰[中村由松], 발행소는 오사카[大阪] 쇼미도[鍾美堂] 서점. 편찬자는 쇼미도 편찬부이다. 이 지도는 일본이 1904년 2월 8일에 뤼순 군항을 공격하여 러일전쟁을 일으킨 후 1905년 9월 5일에 러시아와 강화를 함으로써 한국에 대한 지배권을 차지하고 만주(중국 동북지방)로 진출하게 된 사실을 반영하고 있다. 부제의 '화태'는 일본어로 가라후토라고 읽으며 사할린을 말한다. 백두산 천지를 '청국만주'에 넘겨주면서, 도문강(圖們江)을 포함한 장백산맥 이남의 간도 지역을 한국의 영토로 인정하고 있다. 시노다 지사쿠[篠田治策]가 간도 용정촌(龍井村)의 통감부 임시간도파출소에 부임해서 1909년 11월 1일 해당 파출소가 폐쇄될 때까지 간도영유권 문제를 조사한 것을 보면, 간도 협약 이전의 일본은 간도를 한국 영토로 인정했던 듯하다. 그러다가 간도협약 때 만주철도부설권과 탄광채굴권 등을 얻는 대가로 그 지역을 청나라에 양도한 듯하다.

가로 간도를 청나라에 넘겨주었다. 이때 일본은 청나라와 전문 7조의 협약을 체결했다. 한·청 양국의 국경을 도문강圖們江으로 하되 일본 정부는 간도를 청나라 영토로 인정하고 청나라는 도문강 이북의 개간지를 한국민 잡거구역으로 인정한다는 내용이 그 골자이다. 잡거구역 내 한국민은 청나라의 법률에 구속받게 되었다. 일본은 이 협약의 결과, 만주 침략을 위한 기지를 마련하고 남만주의 이권을 차지했다. 일본은 간도 용정촌龍井村에 설치했던 통감부 임시간도파출소를 1909년 11월 1일에 폐쇄하는 대신 일본총영사관을 두어 한국인의 항쟁을 방해하게 된다.

고종 42년1905년에 일본이 러시아와의 전쟁에서 이기고 미국 포츠머스에서 강화회의가 열리게 되었다. 이기는 이 강화회의에 대표를 파견할 것을 외부대신 이하영에게 건의했으나 받아들여지지 않았다. 그래서 스스로 미국에 건너가 회의를 참관하려 했으나 일본 공사 하야시 곤스케林權助의 방해를 받았다. 9월에 이기는 홍필주·나인영·오기호와 함께 일본에 건너가, 일본의 천황과 정계 요인들에게 서신을 보내 일본은 지난 약속을 지켜 한국의 독립을 존중하라고 촉구했다. 특히 이토 히로부미에게는 2차에 걸쳐 서신을 보내, 일본의 배약을 비난하고 러일전쟁 중에 체결된 한일의정서의 무효를 주장했다.

일본에 건너간 이기는 단발하고 양복 입은 자신의 모습을 보고 〈자진찬自眞贊〉 3편을 지어 자신의 심경을 토로했다. 첫째와 셋째 편은 이렇다.

첫째

그 눈은 가늘고 그 눈썹은 성그니, 이는 바로 전날의 이기이건만
그 머리는 밀었고 그 옷은 양복이니, 전일의 이기가 아니로다
그런지 아닌지는 잠시 논하지 말고, 다만 지금의 천하를 보자
육십 늙은이가 만 리 길을 가니, 이것이 어찌 내가 좋아해서인가

其眼細其眉踈(기안세기미소) 也是前日李沂(야시전일이기)

其髮薙其服洋(기발치기복양) 前日李沂也非(전일이기야비)
是與非姑勿論(시여비고물론) 但看現今天下(단간현금천하)
六十翁萬里行(육십옹만리행) 此豈吾所樂者(차기오소락자)

셋째

육십에 머리 깎은 노인이, 지금은 무슨 책을 읽는가
그것이 구라파 사람의 헌정사가 아닌가

六十老髡(육십노곤) 今讀何書(금독하서)
其歐亞人(기구아인) 憲政史歟(헌정사여)

이 시를 보면 이기는 당시 서양의 헌정사를 공부하면서 입헌군주제에 관심을 두었던 듯하다.

그해 12월, 이기는 어머니 상을 당하여 귀향했다. 그렇지만 상례를 제대로 치르지 않아 윤리를 어그러뜨렸다는 비난을 무릅쓰고 상경해서, 국권 회복과 현실 개혁의 사업을 계속했다.

고종 43년1906년 4월에 이기는 정교鄭喬의 추천으로 한성사범학교 교유가 되었다.《승정원일기》의 고종 43년1906년·광무 10년 4월 2일기해·양력 4월 25일 기록에 이기를 한성사범학교 교관에 임용한다는 기록이 있다. 그리고 그해 7월 15일경술·양력 9월 3일에도 6품의 이기를 관립한성사범학교 교관에 임용한다는 기록이 있다. 4월에 임용했지만 실제 발령은 7월에 낸 듯하다. 그때 학부 편집국장 신해영을 겸임 관립한성일어학교장 관립한성법어학교장 관립한성사범학교장에 임용했다.

관립한성사범학교는 고종 때 설립한 초등교원 양성기관이다. 갑오개혁의 일환으로 1895년 4월 16일 칙령 제79호 전문 13조로 제정된 한성사범학교 관제에 의해 서울 교동에 세워졌으며, 1895년 7월 23일 학부령 제1호로 한성사범학교 운영을 위한 세부규정이 갖추어졌다. 일제강점기 조선총독부가 조선교육령1911년 8

월 23일을 제정하면서, 이 사범학교는 관립경성고등보통학교의 사범과와 교원속성과로 개편·흡수됨으로써 폐지된다.

또 그해1906년 4월에 대한자강회가 발족하자, 이기는 이 모임에 참여했다. 대한자강회는 1905년 5월 이준李儁이 조직한 헌정연구회를 모태로 윤효정·장지연·나수연·김상범·임병항 등이 확대 개편한 것이다. 이기는 《대한자강회월보》를 비롯하여 《조양보朝陽報》와 《야뢰보夜雷報》에 글을 쓰는 등 언론을 통해 국권수호와 제도개혁에 관한 주장을 개진했다.

이기는 나인영·오기호 등과 함께 을사늑약에 조인한 을사오적을 주살할 것을 모의하고 자신회自信會를 조직한 뒤 그 취지서를 통해 거사의 대의와 단결의 필요성을 천명했다. 그는 관립한성사범학교의 교관으로 있으면서도 친일파 대관들인 내부 이지용, 학부 이완용, 군부 이근택, 외부 박제순, 농부農部 권중현權重顯 등 7인을 처단하고자 시도했다고 한다. 마침내 고종 44년1907년·광무 11년에 권중현을 저격했으나 실패하고 박제순을 살해하려다 실패하자 평리원平理院에 자수했다. 평리원은 대한제국 때 재판을 맡은 관아로, 의금부를 고등재판소라 고쳐 일컫다가 광무 3년1899년에 이 이름으로 고쳤다.

그해 3월 25일병진·양력 5월 7일, 의정부 참정대신 육군 부장 훈1등 박제순과 학부대신 훈2등 이완용은 관립한성사범학교 교관 이기가 형사사건으로 나치拿致된 지 여러 날이 되었으므로 해당 교관의 직임을 우선 해면하라고 요청해서, 아뢴 대로 하라는 칙지를 받들었다.

이기는 이 사건으로 7년형을 받고 진도에 유배되었다. 하지만 겨울에 고종은 특별히 이기 등을 사면해서 석방시켰다.

그 뒤 이기는 상경하여 호남학회를 조직하고 《호남학보》에 논설을 기고하기 시작했다. 순종 2년1908년에 《호남학보》에 실은 논설 가운데 〈향교득실鄕校得失〉, 〈대학신민해大學新民解〉, 〈학비학문學非學文〉, 〈교육종지敎育宗旨〉, 〈일부벽파론一斧劈破論〉 등은 반향이 컸다. 〈일부벽파론〉에서 이기는 구 학문이 사대주의, 한문 습관, 문호 구별의 폐단을 드러냈다고 비판하고, 독립으로 사대주의의 폐단을 타파하고 국문으로 한문 습관의 폐단을 타파하며 평등으로 문호 구별의 폐단을 타파할 것을 주장했다. 그리고 이기는 어려서의 학문은 체육體育·덕육德育·지육智育의 삼육을 시행해야 한다고 논했다. 또한 국권회복이 교육이념이 되어야 할 것을 주장했다.

이기는 순종 3년1909년 2월에 나인영과 함께 계동의 취운정翠雲亭에서 단군교 창립 발기에 참여했다. 그리고 그해 5월 25일, 국권 상실을 비관하며 서울 객사에서 단식을 하여 자진自盡했다. 객사한 것이라고도 한다. 그로부터 3년 뒤, 그는 김제의 선영에 묻혔다.

이기가 죽은 2, 3년 뒤 나인영[나철羅喆]은 구월산에 가서 단군께 고유하고 자살했다. 또 황현은 나라가 망하자 순국했다.

1942년에 이르러 정인보는 《이해학유서李海鶴遺書》 12권을 엮었다. 정인보가 강동희와 함께 엮은 사본이 현재 영남대학교 도서관에 소장되어 있다. 이 책의 제2권은 〈급무팔제의急務八制議〉로, 국제國制·관제官制·전선제銓選制·지방제地方制·전제田制·호역제戶役制·잡세雜稅·학제學制에 대해 논했다. 〈국제〉는 공화주의·입헌주의·전제주의 등 정치체제에 대해 논했고, 〈관제〉는 1894년의 갑오개혁에서 관제 개혁의 미진한 부분을 논했다. 〈전선제〉는 인재 전형의 잘못을 논했고, 〈지방제〉는 당시 8도를 13도로 개혁한 뒤에 나타난 미진한 점을 논했다. 〈전제〉는 〈전제망언〉을 간략하게 열거했고, 〈호역제〉는 9등급을 더욱 세분해서 15등급으로 호역을 부과할 것을 논했다. 〈잡세〉는 전세와 호세를 제외한 나머지 세금은 백성의 생업을 방해하지 않도록 신중히 할 것을 논했다. 〈학제〉는 교육 제도를 서양처럼 소학교·중학교·대학교로 나누고 수업 연한을 각각 5년, 4년, 4년으로 하자고 주장했다.

이기는 을사조약이 체결된 뒤 자결한 김봉학과 송병선, 쓰시마에서 단식하며 순절한 최익현의 전傳을 지었다. 그리고 가공의 인물인 이동해가 악비岳飛에게 진회秦檜를 베도록 청한 이야기를 〈속자객전續刺客傳〉으로 지어냈다. 〈동의설東醫說〉에서는 우리나라와 청나라의 형세를 대비하여, 각각 비만증과 학질을 앓고 있다고 논했다.

정인보는 《이해학유서》의 서문에서, 이기의 경세의지와 문장을 유형원, 김육, 이이명, 유수원, 이익, 정상기, 정약용, 홍대용의 업적에 견주었다. 정양완 님의 번역문을 소개하면 다음과 같다.

반계 유형원, 잠곡 김육, 소재 이이명, 농암 유수원, 성호 이익, 농포 정상기, 다산 정약용, 담헌 홍대용이 앞서거니 뒤서거니 나타나서 모두가 정치를 말하였으니, 비록 세상에 나오고 숨고야 같지 않았고, 꼼꼼하고 버성김이야 달랐지만, 넓은 회포와 고심의 서리고 엉긴 바는, 왕왕 해 보았자 부질없을 줄을 알면서도 오히려 만일의 요행을 바라곤 했다. 공이 유^{반계}·정^{다산}을 이은 지 오래였고 사방에서 가지로 겪은 뒤에는 징험이 더욱 면밀해지고, 또한 그 뜻이 이름을 날리자는 것이 아니고 오로지 제때에 일을 하자는 것이었다. 일을 하면 곧 현실을 밝히자는 데 힘썼지, 오로지 옛것을 돈독히 하자는 것은 아니었다.

돌이켜보건대 옛사람은 근심이 뒷날에 있었지만 공은 말세에 태어나서, 갑오^{1894년}·을미^{1895년}의 국내의 어지러움과 밖의 걱정이 엄청나게 어수선히 터져 나오며 위태로운 형편이 호흡 사이로 닥치는 것을 눈으로 보았다. 그러므로 왕창스러운^{惝大繁多한} 말을 할 겨를이 없어, 우선 절실히 요긴한 대목만을 제안했다. 심지어 오늘날의 급선무는 "꼬리 모지라진 새가 목을 내어두르며 지르는 소리라 사람을 슬프게 한다."라고 한 뒤에, 스스로 서명하기까지 했다. 또 10년이 지나자 상황은 더욱 심각해졌다. 대개 이전 사람은 백성의 고초에 대해 흐린 눈으로 뒷날의 걱정을 차마 견딜 수가 없었기에 미리 꾸려나갈 것을 생각했던 것인데, 공은 당장 그 근심을 만났으므로 꾸려나갈 겨를조차 없었던 것이다. 이에 이르러 풍파는 갑자기 모질어져 나라가 조석 사이에 망할 지경이 되었다. 그러므로 지난날 걱정하던 바는 오늘에 비하면 오히려 급한 것이 아닐 지경인지라, 이에 분주히 외치고 부르짖어 마지않았다. 이 글에 실린 것이 거의 이런 것이었다.

이어서 정인보는 이기의 일생사적을 개괄해서, "처음에는 문인이었고, 중간에는 경륜하는 선비였으며, 또한 세상을 슬퍼하며 기울어가는 나라를 구하고자 하는 인재였다."라고 서술했다.

공은 호남의 가난한 선비로 의지할 조그마한 무기도 없었으며, 천하의 형세 또한 강약이 갑작스레 갈마들어 일어나는 지난날과는 같지가 않았다. 해묵은 쇠약함은 분산分散만 되는데, 강대함을 믿는 이는 한창 성하건만 이에 홀로 그래도 오히려 버티려고 말래야 마지 못하는 마음을 따라, 연달아 정권을 잡은 여러 사람과 다투고, 그래도 안 되면 근시近侍와 연줄대어 상감에게 통해도 보았다. 그래도 안 되면 바로 저들日本의 요인에게 항론도 해 보고, 그것도 안 되면 바다를 건너가 구슬러도 보았다. 그것도 안 되자, 칼과 창을 끼고 예닐곱 큰 간신을 넘어뜨릴 계획을 하여 순간적으로 난리를 꾸며 다투었으니, 그 전후로 겪은 기구함에 계획이 그릇되면 그릇될수록 일은 더욱 다급했고, 마음은 그럴수록 더욱 쓰라렸다. 그러므로 공의 한 평생을 종합해 보면 처음에는 문인이었고, 중간에는 경륜하는 선비였으며, 또한 세상을 슬퍼하며 기울어가는 나라를 구하고자 하는 인재였으니, 마침내는 그 생사의 의리를 스스로 바침이 그 저술에 드러나, 대략 미루어 알 만하다. 공에게 있어 그 자취는 여러 번 바뀌었다 하겠으나, 그 마음 씀이 제 몸이나 이름의 사사로움에는 있지 않았음만은 젊어서부터 이미 그러했다. 그 경륜의 뜻이 모두 이에 근본을 둔 것이니, 그 문장 또한 이를 통해 통달되었다.

정인보는 〈해학이공묘지명海鶴李公墓誌銘〉에서 이기를 평가하여, "한 자나 한 치짜리 무기도 없이 고달프건만 스스로 몸으로 치닫고 벅찰 정도로 가슴에 차 싸인 것을 견디지 못하여 풍파를 무릅쓰고 가시덤불을 밟아갔고 한낱 포의로 나라의 성패를 위해 엎드러지고 고꾸라져도 힘을 다했다."라고 했다. 당시 사람들 가운데 어진 사람은 그를 우활하다고 여겼고 못난 자들은 그를 미쳤다고 비웃었다. 하지만 경술년의 국치를 당하자 한숨짓지 않을 수 없었으리라. 그렇기에 정인보는 〈해학이공묘지명〉의 명銘을 다음과 같이 작성했다.

선비가 뜻만 있다면, 우주 안의 일 못할 게 없으리라

더구나 이 강토는, 조상이 물려준 오랜 땅

손 안에 옥돌 있다면, 비취새 깃에 아롱진 수실로

얽어 놓고 깔아 놓아, 너와 같이 오래기를 기약하리니

그 뉘라서 떳떳한 것을 좋아하면서, 그것이 훼손되는 걸 보고만 있으랴

목청은 터지고 발은 모지라져도, 외로운 분통은 그칠 줄 몰라

무지개가 서리고 굽어져, 우르릉 우레 소리에 천둥치려는 듯했다만

국운도 가고 술수도 성글어서, 귀신이 훼방 놓아 공적이 인색했네

봄 난초와 가을 국화, 뉘라서 그 꽃을 전하랴

슬픔을 빗돌에 새겨, 그 높은 기상을 영원히 전하리라

士之有志(사지유지) 分內宇宙(분내우주)

矧玆金甌(신자금구) 父祖之舊(부조지구)

手有瑾瑜(수유근유) 翠羽采繡(취우채수)

綴之藉之(철지자지) 期與女壽(기여여수)

孰是好懿(숙시호의) 而視其毁(이시기훼)

聲竭足弊(성갈족폐) 孤憤未已(고분미이)

屈蟠虹霓(굴반홍예) 隱雷思震(은뢰사진)

運去術疎(운거술소) 鬼沮功吝(귀저공린)

春蘭秋菊(춘란추국) 誰傳其芭(수전기파)

嵌哀貞石(감애정석) 用永嵯峨(용영차아)

　　당시에 이기만 홀로 을사늑약의 무효를 주장한 것은 아니었다. 원임 의정대신 조병세를 소두疏頭로 백관들은 상소하여 오적五賊을 처형하고 조약을 파기할 것을 요청했다. 고종의 비답이 내리기 전에 일본 헌병이 조병세와 민영환 등을 왕명 항거죄로 체포하여 평리원에 구금했다. 민영환은 석방된 뒤 집에서 자결했다. 이

답답한 형국에서 고종은 이기의 거사를 암암리에 지원했을 것이다. 그렇기에 이기가 을사오적을 처단하려다가 실패하고 체포되자, 사면권을 발동했던 것이 아니겠는가.

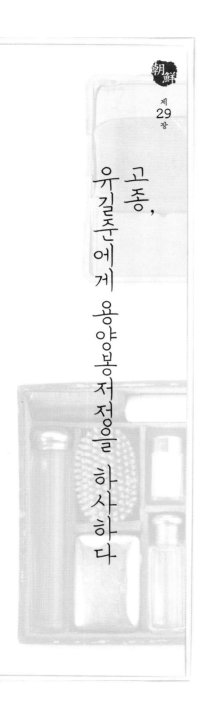

고종,
유길준에게 용양봉저정을 하사하다

노량진의 용양봉저정龍驤鳳翥亭은 용봉정龍鳳亭이라고도 한다. 이것은 정조가 재위 13년1793년에 수원 화성에 있는 사도세자의 현륭원에 행차하던 때 주교배다리를 건너 일시 머물던 행궁의 고옥이다. 정조의 문집 《홍재전서》에 〈용양봉저정기〉가 있다. 그 글을 보면 본래 망해정望海亭이라 했으나 정조가 주변 전망이 '용이 꿈틀거리고 봉황이 나는 듯하다.'라고 하여 그 이름을 용양봉저정으로 고쳤다고 한다.

그런데 고종 때 부근에 철로가 놓이고 철교가 가설됨에 따라 한강을 배다리로 건널 필요가 없게 되었다. 1907년 겨울에 고종은 상왕으로 있을 때, 이 행궁을 유길준兪吉濬에게 하사했다. 유길준은 감히 행궁의 옛 이름을 그대로 사용할 수 없어 조호정詔湖亭이라 고치고 만년까지 이곳에 살았다.

조호정이라는 명칭은 당나라 하지장賀知章이 벼슬을 그만두자 천자가 조칙을 내려 감호鑑湖[경호鏡湖]의 일부를 그에게 하사한 고사에서 따왔다. 유길준은 그 명칭을 통해 자신이 고종의 조칙으로 노호鷺湖·노량진 부근의 한강의 일부를 하사받은 사실을 드러낸 것이다.

고종은 이 행궁에 딸려 지금의 노량진과 흑석동은 물론 상도동과 대방동의 일부 지역 수백만 평을 유길준에게 하사했다고 전한다. 다만 그 대부분은 산이었지, 옥토가 아니었다고 한다.

김윤식金允植은 1909년에 〈조호정기詔湖亭記〉를 지어 주었다.

주교도(舟橋圖)

정리자 간행 《원행을묘정리의궤(園幸乙卯整理儀軌)》수록. 서울대학교 규장각한국학연구원 소장.

정조대왕은 정조 19년(1795년)에 사도세자의 능인 현륭원이 있는 화성(지금의 수원)에서 혜경궁 홍씨의 회갑연을 베풀었다. 이때의 행사 절차를 기록한 것이 《원행을묘정리의궤》이다. 첫날인 윤2월 9일에 정조는 혜경궁과 함께 각기 가마를 타고 창경궁을 나서서 한강 배다리를 건너 11시경 노량진의 용양봉저정(龍驤鳳翥亭)에 머물러 점심을 먹고, 시흥행궁(始興行宮)에서 묵었다. 배다리는 용산과 노량진 사이에 건설된 배다리로, 규격이 통일된 교배선(橋排船) 36척을 묶어서 만들었다. 배다리 건너 남쪽에 용양봉저정이 보인다. 한편, 이때의 화성행차를 그린 8폭 기록화인 《화성행행도(華城行幸圖)》가 국립고궁박물관·국립중앙박물관·리움미술관 등에 별도로 소장되어 있다. 《화성행행도》에도 〈주교도〉가 들어 있다.

용양봉저정(龍驤鳳翥亭)

서울 동작구 본동 10~30번지에 있는 정자. 가장 아래쪽에 있는 사진은 한국학중앙연구원에서 제공.

정조가 부친 사도세자의 무덤인 수원 화성의 현륭원을 찾을 때 잠시 쉬던 정자이다. 당초에는 정문을 포함하여 두세 채의 건물이 있었던 것으로 보이나, 지금은 앞면 6칸, 옆면 2칸의 정자 1동만 남아 있다. 정조 13년(1789년) 이후에 지은 것으로 추정된다. 휴식을 취하면서 점심을 먹었던 주정소(晝停所)이다.

이부吏部의 구당矩堂 유공愈公길준이 일본에서 돌아오자, 황제는 그가 오랫동안 외국에 객이 되어 있었던 것을 생각하시고 특별히 노호鷺湖가에 저택을 하사했으니, 즉 옛날에 국왕이 행차하던 별관으로 용양봉저정이라 하는 것이 이것이다. 구당은 은총이 각별하신 데 감격하여 그 정당正堂을 서명하여 봉해 두고는 감히 거처하지 못하고, 그 방에 편액을 쓰기를 조호정詔湖亭이라 했으니, 대개 하지장의 감호 고사에서 따온 것이다. 이 정자는 성곽을 등지고 성에서 10리 가까이 있으면서 용호의 상류에 있어서 평평한 근교를 굽어보고 있으니, 삼남의 배와 수레들이 모이는 곳이다. 산수油水·북한강와 습수濕水의 두 흐름이 합하여 열수洌水가 되어 그 앞을 지나면서 도도하게 경국京國·서울의 벼리기강가 된다. 난간에 기대어 멀리 바라보면 상쾌한 기운이 옷깃에 가득하며 풀과 나무에 안개와 구름이 자욱이 끼고 바람 받은 돛과 사장의 새가 왕래하는 것이 모두 사람의 마음과 눈을 즐겁게 하니, 한참을 머물면서 돌아갈 줄을 모르게 된다.

지난날 하지장은 당나라 왕실이 장차 어지러워지리란 것을 알고 관직을 그만두고 세상을 멀리 피하여 강호에서 방랑했으니 정말로 명철보신明哲保身·현명하게 자기 몸을 지킴한 자라고 할 수 있다. 그렇지만 구당은 그렇지 않다. 몸을 조국에 바쳐 100번 꺾여도 굽히지를 않으며, 곤궁하거나 현달한다고 해서 자신의 절조를 고치지 않으며, 나라가 태평하거나 어지럽다고 해서 그 지조를 바꾸지 않으면서, 맹세코 백성들의 뜻을 연합하여 세상의 교화를 만회하여, 옥류玉琉가 엮어져 있는 동양의 형세를 굳게 심어주고 버텨 주려고 하고 있으니, 그 경우와 지취가 하지장과는 전혀 다르다. 그러니 강호의 누대를 차지하지만 어찌 혼자서만 즐길 수가 있겠는가?

일찍이 들으니, 비심裨諶은 옛날에 국가 계책을 잘 수립한 사람인데, 들판에서 계책을 세우면 성공하고 도시에서 계책을 세우면 실패했다고 한다. 대개 한갓지고 넓은 땅은 정신이 응집하니, 도읍의 시끄러운 곳에 비할 바가 아니기에 국가 정치를 꾀할 수가 있는 것이다. 지난날 성종 때 독서당을 용산의 폐사에 세우고 문학의 인사를 잘 선발해서 휴가를 주어 학업을 닦게 하고 이름을 호당이라 했으니, 한 시대의 명신들이 그곳에서 배출되었다. 당시 기름진 은택이 곁으로 흘러 조정과 재야가 승평昇平했으니, 선왕이 반드시 산의 절과 호수의 정자에서 인재를 북돋우고 육성한 것은 바로 이런 뜻에서였다. 지금 호당이 폐기된 지가 이미 300여 년이 지났다. 구당이 저택 하사의 은총을 특별히 입은 것이 바로 그 땅에 해당하니, 산천은 옛날과 같고 풍경은 달라지지 않아서, 상큼하고 청한하여 먼지와 시끄러움이 이르지 않는다. 이곳에서 시무時務를 강구하고 영재를 진작시키고 육성하면 옛사람이 들에서 계책을 세우던 도리에 깊이 부합할 것이고, 우유함양優遊涵養·조용히 학문을 하며 덕성을 기름하면 사색하여 터득하지 못할 것이 없으니, 유신維新의 업적을 보좌할 수 있고 태평세월의 기틀을 협찬할 수도 있을 것이다. 성군께서 호수를 하사하신 뜻이 어찌 그저 그런 것이겠는가!

김윤식은 춘추시대 정나라 대부 비심裨諶이 나라의 중요한 계책을 세울 때는 한갓지고 넓은 들판에 나아가 사색했다는 예를 들었다. 그럼으로써 고종이 옛 호당讀書堂의 자리에 있는 용양봉저정을 유길준에게 하사한 것은 국가를 위한 원대한 계책을 수립해 달라는 뜻을 드러낸 것이 아니겠느냐고 추측했다.

비심은 《논어》에 나오는 인물이다. 〈헌문〉편에 보면, 공자가 정나라의 외교에 대해 논평하여 이르기를 "외교 문서를 작성하는 데 있어서는 비심이 초고를 만들고, 세숙世叔이 이것을 토론하고, 행인行人인 자우子羽가 이를 수식하고, 동리東里의 자산子産이 이를 윤색했다."라고 했다. 또한 《춘추좌씨전》 양공襄公 31년에 보면, 비심은 들에 나가서 생각하면 좋은 계책을 얻고 도시에서 생각하면 실패했다고 한다. 그래서 정자산鄭子産, 즉 공손교公孫喬는 외국과의 문제가 있으면 비심으로 하여금 수레를 타고 들판에 가서 가부를 결정짓게 했는데, 그렇게 하여 정나라는 실패하는 일이 드물었다고 한다.

고종은 본래 유길준을 친일파로 생각했으나, 유길준이 정미 7조약을 반대했다는 말을 듣고 대단히 기뻐했다. 더구나 1907년 8월 16일에 일본 통감부가 벼슬을 줄 때, 일본에 망명했다 돌아온 사람들 가운데 유길준만이 일본이 주는 벼슬을 받지 않았다. 고종은 용양봉저정을 유길준에게 하사하고, 순종을 시켜 그 편액의 글씨를 쓰게 했다. 이관규 님에 의하면, 유길준이 이때 흥사단을 만들어 교육 사업을 벌이자 상왕인 고종은 1만 원의 찬조금을 내리고, 또 수진궁壽進宮을

후쿠자와 유키치(福澤諭吉) 저택 흔적

일본 도쿄도[東京都] 미나토구[港区], 게이오의숙대학[慶應義塾大學] 구내. 필자 촬영.

게이오대학은 나카쓰한[中津藩]의 번사(藩士)인 후쿠자와 유키치가 번(藩)의 명령에 따라 에도의 나카쓰한 나카야[中津藩中屋 : 도쿄도 주오쿠(中央区) 아카시초(明石町)] 구내에 1858년에 개교한 란가쿠주쿠[蘭學塾]를 기원으로 하는 사립대학이다. 1863년에는 란가쿠주쿠에서 에이가쿠주쿠[英學塾]로 바꾸었으며, 1868년(게이오 4년·메이지 원년)에 '게이오의숙'으로 이름을 바꾸었다. 의숙(義塾)이란 영어 public school(공립학교)를 번역한 것이다. 후쿠자와는 국가주의적인 제국대학(帝國大學)과는 다른 사립교육기관인 의숙을 설립했다. 문부성은 1919년에야 게이오의숙을 종합대학으로 승인했다.

사무실로 쓰도록 했다고 한다.

　유길준은 한국 최초의 실질적인 일본 유학생이자 최초의 미국 유학생이었다. 그는 우선 고종 18년1881년에 신사유람단의 일원으로 일본에 가서 도쿄에 머물며 유학을 했다. 1881년 이전에도 일본 유학생은 존재했다. 그러나 유길준 이전의 유학생이 한국근대사에 미친 영향은, 유길준이 한국근대사에 미친 영향만큼 뚜렷하지 않다.

　유길준1856~1914년의 본관은 기계杞溪, 호는 구당矩堂 혹은 천민天民이다. 고종 7년

1870년경에 박규수朴珪壽의 문하에 들어가 개화사상을 배웠다. 이 무렵 청나라 위원魏源이 1847년부터 1852년에 걸쳐 완간한 세계정세서인《해국도지海國圖志》를 읽은 뒤 조선의 실학과 중국의 양무운동에 관한 책을 탐독했다. 그리고 개화파 지식인들인 김윤식·어윤중·박영효·김옥균·서광범 등과 사귀었다. 고종 14년1877년 2월에 박규수가 병으로 죽은 뒤 김옥균 등 일부는 당시 백의정승이라 일컬어지던 중인 지식인 유홍기 밑에서 지도를 받아 급진개화파가 되었다. 유길준은 김윤식 등과 함께 무반 출신의 시인 강위姜瑋의 지도를 받아 온건개화파가 되었다.

고종 18년 5월에 신사유람단을 파견할 때, 유길준은 유정수·윤치호 등과 함께 어윤중의 수행원이 되었다. 그리고 일본에서는 유정수와 함께 후쿠자와 유키치福澤諭吉의 개인 지도를 받았는데, 후쿠자와 유키치가 경영하던 게이오 의숙慶應義塾에 입학하지는 않은 듯하다. 당시 후쿠자와 유키치가 저술한《서양사정西洋事情》·《문명논지개략文明論之槪略》·《학문의 권유學問の勸め》 등은 사람들에게 큰 영향을 주고 있었다. 또 후쿠자와 유키치는 1882년 3월 1일에《시사신보時事新報》라는 일간지를 창간해서 민중을 계몽하고 있었다. 유길준은 그의 계몽주의적인 저술과 활동에 깊은 영향을 받았다.

고종 19년1882년 7월 23일 임오군란이 일어난 지 3개월 뒤 10월 13일에 박영효를 정사로 하는 수신사가 일본으로 향했다. 이 수신사가 3개월간 일본의 각 기관을 시찰할 때 유길준이 통역을 맡았다. 박영효 일행이 귀국하자 유길준은 1년간의 일본 유학을 마치고 그들과 함께 귀국했다. 고종 20년1883년 2월에는 통리교섭통상사무아문統理交涉通商事務衙門의 주사가 되어, 고종의 하교를 받은 박영효의 지시에 따라 한성부 신문국장정漢城府新聞局章程을 만들고《한성순보》의 발간을 준비했다. 그런데 4월에 박영효가 한성판윤의 자리에서 물러나자 유길준도 신병을 이유로 주사 직을 사임했다.

유길준은 7월에 한국 최초의 미국 파견 사절단인 보빙사報聘使의 수행원이 되어 미국으로 향했다. 보빙사 일행은 9월에 미국 대통령을 접견한 뒤 40여 일 동안 미국에 머물며 문물을 살폈다. 이때 정사 민영익이 미국 정부에 추천하여 유길준은 유학생으로서 미국에 체류하게 되었다. 이후 유길준은 매사추세츠 주 세일럼으로 가서 E. S. 모스에게 8개월간 개인 지도를 받고, 또 부근에 있는 바이필드의 더머 아카데미에 입학했다. 4개월 뒤인 고종 21년1884년 양력 10월 17일에 갑신정변이 일어났다는 소식을 들었으나, 고종 22년1885년 6월까지 1년간 학교를 다녔다. 그 후 유길준은 배를 타고 유럽을 여행하고, 동남아시아·일본을 거쳐, 그해 12월 16일에 인천에 도착했다. 이후 포도대장 한규설의 저택에 연금되어 있다가, 서울의 가회동 취운정翠雲亭으로 이송되어 7년간 연금되었다. 이 기간 동안 유길준은 《서유견문西遊見聞》을 집필했다.

고종 31년1894년 4월에 갑오농민전쟁이 일어나자, 조선에 세력을 확대하기 위해 청국과 일본의 군대가 출동했다. 일본군은 경복궁을 점령하여 민씨정권을 타도하고 대원군을 앞세워 신정권을 수립한 뒤 내정개혁을 담당할 군국기무처를 설치했다. 유길준은 총리대신 김홍집, 외무대신 김윤식, 탁지부대신 어윤중과 함께 대원군을 받드는 보수파가 되었다. 12월 17일에는 김홍집과 내무대신 박영효가 연립하여 내각을 구성했는데, 이 내각에서 유길준은 내부협판에 임명되었다. 하지만 이듬해 고종 32년1895년 7월에 박영효는 반역을 꾀했다는 탄핵을 받고 해외로 망명했다. 10월 8일에는 일본이 명성황후를 학살하는 사건이 일어났다. 그 직후 유길준은 내부대신에 임명되었다. 새 내각은 단발령을 공표했는데, 이 때문에 춘천과 원주에서 의병이 봉기했다. 고종은 재위 33년1896년 2월 11일에 아관으로 파천했고, 새 내각이 무너지자 유길준은 일본으로 망명했다.

고종 37년1900년에 유길준은 일본 육군사관학교를 졸업한 젊은이들과 혁명혈약서를 작성하고 귀국을 기도하다가 일본 정부에 발각되어, 일본 남해의 외딴섬에 유배되었다. 4년 뒤 석방된 유길준은 도쿄에서 지냈다. 고종 42년1905년 11월에 을사늑약의 결과 한국은 일본의 보호국으로 전락했다.

1907년 4월 22일에 고종은 이준과 이상설을 헤이그 만국평화회의에 밀사로 파견했는데, 7월 3일에 이토 히로부미 통감은 고종에게 밀사 파견에 대해 항의했다. 7월 18일에는 이완용과 송병준이 밀사 파견을 이유로 고종에게 퇴위를 강요

故로遊星이라名ᄒᆞ며彼太陰光彩의爲蒲ᄒᆞ
ᄂᆞᆫ故로遊星이라名ᄒᆞ나야太陰光彩의爲蒲ᄒᆞ

西遊見聞第一編

地球世界의槪論

杞溪 俞吉濬

地球ᄂᆞᆫ吾人의往居ᄒᆞᄂᆞᆫ世界니亦遊星의一이
今其遊星을數ᄒᆞ건ᄃᆡ一曰火星四曰火星五曰木星六曰土星七曰天王星八
日海龍星이니此八星을遊星이라謂ᄒᆞᄂᆞᆫ其
體가遊動ᄒᆞ야諸他恒星의定居ᄒᆞᄂᆞᆫ者와不同ᄒᆞ故며又一百三十小星이有ᄒᆞ야諸遊星을從行ᄒᆞ

《서유견문(西遊見聞)》

고종 26년(1889년) 간행. 고려대학교박물관 소장.

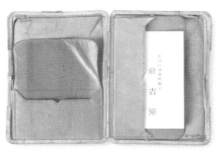

| 유길준 명함집 · 세면도구 · 명함

고려대학교박물관 소장

1894년 갑오개혁 때 유길준은 대조선국 의정부 도헌(都憲)으로 재직했다. 이 명함은 그때 사용한 것이다.

했다. 이에 7월 20일에 순종이 즉위했다. 7월 24일에는 매국내각의 전권대신 이완용이 통감 사저에서 이토 히로부미와 한일신협약을 체결했다. 이 협약은 제3차 한일협약에 해당하며, 7개 조목으로 되어 있어 정미 7조약이라고도 한다. 대한제국 정부는 법령제정권과 행정처분권을 통감에게 넘기고 정부의 고관대작을 임면할 때 통감의 동의를 받게 되었다.

유길준은 고종이 양위를 강요당하고 정미 7조약이 체결되었다는 소식을 듣고 일본에서 간행되는 일간신문인 《호치신문報知新聞》에 일본 측에 항의하는 기사를 발표했다. 그는 일본의 총리대신에게, 일본이 정미 7조약을 무효로 한다면 대한제국 국민들은 영원히 일본의 은혜를 잊지 않을 것이라고 사정했다.

1907년 8월 16일에 유길준이 귀국하자, 고종은 용양봉저정을 하사하고, 그의 활동에 기대를 걸었다. 하지만 1910년 8월 29일의 강제합병으로 한국은 일본의 식민지로 전락했다. 유길준은 노백린 등과 협력해서 서울의 중학생을 동원하여 합병 반대 운동을 벌이려 했으나, 일본 관헌에 발각되어 집에 연금되었다. 강제합병 후 40일이 되어 일본은 합병에 공로가 있는 한국인 78명에게 작위를 주었다. 유길준에게도 남작男爵의 작위를 주려 했으나 그는 받지 않았다. 그 후 유길준은 신장병으로 고생하다가 1914년 9월 30일 조호정에서 타계했다. 향년 59세였다. 10월 7일 용산역에서 사회장이 거행되었으며, 그 이튿날 경기도 광주군에 매장되었다.

유길준은, 자기는 국가에 아무런 공을 이룩한 것이 없으므로 묘비를 세우지 말라는 유언을 남겼다. 그가 설치했던 흥사단은 한일합병 직후 일제에 의해 해산되었으나, 1913년 5월 안창호가 무실역행務實力行을 내세우면서 부흥시켰다.

1876년 개항을 전후하여 개화사상이 발아했다. 초기의 개화파는 18세기 실학의 인맥과 연계되어 실학의 개혁사상을 발전시켰다. 이후 개화파는 일본의 메이지유신을 모델로 하자는 급진개혁파와 청나라 변법자강을 본뜨자는 온건개화파로 분리되었다. 전자는 김옥균·박영효·홍영식, 후자는 김윤식·김홍집·어

독립신문

독립신문

조선 건양 2년(1897년) 2월 11일자 신문. 국립중앙박물관 소장. 허가번호[중박 201110-5651].

윤중이다.

기왕의 연구에 의하면 개화사상은 대개 세 단계로 진행되었다.

제1단계는 1876년부터 1895년까지로, 조선 정부가 개화 정책을 추진하고 급진개혁파가 그 중심을 이루던 시기이다. 조선 정부는 일본에 두 차례 수신사를 파견하고, 뒤이어 일본에는 신사유람단을, 청나라에는 영선사를 파견했다. 그러나 위정척사파가 항의 상소를 연이어 올렸으므로 정부는 척사윤음을 선포하여 유림들을 진정시키려 했다. 이때에 온건개화파는 척사위정론을 비판하고 서양의 기술을 적극적으로 수용해야 한다는 동도서기론東道西器論을 주장했다. 하지만 청나라의 힘을 빌리려는 온건개화파와 일본의 힘을 빌리려는 급진개혁파가 갈등을 빚었다. 그러다가 갑신정변이 발생하고 개화파의 내각이 붕괴하면서 급진개혁파는 몰락하고 온건개화파도 유림의 저항을 받았다.

제2단계는 1896년부터 1904년까지이다. 서재필·윤치호·이상재 등은 독립협회를 조직하고 독립신문을 발행하여 국권운동과 민권운동을 전개하여 주권을 수호하고 새로운 법치질서를 강조했다. 입헌군주제를 지향하기도 했으나 실현하지는 못했다.

제3단계는 1905년부터 1910년까지이다. 을사늑약과 한일강제병합으로 인해 국가의 주권이 상실된 시기로, 대한협회 등이 애국 계몽운동을 전개했다. 대한협회는 교육과 산업을 일으켜 국력을 배양해야 한다고 주장했다.

제1단계의 시기에 유길준은 허명개화虛名開化에 반대하고 실상개화實狀開化를 이루어야 한다고 생각했다. 당시에는 개화파만이 아니라 보수적인 민족주의자들도 실상개화를 추구하려는 기류를 함께 형성했다. 그런데 유길준은 개화를 문명의 개념과 밀접한 것으로 파악하고, 문명국을 모범으로 삼아 문명을 성취해 나가는 것이 실상개화라고 보았다.

문명이란 말은, 18세기 중반 이래 서구인들이 야만과 구별해서 자신들의 삶을 우월하게 과시하려고 사용한 Civilization을 번역한 것이다. 동양에서는 1868년 후쿠자와 유키치가 인류의 역사를 야만에서 문명으로 진보한다고 설명하는 가운데 처음으로 사용했다고 한다. 유길준은 일본 유학시절(1881년 5월~1883년 1월)에 《시사신보》에 글을 쓸 때 처음으로 문명이란 말을 사용했다. 그는 "나라를 개화로 이끌어가고 문명으로 인도케 하는 활발活發의 기상氣象과 분양奮揚의 마음과 유지維持의 힘을 으뜸으로 한다. (중략) 이 셋을 가진 연후에 개화하려고 하면 개화할 수 있고 문명하려고 하면 문명할 수 있다."라고 했다. 그 뒤 유길준은 《세계대세론》과 《경쟁론》 등의 저서를 통해 문명에 관해 논하기 시작했는데, '농공상의 제업諸業이 성대盛大하고 문학기술文學技術에 독실篤實'한 구주歐州 여러 나라와 미국을 문명국으로 간주한 점은 후쿠자와 유키치와 유사하다.

　유길준은 일본 체류 시의 견문과 미국 유학 시의 견문, 미국에서 수집된 자료들을 정리하여 《서유견문》을 엮었다. 이 책은 견문이란 표제를 사용했지만 일반의 여행기와는 전혀 다르고, 오히려 유서類書의 형태를 취했다. 유서란 근대 이전의 백과사전을 말한다. 그 서문에 따르면 유길준은 이 책을 1887년 가을부터 본격적으로 집필하기 시작해서 1889년 늦봄에 탈고했다고 한다. 유길준은 후쿠자와 유키치의 주선으로 1895년 4월 25일 고준샤交詢社에서 이 책을 인쇄하여 정부 고관들에게 배포했다.

　그런데 《서유견문》은 유서의 형식을 취하면서도, 세계지리의 자연지리와 도시지리를 책의 첫머리와 마지막에 배치했다는 점에서 종래의 유서와 다르다. 세계지리 가운데서도 자연지리를 첫머리에 둔 것은, 조선대한제국이 세계 문명권에서 차지하는 위치를 확인하려고 했기 때문이다. 도시지리를 맨 마지막에 배치한 것은 이 책이 의도하는 문명개화의 지향을 재확인하기 위해서였다.

　그리고 《서유견문》은 국가제도에 관해 상당히 자세하게 서술했다. 즉, 나라의 권리와 국민의 권리를 비롯하여 문명이 개화된 정치의 여섯 가지 요결과 정부의 직분을 거론하고, 세금과 국채의 문제, 교육제도와 군사제도, 화폐경제, 법적 질서, 경찰제도까지 다루었다.

　한편 유길준은 실용적인 서양 학문에 주목하여, 여기에 〈서양 학문의 내력〉과 〈학문의 갈래〉라는 두 장을 배당했다. 그리고 종래의 과거지학科擧之學 · 문장지학^{文章之學} · 훈고지학^{訓詁之學} · 의리지학^{義理之學}의 학문체계를 모두 극복하고, 서양학문의 갈래로서 농학, 의학, 산학^{算學}, 정치학, 법률학, 물리학, 화학, 철학, 광물학, 식물학, 동물학, 천문학, 지리학, 인체학, 고고학, 언어학, 군사학, 기계학, 종교학 등에 관심을 갖도록 촉구했다.

또한 그는 〈화폐의 근본〉과 〈상인의 대도^{大道}〉 장을 배당하여 화폐의 유통과 상업의 활성화를 역설했다. 특히 '상인의 보호' 항을 두어 상업의 진흥을 정부의 책무로 여겼다. 이것은 후쿠자와 유키치가 《서양사정외편》에서 자유주의 경제의 관점을 지녔다가, 1875년경부터 상매공업^{商賣工業}을 보호·장려하는 일을 정부의 책무로 주장하게 된 것과 관련이 있는 듯하다.

유길준은 후쿠자와 유키치의 《문명론지개략》의 사유방식에 근거하여 〈개화의 등급〉 장을 두어, 세계 각국을 개화한 자, 반쯤 개화한 자, 아직 개화하지 않은 자의 셋으로 나누고, 실상의 개화와 허명의 개화를 구분해서 진정한 개화에 이르는 방법에 대해 논했다.

그런데 유길준은 《서유견문》에서 특히 인권과 주권의 문제를 중시했다.

근대 서양에서는 모든 인간이 사적인 이해관계와 이성을 바탕으로 행동하고, 국가 역시 사적인 이해관계를 관철시키려는 이익집단과 개인들의 각축장이며, 시민 개개인이 국가와 정부를 견제·비판할 수 있다고 보았다. 삼권분립, 최소 국가주의, 선거제 등은 바로 이러한 견제와 비판을 위한 제도적인 장치이다. 이에 비해 동양의 유교사상에는 서구 근대사상에서 말하는 '인권'의 개념이 존재하지 않았다. 조선 유학의 중핵을 이룬 주자학은 개개인의 욕구를 사회·정치생활의 기본 원칙으로 삼지 않고, 인간들 사이에서 지켜야 하는 가치와 덕목을 최우선으로 상정했다.

유길준은 조선^{한국}이 문명개화하려면 서양의 인권사상을 도입해야 한다고 보되, 유교적 전통과 서양 인권 개념을 어떻게 조화시킬 것인가 고민했다. 그 결과, 절대적 개인을 전제로 하는 서양의 '인간의 권리' 개념과 사람 간의 관계를 중시하는 '인간의 도리' 개념을 복합적으로 추구할 수 있는 개념으로 '통의^{通義}'를 중

일본 도쿄 아사히신문[東京朝日新聞] 메이지 40년(1907년) 7월 24일자 4면.

1단 〈원로대신 회의〉 : 한국에서 일어난 '폭동'을 억압하고 앞으로의 '요란(擾亂)'을 예방하기 위해 군대를 파견하는 문제로 원로대신 회의를 열었다는 소식이다. 이미 일본은 1개 사단을 주둔시켜 두었으나, 자국민과 외국민의 보호를 위해 증병이 필요한데, 일본은 한국을 보호국으로 두고 있지만 출병하려면 한국의 승인을 받아야 한다는 내용이다.

1단 〈유길준 씨 여담〉 : 박영효를 옹호하는 내용이다. 박영효는 1907년 비공식으로 귀국하여 부산에 체류하다가 상경해서 궁내부 고문 가토 마스오[加藤增雄]와 접촉해서 고종의 특사(特赦)를 받았다. 이어 헤이그 특사 사건을 계기로 궁내부 대신에 임명되어, 통감 이토 히로부미[伊藤博文]와 이완용 내각의 고종 양위 압력을 무마시키려고 하였으나 실패하고 체포되었다. 유길준은 박영효의 행위가 우국의 뜻에서 나온 것이지 반역이 아니라고 옹호했다. 박영효는 순종이 즉위한 뒤 군부 내의 반양위파와 통모해서 고종의 양위에 찬성한 정부 대신들을 암살하려 했다는 혐의를 받고 체포되어 1년 동안 유배되었다. 박영효는 일제가 국권을 빼앗고 회유책으로 수여한 후작의 작위를 받게 된다.

2~3단 〈한국 상황(上皇)의 위인〉 : 태상황이 된 고종은 세계의 대세에 관해 궁중 좌우의 무식한 서배(鼠輩)를 통해 정보를 얻어 왔으며, 헤이그 밀사 사건도 황제의 무식을 드러낸 데 불과하다고 매도했다.

4단 〈조선 사건과 미국〉 : 뉴욕 《트리뷴》 7월 20일자 사설을 인용해서 일본이 한국을 '처분'할 권리가 있다고 주장했다.

4~5단 〈조선 사건과 노서아(露西亞) 지〉 : 노보에 부레미야(새 시대) 7월 1일자가, 일본은 한국의 보호자이되 그 자주권을 빼앗지 않는다고 누누이 선언했으므로, 독립국인 한국이 헤이그 회의에 참석하는 것은 당연하다고 말한 내용을 실어 두었다.

478

●上皇尊奉始末（外務對韓政策）

●人心鎭撫の詔勅（公報）

●韓國宮廷改革と遷都

●韓國留學生の態度

●皇太子博覽會行啓

©朝日新聞社　聞藏Ⅱビジュアルを이용

일본 도쿄 아사히신문[東京朝日新聞] 메이지 40년(1907년) 7월 25일자 4면.

1단 〈상황 존봉 시말〉: 박영효와 이도재(李道宰)가 고종의 하야에 반대하다가 체포된 이후. 일본 통감부는 민심을 무마하려고 고종을 태상황으로 존봉하도록 순종에게 종용했다. 순종은 그 제안을 받아들이지 않았으나 결국 이완용 내각의 압력으로 고종에게 7월 22일에 태상황제의 칭호를 올렸다. 이 기사는 그 경위를 상세히 보도한 내용이다.

1단 〈인심 진무(鎭撫)의 조칙〉: 민심을 무마하기 위해 순종이 7월 22일에 내린 조칙을 전재했다.

1~2단 〈한국 궁정개혁과 천도(망명자 유길준의 담화)〉: 유길준의 대한제국 황제의 조칙이 행정부서에 제대로 전달되기 위해서는 궁내부를 개혁해야 하고, 궁중의 정폐(情弊)를 일신하기 위해 천도해야 한다고 주장했다.

2~3단 〈한국 유학생의 태도〉: 도쿄에 유학하는 학생이 약 300인인데 상당수가 피서를 가고 도쿄에 남은 70~80명이 가미로쿠반쵸[上六番町]의 학생감독소에 모여 고종의 양위 문제에 관해 토론했다. 일부는 한국의 제실(帝室)을 모욕한 것에 대해 분노하여 순국하겠다는 뜻을 말하고, 일부는 망국이 임박했으니 구미로 떠나겠다고 말했으나, 일부는 정치상의 문제는 학생들이 간여할 일이 아니라고 말했다. 결국 사태를 지켜보겠다는 쪽으로 결론을 내렸다고 한다.

시했다. 이것은 후쿠자와 유키치의 시도와 유사하다.

후쿠자와 유키치는 1870년의 《서양사정》 이편二編 〈예언例言〉에서, 블랙스톤(Sir. William Blackstone)의 《영률英律》(Commentaries on the Laws of England : 1765~1769년)의 일부를 번역하면서, 자유는 liberty, 통의는 right의 역어로 사용한다고 했다. 통의는 《맹자》에 처음 나오는 말이다. 맹자는, "마음을 수고롭게 하는 자는 남을 다스리고, 몸을 수고롭게 하는 자는 남에게 다스림을 받는다. 남에게 부림을 받는 사람은 먹이고, 남을 부리는 자는 남에게 먹을 것을 제공받는다. 이것이 천하의 통의이다."라고 했다. 그렇다면 통의는 플라톤이 말하는 저스티스justice, 즉 정의에 해당한다.

유길준도 통의란 개개인이 자신의 직분을 지키는 '당연한 정리正理'를 가리킨다고 했으므로, 통의를 저스티스의 번역어로 본 듯하다. 그러면서도 유길준은 '권리'를 '통의'로 이해하기도 했다. 유길준은 유교적 전통에 따른 위계질서와 서양 천부인권론의 평등 개념을 절충하여, 타고난 권리는 후천적인 요소에 따라 차등의 권리가 생긴다고 설명했다. 유길준은 자주적 개인의 천부인권을 존중해야 한다고 말하면서도 오륜에 입각한 상하신분질서와 기존의 사회적 도덕규범을 중시하여, 논리적 모순을 드러냈다.

구한말에 유길준은 사법학교를 설립해서 운영하고 소학교 교육을 정상화시키려고 했다. 그리고 지방자치제를 실시하고자 한성부민회漢城府民會를 설치했다. 유길준은 국왕이 국가를 사유재산처럼 간주하는 봉건국가의 형태로는 세계사의 흐름에 동참할 수 없다고 생각하여, 국왕이 나라를 다스리는 입헌군주제를 지지하게 된 듯하다.

1934년 1월 1일에 발행된 잡지 《별건곤》 제69호에 다언생多言生이란 필명의 사람이 〈비중비화秘中秘話 백인백화집百人百話集〉을 기고하여, 당대의 인물들을 논평한 것이 있다. 유길준에 대한 논평은 이렇다.

조선 사람으로 조한문朝漢文 공용의 저서를 처음 한 분은 구당 유길준이니 그가 구주에 류학하고 도라온 후 력작한 유명한 서유견문긔西遊見聞記란 것이 그것이다.

유길준은 국권 침탈의 시기에 국가 주권과 민생 인권의 확립을 위해 고투했다. 그러나 그 사실은 그리 전하지 않게 되었다. 사후에는 《서유견문》의 저자로서 이름이 알려졌다.

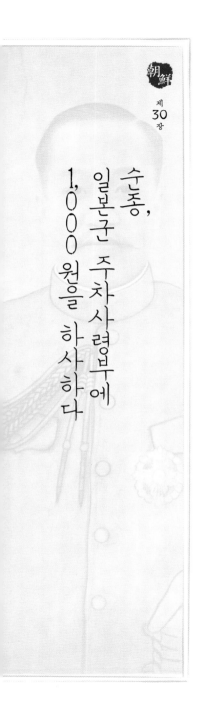

순종,
일본군 주차사령부에
1,000원을 하사하다

순종1874~1926년은 조선의 제27대 왕이자 대한제국 최후의 황제이다. 고종 12년1875년 2월 세자에 책봉되었다가 고종 34년1897년 대한제국이 성립된 후 황태자에 책봉되었다. 1907년에 일본의 압력과 이완용 등의 강요로 고종이 헤이그 밀사 파견의 책임을 지고 퇴위하자, 7월 20일에 대한제국의 황제로 즉위했다. 1910년 8월 29일에 일본에게 나라를 빼앗길 때까지 융희隆熙의 연호를 사용했다.

1907년에 매국내각이 이토 히로부미와 한일신협약제3차 한일협약을 체결함으로써, 조선총독부 통감은 관리임용권을 갖고 대한제국의 정치를 주무르기 시작했다. 8월 1일에 순종은 일본의 압력에 못 이겨 대한제국군을 해산했다. 12월 5일에는 황태자가 유학의 명목으로 일본에 인질로 잡혀갔다. 1908년에는 동양척식주식회사의 설립을 허가하여 경제침탈의 길을 열어 주었다. 1909년 7월에 일본은 한국의 군부를 폐지하고 10월에는 법부를 폐지하여 정치조직을 통감부 기능에 흡수했다.

통감 이토 히로부미의 후임으로 소네 아라스케曾禰荒助가 오고, 곧이어 데라우치 마사타케寺内正毅가 왔다. 한국의 지식인들과 의사義士, 민중들의 반발에도 불구하고 일본은 대한제국을 강제점령하여, 조선 왕조는 1910년 8월 29일, 27대 519년 만에 망하고 말았다. 일본은 순종을 창덕궁에 머물게 하고, 이왕이라 불렀다. 순종은 1926년 4월 25일 창덕궁에서 생을 마쳤다. 능은 유릉裕陵이다.

순종의 능에 묻는 글인 〈유릉지문裕陵誌文〉은 정인보가 1926년에 윤용구尹用求를 대신하여 지었는데, 다른 의견이 있어 돌에 새기지는 않았다. 정인보는 이 글을 항아리에 숨겨두었다가 광복 후에 꺼냈다. 정양완 선생님의 번역문을 일부 소개하면 다음과 같다.

갓 황위^{皇位}에 오르자 전농동에서 친경^{親耕}하고 서남북을 순시하실 때, 길에 공경스럽게 마중하는 사람을 보시면 아무리 한미한 백성일지라도 반드시 황제의 수레를 멈추고 위문하고 또한 그 어려운 사정을 묻고는 부모에게 효도하고 형제 우애하고 힘써 농사지으라고 곡진히 권면하셨다. 선비를 만나면 학문에 정진토록 이끄니, 그 정성이 말 너머에 드러나, 듣는 사람치고 감격하지 않는 이가 없었다. 정성스러운 마음으로 남을 대하고 공적으로 베풀어서, 치우치고 삿됨은 물리쳐 버렸다.

언제나 글을 읽다가 군자 소인 흥망의 대목을 만날 적마다, 연구를 되풀이하고 철저히 궁리하니 깊은 지식과 이해는 선악의 구분을 얼버무리는 일이 없었다. 음란한 음악이나 미녀를 가까이하지 않았고 사냥개나 말·주옥 따위의 애완도 물리쳤으며, 엄전하여 게으른 모습을 한다거나 실없는 말을 한 적도 일찍이 없었다. 그러나 타고나기를 본래 도에 가까웠으므로 천성대로만 따라가 그렇게 자연스러웠지, 후천적으로 거짓 겉을 꾸민 것은 아니었다.

깊은 궁궐 속에 살건만 먼 데 백성까지 어루만졌고, 두 손 맞잡고 말없이 앉았건만 환히 꿰뚫어 알았으며, 화평하게 아랫사람을 대했으며, 직사^{職事}에 관한 일을 말할 적마다 그 재주나 천성의 가까움보다는 그가 쌓은 실력을 모조리 발휘하게 하여, 행여나 어긋나 다 발휘하지 못하는 일이 없도록 했다. 더러 주대^{奏對}가 임금의 뜻에 맞지 않더라도 다른 말을 곁들였지, 그 말을 (꼬치꼬치) 캐어서 그 실수가 드러나게 하지는 않았다. 세신^{世臣}들을 편안히 보살피었으니 여러 모로 염려해 주고 돌보아 줌이 이미 많았다.

인륜을 중히 여기고 명분을 엄격히 했으므로, 대궐 안에 신문이 흘러들 적마다, 부자간의 어그러짐, 아낙네의 행실이 얌전치 않음을 보고는 문득 낯빛을 변하여 한숨짓곤 했다. 더구나 곧은 선비가 떠돌아다니며, 잘난 백성이 제자리를 잃은 것을 크게 슬퍼하여, 얼마가 지나도 오히려 마음을 가라앉히지를 못했다. 몸이 위독한 가운데 때때로 홀로 한숨짓기도 했고, 더러는 뇌이고 되뇌었지만 대개는 알아들을 수가 없었는데, 어떤 때는 "난 예 있기 진저리가 나. 난 너무 괴롭기만 해."라고 하는 소리가 들리건만 또한 당신은 의식하지 못했다.

아! 백성의 의지가 되어야 한다는 임금의 간절한 생각은 자나 깨나 마음에 걸려 있었으며, 게다가 독실하고 후덕한 바탕에 검박하고 부지런한 덕이며 밝고 슬기로운 학식이 효행에 뿌리 박혔으므로, 미루어 행해 나갔더라면 진실로 마땅히 온 천하의 표준이 되고도 남음이 있었으련만, 어려운 세상을 만나서 황제의 복을 베풀 수 없어, 답답히 뭉쳐 펴지 못하고, 잠기고 가려져 밝히지 못한 것을 신은 생각할 때마다 가슴이 아프고 미어진다.

〈유릉지문〉에 따르면 순종은 황제로서 백성들의 의지가 되어야 한다고 늘 생각했다고 한다. 하지만 순종은 황제의 권력을 행사할 수 없었다. 순종은 "난 예 있기 진저리가 나. 난 너무 괴롭기만 해."라고 되뇌었다고 했다. 일본 군사들에게 포위되어 국가 전역에 왕의 명령을 유시諭示할 수 없었기에 그랬을 것이다. 그렇기에 순종은 신하들에게 황제로서 의미 있는 선물을 할 수가 없었다. 총독부의 지시대로 일본의 군사들에게 하사하는 것이 고작이었다.

순종이 서거한 후 1927년 4월, 이왕직은 순종의 재위 4년간과 퇴위한 뒤의 17년간에 이르는 사적을 편찬해서 《순종실록》을 엮었다. 그러나 그 편찬위원장은 이왕직 장관 종3품 훈1등의 일본인 시노다 지사쿠篠田治策였다. 또 감수위원에는 오다 쇼고小田省吾, 나리타 세키나이成田碩内 등이 있었다. 따라서 일본인들이 전체 원고를 조작했을 것이다. 시노다 지사쿠는 간도 용정촌龍井村의 통감부 임시간도 파출소에 부임해서 1909년 11월 1일 파출소가 폐쇄될 때까지 간도 영유권 문제를 조사했다. 그 뒤 이왕직 장관을 지냈고, 1940년 7월부터 1944년 3월까지 경성제국대학 총장으로 있었다.

《순종실록》에는 순종이 매국노들과 일본인들에게 서훈敍勳하고 일본 군대에게 하사금을 준 내용이 많다. 이를테면 순종 융희 2년 3월 28일의 기록에 보면 일본 육군 기념제에 맞춰 하사금 1,000원을 일본군 주차사령부^{駐劄司令部}에 주었다고 되어 있다. 아마도 친일관료들이 하사를 강요했을 것이다. 또 《순종실록》의 편찬자들은 일본의 지배를 합리화하기 위해 순종 황제가 친일파와 일본인, 그리고 일본 육군에 대해 하사한 사실만 부각시켰을 것이다. 이런 기록들을 보면 순종이 황제로서 온당한 하사조차 하지 못했다는 사실을 똑똑히 알 수 있다.

더구나 융희 2년 3월 28일의 기록을 보면, 순종은 일본군에 1,000원을 하사하기 직전에, 한국 의병들을 비적^{匪賊}으로 규정하는 다음 조칙을 내렸다.

| 순종 어진 |
일제강점기, 김은호(金殷鎬, 1892~1979년) 그림. 62.0 × 46.0(세로 × 가로 : 단위 cm). 고려대학교박물관 소장.

匪類梗化(비류경화)호야 禍延無辜(화연무고)호야 經歲騷擾(경세소요)에 迄未戢寧(흘미읍녕)호노니 朕(짐)이 念其顚連奔竄之狀(념기전련분찬지상)컨되 不勝閔惻而最是民戶之被燒者(불승민측이최시민호지피소자)ㅣ 數至屢千(수지누천)호야 墟落(허락)이 蕭條(소조)호고 老幼(노유)ㅣ 棲屑(서설)호야 春煦將舒(춘후장서)에 東作(동작)이 無望云(무망운)호니 朕(짐)이 在廈氈之上(재하전지상)호야 丙枕輾轉(병침전전)에 若恫在己(약통재기)라 結構寛接之方(결구전접지방)과 蠲布賙恤之典(견포주휼지전)은 各該部(각해부)ㅣ 自當爛商籌劃(자당난상주획)이어니와 朕(짐)이 亦欲以帑金(역욕이탕금)으로 特助拯救(특조증구)호노니 其令各道臣守臣(기령각도신수신)으로 趁速分巡被災地方(진속분순피재지방)호야 一一調查(일일조사)호고 面面曉喩(면면효유)호야 以示朕惻怛如傷之至意(이시짐측달여상지지의)호고 鄰邦人民(인방인민)의 寄居被爐者(기거피신자)를 朕(짐)이 視同我赤子(시동아적자)호노니 撫恤之際(무휼지제)에 無分彼此(무분피차)호고 無或遺漏(무혹유루)호야 一例擧行(일례거행)호라 대강의 뜻은 다음과 같다.

비적의 무리가 교화에 저항해서 그 재앙이 아무 죄 없는 사람에게까지 뻗쳐 한 해가 다 지나도록 시끄럽고 요란해서 지금까지 중지시키고 안녕하게 하지를 못하니, 짐이 백성들이 고달프고 도망가 숨어야 하는 형상을 생각하면 불쌍하고 애처로워함을 차마 이기지 못하겠는데, 그 민호 가운데 소실당한 자가 수천에 이르러 마을이 썰렁하고 늙은이나 어린애가 떠돌아다녀 봄기운이 장차 퍼지려고 하거늘 농사지을 일을 기대할 수가 없다고 한다. 짐이 임금의 털방석 자리 위에서 깊은 밤에 이리 구르고 저리 구르며 마치 나 자신에게 상심함이 있는 듯하다. 살 곳을 얽어서 안정시킬 방도와 세금을 감면하여 가난한 자를 구제하는 휼전은 각 해당 부서가 스스로 깊이 숙의해서 방안을 잘 마련하여야 하겠거니와, 짐도 또한 도탄에 빠진 백성들을 구원하는 일을 내탕금으로 보조하겠으니, 각 도의 도신道臣과 수신守臣·수령으로 하여금, 속히 재앙을 입은 곳을 나누어 순찰하여 일일이 조사하고 사람마다 깨우쳐, 짐이 마치 그들을 손상입히기라도 한 듯이 측달惻怛해 하는 지극한 뜻을 보이고, 이웃나라의 인민으로서 부쳐 살면서 화재를 당한 자를 짐은 우리의 적자赤子·인민와 똑같이 보나니, 그들을 불쌍히 여기고 도와줄 때에 피차를 구분하지 말고 한 사람도 빠진 이가 없게 하여 한결같이 거행하라.

이 칙령에서 순종은 의병들이 곳곳에서 봉기하여 국권을 회복하려고 하는 행위를 소요 사태로 간주하고, 의병들에 의해 화재를 입은 백성들이 수천이나 되는 듯이 과장했으며, 이주 일본인 가운데 화재를 당한 사람들을 각별히 신경 쓰고 도와주라고 지시했다. 도저히 조선대한제국 황제로서 현실 상황을 제대로 파악했다고 할 수 없었다. 그렇기에 바로 그날 순종은 일본 육군의 기념일이라고 일본군에 1,000원을 하사했던 것이다.

1910년 순종이 강제로 하야당하고, 일본이 한국을 강제 병합한 지 40일 가까

궁내부(宮內府) 현판

고종 31년(1894년). 국립중앙박물관 소장. 허가번호[중박 201110–5651].

궁내부는 1894년 갑오개혁 때 관제개편으로 왕실에 관한 모든 업무를 일괄적으로 담당하기 위해 창설되어 1910년 강제 병합될 때까지 존속했다. 궁내부에도 의정부 내의 각 아문과 마찬가지로 대신 · 협판 · 참의의 관직을 두었다.

이 되어, 일제 총독부는 합병에 공로가 있는 한국인 78명에게 작(爵)을 내려 귀족으로 삼았다. 또한 일왕은 친일파 귀족들에게 은사금 3,000만 엔을 하사했다고한다. 일부의 은사금은 민심을 수습하기 위해 효자 및 효부, 홀아비와 과부, 노인, 고아, 정신병자의 구제금 등으로 사용되었다. 하지만 은사금을 실질적으로수령한 사람들은 모두 친일 매국노들이었다.

'친일반민족행위자 재산조사위원회'의 조사 결과 은사금을 가장 많이 받은친일 인사는 병합조약 체결에 직접 참여한 궁내부 대신 이재면으로 83만 엔현재 화폐가치로 약 166억 원을 받았다고 한다. 순종의 장인인 후작 윤택영은 50만 4,000엔100억 8,000만 원, 매국노 백작 이완용은 15만 엔30억 원, 을사오적 송병준은 10만 엔20억 원을각각 받았다. 개화사상가 박영효도 28만 엔56억 원을 받았다. 친일파들은 은사금을 이용해 전국의 토지를 사들였다.

한편 애국적 인사들은 은사금 수령을 거부했고, 이 때문에 일제의 탄압을 받았다.

고종 때 예조판서와 이조판서를 지낸 윤용구1853~1939년는 일본이 남작의 작위를 주었으나 받지 않았다. 장태수1841~1910년는 고종 때 중추원의관을 거쳐 시종원부경에 올랐으나, 1910년 강제병합 이후 사직하고 고향에 내려갔다. 일왕의 은사금을 거절했다는 이유로 아들 3형제가 일본 헌병대에 붙잡혀 가자, 단식으로 항거하다가 타계했다.

경람도(敬覽圖)

경성 경람도발행소 1923년(일본 대정 12년) 발행 경람도(敬覽圖). 7판. 연활자본. 절첩식. 초판은 1917년(일본 대정 6년) 간행. 다케우치 로쿠노스케[竹内錄之助] 편으로 되어 있으나, 편찬자에 대해서는 상세한 사항을 알 수 없다. 조선 국왕의 묘호·능호·탄강일·서거일, 대군·군·공주·옹주·부마의 사항, 종묘에 배향하는 신하들의 이름, 국가의 주요 제사일 등을 각종 표로 제작하여 열람에 편하게 했다. 국왕 가운데 연산군과 광해군은 맨 뒤에 별도로 기록했다.

宗廟

| 太祖 | 定宗 太祖第二男 | 太宗 太祖第五男 | 世宗 太宗第三男 | 文宗 世宗第一男 | 端宗 文宗第一男 | 世祖 世宗第二男 | 德宗 世祖第一男 | 睿宗 世祖第二男 |

神懿王后元敬王后厚陵獻陵昭憲王后英陵顯德王后定順王后莊陵光陵貞熹王后敬陵昭惠王后昌陵章順王后安順王后

太祖康獻至仁啓運應天肇統廣勳永命聖文神武正義光德高皇帝

神懿高皇后韓氏　神德高皇后康氏

定宗恭靖懿文莊武溫仁順孝大王

定安王后金氏

太宗恭定聖德神功建天體極大正啓佑弘業光孝大王

元敬王后閔氏

世宗莊憲英文睿武仁聖明孝大王

昭憲王后沈氏

文宗恭順欽明仁肅光文聖孝大王

顯德王后權氏

端宗恭懿溫文純定安莊景順敦孝大王

定順王后宋氏

世祖惠莊承天體道烈文英武至德隆功聖神明睿欽肅仁孝大王

貞熹王后尹氏

德宗懷簡宣肅恭顯溫文懿敬大王

昭惠王后韓氏

睿宗襄悼欽文聖武懿仁昭孝大王

章順王后韓氏　安順王后韓氏

永寧殿

穆祖仁文聖穆大王　孝恭王后李氏

翼祖康惠聖翼大王　貞淑王后崔氏

度祖恭毅聖度大王　敬順王后朴氏

桓祖淵武聖桓大王　懿惠王后崔氏

文宗恭順欽明仁肅光文聖孝大王　顯德王后權氏

德宗懷簡宣肅恭顯溫文懿敬大王　昭惠王后韓氏

妃仁祥敬孝宣德王大妃洪氏

妃恭徽淑安和貞王后金氏

妃端懿貞獻德淑柔順王大妃朴氏

妃孝懿宣顯淑德齊睿元和王大妃金氏

妃顯順淑慶貞靖宣王后金氏

妃昭德純成元敬王大妃閔氏

妃徽仁定顯宣王大妃魚氏

妃徽慶淑齊宣王大妃慶州金氏

妃恭睿順烈敬淑慈仁王太妃崔氏

妃顯烈王后趙氏

	健元陵	元宗大王	獻陵	英陵	顯陵	莊陵	光陵	敬陵	昌陵

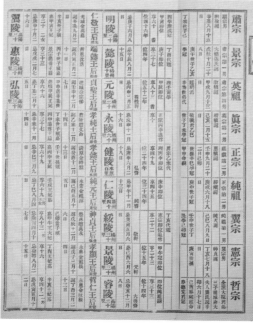

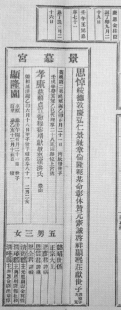

男子

景慕宮 顯隆園

各宮殿尊號誕辰

大殿	王大妃殿	中宮殿	世子宮 世子嬪宮

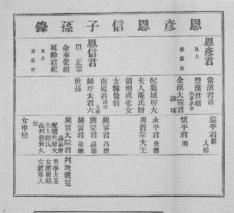

燕山君

成宗第一男 成化丙申生

發卯冊封世子甲寅踐祚
群邪蜂起 中宗反正 降君社
十一 夫人愼氏 燕山君子三
世子題論誅死 翼平誅 燕山
蓉愍死

光海君

宣祖第三男 萬曆乙亥生

壬辰冊封世子戊申嗣位 香日葤癘
毋后癸亥 仁祖反正 廢主英濟
自頒女 世子密安置喬桐死
州李壽六十七 夫人文化柳氏 尹

廟

先農壇 | 永禧殿 | 孝昌園 | 綏吉園 | 顯隆園 | 本宮 | 不祧位 | 永祿殿 | 永寧殿 | 宗廟

（以下、竪書きの祠廟・園陵・祭祀一覧）

大報壇
三月上旬

文廟
二月上旬

啓聖祠 二月上丁
鄉校 二月上丁
四賢祠 二月中丁
里社 三月上旬
州亭李壽六十七

崇烈殿 廣州溫祚於
崇德殿 鷄林高墟太祖
崇義殿 襄陽高麗太祖
崇仁殿 平壤箕子
東關王廟 不限位君
圓丘壇 三月中旬
崇靈殿

著作權所有

發行所　京城府旭町二百三十七番地
　　　　　敎育圖書發行所

印刷所　京城府木浦町四十五番地
　　　　　大東印刷株式會社

印刷者　京城府旭町二百三十七番地
　　　　　沈　馮澤

發行人　京城府旭町二百三十七番地
　　　　　竹内錄之助

국왕의 선물은 관직이나 마찬가지로 공기公器라고 일컬었다. 그것을 어떤 장場에서 어떤 의미로 사용하는가 하는 것은, 국왕의 권력 행사로서 매우 중요한 일이었다.

태조는 동북면에 산재한 조상들의 무덤들을 보살피고 동시에 그 지역의 행정 조직을 정비하기 위해 도선무순찰사 정도전에게 동옷을 내렸다. 세종은 선왕의 뜻을 이으면서 두만강을 경계로 하는 강역을 확정하기 위해 함길도 도절제사 김종서를 보내면서, 자신이 입고 있던 홍단의를 내려 주었다. 문종은 병약했지만 총명하고 인자한 군주로서, 부왕의 뜻을 이어 함길도를 안정시키기 위해 상중에 있던 이징옥을 기복시키고 의복을 내려 주었다.

조선의 국왕은 공신과 대관大官, 세신世臣을 대우하여 국가 권력의 기반을 안정시키려고 하였다.

태조는 공신 조준에게 두 번이나 초상을 하사하고 정도전에게 그 찬贊을 짓게 하였다. 태종은 공신 하륜에게 궁중의 의원을 내려 보내어 존문存問하였다. 세종은 강원도 이천의 온천에 행차했을 때 도승지 이승손 등 시종신에게도 온천욕을 하사했다. 세조는 신숙주에게 소주 다섯 병을 부치고 정인지 등 조정 신하들에게 춘번자 삽모를 하사하여 혁명 이후 군신 관계를 새로 맺어나갔다. 예종은 자신의 정권을 유지하기 위해 유자광에게 초구 한 벌을 내려 주고 공신들의 비를 세워 주라고 명했다. 성종은 자신의 장인 한명회에게 압구정시를 내려 주었고, 선왕 이래 서적의 편찬과 문화 창달에 공을 많이 세운 달성군 서거정에게 호피를 하사했으며, 외직에 잠시 나가 있었던 영안도 관찰사 허종에게 보명단을 내려 주었다. 연산군은 좌의정 성준에게 답호를 내려 주어 변함없는 충성을 요구하였으며, 인종도 좌의정 홍언필에게 산증의 처방약을 내려 주면서 왕권을 보호해 주길 기대했다. 중종이 홍문관 수찬 조광조에게 털요 한 채를 내린 일, 명종이 조식에게 약재를 내리면서 상경을 종용한 일, 선조가 원접사로 나가는 이

이에게 호피를 내려 주고 호성공신이면서 향촌에 칩거하고 있는 유성룡에게 백금을 내린 일, 광해군이 자신의 등극에 큰 힘이 되었던 좌의정 정인홍에게 표석을 내린 일, 인조가 이경석에게 황감 열 개를 내린 일, 효종이 성묘하러 가는 김육에게 요전상을 하사한 일, 효종이 세자 시절의 사부 윤선도에게 성균 사예의 벼슬을 주고 역마를 타고 올라오게 한 일과 산림의 거두 송시열에게 《주자어류》를 내사한 일, 숙종이 남인의 지도자 허목에게 궤장을 내린 일, 경종이 진주 겸 주청 정사로 중국에 갔다가 돌아오자마자 유배되어 섬에 있던 이건명에게 안구마를 하사한 일, 정조가 세손 시절부터 자신을 보호한 홍국영에게 초피·사모·이엄을 내린 일, 세손 시절의 스승 서명응에게 특별히 고비를 하사한 일, 영조가 이인좌의 난 이후 정국을 안정시킬 방안을 모색하여 자문했던 정제두에게 낙죽을 수시로 내린 일, 정조가 정약용에게 《시경》의 문제를 숙제로 내고 규장각의 각신 이만수에게 목극^{나막신}을 하사한 일, 순조가 국구 김조순에게 내구마로 시상한 일, 헌종이 4년 만에 권돈인에게 원보 해임의 청을 들어준 일, 철종이 자신을 옹립하는 데 기여한 정원용의 회혼례에 장악원의 이등악을 내린 일 등등은 국왕의 편에서 현량賢亮한 신하와의 제우際遇를 희원했음을 말해주는 대표적인 사례이다.

국왕은 부마나 종친과의 결속을 다지기 위해서도 노력하여, 그 경우 선물을 크게 활용했다. 영조가 부마 황인점에게 저택을 선물한 것이 그 대표적인 사례이다.

한편 국왕은 문치와 중흥을 위해서도 선물을 활용했다. 태종은 교서관의 홍도연에 궁온^{선온}을 내려 흥을 돋우어, 이후 국왕이 문한文翰의 관서에서 행하는 공연公讌에 찬조하는 관례를 만들었다. 성종은 독서당의 문신들에게 수정배를 선물했고, 명종은 신하들에게 서총대 연회를 내렸다. 세종은 《찬주분류두시》를 편찬케 하고 그 자문에 응한 시승 만우에게 옷을 하사했다. 성종은 주자청 당상관 이유인에게 놋쇠솥을, 천문학원 이지영에게 명주저고리를 하사했다. 인조는 《선조실록》을 수정하는 일을 맡은 이식에게 도원의 그림이 그려진 부채를 내렸다. 영조는 기술자 최천약에게 은그릇과 유기그릇을 내려 주었다. 정조는 이덕무에게 웅어와 조기를 내려 주었다.

국왕은 지방 민간의 삶에 대해서도 각별한 관심을 가져, 질병을 퇴치하고 재해를 막거나 지역공동체를 결속시킬 수 있는 방안을 마련하였는데, 그 경우 선물을 자주 활용했다. 곧, 문종은 전염병이 창궐하는 황해도에 벽사약을 내렸고, 예종은 호랑이를 쏘아 바친 적성현 정병에게 동옷 한 벌을 내렸다. 현종은 유랑민을 잘 구호한 광주목사 오두인에게 말을 내려 주었으며, 숙종은 황해도 연안의 이정암 사우에 은액을 하사했다. 영조는 이인좌를 체포한 신길만에게 상현궁을 하사해서 백성들의 충성심을 고취시켰다.

그러나 국왕의 권력이 미약하거나 국왕이 혼암하여 잘못된 선물을 내린 일도 있었다. 정종은 격구에 늘 함께 한다는 이유로 조온에게 말 한 필을 하사했고, 단종은 계해정난 이후 자신의 의지와 상관없이 김충·인평 등의 집을 양녕대군·효령대군 등에게 내려 주었으며, 광해군은 부질없이 종계변무의 일을 재차 거론한 허균에게 녹비 한 장을 내렸다.

조선의 국왕은 외교적으로 국가의 위신을 지키기 위해 갖가지로 노력하였다. 세종은 명나라에 대해 국격에 맞는 사절을 보내라는 무언의 압력으로 《황화집》을 간행하여 명나라 사신에게 증정했다. 성종은 유구 사신을 칭하는 하카다 출신 일본인에게 조선의 토산품을 내려서, 일본, 대마도, 유구와의 외교적 관계를 신중하게 이어나갔다.

광해군은 명나라의 요구로 후금과 전투하러 나가는 강홍립의 군사에게 몸을 덥힐 목면을 하사했다. 인조는 후금의 징병 요구를 거절한 책임을 지고 심양으로 떠나는 최명길에게 갓옷을 내려, 전대專對의 책임을 지웠다. 또한 일본의 에도막부가 일광日光·닛코에 도쿠가와 이에야스의 영혼을 모신 사당에 봉헌할 동종을 요구했을 때, 교린의 의리와 동아시아의 질서를 고려하여 그 요구를 들어 주었다.

대한제국의 고종은 최익현에게 돈 3만 냥을 선물하고, 양무위원 이기에 대한 징계를 사면하는 한편, 일제의 압력으로 퇴위하여 상왕이 되어 있을 때는 유길준에게 용양봉저정을 하사하면서, 국권을 회복하기 위해 다양한 시도를 했다.

하지만 국권을 강제로 빼앗긴 순종은 의병들을 토적으로 규정하고 일본 거주민들을 위문하는 한편, 일본군 주차사령부에 1,000원을 하사하였다. 이때에 이르러 조선 국왕은 국왕의 권력과 국가의 주권을 외세에게 넘겨주었기에, 공기公器를 적절하게 활용하지 못하게 된 것이다. 이로써 조선 500년의 역사는 막을 내렸다.

참고문헌

1장 광해군, 좌의정 정인홍에게 표석을 내리다

- 《광해군일기》 권96, 광해군 7년(1615, 을묘) 10월 1일(갑진), '좌의정 정인홍을 인견하기로 하다'
- 《광해군일기》 권97, 광해군 7년(1615, 을묘) 11월 12일(갑신), '선정전에서 좌의정 정인홍을 인견하고 국정을 논하다'
- 정인홍(鄭仁弘), 〈사식물차(辭食物箚)〉, 《내암집(來庵集)》 권9 차(箚), 한국문집총간43, 한국고전번역원, 1988.
- 정인홍, 〈답이이첨(答李爾瞻)〉, 《내암집》 권11 서(書).
- 《한국구비문학대계》 8~10, 경남 의령군편(1), 한국정신문화연구원, 1984.
- 고석규, 〈정인홍의 의병활동과 산림기반〉, 《한국학보》 14호 2권, 일지사, 1988.
- 심경호, 《간찰》, 한얼미디어, 2006.
- 이상원, 〈남명 조식에 관한 야승의 연구〉, 《남명학연구논총》1, 남명학연구원, 1988.
- 권도경, 〈설화에 나타난 내암 정인홍의 인물 형상화 방식과 설화 담당층의 인식〉, 남명선비문화축제 기념 발표회논문집, 《내암 정인홍의 학문과 사상》, 2005. 7. 27. ; 《남명학 연구》 4, 2010. pp.429~444. ; 남명학연구원 저, 《내암 정인홍》, 예문서원, 2010. 8.
- 이강옥, 〈남명 조식의 일화와 설화〉, 《한국야담연구》, 돌베개, 2007.
- 윤주필, 〈설화에 나타난 도학자상(道學者像) : 남명 조식 전승을 중심으로〉, 《남명학연구》7, 남명학회, 1997. pp.169-199.
- 이상필, 〈정인홍이 쓴'정맥고풍변'〉, 《동아일보》, 2012.2.9.

2장 광해군, 허균에게 녹비 한 장을 내리다

- 《광해군일기》 권73, 광해군 5년(1613, 계축) 12월 1일(갑신), '강익문 · 박재 · 허균 등에게 관직을 제수하다'.
- 《광해군일기》 권83, 광해군 6년(1614, 갑인) 10월 10일(기축), '정원에서 허균이 우리 나라가 무고를 입은 기록이 중국 서적을 얻었음을 아뢰다'.
- 《광해군일기》 권103, 광해군 8년(1616, 병진) 5월 29일(무술), '민형남과 허균을 인견하고 녹비를 하사하다'.
- 《광해군일기》 권132, 광해군 10년(1618, 무오) 9월 6일(신묘), '백관을 가자하고 교서를 반포하다'.
- 허균, 〈자희(自戱)〉, 《성소부부고(惺所覆瓿藁)》 권2 시부(詩部)2 대관고(大官稿), 한국문집총간74, 한국고전번역원, 1991.
- 허균, 〈해명문 병인(解命文幷引)〉, 《성소부부고》 권12 문부(文部)9 잡문(雜文).
- 심경호, 《간찰》, 한얼미디어, 2006.
- 강명관, 《책벌레들 조선을 만들다》, 푸른역사, 2007.
- 末松保和, 〈麗末鮮初に於ける對明關係〉, 《史學論叢》2, 京城帝國大學文學論纂１０, 岩波書店, 1941.

3장 광해군, 강홍립의 군사에게 목면을 하사하다

- 《광해군일기》 권133, 광해군 10년(1618, 무오) 10월 22일(정축), '비변사가 원정 군사에게 지급할 목면과 요역의 면제 등을 청하자 허락하다'.
- 《광해군일기》 권138, 광해군 11년(1619, 기미) 3월 12일(을미), '평안 감사가 중국군과 조선군이 삼하에서 패배했다고 치계하다'.
- 《국역》대동야승》광해조일기》, 한국고전번역원, 1971~5.
- 박지원(朴趾源), '고아마홍(古兒馬紅)', 《구외이문(口外異聞)》, 《열하일기(熱河日記)》, 《연암집(燕巖集)》 권14 별집, 한국문집총간252, 한국고전번역원 영인, 2000.
- 이응희(李應禧), 〈남을 대신하여 강 원수에게 보내다 원수의 이름은 홍립이다 [代人送姜元師 元師名弘立]〉, 이상하 옮김, 《옥담유고(玉潭遺稿)》, 소명출판, 2009.
- 이긍익(李肯翊), 〈심하(深河)의 전쟁[深河之役]〉, 《연려실기술(燃藜室記述)》 권21 폐주 광해군 고사

본말(廢主光海君故事本末)), 한국고전번역원, 1966~1977.

- 이익, 〈유자보세(儒者補世)〉, 《국역 성호사설(星湖僿說)》 제8권 인사문(人事門), 한국고전번역원, 1977.

- 이익, 〈강홍립(姜弘立)〉, 《성호사설》 제17권 인사문(人事門).

- 이익, 〈정묘지역(丁卯之役)〉, 《성호사설》 제23권 경사문(經史門).

- 윤휴(尹鑴), 〈갑인봉사소(甲寅封事疏)〉, 《백호집(白湖集)》 권5 소(疏), 한국문집총간123, 한국고전번역원 영인, 1994.

- 장유(張維), 〈김 장군 응하를 애도한 시 2수[哀金將軍應河 二首]〉, 《계곡집(谿谷集)》 권30 칠언율(七言律) 160수(首), 한국문집총간92, 한국고전번역원 영인, 1988.

- 배우성, 《조선후기 국토관과 천하관의 변화》, 일지사, 1998.

4장 인조, 승지 이경석에게 황감 열 개를 내리다

- 《인조실록》 권26, 인조 10년(1632, 임신) 1월 26일(갑자), '행 사직 이유간이 하사받은 황감에 대한 감사의 상소를 올리다'.

- 《영조실록》 권8, 영조 1년(1725, 을사) 12월 13일(병자), '대신들에게 홍귤을 내려 주다'.

- 〈삼전도비문(三田渡碑文)〉, 버클리 동아시아 도서관 아사미[淺見] 문고 소장 탁본.

- 《全州李氏 德泉君派 家門의 典籍 및 古文書》, 한국학중앙연구원, 2001.

- 이경석(李景奭), 〈사전(謝箋)〉, 《백헌집(白軒集)》 권51 별고(別稿)〈사감지희록(賜柑志喜錄)〉, 한국문집총간95~96, 한국고전번역원, 1988.

- 이경석, 〈주상께서 나의 늙으신 부모를 생각하셔서 황귤을 특별히 내리셨다. 감격하여 술회한다. 2수이다. 1수는 은대의 융(融)자운을 썼다.[自上念及老親 特賜黃柑 感激述懷二首 一則用銀臺融字韻]〉, 《백헌집》 권51 별고 〈사감지희록(賜柑志喜錄)〉.

- 이경석, 〈사궤장 근지감축지의 부칠언율 십운(賜几杖 謹識感祝之意 賦七言律十韻)〉, 《백헌집》 권52 별고(別稿)〈사궤장지감록(賜几杖識感錄)〉.

- 성현(成俔), 《용재총화(慵齋叢話)》 권6, 《대동야승(大東野乘)》 수록, 한국고전번역원, 1971.

- 심경호, 〈백헌 이경석의 삶과 문학〉, 《增補譯註 白軒先生集》 출판기념 및 학술대회 발표원고, 백헌 이경석선생 기념사업회, 프레스센터, 2011.6.28.

5장 인조, 청나라 심양으로 들어가는 최명길에게 초구를 내리다

- 《인조실록》 권44, 인조 21년(1643, 계미) 1월 23일(무오), '전 영의정 최명길이 심양에서 용골대와 나눈 얘기를 비밀히 치계하다'.

- 최명길, 〈장계곡에게 준 서한, 제8서[與張谿谷書 八書]〉, 문중본 《지천유집(遲川遺集)》 권20, 최병직·정양완·심경호 공역, 《증보역주 지천선생집》1~4, 선비, 2008.

- 심경호, 《간찰》, 한얼미디어, 2006.

- 심경호, 〈《지천유집(遲川遺集)》·《지천속집(遲川續集)》과 별본 《지천유집(遲川遺集)》(잔본)에 수록된 최명길의 증답수창시에 대하여〉, 《한국시가연구》20, 한국시가학회, 2006.5, pp.63~103.

6장 인조, 이식에게 도원의 그림이 그려진 부채를 내리다

- 김영행(金슈行), 〈정겸재 원백이 청풍계를 선면에 모사하자 건아가 찾아와서 벽에 걸었다. 요컨대 나의 고향 그리는 마음을 위로하고자 한 것이다. 먼저 율시를 한 수 짓고서 내게 화운하기를 청하기에 마침내 급히 쓴다[鄭謙齋元伯 模寫靑楓溪于扇面 健兒賣來 揭諸壁上 要慰我懷土之心 先有一律 請和之 遂走草]〉, 《필운시고(弼雲稿)》 책4 시, 한국문집총간 속58, 한국고전번역원 영인, 2008.

- 남한기(南漢紀), 〈박용운의 탄금유황리 선면 그림에 제하다[題朴生龍雲彈琴遊篁裏扇畫]〉, 《기옹집(寄翁集)》 권3 절구(絕句), 한국문집총간 속58, 한국고전번역원 영인, 2008.

- 박미(朴瀰)〈화사(畫師) 이신흠(李信欽)이 취해서 부채에 그림 그리는 모습을 보고 장난삼아 쓴다[戲作李畫師信欽醉寫扇面歌]〉, 《분서집(汾西集)》 권1 칠언고시 15수, 한국문집총간 속25, 한국고전

번역원 영인, 2006.
- 신위(申緯), 〈두계 판원의 선면에 아들 명준이 예겸과 황공망의 회화수법으로 그림을 그리자 긍윤
진석사(용광)가 두 절구를 써주었기에 원래의 운자를 사용하여 짓는다[於苕溪判院扇面 兒子[命準]
畫倪黃合法 宮允陳石士[用光]爲題二絶 卽用原韻]〉,《화경승묵9(花徑賸墨九)》,《경수장전고(警修
堂全藁)》 책11, 한국문집총간291, 한국고전번역원 영인, 2002.
- 신위, 〈오란설이 부인 금향각에게 부탁하여 선면에 산수를 그림 그리고 내게 부쳐 왔기에 시로로
답례한다[吳蘭雪屬哲配琴香閣 於扇面畫山水 寄余 以詩答謝]〉,《강도록 일(江都錄一)》,《경수장전
고(警修堂全藁)》 책15.
- 윤봉조(尹鳳朝), 〈화선재기(畫扇齋記)〉,《포암집(圃巖集)》 권13 기(記), 한국문집총간193, 한국고전번
역원 영인, 1997.
- 윤신지(尹新之), 〈홍학사 일지의 선면에 그린 이허주 산수화에 적는다[題洪學士一之扇面 李虛舟
山水畫]〉,《현주집(玄洲集)》 권7 고희록(古稀錄), 한국문집총간 속20, 한국고전번역원 영인, 2006.
- 이식(李植), 〈비 오는 날 화사(畫師) 이신흠(李信欽)을 초치(招致)한 뒤, 소반 위에다 쌀을 쌓아 동계
(東溪)의 팔경(八景)을 비슷하게 만들어 보여 주고는, 여덟 폭(幅) 병풍의 그림을 그려 달라고 청하
다[兩中 招李畫師信欽 聚米盤中 指示東溪八景 仍求八屛]〉,《택당선생속집(澤堂先生續集)》 권3 시,
《택당집(澤堂集)》, 한국문집총간88, 한국고전번역원 영인, 1988.
- 이식, 〈신사춘 청수사변무차(辛巳春請修史辨誣箚)〉,《택당선생별집》 권4 차(箚),《택당집》.
- 이식, 〈두 분 상공에게 보이는 서신의 별지[示兩相公別紙]〉,《택당선생별집》 권18 서(書),《택당집》.
- 이식, 〈아들 면에게 부친다[寄冕]〉,《택당선생별집》 권18 서(書),《택당집》.
- 이정립(李廷立), 〈독서당사사선전(讀書堂謝賜扇箋)〉,《계은유고(溪隱遺稿)》 전(箋), 한국문집총간
61, 한국고전번역원 영인, 1988.
- 최명길(崔鳴吉), 〈수사수의(修史收議)〉一·二,《지천집(遲川集)》 권16, 최병직·정양완·심경호 공
역,《증보역주 지천선생집》1~4, 선비, 2008.
- 최명길, 〈택당 이여고에게 부친 서신[與澤堂李汝固書]〉 제3서,《지천유집》 권20, 최병직·정양
완·심경호 공역,《증보역주 지천선생집》.
- 심경호, 〈간찰〉, 한얼미디어, 2006.
- 심경호, 〈17세기 초반 지성사의 한 단면, -지천 최명길과 월사·상촌·계곡·택당-〉,《한문학보(
漢文學報)》18, 우리한문학회, 2008.6, pp.337~365.

7장 인조, 도쿠가와 이에야스의 사당에 동종을 선사하다

- 《인조실록》 권33, 인조 14년(1636, 병자) 7월 23일(을축), '최명길이 상소를 올려 일본과의 교린에 융
통성을 발휘할 것을 아뢰다'
- 《인조실록》 권43, 인조 20년(1642, 임오) 2월 18일(무오), '일본 일광산 사당이 준공되자, 왜차가 와
서 편액과 시문을 청하다'
- 《증정교린지(增正交隣志)》,〈일광산(日光山)에 제사드리는 의례[日光山致祭儀]〉, 권5 지(志), 서울
대학교 규장각 한국학연구원 영인, 2007. : 국사편찬위원회 한국역사정보시스템 제공 원문 DB.
- 《承政院日記》, 국사편찬위원회 한국역사정보시스템 제공 원문 DB.
- 《典客司日記》, 국사편찬위원회 한국역사정보시스템 제공 원문 DB.
- 《備邊司謄錄》, 국사편찬위원회 한국역사정보시스템 제공 원문 DB.
- 성대중(成大中), 〈일본에 보내 준 효종대왕(孝宗大王)의 친필〉,《국역 청성잡기(靑城雜記)》 권5 성
언(醒言), 한국고전번역원, 2006.
- 이식(李植), 〈태학사(太學士)가 지은 일본국(日本國) 일광산(日光山)의 시에 차운하다[日本國日光
山詩 次太學士韻]〉,《택당선생속집(澤堂先生續集)》 권5 시,《택당집(澤堂集)》, 한국문집총간88, 한
국고전번역원 영인, 1988.
- 하우봉, 〈'통신사등록'의 사료적 성격〉,《한국문화》12, 서울대학교 규장각 한국학연구원, 1991.

- 한명기, 〈병자호란 다시 읽기(67)〉, 《서울신문》, 2012.5.12.
- 심경호, 〈일본 일광산(동조궁) 동종과 조선의 문장〉, 《어문논집》 65, 민족어문학회, 2012.6.
- 田代和生, 《書き換えられた国書―徳川・朝鮮外交の舞台裏》, 中公新書, 中央公論社, 1983.

8장 효종, 김육에게 요전상을 하사하다

- 《영조실록》 권126, 영조 51년(1775, 을미) 12월 18일(신유), '왕세손이 청정할 때의 추가 절목'.
- 숙종(肅宗), 〈잠곡 김상국 화상찬(潛谷金相國畵像贊)〉, 《열성어제(列聖御製)》 제3책 권16, 서울대학교 규장각, 2002.
- 정조(正祖), 〈삼가 숙종대왕(肅宗大王)의 어제운(御製韻)에 차하여 문정공(文貞公) 김육(金堉)의 화상에 제(題)하다[敬次肅廟大朝御製韻 題文貞公金堉小眞]〉, 《홍재전서(弘齋全書)》 권4 춘저록(春邸錄)4 찬(贊), 한국문집총간262~267, 한국고전번역원 영인, 2001.
- 김육(金堉), 〈이강(羸羌)〉, 《잠곡유고(潛谷遺稿)》 권1, 시 오언고시, 한국문집총간86, 한국고전번역원 영인, 1988.
- 김육, 〈배동와(排冬窩)〉, 《잠곡유고》 권2, 시 칠언절구.
- 김육, 〈우의정을 사직하는 소[辭右議政疏]〉(1650년 1월 6일), 《잠곡유고》 권4 소차(疏箚).
- 김육, 〈현등산 일노사에게 드리다[贈懸燈山一老師]〉, 《잠곡유고》, 권9 서(序).
- 이민구(李敏求), 〈영의정 김공 호서선혜비명 병서(領議政金公湖西宣惠碑銘幷序)〉, 《동주집(東州集)》 권7 비명(碑銘), 한국문집총간94, 한국고전번역원 영인, 1988.
- 이유원(李裕元), 〈요전상(澆奠床)과 도선생(道先生)에 대한 치제(致祭)〉, 《임하필기(林下筆記)》 권15 문헌지장편(文獻指掌編), 성균관대학교 대동문화연구원 영인, 1961. ;《국역 임하필기》, 한국고전번역원, 1999~2000.
- 이유원, 〈호서(湖西)의 선혜비(宣惠碑)〉, 《임하필기》 권21 문헌지장편.
- 심경호, 《한시기행》, 이가서, 2005.

9장 효종, 사부 윤선도에게 역마를 타고 올라오게 하다

- 《효종실록》 권8, 효종 3년(1652, 임진) 1월 18일(신묘), '윤선도에게 자리를 주어 올라오게 하다'.
- 《효종실록》 권8, 효종 3년(1652, 임진) 3월 27일(무술), '특별히 윤선도를 승지에 제수하다'.
- 《효종실록》 권9, 효종 3년(1652, 임진) 10월 22일(경신), '예조 참의 윤선도가 올린 하늘을 두려워하고 마음을 다스리라는 등의 8조목의 상소'.
- 이긍익(李肯翊), 〈효종의 예덕[孝宗睿德]〉, 《연려실기술(燃藜室記述)》 권30 효종조 고사본말(孝宗朝故事本末), 한국고전번역원, 1966~1977.
- 허목(許穆), 〈참의 윤선도에게 보냄[與尹參議善道]〉, 《기언별집(記言別集)》 권6 서독(書牘)2, 《기언(記言)》, 한국문집총간98~99, 한국고전번역원 영인, 1988.
- 송일기·노기춘 편, 《해남 녹우당(綠雨堂)의 고문헌》, 태학사, 2003.
- 김봉좌, 〈해남 녹우당 소장 《은사첩》 고찰〉, 《서지학연구》 제33집, 서지학회, 2006.

10장 효종, 송시열에게 《주자어류》를 내사하다

- 《효종실록》 권20, 효종 9년(1658, 무술) 7월 12일(정미), '행 호군 송시열이 조정에 들어오니 곧바로 불러 시사에 대해 의논하다'.
- 《효종실록》 권20, 효종 9년(1658, 무술) 9월 1일(을미), '찬선 송시열·송준길 등을 인견하고 시사에 대해 의논하다'.
- 송시열(宋時烈), 〈연보(年譜)〉2, 《송자대전부록(宋子大全附錄)》 부록 권3, 《송자대전(宋子大全)》, 한국문집총간108~116, 한국고전번역원 영인, 1988.
- 이긍익(李肯翊), 〈효종의 예덕[孝宗睿德]〉, 《연려실기술(燃藜室記述)》 권30 효종조 고사본말(孝宗朝故事本末), 한국고전번역원, 1966~1977.

- 심경호, 〈조선 후기 지성사에서 상대주의적 관점의 대두에 대하여〉, 《민족문화》28, 한국고전번역
  원, 2005.

11장 현종, 광주목사 오두인에게 말을 내려 주다

- 《현종실록》 권20, 현종 13년(1672, 임자) 1월 26일(계유), '진휼을 잘한 수령을 상주다'.
- 《현종실록》 권21, 현종 14년(1673, 계축) 1월 2일(계유), '오두인·김수오 등에게 관직을 제수하다'.
- 《현종개수실록》 25, 현종 13년(1672, 임자) 1월 26일(계유), '나주 목사 소두산 등에게 자급을 높여 주다'.
- 정조(正祖), 〈충정공(忠貞公) 오두인(吳斗寅) 치제문〉, 《홍재전서(弘齋全書)》 권20 제문(祭文)2, 한
  국문집총간262~267, 한국고전번역원 영인, 2001.
- 김창협(金昌協), 〈양곡(陽谷) 오공(吳公) 두인(斗寅) 화상찬찬(陽谷吳公斗寅畫像贊)〉, 《농암집(農巖
  集)》 권26 찬명(贊銘), 한국문집총간161~162, 한국고전번역원 영인, 1996.
- 김창협, 〈형조판서 증영의정 시충정 오공 신도비명(刑曹判書贈領議政諡忠貞吳公神道碑銘)〉, 《농
  암집(農巖集)》 권28 신도비명(神道碑銘); 〈양곡 오공 신도비명(陽谷吳公神道碑銘)〉, 《국역 여한십
  가문초(麗韓十家文鈔)》 권5, 한국고전번역원, 1977.
- 어무적(魚無赤), 〈유민탄(流民嘆)〉, 《속동문선(續東文選)》 권5 칠언고시(七言古詩), 경희출판사 영
  인, 1970.
- 유수원(柳壽垣), 〈화전(火田)을 논의함(論火田)〉, 《우서(迂書)》 권7, 서울大學校古典刊行會 영인, 1971
- 이익(李瀷), 〈유민환집(流民還集)〉, 《국역 성호사설(星湖僿說)》 권14 인사문(人事門), 한국고전번역원, 1977.

12장 숙종, 81세의 허목에게 궤장을 내리다

- 허목, 〈궤장(几杖)을 하사받은 데 대한 기(賜几杖記)〉, 《기언별집(記言別集)》 권9 기(記), 《기언》.
- 허목(許穆), 〈자서自序〉, 《기언(記言)》 권65, 한국문집총간98~99, 한국고전번역원 영인, 1988.
- 허목, 〈늙어 걸퇴하면서 스스로에 대해 서술한 일백 칠십 오언(以老乞退自述百七十五言)〉, 《기언》
  권55 속집(續集) 수고(壽考).
- 허목, 〈궤장(几杖)을 받은 뒤 진언하는 소(疏)[受几杖後進言疏]〉, 《기언》 권55 속집 수고.
- 허목, 〈자명비(自銘碑)〉, 《기언》 권2 부록 《기언연보(記言年譜)》.
- 허목, 〈자명비음기(自銘碑陰記)〉, 《기언》 권2 부록 《기언연보(記言年譜)》.
- 신유한(申維翰), 〈관허상국은거당원기(觀許相國恩居堂園記)〉, 《청천집(靑泉集)》 권4 기(記), 한국문
  집총간200, 한국고전번역원 영인, 1997.
- 심경호, 《내면기행》, 이가서, 2009.

13장 숙종, 황해도의 이정암 사우에 편액을 하사하다

- 《숙종실록》 권30, 숙종 22년(1696, 병자) 1월 1일(무오), '태인현에 최치원을 향사하고 정극인 등을
  배향하게 하다'.
- 《숙종실록》 권36, 숙종 28년(1702, 임오) 3월 27일(무신), '황해도 연안의 사민들이 세운 이정암의 사
  우에 은액을 하사하게 하다'.
- 《숙종실록》 권45, 숙종 33년(1707, 정해) 8월 29일(무신), '헌부에서 서원의 건설 난립의 폐단을 건
  의하다'.
- 《국역 국조보감(國朝寶鑑)》 권31 선조조 8, 한국고전번역원, 2006.
- 이정암(李廷馣), 〈자만(自挽)〉 2수, 《사류재집(四留齋集)》 권4, 한국문집총간 51, 한국고전번역원 영
  인, 1988.
- 이항복(李恒福), 〈연안이공비(延安李公碑)〉, 《백사집(白沙集)》 권3 비(碑), 한국문집총간 62, 한국고
  전번역원 영인, 1988.
- 정약용(丁若鏞), 〈연안성을 지나며(過延安城)〉, 《여유당전서(與猶堂全書)》 제1집 시문집 제3권 시
  집, 한국문집총간281~286, 한국고전번역원 영인, 2002.

– 심경호, 《내면기행》, 이가서, 2009.

14장 경종, 진주사 이건명에게 안구마를 하사하다

– 《경종수정실록》 권3, 경종 2년(1722, 임인) 6월 6일(기미), '주청 정사 이건명에게 논상하다'.
– 《경종수정실록》 권3, 경종 2년(1722, 임인) 8월 19일(임신), '좌의정 이건명의 졸기'.
– 이건명(李健命), 〈연잉군승저시위호의(延礽君陞儲時位號議)〉, 《한포재집(寒圃齋集)》 권8 수의(收議), 한국문집총간177, 한국고전번역원 영인, 1996.
– 이건명, 〈조해어문(弔海魚文)〉, 《한포재집》 권9 잡저(雜著)〉.
– 이건명, 〈제망녀문(祭亡女文)〉, 《한포재집》 권10 제문(祭文)〉.
– 이건명, 〈제선묘문(祭先墓文)〉, 《한포재집》 권10 제문(祭文)〉.
– 이영춘, 《조선후기 왕위계승 연구》, 집문당, 1998.

15장 영조, 이인좌를 붙잡은 농민 신길만에게 상현궁을 하사하다

– 《영조실록》 권16, 영조 4년(1728, 무신) 3월 24일(갑술), '오명항이 이인좌 등을 잡아 서울로 보내다'.
– 《영조실록》 권16, 영조 4년(1728, 무신) 3월 25일(을해), '오명항이 죽산에서 적을 잡음을 아뢰다'.
– 《영조실록》 권16, 영조 4년(1728, 무신) 3월 26일(병자), '오명항에게 지확공고(志確功高) 네 자를 써 주고 유시하다'.
– 《영조실록》 권17, 영조 4년(1728, 무신) 4월 29일(기유), '신길만에게 상현궁을 하사하라고 명하다'
– 《정조실록》 권25, 정조 12년(1788, 무신) 3월 1일(계해), '무신년의 충신·공신을 추록하고 자손들의 서용과 치제를 명하다'.
– 정조(正祖), 〈무신년의 공신과 충신을 포록(褒錄)한 윤음[褒錄戊申功臣忠臣綸音]〉, 《홍재전서(弘齋全書)》 권27 윤음(綸音) 2, 한국문집총간262~267, 한국고전번역원 영인, 2001.
– 성대중(成大中), 〈실패한 선과 성공한 악의 교훈〉, 《국역 청성잡기(靑城雜記)》 권3 성언(醒言), 한국고전번역원, 2006.
– 《경기금석대관》2, 경기도, 1987.
– 《조선금석총람》하, 조선총독부, 1923.
– 조동원, 《한국금석문대계》3, 원광대학교출판국, 1982.
– 조윤형 서, 《송하옹진적》, 1725~76년 추정.
– 박광용, 《영조와 정조의 나라》, 푸른역사, 1998.

16장 영조, 팔십 노인 정제두에게 낙죽을 내리다

– 《영조실록》 권42, 영조 12년(1736, 병진) 8월 11일(임신), '우찬성 세자이사 정제두의 졸기'.
– 정제두(鄭齊斗)〈초정 신거(草亭新居)〉, 《하곡집(霞谷集)》 권7 시(詩) 습유(拾遺), 한국문집총간160, 한국고전번역원 영인, 1995.
– 최규서(崔奎瑞), 〈병중와서(病中臥書)〉, 《간재집(艮齋集)》 권1 시, 한국문집총간161, 한국고전번역원 영인, 1996.
– 최규서, 〈수운헌에 적다[題睡雲軒]〉, 《간재집(艮齋集)》 권1 시.
– 심경호, 《강화학파의 문학과 사상》3, 한국학중앙연구원, 1998.
– 유봉학, 《조선후기 학계와 지식인》, 신구문화사, 1998.
– 김백철, 《영조, 민국을 꿈꾼 탕평군주》, 태학사, 2011.

17장 영조, 기술자 최천약에게 은그릇을 내려 주다

– 《영조실록》 권30, 영조 7년(1731, 신해) 7월 8일(기사), '천릉 때의 복색을 의논하여 결정하다. 천릉 일로 총호사 홍치중이 품의하다'.
– 《영조실록》 권51, 16년(1740, 경신) 4월 5일(을해), '유척기가 법을 엄명하게 할 것과 제언에 대해서

말하다'.

- 정조(正祖), 〈상설 제3(象設第三)〉, 《홍재전서(弘齋全書)》 권58 잡저(雜著)5 천원사실(遷園事實)2, 한국문집총간262~267, 한국고전번역원 영인, 2001.
- 박지원(朴趾源), 〈참봉왕군묘갈명(參奉王君墓碣銘)〉, 《연암집(燕巖集)》 권2 묘지명(墓誌銘), 한국문집총간252, 한국고전번역원 영인, 2000.
- 서명응(徐命膺), 〈영종대왕행상(英宗大王行狀)〉, 《보만재집(保晩齋集)》 권13 행상(行狀), 한국문집총간233, 한국고전번역원 영인, 1999.
- 이규상(李圭象), 《18세기 조선인물지: 병세재언록(幷世才彦錄)》, 민족문학사연구소 한문분과 옮김, 창작과비평사, 1997.
- 이유원(李裕元), 〈선죽교(善竹橋) 시(詩)[善竹橋詩]〉, 《임하필기(林下筆記)》 권17 문헌지장편(文獻指掌編), 성균관대학교 대동문화연구원 영인, 1961.;《국역 임하필기》, 한국고전번역원, 1999~2000.
- 홍석주(洪奭周), 〈가언(家言)〉, 《연천집(淵泉集)》 권42, 한국문집총간293~294, 한국고전번역원 영인, 2002.
- 황윤석(黃胤錫), 〈자명종(自鳴鐘)〉, 《이재유고(頤齋遺藁)》 권1 시, 한국문집총간246, 한국고전번역원 영인, 2000.
- 《조선금석총람》하, 조선총독부, 1923.
- 한국역사연구회, 《고려의 황도 개경》, 창작과비평사, 2002.
- 안대회, 《조선의 프로페셔널》, 2007.
- 서울특별시사 편찬위원회(나각순 집필, 이장희 감수), 《서울의 능묘》, 서울특별시, 2010.

18장 영조, 부마 황인점에게 저택을 선물하다

- 《정조실록》 권3, 정조 1년(1777, 정유) 5월 21일(을유), '화유 옹주의 졸기'.
- 《정조실록》 권3, 정조 1년(1777, 정유) 5월 21일(을유), '호판 홍낙순을 소견하여 옹주의 상에 호조에서 책응한 비용에 대해 묻다'.
- 《정조실록》 권20, 정조 9년(1785, 을사) 11월 17일(계해), '창성위 황인점의 관직을 삭탈하다'.
- 정조(正祖), 〈화유옹주 치제문[和柔翁主致祭文]〉, 《홍재전서(弘齋全書)》 권22 제문(祭文)4, 한국문집총간262~267, 한국고전번역원 영인, 2001.
- 성대중(成大中), 〈명나라에서 온 옥대(玉帶)〉, 《국역 청성잡기(靑城雜記)》 권3 성언(醒言), 한국고전번역원, 2006.
- 신경준(申景濬), 〈일수재기(日修齋記)〉, 《여암유고(旅菴遺稿)》 권4, 한국문집총간231, 한국고전번역원 영인, 1999.
- 황종림(黃鍾林) 언해(諺解); 정양완 역주, 《영세보장(永世寶藏)》, 태학사, 1998.
- 김은정, 《낙전당(樂全堂) 신익성(申翊聖)의 문학 연구》, 서울대학교 국문학과 박사학위논문, 2005.
- 신명호, 《조선공주실록》, 역사의 아침, 2009.

19장 정조, 홍국영에게 사모를 내리다

- 《정조실록》 권8, 정조 3년(1779, 기해) 9월 28일(기유), '홍국영에게 선마하고 서로 작별인사를 하다'.
- 《정조실록》 권8, 정조 3년(1779, 기해) 9월 29일(경술), '대신·경재를 소견하고 홍국영 사직을 허락한 이유를 말하다'.
- 정조(正祖), 〈인물(人物)〉2, 《홍재전서(弘齋全書)》 권172 일득록(日得錄) 12, 한국문집총간262~267, 한국고전번역원 영인, 2001.
- 성대중(成大中), 〈동요(童謠)에 오른 권신(權臣)들〉, 《국역 청성잡기(靑城雜記)》 권3 성언(醒言), 한국고전번역원, 2006.
- 이유원(李裕元), 〈문형의 시예[文衡試藝]〉, 《임하필기(林下筆記)》 권27 춘명일사(春明逸史), 성균관대학교 대동문화연구원 영인, 1961.;《국역 임하필기》, 한국고전번역원, 1999~2000.

– 정약용(丁若鏞), 〈번옹의 유사(樊翁遺事)〉, 《여유당전서(與猶堂全書)》 제1집 시문집 제17권 문집 유사(遺事), 한국문집총간281~286, 한국고전번역원 영인, 2002.

20장 정조, 남한산성 수어사 서명응에게 고비를 하사하다

– 《정조실록》 권7, 정조 3년(1779, 기해) 6월 18일(경오), '남한산성 보축 공사를 완공하다'.
– 《정조실록》 권8, 정조 3년(1779, 기해) 8월 3일(갑인), '남한산성에 행행하여 백성과 군대의 상태를 살피다'.
– 정조(正祖), 〈보만재고(保晩齋稿)를 구하여 보고 일률(一律)을 읊어서 부치다[求見保晩齋稿 唫寄一律]〉, 《홍재전서(弘齋全書)》 권5 시, 한국문집총간262~267, 한국고전번역원 영인, 2001.
– 서명응(徐命膺), 〈자표(自表)〉, 《보만재집(保晩齋集)》 권12, 한국문집총간233, 한국고전번역원 영인, 1999.
– 서명응, 〈여측편(蠡測篇)〉, 《보만재집》 권16.
– 서유구(徐有榘), 《풍석전집(楓石全集)》, 보경문화사 영인, 1983.
– 서형수(徐瀅修), 〈기하실기(幾何室記)〉, 《명고전집(明皐全集)》 권8, 한국문집총간 261, 한국고전번역원 영인, 2001.
– 서호수(徐浩修), 《사고(私稿)》, 이화여자대학교 도서관 소장.
– 김문식, 〈서명응의 생애와 규장각 활동〉, 《정신문화연구》 75, 한국정신문화연구소, 1999.
– 문중양, 〈16, 17세기 조선 우주론의 상수학적 성격〉, 《역사와 현실》 34, 한국역사연구회, 1999.
– 유봉학, 《조선후기 학계와 지식인》, 신구문화사, 1998.
– 임유경, 〈서명응의 《보만재총서》에 대하여〉, 《계간 서지학보》 9, 한국서지학회, 1993.
– 조창록, 《풍석 서유구에 대한 한 연구》, 성균관대학교 박사학위논문, 2003.
– 한민섭, 《서명응(徐命膺) 일가의 박학(博學)과 총서(叢書)·유서(類書) 편찬에 관한 연구》, 고려대학교 대학원 박사학위논문, 2010.

21장 정조, 검서관 이덕무에게 웅어와 조기를 내려 주다

– 이덕무(李德懋), 〈성시전도(城市全圖) 칠언고시(七言古詩) 일백 운(韻)〉, 《아정유고(雅亭遺稿)》12 응지각체(應旨各體), 《청장관전서(青莊館全書)》 권20, 한국문집총간257~259, 한국고전번역원 영인, 2000.
– 이덕무, 〈선고 적성현감 부군 연보(先考積城縣監府君年譜下)〉 하, 《청장관전서》 권71 부록(附錄) 하.
– 이만수(李晩秀), 〈성시전도 일백 운〉, 《극원유고(屐園遺稿)》 권6 사홀집(賜笏集) 시, 한국문집총간 268, 한국고전번역원 영인, 2001.
– 이시발(李時發), 〈만기(謾記)〉, 《벽오유고(碧梧遺稿)》 권7, 한국문집총간74, 한국고전번역원 영인, 1988.
– 이유원(李裕元), 〈성시전도〉, 《임하필기(林下筆記)》 제30권 춘명일사(春明逸史), 성균관대학교 대동문화연구원 영인, 1961.;《국역 임하필기》, 한국고전번역원, 1999~2000.
– 이학규(李學逵), 〈성시전도 일백 운〉, 《낙하생집(洛下生集)》, 한국문집총간290, 한국고전번역원 영인, 2002.
– 강신항, 《한국의 운서》, 태학사, 2000.
– 정경일, 《한국운서의 이해》, 아카넷, 2002.
– 심경호, 《한시기행》, 이가서, 2003.
– 심경호, 《한학입문》, 황소자리, 2007.
– 신승운, 〈『규장전운』을 통해본 정조조의 서적 반사와 그 규모〉, 《한국도서관정보학회지》 35권 4호, 한국도서관정보학회, 2004.

22장 정조, 직제학 이만수에게 나막신을 하사하다

- 정조(正祖), 〈내각 직제학(內閣直提學) 이만수(李晚秀)에게 하사한 목극(木屐)에 대한 명문 병서(并序)[賜內閣直提學李晚秀木屐銘]〉, 《홍재전서(弘齋全書)》 권13 명(銘), 한국문집총간262~267, 한국고전번역원 영인, 2001.
- 김조순(金祖淳), 〈갱어제 사내각직제학이만수 목극명(賡御製賜內閣直提學李晚秀木屐銘)〉, 《풍고집(楓皐集)》 권15 명(銘), 한국문집총간269, 한국고전번역원 영인, 2002.
- 김조순, 〈어사면감수반설(御賜面鑑手槃說)〉, 《풍고집》 권16 잡저(雜著).
- 오재순(吳載純), 〈사호기(賜號記)〉, 《순암집(醇庵集)》 권5 기(記), 한국문집총간242, 한국고전번역원 영인, 2000.
- 이만수(李晚秀), 〈자지명(自誌銘)〉, 《극원유고(屐園遺稿)》 권11 옥국집(玉局集) 묘지명(墓誌銘), 한국문집총간268, 한국고전번역원 영인, 2001.
- 이만수, 〈자지추기(自誌追記)〉, 《극원유고》 권15 부록(附錄).
- 이시수(李時秀), 〈묘갈명(墓碣銘)〉, 《극원유고》 권15 부록(附錄) 수록.
- 김진옥, 〈홍재전서 해제〉, 《홍재전서》, 한국고전번역원, 2001.
- 심경호, 《내면기행 : 선인들, 스스로 묘비명을 쓰다》, 이가서, 2009.
- 백승호·정유승 탈초·번역, 박처랑·최병준 탈초 교열, 《정조어찰집》, 성균관대학교출판부, 2009.

23장 정조, 정약용에게 《시경》의 문제를 숙제로 내다

- 《정조실록》 권8, 정조 3년(1779, 기해) 9월 25일(병오), '불운정에 나아가 연사례를 행하고 무신에게 차등을 두어 상주다'.
- 정약용(丁若鏞), 〈자찬 묘지명(自撰墓誌銘)〉, 《여유당전서(與猶堂全書)》 제1집 시문집 제16권 문집, 한국문집총간281~286, 한국고전번역원 영인, 2002.
- 정약용, 〈구월 서총대에서 시사하던 날에 짓다[九月瑞蔥臺試射日作]〉, 《여유당전서》 제1집 시문집 제2권 시집.
- 정약용, 〈하일견흥(夏日遣興)〉, 《여유당전서》 제1집 시문집 제4권 시집.
- 정약용, 〈유월 십이일 한서를 하사받고 삼가 그 은덕에 관하여 쓰다[六月十二日蒙賜漢書恭述恩念]〉, 《여유당전서》 제1집 시문집 제4권 시집.
- 정약용, 〈시경강의서(詩經講義序)〉, 《여유당전서》 제1집 시문집 제13권 문집 서(序).
- 정약용, 〈여유당기(與猶堂記)〉, 《여유당전서》 제1집 시문집 제13권 문집 기(記).
- 서유구(徐有榘), 《모시강의(毛詩講義)》, 일본 오사카(大阪) 부립도서관 소장 필사본, 자연경실장본(自然經室藏本).
- 심경호, 《조선시대 한문학과 시경론》, 일지사, 1999.
- 최홍규, 《정조의 화성 경영 연구》, 일지사, 2005.

24장 순조, 국구 김조순에게 내구마로 시상하다

- 《순조실록》 권14, 순조 11년(1811, 신미) 윤3월 25일(계묘), '상의원 제조 김조순·심상규가 연명 상소로 절자건의 제진 취소를 청함에 따르다'.
- 《순조실록》 권24, 순조 21년(1821, 신사) 9월 19일(병인), '건릉을 천장하는데 공이 있는 국구에게 시상하다'.
- 《순조실록》 권24, 순조 21년(1821, 신사) 9월 21일(무진), '비망기를 빨리 거두어 주도록 영돈녕 김조순이 차자를 올리다'.
- 《순조실록》 권33, 순조 33년(1833, 계사) 4월 10일(경술), '조만영이 선조의 묘정에 배향할 동덕의 종신으로 김조순을 추천하다'.
- 김조순(金祖淳), 〈산재야좌, 이공봉 자극궁감추 시에 차운하다[山齋夜坐 次李供奉紫極宮感秋韻

今年正四十九也]〉,《풍고집(楓皐集)》 권3 시(詩), 한국문집총간269, 한국고전번역원 영인, 2002.

- 김조순, 〈절자건을 만들어 올리라는 하신 것을 그만두시라고 청하는 소[乞寢折字巾造進疏]〉, 《풍고집》 권7 소차(疏箚).

- 김조순, 〈이언진전(李彦瑱傳)〉, 《풍고집》 권15 전(傳).

- 서영보(徐榮輔), 〈풍고 장료가 동성교여집을 열람하면서 자극궁의 시운으로 보내왔기에 마침내 창수한다[楓皐長僚閱東省校餘集 用紫極宮韻見寄 遂酬]〉, 《죽석관유집(竹石館遺集)》 책2 시, 한국문집총간269, 한국고전번역원 영인, 2002.

- 이유원(李裕元), 〈절자건(折字巾)을 만들어 올리라고 하신 명(命)을 거두기를 청한 일[乞寢折字巾造進]〉, 《임하필기(林下筆記)》 권32 순일편(旬一編), 성균관대학교 대동문화연구원 영인, 1961.;《국역 임하필기》, 한국고전번역원, 1999~2000.

- 이유원, 〈묵죽에 대한 발문[墨竹跋]〉, 《임하필기》 제34권 화동옥삼편(華東玉糝編).

- 정원용(鄭元容), 〈이공공 자극궁 감추시에 차운함. 풍고선생의 시에 화운하여 정정을 구함[次李供奉紫極宮感秋韻 和楓皐先生求正]〉, 《경산집(經山集)》 권1 시, 한국문집총간300, 한국고전번역원 영인, 2002.

- 《광명시지》, 광명시, 2006.

- 정옥자, 〈동성교여집에 대하여〉, 《김철준박사화갑기념사학논총》, 김철준박사화갑기념사학논총간행준비위원회, 1983.

- 정옥자, 《정조의 문예사상과 규장각》, 효형출판, 2001.

25장 헌종, 4년 만에 권돈인에게 영의정 해임의 청을 들어주다

- 《헌종실록》 권13, 헌종 12년(1846, 병오) 7월 3일(병술), '충청 감사 조운철이 이양선과 섬 백성이 문답한 것을 적은 종이와 이양인의 글을 베껴 올리다'.

- 《헌종실록》 권13, 헌종 12년(1846, 병오) 7월 15일(무술), '약원의 입진을 행하고, 불랑국의 글과 김대건 문제를 의논하다'.

- 김정희(金正喜), 〈권이재에게 주는 서신[與權彝齋]〉 제3, 제20, 《완당전집(阮堂全集)》 권3, 한국문집총간307, 한국고전번역원 영인, 2003.;《국역 완당전집》, 한국고전번역원, 1986~1997.

- 정원용(鄭元容), 〈이재 영상이 해직되어 번리로 돌아가면서 쓴 시에 차운함[次彝齋領相解職歸樊里韻]〉, 《경산집(經山集)》 권1 시, 한국문집총간300, 한국고전번역원 영인, 2002.

- 조두순(趙斗淳), 〈옥적산방기(玉笛山房記)〉, 《심암유고(心庵遺稿)》 권29 기(記), 한국문집총간307, 한국고전번역원 영인, 2003.

- 조인영(趙寅永), 〈옥적산방 상량문(玉笛山房上樑文)〉, 《운석유고(雲石遺稿)》 권11 상량문(上樑文), 한국문집총간299, 한국고전번역원 영인, 2005.

- 이유원(李裕元), 〈대관(大官)이 쉽게 병이 나는 이유[大官易病]〉, 《임하필기(林下筆記)》 권28 춘명일사(春明逸史), 성균관대학교 대동문화연구원 영인, 1961.;《국역 임하필기》, 한국고전번역원, 1999~2000.

- 이유원, 〈열조의 원상[列朝院相]〉, 《임하필기》 권30 춘명일사(春明逸史).

- 심경호, 《산문기행》, 이가서, 2007.

- 강재언, 《조선의 서학사》, 민음사, 1990.

- 최동희, 《서학에 대한 한국실학의 반응》, 고려대학교 민족문화연구원, 1988.

- 조광, 《조선후기 천주교사 연구》, 고려대학교 민족문화연구원, 1988.

26장 철종, 정원용의 회혼례에 장악원의 이등악을 내리다

- 《철종실록》 권9, 철종 8년(1857, 정사) 1월 17일(경오), '혼인한 지 예순 돌을 맞은 영부사 정원용에게 사관을 보내어 존문하게 하다'.

- 이유원(李裕元), 〈삼정이정청(三政釐正廳)〉, 《임하필기(林下筆記)》 권25 춘명일사(春明逸史), 성균

관대학교 대동문화연구원 영인, 1961.;《국역 임하필기》, 한국고전번역원, 1999~2000.
- 이유원, 〈재상직의 어려움[相職之難]〉, 《임하필기》 권29 춘명일사(春明逸史).
- 이유원, 〈정승의 일에 대한 문답[相業問答]〉, 《임하필기》 권25 춘명일사(春明逸史).
- 정원용(鄭元容), 〈봉영할 때 이용하라고 내리신 말을 사양하는 차자(辭奉迎錫馬箚)〉, 《경산집(經山集)》 권6 소차(疏箚), 한국문집총간300, 한국고전번역원 영인, 2002.
- 정원용, 〈은유를 내리신 후 성명을 거두시라고 청하는 차자(恩諭後請收成命箚)〉, 《경산집》 권8 소차(疏箚).
- 정원용, 〈회근일에 선온하신 것에 사례하는 전문(謝回졸日宣醞箋文)〉, 《경산집》 권11 전문(箋文).
- 정원용, 〈문과회방일에 궤장과 선온을 내리신 것에 사례하는 전문(謝文科回榜日賜几杖宣醞箋文)〉, 《경산집》 권11 전문(箋文).
- 정원용, 〈어서경산로인사대자기(御書經山老人四大字記)〉, 《경산집》 권11 기(記).

27장 고종 최익현에게 돈 3만 냥을 선물했으나 최익현은 받지 않다

- 《고종실록》, 국사편찬위원회 한국역사정보시스템 제공 원문 DB.
- 《승정원일기(承政院日記)》, 고종 36년 4월 27일(갑진·양력 6월 5일), '양지아문의 양무위원에 정3품 이종대 등을 임명하고 9품에 이기·최석·이교혁·송원섭·최창린을 임명하다.' 국사편찬위원회 한국역사정보시스템 제공 원문 DB.
- 최익현(崔益鉉), 〈함께 갇혀 있던 문생들 태반이 상투를 드러내고 있었으므로 각자 치포관을 만들어 쓰도록 권하다[同囚諸君 太半露髻 勸使各製緇布冠以著之]〉, 《면암집(勉菴集)》 권2 시, 한국문집총간325~326, 한국고전번역원 영인, 2004.;《국역 면암집》, 한국고전번역원, 1977.
- 최익현, 〈일옥중묵회(日獄中默會)〉, 《면암집》 권2 시.
- 최익현, 〈연보(年譜)〉, 《면암집(勉菴集)》 부록(附錄) 권3.
- 심경호, 〈조선 후기 민족주의와 한시〉, 《한국 한시의 이해》, 태학사, 2000.
- 심경호, 〈근세 한시의 지향의식 분화〉, 《한국시가연구》26, 한국시가학회, 2009.5, pp.113~155
- 최홍규, 《한국근대정신사의 탐구》, 경인문화사, 2005.
- 姜在彦, 《朝鮮の攘夷と開化》, 平凡社, 1979.
- 姜在彦, 《近代朝鮮の思想》, 未來社, 1984.

28장 고종, 을사오적 살해에 실패한 이기를 특별 사면하다

- 《고종실록》, 국사편찬위원회 한국역사정보시스템 제공 원문 DB.
- 《승정원일기》, 국사편찬위원회 한국역사정보시스템 제공 원문 DB.
- 이기(李沂), 〈일패론(日覇論)〉, 《이해학유서(李海鶴遺書)》 권3 문록(文錄)1 논변(論辨), 한국문집총간 347, 한국고전번역원 영인, 2005.
- 이기, 〈삼만론(三滿論)〉, 《이해학유서》 권3 문록(文錄) 1 논변(論辨).
- 이기, 〈자진찬(自眞贊)〉1, 2, 3, 《이해학유서》 권9 문록(文錄)7 잡자(雜著).
- 이기, 〈척서부(斥鼠賦)〉, 《이해학유서》 권10 문록(文錄)8 부(賦).
- 정인보, 〈이해학유서서(李海鶴遺書序)〉, 《이해학유서》 수록.
- 정인보, 〈해학이공묘지명(海鶴李公墓誌銘)〉, 《이해학유서》 수록.
- 박종혁, 《해학 이기의 사상과 문학》, 아세아문화사, 1985.
- 이태진, 《고종시대의 재조명》, 태학사, 2000.
- 노관범, 〈일본은 과연 우리에게 무엇이었나?〉, 고전번역원 웹사이트 제공 《고전의 향기(백스물아홉 번째 이야기)》, 2010.8.30(월).

29장 고종, 유길준에게 용양봉저정을 하사하다

- 《고종실록》, 국사편찬위원회 한국역사정보시스템 제공 원문 DB.

- 《승정원일기(承政院日記)》, 국사편찬위원회 한국역사정보시스템 제공 원문 DB.
- 정조(正祖), 〈용양봉저정기(龍驤鳳翥亭記)〉, 《홍재전서(弘齋全書)》 권14 기(記), 한국문집총간 262~267, 한국고전번역원 영인, 2001.
- 김윤식(金允植), 〈조호정기(詔湖亭記)〉, 《운양집(雲養集)》 권10 기(記), 한국문집총간328, 한국고전 번역원 영인, 2004.
- 유길준(兪吉濬), 《서유견문(西遊見聞)》, 《유길준전서(兪吉濬全書)》수록, 일조각, 1996. ; 허경진 옮 김, 《서유견문》, 서해문집, 2004.
- 유길준(兪吉濬), 《유길준전서(兪吉濬全書)》, 일조각, 1996.
- 김영모, 《한말 지배층 연구》, 한국문화연구소, 1972.
- 이광린, 《한국개화사상연구》, 일지사, 1979.
- 姜在彦, 《朝鮮の開化思想》, 岩波書店, 1980.
- 姜在彦, 《近代朝鮮の思想》, 未來社, 1984.
- 강재언 · 정창열, 《한국의 개화사상》, 비봉출판사, 1989.
- 林宗元, 《福澤諭吉の文明思想研究》, 계명, 2000.
- 이태진, 《고종시대의 재조명》, 태학사, 2000.
- 최원식, 〈근대문학과 유교, 길항하는 흔적들: 《서유견문》이라는 원천〉, 국립안동국학원, 『한국유학 사상대계 Ⅳ : 문학사상편』, 안동, 2005, 제2부 제9장.
- 고야스 노부쿠니 지음. 김석근 옮김, 《후쿠자와 유키치의 〈문명론의 개략〉을 정밀하게 읽는다》, 역 사비평사, 2007.
- 김영민, 〈근대계몽기 문체 연구 : 유길준을 중심으로〉, 《동방학지》 148, 연세대학교 국학연구원, 2009, pp.391–429.
- 심경호, 〈『서유견문』의 근대지(近代知) 구축〉, 2010년 작성. 미발표 원고.
- 平山洋, 「福澤諭吉〈朝鮮人民のために其国の滅亡を賀す〉と文明政治の6条件」, 『国際關係・比較 文化研究』2–2, 静岡縣立大學國際關係學部, 2004年3月, 第6章.
- 伊藤之雄, 《伊藤博文》, 講談社, 2009.
- Craig, Albert M., 「Fukuzawa Yukichi and Sinmon Berihente」, 『日本近代研究』 19, 慶應義塾福澤 研究センター, 2003.

30장 순종, 일본군 주차사령부에 1,000원을 하사하다

- 《순종실록》, 국사편찬위원회 한국역사정보시스템 제공 원문 DB.
- 정인보, 〈유릉지문(裕陵誌文)〉, 《담원문록(薝園文錄)》, 《담원정인보전집(薝園鄭寅普全集)》5, 연세 대학교출판부, 1983.; 정양완 옮김, 《담원문록》 상, 태학사, 2006.
- 이태진, 《고종시대의 재조명》, 태학사, 2000.